GOLDMANN

Buch

Moskau/Washington: Die Abrüstungsverhandlungen zwischen den beiden Supermächten sind in den letzten Jahren sehr erfolgreich verlaufen. Da ereignet sich nahe der sibirischen Halbinsel Kamtschatka ein schwerer Zwischenfall: Ein amerikanisches Aufklärungsflugzeug verschwindet spurlos – offensichtlich abgeschossen von den sowjetischen Streitkräften.

Zutiefst entsetzt müssen die USA feststellen, daß die Sowjets sich im Besitz einer Laserkanone befinden, die ihrer Zeit zehn Jahre voraus ist. Alle Versuche der USA, die russische Regierung auf diplomatischem Weg zum Einlenken zu bewegen, scheitern. Das Weiße Haus und das Pentagon sehen nur noch einen Ausweg, um den drohenden nuklearen Krieg abzuwenden: Eine amerikanische Fliegercrew wird mit einer Spezialanfertigung eines alten B-52-Bombers an die sibirische Küste gesandt, mit dem Auftrag, die Laserbasis zu zerstören. Eine fast aussichtslose Mission, aber wenn sie scheitert, bedeutet dies das atomare Inferno des Dritten Weltkrieges…

Autor

Dale Brown wurde 1956 in Buffalo, New York, geboren und nahm bereits Flugstunden, bevor er seinen Führerschein machte. Er studierte an der Penn State University und startete dann eine Offizierslaufbahn als Navigator in der US Air Force. Er gehörte lange Zeit einem B-52-Geschwader an; später flog er den Überschallkampfbomber FB-111. 1986 verließ Dale Brown die Air Force, um sich hauptsächlich dem Schreiben zu widmen.

Von der Kritik hochgelobt und vom Publikum begeistert aufgenommen, gelang ihm mit diesem Buch unmittelbar nach Erscheinen der Sprung in die Bestsellerlisten.

Von Dale Brown sind im
Goldmann Verlag außerdem erschienen:
Die Silberne Festung. Roman (Paperback/32516)
Antares. Roman (Paperback/32532)

DALE BROWN
Höllenfracht

ROMAN

Aus dem Amerikanischen
von W. M. Riegel

GOLDMANN VERLAG

Die Originalausgabe erschien unter dem Titel
»Flight of the Old Dog« bei Donald I. Fine, Inc., New York

Der Goldmann Verlag
ist ein Unternehmen der Verlagsgruppe Bertelsmann

Made in Germany · 8/90 · 2. Auflage
© 1987 by Dale Brown
© der deutschsprachigen Ausgabe 1988 by
Wilhelm Goldmann Verlag, München
Umschlaggestaltung: Design Team München
Umschlagfoto: Interfoto, München
Druck: Elsnerdruck, Berlin
Verlagsnummer: 9636
AR · Herstellung: Heidrun Nawrot/SC
ISBN 3-442-09636-7

Dieses Buch ist den Tausenden Männern und Frauen des *Strategic Air Command* der Vereinigten Staaten gewidmet, die das herausragende Niveau der Abschreckungswaffe unseres Landes gewährleisten. Ich bin stolz darauf, sieben Jahre lang SAC-Angehöriger gewesen zu sein. Ich weiß, wie undankbar, einsam und oftmals frustrierend diese Arbeit ist – in alten Bereitschaftsbunkern, unterirdischen Raketenbasen, dunklen Kommandoräumen und alten Hangars. Und dennoch ist dort eine Elite unseres Landes versammelt. Mehr als alle »High-Tech«-Ausrüstung ist es die Hingabe und die Professionalität dieser Männer und Frauen, die den Frieden und die Sicherheit der Vereinigten Staaten schützen.

Ich widme dieses Buch euch allen – den Bomber-»Pukes«, Tanker-»Toads«, Raketen-»Weenies«, den »Sky-Cops«, »Knuckle-Busters« und »BB-Staplern« des *Strategic Air Command.*

DANKSAGUNG

Ich möchte mich bei George Wieser und Donald I. Fine bedanken, die das Risiko mit mir eingegangen sind; bei Rick Horgan, dem Cheflektor des Verlages Donald I. Fine, mit dem ich viele Stunden verbracht habe, um an dem Buch zu feilen; und bei meiner Frau Jean, die mich bei meiner Arbeit so unterstützt hat. Allen meinen Dank.

# DER BOMBER

Die B-52 des *Strategic Air Command* war bereit zum letzten Angriff. Obwohl sie sich schon der Hälfte ihrer Höllenfracht entledigt hatte, lagen noch immer ein paar Gravitationsbomben und vier *Short-Range Attack Missiles* – SRAM-Kurzstreckenangriffsraketen – in ihren Bombenschächten. Bislang hatte die sechsköpfige Besatzung alle Manöver mit ihrer Uraltmaschine erfolgreich absolviert: ein schwieriges Auftanken in der Luft, einen Höhen-Bombenabwurf aus 7000 Fuß über Grund samt kurz danach erfolgtem SA-2-Überraschungsangriff auf Boden-Luft-Raketen-Stellungen sowie drei aufeinanderfolgende Bombenflüge durch ein Labyrinth von Hügeln und Tälern, die der Erprobung der Fähigkeit der Besatzung, unentdeckt zu bleiben, diente.

Sie waren im Anflug auf das Zielgebiet, dem sie sich mit einer Geschwindigkeit von 6 Meilen pro Minute näherten und wo sie Boden-Luft-Raketen-Stellungen, radargeleitete Luftabwehrartillerie und lauernde Patrouillen der höchstentwickelten Abfangjäger der Welt erwarteten.

»An alle, I. P. in drei Minuten«, gab First Lieutenant David Luger über die Bordsprechanlage durch. Er kontrollierte den Kurs der B-52 auf einer schmalen Anzeigetafel, die rechnerisch die Distanz maß und per Computer die Zeit feststellte, die

9

noch bis zum *Initial Point*, dem Zeitpunkt für den Abwurf einer Atombombe aus geringer Höhe blieb. Es wird Zeit, die Checklisten durchzugehen, dachte Luger, in Kürze geht es los.

Er warf einen Blick auf die in Sichthüllen steckenden Blätter auf seinem Schoß und ging die einzelnen Schritte der Checkliste von *»Before Initial Point«* bis *»Bomb Run (Nuclear)«* durch, in Gedanken der Liste jeweils bereits einen Schritt voraus. Jahrelanges Training hatte ihn geschult, sich exakt darauf zu konzentrieren, was er als nächstes zu tun hatte.

»Vorsimulierter SRAM-Raketenstart-Check beendet«, sagte er. »Computer-Startprogramm fertig.«

Niemand bestätigte, aber er hatte auch gar keine Antwort erwartet. Die Checkliste war schon vor Stunden durchgegangen worden. Während Luger sie im einzelnen durch die Bordsprechanlage gab, damit allen klar wurde, daß die arbeitsreichste Phase ihres zehnstündigen Einsatzes bevorstand, bemerkte er, wie er in seinem Sessel hin und her rutschte und es sich bequem zu machen versuchte.

»Radios auf RBS-Frequenz«, sagte Luger. Er warf wieder einen kurzen Blick auf die Anzeigen seiner Tafel. »Zwei-fünfundsiebzig Komma drei.«

»Bestätigt«, erwiderte Mark Martin, der Kopilot. »RBS-Bombenabwurfplan registriert in beiden Radios. Sage IP an, wenn radarbestätigt.«

»Kamera ein, eins-zu-vier«, verkündete Luger und drückte kurz einen kleinen schwarzen Knopf neben seiner rechten Schulter. Eine Spezialkamera nahm von jetzt an den Bombenabwurf und die Raketenstarts auf 35-mm-Film zum späteren Studium auf. »EW, Beginn Abwehrmaßnahmen in sechzig Sekunden.«

»Abwehr bereit«, antwortete First Lieutenant Hawthorne, der die Schalterstellungen seines Blockiersystems und der Flugrouteneinstellungen noch einmal überprüfte. Hawthorne, ebenso alt wie Luger, war der EW-Offizier an Bord, verantwortlich für die elektronischen Waffen. Seine Aufgabe war die Abwehr aller Angriffe auf die B-52 durch Blockade oder Ablen-

kung der feindlichen Boden-Luft-Raketenwaffen oder radarge-
steuerter Artilleriewaffen sowie die rechtzeitige Warnung der
Besatzung vor solchen Raketen- oder Flugzeugangriffen.

»Roger«, sagte Luger. »Checkliste komplett.« Er las ab, was
der TG-Meter anzeigte, ein uraltes Rollen-und-Zug-Meßgerät,
das die Zeit in Sekunden bis zum nächsten Drehpunkt anzeigte.
Luger blätterte die plastiküberzogene Seite um, bis zur »*Bomb
Run (Synchron)*«-Checkliste, und warf einen Blick hinüber zu
den Anzeigetafeln des Radarnavigators neben ihm. »Ungefähr
eins-fünfzig TG bis IP, Radar. Haste das, Junge?«

»Ja«, sagte Patrick McLanahan. Er saß über einen Stapel
Checklisten für Bombenabwürfe und Radarreichweiten ge-
beugt. Er studierte seinen Bomben-»Spielplan«, als sähe er ihn
zum allerersten Mal. Seine Arbeitsecke war übersät mit Zet-
teln, Zeichnungen und Notizen. Aus seiner Thermosflasche,
die unter einigen Büchern und Papieren auf seinem Radarsichtgerät lag, lief etwas Kaffee aus, direkt über das Kontrollbord
für die Kathodenstrahlenröhre und die Radarkontrollen.

Luger wartete schon ungeduldig darauf, daß sein Kollege
bereit sei. Die beiden Navigatoren, die ihre SAC-Bomberein-
heit auf diesem wichtigen Wettbewerbsfeindflug repräsentier-
ten, waren gänzlich gegensätzliche Charaktere. Luger war ein
großer, schlaksiger Texaner mit makellos polierten Stiefeln,
einem kurzen Bürstenhaarschnitt und einer Neigung zur Perfektion wie aus dem Lehrbuch. Er kam frisch vom Schulungs-
kurs für B-52-Kampfbesatzungen, nachdem er davor, beide
Male als Klassenbester, die *Air Force Academy* und den Grund-
kurs der Navigator-Ausbildung absolviert hatte. Er war ohne
Zweifel der gewissenhafteste und professionellste Navigator
des Geschwaders, ein Mann, der mit Hingabe lernte, sich um
perfekte Erledigung aller Aufgaben bemühte, und mit großem
Ehrgeiz an seiner Karriere arbeitete.

McLanahan dagegen ... nun, er war eben McLanahan. Mit-
telgroß und kräftig, ein blonder und sonnengebräunter Kalifor-
nier, der immer so aussah, als komme er gerade direkt vom
Strand. Obwohl er sich bewußt ausgesprochen leger gab und

kleidete und aus seiner Abneigung gegen alles, was Autorität hieß, keinen Hehl machte, war er doch als der beste Navigator des Geschwaders anerkannt; möglicherweise war er sogar der beste im ganzen SAC. Luger und er zusammen waren das stärkste Team in der ganzen US-Air-Force. Und hier waren sie mitten in der Vorstellung.

»Alsdann, packen wir's«, sagte McLanahan schließlich.

»Gute Idee«, antwortete Luger. Er ging den Rest seiner Checkliste durch, mit den nötigen Pausen für die Instruktionen des Piloten, Captain Gary Houser. Nach zwei Minuten standen alle Schalter auf ihren erforderlichen Positionen, und es blieben nur noch die Aktivierung des Waffensystems und die Einspeisung jeder einzelnen Schaltung in die Bombencomputer.

»Hauptschalter Kontrolle Bomben.«

»Claro«, sagte McLanahan. »Ich meine, an, er ist an«, verbesserte er sich rasch.

»Schalter Bombensystem.«

»Auto.« Die Bombencomputer führten jetzt sämtliche Kontrollen selbständig durch. Steuerung, Bombenabwurf, selbst das Öffnen und Schließen der Bombenschachtklappen. McLanahan mußte nur noch eine Reihe elektronischer Fadenkreuze präzise auf einen vorbestimmten Zielpunkt auf dem Radarschirm einstellen, und dann besorgten auch hier die Computer den Rest alleine. Sie übertrugen die Fadenkreuzpositionen auf Entfernungs- und Azimutdaten und zeigten die Richtung des Zielgebietes am Pilotensitz auf dem *Flight Command Indicator*, der Flugkontrollanzeige, an. Sie verglichen laufend Höhe, Flugrichtung, Luftgeschwindigkeit, Geschwindigkeit über Grund und Kursdrift mit den vorprogrammierten ballistischen Daten und errechneten auf der Basis dieser Informationen den jeweils exakten Standort. Selbst wenn die Luftgeschwindigkeit sich leicht veränderte oder der Wind drehte, korrigierten die Computer den genauen Bombenabwurfpunkt zuverlässig nach.

»Captain an alle, gleich sechzig Sekunden vor IP«, sagte Houser durch. »FCI zentriert. Sechzig TG, Achtung . . . fertig . . . ab!«

»Ist ab«, bestätigte Luger und ließ zur Kontrolle die Stoppuhr mitlaufen. »Bombenabwurfkontrolle.«

»Roger«, antwortete McLanahan. »Na?« Er beugte sich neugierig zu Luger hinüber.

»SRAM-Fixierung geht auf Flughafen, Fixierung Nummer dreißig. Fixierung einunddreißig auf Ziel Bravo, und Nummer zweiunddreißig auf das Wasserwerk. Ablauf voll synchron, alle Computer voll in Funktion, Drift weniger als –«

»Was bedeutet«, grinste McLanahan, »daß die SRAM dichter sitzen als dieser unbeträufelte Lieutenant Gary gesehen hat.«

Ein verständnisvolles Kichern war über die Kopfhörer zu vernehmen.

»Dreißig Sekunden vor IP«, gab Houser durch. »Abwehr?«

»Offizier elektronische Waffen bereit für IP, Pilot«, antwortete Mike Hawthorne. »Indien-Band-Radar sucht uns, hat uns aber noch nicht.«

»Heckschütze an Radar«, meldete Bob Brake, »Feuerschutz läuft. Feuerkontrollradar klar. Ich gehe nach Bombenabwurf wieder auf Sichtkontrolle und suche die Jäger der Nationalgarde, die sie uns angekündigt haben.«

»Zwanzig Sekunden vor IP«, meldete McLanahan.

»Heckschütze, bleiben Sie lieber auf Wachstation«, sagte Houser. »Diese Nationalgarden-Heinis werden manchmal etwas wepsig. Erinnern Sie sich an letztes Jahr beim Bomberwettbewerb? Sie stürzten sich schon vor dem Bombenabwurf auf uns. Und der Regelausschuß hat es ihnen auch noch durchgehen lassen. Wegen Realistik und so.«

»Okay«, erwiderte Brake. »Ich bleibe also auf Ausguck, bis ich was sehe.« Er legte einige Schalter um und wandte sich seinem kleinen handtellergroßen Heck-Radarschirm zu. Am Heck des riesigen Bombers fuhr die Lafette mit vier Bordkanonen, Kaliber fünfzig, langsam aus und begann die einprogrammierten Suchschwenks.

»Bordkanonen ausgefahren, System arbeitet, Radarsuche, Radarzielverfolgung«, meldete Brake.

»Zehn Sekunden vor IP«, sagte Luger. »Nächster Punkt

13

null-eins-null. Geschwindigkeit drei-fünf-null. Bodenfreiheit Flugzeug fünfhundert Fuß.«

Er wandte sich an McLanahan. Der hatte eben den Helm abgenommen und rieb sich die Ohren. Dann drehte er den Kopf heftig hin und her.

»Wie heißt 'n das Spiel?« fragte Luger.

»Lockern, Dave, lockern«, antwortete McLanahan. »Meine Gehirnschatulle bringt mich um.« Luger übernahm die Beantwortung der nächsten Meldungen für seinen Partner, bis dieser von neuem seinen Helm aufgesetzt hatte und als Radarnavigator wieder einsatzfähig war.

Housers FCI spulte sich langsam dem Ende entgegen. »An alle, Achtung für IP ... Achtung ... fertig ... ab!«

»Abdreht rechts, voraus null-eins-null«, gab McLanahan durch. Das riesige Flugzeug kippte richtig seitlich weg.

»Mann, das ist aber platt da draußen«, sagte McLanahan mit Blick auf seinen Radarschirm.

»Roger, Radar«, meldete sich Houser. »Scheint, daß wir keine Bodenprobleme haben.« Die Information war für Houser wichtig gewesen. Er flog den schweren Bomber von Hand, mit fast sechs Meilen Geschwindigkeit pro Minute und ganze fünfhundert Fuß über dem Boden. Allerdings hatte er das EVS, das elektro-visuelle Sichtsystem, und den Computer für Bodenabstandskontrolle zur Verfügung, der ihm das Profil des Terrains mit allen Hügeln und Tälern beschrieb. Die verläßlichste Warnung war trotzdem McLanahans Dreißig-Meilen-Radar zusammen mit dessen Erfahrung, wie man dieses Riesenbaby ohne Schwierigkeiten herumkutschierte. »Muck« – wie McLanahans nicht eben schmeichelhafter Spitzname lautete – hielt sich nicht immer an jeden Buchstaben im Buch, aber er war trotzdem der Beste, und Houser vertraute ihm blind. Alle taten das.

»Zehn Grad bis Ausfahren«, erinnerte Luger den Piloten. »Drift null, Kurs also weiter null-eins-null. Hallo, Radar, ich korrigiere Gyro-Richtung nach Ausfahren. Hallo, Pilot, übernehmen Sie FCI nicht, ehe es auf EVS-Schirm erscheint. – An alle, IP voraus«, fuhr Luger fort. »Hallo, Pilot, zentrieren Sie

FCI und halten Sie es dann. Pat, ich überprüfe deine Schalter, wenn du –«

»Hallo, Pilot«, schrie Hawthorne plötzlich über Bordfunk. »Möglicherweise eine E-15. Teilt sich jetzt ... es sind zwei. Suchradar auf uns ... wechseln auf Zielspur ... haben uns entdeckt!«

»Roger, EW«, bestätigte Houser. Das vorgesehene Angriffsgebiet der Jäger, dachte er, war noch achtzig Meilen entfernt. Hawthorne empfing offenbar Signale von irgendeinem anderen Flugzeug, auf das es die Jäger abgesehen hatten. Er kümmerte sich nicht weiter um die Warnung.

Hawthorne wollte noch etwas sagen, wurde aber unterbrochen, als der Bombenabwurf der B-52 begann.

»Hallo, Kopilot, melden Sie IP«, rief Luger. McLanahan blickte derweil angestrengt auf die Radarrückmeldung, die von der Terrainstruktur fast überdeckt wurde.

»Hallo, Pilot«, sagte Hawthorne nervös, »dies ist keine Simulation ...«

»Glasgow Bomb Plot, Glasgow Bomb Plot, Sabre drei-drei, India Papa, Alpha Sierra«, funkte Martin aufgeregt.

In einer kleinen Bodensuchstation auf einem Flugplatz, fünfzig Meilen von dem sich niedrig über dem Boden haltenden Bomber entfernt, waren vier Parabolantennen südwärts gerichtet. In wenigen Sekunden hatten sie die schnelle B-52 eingefangen, und deren Zielannäherung wurde genau auf einer Kartenwand gesteckt. Andere Antennen begannen Störsignale auf das Radarsystem der B-52 abzusetzen. Weitere Sender simulierten Radarsuchgeräte für Boden-Luft-Raketen und Flak. Der *Control-Operator* prüfte nach, ob alle Kontakte vorhanden waren, und drehte sich dann zu seinem Sprechfunkgerät um.

»Sabre drei-drei, Glasgow. Ihre Reichweite und Frequenz sowie Ihre IP-Meldung bestätigt. Indien-Band beschränkt. Blockieren Sie nicht Indien-Band-Radar. Ziel klar für Waffeneinsatz.« Dann endeckte er die beiden zusätzlichen Ziele auf seinem Bildschirm. Er rief sofort seinen Vorgesetzten.

»Sie sind schon wieder dran, Sir«, erläuterte er und deutete auf die beiden Neuankömmlinge.

»Immer diese übereifrigen Kerle von der Nationalgarde«, sagte der aufsichtführende Offizier, als er das Schirmbild betrachtete. Er schüttelte den Kopf: »Hat das nächste Wettbewerbsflugzeug bereits IP angekündigt?«

»Ja, Sir«, antwortete der Operator. »Sabre drei-drei. Ein *Buff* kurz vor Ford.«

Der Offizier lächelte bei der Erwähnung des Spitznamens der B-52. Einst, vor Jahrzehnten, war es ein Zeichen von Respekt gewesen, eine B-52 einen *Buff* zu nennen – *Big Ugly Fat Fucker*. Aber das war es heute nicht mehr. »Haben Sie den Buff hundertprozentig drin? Ist es sicher, daß die Jäger keine Chance haben, seinen Bombenabwurf zu beeinträchtigen?«

»Glaub' schon, Sir.«

Er dachte einen Augenblick nach, dann zuckte er die Schultern. »Lassen Sie sie. Ich seh' einer Entenjagd ganz gern zu.«

»Ja, Sir«, sagte der Operator.

Mark Martin wechselte auf Bordfunk. »An alle: Wir haben Zielbestätigung. Patrick, du hast Waffeneinsatzbestätigung.«

»Rog, Doppel-M«, antwortete McLanahan. Er öffnete den Plastikdeckel des Sperrschalters für das Abwurfsystem und schaltete es ein. »Auf zum Bombenabwurf!« schrie er.

»Indien-Band beschränkt, Mike«, rief Martin zu Hawthorne über die Bordsprechanlage hinunter.

»Verstanden«, erwiderte Hawthorne. »An alle: Wir werden angegriffen. Störobjekte Luft auf zwei Uhr, rasch nähernd.«

»Bist du sicher, Mike, daß die es auf uns abgesehen haben?«

»Einwandfrei.«

»Mark, geh mit Radio zwei auf die Jäger-Frequenz und –«

»Können wir nicht machen«, sagte Luger. »Wir brauchen beide Radios für die Zielfrequenz.«

»Also gut, dann rufen wir den Boden und sagen denen, sie sollen die Jäger vom Bombenziel wegholen«, antwortete Houser mit leichter Verärgerung in der Stimme.

»Bob kann sie übernehmen«, sagte McLanahan. »Schnapp sie dir, Junge.«

»Radar, du spinnst«, antwortete der Heckschütze. »Dazu müßten wir doch den Bombenwurf umplanen . . .«

»Schieß die Idioten ab«, sagte McLanahan. »Wir probieren das jetzt einfach mal. Wenn's kritisch wird, können wir immer noch ›Abbruch sicherer Flug‹ melden.«

»Das klingt schon besser.« Brake wandte sich seinen Instrumenten zu.

»Sind Sie sicher, Pat?« fragte Houser. »Das ist immerhin Ihr Bombenwurf . . .«

»Aber die Trophäe ist für uns alle!« sagte McLanahan. »Ich bleibe dabei, zeigen wir's ihnen.«

»Na schön«, Houser schnippte auf der zentralen Instrumentenkonsole eine Reihe Schalter herum. »Ich hole mir von den Computern das Ausreißprogramm.«

»Jagdflugzeuge Richtung vier Uhr«, meldete Hawthorne. »Bleiben bis jetzt noch außer Schußweite.«

»Angriff durch Infrarotraketen«, rief Brake – mit den Augen auf dem Spurenradar. Er wartete auf das Auftauchen der Jäger. »Simulierte *Sidewinder.*«

»SRAM-Abschußpunkt steht bevor«, sagte Luger.

»Wir müssen in ein paar Sekunden ausweichen«, warnte Brake.

»Ich habe Signal für ›sicheren Abschuß‹ und ›Raketen abschußfertig‹«, meldete Luger. »Wir können nach den Raketenabschüssen nicht ausweichen. Bordwaffen, ich brauche noch ein paar Sekunden . . . !«

»Jagdflugzeuge jetzt auf vier Uhr, drei Meilen, rasch näherkommend . . .«

Luger drückte den Knopf MANUAL LAUNCH, Raketenabschuß von Hand. Der Raketencomputer begann seinen Fünf-Sekunden-Countdown. »Rakete auf Countdown«, gab Luger durch. »Klappen öffnen . . .«

Anfangs war es gar nicht leicht gewesen, die B-52 dort unten im Tiefflug auszumachen, dachte der Pilot der Führungsmaschine F-15. Die Radarortung war infolge der sich ständig ändernden Bodenverhältnisse immer wieder unterbrochen gewesen, und danach war kaum noch etwas durchgekommen, weil der Buff selbst gestört hatte. Auf Sicht machte es der Tarnanstrich des Buff sehr schwierig, ihn zu erkennen und im Auge zu behalten.

Jetzt aber, da die riesigen weißen Bombenschachtklappen offen waren, funkelte er wie ein Diamant in einem Ziegenarsch. Der Pilot winkte seinen Flügelmann zur Beobachtungsposition und rollte sich in die Stellung für den IR-(Infrarot-)Raketenabschuß. Aus drei Meilen Abstand würde es, angesichts der Hitzewellen, die die acht großen Düsentriebwerke der B-52 ausstießen, leicht sein, sich mit Infrarot an sie anzuhängen und trotzdem aus der Schußweite des Buff zu bleiben. Ganz leichter Abschuß. Viel Grund zum Jubeln würde der Buff bei seinem Bombenabwurf nicht haben, und obendrein mußte er ja auch auf die Bedrohungen durch Bodenwaffen aufpassen.

»Rakete ab, Rakete ab für Sabre drei-drei«, meldete Martin der Bodenstation im Bombenzielgebiet.

»Tonunterbrechung bestätigt«, antwortete die Bodenstation.

»Flugkörper zwei auf Countdown«, sagte Luger.

»Sechs Uhr, zwei Meilen.« Brakes Stimme klang nervös.

»Flugkörper zwei los«, fuhr Luger ruhig fort. »Bombenschächte geschlossen. Fertig für Wegflug.«

»Pilot, Tempo weg, was geht!« brüllte nun Brake. »Wir saugen den Wichser ein!«

Houser reagierte sofort und drosselte die Energiezufuhr. Gleichzeitig stellte Martin die Bremsklappen auf Maximum und fuhr die Fahrwerke aus. Die Geschwindigkeit fiel fast augenblicklich von dreihundertfünfzig auf zweihundert Knoten und der Heckschütze sah auf seinem Radarschirm erfreut das Ergebnis. Für den Jagdflugzeug-Piloten wurde allerdings ein Alptraum wahr.

Die F-15, die hinter ihnen her war, flog fast zweihundert Stundenmeilen schneller als sie, um von hinten her schnell auf sie zu stoßen und in die ideale Schußposition zu gelangen. Und nun war es plötzlich, als sei der riesige Bomber mit einem Schlag mitten in der Luft stehengeblieben. Der Jägerpilot schoß mit einer Geschwindigkeit von fast sechshundert Metern pro Sekunde auf ihn zu. Vor seiner Kabinenhaube wuchs der Bomber blickfeldfüllend an. Es war ein derart lähmender Anblick, daß ihm der Finger am Abzug gefror, während er in die Mündungen von vier Bordkanonen vom Kaliber fünfzig starrte, die genau auf ihn zielten.

»Sechs Uhr, zwei Meilen«, rief Brake durch und nahm kein Auge vom Radar.

»Zwei Meilen und hält . . . verdammt noch mal! Eine Meile, halbe Meile . . . *Fox* vier . . . Alle Rohre feuern! Rufe *Fox* vier!«

In der Position der Angriffsbeobachtung, ziemlich hoch oben und rechts vom Bomber, beobachtete der Flügelmann des Jägers einen perfekten IR-Raketenabschuß. Aber plötzlich passierte irgend etwas. Luftklappen, Bremsklappen, Landeklappen, Fahrgestellklappen wuchsen wie aus dem Nichts aus dem riesigen Rumpf des Bombers heraus, und schneller, als ein Lidschlag dauert, schrumpfte die Entfernung zwischen den beiden Flugzeugen auf Null zusammen. Der Flügelmann glaubte bereits, im nächsten Sekundenbruchteil seine erste Luftkollision zu erleben.

Aber im buchstäblich allerletzten Moment tauchte der Jäger unter dem Rumpf des Bombers weg und raste keine hundert Meter über den Hügeln von Wyoming dahin. Die Bordkanonen des Buff mit ihrem Kaliber fünfzig ließen ihn freilich nicht entkommen. Der Flügelmann sah deutlich, wie die Rohre Feuer spuckten und die 12-mm-Geschosse in den Rumpf und die Treibstofftanks einschlugen. Und wie die F-15 in Millionen Stücke barst, die auf die grünen Hügel hinabregneten.

»*Fox* vier, *Fox* vier für Sabre drei-drei, Glasgow«, rief Martin die Bodenstation.

»Roger. Drei-drei. Lösen *Fox* vier ab.« Der junge Operator am Verfolgungsradar der Bodenstation sah seinen Vorgesetzten verblüfft an.

»O du Scheiße«, murmelte dieser. »Dieser Buff hat soeben eine F-15 abgeschossen.«

»Es ist eine Entenjagd«, sagte der Operator, »aber wer schießt hier eigentlich wen ab?«

»Der ist im Eimer«, stellte der F-15-Flügelmann halblaut fest, während er sich abkippen ließ, um nun seinerseits Jagd auf die B-52 zu machen. Aber er blieb in respektvollem Abstand zu den fünfzigkalibrigen Bordkanonen, die, wie er gut wußte, nun auf ihn warteten.

Luger und McLanahan konnten das Triumphgebrüll der Abwehrleute oben selbst durch das Röhren der acht Düsentriebwerke ihres Flugzeuges gut hören.

McLanahan stellte die Automatik auf »Ziel Bravo« und drückte einen kleinen Knopf auf einer Konsole neben seinem rechten Schenkel. Über Bordfunk meldete er: »Hallo, Pilot, bin in BOMBEN-Modus. Zentrieren Sie. Denen bomben wir jetzt die Haare vom Kopf. Dave, paß auf meine Schalter auf.«

»Verstanden.« Luger verglich den Countdown des Bombencomputers auf seiner zusätzlichen Zeitnehmeruhr mit der noch verbleibenden Zeit. »Auf meiner Uhr zwei Minuten bis Abwurf.«

»Stimmt überein mit FCI, Nav«, bestätigte Houser, der aufmerksam beobachtete, wie Martin, der Kopilot, die B-52 wieder auf Normalflug korrigierte.

»Hallo, Pilot, Jäger auf zwei Uhr, fünf Meilen«, gab Hawthorne durch. »Nach rechts ziehen.«

»Hallo, Radar«, fragte Houser. »Soll ich drehen? Das ist euer Spielchen!«

»Sekunde«, erwiderte McLanahan. »Da blockieren ein paar Ärsche mein System.« Er beugte sich so weit zu seinem papierblattgroßen Radarbildschirm vor, daß seine Sauerstoffmaske diesen fast berührte, und versuchte seine Fadenkreuzeinstellung zu verbessern. Luger konnte nicht erkennen, wie sein Kollege überhaupt irgendwelche Radarsignale durch den ganzen Streifen- und anderen Empfangssalat wahrnehmen konnte. Als McLanahan zufrieden war, rief er: »Also, los!«

»Geh nach rechts!« schrie Houser. Er zog den Riesenbomber in eine Dreißig-Grad-Neigung nach rechts weg. Es ging so abrupt, daß in der Navigatorkanzel Karten und allerlei Papierzeug in der Luft herumflatterten.

»Jäger jetzt auf zwölf Uhr«, meldete Hawthorne. »Bewegt sich schnell nach eins ... jetzt fast schon zwei ...«

»Hallo, EW, lange können wir das nicht machen«, mahnte ihn Martin. »Der Flugkorridor bei diesem Bombenabwurf verengt sich auf ganze zwei Meilen.«

»Jäger jetzt auf drei Uhr!« rief Hawthorne. Und dann fügte er wie als Antwort auf die Warnung des Kopiloten hinzu: »Zieht links. Waffen, fertig für AI auf fünf Uhr.«

»Roger, EW«, antwortete Brake.

»Hallo, Pilot, zentrieren Sie FCI«, war jetzt Luger zu hören. »Bei demnächst hundert TF.«

»In Ordnung«, erwiderte Houser.

»Hallo, Pilot, beschleunigen Sie, wenn möglich«, rief wieder Brake.

Houser zog die Ventilklappen hoch.

»Warten Sie bis nach dem Bombenabwurf«, befahl Luger. »Und halten Sie die Ventile gleichmäßig.«

»Hallo, Radar?« erkundigte sich Houser. »Ihr seid dran.«

»Beschleunigen Sie so langsam wie möglich«, sagte McLanahan. »Wenn wir die Maschine zu schnell hochjagen, ruiniert uns das die Ballistik, von Daves kostbarer Zeitkontrolle gar nicht zu reden. Er könnte böse auf uns werden.«

»Hallo, Pilot«, schrie Brake, »Jäger auf sieben Uhr, vier Meilen, Richtung acht Uhr. Zieht links!«

Dieses Mal riß Houser den Bomber in eine nahezu Fünfunddreißig-Grad-Kurve. Das dreißig Jahre alte Flugzeug quietschte in allen Nähten.

»Jäger nach sieben Uhr... jetzt sechs Uhr. Hallo, Pilot, fahren Sie FCI aus und zentrieren Sie«, rief Brake.

Der Bomber kam aus der Kurve heraus und begann eine langsame Drehung nach rechts, um die dünne weiße Nadel im Gehäuse des *Flight Command Indicators* wieder zur Mitte einpendeln zu lassen. Luger, der den Computer vor sich beobachtete, deutete auf ein rotes Warnlicht.

»Der Doppler ist hängengeblieben«, rief er. Der Doppler war das System, das den Bombencomputern Informationen über Bodengeschwindigkeit und Wind lieferte. Ohne ihn waren die Computer nutzlos. Sie lieferten dann falsche Daten an die Steuer- und Auslösesysteme.

Luger versuchte die Doppler-Schaltungen wieder zum Funktionieren zu bringen. Er schaltete mehrmals aus und ein, aber es nützte nichts. »Hallo, Pilot, sieht so aus, als hätte der Doppler den Geist aufgegeben. Das macht auch FCI überflüssig. Hallo, Radar, wir müssen unter diesen Umständen aus dem BOMBEN-Modus raus!«

»Verdammte Jäger!« murmelte Martin.

Luger hielt seine laufende Stoppuhr hoch. »Hallo, Radar«, rief er, »ich habe noch Reservezeit. Siebzig Sekunden bis Abwurf. Hallo, Pilot, Geschwindigkeit unverändert halten.«

Er wollte die *Alternate Bombing (Nuclear)*-Checkliste mit McLanahan durchgehen, aber der war bereits dabei, dies aus dem Gedächtnis zu erledigen. Er schaltete die Computer der Flugzeug- und Bombenkontrollen ab. Jetzt waren sie für den Bombenabwurf voll auf Sichtflugkontrolle angewiesen, auf Lugers Reservezeit und Ausgangszählung sowie auf den Radarschirm. Statt den Bombencomputern das exakte Abwurfsignal zu überlassen, mußte McLanahan die »Gurke«, den Bombenabwurfhebel, selbst und von Hand ziehen.

»Bombenschachtklappen gehen gleich auf, Jungs«, sagte McLanahan. »Alternativ-Abwurf-Checkliste komplett. Dave, kontrolliere meine Schalter, falls es dir möglich ist.«

»D-2-Schaltung«, gab Luger durch und erinnerte McLanahan daran, daß er den Schalter für den manuellen Bombenabwurf benötigte. Lugers Finger flogen über den SRAM-Computer, damit dieser die Daten für die Endposition auf den neuesten Stand brachte, sobald die B-52 über das Bombenziel flog.

»Warum muß uns das ausgerechnet jetzt passieren?« sagte er. »Wir sollten uns über diese Jäger wirklich offiziell beschweren.«

»Ruhig, Nav, ruhig«, besänftigte ihn McLanahan. Er setzte sich mit einem zufriedenen Lächeln lässig in seinen Schleudersitz zurück. Plötzlich flog alles durch die Luft: Karten, Bücher, die Papiere auf seinem Tischchen, alles.

»He!« schrie Luger, »was, zum Teufel, stellt ihr denn da an?«

»Nichts, Partner, nichts«, sagte McLanahan grinsend. »Alles ist bestens.«

»Soll ich den Integrator für die Zielkoordinaten neu einstellen?« fragte Luger aufgeregt und begann die Schultergurte seines Fallschirms strammzuziehen.

»Nein, nein.« McLanahan lockerte den Kinnriemen seines Helms. »Nur keine Aufregung. Bleib ruhig.«

»Und wenn ich diesem Scheißstabilisierungssystem einfach mal richtig in den Arsch trete, oder so? Diese Mist-Jäger, verdammt! Die haben uns unsere Chancen für eine Trophäe völlig versaut!«

»Ruhig, Nav, ruhig«, wiederholte McLanahan.

Luger blitzte ihn an. War der etwa übergeschnappt? Da saßen sie hier auf einem SAC-Bomber, in dem der Doppler im Eimer war, und McLanahan hatte, seit die ganzen Computer ausgefallen waren, nicht einmal einen Blick auf das Radarsichtgerät geworfen!

Das tat er nun endlich doch, aber eher nur so nebenbei. »Hallo, Pilot«, sagte er dann, »fünf rechts. Nav, wieviel Zeit ist nach deiner Uhr noch?«

»Gleich sechzig Sekunden«, erwiderte Luger. Er sah seinen Kameraden noch immer ziemlich ungläubig an.

»Okay«, erklärte McLanahan. »Vergiß deine Zwiebel. Sie geht mindestens sieben Sekunden falsch. Ich werfe innerhalb Abwurfsziel und -zeit. Zieh sieben Sekunden von deiner Zeit ab, nur für den Fall, daß der Radarschirm ausfällt oder sonst was Verrücktes in der Art passiert.« Er schaute noch einmal auf den Schirm. »Hallo, Pilot, noch vier rechts.«

»Hallo, Radar, sieben Grad rechts von geplanter Richtung«, erinnerte ihn Luger.

»Keine Sorge«, erklärte McLanahan. »Kontrollier meine Schalter und halte dich für den Überflug-Fix bereit. Hallo, Kopilot, teilen Sie mir Sichtzeitpunkte mit, sobald Sie welche empfangen. Ich weiß, daß es auf diesem Ziel nicht viele gibt. Aber tun Sie, was Sie können.«

»Ich will's versuchen, Radar«, antwortete Martin. »Bis jetzt ist nichts.«

»Okay.« McLanahan lächelte Luger zu. »Fertig für Überflug-Fixierung, Dave?«

»Ich bin bereit.«

»Hallo, Pilot«, sagte McLanahan, »noch zwei rechts. Bob, mein Junge, wo sind diese Jäger geblieben?«

Jäger! Luger traute seinen Ohren nicht. Sein Partner hatte es hier mit so ungefähr der schlimmsten Lage zu ·tun, die einem bei einem Bomberwettbewerb passieren konnte, und da sorgte er sich um irgendwelche Jagdflugzeuge! Weniger als eine Minute vor dem Abwurf!

»AI-Radar sucht«, meldete Hawthorne. »Die werden gleich wieder da sein.«

»Okay.«

»Hallo, Pilot, halten Sie Geschwindigkeit«, sagte Luger über Bordfunk. »Treibt zu stark. Abweichung neun Grad rechts von Kurs.« Er starrte nervös auf seinen handgroßen Schirm, dann warf er einen Blick auf seinen Kollegen. McLanahan hatte sich in seinen Sitz zurückgelehnt und spielte mit seiner linken Hand an dem Auslöserknopf der »Gurke«.

»Hallo, Radar, ich habe den letzten Sichtpunkt nicht mitbekommen«, war Martin zu hören. Die ganze Besatzung war plötzlich sehr still. Mit Ausnahme McLanahans.

»Okay, Doppel-M«, sagte er. »Danke trotzdem.«

»Ich werde diesen Überflug-Fix einfach auslassen, Radar«,

erklärte Luger. Sie kamen immer weiter vom Kurs ab, aber McLanahan unternahm nichts dagegen.

»Mach diesen Fix, Nav«, sagte er nur. Seine Stimme war plötzlich ganz ruhig. Er streckte Luger den emporgereckten Daumen hin.

»Aber . . .«

»Mach dir keine Sorgen, Nav. Ich hab' ein gutes Gefühl.«

Luger blieb nichts weiter übrig, als sich darein zu schicken. Er rief die Zielkoordinaten auf, kontrollierte sie und bereitete die Fixierung vor.

»Hallo, Pilot, wenn Sie das linke Ruder grade nur mal streicheln«, forderte McLanahan Houser auf. Er beugte sich etwas vor und starrte auf einen der scheinbar bedeutungslosen Tausenden von blinkenden Punkten auf seinem Schirm. »Eins links. Vielleicht ein halb links.«

»Einen halben Grad?« fragte Houser zurück.

»Nur ganz leicht berühren«, drängte ihn McLanahan ruhig. »Ganz ganz sanft . . . noch ein bißchen . . . nur noch einen Hauch . . . So, ja, das ist es . . . immer noch null Drift, Nav?«

»Winde und Drifts sind zum Essen gegangen«, antwortete Luger. »Grundgeschwindigkeit und Reservezeit ebenfalls. Ich arbeite mit nichts mehr als nur der echten Geschwindigkeit und den letztbekannten zuverlässigen Windmessungen.« Er schüttelte verwirrt den Kopf. Was ging eigentlich vor? Zog McLanahan hier lediglich eine Show ab? Verdammt noch mal, sie waren schließlich acht Grad vom Kurs!

»Okay. Ist schon in Ordnung. Ich habe es vergessen. Abwurf kommt, Nav, alles bereit.«

Luger sah hinüber auf McLanahans Radar. Die Kathodenstrahlenröhre war ein einziges Durcheinander von Bögen und Streifen – durch die Störungen. Wie konnte sein Kollege in diesem Verhau irgend etwas erkennen?

McLanahan griff nach unten und drehte am Frequenzkontrollknopf. Die Streifen und Spitzen verschwanden für kurze Zeit. Er lächelte. Der D-2-Schalter lag sanft und lässig in seinen Fingern, sein Daumen weit weg vom Auslöseknopf.

»Immer noch schön am Ruderstreicheln, Gary?« war alles, was er sagte.

Plötzlich schoß sein Daumen nach vorn, schneller, als es Luger wahrnehmen konnte, und der BRIC leuchtete einmal auf, als die letzte Bombe aus dem Schacht fiel. Luger zählte im stillen bis drei und drückte dann den ACQUIRE-Knopf, der am SRAM-Pult aufleuchtete.

»Ich hab' den Fix«, sagte er, mit ungläubiger Stimme.

»Wir haben sie, Jungs!« brüllte McLanahan.

Luger schien das ein etwas verfrühter Jubelausbruch zu sein. Sie waren schließlich acht Grad vom Kurs und sieben Sekunden von der geplanten Zeit weg. Und das reichte für eine Zielabweichung von zehntausend Fuß und ein vermutlich noch schlechteres Raketenergebnis. Die Positionsnachrechnung war schlecht, und was die SRAM-Computer aus den Geschwindigkeitsabweichungen errechnen würden, reichte spielend aus, um die Besatzung E-05 ins Nirwana zu schicken – mit ihr selbst im Sarg. »Ton!« Der hohe Radiopfeifton kam herein.

Luger flippte den Schalter AUTOMATIC LAUNCH nach unten.

»*Missile Countdown* . . . Rakete zwei ab. Alle Raketen ab. Klappen schließen sich . . .«

»Rakete ab, Rakete ab!« rief Martin zur Bodenstation durch.

»Tadellos, Jungs«, murmelte McLanahan und öffnete wieder die Augen. »Nav, du navigierst. Ich rufe die Nach-Abwurf-Informationen ab. Und dann geh' ich eine Stange Wasser in die Ecke stellen. Waffen, paßt auf, daß sie uns nicht runterschießen. Jetzt nicht mehr, bitteschön, nach der ganzen Arbeit!«

»Nun geh' schon pinkeln, Radar«, erwiderte Brake. »Bei uns bist du so sicher wie in Mutters Schoß. Oder dem von Catherine. Oder wessen immer.«

»Radar, warten Sie mal noch 'n Moment«, unterbrach Houser. »Ehe Sie sich losschnallen – was, wie ich mir zu bemerken gestatten möchte, verdammt unzulässig ist, solange wir Niedrigflug praktizieren, aber egal – ich wüßte gern Näheres über diese Abwürfe. Wie weit ab waren sie eigentlich?«

»Kann ich nicht genau sagen«, erwiderte McLanahan. »Könnten zwei- oder dreihundert Fuß sein.«

»Träumen Sie nur schön weiter«, spöttelte Martin. »Es sah zwar ganz nahe aus, aber so nahe war's nun wohl doch nicht.«

»Also, mal im Ernst«, mahnte Houser.

»Ich habe sämtliches Abdrehen und die Veränderungen der Luftgeschwindigkeit mitberechnet«, erklärte McLanahan. »Ich habe darauf gewartet, daß der Doppler seinen Geist aufgibt. Ich wußte es im voraus, daß es passieren würde.«

»Der Bierkasten meint, sie haben ihn zu lange geschüttelt«, sagte Martin.

»Vielen Dank fürs Vertrauen, Doppel-M«, antwortete McLanahan. »Aber Sie haben natürlich recht.« Er beugte sich zu Luger hinüber. »Also, was glaubst du?« fragte er.

»Ich glaube ... also ich glaube, daß du weit daneben liegst«, antwortete Luger.

Martin lachte. »Rufen Sie's doch mal ab, Radar!«

»Es war ein Volltreffer«, meldete Luger. »Null Komma null. Einfach perfekt. Besser als alle anderen. Ich weiß auch nicht, warum. Aber es ist so.«

AM HIMMEL ÜBER KAWASCHNIJA, HALBINSEL KAMTSCHATKA, UDSSR

Dreitausendfünfhundert Kilometer westlich des Ortes, an dem das Strategic Air Command seinen jährlichen Bomberwettbewerb durchführte, spielte sich ein Drama ganz anderer Art ab. Und es hatte sehr viel ernstere Konsequenzen für die beteiligte Besatzung. Zwei Luftaufklärer – ein US-Satellit vom Typ Alpha Omega Neun, auf einer westlichen Umlaufbahn in 400 Kilometern Höhe, und ein US-Aufklärungsflugzeug vom Typ RC-135, Flughöhe 13 000 Meter – hatten Flugbahnen, die sie innerhalb Minuten über einem bestimmten Teil des Globus ungefähr zusammenführen würden. Die RC-135 war mit zwölf Männern und Frauen an Bord in den sowjetischen Luftraum eingedrungen, um dort Daten über seltsame Radarstrahlen zu sammeln, die das Flugzeug schon erfaßt hatten, als es noch einige hundert Kilometer von der sowjetischen Küste entfernt zwischen Japan und Alaska flog.

Mit einem Schlag wurde die Welt für die Besatzung sehr hell.

Die Piloten der RC-135 fanden sich plötzlich mehrere Sekunden lang in der Woge eines gespenstischen orangeroten Scheins, der ihr Nachtsichtsystem auslöschte. Sie hatten das Gefühl, mitten ins Herz eines Atomreaktors geraten zu sein. Jeder Zoll ihrer Körper fühlte sich heiß und weich an, als schmölzen sie.

Als der orangerote Schein verschwunden war, wurde es in der Kanzel völlig schwarz. Ein paar schwache Lampen und einige Gerätekontrollampen, die am Batteriesystem des Flugzeugs hingen, glommen noch, aber alles andere war mit einem Schlag erloschen. Das Dröhnen der Triebwerke wurde schwächer.

»Sämtliche Generatoren ausgefallen«, meldete der Kopilot.

»Triebwerk zwei, drei und vier ausgefallen«, sagte der Pilot. »Luftstart-Checkliste, schnell! An alle: hier Pilot. Wir starten die Maschinen. Sauerstoff überprüfen, alle Stationen überprüfen, abteilungsweise Schäden und Verluste melden.«

Die einzelnen Abteilungen meldeten nur geringfügige Schäden. Der Pilot gab Anweisungen, eine chiffrierte Meldung an SATCOM durchzugeben.

Dann meldete sich plötzlich der Aufklärungsoffizier an Bord über Bordfunk. »Radar-Zielsucher. Signal wird stärker.«

Der Pilot preßte hart die Steuersäule und zwang die Maschine steil nach unten. »Dieser letzte Schuß hatte ein anderes Ziel als uns. Aber jetzt sind sie hinter uns her ... Wir gehen runter auf tausend Fuß.«

»Hallo, Pilot«, sagte der RSO, »Signalstärke nimmt weiter zu ... überdeckt völlig mein ...«

Es war das letzte, was er in seinem Leben sagte.

Ein intensiver Strahl orangeroten Lichts blitzte über Nase und Rumpf der RC-135 hinweg. Als er erst einmal die Aluminium-Außenhaut des Jets erfaßt hatte, fand er keinen Widerstand mehr. Er fuhr präzise mitten durch die Maschine und die darauffolgende Explosion verwandelte das Zweihundert-Millionen-Dollar-Flugzeug im Bruchteil einer Sekunde in ein Häufchen Staub, während gleichzeitig fünfzigtausend Liter Jet-Kerosin in Flammen aufgingen.

Es war so schnell vorbei, wie es gekommen war. Der Feuerball dehnte sich auf fünf Kilometer Durchmesser aus, verzehrte sich hungrig selbst in dem intensiven Plasmafeld und löste sich in der dunklen sibirischen Nacht in nichts auf.

WASHINGTON D. C.

General Wilbur Curtis, Vorsitzender der Vereinigten Generalstäbe, nahm stramme Haltung an, als der amerikanische Präsident das unterirdische Konferenzzentrum für Ernst- und Krisenfälle im Weißen Haus betrat.

Dem Präsidenten folgten unmittelbar Marshall Brent, der Außenminister, und Kenneth Mitchell, der Direktor der CIA. Hinter diesen kam ein Mann, der zwar in Zivil war, aber einen kurzen militärischen Haarschnitt hatte. Er trug eine schwarze Ledermappe.

Der Präsident hatte einen blau-roten Trainingsanzug an. Er warf einen kurzen Blick auf Curtis, während er sich oben an dem langen rechteckigen Tisch niedersetzte. Sein dichtes braunes Haar war zerzaust und schweißnaß. Auch im Nacken standen ihm Schweißtropfen.

Curtis ging zu der schweren tresorartigen Tür und vergewisserte sich, daß sie geschlossen war.

Der Präsident öffnete den Reißverschluß seiner Trainingsjacke halb und nahm den Hörer des Telefons, das vor ihm stand, auf.

»Jeff?« sagte er. »Lassen Sie uns Croissants und Kaffee herunterbringen. Und sehen Sie zu, daß Sie die Sitzung des Haushaltsausschusses auf den Nachmittag verschieben können. Wenn nicht, sagen Sie mir Bescheid, dann muß ich eben versuchen, hier rechtzeitig wegzukommen . . . was? Nein, ich habe keine Ahnung, wie lange das hier dauern wird.« Er warf den Hörer auf die Gabel zurück.

Der Mann mit der Mappe legte diese auf ein Schaltpult, das am anderen Ende des Raumes installiert war. Er setzte sich einen Kopfhörer auf, tippte eine Serie von Zahlen in die Tastatur, sprach ein paar Worte ins Mikrofon und wartete dann auf die Anzeigen am Schaltpult. Einige Augenblicke später drehte er sich um und nickte dem Präsidenten zu.

»Alle Verbindungen sind da, *Mr. President*«, meldete er. »Sir, Ihr Hubschrauber landet in fünfzig Sekunden draußen auf dem Süd-Rasen. *Air Force One* ist startklar.«

Der Präsident erwiderte nichts. Sein Adjutant am Schaltpult war verantwortlich für den »Football« in seiner Aktentasche, einen winzigen Empfänger und mehrere Sätze Ermächtigungs- und Codierdokumente. Diese Mappe mußte ständig griffbereit für den Präsidenten sein. Im Falle eines Überraschungsangriffs oder in einem sonstigen Notfall konnte der Präsident in Sekundenschnelle die gesamten strategischen Streitkräfte der Vereinigten Staaten durch Eingabe der codierten Instruktionen in den tragbaren Miniaturempfänger- und sender dirigieren. Hier im Krisenkommandoraum unter dem Weißen Haus stand er augenblicklich mit sämtlichen Kommandozentren in aller Welt in direkter Verbindung.

»Also, General«, sagte er. »Dies hier ist ja wohl Ihre kleine Morgenparty. Haben wir mal wieder eine überraschende Ernstfallübung? Falls ja, dann ist der Zeitpunkt denkbar schlecht gewählt. Ich war eben mitten in meinem Morgentraining, dem ersten in dieser Woche, und außerdem habe ich –«

»Es handelt sich um keine Übung, Sir«, sagte Curtis. »Wir haben vor genau fünfzehn Minuten den Verlust eines Infrarot-Aufklärungssatelliten vom Typ Alpha Omega Neun bestätigt bekommen. Er –«

»Ein Satellit?« fragte der Präsident. »Und das ist alles?«

»Dieser spezielle Satellit«, fuhr Curtis unbeirrt fort, »war in erster Linie zur Frühwarnung vor Raketenstarts in der östlichen Sowjetunion und im Pazifikraum bestimmt. Im Augenblick haben wir damit absolut keinerlei Möglichkeit mehr, Raketenstarts festzustellen, und zwar für schätzungsweise ein Fünftel der gesamten sowjetischen Interkontinental-Erd- und Seeraketenbasen.«

»Nun übertreiben Sie aber«, stellte Kenneth Mitchell fest. »Wir haben Dutzende von Aufklärungssatelliten –«

»– aber nur einen über dem Osten der UdSSR«, unterbrach ihn Curtis gleich wieder, »und zwar einen, der ganz spezifisch dafür gebaut war, uns vor einem ICBM-Start von Land oder See aus zu warnen. Und jetzt haben wir, wie gesagt, keinen mehr. Zumindest nicht, bis wir einen neuen in die gleiche Position bringen können. Und das wird seine Zeit dauern.« Curtis wandte sich wieder dem Präsidenten zu. »Sir, wir müssen in der Zwischenzeit sicherstellen, daß Sie jederzeit die Evakuierung Washingtons in weniger als zehn Minuten anordnen können.«

»Zehn Minuten?« fragte der Präsident.

»Ja, *Mr. President*. Das ist genau die Zeit, die uns im Ernstfall zur Verfügung steht«, erläuterte Curtis. »Wir haben genau zehn Minuten von dem Zeitpunkt an, zu dem sowjetische ICBM nach der Startphase am Horizont auftauchen, bis zur Explosion ihrer Sprengköpfe. Und auch wenn wir zu wissen glauben, daß keiner dieser Raketensprengköpfe wirklich auf

31

Washington gerichtet ist, dürfen wir natürlich kein Risiko eingehen.«

Der Präsident blieb einen Moment lang stumm. Die Stille wurde unterbrochen, als der Stabschef des Präsidenten, Jeffrey Hampton, eintraf. Ihm folgte eine Ordonnanz mit einem Kaffeetablett und mit Gebäck.

»Ich konnte nicht alle Ausschußmitglieder erreichen, Mr. President«, sagte Hampton. »Aber ich versuche es weiter.«

»Nicht nötig, Jeff«, sagte der Präsident. »Das hier ist sowieso gleich zu Ende.«

General Curtis wurde eine Spur steifer. Der Präsident, erinnerte er sich, war schon während der ohnehin wenigen Übungen zum Test der Notfall- und Evakuierungspläne nie besonders ernsthaft bei der Sache gewesen. Und jetzt lag sogar ein echter Ernstfall vor, und er war bereits wieder am Aufbrechen.

»Es gibt noch mehr Neuigkeiten, Sir«, sagte er, ohne seinen Kaffee anzurühren. »Wir haben irgendwann heute früh auch eine RC-135-Aufklärungsmaschine verloren. In der Nähe der Sowjetunion.«

Der Präsident schloß die Augen und stellte seine Kaffeetasse klirrend auf die Untertasse zurück. »Wie bitte? Wo . . . ?«

»Es war ein reiner Routine-Übungsflug von Japan zur Air Base Eielson in Fairbanks. Dabei wich das Flugzeug plötzlich vom Kurs ab, um einigen seltsamen Signalen nachzugehen, die irgendwo zwischen dem U-Bootstützpunkt Petropawlowsk und einer großen Forschungsstation auf der Halbinsel Kamtschatka an einem Ort namens Kawaschnija auftauchten.«

Der Präsident nickte. »Gibt es Überlebende?«

»Keinen, soviel wir bis jetzt wissen«, sagte Curtis. »Suchmannschaften, die von Japan aus starteten, treffen eben jetzt erst dort ein. Auch sowjetische Suchkommandos waren schon da, aber sie haben nichts gefunden.«

Der Präsident nickte. »Wie viele . . . ?«

»Zehn Mann, zwei Frauen.«

»Verdammt.« Der Präsident preßte die Finger seiner rechten Hand an die Schläfen und begann diese leicht zu massieren.

»Was, zum Teufel, ist genau passiert? Warum waren sie überhaupt dort?«

»Routineaufklärung zu Kartographierungszwecken. Kurz und schlicht, ein Spionageflug«, mischte sich CIA-Chef Mitchell ein. »Sie flogen vor der Küste und versuchten, die Russen zu einer Radardrohung gegen sie zu veranlassen, um den Standort der Radarstation festzustellen, sie zu identifizieren und festzustellen, wie genau sie reagiert.«

»Wie nahe waren sie an der Küste?« fragte der Präsident.

Curtis zögerte.

»Wie nahe?« wiederholte der Präsident.

»Bis auf fünfundachtzig Meilen«, antwortete Curtis. »Als wir den Kontakt zu dem Flugzeug verloren, war es etwa neunzig Meilen vor der Küste.«

»Verdammt«, raunzte der Präsident, »was glauben Sie, wie sauer ich reagieren würde, wenn ein russisches Spionageflugzeug ganze achtzig Meilen vor Washington herumkurven würde?« Er wandte sich Außenminister Brent zu, der des Präsidenten nächste Frage vorausahnte.

»Technisch gesehen, *Mr. President*«, sagte Brent, »waren sie in internationalem Luftraum, solange sie nicht sowjetisches Territorium überflogen. Allerdings bewachen die Sowjets ihre *Air Defense Identification Zone*, ihren Luftsicherheitsraum, ziemlich eifersüchtig. Und sie haben ihn bis auf hundertzwanzig Meilen vor der Küste ausgedehnt.«

»Wie wurden sie abgeschossen?« fragte der Präsident.

Wieder zögerte Curtis.

»Nun, General?«

»Wir ... wir sind nicht ganz sicher, *Mr. President*«, antwortete Curtis schließlich.

Der Präsident sah auf die Eichentäfelung des Saales rund um sich mit einem Ausdruck, als habe sie begonnen, auf ihn zuzurücken.

»Sir, zum gegenwärtigen Zeitpunkt können wir nicht einmal bestätigen, daß die Russen das Flugzeug überhaupt heruntergeholt haben.«

»Sie sind nicht sicher . . . ?«

»Es gab keine Möglichkeit festzustellen, was genau passiert ist.«

»Zum Donnerwetter noch mal, General«, sagte der Präsident aufgebracht. »Wir verlieren zwölf Leute, Männer und Frauen, und ein unbewaffnetes Spionageflugzeug dazu, und Sie können mir nicht sagen, was passiert ist?«

»Wir haben im Augenblick noch nicht alle Einzelheiten, Sir.«

»Trotzdem beschuldigen Sie die Sowjets, das Flugzeug abgeschossen zu haben?« fragte Marshall Brent. »Ohne Beweise?«

»Es müssen die Sowjets gewesen sein«, schoß Curtis giftig zurück. »Es gab keine andere –«

»Also gut«, unterbrach der Präsident ungeduldig, »was genau haben Sie vorzuweisen, General?« Er schenkte sich und Brent Kaffee nach. »Von Anfang an, bitte. Und ich hoffe, Sie haben etwas Substanz zu bieten.«

Curtis räusperte sich und begann. »Sir, die RC-135 konzentrierte ihre Patrouille auf ein großes Forschungsgelände nördlich von Petropawlowsk –«

»Wir haben Informationen, daß dort geheime Waffen erprobt werden«, warf Mitchell ein. »Die Russen haben in diesem Kawaschnija erhebliche Schutz- und Abwehrvorrichtungen installiert. Sie haben dort einen Flugplatz und fest stationierte Boden-Luft-Raketenstellungen, die fast so groß sind wie die unterirdischen Raketenbasen in Petropawlowsk. Aber das einzige, was wir bislang sicher wissen, ist, daß es dort unter anderem ein großes Atomkraftwerk auf dem Gelände gibt.«

»Das dürfte allerdings keineswegs alles sein«, sagte Curtis zum Präsidenten. »Wir haben von der RC-135 Daten übermittelt bekommen, wonach es dort mehrere neue Frühwarnsysteme mit großer Reichweite geben muß, und eines davon muß ganz besonders stark sein. Jedenfalls war es stark genug, um auf sämtlichen Kanälen die Datenübermittlung der RC-135 zu unterbrechen.«

»Sie haben uns abgeblockt?«

»Nicht abgeblockt«, sagte Curtis. »Gestört, überlagert. Sie haben uns mit diesem einen Spezialradar auf einem breiten Frequenzspektrum einfach zugedeckt.«

»Also, was genau stellt das da nun dar?« fragte der Präsident alle in der Runde. »Soll das heißen, da ist eine neue Luftabwehrbasis? Oder ein Störsender? Oder was?«

»Wir haben Grund zu der Annahme, Sir«, antwortete Curtis, »daß die Sowjets in Kawaschnija Versuche mit Hochenergie-Lasern zur Abwehr von Satelliten und antiballistischen Raketen anstellen. Die Radaranlage ist so stark und hochentwickelt, daß sie noch Objekte in Umlaufbahnen entdecken und verfolgen kann. Sir, wir glauben, daß sie dort ein neues Laser-Abwehrsystem in Betrieb genommen haben oder wenigstens ausprobieren.«

Dem Präsidenten klappte der Unterkiefer herunter. Er sah Mitchell und Brent beunruhigt an.

»Lieber Gott, Curtis«, sagte Mitchell und fixierte den General vorwurfsvoll, »das sind doch reine Spekulationen! Sie haben doch gar nicht genügend Erkenntnisse, um –«

»Wissen *Sie* etwa, was die dort genau haben, Mitchell?« fragte Curtis zurück.

»Aber selbstverständlich«, sagte der CIA-Chef. »Einen riesigen Reaktor, einen großen Flugplatz, ausgedehnte Luftabwehranlagen. Aber nicht irgendein Phantasiedings von Laser-Abwehrsystem. Wir vermuten zwar, daß sie da draußen einen ganzen Haufen Waffenexperimente durchführen. Nukleare Sprengköpfe, Nervengas, vielleicht auch ein paar Experimente mit Partikelstrahlern und Lasern für zukünftige Antisatelliten- und ABM-Geräte. Aber ein bereits funktionierendes System? Unmöglich!«

»Tatsache ist aber, daß dieses Radar verteufelt stark ist«, entgegnete Curtis. »Für ein Raketenleitsystem zu atmosphärischen Zielen hätte ein weitaus schwächeres Radarsystem genügt. Aber dieses vermag nach unseren Schätzungen selbst unsere entferntesten Satelliten in ihren Umlaufbahnen, nämlich in einer Höhe von dreißigtausend Meilen, aufzuspüren.«

»Annahmen. Möglichkeiten. Schätzungen.« Der Präsident sah wieder auf seine Uhr. »Ist das alles, was Sie anzubieten haben? Nichts Konkreteres?«

»Wir *wissen*, daß es sich um eine riesige Forschungsanlage handelt«, beharrte Curtis und versuchte seine Glaubwürdigkeit zurückzugewinnen. »Sie *haben* diese gewaltige Energiequelle, und sie *haben* diese ungeheure Kapazität, fremde Flugobjekte aufzuspüren und zu verfolgen. Außerdem haben sie so viel Geld in diesen Komplex gesteckt, daß spektakuläre Ergebnisse sehr wohl denkbar und möglich sind –«

»Und wir wissen«, unterbrach ihn Mitchell erneut, »daß die Russen trotz ihrer erheblichen finanziellen Anstrengungen in der Forschung nach wie vor noch mindestens zwanzig Jahre brauchen werden, bis sie einen ausreichend entwickelten Laser haben, der glaubwürdig als ABM-System auf Laser-Basis gelten und eingesetzt werden kann.«

»Und wie weit sind *wir*?« fragte Brent mehr gereizt als neugierig.

»Wir brauchen mindestens noch zehn Jahre für ein einsatzfähiges Laser-System«, erklärte Curtis. »Vermutlich noch bis zum Ende des Jahrhunderts. Allerdings haben wir bereits ein funktionierendes Satelliten-Abwehrsystem, nämlich die beiden F-15-Antisatelliten-Einsatzgruppen in Andrews und Tacoma. Und dazu haben wir natürlich auch noch *Ice Fortress*, das Projekt einer polaren Raumstation zur Raketenabwehr. Wenn wir wollten, könnten wir diese Raumstation schon nächstes Jahr mit einem Shuttle hinaufschießen. Wir könnten sie sogar zu einem ASAT-System mit ferngelenkten Waffen ausbauen oder mit kinetischer Energie –«

»Das Projekt *Ice Fortress* ist doch abgeblasen worden, oder?« fragte der Präsident, der an seinem Kaffee nippte und nicht mehr recht bei der Sache war. Er wandte sich an Brent. »Wir haben es doch abgeblasen, nicht wahr?«

»Völlig richtig, Sir«, sagte Brent. Er wandte sich an Curtis. »Ich hoffe, General, es ist Ihnen einfach nur momentan entgangen, daß der Start von *Ice Fortress* eine flagrante Verletzung

36

des ersten ratifizierten Abrüstungsabkommens wäre, das wir in mehr als zwanzig Jahren mit den Sowjets erzielt haben.«

»*Ice Fortress* steht hier auch nicht zur Debatte«, erwiderte Curtis. »Der springende Punkt ist vielmehr dieser: die Theorie ›weil wir's nicht haben, können es die Sowjets erst recht nicht haben‹ ist der reine Nonsens. Die Russen gehen ganz anders vor als wir. Sie geben keinem Kongreß Auskunft, keiner Presse, keiner Öffentlichkeit und der ganzen Welt schon gar nicht. Sie annullieren oder stornieren keine Planungen und Projekte. Sie schließen keine Werke, entlassen keine Arbeiter oder machen sich Sorgen um den Etat. Wenn sie *jetzt* ein Laser-System haben wollen, dann entwickeln und bauen sie es sich eben jetzt. Und wenn sie dafür mehr Geld brauchen, werden eben zwanzig Prozent weniger Fleisch und dreißig Prozent weniger Toilettenpapier eingekauft. Und auf so etwas wie öffentliche Meinung pfeifen die sowieso.«

»Na, na, General«, sagte Mitchell. »Ich bin ja auf Ihrer Seite. Aber Ihr Informationsstand reicht schlicht und einfach nicht aus, um Ihre Vermutungen zu stützen. Die erforderliche Technologie für ein Antisatelliten-System auf Laser-Basis, das selbst geostationäre Satelliten erreicht, ist ungeheuer kompliziert. Das ist was völlig anderes, als irgendwelche Sprengköpfe abzuschießen. Der Grad der Exaktheit, um die es hier vielmehr geht, ist enorm!«

»Und nur, weil *wir* das noch nicht fertigbringen«, meinte Curtis, »können es die Russen erst recht nicht, ja, Mitch?«

»Gut, gut, schön«, mischte sich der Präsident ein. »Hört auf. Hier geht es nicht um Punkte in einem Debattierwettbewerb.« Er fuhr sich mit der Hand durch seine verschwitzten braunen Haare und versuchte scharf nachzudenken. »Alles, was ich im Moment sehe, ist, daß sich zwei der führenden Experten des Landes streiten und einander widersprechen. Sie, Curtis, sagen, in dieser Anlage der Russen *könnte* ein sowjetisches Satelliten-Abwehrsystem oder ein Anti-ICBM-Laser stationiert sein. Und Sie, Mitch, sagen, die Russen haben gar nicht den technischen Standard, um ein solches System zu bauen. Ich bitte um Vergebung für meine Vermessenheit, *Gentlemen*, aber mir klingt das alles recht paranoid.«

»Ich versichere Ihnen, *Mr. President*«, sagte Curtis rasch, »das ist nicht –«

Aber der Präsident ließ ihn nicht weiterreden. Er wandte sich an den CIA-Chef. »Mitch, wir brauchen mehr Informationen über diese Anlage in Sibirien. Können Sie die uns beschaffen?«

»Über einige Möglichkeiten verfügen wir, Sir«, antwortete Mitchell. »Zuallermindest sollte es uns möglich sein, ein detailliertes Diagramm von dieser Anlage zu erhalten. Ich werde Ihnen sobald wie möglich einen genauen Bericht über den letzten Stand vorlegen.«

»Gut.« Der Präsident sah wieder auf seine Uhr. »General, ich gebe zu, daß es wichtig ist, einen Plan zu haben, wie ich im Ernstfall Washington raschestmöglich verlassen kann, aber ich bin andererseits der Meinung, daß die Situation im Augenblick keine Veranlassung zu einer derartigen Vorsicht gibt. Ich habe einen ziemlich vollen Terminkalender für heute und kann ihn nicht einfach umschmeißen.«

Curtis blickte den Präsidenten völlig ungläubig an. Gab es denn wirklich keine Möglichkeit, ihn davon zu überzeugen, daß die nationale Sicherheit durch diese Vorfälle entscheidend bedroht war?

»Ich will Einzelheiten über diesen Flugzeugabsturz haben, und zwar sobald wie möglich. Und falls die Russen sich dabei gegen eine Zusammenarbeit sperren, will ich das ebenfalls sofort wissen.«

Flugzeug*absturz*, dachte Curtis. Nicht *Abschuß*. Nicht *Vernichtung*. Nicht *Mord*. Er beachtet meine Befürchtungen überhaupt nicht.

»Für einen Mangel an Zusammenarbeit gibt es keine Anhaltspunkte, Sir«, sagte Curtis gelassen.

»Marshall, ich glaube, es ist an der Zeit, daß wir einige Fühler zu den Russen ausstrecken«, sagte der Präsident. »Fangen Sie bei den Vereinten Nationen an. Sehen Sie zu, ob wir eine Sondersitzung des Sicherheitsrats zusammenkriegen. Da pflastern wir dann Karmarow mit allem zu, was wir bis dahin kriegen können, und dann sehen wir schon, wie die Russen reagieren. Sagen Sie Greg Adams, er soll sie ganz hart angehen, ihnen alles mögliche vorwerfen. Es ist von Interesse, wie dieser höfliche Halunke Karmarow darauf reagiert. Wir müssen den Burschen vermutlich ein bißchen auf die Füße treten, damit wir herauskriegen, was sie wirklich vorhaben.«

»Auf die Füße treten, wem auch immer, *Mr. President*«, sperrte sich Brent, »das würde ich gerne vermeiden.« Seine Abneigung gegen solche saloppe Wortwahl war ihm deutlich anzumerken.

»Machen Sie das, wie Sie wollen«, sagte der Präsident. Er wandte sich an Curtis. »Wilbur, der Verlust Ihrer Leute tut mir aufrichtig leid. Bedauerlicherweise haben wir nicht genug Informationen, um die Russen eines unfairen Spiels zu beschuldigen. Wir müssen das also vorerst als Unfall behandeln. Es gibt keine Anzeichen für Überlebende. Die Russen behaupten, sie hätten weder Leichen noch Wrackteile gefunden. Und es gibt auch keine Aufzeichnung der Gespräche aus dem Cockpit oder einen Flugschreiber. Ist das so richtig? Also. Ein tragischer Verlust.«

»Ja, aber die Untersuchung der Signaldaten des Flugzeugs und des zerstörten Satelliten sind noch nicht abgeschlossen, Sir«, beharrte Curtis. »Ich lege Ihnen sofort einen Bericht vor, sobald das geschehen ist.«

»Wunderbar, General«, sagte der Präsident. »Berichten Sie mir direkt über –«

»Ich hätte gerne auch eine Autorisierung für die Vorbereitung von Gegenmaßnahmen, falls wir herausfinden, daß sie tatsächlich einen ASAT- und ABM-Laser auf diesem Gelände dort haben«, fügte Curtis schnell hinzu.

»Vorbereitung von Gegenmaßnahmen?« fragte der Präsident. »Das klingt wie Militär-Chinesisch für einen Angriffsplan.«

»Das geht aber nun wirklich zu weit«, wandte Brent ein.

»Ich glaube nicht, daß es notwendig ist –«

»Augenblick, Marshall«, fiel ihm der Präsident ins Wort. Er sah General Curtis scharf an. »Fahren Sie fort, Wilbur. Welche Art Gegenmaßnahmen?«

»Ich rede doch nur davon«, sagte Curtis, »was die Regierung tun soll, *falls* sich herausstellt, daß meine Vermutungen zutreffen.«

Der Präsident blickte wieder auf seine Uhr. Seine Zeit wurde immer knapper. »Was Sie da vorschlagen, General . . . wir könnten eine Menge Probleme bekommen, wenn da etwas durchsickert. Sie wissen schließlich, wie kurz wir vor der Unterzeichnung dieses Abrüstungsvertrages stehen.«

»Da wird nichts durchsickern, Sir«, versicherte Curtis. »Das kann ich alles allein über mein eigenes Büro erledigen. Der Bericht wird lediglich aus einer Faktensammlung und -analyse über die Anlage Kawaschnija bestehen, samt einer Aufzählung der möglichen Optionen. Es wird keinerlei militärische Mobilisierung damit verbunden sein, keine Zusammenziehung von Truppen, und es werden keine Gelder beansprucht werden.«

Der Präsident hörte ihm schweigend zu. Seine Gedanken waren schon ganz woanders. Alle im Saal standen auf. Der Präsident ging zur Tür, die ihm General Curtis öffnete.

»Gut, genehmigt«, sagte er nur, als er an dem Viersterne-General vorbeiging. Dann blieb er doch noch einmal stehen und fixierte Curtis scharf. »Aber falls etwas durchsickert, falls dadurch die laufenden Verhandlungen beeinträchtigt werden, stehen Sie mir dafür gerade. Das garantiere ich Ihnen . . .«

General Curtis eilte Marshall Brent nach, als sie auf dem Weg zur unterirdischen Garage des Weißen Hauses waren.

»Kann ich Sie irgendwo absetzen, Herr Minister?« fragte er und nahm gleichen Schritt mit Brent auf.

Brent zögerte einen Augenblick und blickte den Chef der Vereinigten Stäbe stirnrunzelnd an. Schließlich nickte er ergeben, achselzuckend.

»Vielen Dank, General«, sagte er. »Ich muß hinaus nach

Andrews. Ich muß den Diplomaten-Shuttle nach New York noch kriegen.«

Curtis, seine Ordonnanz und Brent stiegen in den armeegrünen Lincoln Continental des Generals und fuhren in das schlechte Wetter Washingtons hinaus. Während sich der Fahrer in den Verkehr auf dem Beltway einordnete, gab Curtis seiner Ordonnanz ein Zeichen, die dicke Glastrennscheibe zum Fond zu schließen.

»Allerlei los diese Woche, wie, General?«

»Nun ja, ich habe schon schlimmere Wochen erlebt . . . aber bessere auch«, antwortete Curtis.

»Glauben Sie wirklich, daß die diesen . . . Laser da haben?«

»Herr Minister, ich mag ja ein störrischer alter Maulesel sein.« Curtis knöpfte seine Jacke auf. »Aber zuhören kann ich. Unsere gesamten Geheimdienste erzählen uns seit zehn Jahren, daß die Sowjets ziemlich nahe an einer Laserwaffe gegen Satelliten sind. Und diese Anlage in Kawaschnija sieht sehr danach aus, daß sie der Höhe- und Endpunkt dieser ganzen Forschungsarbeit ist. Ich hab' so ein Gefühl in meinen alten Knochen, daß einer von den jungen Genies im Pentagon in den nächsten paar Tagen zu mir gerannt kommt: Sir, Sir, da ist was in den Daten von der RC-135, das sagt, die Russen machen da drüben *irgendwas*.«

»Ich kann es nicht glauben«, meinte Brent, »daß die Russen wirklich so einen Angriff unternehmen sollten. Sie mögen eine Menge schlechter Eigenschaften haben, aber leichtsinnig und unbedacht sind sie nicht.«

»Unbedacht . . . nein. Aber wenn sie glaubten, sie kämen damit durch, können sie das Risiko durchaus eingegangen sein«, meinte Curtis. »Zum Teufel, es wäre schließlich nicht zum ersten Mal, daß sie auf eines unserer Aufklärungsflugzeuge schießen.«

»Sie haben es schon mal gemacht?«

»Aber ja doch«, erwiderte Curtis lachend. »Die Mistkerle sind manchmal richtige Eisenfresser. Sie nageln eine RC-135 mit Feuerkontroll-Radar fest, als schössen sie gleich eine Rakete auf sie ab. Sie durchlöchern ihr ein wenig die Schnauze mit Kugeln und fliegen so nahe ran, daß sich die Tragflächen überlappen. Sie ändern sogar ihre Radio-Navigationswarnungen, damit Flugzeuge, die ihren Küsten nahekommen, falsche Navigationsinformationen bekommen, in der Hoffnung, daß ihnen damit ein Aufklärungsflugzeug in ihren Luftraum eindringt. Deshalb dürfen doch unsere Jungs keine fremden Navigationshilfen benützen. Die Russen schicken ständig über Hochfrequenzradio falsche Nachrichten oder Befehle. Oder sie mischen sich in echte Befehle ein. Oder sie blockieren einfach die Frequenzen.«

»Und was tun wir dagegen?«

»Wir ignorieren das Spielchen. Meistens jedenfalls. Solange wir uns an die Spielregeln halten und niemand zu Schaden kommt, ist es uns egal, ob sie sich aufführen wie die Narren oder nicht. Wir lassen formelle Beschwerden los, und sie antworten so schnell und wild, wie sie seit jeher alles tun, mit Gegenbeschwerden. Nach einer Weile schläft alles wieder ein.«

»Ja, aber die Geschichte mit dem koreanischen Verkehrsflugzeug damals . . .«

»Sehen Sie? Manchmal machen Sie eben aus dem Spielchen auch verdammten Ernst.« Curtis schwieg einen Augenblick. »Aber das alles ist mit dieser RC-135 nicht passiert«, fuhr er dann fort. »Ganz gleich, wie sie ihnen die Scheiße vorgequirlt hätten, unsere Jungs wären cool geblieben. Wären sie unter direkten Beschuß geraten oder hätten auch nur geglaubt, daß dies gleich passieren würde, hätten sie die Datenspülung betätigt.«

»Datenspülung?«

»Ja. Sie sammeln bekanntlich Daten über sowjetisches Radar und andere elektromagnetische Signale. Das wird alles codiert und gespeichert. In einem eigenen Computerspeicher. Beim leisesten Anzeichen von Problemen – Flugzeugschaden, Angriff, Schäden in der Apparatur – kann der Speicher in Sekundenschnelle seinen Inhalt einem Pentagon-Satelliten übermitteln. Dazu braucht es nicht mehr als einen Knopfdruck. Und weg ist alles. Die meisten Operatoren haben jetzt sogar schon einen hochempfindlichen Sensor an ihrem Drückerknopf. Sobald auch nur ein Triebwerk einen Rülpser tut, sind die Daten auf dem Weg. Außerdem erfolgt in regelmäßigen Abständen automatisch eine Übermittlung nach einem komplizierten Routine-Fehlercheck, der sich zwischen Flugzeug und Satellit abspielt.«

»Aha.«

»Hätte die Besatzung der RC-135 also gewußt, daß sie angegriffen wurde, hätten wir den Rest der Daten und einen Angriffs- oder Notfallcode erhalten. Auch das kleinste bedrohliche Anzeichen von irgendwoher, zumal, da das Flugzeug doch so nahe an der Küste war, hätte sie veranlaßt, ihre Daten rüberzuspülen. Haben sie aber nicht. Weil sie nie geahnt haben, was ihnen eigentlich drohte.«

»Ein Angriff ohne jede Vorwarnung, meinen Sie?« fragte Brent. »Ein Jagdflugzeug könnte sie abgeschossen haben, ehe sie es überhaupt entdeckten?«

Curtis nickte. »Nachts, ein passiver Infrarot-Raketenangriff. Sicher. Aber das ist sehr unwahrscheinlich. Die RC-135 kann Hunderte von Sendefrequenzen gleichzeitig überwachen. Ganz besonders sowjetische Kommandofrequenzen. Hätte sie auch nur irgendeinen Kommunikationskontakt Luft-Boden oder Boden-Luft über ein Angriffskommando aufgespürt, sie hätte augenblicklich die Datenspülung betätigt, den Schwanz eingezogen und Fersengeld gegeben. Kein sowjetischer Jäger kommt auf die Idee, so etwas zu tun, ohne einen direkten Befehl vom Kreml selbst. Es sei denn natürlich, der Eindringling attackiert von sich selbst aus. Dem Angriff auf das koreanische Verkehrsflugzeug gingen immerhin zwei Stunden Funkverkehr voraus, der von Anfang bis Ende selbst noch im fernen Japan mitgehört werden konnte. Nein, nein. Unsere Jungs hatten nicht die blasseste Ahnung, was da auf sie zukam.«

Beide Männer schwiegen lange. Brent suchte nach einer Erklärung. Curtis wurde schlicht immer unruhiger.

»Also, was können wir denn nun machen?« fragte Brent schließlich.

»Nichts«, seufzte Curtis verdrossen, »buchstäblich nichts können wir tun. Es sei denn, die Russen versuchen etwas Blödsinniges, etwas wirklich Flagrantes. Falls Sie da drüben ein neues Spielzeug haben, haben sie nun ihren kleinen Spaß damit gehabt. Aber falls es ihnen in den Sinn kommen sollte, noch weiterzuspielen, dann wird unserem Präsidenten nicht viel anderes übrigbleiben, als zu ihnen rüberzumarschieren und ihnen ihre kleinen Ärsche zu versohlen.«

»Etwas Flagrantes«, sinnierte Brent und sah Curtis nachdenklich an.

»Das gefällt mir am Präsidenten so«, sagte Curtis, und seine Stimme wurde plötzlich ganz überschwenglich. »Er ist ein hundertfünfzigprozentiger Politiker, aber man kann ihn aufstacheln. Ganz wie in seinen alten *Football*-Tagen als *Quarterback*. Er funktioniert wie ein Profi, macht saubere Läufe, rempelt auch und wieselt sich durch, bis er eben in der Position ist. Dann holt er aus und schickt die Bombe ins Ziel.«

Brent sah Curtis kopfschüttelnd an. »Gnade uns Gott«, sagte er, »wenn er das wirklich tut.«

VEREINTE NATIONEN
NEW YORK

»Die Sondersitzung des Sicherheitsrates der Vereinten Nationen ist hiermit eröffnet«, sagte Ian McCaan, der UN-Generalsekretär und UN-Botschafter Irlands. Es war fast elf Uhr abends in New York. Die meisten der fünfzehn Delegierten und ihre Assistenten und Sekretärinnen hatten Tassen mit heißem, dampfendem Kaffee oder Tee vor sich. Einige machten sehr verärgerte – und müde – Gesichter. Andere blickten etwas besorgt auf die beiden eindeutigen Hauptdarsteller der Sitzung, derentwegen sie überhaupt einberufen worden war: Gregory Adams, UN-Botschafter der USA, und Dmitri Karmarow, UN-Botschafter der UdSSR.

»Es wird festgestellt«, fuhr McCaan fort, dessen Irisch trotz zweier Jahrzehnte Aufenthalt in den Vereinigten Staaten so unverkennbar war wie eh und je, »daß diese Sitzung dringlich von der Regierung der Vereinigten Staaten von Amerika beantragt wurde, und zwar nach Artikel neun, unprovozierter und exzessiver Einsatz militärischer Gewalt gegen ein unbewaffnetes See- oder Luftfahrzeug in der Nähe territorialer Grenzen. Die Anklage der Verletzung des Artikels neun wird hiermit zur Tagesordnung genommen. Die Delegation der Vereinigten Staaten hat beantragt, daß diese Sitzung unter Ausschluß der Öffentlichkeit mit Ausnahme der Mitglieder des Rates selbst stattfinde, wenn auch Audiotransskripte dieser Sondersitzung als vertraulich allen Mitgliedsnationen zur Verfügung stehen. Botschafter Adams, wollen Sie bitte Ihre Klage vortragen.«

Gregory Adams richtete sich sein Mikrofon und blickte über den ganzen Tisch auf die vierzehn anderen Delegierten. Ein sehr aufmerksames Publikum hatte er nicht. Der russische Botschafter gab sich betont gelangweilt. Aber auch die anderen Delegierten sahen eher uninteressiert drein. Adams begann sich zu fragen, ob es wirklich klug gewesen sei, unter diesen Umständen sogar eine Sondersitzung einberufen zu lassen. Er rückte sich die dunkle Hornbrille zurecht, die er trug, um älter auszusehen, räusperte sich und begann.

»Vielen Dank, Herr Generalsekretär. In der Nacht zum dreizehnten November, also vor zwei Tagen, befand sich ein unbewaffnetes amerikanisches Aufklärungsflugzeug vom Typ RC-135 auf einem Routine-Patrouillenflug vor der Ostküste der sowjetischen Halbinsel Kamtschatka. Das Flugzeug war auf einem friedlichen Übungsflug –«

»Entschuldigen Sie, Mr. Adams«, unterbrach an dieser Stelle bereits Dmitri Karmarow, der sich den Übersetzungskopfhörer näher ans Ohr drückte. Er lächelte und sagte auf englisch:

»Der Übersetzer sagt mir eben, die RC-135 sei auf einem Übungsflug gewesen. Ich möchte diesen Punkt nicht mißverstehen. Bedeutet dies dasselbe wie Spionageflug, Sir?«

»Amerikanische Flugzeuge aller Typen«, antwortete Adams, »fliegen an praktisch allen Küsten der Welt aus einer Reihe von Gründen, Botschafter. Diese spezielle RC-135 hatte einen routinemäßigen Übungs- und Beobachtungsauftrag. Sie sammelte Daten für die Satelliten-Navigation, und zwar für zivile wie militärische Zwecke.«

»Navigationsinformationen!« Karmarows einundsechzigjähriges Gesicht barst schier vor unterdrücktem Gelächter. Er spielte demonstrativ und übertrieben vor, wie er sein Gesicht verbarg und sich bemühte, das Lachen zu unterdrücken. »Navigationsinformation! Na gut, Mr. Adams. Ich entschuldige mich auch für die Unterbrechung!« Und er unterdrückte noch einmal ein Lachen. Die übrigen Delegierten blickten unbewegt drein, aber es war dennoch offensichtlich, daß sie Adams Erläuterung der Mission der RC-135 wenig Glauben schenkten. Es war allgemein bekannt, was dieser Flugzeugtyp konnte.

»Dieses Flugzeug«, fuhr Adams mit erhobener Stimme fort, »wurde zerstört. Plötzlich, ohne Vorwarnung und ohne Anlaß.« Adams musterte der Reihe nach die Gesichter der anderen Delegierten, aber sie waren ausdruckslos. »Dies stellt eine Bedrohung und Gefährdung des freien Luftverkehrs für uns alle dar, *Gentlemen*. Der Vorfall trug sich nicht über sowjetischem Hoheitsgebiet zu —«

»Unkorrekt, Botschafter Adams«, sagte Karmarow. »Ich habe hier einen Bericht unserer Luftverteidigung, von der Radarsuchstation auf der Insel Kommandorskij sowie vom Flugplatz Ossora auf Ost-Kamtschatka. Sie berichten übereinstimmend, daß sich das Flugzeug vom Typ RC-135 unserer Küste auf 73 Meilen näherte . . .«

»Und 73 Meilen«, gab Adams zurück, »bedeutet kaum sowjetisches Lufthoheitsgebiet.«

»Nach den Regelungen der *International Civil Aeronautics Organization* durchaus«, erwiderte Karmarow. »Artikel siebzehn, Paragraph 131, gestattet eine 120-Meilen-Zone als Luft-sicherheitsraum vor dem Territorium von Ländern, die an das offene Meer grenzen. In dieser Zone sind Flüge ohne Erlaubnis des Landes, das diese Zone kontrolliert, unzulässig. Ich glaube, ich kann als sicher unterstellen, daß Ihre RC-135 nicht die Erlaubnis hatte, in diese Zone einzufliegen ...«

»Fliegen selbst ist in einer Luftverteidigungszone keineswegs untersagt«, konterte Adams. Er schlug einen Aktendeckel auf, den ihm ein Assistent reichte. »Nach Paragraph 137 der ICAO-Regeln, Botschafter, riskieren Flugzeuge, die in eine ADIZ-Zone ohne Genehmigung oder korrekte Identifizierung einflie-gen, das Eingreifen der See- oder Luftstreitkräfte des betreffen-den Landes – aber ausschließlich zu dem Zweck der Identifizie-rung und Positionsbestimmung hinsichtlich Flughöhe, Flugge-schwindigkeit und Feststellung der Flugrichtung. Sie dürfen sich durchaus in diesem Gebiet bewegen, solange sie nicht eine Bedrohung für den Luftverkehr oder die nationale Sicherheit darstellen. Und ganz eindeutig besteht kein Recht, auf sie zu schießen.«

»Ein amerikanisches Militärflugzeug von der Größe dessen, das in unseren Luftraum eindrang, ist aber sehr eindeutig eine Bedrohung unserer Sicherheit, Sir«, sagte Karmarow. »Der zitierte Artikel besagt ausdrücklich, daß das eindringende Luft-fahrzeug, falls es ein militärisches ist und imstande, weittra-gende Luft-Luft- oder Boden-Luft-Waffen zu transportieren, abgedrängt, zum Abdrehen aufgefordert, zur Landung gezwun-gen und sogar beschossen werden darf.« Karmarow zeigte mit dem Finger demonstrativ auf Adams. »*Sie* haben bewußt eine Katastrophe riskiert, nicht wir.«

»Die RC-135 ist *nicht* für den Transport von Waffen ausge-rüstet.«

»Eine positive Identifizierung des Flugzeugs hat nicht statt-gefunden, bis Ihre Regierung Kontakt mit uns aufgenommen hat, Sir«, entgegnete Karmarow. »Es folgte einem für ein Spionageflugzeug überaus ungewöhnlichen Flugkurs – nicht dem üblichen. Mit Berücksichtigung der besonders delikaten

Natur unserer Aktivitäten in jener Gegend bin ich der Ansicht, daß die sowjetische Regierung mit bemerkenswerter Zurückhaltung handelte.«

»Zurückhaltung!« Adams verzog das Gesicht, um seine äußerste Entrüstung auszudrücken. »Sie haben dieses Flugzeug zerstört! Sie haben es ohne jede Warnung beschossen, ohne Rücksicht auf das Leben der Menschen, die die Besatzung bildeten. Sie haben zwölf völlig unschuldige Männer und Frauen ermordet. In einem unbewaffneten Flugzeug, das sich auf einem friedlichen Flug befand!«

»Mr. Adams, ich fordere Sie auf, ihre wilden Anklagen nicht allzuweit zu treiben«, entgegnete Karmarow, diesmal schon lauter. »Wir bestreiten jede Verantwortung für das vermißte Flugzeug, außer, es gewarnt und aus dem sowjetischen Luftraum gewiesen zu haben. Genaueres über das Flugzeug war uns nicht bekannt, bis uns Ihr Außenministerium von dem Unfall unterrichtete. Wir haben daraufhin sofort eine Luft- und See-Suchaktion unternommen. Wir wissen nicht, was Ihrem Spionageflugzeug widerfahren ist. Machen Sie nicht das unschuldige sowjetische Volk für Ihr bedauerliches Desaster verantwortlich.«

»Die RC-135 meldete ungewöhnliche Radarstrahlen, die sie verfolgten, kurz bevor sie angegriffen wurde«, sagte Adams. »Die Besatzung hielt sie für Zielsuch-Radarsignale von einer Bodenstation, die den Angriff vorbereitete.«

»Dann zeigen Sie uns doch Beweise dafür«, forderte Karmarow. »Sie behaupten, es handelte sich um Radarstrahlen in feindseliger Absicht. Wir erklären, daß von unserer Seite lediglich übliches Überwachungsradar gegen das Flugzeug eingesetzt wurde. Zeigen Sie uns die Unterlagen, die es nach Ihrer Behauptung gibt, Botschafter Adams! Konfrontieren Sie doch den Beschuldigten mit Ihrem Beweismaterial – wenn Sie können!«

»Mr. Adams?« sagte McCaan von seinem Podium zum Sitz des amerikanischen Delegierten. »Sind Sie imstande, dem Rat diese Informationen vorzulegen?«

»Die entscheidenden Informationen werden bereits zusammengetragen, um sie dann vorzulegen, Herr Generalsekretär.«

»Sie meinen vermutlich, decodiert, entschlüsselt, bearbeitet und verändert«, mischte sich der DDR-Botschafter Braunmüller ein. »Spionagedaten brauchen bekanntlich immer Zeit, um vorzeigbar gemacht zu werden.«

»Wir werden die Informationen vorlegen, da können Sie ganz beruhigt sein«, sagte Adams. »Sie weisen ganz eindeutig nach, daß es sich um ein Suchradar von einer Stärke handelte, das ein Dutzend Boden-Luft-Flugkörper mit Nuklearsprengköpfen abgelenkt hätte.«

»Dies ist eine wilde, völlig unbegründete Beschuldigung, Sir«, sagte Karmarow noch einmal und schüttelte in demonstrativer Verbitterung den Kopf. »Sie werden die Sowjetunion nicht dazu bringen, irgendeine Schuld an diesem bedauerlichen Unfall zuzugeben.«

»Dann, Botschafter Karmarow, sagen Sie dem Rat doch, welche Art von Aktivitäten Sie in Kawaschnija verfolgen? Warum ist dies so wichtig? Was ist von so vitalem Interesse, daß Sie in internationalem Luftraum ein unbewaffnetes Beobachtungsflugzeug abschießen ließen, nachdem es auch nur ein wenig in die Nähe gekommen war?«

»Ihre Ausführungen beginnen ermüdend zu werden, Botschafter Adams«, sagte Karmarow. »Ich will es nun zum letzten Mal wiederholen: Wir wissen nicht, was mit Ihrem Flugzeug geschah. In Kawaschnija befindet sich ein bedeutendes Forschungszentrum. Aber ich bin nicht befugt, über seine Natur zu diskutieren, und auch dieser Rat hat kein Recht, dies zu verlangen. Des weiteren befand sich Ihr Flugzeug, wie Sie selbst eingeräumt haben, eben nicht in internationalem Luftraum. Vielmehr war es in den sowjetischen Luftverteidigungsraum eingedrungen. Ihm oder genauer gesagt der militärischen Führung in Ihrem Pentagon, kommt alle Schuld an den Ereignissen zu, nicht der Sowjetunion. Das Flugzeug zeigte keinerlei Bereitschaft, sich zu identifizieren. Es bat auch nicht um Hilfe, gab keine Auskunft über seine Absichten und teilte keinen

Flugplan mit. Es war mithin ein unidentifiziertes Flugzeug –«

»… *das Sie abgeschossen haben!*« rief Adams und zeigte dramatisch mit dem Finger auf Karmarow. Er sah, daß er seinen letzten Trumpf ausspielen mußte. »Wir *wissen*, daß Sie dort Forschungen über Partikelstrahlwaffen, nämlich Laser und ähnliche Geräte dieser Art, durchführen, Botschafter! Das dürfen Sie deshalb ruhig zugeben. Sie hatten beschlossen, Ihr neues Spielzeug an einem unbewaffneten amerikanischen Luftfahrzeug zu testen!«

»Und Sie fischen im trüben, Adams!« erklärte Karmarow. Er wandte sich an Ian McCaan. »Herr Generalsekretär, die Sowjetunion erklärt sich der gegen sie vorgebrachten, aufgebauschten Vorwürfe der Vereinigten Staaten für unschuldig. Sie verlangt, daß die Vereinigten Staaten unverzüglich ihr angebliches Beweismaterial vorlegen. Wenn sie keines besitzen, was, wie ich annehme, der Fall ist, oder wenn das Beweismaterial sich als nicht zutreffend erweist, als nicht zuverlässig oder als ungenügend, einwandfrei die in Frage stehenden Beschuldigungen zu dokumentieren, beantrage ich, daß die Klage zurückgewiesen wird und daß sowohl Botschafter Adams als auch der Präsident der Vereinigten Staaten eine förmliche Entschuldigung abgeben.«

»Botschafter Adams«, wandte Ian McCaan sich nun an den Amerikaner, »sind Sie in der Lage, Ihre Klage stützendes Beweismaterial vorzulegen?«

Adams blickte zu Karmarow hinüber und betrachtete dann der Reihe nach die Gesichter der anderen Delegierten. Er sah nur Müdigkeit und Verwirrung. »Die Vereinigten Staaten werden dem Rat bis zum Wochenende ihr Material in der nächsten regulären Sitzung –«

»Dann hat die Delegation der Vereinigten Staaten unsere Zeit verschwendet«, erklärte Karmarow. »Botschafter Adams, ich fühle mich verpflichtet, Sie daran zu erinnern, daß eine Sondersitzung dieses Rates nicht das geeignete Forum für politische Propagandavorstellungen gegen die Sowjetunion ist. Des weiteren sollten Sie in künftigen Fällen dafür sorgen, einen Beschuldigten auch mit Beweisen für solche rufschädigenden Anklagen zu konfrontieren. Ich werde den Ausschuß für Verfahrensfragen bei den Vereinten Nationen bitten, diesen unbesonnenen und unverantwortlichen Mißbrauch Ihres Antragsprivilegs zu untersuchen und zu prüfen, ob nicht eine Anklage wegen ungehörigen Verhaltens gegen *Sie* erforderlich ist. Herr Generalsekretär, ich beantrage Vertagung.«

»Ich stimme zu«, sagte Braunmüller schnell.

Selbst McCaan, von jeher auf der Seite der Vereinigten Staaten und ein Freund von Gregory Adams, sah irritiert drein. Die übrigen Mitglieder des Sicherheitsrates verließen den Raum bereits und gaben vereinzelt verärgerte Kommentare ab, als McCaan mit dem Hammer klopfte.

AIR FORCE-STÜTZPUNKT BARKSDALE, BOISSIER CITY, LOUISIANA

Lieutenant-General Bradley Elliott warf einen Blick auf den maschinegeschriebenen Namen des Gewinners unten auf der Karte. In seinen drei Jahren als Offizier für die Verleihung der Auszeichnungen beim jährlichen Bomber- und Navigationswettbewerb des Strategic Air Command hatte er so etwas noch nicht erlebt. Eine Einheit – eine einzige Besatzung sogar nur – hatte den Wettbewerb beherrscht wie noch keine Crew jemals zuvor. Die Wettauguren und die Kristallkugelgucker hatten sich nicht nur einfach geirrt, sie waren schlicht meilenweit vom Kurs gewesen.

Elliott wartete noch, bis die zwei Bühnenhelfer bereit waren und die Eskorten in Position standen. Dann reckte er die Schultern und lächelte. Diese armen Hunde von Besatzungen, dachte er. Da warten sie Monate auf die Resultate des Bomber- und Navigationswettbewerbs des SAC und jeder, der die Preis- verleihung vornimmt, spannt sie mit allerlei Mätzchen und versteckten Hinweisen endlos auf die Folter, wer es denn nun ist. Und damit nicht genug. Um die Spannung noch weiter hochzutreiben, läßt er die Eskorten durch die Reihen gehen und vor einer Besatzung haltmachen, nur um sie den Bruchteil einer Sekunde, bevor diese in den Siegesschrei ausbricht, unbe- wegt weiterzuschicken.

Vor ein paar Jahren, erinnerte sich Elliott mit Stolz, war er selbst auf der Bühne gestanden, um die Siegestrophäe für seine Einheit in Empfang zu nehmen. Und der Hangar war unter dem donnernden Applaus erzittert. Seine alte Einheit von den stromlinigen Überschall-FB-111 in der Air Force-Base Pease in New Hampshire war jahrelang die unbestrittene Nummer eins gewesen. Das hatte sich ziemlich geändert. Nicht, weil jetzt ständig diese modernen, superhochgezüchteten neuen Bomber alle Trophäen einheimsten. Es war mehr die Qualität der Besat- zungen selbst, die der kritische Faktor geworden war.

»Die Curtis-E.-LeMay-Bomber-Trophäe«, sagte General Elliott, was die Menge augenblicks zum Verstummen brachte, »wird an die Bomber-Besatzung verliehen, die, gleich ob auf B-52-, FB-111- oder B-1B-Maschinen, die meisten Punkte im Wettbewerb aus Hoch- und Tiefbombenwurf erzielt. Dazu vielleicht noch einige Bemerkungen zur Geschichte des Prei- ses: Diese Trophäe war ursprünglich, nämlich von 1948 bis 1980, lediglich als Bomber-Trophäe bekannt. Dann wurde sie zu Ehren von General Curtis E. LeMay nach ihm benannt – wegen seiner Verdienste um das Strategic Air Command und seines Eintretens für die strategische Luftherrschaft. Acht der letzten zehn Jahre dieses Wettbewerbs um die LeMay-Trophäe waren von Siegen der Besatzungen aus Pease und Plattsburgh bestimmt. Einige dachten nun, daß das verbesserte Offensive- Avionics-System und die B-1B-Excalibur die FBs völlig aus dem Rennen werfen würden.« Der General machte eine Pause. Dann lächelte er listig und geheimnisvoll und warf einen Blick zum Kommandeur der Achten Air Force und zu den FB-111-Besatzungen an seiner Seite. »Aber mit einer Trefferquote von 95,5 Prozent beim Tiefabwurf und ganz unglaublichen 90 Prozent bei der Bombardierung aus großer Höhe, hat die 715. Bomber-Staffel *Eagles* von der Air Force Base Pease, New Hampshire, einen Rekord im Allzweckbombenwurf erzielt –«

Ein gewaltiger Schrei stieg aus dem Publikum auf. Die FB-111-Besatzungen aus Pease, New Hampshire, tobten vor Begeisterung. Sie, die »Schnellbrenner«, hatten den ganzen Wettbewerb über vor den »Dicken« gezittert, den B-52ern mit ihren nagelneuen Digitalcomputern, und vor den schlanken, tödlichen B-1B-Bombern, die eine noch modernere Version der alten, soliden Bombergeneration darstellten. Schon im vergangenen Jahr hatte eine B-52-Besatzung gewonnen. Die FB-Besatzungen waren dessen ungeachtet überzeugt, den anderen Mannschaften überlegen zu sein, auch wenn sie sich nun allzugut zu plazieren vermocht hatten. Jetzt aber war mit diesem Bomberrekord der Wendepunkt gekommen.

Elliott ließ den Siegestaumel sich noch eine Weile austoben. Dann aber fuhr er fort: »Tut mir leid, Jungs, daß ich euch dies antun muß...«

Er mußte seine Stimme anheben, um sich über dem Geschrei der FB-111-Besatzungen verständlich zu machen. Dann brachte jedoch ein einziges Wort seine Zuhörer schlagartig zum Schweigen. »Aber...«

Pause. Stille.

»... Gewinner der Curtis-E.-LeMay-Trophäe 1987, mit einer noch nie erzielten Trefferquote von 98,7 Prozent und völlig unglaublichen hundert Prozent im Tiefbombenwurf ist... die Besatzung E-05 von der 470. Bomberstaffel.«

Mitglieder und Freunde des Siegergeschwaders brachen in lautes Jubelgeheul aus. Die siegreiche Besatzung selbst stand auf und bahnte sich den Weg zum Podium, während die übrigen Besatzungen in dem zum Wettbewerbszentrum umgestalteten riesigen Flugzeughangar in ein nicht minder hörbares Seufzen der Enttäuschung verfielen.

Die 470. Bomberstaffel, und die Besatzung E-05 im besonderen, hatte damit nicht weniger als fünf Trophäen errungen und nur eine einzige abgegeben, und die an eine weitere B-52-Besatzung. Drei andere Trophäen, die vergeben wurden, hatte sie gar nicht erringen können, weil sie nur für eine FB-111 oder für eine B-1B-Einheit zu gewinnen waren. Zudem hatte das 325. Bombergeschwader, zu dem die 470. gehörte, noch drei weitere Trophäen für ihre RC-135-B-Auftankeinheit gewonnen, und außerdem den Dolittle-Pokal. Das Endergebnis war also jedermann klar. Wäre es nicht eine militärische Veranstaltung gewesen, wäre der riesige umgestaltete Hangar wohl längst schon leer gewesen, als der Große Preis, der begehrte Fairchild-Pokal, den Gewinnern tatsächlich überreicht werden konnte.

Patrick McLanahan, seine Besatzung und Offiziere sowie geladene Gäste des 325. Bombergeschwaders waren eine gute halbe Stunde nach dem Ende der Veranstaltung immer noch auf dem Podium. Fotos mußten gemacht werden, Interviews mit militärischen und zivilen Reportern, und alle wollten noch einmal und immer wieder das Blitzen der langen Reihe von Silber-Pokalen auf zwei großen Tischen sehen und genießen. Colonel Edward Wilder, der Kommandeur des Bombergeschwaders, und Lieutenant-General Ashland, Kommandeur der Fünfzehnten Air Force und Wilders Vorgesetzter, machten sich dann daran, den großen, dreißig Liter fassenden Fairchild-Pokal triumphierend über ihre Köpfe hochzuheben, während sich ein Dutzend Fotografen um die besten Plätze für die Aufnahmen rangelten.

Zwei Männer hielten sich abseits der Menge und beobachteten den Freudentaumel von einer verlassenen Projektionskabine aus, von der man einen Überblick über den ganzen Hangar hatte. Lieutenant-General Elliott ging mehrere Seiten eines Computerausdrucks durch, während der andere Mann, der in Zivil war, verwundert den Kopf schüttelte.

»Eine B-52 gewinnt den Bomber-Pokal«, rief Colonel Andrew Wyatt aus. »Nicht zu fassen. Da geben wir Unsummen für die B-1B aus, für das *Avionics*-Modernisierungsprogramm für die FB-111, für das *Offensive-Avionics*-System, damit die B-52 die Cruise Missiles transportieren können. Und eine unveränderte alte B-52-Kiste, die vor fast dreißig Jahren in Dienst gestellt wurde, gewinnt den Fairchild-Pokal. Es ist nicht zu fassen.«

»Die Jungs sind einfach Spitze, das ist alles«, sagte Elliott. Er klappte die Geheimakte, in der er gelesen hatte, wieder zu und gab sie Wyatt zurück. Der stellte mit schnellem Durchblättern fest, daß alles vollständig war, und steckte sie in seine Aktentasche, die er sorgfältig verschloß.

»Ich dachte ja, die FB-111 würden das Rennen machen«, sagte Elliott, »aber sie haben ihr verbessertes AMP-Abwurfsystem erst das erste Jahr. Vermutlich stecken sie damit noch in den Kinderkrankheiten.«

Wyatt nickte. »Tja. Wie wäre es übrigens mit einem Besuch auf Ihrer Juxfarm in Nevada? Der General übt gerade Brainstorming. Er glaubt, Ihr Forschungs- und Entwicklungszentrum könnte vielleicht ein paar Spielsachen haben, mit denen er spielen kann.«

Elliott lächelte und nickte. »Klar. Darum nennen wir es ja auch ›Traumland‹.« Ein paar Augenblicke lang sahen die beiden Männer noch einmal hinunter auf die Feiernden. Dann räusperte sich General Elliott. »Was ist eigentlich los, Andy?«

Colonel Wyatt blickte sich rasch in dem Projektionsraum um und befand, daß der Sicherheitsstandard hier zu niedrig sei.

»Nicht hier, Sir«, sagte er leise. »General Curtis will sich dringend mit Ihnen treffen. Sehr dringend. Aber nicht... offiziell.«

Elliott zog die Augenbrauen zusammen und blickte den Adjutanten des Chefs der Vereinigten Generalstäbe fragend an. »Nicht offiziell? Was, zum Teufel, soll das bedeuten?«

»Es bedeutet, daß es sich um ein privates Treffen handeln muß«, erwiderte Wyatt. »Wozu er in Zivil erscheinen wird. Er braucht ein paar Ideen. Und Hilfe.«

»Wofür?«

»Das wird er Ihnen persönlich erläutern, Sir.«

Elliott warf einen verzweifelten Blick zur Decke. »Immer diese Geheimnistuerei. Schön, schön, in Ordnung. Übermorgen meinetwegen. Da wird nur die Mindestbesetzung des Stabes da sein, das Gerippe der Besatzung. Er kriegt die VIP-Tour, wenn auch nicht den VIP-Empfang.«

»Ich habe keinen Zweifel, daß Sie das ganz richtig machen werden, General«, sagte Wyatt. Er reichte ihm die Hand. »Hat mich sehr gefreut, Sie wieder einmal zu sehen, General.«

»Gleichfalls, Andy.« Elliott schüttelte dem Adjutanten die Hand. »Haben Sie noch den Ehrgeiz, auch mal wieder die Fliegerspange zu tragen? Oder sind Sie zufrieden damit, Bursche eines Generals zu sein?«

Das veranlaßte Wyatt nun seinerseits, die Augen zur Decke zu drehen. »Die alte Elliott-Beredsamkeit«, sagte er, »die einem das Herz schier zerschneidet. Nein, Sir, ich habe mehr zu tun, als ich mir jemals träumen ließ. Außerdem, wissen Sie, wenn man mal über ein gewisses Alter hinaus ist ... das Kämpfen ist was für die jungen Springinsfelde.«

Elliotts Gesicht lief etwas an. »Na schön. Colonel, Sie sind gerne eingeladen, wenn Sie noch zum Symposion bleiben wollen. Die größte Schau von SAC. Sogar der Vizepräsident will in ein paar Stunden da sein. Und außerdem sehen die Damen im Strategic Air Command von Jahr zu Jahr besser aus.«

»Sie kennen doch General Curtis, Sir«, sagte Wyatt. »Wenn ich nicht vor dem Abendessen wieder in Washington bin, habe ich Glück, wenn ich nicht strafversetzt und zum Oberaufseher des Hundezwingers der Sicherheitspolizei degradiert werde. Trotzdem vielen Dank, Sir.« Er eilte davon.

Elliott stieg die Treppe aus der Kabine hinab in die Vorhalle des Festhangars. Dort stand mit einem Plastikbecher Bier in der Hand Captain Patrick McLanahan mutterseelenallein vor einem riesigen Modell der B-1B-Excalibur.

Elliott musterte ihn einen Augenblick lang. Warum waren die Guten immer so wie der da? Außenseiter. Einzelgänger.

Immer alles hundert Prozent. Der beste Bomber der SAC, vielleicht auf der ganzen Welt, und stand hier draußen abseits und allein herum, um sich ein idiotisches Flugzeugmodell anzuschauen. Schon merkwürdig.

Elliott beobachtete ihn genauer. Schön, vielleicht auch wieder nicht *so* hundertprozentig. Unpolierte Stiefel. Kein Schal. Fliegermontur mit offenem Reißverschluß fast bis zum Nabel. Haare eher zu lang. Trinkt während einer militärischen Veranstaltung. Mindestens ein halbes Dutzend Air-Force-Vorschriften – Kleidung und Erscheinung – übertreten und mißachtet. Er mußte sich zurückhalten, um McLanahan nicht sofort zur Rede zu stellen.

Statt dessen schlenderte er locker zu dem jungen Offizier hinüber. »Ist das Ihr nächstes Kommando, Captain?« fragte er.

McLanahan wandte sich ihm zu, trank einen Schluck Bier und betrachtete den General lässig – etwas, an das Lieutenant-General Bradley Elliott absolut nicht gewöhnt war. Er konnte nicht die Spur jener Panik feststellen, die normalerweise das Auftauchen eines Dreisterne-Generals begleitete; kein Wortgestammel, keine übertrieben förmliche Ehrenbezeigung und auch nicht das große gespielte Macho-Händeschütteln.

Nach einem kurzen Augenblick lächelte McLanahan und streckte ihm die Hand hin. »Hallo, General Elliott.« Er warf wieder einen Blick auf das Modell der B-1B-Excalibur. »Das Ding da, meinen Sie? Nein. Viel zuviel High-Tech für mich.«

»Immerhin stehen die meisten jungen B-52-Leute geradezu Schlange, um auf eine B-1B zu kommen«, bemerkte der General.

»Ich jedenfalls nicht.« McLanahan nickte dem alten, staubigen Modell einer B-52 zu, das in einer Ecke hing. »Das ist mein Baby.« Er lächelte entwaffnend. »Tut mir leid wegen Pease. Die Burschen waren dieses Jahr eigentlich ganz gut.«

»Danke. Nächstes Jahr werden es die FB-111 wieder machen, da bin ich ganz sicher. Sie haben diesmal nur gegen die Allerbesten verloren.«

Der junge Radar-Navigator ließ nicht die mindeste Reaktion erkennen.

»Sie wollen also wirklich ausdrücklich auf der B-52 bleiben, Patrick?« fragte Elliott neugierig. »Warum denn das? Spätestens zur Jahrhundertwende wird die B-1B sie vollständig ersetzt haben.«

McLanahan überlegte ein wenig, ehe er antwortete. »Ich weiß eigentlich gar nicht genau, warum. Ich nehme an, es ist einfach, weil alle meinen, wenn ein neues Flugzeug kommt, dann könne man die älteren automatisch vergessen.« Er trank wieder einen Schluck Bier. »Man hat die B-52 ein bißchen zu früh abgeschrieben. Sie ist nämlich noch immer ziemlich gut.«

Elliott zog die Augenbrauen hoch. Genau das hatte er selbst gedacht. McLanahan lächelte. »Aber das wissen Sie ja selbst sicher auch, Sir.«

»Tja. Also dann nochmals meine Gratulation, Patrick. Fairchild-Pokal und Bomber-Trophäe zwei Jahre hintereinander. Sie sind, scheint's, unschlagbar, wie?«

»Ich bin in der besten Besatzung, die es gibt, General«, sagte McLanahan. Er leerte sein Bier und zerdrückte den Becher. »Wir strengen uns eben mächtig an – sogar beim Feiern. Ich muß gehen.«

»Schauen Sie mal später im Gästeraum des Hauptquartiers vorbei«, forderte ihn Elliott beim Händeschütteln auf. »Ich möchte noch ein bißchen mehr mit Ihnen über das alte Monster diskutieren.«

»Ist in Ordnung, General«, erwiderte McLanahan. Er eilte zu seiner Besatzung zurück.

Geschniegelt und gebügelt ist er ja nicht gerade, dachte Elliott. Dann mußte er freilich lächeln – in Erinnerung an einen anderen jungen Piloten vor dreißig Jahren, von dem man das gleiche hätte sagen können. Lag das wirklich schon so weit zurück? Elliott schüttelte den Kopf. Wie die B-52 wurde auch er selbst immer schneller ein Relikt aus alter Zeit. Er hoffte nur, daß er wie die B-52 auch noch »ziemlich gut« war.

Giant Voice, das Bomber- und Navigations-Wettbewerbszentrum des Strategic Air Command, war ein riesiger Flugzeughangar, der zu einem Preisverleihungs- und Empfangszentrum umgebaut worden war, welcher lediglich einmal im Jahr zu eben diesem Anlaß benutzt wurde. Um den Hangar selbst herum gab es Dutzende kleiner Büro- und Konferenzzentren, die am Festabend jeweils von den zur Preisverleihung angereisten Einheiten als Bars und Gesellschaftsräume genutzt wurden.

Das Problem freilich war, überhaupt hineinzukommen. Sie waren alle derart voll, so vollgepackt mit männlichen und weiblichen Air-Force-Angehörigen – in diversen Stadien der Trunkenheit –, daß Gary Housers Besatzung allein zehn Minuten brauchte, um sich, als sie erst einmal in der riesigen Lobby des Hangars war, nur bis in die Nähe der Gesellschaftsräume vorzuarbeiten. In der Lobby gab es eine große Wegweisertafel mit Informationen, wo sich jede einzelne Einheit befand, aber das war im Grunde gegen den Sinn der Sache. Dieser bestand darin, daß sich alle trafen und jeder einmal in jeden Raum kam. Bis zum Ende der Veranstaltung, um drei Uhr morgens.

»Das gibt es nicht«, sagte Luger, als er sich zusammen mit Patrick durch die Menge drängelte. »Dieser Unterhaltungsabend wird wirklich von Jahr zu Jahr größer – und auch besser.«

Ihre erste Station waren die Texaner, die gleich fünf Räume benötigten und diese zu einer einzigen großen Bierhalle umfunktioniert hatten.

Luger und McLanahan wurden von zwei Mädchen in texanischen Dallas-Cheerleader-Kostümen begrüßt, und ehe sie sich versahen, hatte jeder auch schon ein Bier und einen Teller mit Chili in der Hand.

»Wo kommt ihr her?« fragte eines der Mädchen.

»Amarillo«, sagte Luger mit Südstaaten-Zungenschlag. »Und Patty hier, der ist aus Kalifornien, aber er ist trotzdem okay.«

»Amarillo liebe ich«, sagte das andere Mädchen.

Ihre Kollegin aber behauptete: »Und ich bin ganz wild auf Kalifornien.«

»Na schön«, sagte McLanahan, indem er einen Arm um sie legte, während die andere sich in seinen anderen Arm einhängte, »warum führt ihr beiden Schönen aus dem Süden uns nicht mal ein bißchen in eurem Texas-Tearoom rum, he?«

McLanahan hing unruhig in einer Ecke eines auf alt dekorierten Western-Saloons herum. An seiner Hüfte baumelte ein Spielzeug-Trommelrevolver und im Genick ein roter Filz-Cowboyhut.

Der Raum war voll von Air-Force-Besatzungen, die sich wie wild aufführten. Manche feierten einfach, andere versuchten, ihren Kummer in großen Mengen Bier zu ersäufen und mit viel Chili zu verbrennen. Barkeeper war der Crew-Chef der 5. Jagdfliegerstaffel aus Minot, North Dakota, der geduldig jeden einzelnen Anwesenden bediente.

McLanahan griff sich mit einer Hand einen großen Krug Bier vom Ende der Bar und ging hinüber zu einer Dart-Scheibe am anderen Ende des Saloons. Fünf Pfeile steckten genau in der Mitte der Korkscheibe.

»Nicht schlecht, was, Sergeant Berger?« sagte er zum Barkeeper, der gerade neben ihm leere Gläser einsammelte. Der Sergeant lächelte.

»Ihr Brake, das ist einer, der ins Ziel trifft«, sagte er. »Wenn mir vorher einer erzählt hätte, daß eine B-52 am hellichten Tag eine F-15 runterholt, hätte ich den für verrückt erklärt. Ich war der Crew-Chef der F-15, die ihr abgeschossen habt, aber wenn Sie mir Bob Brake rüberschicken, kriegt er trotzdem ein Bier von mir.«

»Im Realfall wäre das alles doch anders gewesen«, sagte McLanahan und nahm einen tiefen Zug aus seinem Bierkrug. »Da hättet ihr uns schon dreißig Meilen früher mit einer dieser neuen Sidewinder oder einer AMRAAM festgenagelt. Aber für Schüsse außerhalb Sichtweite gibt's nun mal keine Punkte.« McLanahan trank noch einmal. Es ist doch alles nur ein Spiel, dachte er. Nichts als ein Spiel.

Er ging wieder zurück zur Bar und fand einen freien Platz.

Er fühlte sich mit einemmal niedergeschlagen und deprimiert. Er war jetzt wie lange schon in der Air Force? Sechs Jahre? Und in der ganzen Zeit hatte er nicht ein einziges Mal eine wirkliche, echte Bombe geworfen. Sooft er in dieser ganzen Zeit auch mit dem Finger auf den Knopf der »Gurke« gedrückt hatte, immer war nur ein Beton-Dummy aus dem Bombenschacht gefallen.

Nicht, daß er sich beklagte. Gott sei Dank war alles, was er tat, immer nur Übung, Training geblieben. Und doch wurde er einfach den Gedanken nicht los, wie das wohl wäre, wenn er einmal eine Bombe unter realen »Spiel«-Bedingungen auslöste. Er fühlte sich einfach wie der Feuerwehrmann, der endlos auf sein erstes echtes Feuer wartet, es herbeisehnt und fürchtet zugleich.

Als er kurz von seinem Bier aufsah, entdeckte er, daß eine hübsche junge Brünette neben ihm saß. In Zivil. Sie unterhielt sich mit einer anderen Frau, die ihr langes blondes Haar zu einem Knoten aufgesteckt hatte und den Leutnantsstreifen auf ihrer Uniformjacke trug.

»Entschuldigen Sie, *Ladies*«, sagte McLanahan, dessen Stimme schon ein wenig unsicher war. »Aber kann ich Sie vielleicht für eine Partie Darts interessieren?«

Die Blonde lächelte. Sie sah ihre Freundin an. »Warum versuchst du's nicht mal, Wendy?« fragte sie. »Ich konnte mit den Dingern noch nie umgehen.«

Die Brünette wehrte ab. »Nein, ich glaube nicht«, sagte sie. »Außerdem, was hätte ich schon für eine Chance gegen den Bomberkönig höchstpersönlich.« Sie musterte McLanahan mit leicht spöttischem Blick, als zählten für sie alle seine Ehren und Auszeichnungen wenig.

McLanahan mißdeutete diesen Blick als aktives Interesse und blieb am Ball. »Na gut, wenn ich also der Bomberkönig bin, dann dürfen Sie gern meine Königin sein.« Er klickte seinen Bierkrug an den ihren. »Prost, auf... wie war der Name? Wendy? Auf Wendy, die Bomberkönigin und Zierde der United States Air Force.«

Wendy lächelte. »Genau genommen habe ich einen zivilen Arbeitgeber. Wir bauen und testen ECM-Zubehör.«

»Das macht fast gar nichts. Es wird nicht gegen Sie verwendet werden.« McLanahan warf einen Blick auf die blonde Frau mit dem Leutnantsstreifen.

Wendy musterte ihn einen Augenblick lang, als treffe sie eine Entscheidung über irgend etwas. Dann stand sie auf und strich sich das Kleid glatt. Sie streckte ihm die Hand hin. »War sehr nett, Sie kennengelernt zu haben, ähm . . .«

McLanahan sagte seinen Namen.

». . . ja natürlich. Patrick. Also. Es war wirklich nett, Sie kennenzulernen. Aber ich muß jetzt gehen.«

Sie winkte der Blondine zu. »Wir sehen uns später noch, Cheryl«, sagte sie. »Und mach mir keine Sorgen, ja?«

»Ich werd' mir Mühe geben«, erwiderte Cheryl. In ihren Augen konnte McLanahan freilich deutlich sehen, daß sie keinerlei Absichten dieser Art hatte. Während sie ihn über ihren Bierkrug musterte, dachte McLanahan an die andere Frau, die eben gegangen war.

TRAININGSZENTRUM FÜR JAGDFLUGZEUGWAFFEN, AIR FORCE-STÜTZPUNKT NELLIS, LAS VEGAS, NEVADA

Zwei Tage nach der Siegesfeier des Bomberwettbewerbs fuhr Lieutenant-General Elliott mit General Curtis in einem blauen Air Force-Lkw mit Vierradantrieb schaukelnd und holpernd über dunkle, staubige und schlaglöcherübersäte Straßen.

Elliott trug ein kurzärmeliges, olivfarbenes Uniformhemd

und eine blaue Fliegermütze, Curtis einen konservativen grauen Zivilanzug mit Krawatte – ungeachtet der trockenen Wüstenwärme des frühen Abends. Die Sonne war gerade erst vor ein paar Minuten untergegangen.

»Das ist unglaublich«, sagte Elliott, indem er die Akte, die er in der Hand hielt, schloß. Sie trug den Vermerk STRENG GEHEIM. »Absolut unglaublich.«

»Und das sind nur die Sachen, deren wir ganz sicher sind«, erklärte Curtis. »Die Sachen, die den Vereinten Nationen vorgelegt werden. Nach meiner Meinung – bis jetzt bin ich mit dieser Meinung allerdings allein – besitzen die Russen ein enorm hochentwickeltes Laser-Verteidigungssystem, das bereits voll einsatzfähig ist. Und dort ist es stationiert. Ich glaube sogar, es ist schon seit Monaten einsatzfähig. Schon seit dem Gipfeltreffen in Rejkjavik.«

»Das ist nicht zu glauben. Das hieße, die Russen sind uns in der Strahlenverteidigung erheblich weiter voraus, als irgend jemand vermutet hat. Und was tun wir? Wir gehen vor die Vereinten Nationen. Wollen wir sie etwa bitten, das Ding einzumotten?«

»Das ist eine Richtung, in der wir operieren«, antwortete Curtis und lockerte jetzt wegen der drückenden Hitze doch seine Krawatte. »Ich bin aber ermächtigt worden, noch zwei andere Möglichkeiten zu erkunden.« Er machte eine Pause. »Die eine davon ist *Ice Fortress*.«

Elliott blickte zwar überrascht auf, nickte dann aber nachdenklich. »Das würde ganz sicher die öffentliche Aufmerksamkeit erregen«, sagte er. »Allerdings wäre das Ding auch genau *die* Zielscheibe, wenn der Laser der Russen wirklich so leistungsfähig ist, wie Sie sagen.«

»Aber sie würden es doch niemals wagen, eine bemannte Raumstation abzuschießen«, widersprach Curtis.

Elliott schüttelte den Kopf. »Erzählen Sie das mal den Witwen und Witwern der RC-135, die die runtergeholt haben, Sir.«

Curtis warf Elliott einen schnellen Blick zu, sagte dann aber nur: »*Ice Fortress* ist etwas anderes.«

»Das wäre es in der Tat, Sir«, entgegnete Elliott. »Nur noch schlimmer.« Sie fuhren eine Weile schweigend weiter. Dann fügte Elliott seinem letzten Satz hinzu: »Außerdem – ist denn das *Ice-Fortress*-Projekt nicht abgebrochen worden? Das Vandenberg-Center ist doch schon eine ganze Weile geschlossen!«

»Es *war* abgebrochen worden«, sagte Curtis. »Aber nicht, weil es nicht machbar war. Die Sache mußte wegen des verdammten Vertrags, den wir unterzeichnet haben, gestoppt werden. Die ganze Geschichte ist so frustrierend. Die Russen dürfen eine unserer RC-135 abschießen, aber wir dürfen natürlich den Vertrag nicht verletzen. So oder so sind wir die Verlierer.« Seine zornige Stimme war so laut geworden, daß ihn sogar die Wachen am Tor, von dem sie inzwischen noch etwa vierzig Meter entfernt waren, hören konnten.

»Ich habe von der ganzen Affäre überhaupt nichts mehr gehört«, bemerkte Elliott. »Alles scheint völlig ruhig zu sein.«

»Die Situation hat sich politisch etwas stabilisiert«, erläuterte Curtis. »Das Weiße Haus hofft, daß sich die Sache nach angemessener Zeit in Wohlgefallen auflöst. Der Präsident jedenfalls wird, glaube ich, nur froh darüber sein. Hauptsache, die Russen entschuldigen sich und leisten eine minimale Entschädigung. Dann wird er schon froh und zufrieden sein. Er hofft darauf, daß Außenminister Brent die Angelegenheit möglichst geräuschlos erledigt.«

»Aber die Russen werden sich doch zweifellos nicht entschuldigen, geschweige denn, eine Entschädigung zahlen, oder?« fragte Elliott und streckte seine schmerzenden Muskeln.

»Warum sollten sie auch, zum Teufel? Sie haben doch sämtliche Trümpfe in der Hand. Wir, das Militär, jammern und weinen, daß die Russen uns unsere verdammten Spionagesatelliten runterschießen. Aber das halbe Weiße Haus glaubt uns nicht; und die andere Hälfte will uns nicht glauben.« Er blieb eine Weile stumm, dann fuhr er fort: »Tut mir verdammt leid, Brad, für die Besatzung der RC-135. Ich weiß, Sie haben früher selbst mit ihr gearbeitet. Tut mir wirklich leid, daß diese Leute dran glauben mußten.«

»Mir auch, Curtis, mir auch. Die Leute haben ihre Arbeit, ihre Pflicht getan, haben lange trainiert, um perfekt zu werden. Ihre kaltblütige Ermordung war sinnlos – grausam und sinnlos.« Er schüttelte den Kopf und wollte nicht an die Freunde denken, die er verloren hatte. »Also«, sagte er schließlich, »*Ice Fortress* ist *eine* Operation. Und Sie sind hier herausgekommen, um zu sehen, was wir allenfalls sonst noch für Karten im Ärmel haben?«

»Daß man Ihnen dieses Kommando hier gegeben hat, Brad, war das Beste, was das Pentagon jemals vollbracht hat. Denn was wir gebraucht haben, war jemand, der nicht dauernd sagt, das und das gehe nicht. Jemand, der sich auch nicht scheut, mal dem Kongreß die Meinung zu sagen, oder jedem anderen, der der Entwicklung neuer Ideen im Wege steht. Und jetzt brauche ich Sie einfach, mir ein paar solcher Leute zu finden. Ich will –«

»– diesen . . . Auftrag durchführen«, vollendete Elliott rasch. Er warf einen schnellen Blick auf den Fahrer. »Nur zu, kommen Sie rüber damit.«

Curtis war einigermaßen verblüfft. »Augenblick. Niemand hat ein Wort von ›etwas durchführen‹ gesagt, ganz besonders nicht im gottverdammten Rußland.« Er lächelte. »Mein Gott, Brad, Sie sind vielleicht ein Gauner!«

General Elliott lächelte den Vorsitzenden der Vereinten Generalstäbe an. Dann beugte er sich vor und tippte dem Fahrer auf die Schulter. »Wir steigen hier aus, Hal, und gehen zu Fuß weiter. Warten Sie in einer Stunde am Wachhaus am Tor wieder auf uns.«

Der Lkw hielt und der Fahrer, ein junger Lieutenant mit einer kleinen Uzi-MP, kam zu General Elliotts Tür herum und hielt sie ihm auf. Sie stiegen aus.

»Sie verlaufen sich doch nicht, General?« fragte der Lieutenant Elliott so leise, daß es Curtis nicht hören konnte. »Geradeaus, ungefähr vierhundert –«

»Hal, das hier ist *meine* Wüste!« grummelte Elliott. Dann lächelte er und sagte: »Hauen Sie ab. Die sollen uns im

Wachhaus frischen Kaffee machen. Und trinken Sie nicht alles alleine weg!«

Der junge Offizier salutierte, setzte sich wieder hinter das Steuer und fuhr davon.

»Dies hier, Sir, ist ›Traumland‹«, sagte Elliott stolz und machte dazu eine weite Geste über das ganze Land hin. »Hier werden Ideen zu Realität, Theorien zu fertigen Waffensystemen. Männer wie Sie kommen nicht einfach zu Besuch hierher. Sie kommen, um Antworten zu erhalten.« Elliott war bereits in Fahrt, und Curtis sah es mit Vergnügen.

»Kawaschnija, beispielsweise. Stark bewacht und verteidigt, würde ich sagen, Ihren Informationen nach zu schließen.«

»Das wäre leicht untertrieben«, entgegnete General Curtis. »Sie haben diesen kleinen Flugplatz in einen vollausgebauten Stützpunkt mit Ganzjahresbetrieb verwandelt.«

»Das schließt also ein kleines Überfallkommando aus«, sagte Elliott und nickte. »Das würden sie uns schon dreizehnhundert Meilen nördlich von Japan ins Wasser stampfen. Die Sowjets würden einen Flug von ein paar F-15 und ihren Auftankern natürlich schon lange entdecken, ehe die überhaupt in die Nähe von Kawaschnija kämen. Und es wären wahrscheinlich zwei Staffeln nötig, um überhaupt durch die Verteidigung zu kommen und den Auftrag auszuführen.« Er sah Curtis an. »Bomber. Schwere Bomber. B-1 vielleicht?«

»Was sonst würde mir ein altes Schlachtroß vom SAC vorschlagen?« fragte Curtis lächelnd.

Elliott fuhr fort. »Die Russen sollen natürlich nicht glauben, wir hätten ihnen den Krieg erklärt. Ein Bomber. Drei sollen starten, aber nur der beste soll angreifen. Ein einsamer Eindringling hat eine Chance, selbst gegen schwere Abwehr. Besonders, wenn es eine B-1 ist.«

»Genau meine Ansicht.«

Jetzt war es an Elliott zu lächeln. »Sie sind doch nicht nur für einen Schaufensterbummel hierhergekommen, Sir, oder? Sie wollen doch gleich kaufen? *Cash and carry.* Der Preis spielt keine Rolle.«

»Ich wollte aber auch mal Ihren kleinen Spielplatz hier sehen«, erwiderte Curtis. »Obwohl ich natürlich von vornherein wußte, daß Sie genau das haben, was ich suche.«

»Eine B-1 habe ich zwar hier nicht«, erwiderte Elliott. Sie näherten sich bereits wieder dem Wachhaus. »Doch ich habe etwas anderes. Sie werden's nicht glauben.«

»Wußte ich es doch, daß Sie mir eine große Show bieten würden«, sagte Curtis. »Sagen Sie, wo sind wir hier eigentlich genau?«

»In Nevada, Sir. Am Ende der Welt. Das dort hinten sind die Groom-Berge.« Er deutete nach dem im Zwielicht liegenden Horizont. »Und dort kann man gerade noch die Bald-Bergkette sehen. Die Papoose-Berge sind dort hinten, im Süden. Wir sind an der Nordwestecke des Groom Lake.«

»Ein See?« sagte Curtis und stocherte mit dem Schuh Staub auf.

»Ein ausgetrockneter«, erläuterte Elliott. »Ordnungsgemäß getestet und untergrundbefestigt. Und das gibt uns eine natürliche und leicht zu tarnende drei Meilen lange Start- und Landebahn.« Er blickte wieder über den Horizont hin und atmete tief die frische, saubere, fast frösteln machende Abendluft ein. »Unser ›Traumland‹ eben.«

Sie gingen eine Weile schweigend weiter. Plötzlich wurden einige Meilen entfernt zwei Lichtkegel erkennbar, die über die zerklüfteten Hügel auf und ab tanzten. Nur einen Augenblick danach rollte ohrenbetäubend ein doppelter Schallmauerknall über den Wüstenboden hin und verhallte nach beiden Seiten des Tals.

»Was, zum Teufel, war das?« fragte Curtis.

»Geheime Kommandosache«, erwiderte Elliott schmunzelnd. »Vermutlich zwei FB-111 auf einem Nacht-Gelände-Einsatzflug drüben bei Basis 74. Sie fliegen mit Maximalnachbrennern. Überschall. Zweihundert Fuß.«

»Aber die waren doch ziemlich nahe«, sagte Curtis. »Was ist, wenn –«

»Nur keine Panik«, beschwichtigte Elliott. »Die waren mindestens fünfzehn Meilen weg. Außerdem wissen diese Bomber-Heinis genau, daß sie ›Traumland‹ nicht zu nahe kommen dürfen. Hier ist der Luftraum vom Boden bis achtzigtausend Fuß Höhe für jeden Überflug absolut verboten, und zwar für Militär und für Zivil, und für überhaupt jeden. Sie bekämen auf der Stelle ein Verfahren wegen Vorschriftsverletzung und obendrein eine Sicherheitsprüfung an den Hals, die sie so schnell nicht vergessen würden. Dafür garantiere ich persönlich.«

Schließlich fand Elliott, nachdem er immerhin eine Weile hatte suchen müssen, das niedrige, nur schwach erleuchtete Wachtpostenhaus doch und führte Curtis hin. »Ich bin zwar mindestens einmal die Woche hier draußen«, sagte er, »aber ich habe immer noch Schwierigkeiten, die verdammte Wachhütte zu finden.«

Kurz darauf hatten sie das kleine Betongebäude erreicht. Das Fenster vorne bestand aus doppelten, kugelsicheren Scheiben. Daneben war eine einzige Tür, und in allen Wänden rundherum gab es zahlreiche Schießscharten. Das Haus war von einem vier Meter hohen Zaun umgeben, dessen oberes Ende mit langen, silbrig schimmernden Stacheldrahtspitzen gespickt war. Drei Wachposten kamen heraus und hatten Elliott und Curtis schnell und lautlos umzingelt. Sie hielten ihre M-16-Gewehre im Anschlag, einer hatte zusätzlich noch eine bedrohlich aussehende M-203, die Schleuder für Handgranaten, an der Unterseite seines Gewehrkolbens. Dann wurde ein deutscher Schäferhund herausgeführt, der an den beiden Besuchern herumzuschnüffeln begann. Der Hund roch nur einmal an Wilbur Curtis und setzte sich dann direkt vor ihm nieder, zehn Zentimeter von dessen Schuhspitzen entfernt.

»Bitte, bewegen Sie sich nicht, Sir«, sagte der Hundeführer. »Haben Sie Ihren Ausweis in der Brusttasche?«

Curtis nickte langsam. Der Posten holte die Brieftasche heraus, während ein anderer den General schnell abtastete.

»Soll ich vielleicht auch die Hände hochnehmen?« fragte Curtis.

»Nein, er meint nur, daß Sie sich nicht bewegen sollen, Sir«, sagte Elliott, während seine Ausweise geprüft wurden. »Dieses Hündchen da wiegt über hundertfünfzig Pfund und könnte sie eine senkrechte Leiter hochziehen.«

Curtis spürte, wie sich alles in ihm spannte, als er auf den Hund blickte.

»Ich wußte gar nicht, daß Sie eine Waffe tragen«, sagte Elliott, als der Wächter dem General eine Neun-Millimeter-Automatik aus einem Schulterhalfter zog.

Curtis knurrte etwas, weil er kaum die Lippen zu bewegen wagte. Der Hund wurde vorsichtig ganz nah an Curtis herangeführt, um ihn noch einmal zu beschnuppern, und dann weggebracht.

Bis ihre Ausweisüberprüfung beendet war, tranken die beiden Generäle draußen vor dem Postenhaus heißdampfenden Kaffee, und Curtis musterte die Umgebung. Innerhalb des hohen Zaunes war alles völlig dunkel. Etwas entfernt standen nebeneinander drei dunkle Hangars. Nirgends war auch nur eine Spur von Licht zu entdecken. Neben den drei großen Hangars standen einige kleinere. Von ihren Rückseiten führten breite Rampen weg, bis hin zum Horizont.

»Wieso habt ihr da überhaupt kein Licht, Brad?« fragte Curtis, als das Überprüfungsverfahren beendet war und sie durch den Zaun gelassen wurden.

»O doch, Licht ist da schon«, meinte Elliott. »Infrarotes. Damit sehen die Posten durch ihre Sensoren und Sichtfernrohre wie am hellen Tag. Außerdem ist die Dunkelheit auch gut für die Dobermänner.«

Curtis schluckte. »Was denn für Dobermänner?«

»Die frei herumlaufenden Wachhunde. Wenn man sie so umherstreifen läßt, sind sie viel nützlicher als an der Leine. Aber sie sind sehr lichtscheu. Und obendrein hat man den armen Teufeln allen den Kehlkopf wegoperiert. Wenn die Sie aufspüren, bekommen Sie nicht einmal höflichkeitshalber ein warnendes Bellen zu hören, ehe sie Ihnen an der Kehle sitzen.«

Curtis blickte sich nervös um.

»Jetzt sind sie nicht da«, sagte Elliott. »Zumindest hoffe ich, daß sie sie eingesperrt haben. Falls nein, hätten wir keine Chance mehr zu erfahren, was uns umgeworfen hat.«

Sie gelangten nach einigen hundert Metern zum rückwärtigen Eingang des ersten Hangars. »Einzeln nacheinander«, sagte Elliott. Sie vernahmen einen Summton, Elliott faßte an den Türgriff, öffnete die Metalltür und ging hinein. Einige Augenblicke später unterzog sich Curtis derselben Prozedur und folgte ihm nach.

Innen standen sie auf einem langen Korridor, dessen Wände völlig glatt und kahl waren. Alles war dick kunststoffverkleidet, selbst der Boden. Elliott kam eben aus dem zweiten Teil des ungewöhnlichen Ganges heraus. Auch hier beobachteten Posten sie mit Argusaugen. An einer Plastiktür war der nächste Halt. Curtis bemerkte, daß er auf dem ganzen Weg von einem kanonenrohrartigen Gerät beobachtet wurde. Es summte wie der Röntgenapparat eines Zahnarztes. Das ferngesteuerte Türschloß summte. Er ging durch die Tür und befand sich in der zweiten Hälfte des Korridors. Nachdem er auf diese Weise auch noch eine dritte Tür passiert hatte, war er wieder bei Elliott, der auf ihn wartete.

»Dieses Schleusensystem ist selbst mir neu«, sagte Elliott. »Eine Röntgenkammer. Die kann erst seit ein paar Tagen installiert sein. Sie überprüft jeden auf Implantationen. Ich höre eben, das Ding entdeckt selbst punktkleine Mikrosender, die man unter den Fingernägeln oder in den Zähnen hat. Oder sogar in den Eingeweiden.«

»Hm. Ich weiß nicht. Nützt das sehr viel?« fragte General Curtis. »Ich halte jede Wette, daß die Russen Ihr Traumland ohnehin bereits aus sechs verschiedenen Blickwinkeln ausgekundschaftet haben. Wahrscheinlich kann hier nicht einmal ein Karnickel im Wüstensand buddeln, ohne daß irgendein russischer Spionagesatellit es dabei beobachtet.«

»Na ja«, antwortete Elliott, »es mag wohl sein, daß sie alles über jede einzelne Bewegung draußen auf dem Gelände wissen und über jede Sicherheitsmaßnahme. Und womöglich haben sie sogar ein paar Schnappschüsse von unserem kleinen Spaziergang eben gemacht. Aber das hier drinnen – davon wissen sie nichts. Jedenfalls bis jetzt nicht!«

Sie gingen aus dem Büro des Sicherheitsoffiziers hinaus in den eigentlichen Hangar. Curtis entfuhr ein überraschter Laut, und selbst Elliott, der dieses Objekt in nahezu jeder einzelnen Phase seiner Verwandlung gesehen hatte, empfand ein aufregendes Gefühl des Stolzes und der Erregung, als er das gewaltige Etwas betrachtete, das sich vor ihnen zeigte.

»General Curtis«, sagte er, »darf ich Sie mit *Old Dog* bekanntmachen?«

Die riesige B-52 war völlig schwarz. Ein seltsames, ganz unwirkliches Pechschwarz. Es schien Licht zu schlucken und die Beleuchtungsbemühungen der hundert Lampen rundherum völlig zu negieren. Die Oberfläche war von absoluter Sauberkeit und so glatt wie eine Bowlingkugel. Es war, als habe man diese B-52, den Veteranen aus dreißig Dienstjahren, in eine Art futuristisches Kostüm gesteckt. Als sei sie einem Fantasy-Comic entsprungen.

»Was, zum Teufel . . .«, sagte Curtis.

»Kaum wiederzuerkennen, was?« lachte Elliott. »Offiziell ist es das I-Modell der B-52, aber in Wirklichkeit ist es einfach nur eine ganze normale alte B-52, wenn auch unglaublich frisiert. Ohne jeden Zweifel ein einmaliges Stück. Sonderausgabe. Wir benutzen sie als Testobjekt für alle Geheimtechnologie, für Luft-Luft-Waffen, für Waffenkombinationstests, für Computer-Hardware, alles mögliche. Dabei ist sie perfekt in Schuß und kann jederzeit geflogen werden. Jetzt auf der Stelle, wenn Sie wollen. Die Arbeiter haben sie umgetauft. Sie sagen nicht mehr ›fliegende Festung‹ zu ihr, sondern ›Megafestung‹. Sie werden gleich sehen, warum. Kommen Sie, ich führe sie Ihnen vor.«

Curtis folgte Elliott, der ihm die wichtigsten äußeren Veränderungen des Bombers einzeln zeigte – eine lange, nadelspitze Nase und scharf gekantete Cockpit-Fenster.

»Ist das eine SST-Schnauze, Brad?« fragte Curtis. »Geht das nicht etwas zu weit?«

»An dem Flugzeug«, antwortete Elliott, »ist auch jede kleinste Einzelheit geprüft und getestet. Sie würden staunen, wenn Sie wüßten, wieviel eine lange, zugespitzte Nase, zugespitzte Zusatztanks, noch stromliniger gezogene Cockpit-Fenster, eine geglättete und polierte Außenhaut und keinerlei außen angebrachtes Gerät wie Fernseh- oder Infrarotkameras der Maschine an zusätzlicher Höchstgeschwindigkeit bringen.«

Curtis fuhr mit der Hand über die Außenhaut. »Was für ein Material ist das?« fragte er. »Fiberglas? Aluminium ist es jedenfalls nicht.«

»Radar-absorbierender Fiberstahl«, erklärte Elliott. »Eine Kombination aus Fiberglas und Spezialstahl; härter als Aluminium, aber so radardurchlässig wie Kunststoff. Wirklich unsichtbar können wir sie natürlich nicht machen«, fuhr er fort, »aber bekanntlich ist alles eine Frage von Zeit. Wenn wir es schaffen, dreißig oder vierzig Meilen näher an ein Ziel heranzukommen, ehe wir entdeckt werden, ist das schon den ganzen Aufwand und die ganzen Mühen wert. Wenn ein feindlicher Jäger sich zehn oder zwanzig Meilen mehr als sonst nähern muß, um eine ordentliche Zielraketenfixierung zustandezubringen, vergrößert das gleichzeitig unsere Chancen, ihn zu kriegen und selbst davonzukommen. Und nachts ist dieser schwarze Spezialanstrich mit Antischeinwerferfarbe sogar Gold wert. Für das bloße Auge wird dieses Flugzeug nachts wirklich und buchstäblich unsichtbar. Ein Jäger kann direkt neben dieser Megafestung herfliegen, ohne sie wahrzunehmen.«

Elliott lächelte selbstzufrieden, als sie um die lange, spitze Nase des Flugzeugs herumgingen. »Ganz abgesehen davon, daß allein dieser schwarze Anstrich und diese Nase das Ding schon zum Fürchten aussehen lassen.«

Als sie auf der anderen Seite den Rumpf des Bombers wieder erreichten, blieb Curtis noch einmal stehen.

»Sie können doch nicht ... Elliott, verdammt noch mal, diesmal haben Sie's aber wirklich geschafft!« Er starrte auf die langen Pylonen, die unter jeder Tragfläche zwischen den Zusatztanks und den Triebwerkgehäusen befestigt waren. Jeder Pylon war rundum mit zwölf langen, schlanken Raketen bestückt.

»Sehen gut aus, wie?« Elliott grinste. »Hochentwickelte Luft-Luft-Flugkörper, mittlere Reichweite. Radargelenkt, mit Zielanflug-Infrarotausrüstung und Rücklenkprogrammierung nach Abschuß. Reichweite fünfundzwanzig Meilen. Hochexplosive Flakabwehrsprengköpfe. Wir haben das zentrale Angriffsradar so geändert, daß es gleichzeitig ein Leitradar für diese *Scorpion*-Raketen ist.«

»*Scorpion*«, murmelte Curtis. »Verdammt noch mal, wir haben bisher diese Dinger noch nicht mal auf den richtigen Kampfjägern im Einsatz.«

»Ich habe sie jedenfalls auf meinem SAC-Bomber hier, Sir!« sagte Elliott. »Und Ihre B-1 werden ebenfalls mit ihnen ausgerüstet.« Dann fuhr er mit seinen Erläuterungen fort. »An jeder Tragfläche haben wir außerdem noch Zusatztanks angebracht, je zwei mit dreitausend Gallonen statt des üblichen einen mit fünfzehnhundert Gallonen. Sowohl die Trägerraketen wie alle vier Zusatztanks sind abstoßbar. Die Bombenschachtklappen sind geteilt und öffnen sich in der Mitte. Auch sie sind alle aus Fiberstahl, weil sie so leichter und radartransparenter sind. Sie werden sofort sehen, wozu die Mittelteilung gut ist. An dem Ding hier gibt es viele Stellen, durch die Radarstrahlen einfach wie durch Butter gehen, mit null Reflektion. Der Radarquerschnitt der B-52 pflegte sich bei offenen Bombenschächten zu verdoppeln. Jetzt nicht mehr. Wendet man nun dieselbe Technik auf eine B-1 an, die von Hause aus schon nur den halben Radarquerschnitt der B-52 aufweist, kann man sie damit so gut wie unsichtbar machen.«

Sie waren inzwischen an dem seltsamen, völlig veränderten Leitwerk des Flugzeugs angekommen. »Wir haben die typischen horizontalen und vertikalen Stabilisatoren durch eine kurze, gebogene und V-förmige Konstruktion ersetzt. Die gesamten Heckwarnsysteme stecken nun direkt im Leitwerk.

Auch ein Infrarot-Such-und-Warnsystem ist dort noch integriert worden, zur Entdeckung von Luft-Luft-Raketenattacken von hinten.«

»Sie meinen, Sie haben die Heckgeschütze herausgenommen?« fragte Curtis mit Fingerzeig hinauf zur Schwanzspitze des Flugzeugs. »Keine große Gatling-Mehrlauf-Bordkanone mehr wie im Typ H?«

»Heckgeschütze sind antiquiert«, erklärte Elliott. »Selbst ein radargeleitetes Gatling ist nicht wirksam genug gegen die Generation sowjetischer Jäger, die wir für demnächst erwarten. Einige sowjetische Abfangjäger sind doch jetzt schon imstande, den Fünfzig-Kaliber-Geschossen glatt davonzufliegen.«

Curtis begutachtete die Schwanzspitze näher. »Da ist ja noch was dran. Ein großes Schußkontrollradar, natürlich, ja. Aber was ist das da? Ein Flammenwerfer, oder was?«

»Landminen«, erläuterte Elliott. »Oder vielmehr Luftminen. Die Kanone im Heck feuert Zwölf-Inch-Flakkanister-Raketen ab. Und das Schußkontrollradar der Megafestung verfolgt sowohl die Rakete wie den feindlichen Jäger und übermittelt Steuerungssignale an die Raketen. Hat sich der Abstand von Jäger und Flakrakete auf etwa zweihundert Meter oder so vermindert, sprengt der Schußkontrollcomputer die Rakete. Die Explosion verstreut Metallstücke im Umkreis von mehreren hundert Metern mit der Wirkung eines überdimensionalen Schrotgeschosses. Der Jäger braucht damit gar nicht mehr direkt getroffen zu werden. Das Schußkontrollradar hat außerdem eine verbesserte Suchweite von fast fünfzig Kilometern. Das ist der optimalen Reichweite von Infrarotraketen ziemlich nahe.«

»Elliott«, sagte Curtis, »das ist einfach zuviel. Es ist verdammt viel zuviel. Ich glaube Ihnen einfach nicht, daß –«

»General«, unterbrach ihn Elliott, »glauben Sie mir, das ist sogar erst der Anfang.« Er winkte von der Spitze der linken Tragfläche einen Posten herbei. Dieser sprach kurz in ein Walkie-talkie, wartete die Antwort ab und gab dann dem General ein Antwortzeichen. Curtis und Elliott duckten sich unter den ebenholzschwarzen Rumpf des Flugzeugs und stiegen in die hintere Hälfte des Bombenschachtes. Innen blieb Curtis erneut verblüfft stehen. »Was, verdammt...« Auf einem trommelartigen, rotierbaren Abschußgerät im hinteren Teil des zwanzig Meter langen Bombenschachtes lagen vierzehn lange, schlanke Marschflugkörper.

»Unser As im Ärmel, Sir«, sagte Elliott. »Das sind weitere zehn nagelneue AIM-120 Scorpion AMRAAM-Marschflugkörper. Sie sind lenkbar über das Schußkontrollradar oder über das Bombenradar. Sie können sich sogar über das Radar des feindlichen Jägers oder dessen Blockiersignale selbst ins Ziel lenken. Wir haben sie hier zum Abschuß nach hinten gelagert, aber tatsächlich können sie in jede beliebige Richtung abgeschossen werden, um Angriffe abzuwehren. Wenn eines der Radars einen Jäger ausgemacht hat oder wenn die Warnsysteme einen sehen, dann trifft ihn die Rakete auch unweigerlich. Und der ›Trommelrevolver‹ da kann Raketen im Abstand von zwei Sekunden abschießen.«

»Das ist unglaublich, Brad«, staunte Curtis. »Freilich, irgendwie war es ja auch Zeit, nicht? Nuklearbomber mit kleinen MGs gegen Jäger, die mit Mach-1 fliegen – das war mir schon immer ziemlich albern erschienen.« Er besah sich das Abschußgerät näher. »Ich kann's kaum erwarten, daß Sie mir erzählen, was die anderen Raketen alles können.«

»Gut, daß Sie mich daran erinnern«, sagte Elliott. »Also, da wären einmal die vier HARM-Missiles, Typ AGM-88 B. HARM, der Schaden, ist die Abkürzung von *High-Speed-Anti-Radiation Missile*, Hochgeschwindigkeits-Antistrahlung-Marschflugkörper. Die waren die Stars damals in Libyen 1986. Sie finden ihr Ziel entweder von alleine mit Radarhilfe oder fliegen, wenn die Radars abgeschaltet werden, den zuletzt vom Computer eingegebenen Weg ins Ziel.

Dann haben wir hier zweiundzwanzig Luft-Luft-Raketen, vier Boden-Luft-Raketen und insgesamt fünfzig Luftminenraketen. Alles Bomber-Waffen zur Selbstverteidigung.

Zusammen mit dem üblichen Täuschungs- und Störzeugs

und den speziellen Gegenmaßnahmen-Paketen, die sowieso routinemäßig an Bord sind, haben wir nach unserer Meinung die Chancen dieser Megafestung, jedes Ziel zu erreichen, beträchtlich erhöht. Wie ich schon mal sagte, Sir: Unsere alte B-52 hier ist ein fliegendes Schlachtschiff!«

»Das bis an die Zähne bewaffnet ist«, meinte Curtis. Er betrachtete sich die langen, schlanken Raketen in ihrem Abschußgerät noch einmal genau und deutete nach vorne: »Und was ist das?«

»Der einzige für Offensivwaffen freigelassene Platz«, erläuterte Elliott. »Wir haben uns, weil die Megafestung ja auch ein Versuchskaninchen ist, vorwiegend auf defensive Bewaffnung für strategische Bomber konzentriert. Aber sie kann trotzdem zusätzlich noch fünfzehntausend Pfund sonstiges Gerät tragen – Nuklearsprengköpfe, normale Sprengbomben, Raketen, Minen, was Sie wollen. Oder wir packen noch Extratreibstoff in sie rein, zusätzliche Verteidigungsraketen oder Köder und Attrappen, oder wir vergrößern die Besatzung. Wollen Sie zwei zusätzliche Bordschützen, wie etwa in einer B-17 im Zweiten Weltkrieg? Bitte sehr, kein Problem. Das haben wir hier im *Old Dog* sogar schon ausprobiert. Und wir haben Abwurftests mit der neuen AGM-130-Striker gemacht, das ist eine mit TV und Infrarot gelenkte Gleitbombe, die größte nichtatomare Bombe in unserem Inventar. Das Ei wiegt nicht weniger als eineinhalb Tonnen, aber es kann selbst bei Niedrigabwurf bis zu zwanzig Kilometer segeln.«

»Nicht zu fassen«, sagte Curtis. »Die Maschine ist wirklich phantastisch.«

Sie verließen den Bombenschacht wieder. Mehrere Sicherheitsoffiziere schlossen die muschelartigen Bombenklappen hinter ihnen sofort wieder. Elliott führte Curtis zum Einstieg unter dem Rumpf, den sie hinaufkletterten.

»Kaum zu glauben«, sagte Curtis, »daß so ein Riesenflugzeug innen so wenig Platz hat.«

»Im Vergleich zu einer normalen B-52 ist hier drin viel Platz, glauben Sie mir das, Sir«, sagte Elliott. »Hier haben wir eine

Menge Zeug hinausgeworfen, vieles verkleinert oder einfach zu den Tanks verfrachtet. Dadurch ist hier im unteren Deck fast Platz für ein paar ganz normale Verkehrsflugzeugsitze freigeworden. In einem Standard-Buff könnten wir hier nicht nebeneinanderstehen. Wir haben, was nur entbehrlich war, rausgeschmissen, um das Flugzeug leichter zu machen.«

Sie setzten sich in die unteren Navigatorensitze.

»Wo ist denn das ganze Navigations- und Bombergerät hier?« fragte Curtis und deutete auf die leeren Tafeln vor sich. In der ganzen Kabine war praktisch kein Gerät zu sehen. Es gab den kleinen 20-cm-Radarbildschirm des Navigators und links daneben das Zubehör dafür, und daneben noch einen kleinen Video-Monitor mit Tastatur. Zwischen dem linken und dem rechten Sitz waren drei kleine Kontrollkonsolen, und auf der Seite des Navigators gab es schließlich noch ein paar wenige Fluginstrumente. Aber das war auch schon alles. Alle übrigen Instrumentenbuchten waren mit leeren Kunststofftafeln abgedeckt.

»Das größte Videospiel der Welt.« Elliott schmunzelte. »Einfache, unkomplizierte Navigation. Die Megafestung benützt das *Satellite Global Positioning System* zur Navigation, zusammen mit INS, einem Trägheits-Navigations-Set in Form eines Ringlaser-Gyroskops. Dieses INS wird von einem Satelliten aus ständig mit neuen Kursdaten gefüttert, und das macht den Radarschirm für die Navigation praktisch überflüssig. Den haben wir dafür anstelle der Navigation mehr für die Angriffs-überwachung umgemodelt. Der Radarnavigator arbeitet mit einer Kassette, auf der sich sämtliche Navigationspunkte und Computer-Unterprogramme befinden. Der Gyro braucht drei Minuten, um ein komplettes Programm auszuspucken, aber das ist dann auch auf ein Viertelgrad pro Stunde genau – allein durch die Eigenkontrolle. Das Satellitensystem peilt sich automatisch auf zwei der acht Navigationssatelliten der Air Force ein, die in einer Umlaufbahn um die Erde stehen, und kontrolliert seine Position alle fünf Minuten, und jedesmal beträgt die Abweichung nicht mehr als ein paar Fuß. Der Radarnavigator kann auch einen Kombinationscomputer, einen TV-Monitor und eine Tastatur zum Umprogrammieren des Computers einsetzen.«

Elliott deutete auf den 20 cm großen Radarschirm zur Angriffsüberwachung. »Der *Old Dog* verfügt jetzt über ein Hughes-APG-75-Angriffsradar. Das kann Ziel- und Verfolgungsdaten an jede einzelne der Scorpion-Raketen übermitteln. Außerdem kann es auch als Navigationsradar verwendet werden, falls das erforderlich wird. Und es läßt sich als Kontrolle für Bodenabstand bei Tiefflügen einsetzen.«

Er erhob sich. »Oben gibt's noch mehr zu sehen, Sir.«

Sie stiegen auf einer anderen Leiter ins obere Deck hinauf. »Die Piloten maulen«, sagte er, »weil wir im Cockpit am wenigsten getan haben. Aber ihr Job hat sich auch am wenigsten verändert. Diese Megafestung fliegt sowieso fast von alleine. Sie kontrolliert sogar ihr Treibstoffsystem und alle elektronischen Kontrollgeräte selbst. Der Kopilot wird dadurch stark entlastet und kann bei anderen Dingen mit anfassen. Eine größere Änderung haben wir allerdings vorgenommen. Das ist das automatische Kontrollgerät für Bodenabstand. Dabei handelt es sich um eine Modifizierung des Geländevergleichssystems der Cruise Missile. Wir brauchten ein System, mit dessen Hilfe der *Old Dog* praktisch über den Boden hinkriechen kann, ohne daß er dabei Radar benutzt, durch das er sofort wieder entdeckt würde.«

Er machte eine Pause. Dann fuhr er fort: »Das Satelliten-Navigationssystem und das INS liefern einem Computer die momentane Position, die Flugrichtung und die Bodengeschwindigkeit. Der hat bereits alle bedeutsamen natürlichen und von Menschenhand errichteten Bodenhindernisse für den jeweiligen Flug in dieser Gegend im voraus einprogrammiert bekommen. Das System sucht selbsttätig die beste und sicherste Flughöhe. Danach übermittelt es die entsprechenden Daten an den Autopiloten, der dann die vorgeschlagene Höhe über Grund einhält. Das Radar wird dabei nur noch in gewissen Intervallen als zusätzliche Kontrolle und Überwachung eingesetzt. Auf diese Weise werden elektronische Wellen, die die Position des Flugzeugs verraten könnten, praktisch ausgeschaltet.«

Halb gingen, halb krochen sie vom Cockpit nach hinten zur Kanzel der Abwehrbesatzung. »Auch hier auf der Station des EW-Offiziers hat es nicht sehr viele Veränderungen gegeben«, führte Elliott seine Ausführungen fort. »Seine Ausrüstung ist nur noch spezialisierter und etwas automatisierter. Ganz anders beim Bordschützen. Der hat jetzt ein Acht-Inch-Feuerkontrollradar, alle Kontrollen und Indikatoren des Abschußgeräts für die Abwehrraketen und sämtliche Kontrollen für die Luftminenkanonen und die Vorwärts-Flugkörper. Er hat hier hinten also alle Hände voll zu tun.«

»Und alles von der Stange gekauft, General?« fragte Curtis, der seit langer Zeit wieder einmal etwas zu sagen wußte.

»Wenn nicht, Sir, wüßten Sie es ja. Aber Sie wissen von nichts.«

Er führte ihn zur hinteren Ausstiegsleiter. Einige Posten kamen herein und inspizierten das Innere rasch, während Elliott und Curtis genau beobachtet wurden. Als die Posten fertig waren, durften die beiden Offiziere gehen.

»Es ist Ihnen doch klar, Brad«, sagte Curtis auf dem Weg zu den Sicherheitsschleusen, »daß mein Besuch einfach nur ein freundschaftlicher Besuch war, ja? Ich habe nach nichts Speziellem gefragt, sei es Projekt oder Ausrüstung. Nur ein freundschaftlicher Besuch, weiter nichts.«

»Völlig klar, General«, bestätigte Elliott.

»Gut. Und damit wir uns recht verstehen ... ich möchte wissen –«

»Meine Versuchs-B-1B, Sir«, unterbrach ihn Elliott, »kommt in drei Wochen. Sie ist schon seit Monaten fällig, schon lange vor Ihrem Treffen mit dem Präsidenten. Niemals könnte man da irgendeine Verbindung konstruieren.«

Curtis lächelte. Dann fragte er knapp: »Nur eine B-1?«

Elliott überlegte kurz. »In ein paar Tagen bin ich zum Essen mit dem Kommandeur der Test- und Erprobungseinheit in

Edwards verabredet. Colonel Jim Anderson. Ein wahrer Dynamitbolzen, aber sehr kompetent. Ich möchte ihn bei einigen unserer Tests der neuen Waffen für den *Old Dog* dabeihaben. Ich glaube, er kann uns ein A-Modell der B-1 verschaffen, das die Hersteller nicht benötigen. Wir werden es zwar nicht hierher nach ›Traumland‹ kriegen, ohne daß es Gewisper in der Branche gibt. Jedenfalls glaube ich, daß er es uns besorgen kann . . . zu unserer jederzeitigen Verfügung. Wir können es dann hierherbringen, wenn . . . die Zeit gekommen ist.«

Curtis schüttelte ungläubig den Kopf. »Und ich dachte, *ich* hätte Einfluß!« Er schmunzelte. »Wenn ich es nicht besser wüßte, Brad, würde ich sagen, Sie wußten die ganze Zeit, was ich dachte.«

»Nachdem Andy Wyatt mich verständigte, Sir«, sagte Elliott, »habe ich natürlich zur Vorbereitung Ihres Besuches nicht gerade die Latrinen geputzt.«

Elliot überlegte eine Weile und fügte dann hinzu: »Es ergibt sich zufällig, daß diese Tests mit dem *Old Dog* genau mit der Wieder-Indienststellung der B-1-Maschinen zusammenfallen. Das meiste der Ausrüstung, die Sie hier heute abend gesehen haben, kann ohne weiteres und ohne Zeitaufwand in die B-1 eingebaut werden.«

»Gut, gut, Brad, allmählich klingt hier alles nach Hexerei«, sagte Curtis. »Denken Sie daran, ich habe Sie nach nichts gefragt. Sie haben auch nie die Geheimdienstpapiere gesehen, und . . .«

»Ich verstehe vollkommen, General«, sagte Elliott. Er warf einen seitlichen Blick auf den Chef der Vereinigten Generalstäbe. »Zwei Monate.«

Curtis schüttelte zweifelnd den Kopf. »Sie meinen . . . ?«

»Die Tests«, bestätigte Elliott, »werden in zwei Monaten beendet sein, Sir. Wozu auch immer . . .«

»Könnte sein, daß ich schon früher ein Flugzeug brauche; für . . . wozu auch immer«, sagte Curtis.

Elliott dachte nach, wenn auch nur einen Augenblick.

»Dann schicke ich Ihnen den *Old Dog*.«

Curtis wollte lachen, aber er unterdrückte es, als er bemerkte, wie ernst Elliott es meinte.

»Sie sind doch verrückt, Elliott!« sagte er. »Eine dreißig Jahre alte B-52? Sie sitzen schon zu lange hier in der einsamen Wüste!«

Elliott lächelte. »War auch nur so ein Gedanke, General«, sagte er. »Nur so ein Gedanke . . .«

MANHATTAN,
NEW YORK CITY

Andrina Asserni konnte es kaum glauben. Als die Privatsekretärin und Assistentin Dmitri Karmarows, des sowjetischen Botschafters bei den Vereinten Nationen, davon verständigt wurde, war sie völlig verblüfft. US-Außenminister Marshall Brent war höchstpersönlich zur Privatresidenz des Botschafters gekommen! »Bitten Sie ihn schnellstens herein!« befahl sie dem Pförtner. Kurz darauf erschien Brent wirklich.

»Minister Brent . . .!«

»Sdrastwujeta. Guten Abend, Miß Asserni«, sagte Brent in fließendem Russisch. Andrina Asserni zwinkerte mit den Augen. Wie fremd und wunderbar sich ihre eigene Sprache doch aus dem Mund dieses großen, eleganten Amerikaners anhörte!

»Ich würde gerne den Botschafter sprechen.«

Andrina Asserni stammelte. »Ja, ich – äh – aber selbstverständlich. Entschuldigen Sie vielmals, Herr Minister. Bitte, kommen Sie doch herein, bitte sehr.« Sie stand in Ehrfurcht erstarrt, als Brent ins Vorzimmer eintrat. Sie erlebte es zum erstenmal, daß ein leibhaftiger Minister unangemeldet und völlig allein auftauchte.

»Bitte, entschuldigen Sie vielmals, Herr Minister«, sagte sie. »Ich hatte keine Ahnung, daß Sie . . .«

»Miß Asserni, ich versichere Ihnen, es handelt sich um einen höchst informellen und auch völlig ungeplanten Besuch –«

In diesem Augenblick erschien Botschafter Karmarow im Vorzimmer. Er trug einen einfachen blauen Hausmantel und hatte eine Dose Bier in der Hand. »Genossin Asserni, ich brauche mal die Akte –«

»Genosse Botschafter!«

Karmarow trat voller Verblüffung einen Schritt zurück. »Marshall Brent! – Ich meine – Herr Minister . . .«

»Ich hoffe, ich störe Sie nicht allzusehr, Botschafter Karmarow . . .«

»Nein . . . nein, natürlich nicht.« Er wandte sich an Andrina Asserni und drückte ihr die Papiere in die Hand, mit denen er gekommen war. »So nehmen Sie doch den Mantel des Herrn Ministers, Asserni! Was ist denn? Und warum sagt man mir nicht Bescheid?«

Brent schlüpfte mit geschmeidiger Lässigkeit aus seinem Mantel, den Andrina Asserni ihm abnahm und dann wie ein Neugeborenes hielt.

»Das ist eine sehr unerwartete Überraschung . . .«

»*Otschin zal.* Ich muß mich entschuldigen, daß ich so unangemeldet hereinplatze und Ihnen Ungelegenheiten bereite, Botschafter«, sagte Brent. »Aber ich hoffte, mich mit Ihnen über eine dringende Angelegenheit unterhalten zu können.«

»Aber . . . gewiß doch.« Karmarow bat ihn in sein Büro. »Bitte kommen Sie herein.« Er wandte sich an seine Assistentin. »Bringen Sie uns rasch Kaffee und etwas zu trinken. Und daß wir auf keinen Fall gestört werden, ist das klar?«

Andrina Asserni war noch immer so perplex, daß sie zu antworten vergaß. Sie eilte in die Küche. Karmarow folgte dem gutaussehenden, tadellos gekleideten Amerikaner in sein Arbeitszimmer und schloß die Tür hinter sich.

Der Raum war eine Art langgezogenes Studio. Fast sämtliche Wände waren vom Boden bis zur Decke voller Regale mit

Büchern jeglicher Art. Beherrschender Blickfang des Zimmers war Karmarows Ungetüm von Schreibtisch, ein gewaltiges, imposantes, geschnitztes Möbel, das die halbe Breite des Raumes einnahm. Brent fuhr mit einer Hand über die dick gepolsterten Ledersessel. Der Kaffeetisch in der Mitte des Zimmers war echtes Chippendale.

»Ein überaus stilvoller Raum, Botschafter«, sagte er, ohne sich umzudrehen. Karmarow rang ungeduldig die Hände, als er Andrina Asserni hereinwinkte. Sie setzte das Tablett mit einer Silberkanne, einer schlanken Karaffe, Porzellantassen und großen, bauchigen Cognacschwenkern auf den Tisch und entfernte sich eiligst wieder.

»Vielen Dank«, sagte Karmarow. »Herr Minister, wir können selbstverständlich englisch sprechen, wenn Sie das vorziehen. Sie müssen natürlich nicht –«

»Nun ja, schließlich befinde ich mich hier auf russischem Territorium, Herr Botschafter«, erwiderte Brent. Er sprach weiter in städtischem Moskauer Russisch. »Es ist nur höflich und angemessen, wenn wir hier in Ihrer Muttersprache reden.« Er wandte sich um, die Hände auf dem Rücken gefaltet. Die beiden Männer musterten einander kurz. Vor Karmarow stand eine hochgewachsene, elegante Gestalt mit silberweißem Haar. Das Kinn war fest und selbstbewußt emporgehoben. Ein dünnes silbernes Oberlippenbärtchen war akkurat gestutzt. Sein Anzug war von konservativem Schnitt und sichtlich vom perfektesten aller Schneider nach Maß gearbeitet. Die Schuhe waren auch jetzt noch, den rauhen Straßen Manhattans zum Trotz, spiegelblank poliert.

Brent seinerseits stand einem Mann gegenüber, der kleiner war als er und stämmiger, mit breiten Schultern und vollem, wenn auch schon grauem Haar. Die Jahre des Wohllebens in der besten Wohngegend New Yorks hatten an seiner Figur und seinem Kinn ihre Spuren hinterlassen, aber seine Augen waren auch jetzt noch genauso feurig und leuchtend wie in seiner revolutionären Jugend.

Schließlich bat Karmarow seinen Gast, Platz zu nehmen.

»Bitte, setzen Sie sich doch, Herr Minister.«

Brent nahm den breiten Ledersessel mit Armlehnen, den ihm der Russe anbot, und setzte sich. Karmarow nahm ebenfalls Platz und griff zuerst nach der Kaffeekanne, deutete dann aber Brents Blick und die Fältchen in seinen Augenwinkeln richtig und langte gleich nach der Cognac-Karaffe. Er goß großzügig für sie beide ein und reichte dem Außenminister der Vereinigten Staaten ein Glas.

»Auf Ihr Wohl, Herr Minister«, sagte er auf englisch.

Brent hob das Glas. »Und auf Sie und Ihr Wohl, Botschafter«, antwortete er.

Sie widmeten sich dem Genuß des anregenden Getränks und schmeckten ihm nach, wie es durch ihre Kehlen floß. Dann setzte Brent sein Glas ab.

Karmarow begann als erster zu sprechen. »Ich bin in völliger Verlegenheit, Herr Minister«, sagte er. »Ich hatte nicht die leiseste Ahnung . . .«

»Es ist an mir, mich zu entschuldigen«, wehrte Brent ab. »Dies hier widerspricht natürlich jeder Form, aber ich hatte einfach das Gefühl, ich sollte sofort mit Ihnen sprechen.«

»Aber ich bitte Sie«, sagte Karmarow. Er nahm noch einmal einen größeren Schluck von seinem Cognac.

»Es geht um die Befürchtungen, die einige Mitglieder unserer Regierung wegen der Forschungen dort in Ihrem Komplex Kawaschnija hegen«, begann Brent. »Sie glauben –«

»Herr Minister«, unterbrach ihn Karmarow, »bitte. Ich habe keine Befugnis, über Kawaschnija zu sprechen. Das ist nicht nur eine Geheimsache, Sir. Es ist schlicht ein Tabu.«

»Dann erlauben Sie mir, darüber zu sprechen«, sagte Brent. »Betrachten Sie dies bitte als eine Botschaft von unserer an Ihre Regierung. Sie brauchen sich selbst nicht zu äußern.« Er verschränkte seine Finger, stützte sich aber mit den Armen auf die breiten Lehnen seines Sessels.

»Das Pentagon ist davon überzeugt, und zwar auf Grund von Informationen, die mir etwas ungenau und lückenhaft erscheinen, daß Ihre Regierung für die Zerstörung eines amerikanischen Aufklärungssatelliten und eines amerikanischen Flugzeugs vom Typ RC-135 verantwortlich ist.«

Karmarow unterbrach ihn hier sogleich. »Meine Regierung hat bereits kategorisch bestritten, irgendwie daran beteiligt zu sein —«

»Ja, Botschafter«, fuhr Brent fort, »das ist mir bekannt.« Er nahm seinen Cognacschwenker, schnupperte daran und legte seine Handfläche an das Glas, um den Branntwein zu wärmen. Dann lehnte er sich zurück.

»Erlauben Sie mir, Botschafter, ganz offen zu reden. Ich bin kein Freund der Militärhierarchie meines Landes«, sagte Brent. »Ich glaube, es war Montesquieu, der einmal sagte: ›Sollte unsere Welt einmal zerstört werden, dann von den Militärs.‹«

»Er bezog sich dabei auf Europa, soviel ich weiß«, warf Karmarow ein. Seine Augen zogen sich etwas zusammen.

Brent nickte. »Schon. Aber es trifft auch auf die Konflikte zwischen unseren beiden Nationen zu. Botschafter, wir stehen an der Schwelle eines historischen Vertrags über Rüstungsbegrenzung und -kontrolle. In den ganzen zwei Jahren, die die Verhandlungen darüber gedauert haben, ist es auf beiden Seiten gelungen, die Militärs aus diesen Verhandlungen herauszuhalten. Wir haben auf einem Niveau miteinander verhandelt, das vorher niemals üblich war. Statt ständig nur mit den Säbeln zu rasseln und uns pausenlos mit gegenseitigen Drohgebärden zu traktieren, wie es im Mittelalter in den Turnierkämpfen üblich war, saßen wir wie erwachsene Menschen beieinander und verhandelten ernsthaft über die Möglichkeiten echter Abrüstung.«

Er pausierte einen Augenblick. »Botschafter, es erscheint möglich, daß wir die Abschaffung aller Nuklearwaffen noch erleben werden. Nicht nur schöne Worte, die in Wirklichkeit allenfalls eine kontrollierte Eskalation tarnen. Nicht einmal nur eine tatsächliche numerische Reduzierung. Nein, wirkliche echte Abrüstung.«

Er drehte das Glas in seiner Hand und starrte hinein. »Aber

da gibt es alle die, denen Abrüstung immer nur als Schwäche erscheint. Sie versuchen alles, um unsere Bemühungen zu konterkarieren, wo sie nur können. Vor den Aktionen eben dieser Leute, Botschafter, möchte ich Ihre Regierung warnen.«

»Welche – Aktionen meinen Sie, Herr Minister?« fragte Karmarow.

»Wie ich schon sagte, gibt es Kreise in unserer Regierung, die von Ihrer Schuld an dem Verlust unseres Flugzeuges überzeugt sind. Sie glauben, Sie hätten eine gewaltige Laserkanone mit geradezu überirdischen Fähigkeiten, direkt wie aus einem Hollywoodstreifen, und sie auf Ust-Kamtschatskij, mitten in Ihrem Forschungszentrum Kawaschnija, installiert. Bewiesen oder nicht, jedenfalls haben sie den Präsidenten schon so gut wie überzeugt, daß dieser Super-Laser existiert und eine Bedrohung der Sicherheit der Vereinigten Staaten darstellt.«

Karmarow vermochte Brents Blick nicht standzuhalten. Als Brent die beginnende Unruhe des Botschafters bemerkte, schlossen sich seine Finger unwillkürlich etwas fester um sein Cognacglas. Verdammt noch mal, dachte er. War das am Ende vielleicht sogar wahr? War es denn möglich . . . ?

Karmarow hatte sich rasch wieder in der Gewalt. »Sie müssen Ihre Regierung – und ich bitte Sie sehr darum, Herr Minister – davon überzeugen, daß die UdSSR ernsthaft und fest den dauerhaften Frieden und die totale Befreiung der ganzen Erde von allen Nuklearwaffen anstrebt. Und dieses Ziel darf durch nichts gefährdet werden!«

»Ich bin hierhergekommen«, entgegnete Brent, »um Ihnen zu versichern, daß ich alles Menschenmögliche tun werde, um einen Abrüstungsvertrag zustande zu bringen, der wirklich funktioniert. Aber ich muß Sie auch davon informieren, was im Gange ist. Es ist davon die Rede, Ihrem sogenannten Killer-Laser mit einem unserer eigenen – Objekte zu begegnen. Ich bin nicht ermächtigt, Details darüber zu erwähnen, aber –«

»*Ice Fortress!*« sagte Karmarow unvermittelt. »Die bewaffnete Raumstation! Die haben Ihre Militärs doch wohl im Sinn, nicht wahr?«

Brent seufzte. »Wie ich schon sagte, ich bin nicht befugt, darüber zu sprechen –«

»Aber darum geht es doch, nicht wahr?« In Karmarows Gesicht stieg jäher Zorn auf. »Marshall, Sie wissen doch ganz genau, daß die Stationierung von *Ice Fortress* eine klare Verletzung des Vertrags von 1972 über die Begrenzung ballistischer Flugkörper wäre. Und eine Verletzung der Vereinbarung von 1982 über die Entmilitarisierung des Weltraums. Es wäre ein Schlag ins Gesicht für alle unsere Abrüstungsbemühungen. Der pure Wahnsinn!«

»Führende Kreise unseres Militärs sind von der Existenz eines Killer-Lasers auf Ihrer Seite überzeugt«, beharrte Brent. »Auch dies wäre eine Verletzung . . .«

Aber Karmarow unterbrach ihn hitzig. »Ein solches Gerät – sollte es zu unseren Lebzeiten wirklich Realität werden – ist keine Verletzung des ABM-Vertrags! Dieser Vertrag erwähnt an keiner Stelle derart exotische Geräte. Weil sie nämlich nur in der Phantasie einiger aufgeregter Wissenschaftler und Physiker existieren. Und warum sollte man einen Vertrag über Dinge schließen, die überhaupt nicht denkbar sind?«

Der immer erregter werdende Ton Karmarows und die angespannte Faust, mit deren Knöcheln er seine Worte, auf den Tisch klopfend, unterstrich, drangen in Brents Ohren wie das Echo von den Steilwänden eines Canyons. »Die Vereinbarung über die Entmilitarisierung des Weltraums«, fuhr Karmarow fort, »bezieht sich außerdem naturgemäß nicht auf irdische Verteidigungseinrichtungen. Sie verbietet ausdrücklich allein die Stationierung jeglicher Art von Waffen im Weltraum. Es kann doch nicht sein, daß Ihr Land nun wirklich auf diese *Ice-Fortress*-Idee zurückkommt! Es kann einfach nicht sein!«

»Ich«, sagte Brent, »habe keine Entscheidung in dieser Richtung getroffen und auch keiner anderen zugestimmt. Ich kann Ihnen allerdings bestätigen, daß es diverse Bestrebungen dieser Art gibt.«

Er sah Karmarow direkt an und wartete einen Moment, wie

um seinen Worten noch größeren Nachdruck zu verleihen. »Der Laser wäre tatsächlich eine Bedrohung, Dmitri«, sagte er. Seine Stimme klang, als käme sie aus der Tiefe eines Brunnens. »Können Sie denn nicht irgendeinen Weg finden, den maßgeblichen Leuten meiner Regierung zu versichern, daß ihre diesbezüglichen Befürchtungen grundlos sind? Wie wäre es zum Beispiel, wenn Sie eine Art Präsentation veranstalteten, was für Forschungen dort stattfinden? Oder wenn Sie zumindest eine etwas detailliertere Beschreibung gäben? Irgend etwas. Nur bringen Sie die Säbelraßler zum Schweigen . . .«

»Ich kann wenig zusagen«, sagte Karmarow.

»Wir müssen alles versuchen, Dmitri«, antwortete Brent. Er stand auf und ergriff Karmarows Hand. »Die Zukunft – die Zukunft unserer Kinder – kann davon abhängen.« Dann ließ er die Hand des Botschafters langsam wieder los, nickte ihm kurz zu und verließ den Raum.

Karmarow sah ihm nach und setzte sich dann wieder auf einen der dickgepolsterten Lederstühle. Ganze zwei Minuten lang rührte er sich nicht. Schließlich klingelte er nach Andrina Asserni.

»Wissen sie es?« fragte sie, als sie eingetreten war.

»Sie vermuten es. Wie auch nicht?« Karmarow nahm den Cognacschwenker in beide Hände. »Was, zum Teufel, machen die da zu Hause, Andrina? Wollen sie den Abrüstungsvertrag kaputtmachen? In was wollen sie die Amerikaner hineinrennen lassen?«

Andrina Asserni antwortete nicht. Karmarow starrte in seinen Cognac. »Halten Sie mir die Sicherheitsleitung in den Kreml den ganzen Vormittag offen«, sagte er schließlich.

»Selbstverständlich, Genosse Botschafter.«

Er trank aus und stöhnte etwas – über die feurige Schärfe des Alkohols, aber auch über die Bedrohungen, die nun von beiden Seiten auf ihn eindrangen.

»Was tun die da wirklich? Was?«

AIR FORCE-STÜTZPUNKT FORD, KALIFORNIEN

Patrick McLanahan hatte Probleme.

Sein Partner Dave Luger war erheblich verletzt worden. Herumfliegende Glasscherben und Metallsplitter hatten ihn getroffen, als sein kleiner Radarschirm explodiert war. Eine sowjetische SA-4-Boden-Luft-Rakete hatte sie fast getroffen, als sie von einer kleinen Staffel von vier MiG-25 angegriffen worden waren. Nachdem sie aus der Tiefflug-Position ins helle Tageslicht emporgestiegen waren, stellten sie für die hochentwickelten sowjetischen Abfangjäger die schönste Zielscheibe dar.

Luger beobachtete in seinem Schleudersitz seinen Kollegen, wie er seinen Radarschirm vom Angriffsmodus auf den Erkundungsmodus mit einer Reichweite von fünf Meilen umschaltete. Er versuchte ihrer aller Leben zu retten.

»Kann ich irgendwie helfen, Pat?« sagte Luger.

»Du kannst auf die verdammten Jäger aufpassen«, erwiderte McLanahan.

»Kann ich nicht, Kampfgenosse. Ich bin schwer verwundet, erinnerst du dich nicht?«

Als wollte er das besonders unterstreichen, ließ er sich wie leblos seitlich aus dem Sitz in den Mittelgang hängen, so daß ihn seine Fallschirmgurte gerade noch im Schleudersitz hielten und die Arme verdreht nach unten hingen.

»Wann ist denn das ins Drehbuch aufgenommen worden?« fragte McLanahan.

»Keine Ahnung«, sagte Luger. »Gefällt mir aber nicht schlecht. Es sieht übrigens nicht schlecht aus, wie du dich so abstrampelst, Partner.«

»Warum haben sie dir nicht auch eine Maulverletzung ins Programm geschrieben, damit du es halten mußt?« sagte

McLanahan und legte ein paar Schalter auf dem Pult vor ihm um, während er seinem Kollegen einen Blick zuwarf. »Schnall dich mal anständig an, Mensch. Wie ist das, kannst du noch auf den Schleudersitzknopf drücken, oder haben sie dir die Pfoten auch weggeputzt?«

Luger machte eine große Vorstellung daraus, seine Hände zu überprüfen. »Sieht nicht so aus«, sagte er schließlich. »Sie scheinen in Ordnung zu sein.« Er griff nach seinen Fallschirmgurten und bemerkte einen schwachen geriffelten Lichtstreifen in der linken oberen Ecke des großen Radarschirms des Radarnavigators.

»Auf zehn Uhr«, sagte er, »Interferenz-Muster. Könnte –«

»Keine Späßchen jetzt, Luger«, unterbrach ihn Instrukteur Paul White von der Kontrollkonsole außerhalb des Trainers. »Sie sind blind, erinnern Sie sich? Alles fertig fürs Finale?«

»Alles verwanzt hier drin«, knurrte Luger und zog eilig an seinem Fallschirm.

»Hallo, Pilot«, meldete sich nunmehr McLanahan, als spreche er wirklich mit seinem Piloten, »ich sehe Bogey auf zehn Uhr, fünf Meilen. Bewegt sich schnell auf elf Uhr.«

»Roger«, antwortete White in der Rolle des Piloten. Dann wechselte er in die Rolle des EW-Offiziers und schrie: »Hallo, Pilot, ziehen Sie weg, nach links.« Gleichzeitig drehte er an einem großen schwarzen Knopf auf seiner Konsole, die er vor sich hatte, und zog den Trainer scharf nach links weg. Die Kabine, in der McLanahan und Luger saßen, war auf vier drei Meter hohen hydraulischen Beinen gelagert, die auf Kommando des Instrukteurs jede Höhen- und Seitenbewegung ausführen konnten.

»Bogey auf ein Uhr, dreieinhalb Meilen«, meldete McLanahan. Das Interferenz-Muster auf seinem Radarschirm, der untrügliche Hinweis dafür, daß die Radarsignale des gegnerischen Jagdflugzeuges sich mit dem Radar der B-52 überlagerten, verschwand und verdichtete sich dann in einen deutlichen, klaren weißen Punkt in der oberen rechten Ecke des Schirms.

Als der Radarstrahl diesen wieder erfaßte, hatte er seinen Standort bereits erheblich verändert. »Beginnt rasch von meinem Schirm zu verschwinden, auf drei Uhr, drei Meilen. Hallo, Waffen, ihr müßtet ihn jetzt eigentlich kriegen.«

»Hallo, Pilot«, sagte White, jetzt in der Rolle des Bordschützen, »mein Zündungskontrollsystem ist ausgefallen. Alle Rohre blockiert. Kein Radarkontakt.« Er wechselte wieder zurück zum EW-Offizier. »Hallo, Pilot, Zündungsradar ausgefallen. Letzter Kontakt war fünf Uhr, zwei Meilen. Erwarte Beschuß oder Infrarotflugkörper-Angriff. Setzt Ausweichmanöver fort.«

Er drehte sich nun zum Kontrollknopf rechts. Der Simulator reagierte sofort und preßte die beiden Besatzungsmitglieder in ihre Sitze. »Abwurf Radarstör-Glasfaserstoppeln. Fluchtmanöver wird fortgesetzt.«

Lange Pause. Der Gyrokompaß und der Höhenmesser rotierten wie wild, als White, der extrem realistische Bedingungen herstellen wollte, das »Flugzeug« hin und her und auf und ab schüttelte, so schnell es nur ging. Schließlich brachte er den Trainer wieder auf Kurs und sagte: »Hallo, Besatzung, hier ist der Kopilot. Wir haben einen Raketentreffer. Generatoren sieben und acht ausgefallen.«

White beobachtete ein mit versteckter Kamera aufgenommenes Fernsehbild aus der Notausstiegskabine des Trainers – noch eine Änderung, von der er den Fliegern nichts gesagt hatte. McLanahan und Luger saßen beide mit zurückgelehnten Köpfen kerzengerade aufgerichtet in ihren Sitzen, die Hände an den Schleudersitzgriffringen zwischen ihren Beinen. Sie bemühten sich in der heftig schwingenden Box aufrecht sitzen zu bleiben. White drehte an seinen Kontrollknöpfen, bis die wild pendelnde Kabine auf ihren hydraulischen Beinen langsam wieder auf Normalstellung war. Beide Navigatoren saßen noch immer sehr angespannt in ihren Sitzen und warteten auf den Befehl, die Schleudersitze zu betätigen.

Noch nicht, Jungs, sagte White zu sich selbst. Er wandte

sich zu den Überwachungstechnikern und signalisierte ihnen, sich bereit zu halten. Dann schaltete er den Bordfunk ein.

»Okay, meine Herren«, sagte er. »Das war's. Ich habe nur eben mal meine ganzen Bewegungshebel ausprobiert. Was halten Sie davon?«

»Das«, erklärte McLanahan, »sage ich Ihnen, sobald ich Ihnen aufs Hemd gekotzt habe.«

»Vielen Dank«, erwiderte White. »Okay. Sie gehen auf zehntausend Fuß. Genug Zeit, sich auf den Schleudersitzausstieg vorzubereiten, was, Luger?«

»Nein, Sir«, antwortete Luger. »Soweit ich mich erinnere, waren wir zu der Zeit, als Sie mir mein Radar kaputthauten – süße, kleine Zugabe übrigens zu Ihrer kleinen Folterkammer hier –, über gebirgigem Terrain. Ein paar von den Hügeln gingen rauf bis sechs- oder siebentausend Fuß, oder noch mehr.«

»Sehr gut«, sagte White. »Druckhöhe ist zweitrangig. Die Höhe über Grund, das ist es, worum Sie sich kümmern müssen. Sie fliegen nach wie vor über Gebirge. Worauf sonst müssen Sie aufpassen, McLanahan?«

»Das einzige verdammte Ding, um das ich mir Sorgen mache«, sagte McLanahan, »ist, wieviel Aufwind ich von dieser eins-Komma-eins-Megatonnenbombe kriegen kann, die ich eben abgeworfen habe.«

»Gott, seid ihr aber hartgesottene Burschen«, sagte White und grinste. »Das ist es wahrscheinlich, warum ihr im Bomberwettbewerb schon acht Trophäen zusammengerafft habt. Also, jetzt. Erstens haben Sie Ihre Bombe erst vor zehn Minuten geworfen. Wir saßen nach Abwurf mit zusammengekniffenen Arschbacken da und sind den Explosionsauswirkungen entkommen. Aber es gibt noch immer jede Menge Fallout, der sich weiter ausbreitet. Wenn Sie also Pilot wären, Luger, was würden Sie machen?«

»Tja, es sind uns lediglich zwei Triebwerke ausgefallen«, antwortete Luger, nachdem er kurz nachgedacht hatte. »Ich würde also wohl versuchen, dieses Strato-Schwein so lange am

Fliegen zu halten, wie es geht. Und auf die Küste zu. Bis sie nicht mehr oben bleibt. Und dann würde ich die Leute rausschmeißen.«

»Auch wenn Ihnen eine Staffel MiG am Schwanz hängt?«

»Ach, Scheiße«, sagte McLanahan. »Es ist ohnehin schon alles schiefgelaufen heute. Also vielleicht holen sie uns runter, vielleicht treffen sie auch nicht, oder sie hauen ab, wenn sie unsere rechte Tragfläche brennen sehen. Wer weiß? Jedenfalls haben wir, selbst wenn sie uns noch ein paar auf den Pelz brennen, immer noch mindestens ein paar Sekunden Zeit auszusteigen, wenn die dämliche Kiste runterfällt.«

»Okay, Patrick«, sagte White. »Wir wollen es nicht übertreiben und nicht alles durcheinanderbringen. Dieser Trainer ist hauptsächlich dazu da, Ihnen Schleudersitz-Praxis zu vermitteln. Aber ich möchte, daß ihr Burschen noch mehr mitkriegt. Da gibt es Knaben, die drücken auf ihren Schleuderknopf, sobald sie nur das Wort ›Feuer‹ hören. Andere warten brav auf einen Befehl zum Aussteigen. Wieder andere erstarren vor Schreck. Und ein paar werden schlicht niemals aussteigen. Weil sie glauben, in der Maschine drin seien sie auf jeden Fall sicherer, und sie würden sie schon wieder hochkriegen oder jedenfalls eine ordentliche Bruchlandung schaffen. Ich will, daß ihr erst nachdenkt, bevor ihr etwas tut. Das ist alles. Mit dem Schleudersitz rausgehen, ist ebenso traumatisch wie riskant. Und das weiß ich ganz genau, denn ich habe es selbst dreimal gemacht. Und ich habe zu viele Burschen völlig unnötig sterben sehen, weil sie nicht zuerst nachgedacht haben. Okay?«

»Okay«, sagte McLanahan.

»Also«, fuhr White fort, »ich – äh – also hört zu, ich muß schnell mal für kleine Mädchen. Ich bin in ein paar Minuten wieder da. Dann reden wir über den Ablauf des Rausschleuderns, und danach machen wir frühzeitig Schluß. Okay?«

»Ja, ja«, knurrte McLanahan.

»Gut. Lauft nicht weg, Jungs!«

Die Bordsprechanlage klickte und war still. Luger schickte

McLanahan einen fragenden Blick hinüber. »Wir machen frühzeitig Schluß? Das ist ja ganz was Neues!«

»Da stinkt was«, meinte McLanahan.

Luger legte eine Hand direkt neben den gelben Ausstiegsring, der vor seinem Schleudersitz zwischen seinen Beinen herausgezogen war. »Ich bin aus diesen Dingern schon ein Dutzendmal ausgestiegen und –«

Er kam nicht dazu, seinen Satz zu vollenden.

Völlig überraschend kippte der Trainer scharf trudelnd nach rechts ab. Fast im gleichen Moment fiel er so abrupt durch, daß beide Navigatoren mit den Helmen gegen ihre Arbeitstischchen stießen.

Das rote ABANDON-Licht, das zum Aussteigen aufforderte, leuchtete zwischen den beiden Navigatorsitzen auf. Luger griff mit der freien Hand nach dem EJECT-Ring, aber in derselben Sekunde rollte die Kabine so scharf nach links, daß er das Gefühl hatte, sie sei völlig umgekippt. Nicht nur fand Luger mit der linken Hand den Zugring nicht mehr, auch seine rechte wurde ihm weggerissen.

McLanahan fluchte und griff nach einem kleinen Hebel vorne links an seinem Schleudersitz. Mit der rechten Hand hielt er sich am Sitz fest und richtete sich auf. Die Zugvorrichtung seines Anschnallgurtes lief und zurrte seinen Rücken hart und durchgedrückt an den Sitz.

Luger, den es völlig unvorbereitet getroffen hatte, war fast in der Mitte durchgeknickt, als die Kabine nach links umgekippt war. McLanahan strengte sich an und griff hinüber über den schmalen Trenngang, um Lugers Schultergurt einzurasten.

»Na los, Jungs«, ließ Major White, der die Bemühungen der beiden auf seinem Monitor mit großem Vergnügen verfolgte, sich wieder hören. Er vergewisserte sich mit einem kurzen Blick über die Schulter, daß die Techniker und Sicherheitsbeobachter alle auf ihren Plätzen waren. »Die Zeit vergeht . . . !«

Die Lichter in der Kabine waren ausgegangen. Es brannte nur noch das gespenstische rote Notlicht »Aussteigen«, aber auch dieses verlöschte gleich darauf. Das normale leise Summen in der Kabine war von überlauten Geräuschen von Explosionen, kreischendem Metall, zischendem Treibstoff und weiteren Explosionen abgelöst worden. Die Kabine füllte sich mit Rauch. White hat diesmal wirklich ein realistisches Inszenario veranstaltet, dachte McLanahan, während der Rauch in seinen Augen zu beißen begann. Die Kabine kippte noch einmal über, nachdem sie erst langsam nach rechts gerollt war und dann nach unten sauste.

Luger fluchte noch lauter. Er legte die Hände übereinander, faßte mit den Fingern nach dem Abzugsring zwischen seinen Beinen, riß den Kopf nach hinten gegen die Lehne des Sitzes und zog am Ring, als übe er sich im Steinheben der Bizepshelden. Er schloß die Augen und schnitt eine Grimasse. Dann brüllte er: »Der Teufel soll Sie holen, Major Whiiite!«

McLanahan sah nur noch, wie unter Lugers Sitz ein Viereck von Licht erschien, und dann war sein Partner weg. Starke Katapulte hatten ihn aus dem wild hin und her schaukelnden Trainer nach unten hinausgeschleudert. McLanahan knurrte zufrieden, faßte seinen eigenen Abzugsring, stemmte sich mit den Füßen ein und zog mit allen Kräften.

Aber nichts passierte.

Jetzt war es an ihm, laut zu fluchen. Trotzdem handelte er sekundenschnell. Mit zwei raschen Bewegungen klickte er die Gurte, mit denen er an seinen Schleudersitz angeschnallt war, aus, griff blind über sich nach einem Handgriff über dem Schaltpult und zog sich daran aus dem defekten Schleudersitz. Die Reste seines Anschnallgurtes und seiner Schulterhalterung schepperten weg.

Genau in diesem Augenblick drehte sich der Trainer einige Grad nach rechts. Panisch tastete McLanahan nach einem weiteren Handgriff, um nicht in das klaffende Loch zu fallen, über dem noch vor wenigen Sekunden sein Kollege gesessen war. Er bekam die Leiter hinter Lugers Sitz und das Geländer des Katapults zu fassen, das Luger hinausgeschleudert hatte.

Blind tastend manövrierte sich McLanahan um das Katapult-

geländer herum und stemmte sich mit den Füßen am Luken-
rand ein. Die Kabine trudelte wieder auf die andere Seite, wo
sie noch weiter nach unten sackte, und er prallte mit dem Helm
gegen die offene Luke. Sein Fallschirm drückte schwer wie ein
Betonklotz auf seinen Rücken und zog ihn näher und näher
an die Öffnung. Hinter ihm war ohrenbetäubender Lärm.

McLanahan grätschte sich über die offene Luke, stemmte
die Füße an ihrem hinteren Ende ein und krallte sich zu beiden
Seiten mit den Händen fest. In der Kabine hinter ihm gab es
eine neue heftige Explosion. Ein blendender Lichtblitz zuckte
auf. McLanahan ließ gleichzeitig mit beiden Händen los. Seine
rechte Hand faßte die Abzugsleine seines Fallschirms, die linke
legte er um seinen Leib. Er streckte den Kopf nach unten und
ließ sich mit bis zur Brust angezogenen Knien durch die Luke
fallen.

Den Bruchteil einer Sekunde lang fühlte er sich schwerelos.
Dann landete er mit lautem Plumps auf der dicken Sicherheits-
matte drei Meter unter ihm. Die Luft entwich mit einem
lauten, erleichterten Geräusch aus der Matte, und McLanahan
sank sanft und weich zu Boden.

Irgendwo schrillte eine Sirene. Mehrere Air-Force-Techniker
kamen zu McLanahan gerannt, der bewegungslos wie ein Em-
bryo weich und eingerollt in der sich aufbauschenden Hülle
der Luftmatte lag.

»Sind Sie okay, Patrick?« fragte White, als er McLanahan
beim Absetzen seines Helmes behilflich war.

McLanahan streckte sich und starrte hinauf zur Trainer-Ka-
bine, die direkt über ihm war. »Scheißkerl!«

»Also okay«, sagte White mit einem amüsierten Lächeln.
Er half McLanahan auf die Füße und aus seinem Fallschirmge-
schirr.

»Toll gemacht«, sagte er. »Luger hat länger gebraucht, sich
herauszuschleudern, als Sie sich manuell herausgeholt haben,
nachdem Sie gemerkt hatten, daß der Schleudersitz nicht funktionierte. Die meisten kommen da nie mehr raus. Wer es nicht
innerhalb dreißig Sekunden schafft, schafft es überhaupt nicht

mehr, besonders bei niedriger Flughöhe. Sie brauchten genau fünfzehn Sekunden.«

Er reichte ihm eine Dose Bier, und sie gingen zusammen hinüber in ihren Unterrichtsraum. Dort lümmelte Luger bereits auf einem Stuhl herum, den Reißverschluß seines Fliegeranzugs halb offen, eine leere Bierdose neben sich und eine zweite, volle in der Hand. Er sah ramponiert und wütend aus und funkelte White an.

»Diese Überraschungsspielchen haben Sie aber zum ersten und letzten Mal gemacht«, knurrte er. »Ich erzähle Ihre Tricks der ganzen Staffel.«

»Nein, ganz bestimmt nicht«, sagte White kichernd. »Ich kenne Sie doch, Luger. Viel lieber ist es Ihnen doch, daß ich dies auch Ihren Kumpeln verpasse, oder?«

Luger setzte dazu an, eine Antwort zu knurren, besann sich aber eines Besseren.

»Oh, übrigens«, sagte White und wandte sich an McLanahan. »Für Sie ist ein Anruf gekommen. Von Colonel Wilders Büro. Werden Sie versetzt?«

»Wilder?« McLanahan sah White fragend an. »Nein, nicht daß ich wüßte.«

»Sie haben übrigens schon einen Termin bei ihm«, fuhr White fort. »Morgen früh, sieben Uhr dreißig. In seinem Büro. Um welchen Job haben Sie sich denn beworben?«

Der ratlose Ausdruck auf McLanahans Gesicht war noch nicht gewichen. »Na, was schon? König von Kanada. Das übliche eben.«

»Na, dann viel Glück«, sagte White. »Freut einen immer, wenn ein guter Mann Karriere macht.«

Als sie aus dem Trainingsgebäude herauskamen und zu ihren Wagen gingen, konnte Luger seine Begeisterung kaum zurückhalten.

»Mann, ich wußte es, daß du eine Fahrkarte von hier weg kriegst«, sagte er.

»Bis jetzt habe ich gar nichts«, wiegelte McLanahan ab.

»O Mann, also du glaubst mal wieder nicht daran?« sagte

Luger wütend. »Aber du kannst schließlich doch nicht ewig hier bleiben, Pat. Du mußt dich entscheiden —«

»Ich werde entscheiden, was ich will, wenn ich es will«, fiel ihm McLanahan ins Wort. »Und ich brauche keine Ratschläge von dir!«

Luger faßte ihn begütigend am Arm. »Vielleicht hast du ja recht. Vielleicht brauchst du auch meinen Rat nicht. Aber schließlich sind wir Freunde, oder? Und das gibt mir sehr wohl das Recht, es dir zu sagen, wenn ich glaube, daß du einen Fehler machst. Und ich glaube, du machst einen Fehler, sogar einen sehr großen, falls du nicht mit beiden Händen zugreifst, wenn dir die hohen Jungs da oben etwas hinhalten.«

McLanahan seufzte und schüttelte den Kopf. »So einfach ist das auch nicht, Dave. Das weißt du ganz genau. Meine Mutter . . . Catherine . . . die sind doch alle beide gegen diese ganze Fliegerei. Schon lange. Seit mein Vater gestorben ist, mußte meine Mutter doch mächtig rudern, um mit der Kneipe zurechtzukommen. Ich mußte mich darum kümmern. Und Catherine — na ja, du kennst sie doch. Ihre Vorstellungen vom guten Leben haben wenig damit zu tun, die Frau eines Air-Force-Burschen zu sein. Sie löchert mich doch ständig, ich soll das alles aufgeben und ins Geschäftsleben eintreten. Und seit einiger Zeit leuchtet es mir fast ein.«

»Ach, Scheiße, Mensch«, sagte Luger. »Das glaubst du doch selber nicht. Das ist doch Kacke, Mann. Genau hier in Ford bist du am besten, und das weißt du ganz genau. Verdammt, du bist der beste Navigator im ganzen SAC. Und was bist du im Zivilleben? Einer von tausend Kerlen, die sich am Ersten ihr Gehalt abholen, aus.« Luger schüttelte den Kopf. »Das bist du einfach nicht, Pat. Und du kannst auch nicht so tun, als wüßtest du das nicht selbst am besten.«

McLanahan blickte über den Flugplatz, auf dem eben eine B-52 zur Startbahn rollte, und wandte sich dann wieder zu Luger. »Manchmal«, sagte er, »denke ich sehr wohl, daß es vielleicht gar nicht schlecht wäre, wieder Zivilist zu sein. Zumindest wäre das was Wirkliches. Es würde etwas passieren.

Was man täte, hätte einen wirklichen Effekt. Hier bekommt man zuweilen das Gefühl, das ganze Leben bestehe nur aus Simulieren, Üben und Trainieren, aus einem endlosen Als-Ob.« Er dachte eine Weile nach. »So wie diese Trainingsstunde eben. Man wird doch schizo, Mann. Der eine Teil von dir sieht zwar durchaus, was es soll, der andere aber sieht immer nur, daß es letzten Endes nur ein Spiel ist.«

»Jedenfalls ist es ein Spiel, das dir eines Tages mal das Leben retten könnte. Aber wem erzähle ich das schließlich.«

»Ja, sicher, Dave.« McLanahan deutete auf seinen Wagen. »Hör zu . . . ich muß weg . . . Bis morgen, okay?«

Luger nickte. Er wartete, bis McLanahan an seinem Wagen war, und rief ihm dann noch nach: »He, Muck!«

McLanahan drehte sich um.

»Wir sind doch ein gutes Team, oder?«

McLanahan lächelte und zeigte ihm den emporgereckten Daumen.

Eine halbe Stunde später parkte McLanahan seinen Wagen vor dem »Shamrock«. Familienrestaurant und Bar. Er ging durch den Seiteneingang hinauf in seine Wohnung im zweiten Stock. Im Augenblick hatte er nicht das Bedürfnis, seiner Mutter oder seinen Geschwistern zu begegnen.

Eine Versetzung! Je mehr er darüber nachdachte, desto verwirrter wurde er. Er wußte, daß es diesmal keine Chance mehr gab, auf Besseres zu warten oder es überhaupt noch einmal zurückzustellen. Wenn er noch einmal eine bedeutsame Versetzung ablehnte, war dies vermutlich auch das Ende seiner Karriere bei der Air Force.

Er warf seine Fliegerjacke und die Aktenmappe in den Wandschrank und ließ sich müde auf seine Schlafcouch plumpsen. Er öffnete den Reißverschluß des Fliegeroveralls, sah sich in seiner winzigen Wohnung um und schüttelte den Kopf.

Es war klinisch sauber hier drin. Nicht, weil er selbst so übermäßig ordentlich gewesen wäre, aber seine Mutter kam jeden Tag um zehn Uhr, um aufzuräumen und sauberzumachen. Der Gedanke, ihr Sohn könne den Wunsch haben, ungestört zu bleiben, kam ihr überhaupt nicht in den Sinn.

Er stand wieder auf, warf seine Fliegerstiefel in eine Ecke des Eßzimmers und ging in die Küche. Er fand drei Sechserpacks Bier im Kühlschrank. Während er sich eine Dose öffnete, kicherte er in sich hinein. Seine Mutter war strikt dagegen, daß er irgend etwas anderes trank als Milch und Wasser, trotzdem sorgte sie stets dafür, daß Bier im Kühlschrank war. Ohne nachzusehen, wußte er auch, daß frische Handtücher im Bad hingen und sauberes Geschirr im Schrank stand.

Für einen Augenblick hatte er durchaus Schuldgefühle. Verdammt, dachte er, und was ist daran auszusetzen? Er sollte doch wohl froh und zufrieden sein, daß er bei seiner Familie wohnen konnte und sich weder ums Saubermachen noch ums Kochen kümmern mußte! Luger würde vermutlich Gott weiß was dafür geben, so ein Leben zu haben. Er, McLanahan, wurde in seiner Familie mit weit mehr Respekt behandelt, als es dem ältesten Sohn zukam. Er war der Vater, der Familienvorstand, der Planer und der, der alle Entscheidungen traf. Paul leitete zwar das Restaurant und die Kneipe, und seine Mutter kochte und machte sauber und servierte. Aber er, Patrick, war der Älteste und also auch der Manager und wurde deshalb wie der Chef behandelt.

Patricks Vater war Polizist gewesen; zwischen seinem zwanzigsten und sechzigsten Lebensjahr hatte er nichts anderes gekannt, als zu arbeiten. Als er dann pensioniert wurde, nahm er Jobs als Wachmann und Privatdetektiv an, bis Paul alt genug war, das »Shamrock« zu führen; und selbst dann noch rackerte er wie ein Sklave und mit der Begeisterung eines Teenagers für das neue Geschäft, das dann wieder alles für ihn war – keine Goldgrube zwar, aber doch ein Familiensymbol, das Familienerbstück.

Nach dem Tod des Vaters war Patrick für seine Mutter Maureen bald der Mittelpunkt ihres Lebens geworden. Das Restaurant und die Wohnungen, die dazu gehörten, zu verkaufen, war ganz unvorstellbar gewesen.

Mit der Hilfe seiner Brüder und Schwestern hielt Patrick das Restaurant seitdem in Betrieb, und überraschenderweise hatte die Air Force mitgespielt. Sie hatte Patrick auf einem Stützpunkt in der Nähe der Familie stationiert und seine Dienstzeit einige Jahre verlängert, damit er seinen Magister machen und sich gleichzeitig um das Geschäft seiner Familie kümmern konnte. Das hatte sich auch für sie bestens ausgezahlt, war er doch inzwischen zwei Jahre hintereinander der Beste im SAC-Bomberwettbewerb gewesen und mit seinen Kenntnissen und Fähigkeiten als Navigator von unschätzbarem Wert.

Doch auch die Dienstzeitverlängerung lief allmählich aus. Es gab zwar mancherlei Karrieremöglichkeiten für ihn – im SAC-Hauptquartier in Omaha, im Pentagon in Washington oder bei einer B-1-Excalibur-Einheit in South Dakota oder Texas. Damit waren Prominenz und Prestige verbunden. Aber das bedeutete auch, daß er wegziehen mußte – Lichtjahre von zu Hause. Und das war unter den gegebenen Umständen eine sehr schwierige Entscheidung.

Warum eigentlich, fragte er sich. Warum ist das so schwer?

»Hallihallo!«

McLanahan fuhr aus seinen Gedanken hoch. »O Gott, Cat«, sagte er. »Du. Hast du schon mal was von Anklopfen gehört?«

Catherine McGraith glitt heran, schnupperte betont vornehm an seinem verschwitzten, heißen Fliegeranzug und küßte ihn mit Maximalabstand auf den Mund.

»Ich wollte dich überraschen«, sagte sie. »Und das scheint mir offensichtlich prächtig gelungen zu sein.«

Allein daß Catherine da war, schien ihm die Dinge gleich leichter zu machen. Einen Augenblick lang vergaß er alle seine Sorgen tatsächlich. Catherine mit ihrer Eiskunstläuferinnenfigur, ihrer kleinen Stupsnase, ihrer weißen Haut und ihrem glänzenden Haar brachte es immer fertig, daß er einfach innehielt und sie nur ansah, beobachtete oder sie auch in den Arm nahm.

Er griff nach ihr, zog sie an sich und küßte sie. »Hmmm,

du siehst sehr hübsch aus.« Er trug sie ins Wohnzimmer und fiel mit ihr auf die Couch.

»Patrick!« sagte sie. Sie schob ihn von sich, wenn auch nicht zu heftig. »Man könnte meinen, du wärst einen ganzen Monat auf Bereitschaftsdienst weggewesen!«

»Du machst mich eben pausenlos verrückt, Cat. Es spielt dabei keine Rolle, wie lange ich auf Bereitschaft war.«

»Es muß das Grün sein«, sagte Catherine. »Diese grünen Fliegeranzüge, die grünen Flugzeuge, die grünen Gebäude. Dieses ewige Grün macht euch scheinbar ständig scharf.«

»Du machst mich ständig scharf«, sagte er.

Catherine gelang es schließlich, sich zu befreien. »Nun ist genug«, sagte sie und stand auf. »Wir haben eine Reservierung für halb acht im ›Firehouse‹ in Old Sacramento. Deine Mutter hat deinen Anzug reinigen lassen, und du kannst –«

McLanahan murrte. »Ach, wirklich Cat, muß denn das sein? Ich hab' jede Menge Streß im Trainer gehabt heute. Außerdem habe ich morgen Bereitschaftsdienst. Ich bin wirklich nicht aufgelegt –«

»Bereitschaft? Schon wieder? Du bist doch gerade erst von dem Bomberwettbewerb zurück. Können die euch nicht mal ein wenig in Ruhe lassen?« Sie sah ihn an und wartete. »Ach, Patrick! Nancy und Margaret werden auch da sein. Komm, gehen wir! Bitte!«

McLanahan warf einen Blick zur Decke. »Es scheint, daß man mich loswerden will«, sagte er.

»Loswerden? Wieso? Was meinst du damit?«

»Ich habe einen Anruf von Colonel Wilder bekommen, dem Geschwaderkommandanten«, sagte er. »Ich habe nicht selbst mit ihm gesprochen. Paul White war am Apparat. Er meint, ich werde versetzt.«

»Versetzt? Wohin?«

»Keine Ahnung. Aber vor ein paar Monaten hat mich Wilder ausdrücklich einem Kerl im Planungs- und Operationsstab im SAC-Hauptquartier empfohlen. Ich habe so ein Gefühl, daß es jetzt darum geht.«

»SAC-Hauptquartier? In Omaha?« Catherine zog die Stirn in Falten. »Du meinst, eine Versetzung nach Nebraska?«

»Es ist noch nicht raus, Cat.« McLanahan merkte, wie sich die Spannung legte. »Außerdem wollte ich es ja so.«

»Ja, ich weiß, ich weiß.« Catherine zupfte an ihren Fingernägeln herum.

»Es wäre ein Riesenschritt vorwärts für mich, Cat«, sagte Pat und blickte sie an. Er versuchte ihre Gedanken zu erraten. »Ich bin hier in Ford ein bißchen abgenützt, weißt du. Es ist Zeit für mich, woanders hinzugehen.«

Catherine sah ihm in die Augen. »Ja, aber die Idee war doch wohl eigentlich, daß du die Air Force verläßt, oder? Wir wollten heiraten und uns ein Heim schaffen und –«

»Das habe ich ja auch immer noch vor – besonders das Heiraten. Aber . . . ich weiß nicht . . . es hängt auch davon ab, was mir die Air Force tatsächlich anbietet. Falls es um eine Versetzung zum SAC-Hauptquartier gehen sollte, wäre das natürlich riesig. So etwas kann man als Soldat einfach nicht ablehnen.«

»Patrick, du bist Besitzer eines Restaurants. Des größten in . . .«

»Na, na, so groß ist es nun auch wieder nicht, Cat. Es ist eine kleine Kneipe an der Ecke. Wir könnten nicht alle davon leben. Und außerdem passe ich auch nur ein bißchen darauf auf, das ist alles.« Er ging zu ihr und legte die Arme um sie.

»Um unseren Unterhalt brauchst du dir nun wirklich keine Sorgen zu machen«, sagte Catherine. »Das weißt du doch schließlich. Du bist in dieser Stadt hier eingesessen und angesehen. Und Daddy wird –«

»Nein, nein«, unterbrach er sie. »Dein Daddy wird gar nichts, vor allem nicht mich aushalten.«

»Das will er auch gar nicht, Pat, und das muß er auch nicht«, antwortete sie und küßte ihn leicht auf die Nase. »Ich will, daß du glücklich bist. Und bist du glücklich beim Militär? Das bist du nicht!«

McLanahan wartete einen Augenblick, ehe er antwortete.

»Ja, sicher«, sagte er dann, »natürlich würde ich auch gern ein Geschäft aufmachen. Ich möchte einmal mein eigener Herr sein. Aber im Augenblick bin ich noch in einem Job, den ich auch mag. Und außerdem bezahlt die Air Force zugleich noch mein Studium.«

»Ja, und brummt dir dafür jedesmal zwei weitere Dienstjahre für jeden Kurs auf. Die machen doch das bessere Geschäft dabei.«

»Mag ja sein.« McLanahan richtete sich auf der Couch auf. »Cat, ich will mich nicht selber loben, aber ich bin gut in meinem Job. Und ich möchte gern bei allem, was ich tue, gut sein. Das ist wichtig für mich.«

»Du kannst doch auch für Patrick McLanahan gut sein, oder?« antwortete Catherine. »Statt dessen hängst du wie eine Marionette an den Fäden der Air Force, Pat! Und dafür bist du zu schade. Mach, was du wirklich gerne tun willst und was am besten für dich ist! Aber nicht immer nur, was am besten für die verdammte Air Force ist!«

Sie setzte sich in einen Sessel in der gegenüberliegenden Ecke. »Du bist keiner, der Brücken hinter sich abbricht, Pat«, sagte sie. »Und ich bin kein Nomade. Der Gedanke, alle zwei oder drei Jahre umzuziehen, immer hinter einer Wurst her, nach der du schnappen sollst und die dir irgendein General hinhält, der auf seinem fetten Hintern im Pentagon sitzt, macht mich einfach krank. Und diese B-52 machen mich krank. Dein ganzer Job macht mich krank!« Sie stand abrupt wieder auf und ging in die Küche. In der Tür blieb sie noch einmal stehen und drehte sich um.

»Ich weiß nicht, ob ich mit dir gehen kann, Patrick«, sagte sie. »Schon, weil ich nicht weiß, wohin du gehst. Wem du folgen willst. Deinen eigenen Plänen und Zielen? Oder denen des verdammten Militärs?« Sie warf ihm noch einen Blick zu. »Bitte sei so gegen sieben fertig.«

»Hallo, Mrs. King. Ich habe einen Termin bei Colonel Wilder.«

Colonel Wilders Sekretärin sah auf ihren Terminkalender

und lächelte. »Guten Morgen, Patrick. Colonel Wilder erwartet Sie in der Kommandozentrale. Ich sage ihm schnell Bescheid, daß Sie schon auf dem Weg sind.«

Kommandozentrale? dachte Patrick. Seltsam. Aber schließlich war alles an diesem Termin seltsam. »Vielen Dank, Mrs. King.« Er war schon im Gehen, blieb aber in der Tür noch einmal stehen.

»Mrs. King?«

»Ja?«

»Es ist allgemein bekannt, wie mächtig und einflußreich Sie, die Sekretärinnen der Kommandeure, alle sind, nachdem Sie schließlich so eng mit ihnen zusammenarbeiten.«

Mrs. King lächelte vorsichtig-erwartungsvoll. »Ja, Patrick?«

»Haben Sie irgendeine Idee, worum es geht?«

»Sie sind wirklich ein hartnäckiger Bursche!« sagte sie. »Wahrscheinlich gewinnen Sie genau deshalb so viele Trophäen! Nein, Patrick, leider. Die vor Ihnen sitzende allmächtige, hocheinflußreiche Sekretärin hat keine Ahnung, warum der Colonel Sie sehen will.« Sie lächelte ihn freundlich an.

»Warum? Haben Sie ein schlechtes Gewissen?«

»Ich? Na, hören Sie mal!«

»Na, dann ziehen Sie los! Ich sage ihm also, daß Sie auf dem Weg sind.«

»Danke trotzdem.«

In seinen ganzen sechs Jahren auf dem Luftwaffenstützpunkt Ford war McLanahan kein halbes Dutzend Mal in der Kommandozentrale gewesen, meist nur im Vorbeigehen, weil irgendein Schreiben bei den Kontrolloffizieren abzugeben war – nach speziellen Nachtflügen etwa – oder weil irgendwelche geheimen Dokumente über Nacht hinterlegt werden mußten. Trotz seiner langjährigen Dienstzeit hatte er daher immer noch das übliche flaue Gefühl im Magen, wenn er in die Kommandozentrale bestellt wurde.

Auf dem Weg zu Wilder, der ihn im Lageraum erwartete, kam McLanahan am Hauptkommunikationsraum vorbei. Das war der faszinierendste Teil der ganzen Kommandozentrale.

Von hier konnte das Air-Force-Kommando über ein Schaltpult praktisch mit der ganzen Welt Kontakt aufnehmen, zu Lande oder in der Luft, gleich wo. Es gab Direktverbindungen zum SAC-Hauptquartier, zu den Chefs der Vereinigten Stäbe, zur fliegenden Kommandozentrale, die pausenlos rund um die Uhr in der Luft war, und Verbindungen zu Hunderten anderer Kommandozentralen auf der ganzen Welt. In buchstäblicher Sekundenschnelle konnte der SAC-Kommandeur in Omaha, Nebraska, sämtliche Bomber und Auftankflugzeuge aus Ford in die Luft schicken. Und nicht minder leicht und schnell konnte der Präsident in Washington dieselben Flugzeuge in den Krieg schicken.

Der Lageraum war das Herz der Kommandozentrale. Hier erfolgte die Koordination der Aktionen der zweitausend Männer und Frauen des Air-Force-Stützpunktes Ford, seiner zwanzig B-52-Bomber und seiner fünfundzwanzig Auftankflugzeuge vom Typ RC-135.

McLanahan klopfte an.

»Kommen Sie rein, Patrick.«

Colonel Edward Wilder saß hinter dem großen Schreibtisch in der Mitte des Büros. Er war der oberste Kommandeur des ganzen Stützpunktes, sah aber ungefähr so alt aus wie ein Student im ersten Semester. Er war groß, schlank und fit. Jedes Jahr machte er bei ein paar Marathonläufen mit. Nicht eine Spur von Grau war in seinem hellbraunen Haar, obwohl er gut über Vierzig war. Er stand auf, gab McLanahan die Hand und wies ihn mit einer Handbewegung zu einem dickgepolsterten Stuhl mit der Aufschrift »Vize-Kommandeur«.

Er schenkte ihnen zwei Tassen Kaffee ein. »Schwarz, Patrick?« fragte er und schob ihm die Tasse zu.

»Ja, Sir, danke.«

Wilder drückte einen Knopf auf seinem Schreibtisch, und vor dem großen Fenster, das den Lageraum vom Kommunikationsraum trennte, schloß sich ein Vorhang. Dann blickte Wilder auf einen roten Aktendeckel, der auf seinem Schreibtisch vor ihm lag.

»Ich wollte Sie eigentlich schon gestern hier haben, aber Ihr Trainingsprogramm hatte schon begonnen, als ich anrief.«

»Ja, Sir«, sagte McLanahan. »Major Whites Notausstiegstraining fängt an, extrem realistisch zu werden.«

»Der Mann ist ein Genie. Der kleine Etat, den wir für seine Gruppe herausschinden konnten, war die beste Geldanlage, die wir je gemacht haben. Manchmal fürchte ich allerdings, wir haben uns da ein Monster herangezogen.«

McLanahan lachte, aber nur kurz und gezwungen. Wilder bemerkte es und holte tief Atem.

»Können Sie sich denken, warum Sie hier sind?«

Oh, ich hasse es, wenn sie so anfangen! dachte McLanahan. »Nein, Sir«, antwortete er. »Ich dachte, vielleicht hat es irgend etwas mit einem Einsatz oder einer Versetzung zu tun.«

»In der Tat, Patrick«, sagte Wilder. Er wartete ein wenig, sah auf seine Schreibtischplatte hinunter und fuhr dann fort. »Gute Nachrichten. Das SAC-Hauptquartier will Sie haben. So schnell wie möglich. Pläne und Operationen mit dem B-1-Programm. Gratuliere! Das war auch *mein* erster Job im Hauptquartier. Obwohl, zu meiner Zeit war es das B-52-Programm. Damals war dieses Monster noch das Neueste vom Neuen.«

McLanahan ergriff Wilders ausgestreckte Hand. »Das ist großartig, Sir. Wirklich großartig.«

»Gern verliere ich Sie nicht, Patrick«, fuhr Wilder fort. »Aber die haben es verteufelt eilig. In drei Monaten haben Sie sich zu melden.«

McLanahans Lächeln wurde etwas schwächer. »So rasch? Für einen Job im Hauptquartier?«

»Er ist eben gerade frei geworden«, sagte Wilder. »Immerhin ist es eine Riesenchance für Sie.« Er musterte ihn kritisch. »Probleme?«

»Ich muß das mit meiner Familie besprechen«, sagte McLanahan. »Das ist ein großer Schritt . . .«

»Aber ich muß *jetzt* eine Antwort haben. Ich kann nicht warten.«

McLanahan wich Wilders Blick aus und sagte: »Bedaure,

Colonel, aber ich muß das mit meiner Familie besprechen. Wenn eine Antwort auf der Stelle von mir verlangt wird, dann muß ich –«

»Einen Augenblick, Patrick«, unterbrach ihn Wilder, »sprechen Sie es nicht aus. Patrick, ich brauche Ihnen ja keine Lobreden zu halten, aber Sie sind nun mal der beste Navigator, den ich in meinen ganzen achtzehn Dienstjahren hatte. Sie sind voll Energie, intelligent, hochmotiviert, und mehr Fachwissen als Sie hat kein anderer hier im Kommando.«

Wilder hieb mit leichtem Zorn eine Faust in die Fläche der anderen Hand und fixierte McLanahan scharf. »Sie können nicht ewig und ewig auf die gleiche Weise ausweichen! Allmählich müssen Sie Ihre Chancen wahrnehmen, wenn Sie sie schon bekommen!«

»Es wird auch noch andere geben . . .«

»Darauf würde ich mich nicht verlassen, Patrick«, sagte Wilder schnell. Er sah in McLanahans fragende Augen und fuhr fort: »Ja, das haben Sie schon richtig verstanden. Sie sind zwar der beste Radar-Nav, der mir je untergekommen ist. Der Beste, ja. Aber . . . trotzdem müssen Sie sich noch etwas verbessern.«

McLanahan starrte seinen Geschwaderkommandeur verständnislos an. »Verbessern?«

»Na, nun kommen Sie schon, Patrick«, sagte Wilder. »Gary hat Ihnen doch, glaube ich, schon mal was gesagt. Schauen Sie, sehen Sie doch mal in den Spiegel. Normalerweise sieht einer, wenn er zum Kommandeur bestellt wird, zu, daß seine Schuhe blitzblank poliert sind, daß er noch mal zum Friseur geht und sich die Haare schneiden läßt und daß seine Uniform tipptopp ist.«

McLanahan erwiderte nichts darauf. Er verschränkte nur ungeduldig die Arme über der Brust.

»Ihre Personalakte übertrifft jede andere, Pat . . . Aber die Air Force will heutzutage *Offiziere*, nicht nur . . . Techniker. Sie will Leute, die . . . Profis sein wollen. Die nicht nur wie Profis handeln, sondern auch wie Profis aussehen. Verstehen

Sie? Wirkliche Allround-Fulltime-Offiziere, keine Teilzeitarbeiter.«

Wilder öffnete den Aktendeckel vor sich – McLanahans Personalakte. »Sie haben Ihren Magister gemacht und sind zur Hälfte mit einem zweiten Diplom durch. Aber eine militärische Weiterbildung ist kaum dabei. Sie haben sechs Jahre an einem Fernunterrichtkurs teilgenommen, für den nur ein Jahr vorgesehen ist. Sie haben keine zusätzlichen Pflichten übernommen. Ihre Einstellung gegenüber –«

»Mit meiner Einstellung ist alles in Ordnung«, unterbrach ihn McLanahan. »Ich wollte der Beste sein und habe sehr hart gearbeitet, um zu beweisen, daß ich es bin.« Er wartete etwas, ehe er weitersprach. Dann fuhr er fort: »Ich habe auch viel Arbeit mit dem Restaurant gehabt. Ich –«

»Daran zweifelt doch niemand, Patrick«, sagte Wilder. »Ihre familiäre Situation ist mir gut bekannt. Aber das ändert alles nichts daran, daß Sie nun auch einmal einen klaren Beweis Ihrer Loyalität ablegen müssen.«

Wilder stand auf und ging hinüber zu einer Wandtafel, auf der die Stationierungsorte der Flugzeuge festgehalten waren. »Die Air Force von heute hat sich verändert, Patrick, das wissen Sie. So wie das heute ist, kommen Sie nur damit, daß Sie die Standardanforderungen erfüllen, nicht weiter. Sie müssen rundum hervorragend sein, und das noch besonders. Und nicht nur auf Ihrem Spezialgebiet. Das mag Ihnen und einer Menge anderer Leute zwar übertrieben erscheinen, aber deswegen ist es trotzdem so. Heute wird verlangt, daß Sie sich der Luftwaffe mit Haut und Haar verschreiben. Gut sein ... mein Gott, selbst noch gut über dem Durchschnitt, ist die Norm! Ich weiß, Patrick, Sie sind aus dem Holz geschnitzt, aus dem Leute auf höheren Positionen sein müssen. Aber Sie müssen die Entscheidung dafür treffen. Ja oder nein, hier und jetzt.«

Wilder schloß die Personalakte. »So, das war jetzt genug offizielle Rede. Sagen Sie mir Bescheid, sobald Sie Ihre Entscheidung getroffen haben. Ich will mich bemühen, die Sache noch etwas hinauszuziehen, aber garantieren kann ich nichts.«

Nach einer längeren Pause erhob sich McLanahan. »Ich hoffe, das ist alles, Sir? Denn ich habe jetzt eine Menge nachzudenken.«

»Da ist noch etwas.« Wilder kehrte zu seinem Schreibtisch zurück. McLanahan setzte sich ebenfalls wieder.

»Es hat damit zu tun, warum ich Sie ausgerechnet hierher kommen ließ, in die Kommandozentrale«, erklärte Wilder. »Und es ist auch gleichzeitig der Grund, warum ich Ihre Antwort auf dieses Versetzungsangebot rasch brauche. Ich habe eine ziemlich ungewöhnliche Anfrage bekommen. Sie benötigen einen besonders erfahrenen B-52-Radar-Navigator als Teilnehmer eines Spezialtrainings. Es handelt sich um eine hochgeheime Sache. Ich mußte die Anfrage im Kommunikationszentrum persönlich entgegennehmen. Alle anderen mußten raus, nur ich allein durfte drin sein. Tja. Also, wie auch immer, jedenfalls habe ich sofort an Sie gedacht.«

»Sicher, warum nicht? Das mache ich«, sagte McLanahan. »Was ist es? Um was für eine Art Training geht es?«

Wilder öffnete den roten Aktendeckel vor sich wieder. »Ich . . . ich habe selbst nicht die leiseste Ahnung, Patrick. Ich habe nur ganz einfache Anweisungen. Können Sie in zwei Tagen reisefertig sein?«

»In zwei Tagen?« McLanahan dachte nach. »Viel Zeit ist das wirklich nicht, aber . . . natürlich kann ich bereit sein. Reisefertig wohin?«

»Weiß ich nicht. Haben sie mir nicht gesagt.«

»Aber . . . das verstehe ich nicht«, sagte McLanahan.

»Patrick! Ganz streng geheim, sagte ich doch. Sie sollen sich übermorgen um acht Uhr morgens am Informationsschalter unseres allgemeinen Flughafens melden, Ihren Ausweis zeigen und dazu diesen Brief. Aus.« Er reichte McLanahan den Brief. »Sie bringen nichts weiter mit als Zivilkleider zum Wechseln und Waschzeug, alles in einem einzigen Stück Handgepäck. Sobald Ihre Identität und der Brief überprüft worden sind, bekommen Sie Ihre weiteren Instruktionen.« Wilder musterte seinen jungen Radar-Navigator eine Weile.

»Alles klar?«

»Ja, Sir. Alles klar. Bis auf . . . es klingt eben alles ziemlich merkwürdig.«

»Wenn Sie so lange dabei sind wie ich, Patrick«, sagte Wilder und stand auf, »dann wissen Sie allmählich, daß alle diese Geheimnistuereien in Wirklichkeit alte Hüte sind. Es ist ihnen zur zweiten Natur geworden. Die dort oben wollen eben auch ihre Spielchen spielen, das verstehen Sie doch?«

McLanahan erhob sich ebenfalls. »O ja, Colonel, *das* verstehe ich nun wirklich.«

»Denken Sie daran«, erinnerte ihn Wilder, »Sie dürfen mit niemandem über diesen Auftrag sprechen. Stecken Sie den Brief so weg, daß niemand darankommen kann. Erzählen Sie niemandem, was Sie tun und wohin Sie gehen, auch nicht, wenn man es Ihnen am Flughafen gesagt hat.«

»Ja, Sir. Das dürfte nicht schwer sein, nachdem ich selbst keine Ahnung habe, was ich tun soll.«

»Ja, aber sagen Sie nicht einmal das irgendwem, Pat«, meinte Wilder lächelnd.

»Ja, Sir.« McLanahan machte eine Kehrtwendung, um zu gehen. Kurz ehe er den Raum verließ, drehte er sich dann noch einmal zu Wilder um. »Sir, wenn ich davon zurückkomme, muß ich aber mit Ihnen noch über diese Versetzung reden – und über die Air Force.«

Wilder nickte und faltete seine Hände vor sich auf dem Schreibtisch. »Ist in Ordnung, Patrick«, erwiderte er.

»Danke Sir.« McLanahan machte kehrt und ging.

Wilder stand auf und ging eine Weile hin und her. Dann griff er in seine Schreibtischschublade und holte sich eine Zigarette heraus. Es war seine erste seit Jahren.

»Wenn du so lange dabei bist wie ich, Junge«, wiederholte er selbstironisch, »dann weißt du allmählich, daß diese ganze Geheimnistuerei ein alter Hut ist.« Was für ein Scheißdreck, dachte er. Ein wirklicher Scheißdreck.

»Ich verstehe überhaupt nichts«, sagte sie schließlich.

McLanahan hatte eben das letzte Paar Socken in seine übervolle Sporttasche gestopft, als seine Mutter ins Schlafzimmer kam und ihn packen sah. Sie stand da, ungeduldig die Arme über der flachen Brust verschränkt, und war völlig aufgelöst. Er zog langsam den Reißverschluß zu.

»Mama«, sagte er und nahm die Tasche, »da gibt es nichts zu verstehen.«

»Das ist doch nicht irgend so ein Geheimauftrag?« fragte Maureen McLanahan halb im Scherz. »Bist du vielleicht ein Spion? Nun komm, Patrick. Sag mir doch wenigstens ungefähr, was es ist!«

»Du hast zu viel John le Carré gelesen, Mama. Ich habe eben meine Befehle. Du weißt doch, Mama, diese TDY-Sachen. Die kommen immer plötzlich und überraschend. Und ich darf nicht darüber sprechen.«

Maureen McLanahan betrachtete ihren Sohn eine Weile. Dann sagte sie: »Catherine erwähnte was von einem Einsatz oder einer Versetzung, die man dir angeboten hat.«

Patrick nickte. »Ich habe das Angebot erhalten, das ich wollte. Eine sehr gute Position im SAC-Hauptquartier.«

»Klingt sehr . . . es scheint eine großartige Chance zu sein«, sagte Patricks Mutter.

»Das ist es auch, Mama. Aber Catherine will nicht mit nach Nebraska. Sie meint, das Militär nützt mich aus. Und du . . . nun, deine Reaktion, falls ich versetzt würde, kenne ich ja.«

Patrick hängte sich die Tasche über die Schulter und drängelte sich eilig an seiner Mutter vorbei.

»Ist das alles, was du mitnimmst?« fragte sie und sah ihm nach, wie er ins Wohnzimmer ging.

»Mehr soll ich nicht mitnehmen«, antwortete er. »Vermutlich werde ich alles bekommen, was ich brauche.«

»O Patrick«, sagte sie und rang die Hände, »ich möchte dir ja so gerne helfen, die richtige Entscheidung zu treffen, aber es ist nicht einfach. Schließlich ist das Restaurant unsere Existenz. Und wenn du weggehst, weiß ich nicht, ob wir das alles allein schaffen.«

Patrick ging zu ihr und küßte sie auf die Wange. »Ich verstehe es ja, Mama, ich verstehe es wirklich. Aber . . . schließlich läuft es doch inzwischen fast von selbst. Und du hast Paul. So wichtig wie vielleicht am Anfang bin ich jetzt gar nicht mehr.« Er umarmte sie kurz. »Da brauchst du dir bestimmt keine Sorgen zu machen. Glaub mir.«

Maureen McLanahan knöpfte ihrem Sohn den obersten Hemdknopf zu. »Aber du kommst doch zurück, Patrick, nicht?«

»Ja, sicher«, seufzte er. »Natürlich komme ich zurück.«

Sie wischte sich eine Haarsträhne aus der Stirn und lächelte. »Ich liebe dich, Patrick.«

»Ich dich auch, Mama.« McLanahan sah sie aufmunternd an, drehte sich um und ging.

Die Fahrt zum Flughafen in Catherines Mercedes verlief schweigsam. McLanahan hielt Catherines rechte Hand, bis sie in die Auffahrt zum United-Airlines-Terminal einbogen. Catherine stellte den Motor nicht ab, als sie anhielt, sondern nahm nur den Gang heraus und sah ihm zu, wie er seine Tasche und seine Jacke vom Rücksitz angelte.

»Du wirst mir fehlen«, sagte er, während er sich die Sachen auf den Schoß packte.

»Du mir auch«, antwortete sie. Dann entstand eine unbehagliche Pause. Schließlich fügte sie hinzu: »Mir wäre es lieber, du müßtest nicht weg.«

»Es gehört zu meinem Job, Cat«, sagte er. »Irgendwie ist es ja aufregend, diese ganze Geheimnistuerei. Wie eine Fahrkarte für den Orientexpreß.«

»Wenn du mich fragst«, sagte Catherine kühl, »ich finde es

gar nicht aufregend. Es ist blödsinnig. Einen Gott weiß wohin zu schicken und ihm nicht einmal zu sagen, wie lange es dauern wird.«

Er sah sie wortlos an.

»Gott sei Dank wird das bald ein Ende haben«, fuhr sie fort. »Es ist nur wieder einmal ein Beispiel, wie die beim Militär mit den Leuten umgehen. Da heißt es immer, der beste Navigator in der Air Force, und dann schicken sie dich wie ein Bündel schmutziger Wäsche herum, nach Timbuktu oder was weiß ich.«

McLanahan antwortete nichts darauf. »Ich muß los, Cat«, sagte er schließlich und öffnete die Wagentür. Er beugte sich noch einmal kurz zu ihr hinüber und gab ihr einen Kuß auf die Wange. »Danke fürs Herbringen.« Er stieg aus.

»Patrick«, sagte sie unvermittelt, »wenn du ... wieder zurück bist, müssen wir miteinander reden. Über uns.«

Er sah sie kurz an und versuchte ihren Gesichtsausdruck zu ergründen. Dann zuckte er die Achseln. »Okay«, sagte er. »In Ordnung.« Er schloß die Wagentür, und sie fuhr sofort weg.

Am Informationsschalter wurde McLanahan behandelt, als hätte man dort jeden Tag mit geheimnisvollen Nachfragen nach Tickets zu tun. Er zeigte seinen Personalausweis – das einzige Dokument, das ihm mitzunehmen erlaubt worden war – und bekam sofort einen versiegelten Umschlag ausgehändigt und die Auskunft, zu welchem Flugsteig er sich begeben sollte.

Auf der Rolltreppe zum Obergeschoß überkam ihn die Neugier, und er öffnete den Umschlag. Er enthielt ein Rückflugtikket nach Spokane, Washington. Das Datum für den Rückflug war offengelassen. Die Abkürzung des Ticketkäufers war ein geheimnisvolles, unbekanntes offizielles Militärsymbol mit vier Buchstaben. Kein Stützpunkt oder sonstiger Ort waren angegeben.

Er besorgte sich seine Bordkarte und wartete dann auf den Aufruf zum Einsteigen. Was, zum Teufel, fragte er sich, soll bloß diese ganze Geheimnistuerei? Bei Spokane war die Air Force Base Fairchild, wo sich die Überlebenstrainingsschule der

Luftwaffe befand. Na und? Er war schon mal dortgewesen, zu seinem ersten Überlebenstraining, gleich nach seiner ersten Navigatorenprüfung.

Na gut, also das war es. Sie hatten ihn also für irgendein exotisches Training ausgesucht. Vielleicht gab es eine neue Spezialschule, die erst im Aufbau war. Er hatte schon Gerüchte gehört, daß eine solche geplant sei. Überleben in Gegenden mit nuklearem Fallout sollte dort trainiert werden. Oder vielleicht war es auch eine neue Variation des simulierten Kriegsgefangenenlagers, das sich ebenfalls in Fairchild befand? Da gab es alles »wie echt«: Verhörbaracken, ein normales Lager und Wächter und Verhöroffiziere mit echter Ostblockausbildung.

Nachdem er sich das alles überlegt hatte, wurde ihm das Warten sehr viel leichter. Fairchild. Na schön. Und dafür diese ganze alberne Geheimnistuerei, Wichtigtuerei und all das Auf-die-Folter-Spannen. Wegen so eines bißchen blöden Trainings in einem blöden Kurs, in dem sich CIA- oder DIA-Vernehmungsbeamte dicke tun und potentielle Frontschweine ein wenig durch die Mangel drehen konnten? Überflüssig wie ein Kropf, das ganze!

Dann kam der Aufruf. An Bord des Flugzeugs schlief McLanahan schnell ein. Das sanfte, gleichmäßige Dröhnen der Motoren wirkte auf seine Nerven wie ein Narkotikum, noch lange bevor die Räder der Maschine überhaupt vom Boden abhoben.

Überflüssig wie ein Kropf, wiederholte er sich selbst, ehe er einnickte. Die reine Zeitverschwendung. Absolute Zeitverschwendung.

SPOKANE, WASHINGTON

Es war schon spät am Abend, als McLanahan endlich sein
Gepäck hatte und am Eingang der Halle des internationalen
Flughafens von Spokane stand. Er stellte die Tasche auf einen
leeren Stuhl und las noch einmal die nicht sehr informativen
Anweisungen auf dem Computerausdruck, den er beim Abflug
erhalten hatte:

ANKUNFT SPOKANE 21.35 UHR ORTSZEIT. GEPÄCK BIS
CA. 22.00 UHR ABHOLEN. AUF WEITERE ANWEISUN-
GEN WARTEN.

Inzwischen aber war es 23.45 Uhr, fast zwei Stunden nach
seinem geplanten . . . geplanten was? Wieder einmal ein klas-
sisches Beispiel dafür, wie es beim Militär zuging. Beeile dich
und warte! Du mußt dir auf jeden Fall die Zunge aus dem Leib
rennen, um rechtzeitig da zu sein, wo sie dich hinbestellen.
Und dann sitzt du dort auf deinen vier Buchstaben und wartest
in Geduld, bis sie freundlicherweise so weit sind . . . !

Er hängte sich seine Sporttasche über die Schulter und ging
hinüber zu einem Schalter mit dem Schild BUSDIENST NACH
FAIRCHILD. Er war geschlossen, niemand war da. Nur ein
Schild mit einer Pappuhr und zwei einstellbaren Zeigern teilte
mit, daß Mr. Willis um zwölf Uhr wieder da sein würde.
Allerdings sahen die Zeiger aus, als hätte sie seit Monaten
niemand mehr bewegt. McLanahan setzte sich seufzend auf
einen Stuhl in der Nähe und wartete weiter.

Ein paar Minuten später erschien tatsächlich ein großer,
muskulöser Air-Force-Mann am Schalter. Mit seiner Kombination, Bügelfalte in der Hose und einigen eindrucksvollen Reihen Ordensbändern auf der Brust sah er tadellos aus. Er

116

schrieb etwas in eine Liste, die er hinter seinem Tresen hatte, und brachte dann einen ziemlich großen tragbaren Kassettenrecorder zum Vorschein. Damit machte er es sich auf einem hohen, Barhocker-ähnlichen Sitz bequem. McLanahan stand auf und ging zu ihm hin.

»Guten Abend, Sir«, grüßte Willis. »Wollen Sie raus zur *Base*, Sir?«

»Ich nehme es an«, sagte McLanahan. »Wann fährt der nächste Bus?«

»Fünf nach zwölf oder so, Sir«, antwortete Willis. Er holte sich sein Klammerbrett hervor und sah nach. »Kann ich bitte Ihren Marschbefehl und Ihre Papiere sehen, Sir?«

»Habe ich nicht«, erwiderte McLanahan. Er fischte seine Plastik-Ausweiskarte aus seiner Hosentasche. Willis studierte den Namen, schrieb etwas in seine Liste und gab die Karte zurück.

»Haben Sie ein bestelltes Quartier, Sir?«

»Nein. Nicht, daß ich wüßte. Ich . . . wurde sehr kurzfristig in Marsch gesetzt.«

»Ist jemand auf der *Base* zu verständigen? Jemand, der weiß, daß Sie kommen?«

McLanahan zog den Zettel mit den Anweisungen hervor und überflog ihn. »Alles, was da steht, ist etwas von einem Major Miller. Aber hier steht nur ein Bürokennzeichen und eine Nummer aus Washington. Niemand aus Fairchild. Ich wußte nicht . . . ich meine . . . ich war gar nicht sicher, daß ich in Fairchild landen würde.«

Willis sah Patrick McLanahan etwas ratlos an.

»Tja, Sir . . . ich kann ja mal dort anrufen. Aber sonst kann ich ohne Marschbefehl oder Kontaktperson eigentlich nichts machen. Ich kann Sie höchstens auf die Warteliste für freiwerdende Plätze setzen. Aber da sieht es im Moment schlecht aus.«

McLanahan steckte seinen Zettel wieder ein. »Also der Bus geht um fünf nach, sagten Sie?«

»Ja, Sir.«

»Okay. Dann rufen Sie doch mal dort an und stellen Sie

fest, wie das mit einem Zimmer ist. Mein Kontaktmann, wer immer es auch ist, sollte mich hier um zehn abholen. Wenn er nicht kommt, kann ich mir genausogut ein Zimmer besorgen und ihn morgen früh zu erreichen versuchen.«

»Richtig, Sir!« stimmte Willis ihm zu. Er wählte eine Nummer, redete ein paar Minuten hin und her und legte dann mit strahlendem Lächeln auf, während er mit dem Kopf im Rhythmus der Musik aus den Stereolautsprechern seines tragbaren Recorders wackelte.

»Glück gehabt, Sir«, sagte er und füllte einen Schein aus. »Ein Zimmer frei im Q, wartet nur auf Sie. Falls Ihr Major Miller aufkreuzt, sage ich ihm Bescheid, wo Sie sind.«

»Vielen Dank«, sagte McLanahan, »für Ihre Hilfsbereitschaft.«

Der Bus kam schließlich, nicht ganz so pünktlich, um Viertel nach zwölf. Nicht eine Menschenseele, nicht einmal Willis, hatte mit ihm gesprochen, seit er das Zimmer für ihn reserviert hatte. Der ganze Flughafen war praktisch wie ausgestorben. McLanahan bedankte sich noch einmal bei Willis und stieg dann in den blauen Schulbus ein, als der draußen hupte. Auch hier war er der einzige Passagier.

Die Fahrt bis zum Stützpunkt Fairchild war nur kurz. McLanahan zeigte den Posten am Tor seinen Personalausweis und öffnete seine Sporttasche für den Wachhabenden mit seiner M-16 und seinem deutschen Schäferhund. Eine Viertelstunde später streckte er sich schläfrig auf einem bequemen, superbreiten Bett in der Gastunterkunft für Offiziere aus.

Heftiges und lautes Klopfen an der Tür weckte ihn abrupt auf. Er hatte das Gefühl, schon Stunden geschlafen zu haben. Er sah auf die Uhr. Von wegen. Er hatte gerade eine Stunde geschlafen.

Rasch zog er sich eine Turnhose an, die er aus seiner Tasche holte, fuhr sich einmal durch die Haare und öffnete die Tür. Zwei Farbige, einer in Zivil, einer in Uniform mit einer *SECURITY-GUARD*-Armbinde, standen ungeduldig draußen.

»Captain McLanahan?« fragte der Zivilist. Er sah McLanahan dabei nicht an, sondern spähte den Korridor hinauf und hinunter.

»Ja«, antwortete McLanahan leicht gereizt, während er sich am Kopf kratzte.

»Patrick McLanahan?«

»Ja doch.« McLanahan war nicht besonders zu Gesprächen aufgelegt, aber seine Ungehaltenheit beeindruckte die beiden in keiner Weise.

Der Zivilist sah ungeheuer erleichtert aus. Er setzte dem Uniformierten einen Finger auf die Brust, als wollte er ihm seine Kommandos damit in den Leib hämmern.

»Wir haben ihn also. Benachrichtigen Sie die Wachen. Dann besorgen Sie einen neutralen Wagen. Der soll hierherkommen, aber *pronto*. Und daß keine Embleme auf den Türen sind, Air Force oder Pentagon oder so etwas!«

Der Posten marschierte davon. Der Zivilist drückte McLanahan zur Seite, trat ins Zimmer ein und schloß hinter sich die Tür.

»Mein Name ist Jenkins, Captain McLanahan«, sagte er kurz angebunden. »Ziehen Sie sich jetzt bitte an und nehmen Sie alle Ihre Sachen mit.«

»Einen Augenblick mal«, protestierte McLanahan. »Was geht hier eigentlich vor?«

Jenkins machte ein ziemlich ungeduldiges Gesicht und stemmte die Fäuste in die Hüften. Offensichtlich hatte er es nicht gern, wenn ihm irgend jemand, selbst Offiziere, Fragen stellte.

Dann bequemte er sich jedoch zu einer wenn auch knappen Antwort in ebenso knappem Ton. »Sir, wir begeben uns jetzt zurück zu Ihrem Treffpunkt mit Major Miller. Sie hatten doch Anweisung, auf dem Flughafen auf weitere Instruktionen zu warten, nicht wahr, Sir?«

»Sicher.« McLanahan fühlte, wie seine Ohren rot wurden. Scheiße, dachte er. Ich hab' Mist gebaut. Er griff nach seinen Jeans und fragte sich, ob ihm Jenkins vielleicht auch noch im Detail beim Anziehen zuschauen wollte. »Um zehn Uhr. Aber kein Mensch kam. Also dachte ich, es wäre am klügsten, ich besorge mir ein Zimmer auf der *Base* und warte . . .«

»Wieso auf der *Base*, Sir?« unterbrach ihn Jenkins.

»Was heißt, wieso auf der *Base*? Wo denn sonst? Ich bin nach Spokane beordert worden. Und das ist . . .«

»Sir!« Jenkins hielt sich offenbar nur mit äußerster Anstrengung zurück, nicht etwas zu sagen wie: »Du blödes Arschloch, wer, zum Teufel, hat dir gesagt, du sollst dir irgend etwas denken . . .?« Statt dessen sagte er beherrscht: »Das war wohl ein unglückliches . . . Mißverständnis. Sie sollten Major Miller am Flughafen treffen. Er konnte nicht rechtzeitig da sein, aber er konnte immerhin erwarten, daß Sie dort sitzen bleiben und sich nicht von der Stelle rühren, bis Sie weitere Anweisungen erhielten.« Das Wort »Mißverständnis« hatte er so betont, daß kein Zweifel bestehen konnte, wie es gemeint war.

»Okay, okay, Sergeant, Sie haben ja recht«, antwortete McLanahan. »Ich bin sofort fertig.«

Als er angezogen war und seine paar Sachen wieder eingepackt hatte, nahm er den Zimmerschlüssel, trat mit Jenkins hinaus auf den Korridor und wandte sich der Halle zu.

»Hier lang, Sir«, sagte Jenkins und faßte ihn am Arm, um ihn in die andere Richtung zu ziehen, durch den spärlich beleuchteten Korridor zum rückwärtigen Ausgang.

»Ja, aber mein Zimmer . . .?«

»Das wird schon erledigt, Sir. Hier lang.« Jenkins führte ihn durch eine Tür hinaus, die direkt in den Hinterhof, nicht weit vom Müllabladeplatz, führte. Dort wartete eine blaue Limousine mit laufendem Motor. Während McLanahan die Treppe zum Hof hinunterstieg, griff Jenkins nach seiner Tasche.

»Die nehme ich, Sir«, sagte er ruhig. »Steigen Sie ein, damit wir abfahren können.« Er ging zur Limousine und klopfte ans Fenster, dann lief er nach hinten zum Kofferraum, der aufschnappte, als er dort ankam. Er legte die Tasche hinein und bedeckte sie mit einigen Decken. Anschließend glitt er nahezu lautlos auf den Rücksitz neben McLanahan.

Als sie zum Tor der *Air Base* hinaus und zurück in Richtung

Flughafen Spokane fuhren, nahm Jenkins ein Gerät vom Vordersitz und schaltete es ein. »Halten Sie bitte still, Sir«, sagte er und fuhr mit dem Gerät an McLanahans Körper auf und ab. Das wiederholte er noch einmal, schaltete das Ding dann wieder ab und legte es nach vorne zurück, neben den Fahrer.

»Also, nun, Sergeant Jenkins«, sagte McLanahan, »vielleicht würden Sie mir jetzt allmählich mal erklären, was sich hier eigentlich abspielt?«

»Soweit ich dazu befugt bin, Sir«, antwortete Jenkins. »Sie sollten, wie gesagt, um zehn Major Miller im Flughafen treffen. Er verspätete sich aber, weil sich die Bereitstellung eines sicheren Transportmittels etwas hinzog. Als er seine Anweisung schrieb, ging er davon aus, daß Sie, wenn Ihre schriftlichen Befehle besagten, am Flughafen zu warten, auch tatsächlich am Flughafen warten würden. Eine offensichtlich irrige Annahme.«

»Nun, da wir hier schon von irrigen Annahmen reden, kann ich Ihnen noch mit ein paar mehr dieser Art dienen. Ich habe angenommen, daß mein Bestimmungsort Fairchild sei. Warum sonst sollte ich nach Spokane fliegen? Inzwischen muß ich jetzt wohl annehmen, daß mein Ziel gar nicht Fairchild ist. Gehe ich in dieser Annahme richtig, Sergeant?«

»Ich kenne Ihren endgültigen Bestimmungsort nicht, Captain«, erwiderte Jenkins. »Sie wurden lediglich aus einem einzigen Grund nach Spokane geschickt.«

»Und der wäre?«

»Weil auf diesem Flug nur ganze acht Personen gebucht waren«, erwiderte Jenkins in einem Ton, als sei dies eine ausreichende Erklärung für alles.

»Wie bitte?«

»Wir mußten sichergehen, daß Sie nicht beschattet werden, Captain McLanahan. Wir wußten, wer alles auf Ihrem Flug gebucht war, wer noch nach Ihrer Buchung reservierte, wer in Spokane ankam und von dort wohin fuhr, und überhaupt, was jeder einzelne Passagier nach der Landung Ihres Flugzeuges tat. Und das war eben möglich, weil nur so wenige Leute mit diesem Flug kamen. Es wurde einfach die Zeit, das Datum und das Flugziel mit den wenigsten Passagieren herausgesucht. Zufällig war das der Flug nach Spokane, Washington. Mit Fairchild hat das überhaupt nichts zu tun. Im Gegenteil, wir müssen uns vermutlich ein paar schnelle Ausreden ausdenken, wenn der Zimmerverwalter herausfindet, daß Sie so plötzlich verschwunden sind.«

»Sagen Sie mal: beschatten! Mich? Warum um Himmels willen sollte mich irgend jemand beschatten?«

Jenkins stieß in der Dunkelheit des Wagens einen Laut aus, der halb ein amüsiertes Lachen, halb ein ungehaltenes Grunzen war. »Schei-heiße«, sagte er und kicherte noch einmal auf seine humorlose Art. »Also wenn Sie es schon selbst nicht wissen, muß es wirklich was Schlimmes sein.«

McLanahan sträubten sich plötzlich die Nackenhaare. Dieser Satz von Jenkins rumorte in ihm noch herum, als schon die Lichter des Flughafens in Sicht kamen und größer und heller wurden.

Wenn Sie das selbst nicht wissen, Captain, muß es wirklich etwas Schlimmes sein.

Jenkins' monotone Stimme drang schließlich wieder in sein Bewußtsein, als der Wagen am Hauptterminal vorbeifuhr und sich einer Reihe von Hangars neben der Rollbahn näherte, abseits der Parkrampen der großen Jets. Der Fahrer hatte inzwischen sogar die Scheinwerfer ausgeschaltet.

»Machen Sie sich keine Sorgen um Ihr Gepäck, Captain. Das schicken wir Ihnen schon«, sagte Jenkins gerade. »Und denken Sie daran: Sie gehen etwa zehn Schritte vom Wagen weg und bleiben dann einfach stehen und . . . *warten!*« McLanahan mußte etwas lächeln, weil Jenkins das Wort »warten« mit solchem Nachdruck betonte. Aber Jenkins bemerkte das gar nicht. »Es wird Sie schon jemand abholen und Ihnen alles weitere sagen.«

Der Wagen blieb mitten auf einer dunklen und verlassenen Parkrampe stehen. Der hellerleuchtete Flughafen lag weit hinten. Irgendeine dunkle Gestalt öffnete die Wagentür an McLanahans Seite von draußen. Nicht einmal die Innenleuchten gingen dabei an – jemand hatte sie mit einem Messer einfach durchstochen.

»Tut mir leid wegen des Durcheinanders, das ich da offenbar verursacht habe, Sergeant«, sagte McLanahan unwillkürlich ganz leise.

»Ist schon in Ordnung, Sir«, sagte Jenkins. Dann fügte er noch hinzu: »Also dann, viel Glück«, und zog gleich danach die Tür zu. Der Wagen schoß davon und war im Handumdrehen in der Dunkelheit verschwunden.

Die Rampe war völlig dunkel. Sogar die blauen Rollbahngleitlichter, die von der Landebahn herführten, waren abgeschaltet. McLanahan stellte sich so, daß der Flughafen zu seiner Rechten war und ging, wie man ihm gesagt hatte, genau zehn Schritte vorwärts – so sorgfältig, als folge er der Schatzkarte eines Piraten. Irgendwie spürte er, daß rings um ihn herum Leute waren, die ihn beobachteten. Aber er konnte absolut nichts sehen. Er konnte lediglich im Hintergrund die Umrisse eines großen, scheinbar völlig verlassenen Hangars erkennen, dessen riesige Vordertür offenstand wie der Eingang einer dunklen Höhle. Als sich seine Augen allmählich an die Dunkelheit gewöhnten, gewahrte er links von sich einige einmotorige Cessnas. Auf der Parkrampe war es frisch, und allmählich wurde ihm kalt.

Er wollte sich die Jackenärmel herunterziehen und auf die Uhr sehen, ließ es dann aber sein. Verdammt, diesmal würde er hier wie eine Eins stehenbleiben und warten. Wenn er auf die Uhr sähe, würde ihn das nur noch ungeduldiger machen. Er zog den Reißverschluß bis zum Hals hoch, steckte die Hände in die Taschen und wartete. Erwartungsvoll blickte er auf die Start- und Landebahn.

Nach einiger Zeit schätzte er, daß, seit Jenkins weggefahren war, wohl eine Viertelstunde vergangen sein mußte. Seine Augen waren mittlerweile voll an die Dunkelheit gewöhnt. Überall ringsum waren kleine Vögel. Sie hüpften und piepten unruhig um ihn herum. Gelegentlich hoppelte auch einmal ein Wildkaninchen über den Asphalt und verhielt immer wieder, um Männchen zu machen und zu sichern. Einmal glaubte McLanahan das Rauschen eines eingeschalteten Walkie-talkies in der Nähe zu hören. Aber sehen konnte er nichts. Er beobachtete die landenden Flugzeuge – es waren freilich nur ganze zwei –, in der Hoffnung, eines werde jede Minute zu ihm gerollt kommen. Aber sie rollten vorbei.

Weitere zehn Minuten vergingen. Oder waren es schon fünfzehn oder zwanzig? Der Himmel begann aufzuklaren, und es wurde merklich kälter. Wer es auch war, der ihn hier abholen würde, er würde bald nur noch einen gefrorenen Eiszapfen vorfinden! Doch er war wild entschlossen, sich diesmal nichts mehr nachsagen zu lassen. Und wenn er dafür eine Lungenentzündung riskieren mußte! Ein paarmal stampfte er in seinen leichten Halbschuhen heftig auf, um die Kälte aus den Beinen zu bekommen und seinen Kreislauf zu aktivieren, und nahm auch die Hände aus den Taschen seines leichten Nylonanoraks, um wärmend in sie zu blasen.

Also nun kommt schon endlich, Jungs, sagte er zu sich selbst. Er blies noch einmal in seine kalten Hände und fluchte über die kalte Luft, die in seine Ohren biß. Schließlich klatschte er gereizt die kältesteifen Hände laut zusammen.

Aber das Klatschen hörte er nicht mehr. In eben diesem Moment jaulte in dem offenen Hangar ein Triebwerk auf.

McLanahan erschrak. Er drehte sich schnell in die Richtung des Geräusches und wurde von vier Fahrtscheinwerfern geblendet, die genau auf ihn gerichtet waren. Er hatte die Entfernung völlig falsch eingeschätzt. Die Lichter waren keine fünfzig Meter entfernt.

Das helle Singen des Triebwerks wurde ein dunkles, bellendes Röhren. Ein zweimotoriger Jet kam schnell aus dem dunklen Hangar gerollt, und die Strahlen seiner Scheinwerfer blieben direkt auf die einsame Gestalt auf der Rampe gerichtet. Die Maschine schien auf ihn zuzuspringen, wie ein Tiger im Zirkus, der sich anschickt, durch den hingehaltenen Reifen zu springen. McLanahan stand wie angewurzelt da. Selbst wenn er gewollt hätte, wäre es ihm nicht möglich gewesen, sich zu bewegen.

Der Jet kam rasch herangefahren. Der Zusatztank außen am Ende der Tragfläche bewegte sich keine zwei Meter vor seiner Nase vorbei. Eine gebogene Treppentür im Rumpf öffnete sich, und ein Mann in einer Uniform, die nach Air Force aussah, packte ihn mit festem Griff am Oberarm und zog ihn in den jaulenden Jet.

Mit einem leichten Stoß wurde er in einen harten Sitz bugsiert, und irgendwer schnallte ihn auch gleich an. Der Gurt saß sehr eng um seinen Leib. McLanahan verspürte einen Anflug von Panik. Um seine Sicherheit kümmerten die sich einen Dreck. Die waren nur darauf aus, ihn festzuhalten.

Er sah zu, wie der Mann, der ihn hereingezogen hatte, sich einen Kopfhörer aufsetzte, den Kopf vorstreckte und im Befehlston schnarrte: »Ausweiskarte. Rasch.«

McLanahan war über diesen Kommandoton völlig verblüfft und griff automatisch in die rechte Gesäßtasche, in der die Karte immer war. Aber sie war nicht da. Er suchte in der linken Tasche, doch auch da war sie nicht.

»Rasch!« wiederholte der Mann. Er zog sich sein Helmmikrofon vor den Mund und sprach einige abgehackte Worte hinein. McLanahan blickte in ein Paar ungehalten aussehende, dunkle Augen, wandte sich dann aber ab, um hektisch in den restlichen Taschen nach der nicht auffindbaren Ausweiskarte zu suchen. Als er nach vorne sah, konnte er den Kopiloten erkennen. Er trug einen Helm in Tarnfarben und eine grüne Fliegerkombination. Nicht ohne Schrecken bemerkte McLanahan, daß der Mann, nur halb verborgen, eine klobige Uzi-MP hinter dem Cockpitvorhang im Anschlag hielt.

»Ach, du Schande«, sagte McLanahan. Seine Hände flogen wieder und wieder über sämtliche Taschen, die er hatte. Und endlich fand er die Karte in der linken Vordertasche. Er fischte sie heraus und hielt sie dem Mann hin, der ihn in seinen Sitz zurückdrückte. Er säbelte ihm nahezu die Nase weg dabei.

Der Mann schaltete eine winzige rote Taschenlampe an und

prüfte den Ausweis. Dann hielt er McLanahan, der immer noch verblüfft war, den Strahl seiner Lampe mitten ins Gesicht. Nun entspannten sich seine Züge etwas und machten schließlich sogar einem Ausdruck enormer Erleichterung Platz.

Er zog sich das Mikrofon wieder nahe an den Mund und stand auf. »Also, los, Pilot, starten wir«, rief er und warf McLanahan seine Ausweiskarte in den Schoß. Die Uzi des Kopiloten hinter dem Vorhang verschwand. Der Mann mit dem Kopfhörer ging rasch zur Tür, zog sie hoch und verschloß sie. Nur Augenblicke später kreischte der Jet in die Luft empor.

Sein Bewacher setzte sich nun gemächlich in einen Sitz McLanahan gegenüber und atmete erst einmal tief durch.

»Tut mir leid, Captain«, sagte er, als das Flugzeug sicher in der Luft war. »Als Sie vom Flughafen verschwunden waren, sind wir etwas nervös geworden. Vielleicht haben wir etwas überreagiert. Bedaure, wenn wir etwas grob wurden.«

»Na ja, eigentlich muß ich mich entschuldigen«, meinte McLanahan, der sich allmählich von seinem Schock zu erholen begann. »Ich habe mich wohl etwas unverantwortlich benommen. Sind Sie Major Miller, mit dem ich verabredet war?«

Der Mann lachte und nickte mit einem Blick auf die Rangabzeichen auf seinen Schultern. »Nein, nein, Captain. Ich bin First Lieutenant Harold Briggs. Ich arbeite für den Projektkoordinator. *Wir* sind Major Miller.«

»*Wir?*«

»Major Miller war ein Codename für *Sie*«, erklärte Briggs. »Immer, wenn Sie oder jemand Ihrer Einheit den Namen Major Miller erwähnten, wurde meine Abteilung verständigt. Ich habe den Auftrag, Sie zum Projektkoordinator zu bringen.«

»Projektkoordinator? Wer ist das?«

»Das werden Sie bald erfahren«, erwiderte Briggs. »Auf jeden Fall sind wir jetzt endlich auf dem Weg zu ihm. Falls Sie bis dahin irgend etwas benötigen, sagen Sie es mir. Nennen Sie mich bitte Hal. Ich werde mit Ihnen während der gesamten Dauer des Projekts zusammenarbeiten.«

»Sie reden immer von einem Projekt.«

»Ja, Sir.« Briggs lächelte. »Aber ich kann Ihnen nichts darüber sagen. Das kann Ihnen nur der Projektkoordinator erklären. Ich bin aber von nun an Ihr Adjutant.«

»So, Adjutant?« sagte McLanahan. »Vorläufig weiß ich ja
noch gar nicht, was da auf mich zukommt.« Er streckte ihm
die Hand hin. »Nennen Sie mich Patrick und lassen wir den
›Sir‹ und das Zeug, ja?«

»Okay.« Sie schüttelten sich die Hand, und Briggs verstaute
seinen Kopfhörer oben im Gepäckhalter und schaltete ein Licht
an. Jetzt war zu sehen, daß er noch sehr, sehr jung war, mit
kurzgeschorenem schwarzen Bürstenhaarschnitt über einem
glatten, schmalen Gesicht und dunklen braunen Augen.

»Sergeant Jenkins erzählte mir so etwas, daß ich beschattet
würde oder werden könnte«, sagte McLanahan, während
Briggs eine kleine Kühlbox neben seinem Sitz öffnete und zwei
Dosen Bier herausholte.

»Ja, ja.« Briggs öffnete eine Dose und reichte McLanahan
die andere. Er stieß seine Dose prostend an die McLanahans
und nahm einen langen Schluck aus ihr.

»Sie können es natürlich jugendliche Übertreibung nennen.
Aber als Sie am Flughafen ankamen und dann auf einmal
verschwunden waren, bin ich wirklich ziemlich ... nervös
geworden. Ich rief Sergeant Jenkins an, der mein Kontaktmann
draußen in Fairchild war, und schlug Alarm.« Briggs lächelte.
»Jenkins startete daraufhin in Nullkommanichts eine Suchaktion. Wir hatten im taktischen Bereich, wie wir das nennen,
nämlich auf dem Flughafen, die Sache mehr oder weniger im
Griff. Aber als Sie zum Stützpunkt hinausfuhren, waren Sie
außerhalb unserer Kontrolle. O verdammt, wir ... ich meine,
ich, malte mir eine ganze Menge Szenen aus, was alles passiert
sein konnte. Und eine war schlimmer als die andere.«

»Na, na, na!« rief McLanahan und hielt den müden Arm
hoch. »Passiert? Mir? Versteh' ich nicht. Wovor habt ihr Burschen eigentlich solche Angst, sagen Sie mal? Was soll oder
kann mir denn passieren? Und warum überhaupt mir, das
schon mal als erstes?«

Briggs trank sein Bier aus und griff sogleich nach einem neuen.

»Pat, Sie sind jetzt eine sehr, sehr heiße Nummer hier!« Er weidete sich an McLanahans ungläubig aufgerissenen Augen. »Wenn Sie uns abhanden gekommen wären, wenn Ihnen irgend etwas zugestoßen wäre, wenn Sie nicht morgen mittag wohlbehalten im Projekthauptquartier anlangen würden . . .« Er trank sein zweites Bier mir nur wenigen Schlucken leer und beendete dann erst seinen Satz: ». . . das hätte ein Erdbeben ausgelöst, sage ich Ihnen. Bis . . . ganz oben hin.«

»Hören Sie mal, Hal«, McLanahans Mund war plötzlich sehr trocken, »das ist doch alles keine ordentliche Erklärung.« Zum zweitenmal binnen kurzer Zeit sträubten sich ihm die Nackenhaare. »Was soll das alles? Ganz oben? Ganz oben wovon?«

»Tut mir leid.« Briggs griff erneut nach der Tür der Kühlbox, ließ es aber dann doch sein und setzte sich zurück, um McLanahan voll anzusehen. »Sehen Sie, ich kann Ihnen wirklich nur sehr wenig sagen. Aber soviel weiß ich: Ich hatte die Genehmigung, aus diesem kleinen Scheißflugplatz dort Entebbe zu machen, wenn es nötig gewesen wäre. Ich hatte *Vollmacht*, Pat. Vollmacht zu buchstäblich allem.«

Genau in diesem Moment bemerkte McLanahan die Uzi-MP, die Briggs im Halfter trug.

AIR-FORCE-STÜTZPUNKT NELLIS, LAS VEGAS, NEVADA

Es war später Abend, als Harold Briggs Captain McLanahan aus dem kleinen muffigen Quartiermacherzimmer in ein anderes Gebäude in einigen hundert Metern Entfernung führte. McLanahan war inzwischen längst klar geworden, daß das ganze unaufhörliche Hin und Her, das man nun schon seit der Landung nach dem langen, langen Flug von Spokane mit ihm veranstaltete, nur dazu diente, ihn möglichst im unklaren darüber zu lassen, wo er sich eigentlich befand.

Warum sich Briggs und alle die anderen solche Mühe gaben, den Ort seines Aufenthalts vor ihm geheimzuhalten, war ihm völlig schleierhaft. Außerdem war es ihnen auch nur zum Teil gelungen. Obwohl man ihn in der Dunkelheit und durch die Hintertür vom Flugplatz in sein Zimmer gebracht hatte und obwohl ganz offensichtlich alles geschehen war, um ihn keine Ortshinweise sehen zu lassen, stolperte er dennoch in seinem Zimmer an der Seite eines Schreibtisches auf die eingeritzten Worte NELLIS AUX 5. Der zivile Learjet, mit dem sie ihn von Spokane wegtransportiert hatten, besaß, wie er wußte, eine Reichweite von knapp tausend Meilen – bei der Geschwindigkeit, die der Pilot geflogen war, nämlich die ganze Strecke mit voller Pulle.

Und wenn das nicht genug Beweis war, dann konnte man sich den Rest aus der kalten, trockenen Abendluft und dem Geröhre hochgezüchteter Flugzeuge in der Nähe zusammenreimen. Das waren eindeutig keine Verkehrsflugzeuge, sondern Militärmaschinen.

Schön, und? Er war also auf Nellis oder einem der unzähligen Fliegerhorste, Stützpunkte, Trainingslager oder einer der sonstigen militärischen Einrichtungen, die es hier herum gab. Er hoffte, endlich mehr zu erfahren, als Briggs nach einem völlig untätig zugebrachten Tag an seine Tür klopfte und ihm mitteilte, er habe den Auftrag, ihn jetzt zum Projektkoordinator zu bringen.

Sie mußten zwanzig Minuten in einem kleinen Konferenzraum warten. McLanahan wollte Briggs eben ungeduldig fragen, wie lange das denn noch dauern sollte, als endlich die Tür aufging. Herein kam . . .

»General Elliott!« rief McLanahan verblüfft und schnellte von seinem Stuhl hoch.

»Stehen Sie bequem, Patrick«, sagte General Elliott lächelnd. Er faßte McLanahans Hand und schüttelte sie. »Willkommen in meinem Alptraum.«

McLanahan blieb nach dieser Bemerkung verblüfft und regungslos stehen, und Elliott drückte ihn wieder auf seinen Stuhl.

Der General trug einen Fliegeranzug mit drei dezenten Sternen auf jeder Schulterklappe und ebenso unauffälligen Emblemen des Strategic Air Command, des SAC, an den Ärmeln und auf der Brust. Er hatte eine automatische .45er-Pistole umgeschnallt. Nachdem er seinen Drehstuhl einmal herumgekreiselt hatte, ließ er sich prustend darauf nieder. Er betrachtete den immer noch sprachlosen McLanahan amüsiert.

»Locker, Patrick, entspannen Sie sich. Sie erfahren ja gleich alles.«

McLanahan zwinkerte etwas mit den Augen bei diesen Worten. Er atmete tief durch und wischte sich die feuchten Hände ab.

»Kaffee?« fragte Elliott und reichte Briggs und McLanahan je eine der Thermosflaschen, die er mitgebracht hatte. »In Ihrer, Hal, ist übrigens nur Coke. Ich weiß schon, daß Ihnen ein Bier lieber wäre, aber schließlich . . .«

Briggs nickte und lächelte. »Völlig klar, Sir.«

»Gut also«, sagte Elliott, »fangen wir an. Dieses ganze Gespräch hier ist streng geheim. Keiner von uns wird ein Wort davon jemand anderem mitteilen. Niemandem. Ich selbst habe hier keinen Assistenten, keinen Adjutanten oder sonstige Mitarbeiter dabei, die wissen müßten, worüber wir hier sprechen. Ich muß mich auch nicht vergewissern, ob der Raum hier abhörsicher ist, denn es ist mein eigenes Büro, das ich mir selbst eingerichtet habe, weshalb ich sehr genau weiß, daß es sicher ist. Und in dieser Art wird auch dieses ganze Projekt durchgeführt.

Übrigens, Hal, Sie sind dabei, weil ich möchte, daß Sie von Anfang an über jedes Detail genauestens Bescheid wissen. Es wird Ihnen Ihre Aufgabe sicher erheblich erleichtern, wenn Sie genau wissen, was los ist und worum es geht. Hal, Patrick, ist seit einem Jahr in meinem persönlichen Sicherheitsstab. Er war schon bei den Sicherheitseinheiten im Pentagon und beim SAC, als ich ihn zu mir holte. Und jetzt ist er Ihr Mann. Er wird sich darum kümmern, daß uns so ein Ding wie in Spokane nicht noch einmal passiert.«

McLanahan bemühte sich, die aufsteigende Röte in seinem Gesicht zu unterdrücken, aber es gelang ihm nicht.

»Der Job ist an sich ganz einfach, Patrick«, fuhr Elliott fort. »Wir haben hier in ›Traumland‹ ein streng geheimes Forschungs- und Entwicklungszentrum. Das dürfte Ihnen aber kaum besonders neu sein. Sie haben ja gewiß genug Spekulationen über ›Traumland‹ auf Ihren vielen Übungseinsätzen gehört und sich vermutlich auch gewundert, warum man Ihnen so nachdrücklich eingeschärft hat, alles zu tun, nur ›Traumland‹ nicht zu überfliegen. Ich sage Ihnen jetzt auch den Grund dafür. So ziemlich jeder neue Typ Jäger, jeder Bomber oder jede Rakete, die in den letzten zehn Jahren konstruiert worden sind, haben wir hier in ›Traumland‹ zum erstenmal getestet.«

Er machte eine Pause und trank einen Schluck Kaffee. »Jetzt haben wir hier wieder so ein Spezialflugzeug, das wir testen möchten. Und dabei sollen Sie mit von der Partie sein. Sie sollen die Flugeigenschaften testen, einige echte Bombenabwürfe durchführen und einfach aus der Kiste herausholen, was aus ihr nur herauszuholen ist. Die meisten Geräte und Ausrüstungen sollen später in ausgewählte B-1-Maschinen eingebaut werden.«

McLanahan sah den General leicht enttäuscht an. »Und das ist alles?«

»Ich kann Ihnen versichern, Patrick, daß Sie jede Menge zu tun haben werden«, erwiderte der General. »Unser Fahrplan ist vollgepackt. Wir könnten . . . sagen wir einmal so: Es könnte sein, daß unsere Testergebnisse jeden Augenblick gebraucht werden. Und je mehr Auskünfte wir dann liefern können, desto besser.«

McLanahan zuckte mit den Achseln. »Alles klar, soweit es mich betrifft«, sagte er. »Aber Sie haben sich immerhin eine solche Reiseroute ausgedacht, um mich hierherzuschaffen, daß ich mir nicht vorstellen kann, daß dies schon die ganze Geschichte ist.«

»Ich will nicht übermäßig geheimnisvoll tun«, Elliott lächelte, »aber Sie wissen jetzt alles, was Sie im Augenblick wissen müssen. Wenn wir erst im Projekt selbst stecken, können Sie sich manches Weitere selbst zusammenreimen. Ich muß Sie nur noch einmal darauf hinweisen, daß alles streng geheim ist. Der Ort, Ihre Aufgaben, alles, was Sie sehen und hören und tun werden. Niemand außerhalb dieses Raumes, also außer uns dreien, er mag so viele Vollmachten und einen so hohen Rang haben, wie er will, darf erfahren, was hier vorgeht. Verstanden?«

»Ja, Sir. Eine Frage hätte ich aber noch.«

»Ja?«

»Warum ich?«

Elliott lächelte wieder, trank seinen Kaffee aus und stand auf. »Ganz einfach. Weil Sie der Beste sind. Keiner hat so viele Trophäen gewonnen wie Sie.«

McLanahan genügte diese Auskunft nicht, aber er nickte trotzdem ergeben.

»Wollen Sie sie sehen?« fragte Elliott.

McLanahan sah ihn verständnislos an. »Wen sie?«

»Na, die Kiste. Ihre Kiste. Den *Old Dog*.«

»*Old Dog?*« McLanahan warf einen ratlosen Blick zur Decke.

»Das darf ja wohl nicht wahr sein«, stieß Briggs hervor. McLanahan hätte wohl eine ähnliche Bemerkung gemacht, wenn es ihm nicht gleich vollständig die Sprache verschlagen hätte. Statt dessen stand er wie vor den Kopf geschlagen da und starrte völlig überwältigt die massiven Umrisse der Megafestung an.

Sie begannen mit einer Inspektion des Flugzeugs. General Elliott ließ ihnen freie Hand und freien Lauf und beantwortete alle Fragen.

»Das kann doch nicht das gleiche Flugzeug sein«, sagte McLanahan schließlich, während er mit dem Finger die glatte Außenhaut der Maschine betastete. »Das kann doch keine B-52 sein!«

»Ist es aber, kann ich Ihnen versichern«, erklärte Elliott. »Wenn auch sozusagen ein Wolf im Schafspelz.«

Briggs stieg in den Bombenschacht, McLanahan folgte ihm.

»Erwarten Sie eine kritische Weltlage, General?« fragte McLanahan. Er begutachtete die Raketen. »Scorpions! Acht, nein . . . zehn sogar. Auf einer B-52! Die Dinger sind doch noch nagelneu, gerade erst entwickelt! Noch nicht einmal die F-15 ist mit ihnen ausgerüstet. Und Sie haben hier gleich zwölf von den Dingern hängen! Nicht zu fassen!«

Briggs las die Aufschriften auf den unteren Raketen der Abschußtrommel. HARM. »Was bedeutet das?«

»Anti-Radar-Raketen«, erklärte ihm McLanahan. »Steuern zielgenau auf radargelenkte Abwehr- und Raketenstationen und greifen sie an.« Er sah Elliott an, und der Blick des jungen Mannes bewirkte, daß des Generals Lächeln ein wenig schwand. »Ganz schöne Brocken, würde ich sagen.«

»Neun Zehntel aller Ausrüstung der Megafestung«, erläuterte General Elliott, »ist für die Selbstverteidigung und auf Zielgenauigkeit angelegt. Das hatte für mich immer die oberste Priorität. Das hier ist lediglich ein Testflugzeug, in das freilich so ziemlich alles gepackt ist, was es nur zu testen gibt. Schon seit ein paar Jahren stopfen wir immer tollere Dinge hinein.« Er tätschelte die glatte Außenhaut des Flugzeugs. »Alle Daten, die wir von den Testflügen mit dieser Maschine bekommen, werden auf verschiedene andere Flugzeugtypen übertragen, insbesondere auf die B-1.«

Dann sagte er munter: »Also, gehen wir jetzt mal rein. Die Techniker checken die Avionik gerade in einem simulierten Flug durch. Da bekommen Sie gleich einen Eindruck, wie Ihr neues Gerät funktioniert.«

Die rund um den Riesenbomber postierten Wachen überprüften sie und ließen sie schließlich in die Maschine klettern. Ganz instinktiv setzte sich McLanahan sofort in den linken Sitz und besah sich die Instrumententafel, die er vor sich hatte. Automatisch, wie magnetisch angezogen, legte er auch gleich die Hand auf den Griff für die Adjustierung der Fadenkreuze. Briggs stand hinter ihm an einer Tür, die in den vorderen Fahrwerkschacht führte, und sah sich stumm in der engen Kabine um.

»Einfaches, direktes Hochgeschwindigkeits-Navigationsgerät von extremer Genauigkeit«, erläuterte Elliott. »Globale Satelliten-Navigation mit einer Positionsgenauigkeit bis unter zwanzig Fuß, Zeitgenauigkeit bis zu einer Hundertstelsekunde und Tachogenauigkeit bis herunter zu einem Viertelknoten. Und dazu ein Trägheitsnavigationssystem mit einem Ringlaser-Gyro, Richtungsgenauigkeit auf ein Zehntel Grad, auch nach zwölf nicht datenkorrigierten Stunden.«

McLanahan legte seine Hände vor den Computerterminal, studierte die Tastatur und den Video-Monitor. »Sie haben den zweiten Sitz ausgebaut. Wo soll der zweite Navigator denn sitzen?«

»Welcher zweite Navigator?« Elliott tat verblüfft. »Patrick, ich habe es Ihnen doch soeben erklärt. Die Kiste hier hat eine Präzisionsautomatik, von der ein Navigator nur träumen kann. Und das können Sie alles allein bedienen. Wozu sollten wir einen zweiten Mann brauchen?«

»Schön, aber was ist, wenn das ganze Zeug hier ausfällt, zerschossen wird?«

»Ausfällt?« Elliott sah fast beleidigt aus. »Die Dinger fallen nicht aus. Wenn Sie ihnen sämtlichen Saft abdrehen, dann hat der Ringlaser-Gyro immer noch eine Batterie für eine halbe Stunde Reserve. Und sobald wieder Strom da ist, hat der Gyro alles binnen neunzig Sekunden auf dem alten Stand. Außerdem dauert es gerade einen Satellitenzyklus – nämlich ungefähr zehn Minuten –, bis der GPS sich selbst wieder einfängt und wieder zu navigieren beginnt. Es fällt schlicht nichts aus.«

»Gut, Sir«, meinte McLanahan. »Aber ich weiß trotzdem nicht . . .« Er besah sich die Kontrolltafel auf der linken Seite und die Relais und Boxen dahinter. »Das Originalradar ist aber noch da, wenn ich das richtig sehe, Sir?«

»Ja, ja«, sagte Elliott etwas ungeduldig. »Wir haben es den Defensivwaffen, dem Zielsucher und –«

»Aber ich habe immer noch Radarfadenkreuze?« unterbrach ihn McLanahan. »Und Zielfindung? Windgeschwindigkeiten? Höhenmessung?«

»Ja, ja.« Elliott schien jetzt etwas ärgerlich zu werden. »Sie können nach wie vor das Trägheitsnavigationssystem mit dem Radar kontrollieren, und Sie können auch einen Meßpunkt in den Speicher des Systems eingeben, aber Sie müssen nicht –«

McLanahan ließ ihn gar nicht ausreden. Er griff zu den Radarkontrollknöpfen neben seinem linken Knie und drückte mit beiden Händen drei von ihnen gleichzeitig.

Das Resultat war umwerfend. Auf der Stelle begann ein Relais hinter McLanahans Schleudersitz zu rauchen und zu schmoren, sämtliche der wenigen verbliebenen Sicherungen, die sich über seinem Kopf befanden, brannten durch, und das gesamte untere Deck versank in totaler Dunkelheit.

»Was, zum Teufel . . .« rief Elliott.

Einer der Techniker im oberen Cockpit kam eilig zur Luke, die hinunter ins untere Deck führte, und hielt dem wütenden Dreisterne-General den Strahl seiner Taschenlampe mitten ins Gesicht.

»Was ist passiert?« fragte er verschüchtert.

»Wie zum Teufel soll ich das wissen?« brüllte Elliott. »Kommen Sie runter und –«

»Die BNS-Generator-Wechselstrom-Sicherungen hat es rausgehauen hier unten«, sagte McLanahan ruhig aus der Dunkelheit. Von Briggs im Hintergrund war nur der Atem zu vernehmen. »Sie finden den BNS rechts von der TR-Kontrollsicherung in der rechten Reihe an der mittleren Schalttafel oben, zusammen mit den RDPS-Stromschaltern eins, zwei und dem 600-Volter plus sowie den negativen Eins-fünfzig-Volt-Trafo hier unten. Was da so riecht, das ist das Relais vom linken BNS-Kontrollsystem. Dafür sind üblicherweise nie Ersatzteile in den Werkzeugkisten.«

Zum General gewandt fuhr er fort: »Alles, was am BNS-Radar hängt, General, ist tot. Ich kann zwar ein wenig zaubern und mixen und das Radar wieder holen, aber die anderen Dinger, die alle dranhängen, samt dem Trägheitsnavigationssystem und diesen Monitoren und Tastaturen, das krieg' ich nicht zurück. Das Satellitensystem ist natürlich noch da. Und vielleicht weiß es selbst, wo es steckt, Sir. Aber es kann es uns nicht mitteilen. Weil wir kein funktionierendes Sichtgerät mehr haben. Ich habe auch die Navigationsorientierungspunkte im Computerspeicher gelöscht, und jede Wette, daß der Flugschreiber ebenfalls im Eimer ist. Keine Spur von automatischer Navigation.«

»Himmel, Arsch noch mal!« schimpfte der General.

»General, Sir, wenn ich einen Vorschlag machen dürfte . . .?« ließ sich Briggs vernehmen.

»Unterstehen Sie sich, Briggs«, blaffte ihn der General an, »oder Sie finden sich wieder als Wache vor einem Lagerhaus in Island! Masuroki, kommen Sie runter und kümmern Sie sich um den verdammten Strom!«

»Aber ich weiß nicht . . .!«

McLanahan kam ihm zu Hilfe. »Schalten Sie den Stromgenerator erst mal wieder an, ehe es Ihnen die ganze Leitung zusammenhaut. Dann drücken Sie die Sicherungen. Das ECM und das Brandüberwachungssystem müssen aber zuvor abgeschaltet sein und dann wieder aufgeheizt werden. Das dauert normalerweise etwa eine halbe Stunde, aber mit all dem Zeug, das hier dranhängt, vermutlich wohl eine ganze. Und ich brauche für hier unten ein neues Relais.« Er machte eine kleine Pause, dann fügte er hinzu: »Und einen Rechts-Schleudersitz. Und einen Sextanten. Und einen Nav-«

»Das ist unrealistisch, Patrick«, sagte Elliott, während Masuroki sich beeilte, die unterbrochene Stromzufuhr wieder herzustellen. »Daß auf diese Art sämtliche Kontrollen auf einmal ausfallen.«

»Das war nur *eine* Demonstration, wie man das linke BNS-Kontrollrelais überbelasten kann, General«, erklärte McLanahan. »Etwas Feuchtigkeit, ein Wackelkontakt, ein blankgescheuertes Kabel, irgendwas im Stromnetz mit der Spannung – und puff!«

General Elliott mußte an die dürftigen Daten denken, die ihm Curtis gezeigt hatte – die letzten Worte der Besatzung in der abgeschossenen RC-135. Die beängstigende Stärke des seltsamen Radars, das sie bemerkt hatten ... der Gedanke daran ließ ihn hier, in der Dunkelheit der Megafestung, aufseufzen.

»Ja, ja, schon gut, Schlauberger«, sagte er gereizt, »vermutlich war ich also von meinen Spielsachen hier etwas zu sehr angetan. Gehen wir raus. Sie werden hier drin in dem launischen Biest sowieso noch genug Zeit verbringen.«

Beim Hinabklettern wandte sich Briggs an Elliott. »Ich habe so das Gefühl, General, als hätten Sie genau den richtigen Jungen für den Job gefunden.«

»Sieht ganz so aus«, bestätigte der General. Er schwieg einen Augenblick. Dann fügte er hinzu: »Was mir wirklich Sorgen macht, ist, als was sich der Job selbst herausstellen wird.«

Es war die größte Versammlung von Leuten, die McLanahan seit seiner Ankunft im Flughafen Spokane gesehen hatte – vor jetzt wieviel Tagen? Es waren erst wenige, und erst am Tag zuvor hatte er seine erste Begegnung mit der Megafestung gehabt. Aber ihm kam es vor, als stecke er hier in dieser Wüste schon seit einer Ewigkeit fest. Die meiste Zeit, seit er den Bomber gesehen hatte, hatte er mit dem Studium der maschinengeschriebenen Erläuterungen und Bedienungsanweisungen für die Avionik und die sonstigen Kontrollgeräte des Bombers selbst und der Striker-Gleitbombe zugebracht. Es war alles unglaublich einfach zu bedienen – hochentwickelt, aber einfach.

Sie saßen wieder in einem dieser fensterlosen, stickigen, fast leeren Büros. McLanahan und Hal Briggs waren in den Raum gekommen, in dem bereits acht Leute saßen und, wie sie auch, auf General Elliott warteten. Das Überraschende daran war, daß sich vier Frauen darunter befanden. Zwei waren sichtlich Wachpersonal, aber die dritte war eine Frau mittleren Alters in Jeans und einer Safarijacke, die neben einem älteren Herrn stand. Die vierte war sehr viel jünger, vielleicht Ende Zwanzig. Sie starrte die beiden Neuankömmlinge höchst überrascht an. Die anderen warfen ihnen nur einen kurzen Blick zu und beachteten sie dann nicht weiter.

Kurz danach kam General Elliott. Er hatte helle Hosen und ein kurzärmeliges Hemd an, aber das hinderte ihn nicht, die .45er unter seiner linken Achsel im Halfter zu tragen.

»Ich dachte, es wäre endlich an der Zeit, daß sich alle kennenlernen«, begann er. »Zumal Sie alle ja schon seit zwei Wochen zusammenarbeiten, wenn auch, ohne es zu wissen; und wenn Sie auch einander vermutlich schon des öfteren über den Weg gelaufen sind, während Sie mit dem *Old Dog* beschäftigt waren. Colonel Anderson!«

Ein großer, dunkelhaariger Mann in grünem SAC-Fliegeranzug wandte sich um und der Gruppe zu. Bei General Elliotts Eintritt war er stramm aufgesprungen.

»Colonel James Anderson«, sagte er mit tiefer, sonorer Stimme. »Stellvertretender Kommandeur des 4135. Test- und Prüfzentrums, Strategische Entwicklungen und Tests, Air Force Base Edwards.«

»Colonel Anderson«, ergänzte Elliott die Selbstvorstellung des Colonel, »bringt reiche Erfahrung über verschiedene Waffensysteme nach ›Traumland‹ mit. Er war der wichtigste und fruchtbarste Einzellieferant für Ideen. Ohne ihn stünde der *Old Dog* nicht da, wo er jetzt steht.«

»Vielen Dank, Sir«, sagte Anderson. Er ging zu seinem Stuhl zurück und musterte noch einmal mit schmalen Augen die Anwesenden der Reihe nach. An McLanahan allerdings sah er rechts vorbei, ohne ihn zu beachten.

McLanahan seinerseits ordnete ihn sofort ein. Der gewaltige Silberring, der seinen Ehering fast verschwinden ließ. Das Fallschirmspringerabzeichen unter seinen Kommandeursschwingen. Schmale Taille, kleines, fliehendes Kinn. Absolvent der *Air Force Academy*. Einer dieser Colorado-Kuckucke. Und keiner, der Navigatoren ausgesprochen liebte.

Der Mann neben Anderson stand auf. Er war etwas kleiner, weniger kantig und viel jünger, aber ansonsten eine Variation von Anderson. Er hatte immerhin Briggs höflich zugenickt, und zuvor auch schon McLanahan, und schien gutmütig zu sein.

»Lieutenant Colonel John Ormack, Air Force Base Wright Patterson, Abteilung Technik und Entwicklung.«

Auch seine Personalangaben ergänzte Elliott. »Der verantwortliche Mann für eine Menge neuer Tricks im Cockpit des *Old Dog*. Er hat damit die Arbeit der Kopiloten tausendfach erleichtert – wohl eher aus egoistischen Motiven! Er hat ihnen so viel Arbeit abgenommen, daß sie jetzt auch bei der Bomberverteidigung und der Besatzungskoordinierung aushelfen können. Außerdem hat er mittlerweile ein paar tausend Flugstunden auf dem Buckel, in allen möglichen Flugzeugen. Er ist der stellvertretende Projektoffizier.« Anderson nickte Ormack stolz zu und reckte ihm knapp den Daumen entgegen, als dieser sich wieder setzte.

Dann stand die jüngere Zivilistin auf. Alle im Raum drehten sich herum und richteten die Blicke auf sie. Alle außer McLanahan und Harold Briggs. Sie war durchschnittlich groß, hatte dunkles Haar, das sie hinten zu einem Lehrerinnenknoten hochgebunden hatte. Ihre Augen und ihr Gesicht beherrschte eine riesige, dicke Brille, aber trotzdem, dachte McLanahan, war sie recht hübsch . . . auf diese Lehrerinnenart hübsch jedenfalls. Sie konnte kaum viel älter sein als er selbst. Sie sah . . . bekannt und vertraut aus.

»Doktor Wendy Tork«, sagte sie kurz, wobei sie den versammelten SAC-Offizieren allerdings das Wort »Doktor« wie einen Säbel entgegenstach. »Technikerin bei der strategischen elektronischen Verteidigung, Palmdale, Kalifornien.«

McLanahan riß es schier vom Stuhl. Nicht doch, das konnte doch wohl nicht sein, dachte er. Er drehte sich herum und blickte direkt in das freundliche Lächeln des Mädchens, das er kürzlich in dieser Bar bei der Preisverleihung des Bomberwettbewerbs getroffen hatte.

»Eine der hervorragendsten Expertinnen des Landes«, der General übernahm wieder die weitere Vorstellung, »auf den Gebieten elektronische Abwehr, Abwehr allgemein, Spionagetechnik und Radar. Sie hat den EW-Job in der Besatzung.«

»Heiliges Kanonenrohr«, murmelte McLanahan halblaut vor sich hin. Er starrte sie unverwandt an, musterte sie, versuchte sie sich in einer Fliegerkombination vorzustellen. Und dann ohne . . . Aber beides war unter den gegebenen Umständen überaus schwierig.

Er blickte sich weiter um und bemerkte Colonel Andersons abschätzigen Blick. Na, dachte McLanahan, Weiber mag er, so scheint's, noch weniger als Navigatoren. Dann drehten sich alle Köpfe zu ihm um. Er schien also als nächster dran zu sein. Verlegen stand er auf.

»Captain Patrick McLanahan, B-52-Radar-Navigator von der Air Force Base Ford«, stellte er sich vor. »Und das hier ist Lieutenant Harold Briggs.«

»Tag«, sagte Briggs mit breitem Grinsen. Aber der eisige Blick Andersons, der ihn traf, ließ ihn gleich darauf wünschen, er hätte lieber geschwiegen.

In der Runde wurde oberflächlich genickt, und das war auch schon alles.

»Danke für die Vorstellung, Ex-Freund!« flüsterte Briggs.

»Wenn mir der Schweiß beim Anblick dieses Anderson ausbricht, dann soll es Ihnen gefälligst ebenso ergehen«, flüsterte McLanahan zurück.

»Der Beste, den wir haben. Ohne jeden Zweifel der begabteste, informierteste und professionellste Navigator der Streitkräfte der Vereinigten Staaten. Vermutlich sogar aller Streitkräfte. Er ist der Navigator des *Old Dog*«, war wieder Elliott zu vernehmen.

»Wo ist Metzner, General?« fragte Anderson rasiermesserscharf.

»Da gab es ein kleines Problem, James«, antwortete Elliott. »Mit Joes Qualifikationsüberprüfung.«

Er erntete einen gereizten, ungeduldigen Blick von Anderson und die Aufforderung: »Vergessen Sie das, General. Ich sagte doch, ich bürge persönlich für den Mann, zum Donnerwetter. Er hat sowohl die gelenkte Striker-Luftmine verbessert und getestet wie die neue Sub-Atom-Munition. Er ist der perfekte Mann für den Job.« Er betonte das Wort »Mann« ziemlich stark und blinkerte dabei in Richtung auf Wendy Tork.

»Tut mir leid, James«, sagte Elliott. »Captain McLanahan hat mich davon überzeugt, daß ein zusätzliches Besatzungsmitglied unten erforderlich ist. Wenn mit Metzners Sicherheitsüberprüfung alles klargeht, können wir ja noch einmal darüber reden.«

»Zusätzliches Besatzungsmitglied?« sagte Anderson. »Ein Navigator? Der *Old Dog* braucht keinen zweiten Navigator.«

»Patrick hat mich eines Besseren belehrt, Colonel.«

»Was wir brauchen, General«, konterte Anderson, »ist der Mann, der die Striker gebaut hat. Eben jenen Mann, der geholfen hat —«

»Colonel Anderson!« Aus General Elliotts Stimme war die ganze bisherige Gutmütigkeit verschwunden, obwohl sein Gesichtsausdruck nach wie vor gelassen und ungezwungen wirkte. »Joseph Metzner ist derzeit nicht verfügbar. Falls er es sein wird, informiere ich Sie. Bis dahin ist Captain McLanahan der Radar-Navigator. In Ordnung, *Colonel*?«

Die Betonung auf Andersons Rang ließ in diesem den letzten Rest Widerstand ersticken, und er schwieg.

»Last not least«, fuhr Elliott dann fort und nickte dem letzten Mann und der Frau an seiner Seite zu.

»Vielen Dank, General«, sagte der Mann. »Ich bin Dr. Lewis Campos, pensioniert, ehemals Air Force. Dies hier ist meine Assistentin, Dr. Angela Pereira. Wir sind beratende Waffenkonstrukteure und vertreten mehrere Industriefirmen, genau gesagt, eine Mischung mehrerer militärisch-industrieller Komplexe.«

»Und ein Duo mit einer Menge Einfällen«, ergänzte Elliott. »Die Konstrukteure des gesamten Verteidigungsarsenals des *Old Dog* – von den Kanonen und den Marschflugkörpern bis zu den Trägerraketen. Lew Campos wird in allen unseren Tests als Bordschütze fungieren.«

Dann richtete er sich auf. »So, das wär's, meine Damen und Herren. Sie werden von jetzt an alle sehr eng zusammenarbeiten, um die Informationen und Erfahrungen zu sammeln, die wir benötigen. Sie alle, mit der Ausnahme allenfalls von Patrick, sind bereits aufs eingehendste mit der Sie betreffenden Ausrüstung und allen Geräten vertraut. Aber auch Captain McLanahan hat inzwischen seine Kenntnis des Geräts unter Beweis gestellt, die mit der jedes hier Anwesenden zweifellos ohne weiteres Schritt halten kann. Das Wichtigste ist freilich, daß Sie alle ein Team werden, also lernen, miteinander und zusammen zu arbeiten, damit der Erfolg unserer Tests sichergestellt wird.«

Er schwieg eine Weile. Dann fuhr er fort: »Einige von Ihnen sind Zivilisten. Sie haben zwar in Militäranlagen gearbeitet und zum Beispiel militärische Waffen konstruiert, wobei Sie eng mit Militärpersonal zusammenarbeiteten. Aber Sie haben nie daran gedacht, selbst tatsächlich zu fliegen und persönlich an Funktionstests mitzuwirken. Doch wir haben schlicht und einfach nicht die Zeit, Flugtestingenieure auszubilden oder militärisches Personal, das dann auch Ihren Wissens- und Erfahrungsstand hätte.

Die Tatsache, daß Sie sich alle freiwillig zur Verfügung

gestellt haben, ermutigt und freut mich, doch andererseits fesselt Sie das auch nicht an einen Sitz in der Megafestung. Wenn irgend jemand unter Ihnen jetzt oder auch später das Gefühl hat, den Belastungen, denen wir Sie unterziehen müssen, nicht gewachsen zu sein, können Sie mir das vertraulich mitteilen, und wir werden Sie freistellen.«

Alles nickte und atmete, im Glauben, es sei zu Ende, erleichtert auf – bis auf Colonel Anderson.

»Colonel Anderson, Sie haben das Wort.«

Anderson nickte Elliott dankend zu und wandte sich dann ruckartig seiner neuen Besatzung mit der Miene eines angewiderten Feldwebels in der Instruktionsstunde zu.

»Der Auftrag ist an sich einfach, meine Damen und Herren«, begann er. »Unser Auftrag lautet, Erfahrungen mit und über die Avionik zu sammeln, über Waffen, Hardware und Software an Bord des für besondere Einsätze vorgesehenen Militärflugzeugs B-52, Modell *India*. Sehr einfach also. Sie haben von nun an jede freie Minute, jeden freien Augenblick damit zuzubringen, die Aufträge und Übungen, die vor Ihnen allen liegen, zu studieren und sich einzuprägen. Sie werden sich dabei auch nicht allein auf Ihre persönlichen Aufgaben beschränken. Jeder muß mit den Pflichten und Verantwortlichkeiten jedes anderen Besatzungsmitgliedes aufs genaueste bekannt und vertraut sein.

Wenn das Flugzeug startbereit ist, werden wir den ganzen Nachmittag zum Zwecke der Einsatzplanung darin verbringen. Die Vorinformierung der Besatzung erfolgt drei Stunden vor dem Startzeitpunkt. Alle unsere Flüge werden aus Sicherheitsgründen Nachtflüge sein. Nach der Landung werden drei Stunden der Flugauswertung gewidmet sein, danach folgen acht Stunden Ruhezeit, ehe der Dienst des nächsten Tages beginnt.

Wenn das Flugzeug nicht startklar oder verfügbar ist, werden wir in gleicher Weise den Simulator benutzen.«

Anderson begann jetzt vor seiner Besatzung hin und her zu gehen und jeden einzelnen so lange anzustarren, bis dieser den Blick senkte.

»Dies hier ist kein wissenschaftliches Labor«, fuhr er fort,

»kein Büro und kein Hotelzimmer. Es ist vielmehr eine geheime taktische Einheit mit einem dringlichen Einsatzauftrag. Deshalb haben wir uns von jetzt an auch die entsprechenden Verhaltensmaßregeln zu vergegenwärtigen. Es ist kein Urlaub vorgesehen, kein Ausgang und keine Abwesenheit sonstiger Art, keine Krankmeldung und kein freier Tag. Sie werden keinerlei Besuch empfangen, keine Telefongespräche von ihren bisherigen Arbeitsplätzen oder Dienststellen, und an absolut nichts anderem arbeiten als an diesem Einsatz. Habe ich mich klar ausgedrückt?«

Niemand antwortete.

»Sie haben mit dem gesamten Inhalt der Gebrauchsinstruktionen des I-Modells bis morgen mittag vertraut zu sein. Wir werden uns zu diesem Zeitpunkt hier wieder versammeln und über das Flugzeug und seine Charakteristika diskutieren. Noch Fragen?«

Wieder meldete sich niemand.

Anderson wandte sich an Elliott. »General?«

Elliott schüttelte den Kopf.

»Falls irgendwer hier morgen ankommt«, sagte Anderson mit deutlich drohendem Unterton, »und seine Litanei nicht aufsagen kann, wird es ihm leid tun. Wegtreten!«

Die Besatzung des *Old Dog* trennte sich. Niemand wagte, eine Bemerkung zu machen, solange Anderson noch in Hörweite war. Elliott, McLanahan und Briggs waren die letzten, die gingen.

»Der Mann«, sagte Briggs schließlich, »ist ein Mistkerl im Quadrat.«

»Mit dem werden wir noch viel Freude haben. Ich danke auch schön für die schöne Berufung, General«, sagte McLanahan.

»Oh, keine Ursache«, antwortete dieser lächelnd. »Ich hoffe nur, Sie haben schon fleißig gelernt. Sie fangen bereits mit zwei Minuspunkten an.«

»Weiß ich. Ich bin ein Nav, und ich bin nicht Metzner. Wer ist das überhaupt, dieser Supermann Metzner?«

»Ein Raumfahrtingenieur. Er war fünf Jahre lang enger Mitarbeiter von Anderson«, antwortete Briggs.

»Und der hat ein Sicherheitsproblem?«

»Unser guter Hal hier«, sagte Elliott, »hat ein paar Ungereimtheiten in Metzners Vergangenheit, bevor er nach ›Traumland‹ kam, entdeckt. Da waren ein paar sich überlappende Jobs zu viel. Unser guter Hal ist nun mal ein sehr mißtrauischer Knabe. Aber bisher lag ich noch nie falsch, wenn ich auf seinen Instinkt vertraute.«

»Oh, heißen Dank, General –«

»Nur langsam, Junge. Einmal irrt sich jeder das erste Mal.« Elliott lächelte. »Warten Sie nur mal ab, bis Anderson erfährt, daß es ein windiger kleiner Lieutenant war, der Metzner aus dem Projekt rausgehalten hat.«

Briggs seufzte theatralisch. »Auf jeden Fall halte ich ihn aus der ersten Phase raus – bis erst mal alles klar ist und läuft.«

»Und danach kann ich aus diesem kleinen Wahnsinn wieder aussteigen?« fragte McLanahan hoffnungsvoll.

Elliott winkte ab. »Dieser Metzner kann die Dinger nur bauen. Werfen kann er sie nicht. Das können Sie. Und zwar besser als sonstwer im ganzen Land.«

»Na, großartig.« McLanahan sah Briggs an. »Hal, lieber guter Freund, ich sage Ihnen jetzt nur eines: In diesem Staubloch hier steht jetzt besser umgehend irgendwo ein anständiges Bier bereit. Oder ich werde bei meinen Studien heute abend wirklich eklig.«

»Bauen Sie getrost auf mich«, grinste Briggs.

Auf dem Weg nach draußen sah McLanahan Wendy Tork allein zwischen den Baracken und dem Konferenzraum stehen. Er entschuldigte sich und ging zu ihr hinüber.

»Ich habe Sie zuerst überhaupt nicht erkannt. Mit dieser Brille und allem.«

»Na, wie geht es denn unserem lieben Bomberkönig?« erwiderte Wendy und stemmte die Hand in die Hüfte.

»Kann nicht klagen«, McLanahan lächelte. »Das heißt, natürlich kann ich ... Dieser Colonel Anderson scheint ja ein

Kotzbrocken der Sonderklasse zu sein. Ich würde am liebsten ihn abwerfen, statt so einer armen *Striker*-Bombe.«

»Warten Sie's ab, vielleicht bekommen Sie die Chance«, sagte Wendy. Auch sie lächelte jetzt. »Nur werden Sie dafür wohl keinen Pokal kriegen, oder?«

»Wahrscheinlich nicht.« McLanahan scharrte verlegen mit den Füßen und wußte nicht, was er als nächstes sagen sollte. »Warum haben Sie mir denn neulich nicht verraten, was für ein Schachtelteufelchen von *EW-Operator* Sie in Wirklichkeit sind?« fragte er sie schließlich. »Ich dachte, Sie sind irgend so eine Techniker-Tante.«

»Sie haben mich ja nicht gefragt. Außerdem hatten Sie doch gerade zu tun, mit Ihrem Bad im Glanz des Ruhms fertigzuwerden. Mir schien nicht, daß Sie an meiner Geschichte sonderlich interessiert seien.«

»Aber natürlich«, entgegnete McLanahan und merkte, daß er vielleicht ein wenig zu viel Emphase in diese Bemerkung gelegt hatte. »Ich meine … selbstverständlich war ich daran interessiert.« Gott, was rede ich denn für einen Mist, dachte er.

Wendy begann in Richtung der Frauenbaracken zu gehen. McLanahan setzte sich automatisch ebenfalls in Bewegung. »Übrigens«, sagte er, »Ihre ECM-Geschichte, das müssen Sie mir erklären. Das habe ich im ganzen Handbuch am wenigsten kapiert. Ich glaube, ich brauche da wirklich ein paar Experten-Nachhilfestunden. Heute abend …«

Wendy blieb ein paar Meter vor ihrer Baracke stehen und verschränkte die Arme über der Brust. »Heute abend?«

»Wenn es Ihnen nicht zu viele Umstände macht«, fügte McLanahan schnell hinzu.

Wendy Tork zögerte etwas, während sie ihn von unten her musterte. »Also meinetwegen. Heute abend ist der große Tag. Nach dem Abendessen.«

»Wunderbar.« McLanahan winkte ihr nach, als sie in der Baracke verschwand. Vielleicht ist das am Ende doch gar kein so dämlicher Einsatz, dachte er.

Vereinte Nationen

Ian McCaan, der Generalsekretär der Vereinten Nationen, hatte eben die Sitzung des Sicherheitsrates eröffnet, als sich Gregory Adams zu Wort meldete.

»Herr Generalsekretär, die Regierung der Vereinigten Staaten hat gewisse Informationen im Zusammenhang mit dem Vorfall erhalten, der in der Anklage gegen die Sowjetunion beschrieben ist. Ich habe Anweisung von meiner Regierung erhalten, dem Botschafter der Sowjetunion eine Erwiderung auf die Anklage zu erlauben, statt dem Sicherheitsrat das Beweismaterial vorzulegen.«

McCaan sah etwas verwirrt aus. »Soll ich das so verstehen, Botschafter Adams, daß Ihre Regierung die Klage gegen die Sowjetunion fallenläßt?«

»Erlauben Sie mir eine Erklärung, Herr Generalsekretär«, mischte sich nun Dmitri Karmarow ein. »Meine Regierung hat, seit diese Anschuldigung gegen uns zum ersten Mal in jener Sondersitzung erhoben wurde, eingehende Verhandlungen mit der amerikanischen Regierung geführt. Die Vorwürfe betreffen ein hochsensibles Forschungs- und Entwicklungszentrum in der Sowjetunion, über das meine Regierung nicht gerne diskutieren möchte, nicht einmal in einer nichtöffentlichen Sitzung des Sicherheitsrates. Aus diesem Grunde haben wir Schritte unternommen, um in direkte Gespräche mit den Vereinigten Staaten einzutreten.«

»Ich möchte klarstellen«, fügte Adams sofort hinzu und fixierte dabei Karmarow mit festem Blick, »daß die Klage gegen die Sowjetunion weiterhin aufrechterhalten bleibt. Ich bin jederzeit bereit, diesem Forum meine Beweise gegen die Sowjetunion vorzulegen.«

»Das, Botschafter Adams, bleibt Ihnen unbenommen«, sagte

Karmarow. »Als Teil der Vereinbarung zwischen unseren Regierungen möchte ich jedoch die folgende Erklärung abgeben:

Die Regierung der Sowjetunion gibt als Erwiderung auf die von der Regierung der Vereinigten Staaten gegen sie vorgebrachten Beschuldigungen vor dem Sicherheitsrat der Vereinten Nationen die Erklärung *nolo contendere* ab. Die Sowjetunion bestätigt ungeachtet unzureichender Beweise, daß die Aktivitäten in der Forschungsanlage Kawaschnija eine Situation verursacht haben könnten, aus der sich möglicherweise bestimmte Schwierigkeiten unbekannten Grades für ein amerikanisches Flugzeug nichtidentifizierten Typs ergeben haben. Es ist nicht mit Sicherheit bekannt, ob diese Schwierigkeiten am Ende sogar zum Verlust dieses Flugzeuges führten.

Die Regierung der Vereinigten Staaten räumt ein, daß ihr Aufklärungsflugzeug RC-135 sich zum in Frage stehenden Zeitpunkt innerhalb des sowjetischen Sicherheitsraumes aufhielt«, fuhr Karmarow fort, »ohne sich ordnungsgemäß identifiziert zu haben, ohne ordnungsgemäß vorgelegten Flugplan und ohne Zustimmung irgendeiner dafür zuständigen sowjetischen Behörde. Die Vereinigten Staaten haben zwar nicht eingeräumt, daß das Flugzeug sich auf einem Spionageeinsatz befand, den meine Regierung verurteilen würde, aber –«

»– aber das bedeutet keinerlei –« unterbrach ihn Adams.

»Ich war im Begriff zu sagen«, redete Karmarow unbeirrt weiter und hob seine Stimme, »daß die entsprechenden militärischen Überwachungsstellen nicht die für einen solchen Fall des Eindringens vorgesehenen Maßnahmen ergriffen, allerdings auch nicht das Flugzeug davor warnten, daß eine unveränderte Fortsetzung des Fluges in diesem Gebiet schwerwiegende Konsequenzen zur Folge haben könnte.

Im Sinne der friedlichen Koexistenz und der internationalen Harmonie hat die Regierung der Sowjetunion deshalb zugestimmt, sich an der Untersuchung über die genauen Ursachen des Verlustes des amerikanischen Spionageflugzeuges zu beteiligen. Als Gegenleistung haben die Vereinigten Staaten sich bereit erklärt, keine Einwendungen dagegen zu erheben, daß sich die Sowjetunion hier als von der Klage nicht betroffen erklärt, bis die Untersuchungen abgeschlossen sind. Was die Themen des freien Luftverkehrs und der möglichen Nachlässigkeit sowjetischen Militärpersonals betrifft, beantragen wir, der Sicherheitsrat möge sie zurückstellen, bis die vollständige Auswertung und Beurteilung aller Aufzeichnungen und Meldungen der Überprüfungsstellen abgeschlossen ist.«

Karmarow beugte sich über seine Papiere und las mit schneller und unbeteiligter Stimme vor: »Die Sowjetunion drückt den Angehörigen der vermutlich ums Leben Gekommenen ihre Anteilnahme aus. Wir versichern den Betroffenen, daß wir alles in unserer Macht Stehende tun werden, um den Fall völlig aufzuklären. Vielen Dank.«

Der russische Übersetzer kam mit dem Übersetzen der letzten heruntergerasselten Sätze Karmarows kaum noch nach. Dieser legte sein Blatt weg und sah auf die versammelten Delegierten.

Botschafter Braunmüller, der Delegierte der DDR, stand auf und streckte Karmarow seine Hand entgegen. »Diese Erklärung, Genosse Botschafter«, sagte er, »war eindrucksvoll. Die Sowjetunion ist für ihre Bereitschaft, an dieser Untersuchung teilzunehmen, und ebenso für ihre Offenheit zu beglückwünschen.«

»Sie hat nichts zugegeben«, sagte Adams, aber Braunmüller übertönte ihn mit erhobener Stimme. »Herr Generalsekretär, ich beantrage, daß ein endgültiger Beschluß bis zum Vorliegen der endgültigen Ergebnisse der Untersuchung zurückgestellt wird.«

»Ich stimme dem zu«, rief ein anderer Delegierter.

»Auch ich«, sagte McCaan, »bin beeindruckt und ermutigt von dem Geist der Zusammenarbeit, den die Sowjetunion hier demonstriert hat. Ich bitte um Abstimmung.«

Adams enthielt sich der Stimme. Ansonsten war das Abstimmungsergebnis, wie er nicht anders erwartet hatte, einstimmig.

»Nemine contradicente«, verkündete McCaan. »Es wird zu Protokoll genommen, daß Einstimmigkeit vorliegt. Die Erklärung *nolo contendere* wird offiziell zur Kenntnis genommen. Die Angelegenheit ist hiermit auf unbestimmte Zeit vertagt. Die Regierung der Vereinigten Staaten wird vom Sicherheitsrat der Vereinten Nationen aufgefordert, den von der Sowjetunion demonstrierten Geist der Zusammenarbeit – indem sie sich an der Untersuchung des Flugzeugunglücks beteiligen will – zu respektieren und keine Vergeltungsmaßnahmen zu ergreifen oder auf sonstige Art und Weise Restriktionen oder Sanktionen gegen die Sowjetunion wegen dieses Vorfalls auszuüben.«

»TRAUMLAND«

Sie flogen dreihundert Fuß über der Hochwüste und den Bergketten Nevadas. McLanahan beobachtete den Radarschirm, der sich im TTG-Modus befand: *Target Tracking and Guidance*, Zielsuche und Ansteuerung. Er suchte nach angreifenden Jägern. Wenn er irgendwelche Jagdflugzeuge wahrnähme, würde er sie markieren und Campos die Zielverfolgungsmeldung übermitteln. Der Computer würde daraufhin Entfernung, Azimut, Höhe, Richtung und Luftgeschwindigkeit in die Scorpion-Luft-Luft-Raketen einspeisen, und diese würden dann garantiert treffen.

Aber auf dem Schirm zeigte sich nichts, und das schon eine ganze Weile. Auch Wendy Tork auf dem EW-Platz hatte »keinerlei Radarsignale von Flugobjekten« melden können. McLanahan verspürte trotzdem ein kaltes, unangenehmes Prickeln im Genick. Die Berge waren verdammt nahe.

Er sah auf seine Karte. Einige der höchsten Bergketten Süd-Nevadas standen direkt vor ihrer Nase, und er fühlte sich unbehaglich dabei, daß er sie nicht mit Radar kontrollieren konnte, auch wenn das automatische System zur Vermeidung von Bodenberührung sich als zuverlässig erwiesen hatte.

Zum Teufel mit den Jägern, dachte McLanahan. Wenn das Flugzeug gegen einen Berg rast, spielt kein Jäger mehr eine Rolle.

Er drückte auf einen Knopf und dachte über die Diskrepanz nach: Ausrüstung aus dem 21. Jahrhundert in einem alten Zweihundert-Tonnen-Bomber. Der leere Radarschirm, auf dem nur der Strahl gekreist war, veränderte sich und zeigte jetzt das gesamte Bodenbild unter dem *Old Dog* in dreißig Meilen Umkreis. Das Flugzeug fiel und stieg automatisch. Ein Ring von Satelliten und eine winzige »Spiel-Kassette« mit den Bodenerhebungen des Terrains führten es dabei. Stets waren die Berechnungen und Leitstrahlen so orientiert, daß sie das Flugzeug gleichmäßig so dicht wie möglich über dem Boden hielten. Die Satelliten standen auf ihren geosynchronen Umlaufbahnen dreiundzwanzigtausend Meilen über der Erde und zeigten ihnen dennoch jederzeit exakt an, wo sie sich befanden. Das Trägheitsnavigationssystem sagte ihnen, wohin sie flogen, und der ROM-Computer – *Reading Only Memory*, Speicherinformationsabrufer – mit seinen Daten über die Bodenbeschaffenheit informierte sie ständig über das Terrain unter ihnen.

Ein Computer speiste dies alles in den Autopiloten ein, der wiederum den *Old Dog* – ein blödsinniger Name, dachte McLanahan – steigen oder sinken ließ, und zwar rechtzeitig genug, damit das Flugzeug stets mit einer Toleranz von allenfalls einigen Fuß die gleiche gewünschte und vorbestimmte Höhe über Grund einhielt. Ganz einfach.

Abgesehen davon, daß es nicht funktionierte.

Sein Schirm mit dem Bodenbild war fast leer, aber aus einem völlig anderen Grund. Vor ihnen lag ein fünf Meilen langer Bergzug, dessen Baumgrenze sich noch immer siebenhundert Fuß *über* der Flughöhe des *Old Dog* befand. Der Bergzug warf einen harten Schatten, als sei der Radarstrahl ein Scheinwerfer, der von einer näherkommenden Mauer abgeblockt würde.

McLanahan war klar, daß sie, wenn der Schatten noch stärker statt schwächer wurde, unweigerlich in die Bergwand hineinrasten. Bei etwa siebenhundert Fuß pro Sekunde würde sich der Bomber dann selbst nach oben und über die Gratlinie katapultieren. Und dann würden seine Trümmer in einem Umkreis von zwanzig oder dreißig Meilen herabregnen ... Die Radarhöhenmesseranzeige auf dem Monitor blinkte als Warnung, daß sich das Flugzeug unterhalb der vorgesehenen Flughöhe befand.

McLanahan blickte auf die Fluginstrumente. Der Vertikalgeschwindigkeitsanzeiger zeigte Steigung an, aber es sah nicht nach einem kräftigen Hochziehen aus. Der Bergzug war kaum noch drei Meilen entfernt, und der Schatten auf dem Radarschirm überdeckte mittlerweile schon alles andere.

»Hohes Terrain, drei Meilen«, gab er über Bordtelefon durch.

»Keine TTG-Signale mehr, Navigator«, meldete Campos.

McLanahan blickte rasch auf die Merkzettel, die er sich am Abend zuvor an die Karte geheftet hatte. »Höhe elftausend Fuß«, sagte er. »Schirm leer. Keine Zeichnung. Blinkender Radarhöhenmesser.«

Der Computer für Bodenabstand war nicht darauf programmiert, allen Konturen der Hügel, Berge und Täler der Umgebung zu folgen, wie es für die B-1-Excalibur oder für die FB-111 vorgesehen war. Die B-52 hatte dafür nicht genug Energie. Das Bodenabstandssystem sondierte nur das Gelände direkt vor dem Flugkurs des Flugzeugs und bestimmte danach die sichere Höhe über Grund, und zwar so nahe wie möglich an der vorgesehenen Flughöhe. Bei der Annäherung an eine Erhebung sollte die Höhe nicht unter der vorbestimmten liegen, sondern natürlich darüber. Erheblich darüber. Und der *Old Dog* sollte auch erheblich rascher steigen ...

»Hallo, Pilot, gehen Sie hoch!« befahl McLanahan. Das VVI stieg plötzlich sprunghaft und verdreifachte seine Steigrate nahezu, die Beschleunigungshebel wurden auf vollen Einsatzschub gedrückt. Dafür aber sank die Luftgeschwindigkeit rasant ab. Der *Old Dog* hatte sich Höhe für viel Geschwindigkeit erkauft und kroch nun fast himmelwärts.

Der Radarschirm war leer. Die Bergkette war kaum noch eine Meile von der Flugzeugnase entfernt... acht Sekunden vor dem Aufprall...

Der Radarhöhenmesser zeigte weniger als hundert Fuß an, als der *Old Dog* sich gerade noch über die Berggipfel quälte, nahe an der absoluten Untergrenze der Sicherheitsgeschwindigkeit. Das automatische Flugkontrollsystem befahl sofort »Nase nach unten«, als der Bergkamm hinter ihnen lag. McLanahan hielt den Atem noch so lange an, bis die bei dem Notaufstieg verlorenen zweihundert Knoten wieder aufgeholt waren und sie wieder normale Höhe über dem Boden hatten.

»Bodenabstand sicher für fünfzehn Meilen«, meldete er.

»Bodenposition halten«, gab Colonel Anderson über das Bordtelefon durch. Die Digitalanzeigen und Radarbilder auf dem Schirm froren ein. McLanahan lehnte sich im Schleudersitz zurück und wischte sich den Schweiß von der Stirn und von den feuchten Händen.

»Was, zum Teufel, war das, McLanahan?« rief Anderson durch die Bordsprechanlage. McLanahan drehte die Lautstärke in richtiger Vorahnung weiterer Ausbrüche zurück. Harold Briggs im neu eingebauten zweiten Navigatorsitz neben McLanahan nahm seinen Kopfhörer gleich ganz ab.

»Wie meinten Sie, Sir?«

»Diese ganzen verdammten Durchsagen! Boden hier, Boden da, steigen Sie hoch! Das geht Sie doch nichts an!«

»Was soll das heißen, das geht mich nichts an, Sir? Meine allererste Verantwortung ist, das Flugzeug nicht in den Sand zu setzen.«

Harold Briggs machte eine unanständige Geste in die Richtung von Anderson. Das glaubte er sicher riskieren zu können, denn immerhin waren Anderson und Ormack zweihundert Meilen entfernt, in einem B-52-Simulator, und hingen nur elektronisch an der Computersimulation an Bord des *Old Dog*. Auch Wendy Tork saß nicht wirklich im Flugzeug, sondern zwanzig Meilen entfernt von Anderson an einem Forschungs-Computerterminal, ebenfalls an dem gleichen Übungsflug beteiligt. Campos und Mrs. Pereira wiederum saßen an einer Waffenkontroll-Instrumententafel irgendwo anders in »Traumland«, ihrerseits zur Testüberwachung per Computer mit dem *Old Dog* verbunden, in dem allein Briggs und McLanahan saßen – allerdings nicht wirklich in der Luft. Die Maschine stand nach wie vor in ihrem Hangar in Groom Lake, befand sich aber im Augenblick mitten in der vollsimulierten Aktion des Flugszenarios.

»Wir haben einen Computer für viele Millionen Dollar, McLanahan«, sagte Anderson, »der alles schneller, leichter und besser kann als Sie! Zu welchem Zweck trompeten Sie hier Bodenhöhen und ähnliches Zeug heraus, wenn ich, falls mich dieses unwichtige Stückchen Information interessieren sollte, es mir jeden Augenblick auf den Schirm holen kann? Und ich habe doch wohl selbst Augen im Kopf, um den blöden Radarhöhenmesser blinken zu sehen. Ein für allemal, lassen Sie diesen überflüssigen Wortmüll.«

»Ich habe Sie nur auf die Tatsache aufmerksam gemacht, Sir«, erwiderte McLanahan, »daß wir fünfzig Fuß niedriger waren als wir nach der gottverdammten einprogrammierten Höhe über Grund sein sollten. Hätte das System richtig gearbeitet, hätten wir schon drei Meilen vorher mit dem Steigen beginnen müssen, um mit zweihundert Fuß Höhe über Grund über den Bergkamm zu kommen. Tatsächlich hatten wir aber kaum noch ausreichend Geschwindigkeit, um überhaupt und gerade eben mit hundert Fuß über Grund über den Berg hinwegzukrabbeln, und danach fielen wir fast runter wie ein Stein. Der Radarhöhenmesser sollte überhaupt niemals blinken, und schon gar nicht so nahe vor einem Berg.«

Anderson hatte darauf nichts zu erwidern, aber jemand anderer schaltete sich in die Leitung.

»Entschuldigen Sie, Captain.« Campos Stimme klang hohl und metallisch über die Sicherheitsdaten-Übermittlungsleitung. »Aber verstehen Sie bitte unsere Situation hier. Im

Augenblick haben Sie zwei Angreifer vor Ihrer Nase, gerade innerhalb der Radarreichweite. Die *Scorpion*-Raketen können zwar bei den ersten Gefahrsignalen abgeschossen werden, aber ohne Daten über Reichweite, Höhe und Zielfindung sind die Chancen für einen Treffer aus großer Entferung gering. Wir stützen uns für die Lenkung der *Scorpions* auf das Hauptradar.«

»Und außerdem«, fügte Colonel Ormack hinzu, »ist dies nur ein Übungsflug. Die Höhendaten in diesem Simulations-flug sind nicht so exakt festgelegt wie für einen echten Ernst-fallflug. Wir versuchen mit den *Abläufen* vertraut zu werden und klar zu kommen, McLanahan. Und solange wir nicht im Zielgebiet sind, sind Sie auch für die Hilfe bei der Lenkung der Defensivraketen zuständig. Lassen Sie die Computer dafür sorgen, daß wir nicht in den Dreck sausen.«

McLanahan rieb sich die Augen und seufzte aus tiefster Brust.

»Das ist eine solche Scheiße, das alles«, sagte er zu Briggs.

»Bleiben Sie ruhig, Sportsfreund. Dies hier ist Ihre Show, und die anderen wissen das alle ganz genau.«

»O ja«, knurrte McLanahan, »und wie. Ich bin hier doch nichts weiter als ein Passagier. Ein Fremdkörper.«

»Sie meinen wohl eher toter Ballast«, grinste Briggs.

»Vielen Dank für die Klarstellung.«

»Okay«, schaltete sich jetzt Anderson wieder bei seiner weitverstreuten Besatzung ein. »Wir gehen fünf Minuten zu-rück und wiederholen das noch einmal. Und, McLanahan, achten Sie diesmal auf die verdammten Jäger! Und zwar ehe die uns entdecken!«

McLanahan rief den vorprogrammierten Flugplan und die Flugrouten noch einmal ab und beobachtete, wie die augen-blicklichen Koordinaten langsam zu der Position vor dem Be-ginn des Niedrigflugabschnittes zurückrollten.

»Wollen Sie mal sehen, wie eine schöne Bodenkollision aus-sieht, Hal?« sagte er. »Schauen Sie auf den Schirm!«

»Ich hab's gesehen«, erklang eine Stimme hinter ihnen. McLanahan fuhr herum. Hinten im Dunkel der Navigatorenkabine auf dem Platz für den Navigator-Instrukteur saß General Elliott, der sich Notizen machte und den Gesprächen über das Bordtelefon zuhörte.

»Hallo, General Alptraum«, rief McLanahan. »Wie finden Sie uns denn?«

»Patrick«, erwiderte Elliott, »ich will Andersons Autorität nicht untergraben. Er ist ein hervorragender Pilot und wirklich ein Gewinn für das Projekt. Aber folgen Sie trotzdem Ihrem eigenen Instinkt und Ihrem eigenen Training. Alle außer Ihnen vertrauen dem ganzen Instrumentenzeug hier blindlings, weil sie es nicht besser wissen. Sowohl Anderson als auch Ormack sahen die Bodenwarnsignale im Cockpit, und beide haben sie ignoriert. Halten *Sie* wenigstens die Augen offen – nach dem Boden und nach Jägern.«

Der General machte eine kleine Pause. Er wog seine Worte vorsichtig ab, als er weitersprach. »Ich habe Sie bei Ihrer Arbeit beobachtet, Patrick. Sie scheinen es zu spüren, wenn Gefahr droht. Noch ehe die Warninstrumente reagieren. Sie gehen in den TTG-Modus, noch ehe Wendy Ihnen sagt, daß Jäger da sind, und Sie gehen in den Karten-Modus und rufen gerade noch rechtzeitig Bodennähe aus, wenn vorne ein Berg auftaucht, ehe es zu einer Kollision kommt.«

»Danke für die Ermutigung, General«, sagte McLanahan. »Mein sechster Sinn, oder was es ist, rät mir allerdings, aus diesem Projekt auszusteigen, ehe uns der Katastrophen-Colonel mitten über Las Vegas abschmieren läßt.«

»Vielleicht ein andermal, Patrick«, erwiderte der General darauf. »Wenn überhaupt.« Er schaltete auf Bordfunk. »Colonel Anderson, hier ist General Elliott. Wir machen Schluß für heute. Ich habe mit Ihnen allen zu reden. Wir treffen uns im Projektzentrum, sobald wie möglich.«

»Ja, Sir. Colonel Ormack und ich werden in zwei Stunden da sein. Ich will das ganze Team versammelt haben, wenn wir ankommen.«

Die übrigen Besatzungsmitglieder bestätigten Andersons Anweisung und dann war die Sprech-Data-Leitung tot.

»Was ist, General?« fragte Briggs. Elliott sah besorgt und blaß aus in dem schwachen roten Licht der Kabine im Unterdeck. McLanahan war aus irgendeinem Grund plötzlich sehr ruhig und ernst. Der General zog die Brauen etwas hoch, ehe er langsam sagte:

»Ihr seid auf Eis gelegt, Patrick«, sagte Elliott. »Man hat mir mitgeteilt, daß das Projekt *Old Dog* zurückgestellt worden ist.«

»Das bedeutet —«

»Es bedeutet leider nicht, daß Sie nach Hause können«, unterbrach ihn Elliott. »Es ist mir gelungen, Ihre Abkommandierung hierher nach ›Traumland‹ zu verlängern. Bedauerlicherweise kann ich für die Zivilisten nicht das gleiche tun. Es wird also wieder sehr ruhig hier werden. Aber, nennen wir das ganze einfach eine Verzögerung. Man braucht den *Old Dog* einfach nicht mehr so dringend wie vorher. Das wird uns allerdings nicht hindern weiterzumachen, das versichere ich Ihnen.«

McLanahan machte ein skeptisches Gesicht.

»Tut mir leid, mein Freund«, fuhr Elliott fort, »aber genauer kann ich es Ihnen nicht erklären. Kommen Sie, gehen wir einen trinken, ehe Anderson und die anderen eintreffen.«

»Das brauchen Sie mir nicht zweimal zu sagen«, grinste Briggs freudig.

»Ich meinte McLanahan«, sagte Elliott.

Eine einsame Gestalt kauerte an einem Stahlmast des heftig schaukelnden Decks eines fünfunddreißig Meter langen Fischerbootes, das in der rauhen nordpazifischen See hin und her geworfen wurde. Der Mann, der gleich mehrere pelzgefütterte Jacken unter seinem Ölzeug trug, stemmte sich ein und versuchte das Eis von einer großen Winde am Mast zu klopfen. Die Arbeitsfäustlinge an seinen Händen waren mit frierendem Eisregen und Eisklumpen bedeckt. Nur die dicke Lederschlaufe am Griff verhinderte, daß ihm der Gummihammer, den er zum Eisklopfen benutzte, entglitt und über Bord ins Meer flog.

Wieder krachte ein Brecher gegen das Boot und spritzte über das Deck. Noch im Sprühen gefroren die kleineren Tropfen und trafen wie spitze Nadeln auf die Gesichtsmaske des Mannes. Manche drangen hindurch und stachen in seine Wangen. Er brauchte mittlerweile keine Sorgen mehr zu haben, auf dem glitschigen Deck auszurutschen, denn seine Gummistiefel waren buchstäblich auf dem Deck angefroren.

Ein dumpfes Dröhnen durchdrang das Heulen des Windes und der Wellen. Er klammerte sich mit der rechten Hand noch fester an den Mast und sah zögernd auf das tobende Meer hinaus. Der beißende Sturm schmerzte in den Augen. Er blinzelte in den Eisregen und suchte den Horizont ab, um die Ursache des lauter werdenden und sich nähernden Dröhnens zu entdecken.

Und da war sie. Sie stieß wie ein gewaltiger Vogel auf Beutejagd steil aus den sich ballenden Wolken und den fast horizontalen Schichten von Eisregen herab. Dann fing sie sich im Sturz ab, scheinbar nur noch wenige Meter über dem aufgewühlten eisigen Wasser, und kam direkt auf das Fischerboot zugeflogen.

Der Mann ließ den Eishammer los, griff in die Tasche seines Ölzeugs und holte ein kleines Walkie-talkie hervor. Er wandte sich aus der Windrichtung und von dem heranfliegenden Raubvogel ab, beugte sich etwas nach unten, hob seine Skimaske an und drückte auf die Sprechtaste.

»Hallo, Brücke. Marceaux. Hier kommt er, der ›Bär‹, voll auf dem Leitstrahl.« Aus dem Lautsprecher kam eine dünne schwache Stimme. Er konnte nichts verstehen. Egal. Sie hatten ihn jedenfalls gehört. Ohne Maske konnte er es ohnehin keine Sekunde länger aushalten. Er schob das Sprechfunkgerät zurück in die Tasche und wandte sich wieder um, um das Flugzeug weiter zu beobachten.

Es war ein russischer »Bär«-Bomber, einer von mehreren, die in den letzten Tagen das Fischerboot angeflogen hatten. Dieser hier hatte den Mumm – oder er hatte sich so verschätzt –, sogar die sülzige Wolkendecke zu unterfliegen und so eine direkte Sichtidentifizierung durch das Schiff zu riskieren.

Er bot einen wirklich imposanten Anblick. Besonders die Turbotriebwerke. Unter jeder der gewaltigen Tragflächen hingen zwei massive, plumpe Motoren, jeder mit zwei großen Vierblattpropellern; für ein so großes Flugzeug ein recht ungewöhnlicher Anblick. Die Propeller machten den Bomber ungewöhnlich leise. Selbst bei dieser schlechten Sicht waren die großen roten Sterne unter den Tragflächen klar und deutlich erkennbar. Dieser »Bär« hier hatte zudem noch zwei Radarnasen unter seinen Treibstofftanks, was ihn als Spezialanfertigung für die Seeaufklärung kenntlich machte. Die zweite Auffälligkeit war der Zusatz von zwei Trägerpylonen unter jeder Tragfläche, jede bestückt mit sechs Raketen vom Typ AS-12 zum Einsatz gegen Wasserfahrzeuge – direkte Kopien der *Harpoon* der US-Navy.

So viele bräuchte er gar nicht, dachte Marceaux sarkastisch. Eine einzige würde vollauf ausreichen, unseren Pott hier auf den Meeresgrund zu schicken.

Der »Bär« überflog die *U.S.S. Lawrence* direkt – eine klare Verletzung des internationalen Seerechts; und eine unmißverständliche Warnung an das Schiff. Seine Größe ließ ihn viel näher erscheinen, aber Marceaux schätzte, daß der Bomber tatsächlich wohl dreihundert Meter hoch über dem Schiff flog – das international erlaubte Minimum. Trotz der relativ ruhigen Turboprops schnitt das Dröhnen des Bombers im Überflug doch kräftig durch das Geheul des Sturmes. Es schien den Sturm vor sich herzutreiben und ihn noch zu verstärken.

»Cochon«, rief Marceaux, aber der Flugzeuglärm verschluckte diese Unfreundlichkeit mühelos. Gleich darauf stieg der Bomber hoch und verschwand wieder in den grauen Wolken. Marceaux wartete noch eine Weile, bis er sicher war, daß die Maschine endgültig verschwunden war, dann tappte er vorsichtig und langsam über das vereiste Deck bis zur Mittschiffluke und in die warme Geborgenheit unter Deck. Ganze Eisblätter fielen von seinem Ölzeug, als er die Jacke aufknöpfte und sie in einem Spind im Mannschaftsraum verstaute. Als er sich aus seinen Pelzjacken schälte, kam der Schiffsmaat vorbei und tippte ihm auf die Schulter.

»Intel«, sagte er, »alles stehen und liegen lassen.«

»Mann, ich bin halb erfroren. Ich war da oben –«

»Intel!« wiederholte der Maat hinter ihm. »Auf der verdammten Zwei.«

Marceaux ging mürrisch an der Kombüse und deren verlockendem Duft nach heißem Kaffee vorbei zum Laderaum.

Die Nachrichtenzentrale des als Fischerboot getarnten Aufklärers befand sich in dem einstigen Lade- und Fischverarbeitungsraum. Im vorderen Fünftel waren der Tarnung halber sogar noch immer Geräte und Werkzeuge zum Ausnehmen und Einfrieren von Fischen verblieben, auch wenn sie längst nicht mehr funktionierten. Im *Intelligence*-Bereich dagegen herrschte ein wahres Durcheinander von elektronischen Sensoren, Radios, Karten, Computern – und humorlosen Männern.

In der Tür kam ihm der Chef der Nachrichtenabteilung, Commander Markham, entgegen. Er hatte eine dampfende Tasse Kaffee in der Hand.

»Na, Marceaux?«

Markham konnte deutlich sehen, daß Marceaux mit seinen Gedanken woanders war. Er reichte dem alten Seemann den Kaffee. Marceaux stürzte das heiße Getränk in einem einzigen gierigen Schluck hinunter, und sein Mund stieß dampfende Atemwölkchen aus.

»So. Also, nun erzählen Sie mal. Und dann füllen Sie den Berichtsbogen über Feindkontakt aus.«

»*Merci*, Commander, ›Bär-F‹, Anti-Schiffs-Raketen, Zahlen waren keine auszumachen. Zwei Radarnasen, eine nach vorn, eine nach achtern. Beobachtungsstände mittbords und hinten. Ob bemannt, war jedoch nicht zu erkennen. Luke für K-7-Kamera im Rumpf unten offen. Auftankvorrichtung stark vereist. Nicht zu gebrauchen, würde ich sagen. Insgesamt zwölf AS-12-Raketen, je sechs pro Tragfläche. Möglicherweise Platz für je zwei weitere an jedem Trägerpylon. Bombenschacht zu, aber nicht verschlossen. Tragflächen voller Eis. Der Pilot hatte *très grands bouettes*, würde ich sagen.«

»Höhe? Geschwindigkeit?«

»Tausend Fuß. Er überflog unseren Bug. Geschwindigkeit zweihundert Knoten, Landeklappen nicht geöffnet. Er flog niedrig und langsam.«

»Er hat eine Warnung durchgegeben«, sagte Markham. »Wir seien zu nahe an der Insel Karanginskij.«

Marceaux zuckte mit den Schultern. »Dieser Warnung könnte er natürlich Nachdruck verleihen. *Definitivement*.«

»Seine AS-12 würden ins Meer fallen, wenn er sie abschießen würde«, meinte Markham auf dem Weg zu der kleinen Kombüse der Nachrichtenabteilung, um noch einmal Kaffee zu holen. »Er könnte uns natürlich auch seine Marine schicken, aber das bezweifle ich – bei diesem schlimmsten Sauwetter, das ich hier draußen je erlebt habe.«

»Kurvt er noch immer rum, Sir?« fragte Marceaux.

»Nein. Er ist eiligst auf Heimatkurs gegangen. Wahrscheinlich ist er schon ziemlich vereist. Wie Sie gesagt haben, er muß ohnehin schon Riesenmumm gehabt haben, um hier draußen in diesem Eisregen herumzusausen.«

»Meinen Sie, die haben uns erkannt?«

»Na klar. Sie haben uns schon vor Tagen als Spionageschiff ausgemacht«, sagte Markham und schenkte sich einen Becher Kaffee ein. »Aber wegen irgendwas sind sie besonders nervös. Einen ›Bär‹ so ein Risiko eingehen zu lassen . . . irgendwas ist los . . .«

Während sich auch Marceaux einen neuen Becher Kaffee eingoß, ging Markham hinüber zu den Bildschirmen eines der Radartechniker. Dieser beobachtete mehrere Oszillogramme vor sich.

Markhams Aufmerksamkeit richtete sich auf zwei Zehn-Inch-Signalbildschirme, vor denen ein grauhaariger Marine-Radartechniker saß. Markham sah ihm über die Schulter und nippte an seinem Kaffee. Die beiden Signale auf den Schirmen waren zwar völlig verschieden voneinander, bewegten sich aber synchron. Wurde eine der Kurven auf dem einen Schirm aktiv, dann tat es auch die andere. Blieb die eine stehen, dann stoppte auch die andere.

»Irgendeine Veränderung, Garrity?« fragte Markham.

Der Grauhaarige schüttelte den Kopf. »Sie stehen irgendwie miteinander in Verbindung, das ist klar.« Er reichte Markham einen Computerausdruck und deutete auf die linke Seite seiner beiden Bildschirme. »Das sind die kompletten Computer-Verifikationen. Frequenz, Zeit, Ablauf; kodiert und sendefertig. Kawaschnija wird stärker. Der hier –« er deutete auf den rechten Oszillographen – »ist nach wie vor schwach, aber perfekt synchron.«

»Identifizierung?«

Garrity drehte an einigen Knöpfen und lehnte sich dann zurück. »Mal ganz wild spekuliert«, sagte er, »eine Satelliten-Datenbrücke.«

»Ein Satellit?« Markham pfiff durch die Zähne. »Das Kawaschnija-Radar korrespondiert mit einem Satelliten?«

»Vielleicht auch mit zweien«, meinte Garrity. »Ich weiß, es ist ziemlich abwegig, aber ich sehe hier dauernd ein unterlegtes Datensignal in dieser Radarübermittlung von Kawaschnija.

Ganz leicht außerhalb der Synchronisation mit den beiden Signalen hier . . .«

»Und das bedeutet was?«

Garrity rieb sich die Augen. »Kawaschnija redet mit irgendwas. Nicht mit einem Radarsignal. Sondern mit einem Datensignal.«

»Was für Daten?« fragte Markham und versuchte, in dem, was der Mann ihm da erzählte, einen Sinn zu erkennen.

»Na ja, ich rate nur so ein bißchen«, sagte Garrity kopfschüttelnd. Er rieb sich noch einmal die Augen. »Könnten Steuersignale sein.«

Während Markham sich vorbeugte, um sich die Signale noch genauer anzusehen, deutete Garrity auf die Oszillogramme und erklärte: »Da und da. Kawaschnija. Und der Satellit Joe Blow. Ganz einfache Transponder-Code-Signale, Frage und Antwort. Das heißt, Azimut und Steigung . . .«

»Also Positionsdaten«, schloß Markham.

»Es müssen welche sein«, meinte Garrity. »Kawaschnija sagt Joe Blow, wo er ist, und umgekehrt. Aber dann sendet Kawaschnija diese merkwürdigen Spots.«

Garrity zeichnete einen Kreis auf ein Blatt eines Notizblocks und skizzierte, so gut er konnte, das Kawaschnija-Oszillogramm nach. »Genau hier. Es taucht regelmäßig auf.« Er zeichnete einen Schnörkel, der fast genau dem Kawaschnija-Signal entsprach, nur viel kleiner und mit leichter Frequenz-Formabweichung.

»Das Timing ist der kritische Punkt«, erklärte er. »Das Timing zwischen Kawaschnija und dem zweiten Teilnehmer ist klar. Aber Kawaschnija teilt auch noch jemand anderem irgend etwas mit. Und eben nicht nur Positionsdaten. Ich halte es für ein Steuersignal.«

»Und was steuert es?«

»Keine Ahnung«, erwiderte Garrity. »Ist zum ersten Mal, daß ich so was sehe. Genau gesagt, ich bin mir nicht mal sicher, ob ich es wirklich sehe. Ein Datensignal, das in eine Radarausstrahlung eingepackt ist?« Er schüttelte den Kopf.

»Ich habe jetzt achtzehn Stunden Dienst hinter mir. Kann leicht sein, daß ich schon Sternchen vor den Augen tanzen sehe.«

»Verschlüsseln Sie's«, forderte Markham ihn auf.

Garrity sah ihn verblüfft an. »Was verschlüsseln?«

»Genau das, was Sie mir eben erzählt haben«, sagte Markham. »Alles.«

»Mein Gott, ich habe phantasiert. Gesponnen«, wehrte Garrity ab. »Nur so eine Idee. Nichts als Spekulation. Es gibt ja überhaupt nichts Konkretes. Der Computer hat nicht eine einzige meiner Anfragen wegen der Richtung des zweiten Signals bestätigt.«

»Ganz egal«, bestand Markham. »Wir sollen ausdrücklich alles, was uns in der Gegend von Kawaschnija auffällt, melden. Und ich habe gehört, daß diese Aufforderung von sehr weit oben kommt. Verschlüsseln Sie es und schicken Sie's dem Alten zum Abzeichnen rauf. Und dann senden Sie es.«

»Ja, aber es ist doch nichts Konkretes«, protestierte Garrity. »Es ist nur eine Vermutung. Eine Meinung. Eine Spekulation. Nicht einmal eine sehr kompetente . . .«

»Hören Sie zu, Garrity«, sagte Markham, »es ist völlig klar, daß hier irgend etwas Seltsames vorgeht. Die Russen riskieren in diesem Eisregensturm einen Bomber, der fünfzig Millionen Rubel wert ist, nur um uns wegzuscheuchen. Und jetzt ist Kawaschnija aktiv . . .«

»Das ist es schon seit Tagen«, wandte Garrity ein.

»Und wieso haben Sie dann diese Nebendatensignale erst jetzt gesehen?«

Diese Frage konnte Garrity auch nicht beantworten.

»Hier geht etwas vor, und wir sitzen direkt obendrauf«, beharrte Markham. »Nein, nein. Verschlüsseln Sie genau das, was Sie mir erzählt haben, und senden Sie es.«

Garrity schüttelte störrisch den Kopf. »Okay, Sie sind der Boß. Aber muß *ich* meine Unterschrift druntersetzen? Damit sie sich totlachen über mich und mich aus der *Navy* schmeißen?«

»Kann aber auch leicht sein, daß sie Ihnen dafür eine verdammt dicke Medaille an die Brust heften«, sagte Markham. »Falls Sie recht haben.«

VANDENBURG, KALIFORNIEN, AIR FORCE STÜTZPUNKT

Eine Lokomotive mit grün-grauem Tarnanstrich stampfte um eine Kurve auf einem verlassenen Nebengleis. Sie zog einen Güterzug, der gut und gerne einen halben Kilometer lang war und aus großen, sechseckigen Wagen bestand. Der Zug fuhr gemächlich mit etwa dreißig Kilometer Geschwindigkeit pro Stunde.

In zwölf Kilometern Entfernung wurde zur gleichen Zeit eine Gruppe von Air-Force-Offizieren in einem unterirdischen Kontrollzentrum von einer Gruppe Zivilisten über den Test unterrichtet, der ablaufen sollte.

»Zentrale meldet fertig, Mr. Newcombe«, sagte einer der Techniker.

Newcombe, der Leiter der zivilen Delegation, nickte. »Sagen Sie ihnen, sie sollen sich bereithalten. General Taylor, meine Herren, die Zentrale hat soeben Bereitschaft gemeldet. Alle Air-Force-Suchstationen zwischen hier und Guam sind bereit für den ersten Teststart unter Ernstfallbedingungen von Amerikas neuester strategischer Waffe, der GLM 123 *Javelin*, einem kleinen, mobilen, ballistischen Interkontinental-Flugkörper. Die Presse hat ihn inzwischen auf den Namen *Midgetman* getauft.«

Newcombes Blick wanderte von einem Gesicht zum anderen. »Nun, was kann ich Ihnen schon dazu sagen, das Sie nicht bereits wüßten?« Taylor schüttelte lächelnd den Kopf. Er zündete sich seine Briarpfeife an. Mit den hier anwesenden Air-Force-Generälen hatte er seit Jahren zusammengearbeitet. Für sie alle war Major-General Taylor, der Chef der Abteilung Strategische Entwicklung, Luftraumsysteme, beim *Air Force Logistics Command*, ein alter Freund. Dieser Test, dessen Erfolg für jedermann feststand und der nur noch als reine Formalität angesehen wurde, würde mit Sicherheit Taylor seinen dritten Stern und auch eine weitere Beförderung bringen. Niemand konnte daran zweifeln, daß auch Ed Newcombe seine neue Position als erster Vizepräsident des Hauptlieferanten der Javelin in der Tasche hatte.

»Der Zug, der die Teststrecke umfährt, ist typisch für die übliche Transportart der Javelin«, begann Newcombe seine Ausführungen. »Er besteht aus insgesamt sechs Teilen – Lok, zwei Raketenwaggons, zwei Sicherheitswaggons und dem Waggon für das Startkommando und das Kontrollzentrum. Jede einzelne rollende Einheit ist supergehärtet gegen EMP, also – für Neulinge, die damit noch nicht vertraut sind – gegen den Elektromagnetischen Pulsareffekt, der durch nahe nukleare Explosionen verursacht wird.«

»Beunruhigen Sie die neuen, im Abrüstungsabkommen vorgesehenen Beschränkungen nicht, Ed?« fragte einer von General Taylors Adjutanten. »Die Javelin wäre immerhin die erste, für die dann die Forschungs- und Entwicklungsmittel gestrichen würden.«

»Selbstverständlich sind wir alle am Weltfrieden interessiert«, erwiderte Newcombe. »Der Abrüstungsvertrag wäre ganz zweifellos ein großer Durchbruch. Aber ich glaube doch, daß es dessenungeachtet unerläßlich ist, die ernsthafte Forschung und Entwicklung fortzusetzen. Und dies hier stellt einen neuen Höhepunkt solcher Tests dar. Es ist die Geburt einer neuen Art strategischer Waffe für die Vereinigten Staaten.«

Er fuhr fort: »Die Javelin ist die leistungsfähigste Waffe ihrer Art in der Welt. Der für heute vorgesehene Gleisstart-Test demonstriert nur eine ihrer möglichen Einsatzarten. Wir haben auch schon andere getestet, die Sie kaum glauben werden.

Die Javelin ist klein genug, um von einem Transportflugzeug in die Höhe gebracht zu werden, beispielsweise von einer C-5B oder selbst einer umgebauten Boeing 747, von wo aus sie mit einem Fallschirm abgeworfen werden und dann erfolgreich in der Luft gezündet werden kann. Es ist kein Startsilo nötig, kein Start-Fahrzeug oder U-Boot. Wir haben auch schon eine Javelin vom Deck eines Zerstörers der Marine einfach ins Wasser gerollt. Dort stellte sie sich schwimmend in perfekte vertikale Startposition auf und konnte durch Fernzündung erfolgreich gestartet werden.

Ihr Potential ist praktisch unbegrenzt. Und die Javelin hat einen bedeutenden Vorteil vor anderen kleinen taktischen oder strategischen nuklearen Flugkörpern: Obwohl sie klein ist, kann sie drei Sprengköpfe tragen, nicht nur einen oder zwei.«

General Taylor begleitete die Ausführungen Newcombes mit interessiertem Nicken. Er arbeitete im Geiste bereits intensiv an seinem vierten Stern.

Newcombe begab sich zu einer Karte der Gleisanlagen der Air-Force-Base Vandenburg. »Die Javelin-Rakete ist erst ein paar Stunden auf den Gleisen von Vandenburg unterwegs. Wir werden jetzt gleich demonstrieren, daß es möglich ist, sie innerhalb von sechzig Sekunden nach dem Startbefehl abzuschießen.

Wir haben in der Test-Mannschaft durchsickern lassen, der Test sei für irgendwann heute nachmittag vorgesehen. Die Mannschaft ist völlig isoliert und hat keine Ahnung, daß wir die Absicht haben, das Unternehmen schon jetzt zu starten.

Sobald der Befehl kommt, hält der Zug, wo er gerade ist. Eine Ringlaser-Gyro-Navigationsanlage, die rund um die Uhr in Betrieb ist, speist sofort die aktuelle Position und die Gyro-Koordinaten in das Leitsystem der Rakete ein. Bis die Rakete dann startbereit ist, hat der Raketenheber den Flugkörper in die senkrechte Abschußposition aufgerichtet, und die Besatzung hat den Präsidentenbefehl zum Abschuß verifiziert und die entsprechenden Codes und Bestätigungen eingegeben.«

Newcombe warf einen Blick auf die Kontrollwand und dann auf die Karte. »General, die Besatzung ist im Moment genau . . . hier.« Er zeigte die Stelle auf der Karte. »Das ist zwölf Kilometer südlich von unserer Position hier. Wenn Sie den Abschußbefehl durchgegeben haben, müßten wir den Abschuß selbst sogar sehen können.«

General Taylor trat vor und blickte auf seine Uhr. »Punkt zehn Uhr«, sagte er. »Also dann.« Newcombe geleitete ihn zu einem großen roten Knopf, der sich auf einer Box an der Hauptkontrollwand befand. Der General drückte auf den Knopf, und Newcombe setzte gleichzeitig eine Uhr in Gang.

»Meine Herren, wenn Sie mir folgen wollen«, sagte der General und ging voraus. Sie verließen den Kontrollraum und begaben sich hinaus auf einen breiten Sanddünenstreifen mit strauchartigem Bewuchs. Newcombe deutete nach Westen.

»Das Kommando, das General Taylor auslöste«, erläuterte er, »hat sowohl die Test-Mannschaft wie auch alle Beobachtungs- und Fernmeßstationen in Alarm versetzt. Der Rest ist einfach. Während der Zug ausrollt und zum Stehen kommt, öffnen sich die Türen der Wagen, und der Raketenbehälter richtet sich senkrecht auf. Inzwischen entschlüsselt und verifiziert die Besatzung die Authentizität des Abschußbefehls. Alle Vorbereitungsvorgänge der Rakete selbst laufen vollautomatisch ab. Sobald der Befehl bestätigt ist und die Startschlüssel stecken, ist die Rakete effektiv startbereit.«

Newcombe sah auf seine Uhr. Es waren bereits fünfundsiebzig Sekunden vergangen. Er blickte seine Zuschauer etwas unsicher an. »Nun, ich sagte Ihnen ja, es war ein echter Überraschungs-Startalarm . . .«

Im gleichen Moment rollte ein Donner über die Dünen. Die Beobachter starrten nach Süden.

Von der Rakete selbst war nichts zu sehen. Nur ein dünner schwarzer Rauchstreifen stieg auf. Dafür war der etwa achthundert Meter lange Feuerschweif in zwölf Kilometer Entfernung deutlich zu erkennen. Die Feuersäule stieg mit unglaublicher Geschwindigkeit immer schneller in die Höhe.

»Mit ein paar Sekunden Verzögerung, Herrschaften«, sagte Newcombe, während der gewaltige Donner langsam verebbte. »Aber auch so ganz schön spektakulär, wie?«

»Ganz erstaunlich«, sagte General Taylor. »Eine Interkontinental-Rakete mit achttausend Meilen Reichweite, und ist in etwas mehr als sechzig Sekunden startklar. Sehr eindrucksvoll. Überaus erfolgreicher Teststart.« Der General war voll Bewunderung.

»Noch hat die Javelin gar nicht gezeigt, was sie wirklich kann, General«, strahlte Newcombe. Er holte ein Walkie-talkie heraus. »Wir werden in Kürze die Meßdaten aus Guam und von den Marshall-Inseln bekommen. Sie werden uns bestätigen, daß wir auch bei den Sprengköpfen der Javelin bemerkenswerte Fortschritte gemacht haben. Wir erwarten eine Fehlerabweichung im Zielpunktumkreis von keinesfalls mehr als hundert Fuß.«

»Einhundert Fuß?« rief einer von Taylors Adjutanten verblüfft. »Nach einem Flug von achttausend Meilen mit einer kleinen Interkontinental-Rakete? Also das –«

»– ist fast unglaublich, ich weiß«, lächelte Newcombe.

Aus einem Lautsprecher meldete sich in diesem Augenblick die Flugkontrolle. »Javelin auf zweihundertdreiundsiebzig Meilen Höhe, Richtung weiterhin seewärts, jetzt auf dreihundert Meilen Flugbahn. Erste Stufe erfolgreich ausgebrannt, zweite Stufe gezündet. Fluggeschwindigkeit siebentausend Meilen pro Stunde. Trägheitssysteme einwandfrei in Funktion.«

»Wir können uns den Rest des Flugberichts im Besucherraum anhören«, schlug Newcombe vor. »Dort steht auch Champagner zum Feiern bereit.«

»Geringe Kurskorrektur Trägheitssystem«, sagte der Flugkontrollsprecher. Seine Stimme klang etwas besorgt. Newcombe warf einen fragenden Blick zum Lautsprecher, wischte den Anflug von Besorgnis aber sogleich wieder beiseite und zeigte sein breitestes Lächeln. Niemand sonst hatte diese kleine Abweichung vom Normalen bemerkt; jedenfalls ließ niemand dergleichen erkennen ...

»Guam meldet Kursverfolgung Javelin. Javelin in vierhundert nautischen Meilen Höhe, Flugbahn eintausendeinhundert Meilen«, berichtete die Flugkontrolle. Plötzlich kamen die Durchsagen schneller. »Javelin in Kurskorrektur ... Kurs korrigiert ... neuerliche Kurskorrektur wegen vorzeitiger Zündung dritte Stufe ... Guam meldet: kein Kurs und keine Meßdaten mehr von Javelin. Mr. Newcombe, bitte zum Kontrollraum.«

Newcombe rannte bereits.

»Kontakt zu Javelin verloren«, fuhr die Stimme des Sprechers der Flugkontrolle fort, »Kontakt zu Javelin verloren.«

AN BORD DER U.S.S. LAWRENCE

»Schadensmeldung! An alle Abteilungen, Schadensmeldung!«

Jemand, der in diesem Augenblick Commander Markhams Hände angeschaut hätte, hätte ihre Knöchel weiß und blutleer von dem harten Griff gesehen, mit dem er sich an der Stuhllehne festklammerte. Jedes einzelne der Tausenden von Lichtern in der *Intelligence*-Sektion der *U.S.S. Lawrence* war erloschen. Ein paar Lampen der batteriebetriebenen Notbeleuchtung gingen zwar an, aber viel richteten sie gegen die kompakte Dunkelheit in den stählernen, fensterlosen Räumen hier unten nicht aus.

Markham fragte sich, wie die Aufforderung zur Schadensmeldung hatte durchgesagt werden können. Es konnte nur mit Hilfe des batteriebetriebenen Bordfunks geschehen sein. Eine Hand vor die andere tastete er sich an den zwei Stuhlreihen zu beiden Seiten des Mittelgangs entlang. Ein paar Mann wollten sich von ihren Sitzen an den Geräten erheben, aber er drückte sie nieder.

»Bleiben Sie sitzen, wo Sie sind, Kelly«, befahl er. »Es sind einfach nur die Scheißlichter ausgegangen, das ist alles. Kümmern Sie sich um Ihre Geräte.«

Ein verzagtes »Ja, Sir« war die Antwort.

Er bahnte sich seinen Weg bis zum Radiotelefon des Schiffes, das am vorderen Schott der Sektion montiert war. Es wurde kaum jemals benutzt. Durch ein so antiquiertes Telefon wie dieses konnten verirrte Wellen ihrer Nachrichten-Computer meilenweit von jedem, der wollte, aufgefangen werden. Er nahm den Hörer ab.

Der Summton, den er hörte, war nachgerade ohrenbetäubend, aber immerhin versuchte noch jemand, es zu benützen. »*Intelligence* hier. Verstehen Sie mich? Nachrichtenabteilung – Hallo, Markham hier«, schrie er wieder in den Hörer. »Hallo, Brücke! Verstehen Sie mich?«

»Sehr schwach«, erwiderte eine Stimme. Das mußte Lieutenant Commander Christopher Watanabe sein. »Bitte Schadensmeldung.«

»Bis jetzt nichts von Bedeutung, Chris«, antwortete Markham. »Aber wir haben keinen Faden Strom mehr. Sämtliche Geräte außer Betrieb.«

»Verstanden, kein bedeutender Schaden«, bestätigte Watanabe. »Rest nicht verstanden. Schicken Sie Meldegänger mit Bericht auf Zwei. Schiff ist im Zustand Gelb. Bestätigen Sie, Zustand Gelb.«

»Verstanden.« Markham hängte den Hörer wieder ein. »Hört mal alle zu«, rief er dann in seine stockdunkle Abteilung. »Das Schiff ist im Zustand Gelb. Sämtliche Positionen, noch einmal Schaden überprüfen und laute Meldung. Kelly!«

»Ja . . . ja, Sir?« kam Kellys verschüchterte Stimme wieder.

»Sie wollten doch rasch weg. Hier ist Ihre Chance. Kommen Sie her.« Der junge Matrose kam herangetappt. »Sie sind jetzt Meldegänger. Sie gehen nach oben, mit Parka, Arktisfäustlingen, Schwimmweste und Sicherungsleine. Und benützen sie das verdammte Ding diesmal auch wirklich!« Markham schob den jungen Mann zur Seite und starrte in die Düsternis seiner jetzt toten Stromzentrale. »Alles herhören! Irgendwelche Schäden? Wassereinbruch? Bruch? Gas? Ungewöhnliche Geräusche? Meldung!«

Keine Antwort. »Ziehen Sie los, Kelly. Melden Sie Watanabe: keine Schäden. Sagen Sie ihm, allgemeiner Bericht folgt später von mir persönlich.« Kelly nickte und verschwand in den draußen tobenden Sturm.

Markham machte sich auf den Weg zurück durch seine in Nacht versunkene Intel-Station im Werte von vielen Millionen. »Gibt es hier irgendwo etwas Nützliches?« fragte er, ohne jemanden direkt anzusprechen. »Batteriehilfen? Druckerpuffer? Irgendwas?«

»Bei mir nicht«, erwiderte einer der Techniker. »Das ganze Notbatteriesystem, das sie uns eingebaut haben, ist für die Katz. Absolut nichts funktioniert. Kein bißchen.«

»Was verdammt noch mal hat uns überhaupt getroffen?« fragte ein anderer. »Meine sämtlichen Sensoren und Bildschirme haben angefangen zu leuchten, wie bei einem Wahnsinns-Energiestoß, und dann – puff, weg.«

»Ja, ja, ist ja gut«, sagte Markham und zog sich eine orangefarbige Schwimmweste über. »Wenn niemand wieder was in Gang kriegen kann, dann vergessen wir's. Bildet Zweier-Teams und sammelt eure Befehlsausdrucke ein. Ihr müßt notfalls die handbetriebenen Reißwölfe benützen. Und wenn das auch nicht funktioniert, dann packen wir das ganze Papierzeug zusammen und machen ein Lagerfeuer damit, im Abfallcontainer. Masters, Lee, Sie krabbeln rauf und schaffen das Ding her. Wir können nicht warten, bis uns die Russen entern.«

Die beiden Männer eilten davon.

»Druckerfarbbänder, handschriftliche Notizen, Logbücher, Memos, Kritzeleien, alles«, leierte Markham herunter und marschierte durch den Mittelgang. Er zitierte die einschlägigen Vernichtungsvorschriften. »Astleman, ziehen Sie verdammt noch mal Ihre Schwimmweste an!« Er tastete sich hinüber zu

Garritys Platz und kniete sich hin, um aus der Nähe in das Gesicht des altgedienten Veteranen sehen zu können.

»Garrity, was war es?«

Garrity riß den Deckel des Farbbands seines Computerdrukkers auf und zog das Farbband heraus. Als er sich Markham zuwandte, stand Angst in seinen Augen.

»Ich sah es richtiggehend kommen«, flüsterte er. »Es war wie ... wie eine Energiewelle. Sie baute sich immer weiter auf, und dann war alles duster.«

»Kawaschnija?« flüsterte Markham zurück. »Kam es von Kawaschnija?«

Garrity nickte und wischte sich mit der vom Farbband geschwärzten Hand über die Stirn. »Was die Russen da auch haben mögen, Commander, wenn es uns schon nicht vom Pazifik geblasen hat, irgendwen anderen hat es mit Sicherheit erwischt ...«

WASHINGTON, D.C.

»Wo ist er, verdammt noch mal?« fragte Curtis Jack Pledgeman, den Presse-Sekretär des Präsidenten, der den Viersterne-General hartnäckig zu ignorieren versuchte.

»Er kommt wieder mal zu spät«, sagte Curtis dann so laut, daß jedermann im Konferenzraum des Weißen Hauses es hören konnte. Zum Glück waren die einzigen, die überhaupt zuhörten, Angehörige des persönlichen Stabes des Präsidenten und des Kabinetts, denen die Ausbrüche des Generals nicht neu oder fremd waren. Die zwei Dutzend Kameraleute und Techniker, die letzte Hand an ihre aufwendigen Kameras und Scheinwerfer legten, waren zu beschäftigt, um es zu bemerken. Und die beim Weißen Haus akkreditierten Presseleute und sonstigen Korrespondenten waren noch draußen, in der Hoffnung, den Präsidenten dort vor dem offiziellen morgendlichen Fototermin des Kabinetts abzufangen und ihm exklusive Einzelfragen zu stellen.

Curtis hieb sich gereizt eine Faust in die andere Hand. »Wenn er erst hört, was –«

»Verdammt noch mal, General, so lassen Sie das doch«, unterbrach ihn Pledgeman. »Da drüben haben sie doch schon Aufnahmegeräte laufen.«

»Die sind nicht –«

»Bitte, ich habe Sie gebeten –«

Pledgeman bekam seinen Satz nicht zu Ende. Der Präsident kam schnellen Schrittes in den Saal. Die versammelten Presseleute an dem großen rechteckigen Konferenztisch erhoben sich. Hinter dem Präsidenten strömte eine ganze Meute von Reportern und Korrespondenten herein. Scheinwerfer gingen an, Kameras begannen zu surren und legten eine summende Geräuschkulisse über den ganzen Raum.

Der Präsident strich sich seine dichten braunen Haare aus der Stirn und winkte grüßend. »Vielen Dank, meine Damen und Herren, bitte nehmen Sie Platz.« Alle warteten jedoch, bis der Präsident selbst durch das Labyrinth von Ton- und Bildkabeln auf den teuren Teppichen gestiegen war und auf seinem Stuhl Platz genommen hatte.

Ein helles Flutlicht ging vor ihm an, direkt über die Köpfe des Gesundheits- und des Sozialministers hinweg. »Bitte, wenn es Ihnen nichts ausmacht«, sagte der Präsident, der vor dem grellen Licht zurückwich. »Sie braten ja einen meiner Leute.« Das Licht ging sofort wieder aus. Der Präsident nickte dankend, nahm seine Benjamin-Franklin-Halbbrille ab und begann sie mit einem Tuch zu putzen. Pledgeman wies dem Fotografen stumm eine schmale Öffnung in einer anderen Ecke, wo er seine Kamera aufstellen sollte.

»Menge Leute heute, was, Jack?« sagte der Präsident zu seinem Pressesprecher. Pledgeman nickte. Der Präsident setzte sich seine Brille wieder auf die Nase und studierte erst einmal die Tagesordnung für diese Konferenz, die eine verkürzte und mehr gespielte als echte Version einer Kabinettssitzung darstellte.

Die bekannte Moderatorin eines großen Senders besetzte mit dem Mikrofon in der Hand schnell den Platz, den der Kameramann geräumt hatte. General Curtis bahnte sich um sie herum und hinter den Stühlen, auf denen der Außenminister und der Verteidigungsminister saßen, einen Weg bis an die Seite des Präsidenten. Er kam dort an, als sich die Journalistin nach einem letzten Blick in ihre Notizen gerade mit breitem Lächeln an den Präsidenten wenden wollte. Und sie hatte auch des Präsidenten volle Aufmerksamkeit, nicht Curtis.

»*Mr. President*, ehe wir hier anfangen, würde ich Sie gerne fragen —«

Aber zugleich hatte sich Curtis zwischen Verteidigungsminister Thomas Preston und dem Präsidenten herabgebeugt und flüsterte ihm halblaut zu: »*Mr. President*, es gibt etwas Dringendes, das keinen Aufschub duldet.«

Der Präsident hing mit seinen Augen unverwandt an der attraktiven Journalistin und bemerkte Curtis kaum. Des Generals tiefe Stimme unterbrach deren Frage.

Pledgeman, immer wachsam gegen peinliche Szenen wie diese, trat zwischen die Journalistin und den Landwirtschaftsminister am Konferenztisch.

»Ist was, General?« fragte er betont ruhig.

General Curtis beugte sich noch näher zum Präsidenten. »Sir, ich muß auf der Stelle mit Ihnen sprechen. Es gibt Neues von dieser . . . Energie-Anlage, über die wir sprachen.«

»*Nach* der Kabinettssitzung«, sagte Pledgeman bestimmt.

Curtis zögerte.

»Wilbur, das muß jetzt warten«, sagte der Präsident schließlich. »Ist es ein akuter Notfall?«

Aller Augen ruhten auf Curtis. Niemand wußte genau, was unter einem »akuten Notfall« zu verstehen war, aber selbstverständlich würde es morgen in riesigen Balkenlettern auf allen

Zeitungstitelseiten im ganzen Land prangen, wenn er jetzt »ja«
sagte. Vom Chef der Vereinigten Stäbe ins Spiel gebracht
konnte die Klassifizierung »akuter Notfall« ja nur eines bedeuten. Er hätte eine Menge schwieriger Erklärungen abzugeben.

»Das muß jetzt warten«, wiederholte Pledgeman die Worte
des Präsidenten. »Wir müssen jetzt hier anfangen.«

»Ich bin in meinem Büro, sobald ich hier fertig bin, General«, sagte der Präsident.

Einer seiner Mitarbeiter geleitete den erregten Curtis aus
dem Saal.

»Das ist unglaublich. Absolut unglaublich.«

Der Präsident der Vereinigten Staaten starrte aus dem Fenster des *Oval Office* im Weißen Haus. Draußen fielen still und
weich Schneeflocken. General Wilbur Curtis packte seine Notizen, Unterlagen und Computerausdrucke zusammen, sah Verteidigungsminister Preston an und setzte sich. Außenminister
Marshall Brent stand auf der anderen Seite des Präsidenten-
Schreibtisches und sah den Bericht des CIA-Direktors Kenneth
Mitchell durch, den dieser dem Präsidenten vorgelegt hatte.
UN-Botschafter Gregory Adams saß auf einer Couch und
seufzte in Gedanken an Karmarows offensichtliche Doppelzüngigkeit in der letzten Sicherheitsratssitzung.

»Fröhliche gottverdammte Weihnachten«, murmelte der
Präsident.

Zum ersten Mal seit Monaten fühlte sich Curtis wie von
einem schweren Gewicht auf seinen Schultern befreit. Endlich
fängt er mal an, mir zu glauben, dachte er. Es hatte dazu
immerhin des Todes von zwölf Leuten und des Verlustes von
Milliarden Dollar in Form militärischer Ausrüstung bedurft,
und dazu der neuen Beweise, die er jetzt in der Hand hatte.

»Aber wie können wir sicher sein, General, daß dies ein
Spiegel in einer Umlaufbahn ist«, fragte der Präsident über die
Schulter, ohne sich die Mühe zu machen, sich vom Fenster
abzuwenden und sich umzudrehen. Er hielt eine 24 × 38-
Schwarzweiß-Vergrößerung eines großen, rechteckigen Ob-

jekts in der Hand. Es sah silbrig und leicht gekrümmt aus, mit einer Oberfläche wie eine reflektierende Steppdecke. Ein dünnes Netz von Bändern umgab es, dazu mehrere rechteckige Tanks und andere Zusatzbehälter.

»*Mr. President*, diese Beweise bezeugen, daß –«

»Der Präsident hat Ihnen eine ganz konkrete Frage gestellt, General«, unterbrach ihn Tom Preston. »Wie können wir sicher sein?«

»Eben das können wir nicht, *Mr. President*«, sagte Curtis. »Dieses Foto kann alles Mögliche bedeuten. Sonnenkollektoren, Sonnenschild... aber bedenken Sie die Fakten! Unser Aufklärungsflugzeug RC-135 meldet massiven Energieverlust von der Anlage Kawaschnija aus. Gleichzeitig haben wir die Zerstörung eines geosynchronen Satelliten direkt über dieser Anlage im Weltraum zu beklagen. Nach meiner Meinung wurde auch die RC-135 von einem Energiestoß zerstört, um sie an der Übermittlung der Daten, die sie sammelte, zu hindern.

Keine zwei Wochen danach meldet die *Lawrence*, die wir als Spionageschiff dorthin geschickt haben, um festzustellen, was da los ist, ebenfalls einen massiven Energiestoß von der Anlage Kawaschnija aus. Nur ein paar Sekunden später zündet die dritte Stufe unserer Midgetman-Rakete vorzeitig, und wir müssen sie zerstören. Die Informationen von der *Lawrence* passen aufs Haar auf die Daten von der RC-135, Sekunden, ehe wir den Kontakt zu ihr verloren.«

Verteidigungsminister Preston unterbrach ihn. »Und wie beweist all dies, daß es einen Spiegel in einer Umlaufbahn im Weltraum gibt?«

»Vor dem Energiestoß meldete die *Lawrence* ungewöhnliche Datensignale, die über das Kawaschnija-Radar gesendet wurden«, fuhr Curtis fort. »Die Analyse dieser Informationen ist bis jetzt noch nicht abgeschlossen, aber die Fachleute auf der *Lawrence* haben Datenaustausch zwischen dem Radar von Kawaschnija und zwei sowjetischen Erdsatelliten ausgemacht. Sie glauben, der erste Satellit hat nach Kawaschnija Daten von der

Startphase des Midgetman übermittelt. Das Kawaschnija-Radar wiederum war in Kontakt mit einem zweiten Satelliten, dem es Steuerdaten lieferte. Und komplizierte Steuersignale dieser Art könnten genau dazu benutzt werden – oder worden sein –, um eine Spiegelung auf unsere Rakete zu richten.

Nachdem die Zerstörung der Javelin gemeldet worden war, habe ich eine einfache Datenrekonstruktion veranlaßt. Unter der Annahme eines etwas geringeren Energieausstoßes aus Kawaschnija – von dem wir zuerst nichts wußten, da uns zu diesem Zeitpunkt der Bericht der *Lawrence* noch nicht erreicht hatte – und wiederum unter der Annahme eines umlaufenden Spiegelsatelliten haben wir den Computern alle möglichen Punkte eingefüttert, an denen dieser Spiegel plaziert gewesen sein könnte, um die Javelin zu treffen. Wir haben dazu unser Raumsuchteleskop in Pulmosan in Südkorea eingesetzt, das die in Frage kommenden Himmelsabschnitte fotografierte. Das Resultat, Sir, halten Sie in der Hand.« Curtis hatte bereits Mühe, seinen Zorn niederzuhalten. Aber er mußte fair sein, sagte er sich. Schließlich war es nicht eigentlich der Präsident selbst, der ihm nicht *glaubte*. Es war so, daß dieser ihm einfach nicht glauben *wollte*. »Der Spiegel ist hundertfünfzig Fuß lang und siebzig breit. Er ist an der Unterseite der *Saljut* Neunzehn angebracht, die sich bereits seit fast einem Jahr in ihrer Umlaufbahn befindet. Der Satellit hat Andockbuchten, große Treibstofftanks und eine kleine Besatzungskabine, obwohl wir nicht glauben, daß er tatsächlich bemannt ist.«

Marshall Brent streckte die Hand zum Präsidenten aus, der ihm das Foto reichte. Er betrachtete es sich kurz.

»Ich nehme an, Ihre eigenen Experten haben Ihnen dieses Foto analysiert, General?« fragte er.

»Ja, warum?«

»Weil dies für das ungeübte Auge eines Laien auch ein Foto von schlicht allem sein könnte«, erwiderte Brent. »Irgendein Satellit, ein Flugobjekt.«

»Es ist aber kein –«

»Es könnte sogar einfach eine Fälschung sein«, argumentierte Brent weiter, nur des möglichen Einwands wegen, den vorzubringen er für seine Pflicht hielt.

»Soll ich denn einen *Shuttle* voller UN-Delegierter mit Pokket-Kameras raufschießen, damit die sich Schnappschüsse davon machen können?«

Brent setzte zu einer Entgegnung an, aber der Präsident winkte ab. »General, ich denke, ich glaube Ihrer Analyse.« Er sagte es, aber es klang nicht glücklich. »Nur, wer wird uns glauben, daß so ein Ding wirklich existiert? Und wenn wir die Sowjetunion des Mordes beschuldigen, riskieren wir eine Menge . . .«

Er wandte sich an Kenneth Mitchell. »Kenneth, Sie sagten doch, Sie hätten Informationen über diese Anlage? Kann ich die hören?«

»Ja, Sir.« Der CIA-Direktor nickte einem Assistenten zu, der sich nervös erhob und den Präsidenten ansah.

»Die Analyse der Daten von der vermißten RC-135 ebenso wie die von der *Lawrence* ist abgeschlossen. Vieles bleibt freilich trotzdem spekulativ, Sir.«

»Ja, weiter«, sagte der Präsident ungeduldig und gereizt.

»Das meiste unserer Analyse kreist um die nukleare Energie-Anlage, Sir. Es scheint sich um eine Fünfhundert-Megawatt-Anlage mitten in der Wildnis zu handeln, ohne Transformatoren oder Leitungsmasten in der Nähe. Das Kraftwerk steht also ausschließlich der Anlage selbst zur Verfügung. Diese befindet sich in der Nordostecke der Halbinsel Kamtschatka an einem Ort, der ursprünglich nur ein kleines Fischerdorf war. Der anfänglich kleine Versorgungsflugplatz ist mittlerweile ein vollausgebauter militärischer Flugstützpunkt. Zuerst diente er nur zur Anlieferung des Baumaterials, heute ist er auch das Hauptquartier der Verteidigungsstreitkräfte der Anlage. In dem Einzugsbereich leben inzwischen an die zehntausend Menschen, Militär und Zivil zusammengenommen.«

Der Assistent bewegte sich verlegen, weil er aller Augen auf sich ruhen fühlte. »Das Aufklärungsschiff *Lawrence* hat wertvolle Daten über den Energiestoß geliefert, der nach seinen

Beobachtungen von der Anlage ausging. Wir haben daraus geschlossen, daß es sich dabei um einen Laser-Energiestrahl von zwei- bis dreihundert Megawatt gehandelt haben könnte. Dieser hätte dann die elektronischen Interferenzen verursacht, die aus der Gegend gemeldet wurden, und er wäre imstande gewesen, sowohl den Alpha-Omega-Satelliten wie auch die Javelin-Rakete zu zerstören. Die Energie des Suchradars kann nur von dem dortigen Kernkraftwerk gekommen sein.«

»Wir haben seinerzeit den Bau dieser Anlage doch verfolgt, oder?« fragte der Präsident. »Wie ist es da möglich, daß sie dort ein solches Riesending aufzustellen vermochten und uns damit plötzlich derart anspringen können? Wieso wurden wir derartig überrascht?«

»CIA und DIA haben den Bau dieser Anlage seit vier Jahren verfolgt, *Mr. President*«, schaltete Mitchell sich ein, »aber . . ., nun, um die Wahrheit zu sagen, Sir, wir haben dieser Anlage keine übermäßig große Bedeutung beigemessen. Es war auch unmöglich, in ihrer Nähe Informanten anzuwerben. Wir haben zwar bemerkt, daß dort Aktivitäten vonstatten gehen, die denen von Waffenexperimenten oder dem Waffenbau ähnlich sind, aber wir hielten sie einfach nur für eine normale Waffen-erprobungsanlage. Das ungewöhnlich starke Radar beispielsweise entdeckten wir erst durch den tragisch endenden Flug der RC-135. Wir dachten nicht im Traum daran – ich meine, wir hatten keine Ahnung, daß die Russen dort einen Anti-Satelliten- oder Anti-Raketen-Laser bauten.«

»Sind wir tatsächlich so arrogant«, fragte der Präsident und meinte alle Anwesenden damit, »daß wir glauben, was *wir* nicht bauen können, kann auch kein anderer bauen? Ist das wirklich so?«

Mitchell schwieg einen Augenblick, räusperte sich dann aber und nickte seinem Assistenten zu fortzufahren. Aber der Präsident winkte ab.

»Wir sind uns also einig«, faßte er zusammen, »daß auf dieser Anlage Kawaschnija ein sehr starker Anti-Raketen-Laser existiert?«

Mitchell sah Preston an, dann Curtis. »Alle Daten scheinen schlüssig darauf hinzudeuten, Sir.«

»Verdammt«, sagte der Präsident und nickte dann Mitchells Assistenten zu: »Fahren Sie fort.«

»Wie ich bereits erwähnte«, begann dieser wieder, »haben die Sowjets dort ein riesiges Atomkraftwerk ausschließlich für den Killer-Laser gebaut. Sie können deshalb problemlos bis zu dreihunderttausend Megawatt in diesen Laser blasen, und zwar pausenlos, Schuß um Schuß. Wir schätzen, daß sie, wenn erst einmal alle Kinderkrankheiten behoben sind – was sicher nicht mehr lange dauern dürfte –, imstande sind, den Laser mit maximaler Leistung zweimal pro Sekunde zu aktivieren. Das würde potentiell mehr als hundert Satelliten pro Minute bedeuten.«

»Oder interkontinentale ballistische Sprengköpfe«, ergänzte der Präsident.

»Das ist natürlich nur eine theoretische Projektion«, warf Mitchell ein. »Einen geosynchronen Satelliten zu treffen, ist verhältnismäßig leicht. Außerdem war der Omega kaum mehr als eine Attrappe. Die Air Force hat ihn hochgeschossen. Er geriet außer Kontrolle, und sie versuchten ihn nach Möglichkeit wieder zum Funktionieren zu bringen. Das heißt, daß dieser Laser so stark auch wieder nicht ist, wie wir ursprünglich glaubten. Und was die Midgetman angeht, so wurde sie von dem Laser ebenfalls nur verhältnismäßig leicht in Mitleidenschaft gezogen.« Mitchell blickte in die Runde. »Wir selbst waren es, die die Rakete dann sprengten. Mehr noch, wir sind nicht der Meinung von General Curtis, daß der Laser die Ursache für das Versagen der Rakete war. Da gibt es eine ganze Reihe möglicher Ursachen für die vorzeitige Zündung der dritten Stufe.«

»Der Laser *kann* aber die Ursache dafür gewesen sein«, beharrte Curtis.

»General, ich widerspreche Ihnen ja nicht, daß er es gewesen sein könnte«, lenkte Mitchell mit einer abwehrenden Handbewegung ein. »Aber das ist Ihre Schlußfolgerung, nicht jedoch die der CIA. Das Auffinden und Treffen eines interkontinentalen ballistischen Flugkörpersprengkopfes ist ungleich schwieriger als das Finden und Treffen dieser anderen Ziele, von denen wir bisher gesprochen haben. Der Omega, den die Sowjets heruntergeholt haben, war ein Mehrfaches größer als ein Sprengkopf, und er war stationär. Auch die Midgetman ist noch ein sehr großes Ziel, das leicht aufzuspüren und außer Funktion zu setzen ist. Außerdem flog diese Rakete allein. Ein amerikanischer Vergeltungsschlag mit interkontinentalen ballistischen Flugkörpern bestünde aus Hunderten von Trägerraketen und Tausenden von Sprengköpfen. Der Laser könnte ein paar von ihnen heraus- und herunterholen, aber nicht viele. Und auf keinen Fall so viele, daß es die ungeheuren Aufwendungen dieser Anlage rechtfertigen könnte.«

»Und die RC-135?« fragte Curtis.

Mitchells Antwort kam wie aus der Pistole geschossen. »Die war das verwundbarste Ziel von allen«, erklärte er. »Langsam, groß und in unmittelbarer Nähe des Geländes. Und auch das gilt nur unter der Voraussetzung, daß sie tatsächlich von dem Laser heruntergeholt wurde – was nach wie vor unbewiesen ist.«

Ehe Curtis noch etwas einwenden konnte, fügte Mitchell jedoch rasch hinzu: »Obgleich auch wir von der CIA durchaus der Meinung sind, daß es mehr als genug Anhaltspunkte für die Richtigkeit dieser Annahme gibt.«

Der Präsident schüttelte den Kopf. »Das Kernkraftwerk, die Laser-Anlage, das starke Radar und die Laserkanone . . .: und das alles zusammengepackt in einem winzigen Fischerdorf auf der Halbinsel Kamtschatka . . .?«

»Ja, und vergessen Sie nicht: zusammen mit zwei Staffeln MiG-27 Abfangjägern, einer Staffel MiG-25 Kampfjägern G, zwei SA-10 Boden-Luft-Raketenbasen, vermutlich zwei Flakstellungen und Frühwarnradar-Nachrichtenschiffen, die die Küste entlang patrouillieren, sobald sie eisfrei ist«, fügte Mitchell hinzu. »An dieses Gelände kommt nicht mal eine Möwe heran, ohne daß die Sowjets es bemerken.«

Die Irritation des Präsidenten spiegelte sich in seinen tiefen Stirnfalten wider, und auch in seinen Augenwinkeln, die er mit den Fingern zu massieren begann. »Sonst noch etwas?« fragte er.

»Ja, Sir«, sagte UN-Botschafter Adams und erhob sich. »Die Sitzung des Sicherheitsrates. Als ich die Sowjets des Angriffs per Laserstrahl auf unser Aufklärungsflugzeug beschuldigte, wurde Karmarow ganz ungewöhnlich heftig und verlor völlig seine gewohnte Ruhe. Er sprang mir in seinem Bemühen, es abzustreiten, schier an die Kehle. Die offizielle sowjetische Haltung aber ist unverändert. Sie bleiben dabei, daß sie einen Anspruch auf den Schutz ihrer Küsten haben, und bestreiten strikt, eine Rakete abgeschossen oder einen Jäger zum Angriff auf die RC-135 hinaufgeschickt zu haben. Aber sie haben nie ausdrücklich bestritten, daß sie sie mit einem Laser herunterholten.«

»– weil das eben eine so völlig unglaubliche Idee ist«, sagte Mitchell und wiederholte damit die anfängliche Meinung des Präsidenten. »Unser SDI-Projekt ist bekanntlich mit dem Schlagwort *star war* belegt worden – vorwiegend aus dem Grund: Es ist schon von der Idee her ein futuristischer Langzeitplan. Wir haben niemals gesagt oder angenommen, ein tatsächlich funktionsfähiges System dieser Art vor der Jahrhundertwende zu haben. Und es ist noch unwahrscheinlicher, daß die Sowjets bis dahin eines haben werden.«

»Wobei bedauerlicherweise die Beweise auf das Gegenteil hinzudeuten scheinen«, sagte Marshall Brent kühl. »*Mr. President*, ich muß Gregory in seiner Besorgnis beipflichten. Ich habe persönlich mit Botschafter Karmarow –«

»Sie haben persönlich mit Karmarow gesprochen?« Der Präsident war völlig überrascht. »Wann? Das ist das erste, was ich höre!«

»Ich habe ihn ganz inoffiziell und ohne jede Ankündigung in seiner Botschaft besucht«, erklärte Brent. »Es hatte den gewünschten Effekt. Karmarow verlor sein berühmtes Pokerface. Er hat zugegeben . . . das heißt, nicht ausdrücklich bestritten . . . daß ein solcher Verteidigungslaser existiert. Ich glaube, dieses Treffen war entscheidend dafür, daß die Sowjets ›gemeinsamen Untersuchungen‹ zustimmten, mit denen sie ihr Gesicht wahren konnten.«

»Und die niemals stattfanden«, stellte Curtis fest. »Sie haben uns doch von Anfang an belogen.«

Brent sah ihn schweigend an. Dann trat er vor des Präsidenten Schreibtisch. »Karmarow hat auch noch einen anderen wichtigen Punkt angesprochen, Sir. Wenn es denn gelingen sollte, vor der Welt den Beweis zu führen, daß dieser Anti-Satelliten-Laser existiert, dann können die Sowjets ebenso beweisen, daß dieser kein internationales Abkommen und keinen Vertrag verletzt. Er ist nicht im Weltraum stationiert, wie es unser *Ice Fortress* wäre und was gegen das Abkommen von 1982 über die Entmilitarisierung des Weltraums verstieße. Er ist keine Verletzung irgendeines andern ABM-Vertrags, nachdem weder die Vereinbarung von 1972 noch die Novelle dazu von 1976 bodenstationierte Lasersysteme auch nur erwähnen. Vor fünfzehn Jahren war auch der bloße Gedanke daran noch viel unrealistischer als heute. Der Spiegel in der Umlaufbahn könnte eine Verletzung des Abkommens von 1982 sein – sofern wir seine Existenz einwandfrei beweisen können und daß er tatsächlich gegen atmosphärische oder orbitale Flugobjekte anderer Nationen gerichtet und benutzt wird –«

»Wobei sie des Mordes schuldig und überführt wären«, fiel Curtis ihm ins Wort. »Dann müßten sie wegen Mordes verurteilt werden. Wir sollten die Demontage dieser Laser-Anlage als mindeste Wiedergutmachung für ihr Verbrechen fordern.«

Der Außenminister schüttelte unwillig den Kopf. »Aber General, wir können doch niemals beweisen, daß sie unser RC-135-Aufklärungsflugzeug abgeschossen haben. Selbst wenn wir ausreichende Beweise dafür hätten, daß sie ihr Lasersystem dazu benutzt haben, einen unserer Satelliten und die Javelin-Rakete abzuschießen, könnten wir sie nie überführen oder irgend jemanden davon überzeugen, daß sie diesen Laser gegen ein unbewaffnetes Flugzeug eingesetzt haben. Es wäre ein so provokativer Akt, daß er schon deshalb unglaubwürdig wäre.«

Im Amtszimmer des Präsidenten entstand eine lange Stille. Niemand wollte mehr etwas sagen. Jeder spürte, daß sich hier etwas vollzog: Es war der Übergang von der Ungläubigkeit und glatten Ablehnung, zur Kenntnis zu nehmen, was sich ereignet hatte, zu der Einsicht, sich der Realität nicht länger entziehen zu können und daß das Gewicht der verdammten Beweise einfach verlangte, etwas zu tun.

»Was schlagen Sie also vor, meine Herren«, fragte der Präsident schließlich.

»Da gibt es nur eine einzige Option«, antwortete Adams. »Die Sowjets müssen diesen Laser wieder abbauen und aus dem Verkehr ziehen.«

»Aber Gregory«, widersprach ihm Brent, »dazu haben sie doch keinerlei Grund. Wie ich eben schon sagte, existiert nicht ein einziger Vertrag oder ein Abkommen zwischen unseren Ländern, wodurch ihnen ein bodenstationierter Defensiv-Laser verboten wäre.«

»Ja, Brent, nur daß es so sicher wie das Amen in der Kirche keine Defensivwaffe allein ist!«

Brent wehrte mit erhobener Hand ab. »Gregory, bitte! Wie würden Sie denn an Stelle der Sowjets argumentieren? Genauso wie sie es tatsächlich tun oder noch tun können: Irrtum, technisches oder sogar menschliches Versagen irgendeines subalternen Bürokraten. Der wird in die Wüste geschickt, ein paar weitere Köpfe rollen, und die Anlage bleibt stehen wie gehabt . . .«

». . . und bleibt weiterhin eine Bedrohung.« Curtis ließ sich nicht von seiner Überzeugung abbringen. »Sie haben doch jetzt schon unsere Warnmöglichkeiten vor interkoninentalen ballistischen Flugkörpern erheblich beeinträchtigt.« Er wandte sich an den Präsidenten. »Sir, die Sowjets mögen argumentieren, daß es sich nicht um eine Offensivwaffe handle, aber solange sie schußbereit ist, kann sie jederzeit als solche verwendet werden. Das ist der entscheidende Punkt. Und was ist, wenn sie ›unabsichtlich‹ über der ganzen Hemisphäre Satelliten abzuschießen anfangen? Selbst wenn sie uns dafür angeblich reuevoll Entschädigung zahlen würden, bliebe die Tatsache bestehen, daß wir dann ganz ohne Satelliten dastünden, und ohne die lebenswichtigen Informationen, die sie uns liefern.«

»Und wenn sie imstande sind, auch alle unsere Interkontinental-Raketen zu vernichten ...«, murmelte der Präsident.

Curtis zögerte nicht, sofort in diese Kerbe zu schlagen. »Dann können sie mit Leichtigkeit ein Drittel unserer land- und seegestützten Marschflugkörper außer Gefecht setzen! Und wenn unsere Bomber anzugreifen versuchen, können sie ein Scheibenschießen auf sie veranstalten. Zum Teufel, selbst wenn sie dieses Superradar einschalten, reicht das bereits, um die Elektronik jedes Flugzeuges in der Gegend zu ruinieren –«

»Gut, gut«, unterbrach der Präsident, »verdammt noch mal, bei Ihnen klingt das, als wäre der Präventivschlag die einzige Möglichkeit, die wir haben.« Er blickte ungehalten auf die um ihn versammelten Männer und wandte sich dann wieder an den Chef der Vereinigten Stäbe.

»General Curtis«, sagte er langsam und überlegt, »wie ist der Stand Ihres Projektes in ›Traumland‹?«

»Es liegt im Augenblick auf Eis, *Mr. President*. Auf Ihre Anordnung hin. Wir wollten ja jede mögliche Provokation während der vermuteten Beruhigungsperiode vermeiden.«

»Es kann aber jederzeit wieder in Angriff genommen werden?«

»Selbstverständlich, Sir. Ich kann dafür sorgen, daß das gesamte Team wieder zusammengeholt wird.«

Der Präsident zögerte etwas, dann klopfte er mit den Fingerknöcheln auf seinen Schreibtisch. »Dann tun Sie das.«

General Curtis lächelte und nickte, was Marshall Brent hochfahren ließ.

»Der bloße Gedanke eines militärischen Unternehmens gegen die Sowjets ist Wahnsinn«, sagte er mit rotem Gesicht. »Ich sagte Ihnen doch bereits, General, daß nach dem augenblicklichen Stand, und solange Verträge und Abkommen nicht modifiziert sind, diese Anlage der Sowjets einwandfrei legal ist. Wir können Reparationen für die Schäden verlangen, die sie verursacht haben – und ich habe keinen Zweifel, daß sie das sogar mit einem vernünftigen Betrag tun werden, sobald wir ihnen die jetzigen Beweise unter die Nase halten –, aber wir haben absolut keine Berechtigung, diese Anlage etwa anzugreifen.«

»Berechtigung? Und wie ist das mit den zwölf unschuldigen Leuten der Besatzung der RC-135, Mr. Brent?« fauchte der General zurück. »Für mich ist das Berechtigung genug!«

»Marshall«, erklärte der Präsident, »ich habe General Curtis autorisiert, eine spezielle militärische Option offen zu halten. Punkt. Wir haben nun lange genug diskutiert. Finden Sie jetzt einen Weg, die Sowjets zum Abbau dieser Laser-Anlage zu zwingen.«

»Wir können die Sowjets erst einmal mit unseren Informationen konfrontieren«, fiel Gregory Adams ein. »Sie bei der UNO vorzutragen, wie wir es seinerzeit während der kubanischen Raketenkrise taten. Wir müssen die Weltmeinung gegen sie mobil machen. Wir müssen die Welt davon überzeugen, daß der destabilisierende Effekt dieses Laser-Systems alle bedroht.«

»Gut«, sagte der Präsident etwas hoffnungsvoller. »Das gefällt auch mir. Marshall, Greg, ich zähle auf Sie beide. So kann es jedenfalls nicht weitergehen. Machen Sie ihnen ganz nachdrücklich klar, daß es uns ernst ist.«

»Ich habe noch eine Option, die die Russen etwas rascher zu einer Verhandlungslösung drängen könnte«, meinte Curtis.

Des Präsidenten Lächeln verschwand. Marshall Brent sah den General fragend an.

»*Ice Fortress*«, sagte nicht Curtis, sondern Verteidigungsminister Preston. »Reaktivieren wir das Projekt *Ice Fortress*.«

Und Curtis beeilte sich hinzuzufügen: »Oder drohen wir zumindest mit der Reaktivierung.«

»Kommt überhaupt nicht in Frage«, wehrte Brent ab. »Der Abrüstungsvertrag von 1986, auf den wir zwei lange mühsame

Jahre hingearbeitet haben, verbietet *Ice Fortress* ausdrücklich. Holen wir das Projekt wieder aus der Versenkung, stehen wir als Lügner da. Unsere ganze Glaubwürdigkeit wäre damit dahin.«

»*Ice Fortress*«, argumentierte Curtis dagegen, »ist das einzige Mittel, mit dem wir zumindest anfangen könnten, diesem Lasersystem etwas Gleichwertiges entgegenzusetzen. Ohne es haben wir schlicht nichts, womit wir handeln könnten. Warum sollten denn die Russen auf alle unsere Forderungen eingehen, wenn sie nicht gezwungen sind? Warum sollten sie dieses Gelände schließen? Nur weil wir sagen: ›Ach, bitte, seid so nett!‹?«

»Die Sowjets werden uns nicht einfach ignorieren«, wandte Brent ein. »Gregory und ich werden sie in der UNO direkt angehen. Wir legen die Informationen vor, die Sie gesammelt haben, und fordern Sie auf, diese zu widerlegen, wenn sie können. Ich bin ganz sicher, daß dies dann das letzte war, was wir über irgendeine Laser-Verteidigungsanlage gehört haben.«

Der Präsident blickte grimmig drein. »Sie haben recht, Marshall«, sagte er langsam. »Wir lassen die Finger von *Ice Fortress*. Das ist keine Option. Jedenfalls jetzt noch nicht.«

Marshall Brent sah erleichtert aus. »Wir werden zu einer Verhandlungslösung kommen, Sir. Wir werden diese Sache zum Abschluß bringen.« In diesem Moment war es ihm gelungen, auch sich selbst davon zu überzeugen.

Der Präsident nickte. Dann drehte er sich auf seinem Stuhl herum und starrte wortlos aus den Fenstern des *Oval Office*, während die andern sich schweigend entfernten.

»Ich komme zum letzten Punkt der Tagesordnung vor der Vertagung des Rates ins Neue Jahr«, sagte Ian McCaan in der regulären Sitzung des UN-Sicherheitsrates. »Vortrag des amerikanischen Delegierten über den Stand der laufenden Untersuchung zum behaupteten Verlust des Flugzeugs RC-135 der US-Air Force vor der Küste der Sowjetunion. Wir begrüßen hierzu den Außenminister der Vereinigten Staaten, Mr. Marshall Brent. Bitte, Mr. Brent –«

»Entschuldigen Sie, Herr Generalsekretär«, unterbrach Karmarow mit dem Ausdruck höchster Überraschung. Er erhob sich halb von seinem Platz, während Marshall Brent durch den Mittelgang des geschlossenen Sitzungssaales des Sicherheitsrates kam. »Herr Generalsekretär, dies ist . . .«, er hatte Mühe, Haltung zu bewahren, ». . . es war mir nicht bekannt, daß dieses Thema auf die Tagesordnung gesetzt worden ist. Mein Büro ist dazu nicht konsultiert worden . . .«

Inzwischen hatte Marshall Brent den runden Konferenztisch erreicht. Er hob die Hand mit einem Lächeln zum sowjetischen Delegierten.

»Ich fürchte, es war mein Fehler, Mr. Karmarow«, begann er. Karmarows Protest erstarb mitten im Satz, und er ließ sich wieder auf seinen Sitz zurücksinken. »Ich habe mir die Freiheit genommen, mich einer wenig gebrauchten und wohl auch bekannten Regelung der Geschäftsordnung des Sicherheitsrates zu bedienen.

Ein Zusatz aus dem Jahr 1957 zu Artikel 39 der Geschäftsordnung des Sicherheitsrates erlaubt es jeder Seite einer beliebigen strittigen, vor den Rat gebrachten Sache, regelmäßige Zwischenberichte über alle dazu beschlossenen Untersuchungen zu erstatten. Ich habe mir deshalb erlaubt, einen solchen Zwischenbericht zusammenzustellen, von dem ich sicher bin, daß er die anderen Delegierten überaus interessieren wird –«

»Verzeihung, Mr. Brent«, unterbrach Karmarow wieder, diesmal schon nachdrücklicher. Er beugte sich zu Andrina Asserni hinüber, flüsterte ihr etwas zu und sah ihr nach, wie sie den Sitzungssaal verließ. »Diese Angelegenheit wird noch immer untersucht«, sagte er dann. »Es ist mir bekannt, daß einige geringe Fortschritte erzielt worden sind, Sir, aber es ist doch wohl viel zu früh –«

»Das trifft durchaus zu, Herr Botschafter«, gab Brent zu. »Trotzdem ist ein Zwischenbericht jederzeit erlaubt. Tut mir leid, daß Sie Miß Asserni fortschicken mußten, um den erwähnten Artikel zu überprüfen, aber damit hat es schon seine Richtigkeit. Alles ist bereits offiziell überprüft und vom Geschäftsordnungsausschuß auch für zulässig erklärt worden.«

Karmarow blickte zu McCaan, der nickte und sagte: »Offensichtlich, Mr. Karmarow, sind Sie von Ihrem Sekretär beim Geschäftsordnungsausschuß nicht unterrichtet worden. Das Begehren ist in Ordnung. Selbstverständlich werden Sie die Möglichkeit erhalten, jede gewünschte Anmerkung dazu zu machen.«

Der Russe leistete keinen weiteren Widerstand. Seine Stimme wurde sogar noch etwas defensiver. »Ich meine ja nur, weil die Untersuchung erst vor weniger als einem Monat begonnen hat . . .«

». . . und dennoch zu nichts Rechtem führte«, nahm ihm Brent sogleich mit knappem, aber festem Ton das Wort ab. »Alle amerikanischen Bitten um Aufzeichnungen, wohlgemerkt *übliche* Aufzeichnungen Ihrer militärischen Kontrollen zur Zeit des Verlustes der RC-135, sind leider ignoriert worden. Auch gleichlautende Bitten der ICAO, der Internationalen Luftfahrtbehörde, sind ignoriert worden. Dabei pflegen, den ICAO-Bestimmungen zufolge, solche Aufzeichnungen vierundzwanzig Stunden nach Anforderung übermittelt zu werden.«

Karmarow gab deutlich seine Indignation zu erkennen. »Ich

werde mich persönlich um diese Unterlassung kümmern, die –«

»Das ist durch mein Büro bereits geschehen«, sagte Brent. »Das Außenministerium der Sowjetunion hat auf Anfrage erklärt, die Aufzeichnungen seien Ihrer UN-Delegation zugeleitet worden.«

Karmarow setzte zu einer Entgegnung an, aber Brent hielt ihn mit ausgestreckter Hand davon zurück.

»Ich verstehe ja die Situation durchaus, Herr Botschafter«, sagte er in nachsichtigem Ton. »Ihr Außenministerium hat auch hinzugefügt, daß Ihr Büro noch nicht genügend Zeit hatte, diese Aufzeichnungen ausreichend zu prüfen. Ich sehe durchaus ein, daß Sie sie natürlich nicht uns überlassen wollen, ehe Sie sie nicht selbst genau angesehen haben.«

»Ich möchte den Rat um Nachsicht bitten«, sagte Karmarow. »Dringende Angelegenheiten in meiner Delegation und die Hektik der Aktivitäten vor der letzten Sitzung des Jahres haben es mir nicht möglich gemacht, diese Dokumente bisher zu prüfen.«

»Selbstverständlich, Herr Botschafter«, erwiderte Brent. »Ihr Außenministerium war ja auch so freundlich, einige unserer Fragen gleich selbst zu beantworten. Ich hoffe, Sie hatten zumindest Gelegenheit, die Aufzeichnungen durchzublättern, damit der Sicherheitsrat hier immerhin über einige Punkte informiert werden kann.«

»Ich bitte um Verzeihung, Herr Minister, aber ich –«

»Ihr Außenministerium hat mir versichert, daß drei MiG-29-Abfangjäger – obwohl sie vom Flugplatz Ossora im Osten der Halbinsel Kamtschatka nahe Kawaschnija aus gestartet waren – zu keinem Zeitpunkt eine Begegnung oder Kontakt mit dem sogenannten eindringenden Flugzeug hatten. Die RC-135 konnte ohne jede Behinderung oder Warnung auf die Küste zufliegen. Herr Botschafter, warum in aller Welt sollte Ihr Land einem unidentifizierten Flugzeug erlauben, bis auf fünfunddreißig Meilen an die Küste vorzudringen, was gleichzeitig bedeutete, sich auf fünfunddreißig Meilen einer Ihrer streng geheimen Forschungseinrichtungen zu nähern, ohne daß drei Abfangjäger, deren Zweck die Verfolgung solcher Flugzeuge wäre, es daran hinderten?«

»Herr Minister«, sagte Karmarow gepreßt, »ich kann zu diesem Zeitpunkt solche Fragen nicht beantworten und –«

»Ihr Außenministerium gab des weiteren die Auskunft, daß es keine Bemühungen gab, die RC-135 auf normalen, international anerkannten Kanälen für Dringlichkeitsfälle anzurufen. Also, Herr Botschafter: Die Sowjetunion läßt drei hochentwikkelte Abfangjäger gegen ein amerikanisches Flugzeug aufsteigen, von dem sie behauptet, es verletze höchstsensiblen russischen Luftraum, und dennoch nähern sich diese zu keinem Zeitpunkt dem Eindringling. Ganz offensichtlich haben sie das Flugzeug gesehen. Und trotzdem haben sie zu keinem Zeitpunkt versucht, es über Funk anzusprechen, zu warnen oder zur Umkehr aufzufordern. Warum? Vielleicht«, fuhr Brent ohne Pause fort, um keine Unterbrechung zuzulassen, »kann ich eine Erklärung liefern.« Er gab ein Handzeichen, woraufhin an der Stirnwand des Sitzungssaales eine Leinwand herunterging. Adams reichte dem Außenminister eine Lampe mit einem Leuchtpfeil, und Brent trat schnellen Schrittes vor den kreisrunden Konferenztisch. Er stieg auf ein kleines Podium, während bereits das erste Bild auf der Leinwand erschien. Es zeigte mehrere Reihen Wörter und Zahlen auf der linken und einige graphische Darstellungen auf der rechten Seite.

»Ich möchte dem Rat vortragen, was sich exakt an Bord des unbewaffneten Aufklärungsflugzeuges abspielte«, begann er. »Dies hier sind die exakten Positions- und Zustandsdaten – und zwar im unveränderten Original! –, die von dem Flugzeug RC-135 im Anflug auf Kawaschnija übermittelt wurden.«

Er drückte auf einen Knopf. Unter das erste wurde ein zweites Dia projiziert, eine Karte von Ostasien mit Kawaschnija als Mittelpunkt.

»Zum besseren Verständnis der Daten auf der linken Seite«, erklärte Brent, »werden wir den Standort der RC-135 auf der Karte darunter markieren. Die Graphiken sind Darstellungen der elektromagnetischen Energiefelder um das Flugzeug RC-

135 herum. Die einzelnen Kurven zeigen die Temperatur, das sichtbare Licht, die Strahlung, die Sendeenergie und das polarisierte Einzelfrequenzlicht. Alle Kurven sind zeitsynchron, um darzustellen, was genau sich in jedem einzelnen Moment abspielte.«

Die Projektion begann sich zu bewegen. »Die RC-135 befindet sich einhundertundvierzig Meilen vor Kawaschnija, als das Überwachungsradar vom Flugplatz Ossora im Osten von Kawaschnija es entdeckt und auf seinen Schirm bekommt.« Auf der Karte erschien ein Kreis. »Dieser Kreis stellt die Computerschätzung des Umkreises dar, in dem das Überwachungsradar die RC-135 von nun an verfolgt. Die Maschine ist deutlich innerhalb dieses Kreises.« Die Kurve der Senderenergie stieg an. Die anderen Linien bewegten sich nicht.

»Die RC-135 ist jetzt neunzig Meilen von Kawaschnija entfernt. Sie wird nach wie vor vom Überwachungsradar verfolgt, wie diese Zeile des Ausdrucks bestätigt. Vermutlich ist die Luftverteidigung bereits verständigt; das können allerdings nur die bisher noch fehlenden Aufzeichnungen der Flugsicherung beweisen. Hier –« Brent deutete auf die graphische Kurve der Senderenergie, »kommt ein neues Radar ins Spiel. Das Flugzeug ist noch zehn Minuten vom Festland entfernt.

Beachten Sie, wie stark der Energiepegel gestiegen ist! Der Ausdruck bestätigt es. Da . . . Frequenz, Trägerenergie, Modulation – alle deutlich verschieden, Tausende Male stärker als die üblichen Überwachungsradars.«

Ein neuer Kreis erschien auf der Karte, um ein Mehrfaches größer, als der erste es gewesen war.

»Herr Generalsekretär«, meldete sich nun Karmarow, »ich muß gegen diese Vorstellung protestieren.«

Brent hielt die laufende Projektion an.

»Mr. Karmarow«, erwiderte McCaan, »diese Vorführung ist vom Geschäftsordnungsausschuß zugelassen und genehmigt.«

»Was Mr. Brent hier vorführt«, Kamarow gab nicht nach, »kann wohl darstellen, was sich tatsächlich ereignete. Es kann aber auch ebensogut eine geschickte Fälschung sein. Ich meine, etwas dergleichen kann ich Ihnen selbst jederzeit auf meinem Computer basteln.«

»Mr. Karmarow, wenn Sie Einwände gegen die Entscheidung des Geschäftsordnungsausschusses haben, müssen Sie bei diesem einen offiziellen Protest einlegen –«

»Ich habe doch keinerlei Gelegenheit gehabt, irgend etwas von dem Beweismaterial, das hier vorgetragen wird, zu prüfen.«

»Der Geschäftsordnungsausschuß –«

»Ich kenne den Geschäftsordnungsausschuß. Aber ein solches – Durcheinander von Informationen kann doch dem Sicherheitsrat nicht präsentiert werden, ohne –«

»Ihr Protest, Mr. Karmarow, ist offensichtlich verfahrensrechtlicher Natur«, sagte McCaan, »und deshalb muß ich ihn zurückweisen. – Mr. Brent, fahren Sie fort.«

»Die RC-135 befindet sich jetzt zweiundvierzig Meilen vor der Küste.« Brent deutete auf den linken Rand. Die Karte wurde von einem viel größeren Ausschnitt überblendet, der die unmittelbare Umgebung von Kawaschnija zeigte. Die rote Linie, die den Kurs der RC-135 darstellte, begann sich zu verändern. »An dieser Stelle beginnt das Flugzeug nach rechts abzudrehen, weg von der Küste. Wie Sie sehen, sind alle Radars der Gegend abgeschaltet. Bis auf eines. Kein Indien-Band-Radar, nur noch das sehr viel stärkere Lima-Band-Radar in Kawaschnija.«

Brent wandte sich an Karmarow. »Warum, Herr Botschafter, schaltet Ihre Luftverteidigung alle Radars ab, wo sich doch ein Eindringling im Luftraum befindet? Und drei Abfangjäger in der Luft, die bekanntlich auf diese Radars angewiesen sind, wenn sie den Eindringling lokalisieren wollen? Warum wurde abgeschaltet? Und wo sind die drei Jäger geblieben?«

Karmarow zog es vor, keine Antwort zu geben.

»Und plötzlich – hier! –« fuhr Brent fort, »ereignet sich eine enorme Explosion von Senderenergie, sichtbarem Licht, Strahlung und polarisiertem Licht, alles zusammen!« Die Projektion bewegte sich langsam wieder. »Diese Explosion dauert fast eine ganze Sekunde. Meine Herren, die Anzeige polarisierten Lichts ist eine, die sehr präzisen Parametern sichtbaren Lichts entspricht. Und hier muß es sich um völlig reines Licht handeln. Eine einzige Wellenlänge, eine einzige Frequenz, eine einzige Richtung. Mit einem Wort, polarisiertes Licht.« Er wandte sich um und blickte Karmarow an. »Nämlich Laserlicht. Ein Laser von einer Größenordnung von zweihundert Megawatt ist da von Kawaschnija abgeschossen worden.

Nach der Explosion war die Datenübertragung unterbrochen«, fuhr Brent in seinen Ausführungen fort. »Eine derart ungeheure Energiemenge unterbricht elektronische Schaltkreise im Umkreis von Hunderten von Meilen. Mr. Karmarow, waren vielleicht deshalb keine Jäger in der Nähe? Ein Jagdflugzeug in der Nähe eines solchen Laserschusses würde nämlich wie ein Stein ins Meer fallen.«

Keine Reaktion von Karmarow.

»Wie Sie sehen können«, fuhr Brent fort, »sind Strahlung und Senderenergie noch immer sehr hoch. Die Kurven des polarisierten Lichts und der thermischen Energie sind jetzt verschwunden. Der Grund dafür ist, daß diese Daten von einem Aufklärungssatelliten des Typs Alpha Omega Neun stammen, der über Kawaschnija steht. Und dieser Satellit wurde von dem Laserschuß zerstört.«

»Unglaublich«, war eine Stimme vom Konferenztisch zu hören. Das Stimmengemurmel wurde stärker.

»Die Besatzung der RC-135, welche sich jetzt fast neunzig Meilen vor der Küste befindet, ist vermutlich bereits mit einer tödlichen Dosis Strahlung verseucht, aber noch am Leben.«

Eine der Graphikkurven sprang steil nach oben. »Die Senderenergie steigt wieder stark an«, erläuterte Brent weiter. »Das Radar von Kawaschnija ist wieder in Betrieb – auf der Suche nach einem neuen Opfer.«

»Unbewiesene Verdächtigungen«, protestierte Karmarow. »Herr Generalsekretär –«

»Das Lima-Band-Radar ist wieder auf volle Energie geschaltet.« Brents Blick war nicht mehr auf die Leinwand gerichtet, sondern direkt auf Karmarow, der seinerseits unverwandt auf die Datenprojektion der Leinwand starrte. »Da findet eine Rhythmusänderung statt. Das Radar hat ein Flugzeug erfaßt. Ein unbewaffnetes Aufklärungsflugzeug, das fast fünfzig Meilen von der Küste entfernt ist und zwölf Männer und Frauen an Bord hat.«

Die Projektion verlosch, der Raum verdunkelte sich. Nach kurzer Zeit ging das Licht wieder an.

»Ohne jede Warnung, mit heimtückischer Berechnung«, sagte Brent, direkt an Karmarow gewandt, »haben die Sowjets den Satelliten zerstört und dann, um dieses erste Verbrechen zu vertuschen, ihren Laser auch auf ein unbewaffnetes Flugzeug gerichtet und damit zwölf Menschen getötet.«

Es herrschte Schweigen im Sitzungssaal. »In Amerika, Herr Botschafter, nennen wir dergleichen kaltblütigen Mord.« Brent wandte sich wieder an die übrigen Delegierten.

»Vor vier Tagen wurde eine neue Interkontinental-Rakete bei einem Testflug angegriffen. Wieder von dem Laser in Kawaschnija. Die Daten darüber werde ich vorlegen, sobald sie verfügbar sind.«

Die Lichter wurden neuerlich gelöscht. Brent drückte wieder auf einen Knopf, und auf der Leinwand erschien ein stark vergrößertes, computer-verbessertes Bild von Saljut Neunzehn mit dem großen rechteckigen Spiegel auf der Unterseite.

»Hier, meine Herren, sehen Sie Saljut Neunzehn«, verkündete Brent, »allerdings mit einer ganz neuen und ziemlich erschreckenden Veränderung. Hier. Ein Spiegel, der den Laserstrahl aus Kawaschnija über die Horizontlinie auf seine Ziele lenkt!« Das Stimmengewirr im Saal steigerte sich in Ausrufe der Ungläubigkeit.

»Ich weiß wohl, Herr Botschafter«, fuhr Brent, zu Karmarow gewandt, fort, »daß Sie auf all dies nicht antworten werden. Sie werden sich eine Videoaufzeichnung dieser Sitzung geben lassen, diese mit in Ihre Botschaft nehmen und sie dort mit Moskau diskutieren. Schön. Aber die Vereinigten Staaten beantragen die Wiederaufnahme der Klage, die sie seinerzeit am

15. November vorgetragen haben. Wir beschuldigen die Sowjetunion des vorsätzlichen Mordes, der Verschwörung zur Verübung von Mord, der Piraterie, des Falscheides und der Verschwörung zum Zwecke der Unterdrückung von Beweisen. Wir klagen sie ferner der Verletzung des Anti-Ballistik-Raketen-Vertrages von 1972 an, bewirkt durch den Einsatz des Lasers, des Lima-Band-Radars, mit dem dieser Laser gelenkt wird, und des Raumfahrzeugs Saljut Neunzehn, welches nachträglich zum Zwecke der Zerstörung ballistischer Waffen mit einem Spiegel zur Reflektion von Laserstrahlen ausgestattet wurde. Wir fordern die sofortige Entfernung dieser Zusätze von Saljut Neunzehn und die Schließung der gesamten Anlage Kawaschnija, bis den Vereinten Nationen die Besichtigung an Ort und Stelle ermöglicht worden ist. Wir fordern schließlich Reparationszahlungen in Höhe von fünfhundert Millionen amerikanischer Dollar für den Tod der amerikanischen Besatzung des Flugzeuges RC-135 und für den Verlust der RC-135, des Satelliten Alpha Omega Neun und des Javelin-Flugkörpers.«

Er wandte sich an die übrigen Delegierten. »Es ist mir bekannt, daß trotz unserer hehren Ideale die Justiz der Vereinten Nationen langsam und manchmal gar nicht durchsetzbar ist. Die Regierung der Vereinigten Staaten erachtet indessen die Laservorrichtung und den Satellitenspiegel im Weltraum als eine so schwerwiegende Beeinträchtigung der Sicherheit ihres Landes, daß sie nicht länger auf die Entfernung dieser Vorrichtungen warten kann, noch dazu gewillt ist.«

Er wandte sich erneut an Karmarow und erhob seine Stimme. »Wir geben der Sowjetunion drei Tage Zeit, das Raumfahrzeug Saljut Neunzehn abzurüsten oder auf sonstige Weise unwirksam zu machen. Falls nicht zu unserer Zufriedenheit bewiesen werden kann, daß der Spiegel von Saljut Neunzehn nicht länger imstande ist, einen Laserstrahl aus Kawaschnija auf atmosphärische oder ballistische Flugobjekte an beliebigen Orten über der Erde zu lenken, werden wir davon ausgehen, daß der Anti-Ballistik-Raketen-Vertrag von 1972 ebenso wie der Vertrag von 1986 beim Abrüstungsgipfel in Island null und nichtig sind, und angemessene Maßnahmen zur Gewährleistung unserer nationalen Sicherheit ergreifen.«

»Und worin sollen Ihre Maßnahmen bestehen?« fragte Karmarow. »Wollen Sie etwa einen Krieg anfangen? Wegen einer unbegründeten, unbedeutenden, angeblichen, herbeigeredeten Bedrohung?«

Brent stellte sich vor den russischen Botschafter, die Hand fest auf dessen Pult gelegt. Mit so leiser Stimme, daß es außer Karmarow selbst kaum jemand hören konnte, sagte er: »Warum, Dmitri? Warum? Wir haben doch fast von Anfang an die richtige Vermutung gehabt. Und ich bin ein gewaltiges Risiko eingegangen, indem ich Ihnen davon berichtete. Und trotzdem hört Ihre Regierung nicht auf, diesen Laser einzusetzen. Warum? Ich kann keinen Sinn darin erkennen!«

»Es war dumm von Ihnen, Brent«, antwortete Karmarow ebenso leise, »Ihre sogenannten Beweise auf diese Art zu präsentieren. Ich muß Ihnen das doch nicht näher begründen. Wenn Sie meine Regierung derart mit absolut unangebrachter großer Pose in die Enge treiben, kann das doch nicht die von Ihnen gewünschten Ergebnisse haben.«

»Ich frage, warum, Dmitri!« wiederholte Brent. »Verdammt noch mal, ich —«

»Die Anlage ist ein *Verteidigungs*instrument für die territoriale Sicherheit«, sagte Karmarow gepreßt. »Sie ist der Zeit Jahre voraus, in einer Art und Weise, wie sie die optimistischsten Experten Ihres Landes für die nächsten zehn Jahre noch nicht für möglich hielten. *Sie verletzt keine bestehenden Verträge.* Aber sie stellt für uns einen defensiven Schirm dar, und ihre Existenz ist nicht mehr einfach durch Androhungen wegzuschreien.«

»Sie haben die Wahl«, sagte Brent, während er vom Pult des russischen Botschafters wegging, mit wieder normaler Stimme, so daß ihn alle Delegierten hören konnten. »Beginnen Sie mit Saljut Neunzehn. Entwaffnen Sie ihn, entfernen Sie den Spiegel. Lassen Sie ihn in der Atmosphäre verglühen, oder sonst etwas. Das ist mir gleich. Aber beweisen Sie den Vereinigten Staaten, daß Sie sich verpflichten, den Laser fortan ausschließlich für Verteidigungszwecke zu gebrauchen. Gegenwärtig ist er eine Offensivwaffe und bereits dazu benutzt worden, unschuldige Bürger der Vereinigten Staaten zu töten. Ihre andere Möglichkeit ist, sich auf die Konsequenzen Ihres Verhaltens einzustellen.«

Brent kehrte an seinen Platz zurück und setzte sich langsam, während er die Gesichter um sich herum beobachtete.

»Und worin würden Ihre Konsequenzen bestehen, Mr. Brent?« fragte Karmarow nochmals ruhig. »Weltkrieg? Globaler Tod?« Er forderte seinen amerikanischen Kollegen heraus, doch dieser faltete mit ernstem Gesicht seine Hände und erwiderte Karmarows Blick schweigend. Die Erinnerung an ihre private Begegnung kam ihm wieder in den Sinn. Und er bemerkte, daß sich auch Karmarow daran erinnerte. Er packte seine Papiere zusammen und nickte Adams zum Aufbruch zu.

»*Tschal ljot*«, sagte Karmarow fast flüsternd. Die Delegierten griffen nach ihren Übersetzungskopfhörern. Brents Augen zogen sich schmerzlich zusammen. »Das können Sie doch nicht tun!« sagte Karmarow. »Das bedeutet das Ende! Sie können doch nicht –«

»Wir können, und wir werden«, antwortete Brent jedoch und hoffte, seine Worte klängen überzeugender, als er sie selbst empfand. Er erhob sich, nickte Ian McCaan zu und verließ den Sicherheitsrat.

WASHINGTON, D. C.

Die Atmosphäre in dem als Lageraum bekannten schallisolierten und bombensicheren Raum unter dem Weißen Haus hätte sich am besten als Friedhofsstimmung bezeichnen lassen. Und insoweit entsprach sie auch Außenminister Marshall Brents Gemütsverfassung ziemlich genau.

Brent wartete auf das Zeichen des Präsidenten, daß er bereit sei, und nahm dann das Blatt Papier in die Hand, das vor ihm lag. Er begann.

»Meine Damen und Herren, ich habe vom sowjetischen Staatspräsidenten die Antwort auf unsere Klage erhalten. Sie lautet wie folgt, ich zitiere wörtlich:

›Die Regierung der Union Sozialistischer Sowjetrepubliken weist die Anschuldigungen kategorisch zurück, die gegen sie in der Sitzung des UN-Sicherheitsrates erhoben worden sind. Die UdSSR weist die in dieser geschlossenen Sitzung vorgebrachten Beweise als konstruiert und inakzeptabel zurück. Die UdSSR bestreitet jede Schuld an dem behaupteten Verlust irgendeines Flugzeuges am oder um den 13. November 1987 oder an dem behaupteten Verlust eines illegalen Spionage-Satelliten am oder um denselben Tag. Wir werden die unbegründete und nicht ernst zu nehmende Beschuldigung des Abschusses einer Rakete über dem Pazifischen Ozean nicht dadurch aufwerten, daß wir sie eines förmlichen Dementis für würdig erachten.‹«

»Verdammte Bande!« murmelte Curtis.

Brent fuhr fort:

»›Die Sowjetunion beharrt auf ihrer Haltung, daß eine existierende bodenstationierte Laser-Anlage keine Verletzung des Anti-Ballistik-Raketen-Vertrages von 1972 wäre, nachdem in diesem Vertrag von solchen Waffen keine Rede ist, und daß auch ein Raumfahrzeug mit einem daran angebrachten Spiegel in keiner Weise eine Verletzung irgendeines Vertrages darstellt.

Das vom amerikanischen Außenministerium der Delegation der Sowjetunion bei den Vereinten Nationen vorgetragene provokative Ultimatum der Regierung der Vereinigten Staaten ist unbegründet und aggressiv und wird hiermit zurückgewiesen. Die Vereinigten Staaten müssen Beweise – wirkliche Beweise – für ihre Behauptung vorlegen, daß die behaupteten Verluste nicht etwa eine Folge ihrer eigenen Inkompetenz oder von technischem Versagen waren, ehe sie irgendwelche Forderungen an unser souveränes Land zu stellen legitimiert sind.

Wir weisen ferner aufs schärfste die Versuche der Regierung der Vereinigten Staaten zurück, die Sowjetunion mit Drohungen über die unilaterale Mißachtung des Anti-Ballistik-Raketen-Vertrages von 1972 und des unratifizierten Vertrages von 1986 über Abrüstung zu erpressen. Ein verantwortungsvoll handelndes Land würde den Weg fairer und offener Verhandlungen beschreiten, um einen Streit beizulegen, statt sofort durch die Drohung der Aufkündigung und Verletzung internationaler Verträge den Weltfrieden zu gefährden.

Die Sowjetunion ist wie stets bereit, sich jederzeit wieder an den Untersuchungen über das verlorengegangene amerikanische Flugzeug vor ihrer Küste zu beteiligen, ebenso wie an Gesprächen über jede andere Frage oder über mögliche Verletzungen von Verträgen, die mit Forschungsvorhaben zusammenhängen könnten, welche in Ostsibirien vonstatten gehen. Dazu erklären wir förmlich unsere volle und bedingungslose Kooperation im Geiste des Friedens.‹

Mit anderen Worten, sie bestreiten alles«, faßte Brent zusammen. »Sie sind zu neuen Gesprächen darüber bereit, ob dieses Radar den ABM-Vertrag verletzt oder nicht, aber das ist auch schon alles.«

»Wir stehen also genau wieder da, wo wir angefangen haben«, sagte Curtis. Er wandte sich an den Präsidenten. »Sir, mit allem Respekt, aber ich beantrage unter diesen Umständen, daß wir sofort *Ice Fortress* aktivieren.«

Brent schüttelte den Kopf. »Und damit Weltkrieg Drei riskieren? Diese Lösung könnte verderblicher sein als das Problem!«

»Mr. Brent, über diesen Punkt haben wir doch wohl genug diskutiert«, entgegnete Curtis. »Es ist Zeit zum Handeln.« Er wandte sich an den Präsidenten. »*Mr. President*, wir können, wenn Sie das vorziehen, die Raumstation selbst in zwei aufeinanderfolgenden *Space-Shuttle*-Flügen in ihre Umlaufbahn bringen, wobei der eine von Cape Canaveral starten würde, der andere von Vandenburg aus, und zwar in etwa einem Monat. Wir können die Bewaffnung der Station zurückstellen, bis alle diplomatischen Wege ausgeschöpft sind. Wenn wir dann keine andere Wahl mehr haben, können wir mit zwei nachfolgenden Starts *Ice Fortress* voll bewaffnen und wären nach zwei Wochen aktionsbereit.«

Durch den Lageraum des Weißen Hauses lief zustimmendes Gemurmel. Brent sah die versammelten Berater reihum an.

»Aber damit würden wir uns doch nur auf deren Niveau herunterbegeben!« rief er. »Und es würde eine Eskalation bedeuten, die wir am Ende nicht mehr zu kontrollieren imstande sein könnten!«

»Und warum tun *die* das?« fragte der Präsident rhetorisch, während er sich seine Schläfen massierte. »Warum? Es kann ihnen doch nicht ernsthaft darum gehen, uns provozieren zu wollen?«

»Sie haben ihr Ziel ja schon erreicht«, meinte Curtis, »nämlich unser strategisches Warn- und Überwachungssystem zur Bedeutungslosigkeit zu verurteilen. Das ist ihr Motiv!«

Brent seufzte. »Verdammt noch mal, General, Sie sehen aber auch wirklich die russische Invasion an jeder Straßenecke! Natürlich könnten wir noch einen Spionagesatelliten starten. Von mir aus auch zehn. Nichts würde ihnen passieren. Denn nach meiner Meinung haben die Russen ihr Ziel tatsächlich bereits erreicht. Sie haben diese Regierung verwirrt, verschreckt und desorganisiert. Sehen Sie das denn nicht, General? Die Russen wollen doch nur, daß wir *Ice Fortress* starten! Sie wollen doch nur, daß wir Kawaschnija bombardieren oder irgendwo sonst in der Welt Krieg anfangen. Was immer sie bereits getan haben, was *wir* als Antwort darauf unternehmen, ist in den Augen der Welt die bei weitem größere Aggression!«

»Mit anderen Worten«, knurrte Curtis zurück, »nach Ihrer Meinung ist das Beste, was wir tun können, überhaupt nichts zu tun! Wir sollen große Drohgebärden machen, aber dann abwarten, bis die uns höhnisch eine lange Nase drehen.« Er fuhr sich mit den Fingern durch die Haare und hieb dann die Faust auf den Tisch. »Nein, sage ich! Es geht nicht darum, nur den starken Mann zu spielen. Ich bin keineswegs davon überzeugt, daß die Russen aufhören werden, unsere Satelliten abzuschießen. Und ich bin auch keineswegs überzeugt davon, daß sie keinen Angriffsplan haben, der hinter all diesen Sticheleien steht.«

Brent schwieg.

»Tut mir leid, Marshall«, sagte der Präsident zu ihm, »ich weiß, daß Sie alles versucht haben. Ich bin Ihnen auch sehr dankbar für Ihre Bemühungen. Aber es scheint eben doch, daß diese keine Früchte getragen haben.«

»Nein, aber –«

»Wir haben den Russen gegeben, was sie wünschten – Zeit! Aber sie haben nichts getan inzwischen. Die Schlußfolgerung daraus ist doch wohl klar: Sie fühlen sich stark genug und ermutigt, uns weitere Stiche zu versetzen...« Der Präsident wandte sich an Curtis. »General, ich wünsche heute nachmittag eine ausführliche Berichterstattung über *Ice Fortress*.«

»Ja, Sir.«

»*Ice Fortress* zu starten, wäre ein großer Fehler!« beharrte Brent hartnäckig. »*Ice Fortress* wäre mindestens so verwundbar wie der Alpha-Omega-Satellit! Oder etwa nicht, General Curtis? Was für einen Sinn soll es haben, den Sowjets eine schöne Zielscheibe für siebenhundert Millionen Dollar in den Himmel zu setzen?«

»Marshall«, mischte sich nun Ken Mitchell ein, »in den Fällen Omega und Javelin haben beide Male wir selbst die Objekte zerstört. Es war nicht der Laser.«

Der Präsident sah verblüfft auf. »Wie bitte?«

»Wenn Sie sich erinnern wollen, Sir, ich habe Ihnen dies kurz nach dem Angriff auf die Midgetman in meinem Bericht mitgeteilt.« Mitchell trug den Ausdruck eines Schullehrers zur Schau, dem allmählich die Geduld ausgeht. »Der Omega-Satellit war blind gemacht und beschädigt worden, wurde aber nicht zerstört. Wir verloren ihn, als wir ihn durch die Atmosphäre lenken und zurückholen wollten. Die Javelin-Rakete ihrerseits hatte genug abbekommen, daß die Zündung ihrer dritten Stufe vorzeitig erfolgte, aber wir wissen bis heute nicht genau, wie schwer sie tatsächlich beschädigt worden war. Sie explodierte durch automatische Selbstzerstörung, sobald sie vom Kurs abgekommen war.«

Brent schlug mit der Hand auf den Tisch. »Das beantwortet aber meine Frage keineswegs –«

»In keinem dieser Fälle«, unterbrach ihn Curtis ungehalten, »waren die Flugkörper gegen eine Laserattacke gewappnet. Eine Raumstation von der Größe von *Ice Fortress* indessen, die im Weltraum erst montiert wird, kann so ausgerüstet werden, daß sie jedenfalls der direkten Energie, die dieses Kernkraftwerk dort produziert, zu widerstehen imstande ist. Ein Laserstrahl, wie stark auch immer, ist letzten Endes eben nur ein Lichtstrahl. Er kann also reflektiert werden. Wenn Sie es wünschen, Sir, kann ich auch die Forscher von Wright-Patterson für einen detaillierten Vortrag kommen lassen. Aber es steht fest, daß *Ice Fortress* gegen Laser geschützt werden kann.«

»*Mr. President*«, fiel Brent zornig ein, »*Ice Fortress* steht für die schlimmsten Annahmen über die Militarisierung des Weltraums! Glauben Sie im Ernst, wir könnten dem Druck der Weltmeinung standhalten, wenn wir dieses Ding in den Himmel schießen?«

»Weltmeinung! Viel gravierender ist doch der Verlust unseres Abschreckungspotentials!« knurrte Curtis. »Ich weiß nicht, verstehen Sie denn das nicht? Wir haben einen nicht unerheblichen Prozentsatz unseres nuklearen Abschreckungspotentials verloren! Jetzt und hier, in dieser Minute, Mr. Brent, sind wir nicht in der Lage, Raketenstarts in Ostasien festzustellen! In Petropawlowsk liegen zwölf U-Boote, von denen jedes mit durchschnittlich fünfzehn seegestützten Marschflugkörpern bestückt ist! Und jeder einzelne hat drei Sprengköpfe, vielleicht sogar mehr. Mr. Brent, wir sind nicht mehr in der Lage, früher als zehn Minuten vor dem Zieleinschlag festzustellen, ob die Russen diese Raketen abgeschossen haben! So sieht es aus! Und die Sowjets haben schließlich demonstriert, daß sie in der Lage sind, unsere eigenen Raketen schon während der Startphase zu zerstören. Falls sie also ihre Raketen losschickten und wir zum Gegenschlag ansetzten, dann würde ein erheblicher Prozentsatz unserer Raketen ihre Ziele gar nicht erst erreichen!«

Curtis hatte längst die Aufmerksamkeit aller für sich.

»Und selbst wenn die ganze Welt damit die Vorstellung von Armaggedon verbindet«, fuhr er resümierend fort, »wir brauchen *Ice Fortress* schlechterdings! Wir brauchen ein Druckmittel in der Hand!«

»Marshall«, forderte der Präsident Brent auf, »entwerfen Sie eine Antwort an den Kreml, die ich unterschreiben kann. Und gehen Sie zu Karmarow und fragen Sie ihn, was, zum Teufel, da eigentlich gespielt wird. Ich will, daß den Sowjets folgendes ganz klargemacht wird: Sie haben einen kriegerischen Akt begangen, und wir haben die Absicht, diesen zu beantworten.«

»Ich würde raten, nicht in dieser Sprache zu reden, Sir«, warnte Brent.

Der Präsident blickte in die Runde und sah nur Köpfe, die geschüttelt wurden. Dann schüttelte er auch den seinen. »Ein kriegerischer Akt, Marshall. Genau das ist es. Und genau das habe ich gesagt.«

VEREINTE NATIONEN, MEHRERE WOCHEN SPÄTER

»Ist das ein kriegerischer Akt?«

Marshall Brent lehnte sich in seinem Sitz zurück und drehte die Lautstärke des Kopfhörers herunter, über den ihm Dmitri Karmarows Tirade vor dem UN-Sicherheitsrat übersetzt wurde. Neben ihm saß Gregory Adams und machte sich gelegentlich sorgfältige Notizen und Anmerkungen.

Karmarow hielt fünf Bücher in die Höhe und wedelte mit ihnen in der Luft herum, damit ihn auch jedermann im Sitzungssaal des Sicherheitsrates sehen konnte. »Fünf Verträge, verehrte Kollegen Delegierte! Die Vereinigten Staaten haben mit voller Absicht fünf wichtige Verträge mit der Sowjetunion und mit dieser Institution hier verletzt! Sie haben Jahre mühsamer und wichtiger Verhandlungen ruiniert, die mit dem Ziel geführt worden waren, der Welt dauerhaften Frieden zu bringen!«

Er warf die fünf Vertragsbücher dramatisch in den Mittelgang vor ihm. Der Delegierte von Rumänien griff sofort beflissen danach und hob sie auf.

»Sie sind nutzlos. Makulatur. Ein Nichts.« Karmarow winkte die fünf Bände angeekelt von sich und zeigte mit dem Finger auf die amerikanische Delegation. »Die Militarisierung des Weltraums ist nicht nur eine Bedrohung der Sowjetunion, verehrte Kollegen, sondern sie bedroht uns alle. Die Vereinigten Staaten wollen nun damit fortfahren, gigantische Vernichtungsmaschinen zu bauen und in den Himmel über unseren Köpfen zu schießen, über unseren Häusern, über unseren Regierungssitzen. Ihr *Ice Fortress* mag sich gegenwärtig, wie die Amerikaner behaupten, wohl in einer Umlaufbahn über dem Nordpol befinden. Aber sie können dieses Instrument natürlich jederzeit über jeden beliebigen Ort der Erde lenken.

Jeden beliebigen! Lassen Sie sich nicht von abwiegelnden Beschwichtigungen einlullen! *Niemand ist mehr sicher!*

Sie behaupten, es befinde sich keine nukleare Bewaffnung an Bord. Sie bieten sogar an, Beobachter an Bord zu lassen, die es nachprüfen könnten. Als wäre das eine kleine kurze Bootsfahrt dorthin! Lassen Sie sich nicht für dumm verkaufen! Sie haben auch behauptet, ihre Flugzeugträger und Kriegsschiffe, die sie in japanischen Häfen stationiert haben, hätten keine nuklearen Waffen an Bord. Und natürlich haben sie damit, rein technisch gesehen, recht. Solange alle die kritischen Komponenten nicht kombiniert und die einzelnen Waffen nicht scharf gemacht werden, existiert theoretisch keine Nuklearwaffe. Aber das ist selbstverständlich reine Augenwischerei.«

Karmarow wandte sich an die amerikanische Delegation. »Es ist mir gleichgültig«, sagte er, »welche möglichen Gründe die Vereinigten Staaten geltend machen, um den Start von *Ice Fortress* zu rechtfertigen. Zweifellos werden sie der Sowjetunion die Schuld daran in die Schuhe schieben, wie sie es in der Vergangenheit schon so oft getan haben. Zweifellos werden sie dafür ein neues Katastrophengemälde an die Wand malen. Tatsächlich aber existiert auf dieser Erde kein einziger vernünftiger Grund, der die Vereinigten Staaten legitimieren könnte, fünf internationale Verträge zu verletzen und den Weltfrieden sowie das Wohlergehen nicht nur der Sowjetunion, sondern der ganzen übrigen Welt zu gefährden, indem sie dieses Werkzeug des Weltuntergangs in den Himmel schießen!

Ich fordere die Vereinigten Staaten auf, unverzüglich ihr illegales *Ice Fortress* stillzulegen. Weil es den Anschein hat, daß man ihnen nicht vertrauen kann, irgendwelche Verträge zwischen den Nationen einzuhalten, fordere ich die Vereinten Nationen auf, ein Komitee von Beobachtern einzusetzen, die alle künftigen *Space-Shuttle*-Starts überwachen, um sicherzustellen, daß damit keine Waffen irgendwelcher Art zu der Raumstation transportiert werden. Ich fordere ferner, daß keine Kursänderungen der gegenwärtigen Umlaufbahn dieser existierenden Raumstation vorgenommen werden dürfen, damit sie in die Atmosphäre herabgeholt und zerstört werden kann.«

Als sich Gregory Adams aufrichtete, um seinerseits zu den Ratsmitgliedern zu sprechen, hielt ihn Brent am Arm zurück. Er faltete die Hände vor sich auf dem langen, runden Tisch, blickte sich in der Runde um und begann.

»Es gibt Zeiten, in denen internationale Verträge ihren Sinn verlieren. Es gab eine Zeit, da sich die Regierung der Vereinigten Staaten sicher wähnte, mit Verhandlungen einen dauerhaften Frieden und echte Abrüstung erreichen zu können. Gegen jede Wahrscheinlichkeit hofften unsere verschiedenen Regierungen, daß alle diese langen Gespräche am Ende doch dazu führen könnten, bis zum Jahr Zweitausend alle Atomwaffen vom Angesicht dieser Erde verschwinden zu lassen. Und ich darf Ihnen versichern, unsere Regierung ist nach wie vor willens, diese Verhandlungen fortzusetzen ... obwohl Beweise vorliegen, daß die Sowjetunion absichtlich amerikanische Luft- und Raumfahrzeuge angegriffen hat, nämlich einen Satelliten, eine Rakete auf einem Testflug und ein Aufklärungsflugzeug, wodurch die zwölfköpfige unschuldige Besatzung ihr Leben verlor und Milliardenwerte wertvollen Geräts zerstört wurden. Mit großem Bedauern müssen wir daraus schließen, daß die Sowjetunion offenbar entschlossen ist, in dieser ruchlosen Weise fortzufahren. Die Beweise sind erdrückend und nicht zu bestreiten. Kein Vertrag und kein Abkommen der Vergangenheit, der Gegenwart oder der Zukunft können uns zwingen, uns unserer Verteidigungsfähigkeit zu entblößen.

Unsere ursprüngliche Anklage und die Beweise, die wir dazu vorgelegt haben, bleiben aufrechterhalten. Sollte dieses Gremium hier uns darin nicht wie gewünscht unterstützen, müssen wir uns unserer eigenen Mittel und Wege bedienen, uns zu schützen.

Die antiballistische Raketen-Raumstation wird solange bleiben, wie nicht zur Zufriedenheit der Vereinigten Staaten nachgewiesen ist, daß die Sowjetunion alle aggressiven Handlungen gegen unsere Aufklärungssatelliten und -flugzeuge einstellt. Wir bitten erneut darum, daß die Sowjetunion ihren guten

Willen zeigt und den spiegelbestückten Satelliten Saljut Neunzehn unverzüglich deaktiviert. Wir können nicht länger warten.«

Brent senkte kurz den Kopf und versuchte, noch einmal seine ganze Kraft zusammenzunehmen. »Ich bedaure es überaus, aber wir können nicht länger warten.«

Er stand auf und verließ den Sicherheitsrat. Gregory Adams folgte ihm unmittelbar nach.

RAUMFÄHRE ATLANTIS

Navy Commander Richard Seedeck bereitete seinen Raumanzug für einen Ausstieg aus dem Raumfahrzeug, einen »Spaziergang im All«, vor. Der zweiundvierzigjährige Astronautenveteran war auf seinem zweiten *Shuttle*-Flug und genoß es.

Er war eben erst vom Flugdeck der *Atlantis* zurückgekehrt, wo er eine Stunde lang zur Vorbereitung reinen Sauerstoff eingeatmet hatte. Jetzt war er in der Schleuse und legte gelassen, aber zügig seine Ausrüstung an. Jerrod Bates, ein ziviler Angestellter einer Konstruktionsfirma, der als Fachberater und Ingenieur mit an Bord der *Atlantis* war, sah Seedeck zu, wie er in seinen Raumanzug stieg, und war erstaunt, mit welcher Geschwindigkeit er das schaffte. Er selbst benötigte immer doppelt so lange, die gleiche Aufgabe zu bewältigen.

Dieser Testflug war von Anfang bis Ende streng geheim, alles strikte und verantwortungsvolle Militärangelegenheiten. Nicht einmal die üblichen Pressespekulationen über die enormen Kosten gab es dieses Mal – oder sie waren jedenfalls erfolgreich unterbunden worden.

»Worüber lächeln Sie, Commander?« fragte Bates.

»Weil ich mich so prima fühle, Bates«, antwortete Seedeck durch die klare Pastikgesichtsmaske, die er trug. Er tat die letzten Handgriffe am unteren Rumpfteil seines Raumanzuges und nahm den oberen Teil vom Haken in der Schleuse. Bates griff danach, um ihn Seedeck hinzuhalten, doch das war überflüssig. Der Commander ließ einfach los, und die Schwerelosigkeit im Raum hielt den Raumanzug einfach dort in der Schwebe, wo er ihn losgelassen hatte.

»Seit vier Tagen mache ich das jetzt immer wieder«, sagte Bates durch seine eigene Gesichtsmaske. »Ständig vergesse ich es – hier fällt ja nichts herunter.«

»Das geht auch mir noch gelegentlich so«, gestand Seedeck. »Aber ansonsten habe ich gelernt, es auszunützen.« Das hatte er in der Tat. Sein Helm, seine Handschuhe, sein Kopfhörer mit Sprechmikrofon – der »Snoopy-Hut« – und sein POS – *portable oxygen set*, das tragbare Sauerstoffgerät – schwebten in bequemer Reichweite in der Schleuse herum.

Mit einer geübten Bewegung hielt Seedeck seinen Atem an, nahm die POS-Maske ab und schlüpfte in das Oberteil seines Raumanzugs. Falls er Luft der Kabine eingeatmet hätte, wäre tödlicher Stickstoff in seinen Blutkreislauf gelangt – mit dem Risiko von Druckabfall und Stickstoffrausch. Aus dem gleichen Grund war auch Bates in der »Sauerstoffdusche« gewesen. Seedeck schnallte mit immer noch angehaltenem Atem mehrere Gurte des großen Atmungsgeräts an seinen Raumanzug und verschloß dessen beide Teile miteinander. Er nickte bestätigend, als er und Bates beide das typische Klicken und Einrasten der Verbindungsteile und -gelenke hörten.

Bates konnte es kaum glauben, was der Raumveteran mit dem Bürstenhaarschnitt alles schaffte. Es waren jetzt gut zwei Minuten vergangen, seit Seedeck seinen Atem angehalten hatte, und immer noch hüpfte er wie ein kleiner Junge im Bonbonladen herum. Er schloß jetzt gerade die beiden Handschuhe an die Ärmelringe an, setzte seinen »Snoopy-Hut« auf und zog den Helm darüber. Er prüfte den Stand des Drucks auf den Anzeigegeräten auf seiner Brust, bis er allmählich auf 28 Kilopascal angestiegen war. Als der Raumanzug dann den richtigen Druck und Seedeck noch einmal überprüft hatte, daß alles dicht war, ließ er mit einem befreiten Zischen endlich den Atem aus.

»Nicht zu fassen«, staunte Bates, nachdem er seinen Kabinenkopfhörer aufgesetzt hatte, damit er sich mit Seedeck verständigen konnte. »Das waren jetzt fast sechs Minuten ohne zu atmen, Mann!«

»Ach, wenn man zuvor eine Stunde lang in der Sauerstoffdusche war, ist es erstaunlich leicht«, meinte Seedeck. »Außerdem bin ich ja trainiert. Ich habe das schon ein paarmal gemacht. Wollen Sie bitte mein Atemgerät überprüfen, ob alles sitzt?«

»Sicher«, sagte Bates. Er kontrollierte sorgfältig alle Verbindungsstücke und Schläuche an Seedecks Raumanzug und hob ihm dann bestätigend den Daumen entgegen. »Alles klar.«

»Danke. Öffnen Sie jetzt die Schleuse. Hallo, Admiral, hier Seedeck. Bereite Druckabfall Schleuse vor.«

»Verstanden, Dick«, antwortete Admiral Ben Woods, der *Mission Commander* der *Atlantis*. »Sie können, wann immer Sie wollen.« Woods wiederholte dies auch für das Kontrollzentrum in Houston tausend Kilometer unter ihnen.

Seedeck schaltete die Kontrolltafel in der Schleuse ein und stellte den Schalter SCHLEUSENDRUCKABFALL auf 5, dann auf 10, und wartete, bis die Luft abgeströmt war. Nach drei Minuten öffnete er die Schleuse und stieg aus.

An den Anblick würde er sich wohl nie gewöhnen – den sinneverwirrenden Anblick, den Erdball über sich zu sehen, wie er sich drehte, mit seinen Farben, in allen Einzelheiten, in seiner ganzen Größe und spektakulären Schönheit. Der Planet Erde in tausend Kilometer Entfernung! *Atlantis* war direkt über dem Nordpol »geparkt«. Seedeck konnte die gesamte Nordhalbkugel überblicken – die Kontinente Nordamerika, Europa und Asien, dazu die ganze Arktis sowie Atlantik und Pazifik. Wolken zogen sich wie Striche und Bänder vom Pinsel eines Malers über den Globus, mit gelegentlichen Wirbeln und Bewegungen, wo sich dort ein Sturm zusammenbraute. Wegen der normalen, der Erde zugewandten Position der Raumfähre war während seines ganzen Spaziergangs im All die Erde für ihn »oben« am Himmel.

Er schloß die Schleusenluke und verriegelte sie, befestigte eine Sicherheitsleine an einem Haken neben der Luke und begann sich an dem rundumlaufenden Stahlgeländer bis zu den drei MMUs der *Atlantis* entlangzuhangeln. *Manned Maneuvering Units*, bemannte Manövriereinheiten. Sie waren in der vorderen Frachtzelle. Er inspizierte eines der klobigen Geräte und hakte es von seiner Verankerung los.

Er drehte sich herum, so daß das Atemgerät auf seinem Rücken gegen das MMU stand, und dirigierte sich selbst nach hinten in das MMU hinein. Er dirigierte und kontrollierte sein »Einparken« mit Knien und Hüften, bis er es viermal leise klicken hörte, was bedeutete, daß er mit seinem Atemgerät fest an das MMU angekoppelt war.

»Hallo, *Atlantis*, MMU in Position.«

»Verstanden.«

Seedeck unternahm einige Tests mit den Raketensteuerdüsen des MMU, hing aber dabei noch immer an der Sicherheitsleine. Erst dann löste er diese und stieß sich sanft von der MMU-Halterung ab. Langsam schwebte er aus der Frachtzelle der *Atlantis* nach oben und hinaus in den leeren, freien Raum.

»Hallo, *Atlantis*, beginne mit MMU-Tests.«

Seedeck wußte, daß Admiral Woods, der ihn drinnen über eine der acht in der Frachtzelle installierten ferngesteuerten Kameras beobachtete, einen Protest unterdrückte, aber er, Seedeck, verspürte einen Drang, dem er nicht widerstehen konnte. Und das war seine Stunde.

Ein normaler MMU-Test bestand nur aus kurzen Strecken und kurzen Bewegungen, alles an der Sicherheitsleine. Er sollte dabei höchstens ein paar Fuß hochsteigen, dann anhalten, einige Drehungen nach allen Seiten vollführen und höchstens ein paar leichte Düsenstöße ausprobieren, das Ganze in lediglich einigen Fuß Entfernung von der Schleusenluke und den von innen manipulierbaren Greifern – für den Fall, daß Probleme auftraten.

Aber das war nichts für Seedeck. Abgekoppelt von der Sicherungsleine, spielte er mit den Steuerdüsen herum und vollführte mehrere Meter über den offenen Türen der Frachtzelle Purzelbäume, Rollen, Schraubendrehungen wie ein Turmspringer und Eiskunstläufer zugleich.

»Tests beendet«, meldete er schließlich, als er sich gekonnt direkt über der Ladeluke der *Atlantis* wieder aufgerichtet hatte.

»Sehr hübsch«, sagte Woods. »Jammerschade, daß die NASA die Show nicht direkt in die Hauptsendezeiten einspielt.«

Seedeck machte der milde Tadel nichts aus. Es gab nur ein Wort zur Beschreibung seiner Empfindungen: Ekstase. Ohne Sicherungsleine war er ein eigener, die Sonne umkreisender Planet am Himmel; genau wie die Planeten, die Asteroiden, die Kometen und alle die anderen Satelliten um ihn herum, geleitet von den gleichen Gesetzen wie sie, der gleichen göttlichen Kraft.

Einige Augenblicke ließ er sich noch schwebend durchs All gleiten, ehe er seine Gedanken wieder auf seine eigentlichen Aufgaben konzentrierte.

»Hallo, *Atlantis*, Inventar in Sicht. Beginne Übersetzung.«

Es war nicht erlaubt, über einen offenen Radiokanal anders als vom »Inventar« zu sprechen. Die *Atlantis* war etwa sechshundert Meter von dem gewaltigen Objekt entfernt geparkt. Näher heran durfte sie nicht. Es würde also dort hinüber nur eine kurze »Übersetzung« (der Jargon für Raumspaziergang) werden. Er klappte einen Deckel in der Frachtzelle, zog das Ende eines Stahlkabels von der darin befindlichen Rolle und befestigte es an einem Ring an der linken Seite seines MMU. So manövrierte er sich wieder hinaus ins All, hinüber zu dem in der Entfernung schwebenden Objekt.

Es war das erste Mal, daß er es sah. Abgesehen natürlich von Fotografien und Modellattrappen. Es war ein enormes stählernes Quadrat. Auf gewisse Weise ähnelte es einer im Raum aufgehängten überdimensionalen Pop-Art-Dekoration. Jede Seite des Quadrats bestand aus einer Röhre, die dreißig Meter lang war. Auf zwei gegenüberliegenden Seiten war jeweils eine erdwärts gerichtete riesige Radarantenne. An der dritten Quadratseite befanden sich zwei Scheibenantennen zur Datenübertragung, die eine erdwärts ausgerichtet, die andere himmelwärts. Die noch übrige vierte Seite des Quadrats endlich war mit einem 3,5 Meter langen Zylinder bestückt, der einen Durchmesser von etwa 45 Zentimetern hatte und ein großes »Glasauge« am erdwärts gerichteten Ende. An allen vier Seiten des Quadrats waren schwer gepanzerte Container angebracht, die Treibstoffzellen beinhalteten, Raketentreibstofftanks, Treibstoffleitungen und andere Verbindungsstücke und Kontrolleinheiten, die durch das ganze Stahlgerüst der Plattform liefen.

Im Zentrum des Quadrats war ein gewaltiger Zylinder montiert. Er maß etwa zwanzig Meter im Durchmesser und war etwa zehn Meter lang, verkleidet und bedeckt mit einer glänzenden Aluminiumaußenhaut. Die *Atlantis* mußte dann und wann ihre Position ändern, damit die starke Sonnenreflektion dieser Außenhülle ihr nicht die Kameras ruinierte. Das himmelwärts zeigende Ende des Zylinders war verschlossen, das zur Erde gerichtete besaß einen aufklappbaren schweren Deckel, unter dem fünf Rohre von je 4,5 Meter Durchmesser zum Vorschein kamen, die rund um ihre glänzende, polierte Innenbeschichtung das Licht von der Erde reflektierten. Sie waren alle leer.

Dies war *Ice Fortress*, die »Eisefestung«.

In den zahllosen Artikeln, Präsentationen und Zeichnungen hatte sie ausgesehen wie eines dieser Schrottspielzeug-Kunstobjekte von Rube Goldberg. Hier draußen aber vermittelte sie einen erschreckenden und bedrohlichen Eindruck. Die zwei großen Radarantennen waren, wie Seedeck wußte, Zielsuchanlagen zum Aufspüren see- und landgestarteter interkontinentaler ballistischer Flugkörper. Die kleineren Scheibenantennen

214

waren Datenantennen, die eine zur Übermittlung von Steuerungsdaten von der Plattform aus, die andere für den Empfang von Zielsuchdaten von Beobachtungssatelliten, die in höheren Umlaufbahnen um die Erde kreisten. Der große Zylinder mit dem Glasauge war ein Infrarot-Detektor und -Zielverfolger, der die Rückstoß-Brennflamme interkontinentaler Ballistikraketen in der Startphase aufspüren und verfolgen konnte. Die Radars ihrerseits konnten Sprengkopfträger, die sogenannten »Busse«, in ihrer mittleren Flugphase und einzelne Sprengköpfe beim Wiedereintritt in die Erdatmosphäre aufspüren. Dabei konnten sie zwischen Attrappen und wirklichen, scharfen Sprengköpfen unterscheiden.

Der große Zylinder in der Mitte war der »Projektil-Container«, das Silo für die *Ice Fortress*-Waffen. Die gesamte Raumstation war mit hitzebeständigem Hochedelstahl verkleidet. Glatte Oberflächen und kritische Komponenten wie die Deckel von Raketenzylindern oder Treibstofftanks waren zusätzlich mit einem Alumiumfilm überzogen. Seedeck hatte schon früher gerüchteweise von all diesen seltsamen *Ice Fortress*-Zutaten gehört, aber sie gingen ihn letzten Endes nichts an.

Sein Job war jetzt nur, *Ice Fortress* erstmals operationsbereit zu machen.

Die Raumstation war fast eine militärische Einheit in und für sich selbst, dachte er, während er seine Inspektion beendete. Sie empfing von Beobachtungssatelliten in Erdumlaufbahnen Informationen über die Entdeckung von Raketenstarts, woraus sie sich selbst errechnen konnte, wo sie nach diesen Raketen suchen mußte. Zu deren Lokalisierung und Verfolgung während des Aufstiegs in die Atmosphäre konnte sie entweder ihre Radars benutzen oder aber die Wärmesensoren der Infrarot-Dektoren. Und dann konnte sie ihre »Projektile« gegen jede ICBM abschießen, die auf Nordamerika zuflog.

Projektile. Merkwürdige Bezeichnung, dachte Seedeck, für die Waffen von *Ice Fortress*. Diese bestanden in fünf Röntgen-Laser-Satelliten. Jeder davon besaß eine Hauptreaktorkammer und fünfzehn Bleipulsarstäbe in einer Zinkdraht-Laser-Spule.

Die Reaktorkammer stellte im wesentlichen nichts anderes dar als eine 20-Kilotonnen-Uranbombe, was in etwa der Zerstörungskraft jener ersten Atombombe entsprach, die damals über Hiroshima explodierte.

Die *Ice Fortress*-Sensoren konnten jede angreifende ICBM aufspüren und ihre Röntgen-Laser-Satelliten gegen sie losschicken. Bei der Annäherung an die Rakete wurde von *Ice Fortress* aus automatisch der nukleare Sprengkopf im Satelliten gezündet. Diese Atomexplosion löste eine massive Welle von Röntgenstrahlung aus, die von den Pulsarstäben sowohl zielgerichtet wie gebündelt wurde. Die Röntgenstrahlenenergie führte zu einem extrem starken Laserschuß, der die Stäbe entlang lief und dann in alle Richtungen ausstrahlte. Jeder Gegenstand in hundert Meilen Umkreis vom Satelliten wurde so binnen Millisekunden ins pure Nichts bombardiert. Die Explosion würde selbstverständlich auch den Satelliten selbst pulverisieren, aber die fürchterliche Energiebündelung dieses Röntgen-Laser-Schusses vernichtete gleichzeitig auch Dutzende, vielleicht Hunderte ICBMs oder Sprengköpfe zugleich – eine sehr potente Vorrichtung also, und eine, wenn sonst nichts, auch recht kosteneffektive . . .

Seedeck wußte eine Menge über die Röntgen-Laser-Satelliten, die von *Ice Fortress* aus eingesetzt werden sollten. Die *Atlantis* hatte schließlich fünf davon in ihrer Frachtzelle. Und es war genau sein Job, sie hierher in das Startsilo von *Ice Fortress* umzuladen.

Er hakte sein Kabel an den Mittelzylinder und wandte sich wieder in Richtung *Atlantis*. Während er *Ice Fortress* inspiziert hatte, war Bates in seinen Raumanzug geschlüpft und kam genau zu dem Zeitpunkt aus der Schleuse heraus, als Seedeck mit seiner Inspektion fertig war.

»Seedeck an *Atlantis*. Inventar sieht okay aus. Keine erkennbaren Mängel oder Schäden. Wir können jederzeit beginnen.«

»Verstanden«, antwortete Admiral Woods.

»Bates hier. Ebenfalls verstanden.« Bates war inzwischen in der Frachtzelle der *Atlantis* angekommen und hatte begonnen, die Behälter mit den teilweise zerlegten *Ice-Fortress*-Satelliten aus ihren Verankerungen zu lösen. Seine Aufgabe bestand darin, die Berge von Verpackungsmaterial von den Satelliten zu entfernen und dann die Einzelteile zusammenzubauen. Solange sie nicht wieder völlig zusammengesetzt waren, stellten die Satelliten keine eigentliche Nuklearwaffe dar, und diese tatsächliche »Bewaffnung« war auch erst möglich, wenn sie direkt in ihren *Ice Fortress*-Abschußsilos installiert waren.

Inzwischen war Seedeck zur *Atlantis* zurückgekehrt. Er manövrierte sich hinüber zur Kabelrolle und startete deren Motor, um das Kabel zu spannen. Er überprüfte noch einmal alle Kontrollen. Eine Ausgleichstoleranzkupplung gewährleistete, daß das Kabel selbst bei geringen Entfernungsschwankungen oder Bewegungen zwischen *Ice Fortress* und *Atlantis* straff blieb, andererseits aber auch nicht riß. Ein Notauslöser warf auf Knopfdruck das Kabel von *Ice Fortress* ab, indem es den dortigen Haltehaken öffnete, wenn etwas Unvorhergesehenes dies nötig machte. Diesen Auslöserknopf konnte Bates im Frachtraum betätigen, Seedeck am *Ice Fortress* und Woods im Innern der *Atlantis*. Seedeck befestigte den Plastiksattel am Kabel, der an einer Teflonführung an ihm entlangrollen konnte.

»Hallo *Atlantis*, Führungshilfe fertig«, meldete er. Er schwebte vorsichtig hinüber zu Bates, bis er über ihm war. Bates tat eben die letzten Handgriffe am ersten Röntgen-Laser-Satelliten. Dessen Bleizink-Stäbe lagen an seinen Seiten noch nicht ausgefahren an. Er maß gut über drei Meter im Durchmesser und wog, jedenfalls auf der Erde, über eine Tonne. Aber Bates ging mit dem massiven Ding um wie mit einem Gummiball.

»Fertig!« Bates löste den letzten Haltegurt, der den Satelliten verankert hielt. Er stellte die Hydraulik an, so daß der Frachtzellenboden sich einige Zentimeter hob, und schaltete sie dann abrupt wieder ab. Nun schwebte der Satellit frei weiter aufwärts, hinaus aus dem Frachtraum und direkt in Seedecks wartende Arme.

Der packte ihn an einem Handgriff und schob ihn ohne Mühe zu dem Sattel. Als hätte er diese Prozedur schon sein Leben lang verrichtet, klemmte er den zylindrischen Satelliten auf den Sattel und schob ihn am Kabel entlang. Er war zwar schwerelos, aber trotzdem bemühte sich Seedeck, nicht zu vergessen, daß das Ding tausend Kilo wertvollsten Geräts repräsentierte. Einmal in Bewegung gesetzt, war es kaum noch zu stoppen. Er befestigte eine Sicherungsleine zwischen Sattel und Satellit, und so konnte nichts mehr passieren.

»Auf dem Weg zu Inventar mit Nummer eins«, meldete er. Bates mußte bei seinem Anblick unwillkürlich lächeln. Seedeck hatte sich etwas nach oben gezogen und sich auf den Satelliten gesetzt. Es sah aus, als säße er auf einer übergroßen Tam-Tam-Trommel. Er ritt auf dem Satelliten und hielt ihn mit Beinen und Knien fest. Ein Jockey auf fünfhundert Pfund hochexplosiven Sprengstoffs und achtundneunzig Pfund Uran! Ein Hauch von Rückstoß aus seiner MMU genügte und die beiden – Seedeck und Satellit – glitten an ihrer Seilbahn hinüber zur »Eisfestung«.

Es zeigte sich, daß dies eine überaus effektive Art des Umladens der Röntgen-Laser-Satelliten war. Seedeck brauchte lediglich zwei Minuten, bis er mit seinem Transportgut bei Ice Fortress angekommen war, wo er vorsichtig und sorgfältig mit Hilfe wiederholter kurzer Stöße aus den Stickstoffgas-Düsen seines MMU abbremste. Woods und die Besatzung der Atlantis sahen dem Manöver auf ihren Bildschirmen zu, auf die es die Teleobjektive der Bordkameras projizierten. Seedeck stieg von seinem Satelliten ab, ruderte unter ihn, löste die Sicherungsleine und die Verriegelung und hob ihn vom Sattel; diesem gab er einen kleinen Stoß, so daß er an seinem Kabel allein zur Atlantis zurückrollte.

Mit Hilfe einiger Greifarme an seinem MMU leitete Seedeck den schwebenden Satelliten sodann zum offenen Silo im Mittelzylinder. Das tagelange Voraustraining dieser Arbeitsgänge bei der NASA in Texas hatte ihn so vertraut mit allen nötigen Handgriffen gemacht, daß er keine Mühe hatte, den Satelliten exakt und sicher in das Startsilo zu bugsieren. Dort rasteten fingerartige Klemmen an dem Satelliten ein und zogen ihn nach unten in die Röhre. Seedeck wartete, bis der so harmlos aussehende und doch eine solche geballte Explosionskraft darstellende Gegenstand an der Halteplatte ganz unten am Röhrenende einrastete.

»Hallo, *Atlantis*, hier Seedeck. Nummer eins in Positionsverankerung.«

»Warten Sie«, antwortete Woods. Er leitete die Meldung an die Flugkontrolle weiter. Diese meldete sich nach einigen Augenblicken.

»Hallo, Seedeck, hier *Atlantis*. Kontrolle bestätigt Nummer eins in Positionsverankerung.«

»Roger, *Atlantis*. Komme zurück.«

Er benötigte wieder genau zwei Minuten, bis er erneut an der Frachtzelle der *Atlantis* war, um dort den nächsten Satelliten abzuholen, den Bates mittlerweile fertig hatte.

Nach einigen Minuten gab Woods durch: »Kontrolle Houston meldet einwandfreien Kontakt. Inventar ist aktiviert. Gute Arbeit, Rich. Sie werkeln prächtig da draußen.«

Seedeck nickte, als ihm Bates wieder den emporgehobenen Daumen zeigte. *Ice Fortress* war nun *in Betrieb*, Amerikas erste SDI-Einrichtung, die erste »Krieg-der-Sterne«-Waffe. Und zum erstenmal waren Atomwaffen in einer Umlaufbahn um die Erde stationiert.

»Dreiviertel Stunde für jeden von Anfang bis Ende«, sagte Seedeck, »da sollten wir bis zum Abendessen fertig sein.«

»Ich bin heute der Koch«, meldete sich Woods. »Thermostabilisiertes Rindfleisch mit Barbecuesoße, rehydrierter Blumenkohl mit Käse, bestrahlte Schnittbohnen mit Pilzen. Jamjam.«

Bates lächelte wieder, als er sah, wie der Navy Commander mit dem zweiten Satelliten auf die gleiche Weise wie zuvor in Richtung auf das bedrohliche Plattformgitterwerk entschwand.

Er machte sich daran, den dritten Satelliten auszupacken und zu montieren.

Dann sah er den Lichtschein. Es war ein heller, satter,

orangefarbener Blitz, der alles aufleuchten ließ. Er wurde heller und heller, bis die Augen nichts mehr erkannten, um dann blendend weiß zu werden. War etwa Seedeck zurückgekommen und hatte ihm eine verpaßt, daß er um die eigene Achse rollte? Oder war er mit seinem Sattel zurückgerollt gekommen und voll hinten in ihn hineingesaust? Bates hatte kein MMU, aber er hing mit der Sicherungsleine an dem Haken neben dem Schleusenausstieg. Es war nichts zu hören, und es gab auch sonst kein Anzeichen, daß irgend etwas nicht stimmte. Alles machte einen ... irgendwie spielerischen Eindruck. Es war sehr einfach zu vergessen, daß man sich im Weltraum befand. Die Arbeit war so leicht, alles war so still. Alles machte einen so ... spielerischen Eindruck –

Bates merkte, daß er mit dem Kopf nach unten schwebte und mit seinem Helm gegen die linke vordere Ecke der Frachtzelle stieß. Irgendeine unsichtbare Hand hielt ihn in dieser Lage fest. Das einzige, was er hören konnte, war ein scharfes Rauschen in seinem Kopfhörer. Er versuchte die Sterne wegzublinzeln, die ihm vor den Augen tanzten. Dann öffnete er die Augen. Seedeck und der zweite Röntgen-Laser-Satellit waren verschwunden.

»Hallo, *Atlantis*, hier Bates ...« Nichts. Nur das scharfe Rauschen. Es war schwierig zu atmen. Nicht, daß ihn der Druck schmerzte. Er preßte ihn nur zusammen – so als wenn ihn jemand allzu stürmisch an sich drückte.

»Hallo, *Atlantis* ...?«

»Hallo, Seedeck! Rich! Antworten Sie!« Das war Woods. Das Rauschen war weg, ganz klar kam die Stimme des Admirals wieder über den Bordfunk.

»Hallo, *Atlantis*, hier Bates. Was ist los? Was –?«

In diesem Moment kam der zweite Lichtblitz, noch heller als der vorige, ein massiver Riesenball rotorangefarbenen Lichts, der selbst das helle Leuchten der Erde überstrahlte. Bates öffnete die Augen, und ein Schrei entrang sich ihm.

Aus dem Nichts erschien ein Lichtmast mit einem Durchmesser von etwa 3,5 Metern. Als hätte jemand eine dicke Linie zwischen Erde und *Ice Fortress* gezogen, von der Erde aus. Der silbrig glänzende *Ice-Fortress*-Überzug schien dasselbe seltsame rotorangefarbene Leuchten anzunehmen, nachdem der Lichtblitz verschwunden war.

Dann dauerte es nur noch den Bruchteil einer Sekunde, bis die Detonation einer fürchterlichen Explosion aus dem Startsilo der »Eisfestung« schoß. Mehrere Meter lange Feuerzungen fuhren aus der erdwärts gerichteten Seite der Plattform. Die Plattform sprühte von Funken und elektrischen Lichtbögen, und die ganze Raumstation begann langsam und träge umzukippen, während Funken und Trümmer in alle Richtungen von ihr wegflogen. Bates duckte sich, als das Verbindungskabel von der *Atlantis* zur Raumstation riß und wie ein Peitschenhieb gegen die vordere Wölbung der Frachtzelle knallte.

Bates' Stimme war nur noch ein einziger Schrei. »Commander Seedeck! O Gott . . .«

»Hallo, Flugkontrolle, hier ist *Atlantis* . . .« hörte er Admiral Woods rufen. »Wir haben *Ice Fortress* verloren. Wiederholung: Verlust *Ice Fortress*. Helles orangefarbenes Licht, anschließend gewaltige Explosion. Ein Besatzungsmitglied vermißt.«

»Hier Bates. Was –?«

»Hallo, Bates, hier Admiral Woods. Wo sind Sie? Sind Sie okay?«

»Ich bin in die Frachtzelle gefallen. Aber ich bin okay –« doch in diesem Augenblick stach ein messerscharfer Schmerz durch seinen Kopf, er schrie auf, sein Sprechmikrofon war eingeschaltet.

»Bates . . .?«

Bates blickte nach unten. Sein linkes Bein stand in einem seltsamen Winkel von ihm ab.

»O Gott . . . Ich glaube, mein Bein ist gebrochen.«

»Schaffen Sie es bis zur Schleuse?«

»Admiral, hier Connors. Ich kann in den Raumanzug schlüpfen und –«

»Ausgeschlossen. Sie waren nicht in der Sauerstoffdusche«, lehnte Woods ab. »An alle. Überprüfen Sie schnellstens Ihre

Geräte. Melden Sie Schäden. Schalten Sie alle Kameras ein. Suchen Sie Seedeck. Connors, Matsumo, schnappen Sie sich ein POS und beginnen Sie eine Sauerstoffdusche. Bates, schaffen Sie es bis zur Schleuse?«

Bates begann sich langsam die Haltestange entlang in Richtung Schleuse zu hangeln.

»Bates, was ist passiert?«

»O Gott, es sah aus wie . . . als ob eines dieser verdammten *Projektile* explodiert wäre«, sagte er, während er in die Schleuse zu kriechen versuchte. Die Röntgen-Laser-Satelliten besaßen zahlreiche Sicherheitsvorkehrungen zur Vermeidung einer unbeabsichtigten Atomexplosion, und die Reaktorkammer benötigte eine erhebliche Auslöserexplosion für die Kettenreaktion. Irgend etwas, ein ganz massiver Energiestoß, hatte die fünfhundert Pfund hochexplosiven Sprengstoffs in der Reaktorkammer des Satelliten gezündet.

Als er sicher in der Schleuse war, blickte Bates noch einmal hinüber zur »Eisfestung«. Er brauchte eine Weile, bis er sie ausmachte. Sie war bereits mehrere hundert Meter von ihrem ursprünglichen Standort entfernt. Wie in Zeitlupe, es schmerzte fast, so langsam driftete sie, um ihre eigene Achse rollend, davon. Die Radarflügel, die Antennen, die elektronischen Augen und die rotierenden Auslegerarme flatterten an der Plattform, als wollten sie ein letztes Lebewohl winken. Noch immer sprühten Funken. Ein Kometenschweif von Trümmern folgte ihr – als streute sie Erbsen hinter sich, um den Weg zurückzufinden . . .

Von Commander Seedeck existierte nichts mehr.

WASHINGTON, D.C.

Der Präsident blickte auf die große Projektion im Lageraum des Weißen Hauses. Sie bedeckte die ganze Rückwand. Er fuhr mit dem Finger die schwarze Linie entlang, die genau durch Kawaschnija lief. Sie war nicht ganz gerade. Ein Computer hatte sie gezogen. Aber er wußte, daß dies die effektiv kürzeste Flugroute war. Für ein Unternehmen, das nun unvermeidlich schien.

General Wilbur Curtis und sein Adjutant standen hinter ihren Stühlen und beobachteten ihn. Curtis wußte, daß der Präsident auf etwas blickte, was vor ihm noch kein amerikanischer Präsident zu sehen bekommen hatte – auf den Plan eines tatsächlichen Angriffs in Friedenszeiten gegen die Sowjetunion. Obgleich es schon Hunderte solcher Pläne gegeben hatte, war es bisher noch niemals soweit gekommen, daß einer dem Präsidenten zur letzten Zustimmung vorgelegt werden mußte.

Nachdem er die Karte mehr überflogen als studiert hatte, begab sich der Präsident zu seinem Platz am Kopf des ovalen Tisches. Curtis beobachtete ihn genau, während sich alle anderen Anwesenden ebenfalls setzten. Der Präsident hatte dunkle Ringe unter den Augen. Er war merklich schmaler geworden, und seine Schultern hingen müde herab.

Auch für die anderen alle war es eine immense Belastung, weil dieser Präsident so sehr von seinen außenpolitischen Ratgebern abhängig war. Ging es um innenpolitische Themen, war er außerordentlich tatkräftig und sachkundig, und er war im eigenen Lande auch außerordentlich populär. Aber mit dem Ausland war das anders. Er und sein ganzes Kabinett hatten die Welt mit Nachdruck davon zu überzeugen versucht, daß die Sowjetunion die Vereinigten Staaten bedrohe und sich

223

bemühe, einen Konflikt zu provozieren. Aber er hatte nur sehr wenige davon überzeugen können, vorwiegend nur deshalb, weil die meisten sich vor der Wahrheit fürchteten. Vor deren logischen Konsequenzen scheuten sie alle zurück. Allein der verbale Krieg hatte auch Außenminister Marshall Brent sehr mitgenommen. Seine übliche Gepflegtheit in Auftreten und Aussehen und seine Tatkraft hatten bereits merklich gelitten.

Und nun hatte dieser Laser ein weiteres Todesopfer gefordert. Der Präsident sah sich nun genau der Situation gegenüber, die er immer am meisten gefürchtet hatte – der Notwendigkeit eines direkten Angriffs auf Kawaschnija. Kawaschnija, UdSSR ...

Jetzt waren außer dem Kabinett der Nationale Sicherheitsrat und die Chefs der Vereinigten Stäbe versammelt. Sie hatten alle zuvor schon gesondert getagt, und der Zweck der jetzigen gemeinsamen Sitzung war die Vorlage des Planes, zu dem sie sich entschlossen hatten.

»Also, packen wir es an«, sagte der Präsident mit einer auffordernden Geste an den Chef der Vereinigten Stäbe. General Wilbur Curtis nickte und erhob sich.

»Ja, Sir.« Er begann mit seinem Vortrag. »Zwei B-1-Excalibur-Maschinen des neuen Zehnten Bombergeschwaders in Ellsworth werden diesen Auftrag ausführen. Sie sind gestern von ›Traumland‹, wo sie umgebaut und umgerüstet wurden, zu ihrer Basis nach Ellsworth geflogen worden. Beide wurden dort mit zwei infrarotgesteuerten AGM-130-Striker-Bomben ausgerüstet. Ihrer Anordnung entsprechend, Sir. Es handelt sich um die größte nichtnukleare Abschreckungswaffe unseres gesamten Arsenals. Mit Hilfe eines kleinen montierbaren Raketentriebwerks kann diese Bombe nach Abwurf aus geringer Höhe noch bis zu fünfzehn Meilen weit fliegen. Ihre Explosivkraft entspricht der einer Tonne TNT. Der Bomberschütze kann sie mit Hilfe eines eingebauten Fernsehauges direkt ins Ziel lenken. Auch mit Hilfe eines Infrarotsuchers kann sie ein Ziel direkt verfolgen und erreichen.«

»Zwei Striker-Bomben, sagten Sie, General?«

»Als zusätzlicher Sicherheitsfaktor, Sir. Jeweils zwei Bomben sind auf ein Ziel angesetzt. Falls die erste ein Blindgänger ist, wird die zweite, die nur Sekunden später einschlägt, das Ziel mit Sicherheit zerstören. Explodiert aber bereits die erste planmäßig, dann wird die zweite durch die Explosion mitzerstört. Das zweite Flugzeug ist eine weitere Sicherung, daß das angeflogene Ziel wirklich getroffen und zerstört wird; und außerdem hat es die zusätzliche Aufgabe, die Luftverteidigung unschädlich zu machen.«

Eine Welle von Unruhe lief durch den ganzen Raum. Selbst diejenigen, die die ganze Kawaschnija-Krise von Anfang an miterlebt hatten, fühlten sich bei diesem Bericht unbehaglich. Schließlich sprach Curtis nicht von einer Übung oder einer sonstigen Simulation.

»Beide Bomber sind mit den Anschlüssen für den Standard-Code ausgestattet worden«, fuhr Curtis fort. »Wir behandeln die Striker praktisch genauso wie eine Atomwaffe, das heißt, sie kann nur gezündet und abgeschossen werden, wenn dafür ausdrückliche Befehle von Ihnen, Sir, vorliegen, die über Satellit oder normal über UHF übermittelt und in diese Anschlüsse eingespeist werden. Fliegen werden zwei der erfahrensten Excalibur-Besatzungen. Sie sind informiert und einsatzbereit.«

Nach einer kurzen Pause fuhr Curtis fort: »Die Flugroute wird der auf diesem Plan hier entsprechen.«

Er deutete auf die computergeschriebene Wandprojektion. »Von Ellsworth aus werden sie Kanada und Alaska überfliegen. Sie werden von zwei KC-10-Tankerflugzeugen betankt, die von der Air Force Base Eielsen aufsteigen, und ihren Flug weiter nordwärts bis zum Eismeer fortsetzen. Nördlich von Point Barrow werden sie in eine Kreisbahn einschwenken und dort so lange kreisen, bis sie die erste Weiterflugermächtigung von Ihnen erhalten.

Sie werden dort noch keine Erlaubnis zum Scharfmachen der Sprengköpfe bekommen. Wird entschieden, daß sie ihren Flug nicht fortsetzen, erscheint die Mission für jeden außenstehenden Beobachter als nichts weiter als einer der üblichen

Übungsflüge im Rahmen des Programms SNOWTIME der arktischen Verteidigung, wie sie SAC mehrmals pro Jahr durchführt. Sowohl die Russen als auch die Kanadier sind daran gewöhnt, daß unsere Bomber auf Übungsflügen über dem Eismeer kreisen.

Bekommen die Flugzeuge die erste Angriffsfreigabe, fliegen sie weiter in Richtung Südwest bis ungefähr 67 Grad nördlicher Breite. Eine neue Gruppe KC-10-Tankflugzeuge begleitet sie dabei. Sie werden erneut in eine Kreisbahn einschwenken, wenn sie den freien Luftraum über der Tschuktschensee nördlich Sibiriens erreicht haben, um dort auf ihre zweite Marschgenehmigung zu warten – sofern wir diese nicht bereits zusammen mit der ersten erteilt haben. Nach Erhalt dieser zweiten Order beenden sie ihr zweites Auftanken in der Luft und gehen nunmehr auf direkten Zielkurs.«

»Und wie gewöhnt sind die außenstehenden Beobachter an Bomber, die so nahe an der Sowjetunion kreisen?« fragte Verteidigungsminister Thomas Preston. »Das dort ist ja wohl keine unserer üblichen Manöver- oder Übungsfluggegenden?«

»Richtig, Sir«, antwortete Curtis. »Aber die beiden B-1 werden sich dort immer noch gut außerhalb der russischen Radarerfassung und ganz klar in freiem, internationalem Luftraum befinden. Es ist unwahrscheinlich, daß sie dort überhaupt bemerkt werden. Und falls die Russen sie doch entdecken, werden sie zwar vermutlich mißtrauisch werden, es erscheint uns aber nicht wahrscheinlich, daß sie deshalb bereits ihre Abwehrflugzeuge losschicken. Luftverteidigungsstreitkräfte sind dort oben, so weit im Norden, nur überaus dünn stationiert.«

»Und wie groß ist das Risiko, daß die B-1-Maschinen von diesem Laser attackiert werden?« wollte der Präsident wissen.

»Kein Risiko, Sir.«

Der Präsident sah skeptisch drein.

Curtis erläuterte seine Überzeugung. »Die Sowjets müssen ihr Ziel erst einmal finden, ehe sie es beschießen oder treffen können, Sir. Aber die B-1 werden erst viel später in die Reichweite des Hauptradars von Kawaschnija gelangen; erst, wenn sie schon zwanzig oder dreißig Meilen vor dem Ziel sind. Sie werden sich nämlich im Tiefflug in gleichbleibender Höhe vom Boden entlang der Berge der Halbinsel Kamtschatka anpirschen. Und zu dem Zeitpunkt, da sie vom Radar erfaßt werden, sind sie fast schon am Abwurfpunkt für die Striker-Gleitbomben.«

»Und was ist mit dem Spiegel-Satelliten im Orbit?«

»Den haben sie nur gegen die ICBM installiert, in vierhundert Meilen Höhe«, erwiderte Curtis. »Eine ICBM, die mit laufenden Triebwerken rotglühend durch die Atmosphäre aufsteigt, ist für ein Infrarotsuchgerät in einem Satelliten ein leicht aufspürbares Ziel. Aber ein höchstens sieben Meilen hoch fliegender Bomber kann von einem gegnerischen Satelliten nicht exakt geortet werden. Und was sie nicht sehen, können sie auch nicht treffen. Nein, Sir, die B-1 sind bis kurz vor Kawaschnija sicher vor dem Laser. Und dann wird die Reichweite der Striker sie davor bewahren, ihm zu nahe zu kommen. Er wird zerstört sein, ehe er zum Schuß kommen könnte.«

Curtis fuhr mit seinem Lichtzeiger nun weiter nach unten in Asien. »Unsere Leute haben wenig Widerstand oder überhaupt das Risiko der Entdeckung zu gewärtigen, bis sie kurz vor ihrem Ziel sind. Sie gehen auf Niedrigstflughöhe herunter, kurz ehe sie die Nordküste Sibiriens erreichen und in den Bereichen des Höhenwarnradars um die Stadt Ust-Chaun gelangen, und danach können sie ganz Ostsibirien entlang wieder auf große Höhe gehen, bis sie die Nordspitze von Kamtschatka erreicht haben. Dort sinken sie über den Bergzügen der Korakskij und Sredinni auf Bodenparallelflughöhe bis zum Ziel.«

Curtis ließ das Dia wechseln und zeigte nun die starke Vergrößerung einer Luftaufnahme. »Dies ist das letzte Aufklärungsfoto, das wir von Kawaschnija haben, *Mr. President*. Es ist Anfang letzten Jahres aufgenommen worden. Das Hauptziel der B-1 liegt hier.« Er zeigte ein Dia eines noch weiter vergrößerten Ausschnitts.

»In diesem Gebäude hier befindet sich das Spiegelsystem. Es ist eine große Kuppelhalle von etwa fünfzehn Metern Durchmesser. Von dort aus wird nach Ansicht des CIA der Laserstrahl in den Weltraum geschossen. Zwei Striker sind auf dieses Ziel programmiert. Eine dritte Gleitbombe hat als anzusteuerndes Ziel die Hauptradaranlage, und eine weitere schließlich soll den Flugplatz Ossora nordöstlich von Kawaschnija treffen.

Wie Sie hier sehen können, Sir, steht die Spiegelkuppel sehr isoliert. Der Rest der Anlage, außer dem Kernkraftwerk, befindet sich unter der Erde. Das Kernkraftwerk ist als Alternativziel vorgesehen. Wenn die Besatzung –«

»O nein«, unterbrach ihn der Präsident. »Nicht das Kernkraftwerk, um Himmels willen! Wenn wir vorhaben, ihnen ein Kernkraftwerk zu zerbomben, könnten wir auch gleich direkt eine Atombombe werfen. Kein Alternativziel! Vergessen Sie das. Wenn die B-1 nicht ausschließlich das Spiegelgebäude angreifen können, werden sie nicht fliegen.«

Curtis, dem diese Mitteilung keine besondere Freude bereitete, nickte dennoch gehorsam und projizierte eine Karte des Nordpazifik. »Nach dem Angriff ziehen sich die Flugzeuge auf niedrigem Bodenparallelkurs wieder in die Berge zurück, bis sie aus der Reichweite des Niedrigflugradars sind, und fliegen dann hinaus aufs Meer in Richtung Alaska. Mögliche Rückkehrorte sind Attu, Shemy, Elmendorf und Eielson.

Nach der Landung dort tanken sie auf und kehren nach Ellsworth zurück... wo sie zweifellos sofort neu gewartet werden und dann in erhöhter Atomalarm-Bereitschaft bleiben müssen.«

»Falls der Stützpunkt dann noch existiert«, murmelte jemand.

Der Präsident starrte auf die Karte mit der Flugroute. »Es sieht alles... zu leicht aus«, sagte er halblaut.

»Verzeihung, *Mr. President?*«

»Es sieht zu leicht aus«, wiederholte der Präsident kaum lauter. Curtis mußte sich anstrengen, ihn zu verstehen. »Wo ist die russische Abwehr? Seit Jahren erzählen Sie mir, wie stark die ist. Und hier auf einmal spielt sie überhaupt keine Rolle?«

»Das Zielgebiet hat nach wie vor eine sehr starke Verteidigung. Dazu gehören –«

»Aber die beiden Excalibur kommen da durch, General?« unterbrach ihn der Präsident. »Sie kommen einfach durch?«

»Das glaube ich, Sir, ja. Mit der neuen Ausrüstung, die wir in ›Traumland‹ getestet und in diese B-1-Maschinen eingebaut haben, dürfte ihnen wirklich nicht allzuviel passieren. Im Tiefflug sehen die Russen die Excalibur überhaupt nicht, bis sie vierzig, fünfzig, meinetwegen sechzig nautische Meilen vor ihrem Ziel sind. Und in zweihundert Fuß Höhe in den Bergen haben sie danach überhaupt keine Chance, sie zu finden. Und wenn sie wirklich angegriffen werden, haben die Excalibur Treibstoffreserven genug für einen Überschallsprint über das Ziel hinweg, und sie haben außerdem spezielle Störgeräte, Anti-Radar-Raketen und sogar fliegende Attrappen, die zur Täuschung gegen die Boden-Luft-Raketen abgeschickt werden können. Aber nachdem die Striker schon fünfzehn Meilen vor der Laser-Anlage abgeworfen werden, können die B-1 sogar den ganzen Weg über in den Bergen versteckt bleiben.«

Der Präsident wandte sich kurz nach hinten um und betrachtete noch einmal die Vergrößerung von Kawaschnija. Dann blickte er wieder seine Berater an.

»Ich weiß, was Sie denken. Dieser Angriff, der immerhin das Letzte ist, an was wir bisher auch nur denken wollten, scheint jetzt wirklich unabwendbar zu sein. Unsere wiederholten Bemühungen in der Vergangenheit, die Sowjets von ihrer unflexiblen Haltung abzubringen, sind leider fehlgeschlagen. Noch sind die diplomatischen Kanäle offen, und ich hoffe nach wie vor, daß Außenminister Brent doch noch irgendeine Bereitschaft der Sowjets erreicht, die es mir ermöglicht, den Einsatz dieser beiden B-1 abzublasen. Aber wenn er das nicht schafft und ich gezwungen bin, den Befehl zum Losschlagen zu geben, dann will ich, daß dabei jedermann offenkundig und auch klar ist, daß das, was wir dann tun werden, im eigentlichen und wörtlichen Sinne eine Polizeiaktion ist. Es muß jede denkbare Vorsorge getroffen sein, daß diese Aktion kontrolliert abläuft und nichts anderes als den direkten Angriff auf das direkte Ziel umfaßt. Wir wollen *keinen* Krieg mit den Sowjets. Wir wollen *keinen* nuklearen Schlag, der nur einen Gegenschlag auslösen und einen Vernichtungsaustausch bedeuten würde ... General Curtis fassen Sie bitte noch einmal den Ablauf und die Risiken zusammen.«

Der Chef der Vereinigten Stäbe erhob sich wieder. »Sir, wir benötigen einen direkten Befehl von Ihnen zum Start der beiden Bomber, danach einen zweiten zum Weiterflug über den bekannten SNOWTIME-Luftraum in der Arktis hinaus, in welchem sonst Übungsflüge stattfinden. Und schließlich ist ein dritter Befehl von Ihnen persönlich erforderlich, damit die Bomber die Sicherheitszone überschreiten und ihre Sprengköpfe zünden können. Der dritte Befehl ist auch gleichzeitig die Ermächtigung zur Durchführung der eigentlichen Aktion.

Die Bomber werden laufend Kontakt mit SATCOM und den HF-Radios halten, damit etwaige codierte Abbruch- und Rückkehrinstruktionen sie erreichen können, und sie können auch zu jedem Zeitpunkt zurückgerufen werden. Unsere Nachrichtensatelliten sind darauf programmiert, jede halbe Stunde automatisch einen Rückruf auszusprechen, wenn *wir* nicht eine gegenteilige Anweisung geben. Falls also die Kommunikation von uns zu den Flugzeugen unterbrochen wird, wird die Aktion automatisch gestoppt und abgebrochen.«

Der Präsident nickte und sah sich im Raum um. Niemand hatte mehr etwas zu bemerken oder vorzuschlagen. Nach einer schier unerträglich langen Pause griff der Präsident zu dem Aktendeckel mit dem roten Umschlag, der vor ihm lag und der am Tag zuvor für ihn vorbereitet worden war. Er brach dessen Siegel auf und las das Dokument, das er enthielt. Es war die Ermächtigung zum ersten Schritt des Planes von General Curtis.

»TRAUMLAND«

Patrick McLanahan saß allein im Halbdunkel seiner engen, wenig komfortablen Holzbaracke, als er ein leises Klopfen an der Tür hörte. Er lächelte und öffnete.

In der Tür stand in einer dunkelgrauen Fliegerjacke, einer Fliegerkombination und wärmeisolierten Winterflugzeugstiefeln, wie auch er sie trug, sein alter Partner Dave Luger. Er hatte die Hände in den Taschen vergraben und stocherte mit den Schuhspitzen im Sand herum.

»Fertig, Pat?« fragte er, ohne mit dem Stochern aufzuhören.

McLanahan sah auf die Uhr und blickte zum Himmel. »Null-siebenhundert-Uhr, mein Lieber«, sagte er demonstrativ, »du bist ein bißchen spät dran, oder?«

Luger sah achselzuckend auf die Uhr. »Na und? Die letzten beiden Tage war es völlig überflüssig, pünktlich zu sein. Wir sind sowieso nur auf unseren Hintern rumgesessen.«

McLanahan hatte sich umgewandt, um nach seiner Jacke zu greifen, die am Bettpfosten hinter ihm hing. »He, he!« sagte er mit einem Blick über die Schulter. »Was höre ich da? Ist das derselbe Bursche, der mir seit zwei Monaten in den Ohren liegt wegen all unserer Überstunden? Der mir drei Wochen lang drohte, mich zu erwürgen, weil ich es arrangiert habe, daß er nach ›Traumland‹ kam?«

Luger gab sich angriffslustig. »Ja, ganz richtig. Vierzehn Stunden pro Tag die Primadonna Anderson ertragen zu müssen, ist schließlich kein Spaß. Und seit vor zwei Tagen die beiden B-1 nach Ellsworth abkommandiert wurden, kommt man hier vor Langeweile um. Was kannst du hier schon groß anfangen, wenn du nicht im Simulator sitzt oder auf Übungsflug bist?«

»Überhaupt nichts«, gab McLanahan zu, während er die Tür

seines Zimmers hinter sich zuzog und verschloß. Stimmt nicht ganz, dachte er. Er selbst hatte in den letzten beiden Tagen immerhin eine Menge Zeit mit Wendy verbringen können und war sehr dankbar dafür gewesen. Seit sie mit den anderen Zivilisten ihres Teams wieder zurückgekommen war, weil es mit dem Projekt doch weiterging, war dies auch die erste Gelegenheit gewesen, die Mauer zu überwinden, die sie um sich herum aufgerichtet hatte. Vor diesen letzten beiden Tagen war sie auch während ihrer vielen gemeinsamen Lernstunden am späten Abend überaus zugeknöpft geblieben. Nachdem sie jetzt aber einige entspanntere Stunden miteinander verbracht hatten, wußte er auch, warum sie so reserviert war. Sie wollte zuallererst und in erster Linie als »Profi« anerkannt werden. Als jemand, der jede Aufgabe genauso erfüllen konnte wie jeder Mann, und zwar mit maximaler Perfektion. Dies war wohl, vermutete er, eine Folge ihres langen und harten Durchsetzungskampfes in der männerdominierten Welt der Air Force. Und das Verbergen des Teils von ihr, der weich und feminin war, mußte ihr dabei nach einer Weile wohl zur zweiten Natur und automatischen Verteidigungshaltung geworden sein. Er kam nicht umhin, sie immer wieder mit Catherine zu vergleichen, deren privilegierte Erziehung sie sehr viel selbstbewußter und offener gemacht hatte, und dabei trotzdem ... nun ja: weniger interessant.

»He, Pat«, sagte Luger, während sie zur Lage-Baracke gingen, »wieso eigentlich, glaubst du, hat Elliott heute morgen diese Konferenz angesetzt? Meinst du, er gibt uns unsere Abschiedspapiere?«

»Vielleicht mehr als das.«

»Wieso mehr?«

McLanahan ging ohne zu stocken weiter. Sie waren in der Nähe der Frauen-Baracke. »Na ja, ich meine, er hätte doch wohl nicht die ganze Zeit dafür aufgewendet, dieses ganze neue Zeugs im *Old Dog* zu testen und es in diese B-1 einzubauen, wenn die nicht für irgendwas gebraucht und eingesetzt würden, oder? Vielleicht ganz was Dickes. Zum Beispiel dieses programmierte Geländeprofil, das wir getestet haben, ehe die B-1 abhauten. Bill Dalton, der Navigator für Null-Sechs-Vier, sagte was davon, daß es ziemlich genau einem Gebiet über der Sarir-Calanscio-Wüste in Libyen entspreche. Das ist aber kompletter Blödsinn. Die sollen doch mitten durch Berge fliegen.«

Sie gingen eine Weile wortlos nebeneinander her, jeder in seine eigenen Gedanken versunken. »He, da sind Wendy und Angelina«, rief Luger, als er die beiden Frauen aus der Frauen-Baracke kommen sah. Er winkte ihnen zu, und sie gingen zu viert die kurze restliche Strecke bis zur Lage-Baracke.

»Da kommen wir wenigstens nicht allein zu spät«, sagte Angelina Pereira lächelnd. Sie war die einzige, die keine Flieger-kombination trug.

Nettes Mädchen, dachte McLanahan. Nett und hart zugleich. Ein wenig erinnerte sie ihn immer an seine Mutter. Er deutete mit dem Kopf auf Luger. »Der liebe Dave mußte erst sein Schönheitsschläfchen beenden. Nachdem ich so ein sanftes Gemüt habe, entschloß ich mich, auf ihn zu warten.«

Wendy sah etwas besorgt aus. »Haben Sie eine Ahnung, Pat«, fragte sie, »warum General Elliott diese Konferenz angesetzt hat?«

McLanahan meinte achselzuckend: »Wir werden es bald wissen«, und machte die Tür zur Lage-Baracke auf.

General Bradley Elliott nahm seine Sonnenbrille ab und sah über sein aufmerksam lauschendes Publikum hin. Er stützte sich auf ein Pult an der Stirnseite des Raumes und wirbelte geistesabwesend seine Sonnenbrille im Kreis herum.

»Ich freue mich, daß Sie alle wohlauf und hier erschienen sind«, begann er. »Daß es ein bißchen später geworden ist, macht ja nicht so viel.« Dabei sah er die vier Nachzügler demonstrativ an, die eben hereingekommen waren.

»Der Zweck unseres Beisammenseins«, fuhr er fort, »ist, Ihnen einige Erläuterungen zu den Ereignissen der beiden letzten Tage zu geben – und der letzten paar Monate. Wie die meisten von Ihnen wohl gemutmaßt haben, sind die Verbesserungen und Änderungen, die wir in die beiden Excalibur eingebaut haben, auf ein ganz bestimmtes und konkretes Ziel hin konzipiert.«

Elliott musterte die vor ihm sitzenden Gesichter der Reihe nach. Direkt vor ihm saß, korrekt und steif aufgerichtet wie immer, Colonel James Anderson. Links neben ihm Lewis Campos, dessen Stirn schweißfeucht glänzte. Ganz hinten hatte sich, natürlich mit ausgestreckten Beinen, Patrick McLanahan niedergelassen. Er starrte hartnäckig zu Boden.

»Meine Damen und Herren«, fuhr Elliott fort, »vor ungefähr fünfundzwanzig Minuten sind zwei B-1-Maschinen – eben die beiden, mit denen Sie hier in den vergangenen Wochen und Monaten gearbeitet haben – von der Air Force Base Ellsworth gestartet. Ihr Start ist Teil eines möglichen Kampfeinsatzes in einer bestimmten Region in der Sowjetunion.«

Verblüfftes Raunen ging durch den Raum. McLanahan hatte plötzlich ein flaues Gefühl im Magen. Er sah Luger an und schüttelte den Kopf.

»Ich sagte«, fuhr Elliott abwiegelnd fort, »*möglichen*. Sie werden in der Nähe der Sowjetunion kreisen, während das Weiße Haus weiter nach einer Verhandlungslösung sucht. Falls diese nicht zustandekommt, werden die B-1 nach –«

»Verhandlungslösung wofür?« fragte Lewis Campos, dessen Stimme sich über das allgemeine Gemurmel erhob.

»Ruhe bitte, meine Herrschaften«, mahnte Elliott. Er öffnete eine Aktenmappe, entnahm ihr eine Anzahl Fotos und überreichte sie Colonel John Ormack, der sie der Reihe nach weiterreichte.

»Die Fotografien, die ich hier herumgehen lasse«, setzte Elliott seine Erklärungen fort, »zeigen eine Anlage, die in der Sowjetunion in einem kleinen Fischerdorf namens Kawaschnija gebaut worden ist. Die Sowjets haben dort einen wirklich funktionierenden Anti-Satelliten- und Anti-Raketen-Laser gebaut. Den sie in den vergangenen Monaten auch tatsächlich eingesetzt haben.«

»Eingesetzt?« fragte Dave Luger, während McLanahan die

ersten der zirkulierenden Fotos betrachtete. »In den Nachrichten war doch überhaupt nicht –«

»Und wird auch nicht«, schnitt ihm General Elliott knapp das Wort ab. »Die öffentliche Aufmerksamkeit auf die Geschichte zu lenken, würde sie nur noch anfälliger für Krisen machen, als sie es ohnehin schon ist. Tatsache ist, daß dieser Laser in Kawaschnija sich als überaus wirksam erwiesen hat. Die Russen streiten zwar vorläufig noch immer seine Existenz ab, aber er hat bereits amerikanisches Gerät im Wert von fünf Milliarden Dollar zerstört und dreizehn Todesopfer gefordert.«

»O Gott«, sagte Luger, der damit nur die allgemeine Stimmung wiedergab.

»Unser Job hier ist so gut wie beendet«, fuhr Elliott weiter fort. »Sie alle haben sich in den nächsten Stunden in erhöhter Bereitschaft zu halten, für den wenn auch unwahrscheinlichen Fall, daß das SAC-Hauptquartier Ihre Mithilfe bei irgendwelchen möglicherweise auftauchenden Problemen der Ausrüstung der beiden B-1 benötigt. Danach sind Sie alle frei und können nach Hause fahren. Ich habe beim Transportoffizier bereits veranlaßt, daß für Ihre Heimflüge gesorgt wird. Außerdem wird Ihnen allen hiermit strikter Befehl erteilt, mit keinem Wort jemals zu erwähnen, was Sie hier soeben gehört haben. Sie sind alle in der höchsten Sicherheitsklassifizierung, und ich hielt es nur für recht und billig, daß Sie auch wissen, woran Sie in dieser ganzen Zeit mitgewirkt haben. Aber dieses Wissen muß Ihnen allen auch klarmachen, wie erforderlich absolutes Schweigen darüber ist, was Sie hier genau gemacht haben.«

Plötzlich wurde die Tür der Baracke aufgerissen. Lieutenant Briggs kam hereingestürzt. Er blieb zwei Schritt vor Elliott stehen. »General«, meldete er, »wir haben Probleme.«

Elliott wurde blaß. Er bemerkte, daß Briggs seine kurzläufige Uzi-MP im Schulterhalfter trug, an den auch noch drei Handgranaten geklemmt waren. »Ja, Hal?«

»Wir haben eine Meldung, daß ein Leichtflugzeug, das das Radar verloren hat, vor ein paar Minuten in unseren Bereich eingedrungen ist, General«, sagte Briggs. »Hat sich nach unse-

235

rer Meinung von Las Vegas her eingeschmuggelt, immer knapp über die Berge hinweg. Unsere Sicherheitspatrouillen um ›Traumland‹ herum sind schon unterwegs.«

»Ist es bis ›Traumland‹ vorgedrungen?« fragte Elliott. Die Chancen dafür waren minimal. Buchstäblich alles, was mehr als hundert Pfund wog und in den Luftraum über »Traumland« eindrang, wurde mit absoluter Sicherheit von einem der zahllosen Sensoren, die in der Wüste wachten, entdeckt.

»Wir sind auf das Schlimmste gefaßt.«

Luger und McLanahan waren längst von ihren Stühlen aufgesprungen. Anderson hatte sich vorgebeugt, auf dem Sprung für Elliotts Befehle.

»James«, sagte dieser auch sogleich, »führen Sie unsere Leute sofort hinüber zum Old-Dog-Hangar. Dort sind sie sicherer.«

Anderson nickte kurz und wandte sich an das Team. »Sie haben den General gehört. Los!«

Während McLanahan Wendy aus der Lage-Baracke hinüber zum schwarzen Old-Dog-Hangar begleitete, hörte er in der Entfernung Schüsse und Explosionen. Am Eingang zum Areal sah er eine aufsteigende Rauchwolke.

»Verdammte Scheiße«, stammelte Luger hinter ihm, »wir werden angegriffen!«

In weniger als einer halben Minute waren alle Angehörigen des Old-Dog-Test-Teams in ihrem Hangar. McLanahan verriegelte die Tür. Er hatte sich gerade umgedreht, um weiter ins Innere zu laufen, als draußen an die Tür geschlagen wurde. Elliotts Stimme war zu hören. Pat öffnete wieder und ließ den General und Briggs ein.

»Es ist ernster, als wir vermuteten«, preßte Elliott hervor. »Anderson, Sie müssen –«

Er brachte den Satz nicht zu Ende. Die erste Explosion war mehr zu spüren als zu sehen. Der Einschlag war in der gegenüberliegenden Ecke des Hangars. Elliott hatte das Gefühl, daß das riesige Dach über ihren Köpfen flattere wie eine dünne Blechplatte, die man schüttelt.

Er und Ormack wurden von der Druckwelle von den Füßen gerissen. Anderson stolperte gegen das Fahrgestell des *Old Dog* und landete Kopf voraus auf dem Boden.

Briggs gelang es, aufrecht stehenzubleiben. Mit der einen Hand an seiner Uzi, half er mit der anderen dem General wieder hoch.

»In Deckung, General!« rief er gleich danach, als die zweite Explosion kam, die dreimal so heftig war wie die erste. Sie riß ein fünfzehn Meter großes Loch in das Dach, etwa dreißig Meter vom Ende der linken Tragfläche des *Old Dog* entfernt, und übersäte diese mit einem Schauer von Metall- und Betonsplittern. Die Mauer unter dem Loch riß auf, als habe jemand von oben bis unten einen Riesenreißverschluß an der schwarzen Hangarwand heruntergezogen. Eine Azetylen-Leitung platzte, und Flammen schossen himmelwärts. Draußen vor der aufgerissenen Flanke des Hangars knatterte das Feuer von Automatikgewehren. Der offene Spalt gab den Blick frei auf panikartig herumrennende Arbeiter und bewaffnete Sicherheitspolizisten auf der Suche nach den Angreifern und im Bemühen, die wilde Flucht der Arbeiter zu stoppen. Die ersten Leute taumelten und fielen.

Elliott schüttelte Staub und Splitter aus seinem Haar, wischte sich die Augen aus und versuchte, Staub und Gas auszuhusten. Er wandte sich um und blickte auf das Loch vom ersten Einschlag in der hinteren Ecke und das vom zweiten fast über dem Bomber. Er lauschte auf das Feuergefecht draußen. Er mußte nicht General sein, um zu wissen, daß sich die nächste tödliche Runde mit Sicherheit direkt über ihren Köpfen abspielen würde und daß es draußen noch mehr Leute geben würde, die umfielen.

»John!« rief er. Er packte Ormack und zog ihn zu sich heran, um ihm etwas ins Ohr zu flüstern. »Gehen Sie an Bord. Starten Sie sie.«

»Was?«

»Die Motoren. Starten Sie sie. Setzen Sie dieses Ding in Bewegung!«

»In Bewegung?«

»Verdammt noch mal, rollen Sie dieses verdammte Flugzeug hier raus! Die versuchen doch, das Ganze hier wegzupusten, sehen Sie das nicht? Nun machen Sie schon!« Er schob Ormack auf die Einstiegluke zu. Ormack stolperte und fiel auf den blankpolierten Zementboden. Für einen Augenblick fürchtete Elliott, er werde nie wieder aufstehen. Aber dann rappelte sich Ormack wieder hoch, fand die Luke und kletterte hinein.

»Campos, Pereira!« Der Experte für das Abwehrsystem und seine Assistentin stolperten unter der rechten Tragfläche des Bombers herum und stießen, unsicher, wohin sie sich wenden sollten, gegen den Scorpion-Träger. Elliott bekam sie beide am Genick zu fassen und drückte sie unter den Flugzeugrumpf. »Gehen Sie an Bord!«

Angelina reagierte sofort und kletterte die Einstiegleiter hinauf. Campos, der etwas verwirrter war, sah seiner Assistentin nach, wie sie im Bauch des Flugzeugs verschwand, und wandte sich an Elliott: »Nein, ich kann nicht –«

»Machen Sie, daß Sie auf der Stelle da reinkommen, gottverdammt noch mal!«

»Ich steig' da nicht hinein.« Campos wehrte sich buchstäblich mit Händen und Füßen und stieß sich mit seinen knochigen Ellbogen frei. Er rannte zum Hangartor, ohne auf das Gewehrgeknatter draußen zu achten und krachte dagegen. Benommen blieb er stehen, drehte sich um und warf einen letzten Blick auf den schwarzen Bomber.

»Campos!« brüllte Elliott in scharfem Befehlston. »In Deckung!«

Aber es war zu spät. Im gleichen Moment, da Elliott rief, drehte Campos sich um und rannte nach draußen. Im gleichen Moment zerriß die dritte Explosion die Vorderwand des schwarzen Hangars und die ganze linke Seitenwand des Gebäudes fiel in sich zusammen. Campos verschwand in einem blendenden Feuerblitz und in dem Gedröhn schmelzenden und zerfetzenden Metalls. Die linke Seite des Hangartors sackte zusammen und stürzte auf den Boden.

Elliott konnte sich nur noch hinwerfen, während das Hangartor heruntergesaust kam und die Kugeln um ihn herumpfiffen. Er blickte sich um. Hinter ihm arbeitete sich mit blutendem Kopf und Gesicht Anderson am Flugzeug hoch.

Elliott wollte zu ihm hinübereilen, um ihn beim Hineinklettern ins Flugzeug zu stützen. Er fühlte jedoch einen stechenden Schmerz an seinem rechten Unterschenkel. Seine Hand tastete nach unten. Blut! Er setzte das rechte Bein fest auf, um festzustellen, wie schwer die Verletzung war, aber es knickte unter ihm weg, und er taumelte zu Boden.

»General!« rief Anderson und kam herübergerobbt. »Wir müssen hier raus . . .« Eines von Andersons Augen stand nicht mehr ruhig und rollte von einer Seite zur anderen.

»Gehen Sie an Bord!« befahl ihm Elliott. Triebwerk vier begann in diesem Moment pfeifend aufzuheulen. Anderson drehte sich um. Aus den Auspuffrohren schoß eine Abgaswolke heraus.

»Die Motoren! Sie laufen einfach an!«

»Nein, Ormack ist an Bord. Los, gehen Sie!« Elliott bemerkte eine große klaffende Wunde an Andersons Kopf und rappelte sich mühsam hoch, um Anderson zur Luke zu helfen. Das Kreischen des Triebwerks vier wurde zum Röhren, und gleich danach startete auch Triebwerk fünf.

»Los, Jim, beeilen Sie sich . . .!« Elliott gelang es, sich auf sein linkes Bein gestützt aufzurichten. Dabei sah er, wie sechs rote Löcher, groß wie Vierteldollarmünzen, auf Andersons grauer Fliegermontur sichtbar wurden – vom Schlüsselbein bis zum rechten Schenkel. Anderson schien es zunächst nicht wahrzunehmen. Er machte ein paar Schritte, taumelte dann gegen den glatten schwarzen Flugzeugrumpf und brach zusammen. Auf der polierten Außenhaut des *Old Dog* blieb eine rote Blutspur zurück.

Plötzlich war Briggs an Elliotts Seite. Er schoß mit seiner MP wie wild auf alles, was sich draußen bewegte und zog dabei den General wieder auf die Beine. »Wir müssen Sie in das Flugzeug hineinkriegen, General –«

»Nein, nein, ich –«

»*Steigen Sie in das Flugzeug!*«

»Der Bremsklotz – die Bremsklötze müssen . . .«

»Hab' ich alles schon gemacht, General. Bremsklötze, Luft, Strom, Bolzen, Strömungsklappen. Und jetzt hieven Sie gefälligst Ihren Hintern an Bord!«

Briggs feuerte auf eine rennende Gestalt am Eingang und schleppte dann den widerstrebenden General zur Einstiegsluke, wo zwei Hände – die von McLanahan – den General am Kragen seiner Dienstuniform packten und ihn hochzogen.

»Briggs«, schrie Elliott, »kommen Sie rauf! Sofort!«

McLanahan legte Elliotts Hände auf die Leiter, und der General hievte sich mühsam hoch ins obere Deck. Dann wandte sich McLanahan zur offenen Luke zurück und streckte Briggs die Hand hinaus, der unten kniete und unentwegt aus dem Hangar hinausfeuerte.

»Schauen Sie, daß Sie reinkommen!« brüllte er.

»Nicht meine Maschine, lieber Freund!« schrie Briggs, und in McLanahans Ohren begann es laut zu dröhnen. »*Adios!*«

Briggs war weg, und eine Sekunde später schnappte die Einstiegsluke zu und wurde von außen verriegelt.

McLanahan wollte sie gerade wieder öffnen, als die Megafestung einen unglaublichen Satz machte, der ihn an die Wand der Besatzungskabine warf.

»Wir rollen«, rief Luger verblüfft aus.

»Oder sie haben uns das halbe beschissene Flugzeug weggeschossen«, sagte McLanahan. Er rappelte sich hoch und stolperte zur Leiter zum oberen Deck.

Was er dort sah, ließ ihm fast übel werden.

Wendy Tork und Angelina Pereira standen über dem halb ohnmächtigen und blutüberströmten Bradley Elliott. Angelina Pereira hatte der plötzliche Vorwärtssatz des Flugzeugs umgeworfen, und sie war gerade eben wieder auf die Füße gekommen. Ihre Jeans und ihr blaues Wollhemd waren voller Blut.

Elliott selbst sah aus, als sei er durch Blut gewatet. Sein ganzes rechtes Bein war voll dunklen, schon klumpigen Blutes.

Überall war Blut – an Angelina, an Wendy, an Elliott, auf dem Boden des ganzen Decks, auf den Schalttafeln, einfach überall. Wendy war dabei, einen Ärmel ihrer Fliegerjacke um die beiden großen Löcher in Elliotts Bein zu binden. Der General stand kurz vor der Bewußtlosigkeit; er war wach genug, um den intensiven Schmerz zu spüren, aber zu benommen, um sich zu bewegen. Über sein Gesicht rann Schweiß.

»McLanahan!« rief Ormack und drehte sich auf seinem Sitz herum. »Kommen Sie.« Er saß im Kopilotensitz und überprüfte die Geräte. McLanahan kroch zu ihm hinauf und kniete sich zwischen Piloten- und Kopilotensitz nieder. Er starrte durch die öligen Cockpitfenster hinaus, hinweg über die nach unten hängende spitze Nase des Old Dog.

»Wir rollen!«

»Natürlich rollen wir, Mann. Setzen Sie sich hin und helfen Sie mir.«

McLanahan starrte ihn an.

»Na los doch!« Ormack packte ihn an der Jacke und zerrte ihn nach vorne in den Pilotensitz, schnappte sich Andersons Kopfhörer mit Sprechmikrofon und stülpte ihm das Gerät über.

»Wollen Sie etwa starten?«

»Wenn's geht«, knurrte Ormack grimmig.

»Haben wir denn Starterlaubnis?«

»Ich habe einen Befehl. Von ihm.« Ormack deutete mit dem Daumen hinter sich auf Elliott. »Die fünfzehntausend Quadratkilometer, auf denen wir jetzt hocken, gehören ihm. Von dieser Kiste gar nicht zu reden. Und von diesem Hangar, den sie uns hier zusammenbomben. Und jetzt hören Sie zu, Mann. Passen Sie auf die Instrumente auf – Drehzahlmesser, Treibstoffzufuhr, und was da alles ist. Wenn Sie irgendwas sehen, was irgendwie runterzugehen scheint, schreien Sie. Und passen Sie auf meine linke Hand auf.« Er drückte den Hebel nach vorne, und das riesige Flugzeug fuhr auf die Hangaröffnung zu.

»Das Tor ist eingestürzt, da kommen wir nicht durch. Ziehen Sie nach rechts –«

Ormack faßte den Steuerknüppel fester, zog den Steuerhebel von STARTEN auf ROLLEN und drückte das rechte Ruderpedal. Der Bomber drehte sich weich nach rechts. Ormack griff zur Mittelkonsole vor und stellte den Steuerhebel wieder zurück auf STARTEN/LANDEN. »Mehr Platz haben wir nicht . . .«

»Glaub' nicht, daß wir das schaffen . . .«

McLanahan beobachtete, wie das Hangartor auf sie zukam. Bevor sie es erreicht hatten, sah er unten Hal Briggs hinter einem heruntergefallenen Stahlträger knien und Deckung suchen. Briggs bemerkte, wie das Tragflächenende direkt auf ihn zukam. Er ließ die Uzi los und an seinem Halsriemen herunterbaumeln, breitete seine Arme aus, so weit er konnte, hob McLanahan den Daumen entgegen und verschwand dann in einer Staubwolke.

»Wie sieht es aus?«

»Hal signalisierte einen guten Meter.«

»Einen Meter was?«

Aber in diese Frage hinein kreischte ein quietschendes, schmerzenverursachendes metallenes Krachen und Splittern. Es kam vom linken Tragflächenende. Und von der rechten Seite kam ein ähnliches Geräusch, nur nicht so laut und durchdringend.

Ormack blickte auf die Treibstoffinstrumente. »Es hat uns den linken Zusatztank weggerissen. Vielleicht alle beide.«

McLanahan wollte nicht nach hinten sehen. Alles, was er sah, waren Dutzende von Leibern, die überall auf der Rollbahn vor ihnen lagen, dazu ein brennender Tankwagen und umgestürzte Lkws der Sicherheitspolizei. Noch immer feuerte eine Handvoll Polizisten in die Holzbaracken vor dem Zaun, der um den schwarzen Hangar herumlief.

»Gut, daß dieser ausgetrocknete See als Naturstartbahn benutzt werden kann«, sagte McLanahan.

Ormack nickte. »Passen Sie auf die Instrumente auf. Ich hoffe bloß, die kriegen das Zauntor auf –«

Neben ihnen tauchte ein Jeep auf und überholte sie mühelos

– obwohl Ormack bereits alle acht Gashebel so weit vorgeschoben hatte, wie es nur ging. Aber der Zweihundert-Tonnen-Bomber gewann verständlicherweise nur langsam an Tempo.

»Das ist Hal!«

McLanahan sah, wie Briggs mit seinem Jeep vor ihnen auf das verschlossene Tor zuraste. Es sah so aus, als stiege er auf die Bremsen, aber der Jeep raste mit einer Geschwindigkeit von mindestens achtzig Stundenkilometer frontal in die rechte Seite des Tors. Absicht oder nicht – jedenfalls funktionierte der Trick. Die rechte Seite des Tores wurde aufgerissen. Der Jeep überschlug sich zweimal auf dem sandbedeckten Beton und blieb schließlich stehen. Aus seinem Kühler stieg eine Dampffontäne hoch. Die rechte Seite des Tors war halb offen, der Jeep stand mitten auf der Rollbahn. Die linke Seite des Tors war frei – aber geschlossen.

»Komm, Freund, komm«, murmelte McLanahan, »du schaffst das.«

Die Entfernung zwischen Bomber und Tor verringerte sich rasch. Briggs versuchte verzweifelt, den Jeep wieder zu starten. Nach ein paar Sekunden gab er es auf, sprang heraus und versuchte ihn zu schieben.

Ormack nahm die Gänge heraus, aber das schien nichts zu bewirken.

»Wir müssen abstoppen.«

Wie zur Antwort explodierten vor dem Flugzeug drei Mörsergranaten. Briggs taumelte und fiel in den Sand. Eine weitere Explosion jagte eine große Sandfontäne direkt neben der rechten Tragfläche hoch, und die daraus aufsteigende Wolke verschluckte Briggs und den Jeep.

Die Explosionen hatten den Bomber geschüttelt, als fliege er mitten durch einen Taifun. Ormack las die Luftgeschwindigkeit ab. »Siebzig Knoten. Bei diesem Tempo zu bremsen, zerreißt uns die ganze Kiste. Wir können ohnehin nicht mehr rechtzeitig stoppen. Briggs . . .«

Briggs hatte es tatsächlich noch geschafft, den Jeep von der Startbahn und hinter den Zaun zu kriegen. Er rannte gegen die rechte Seite des Tores an, und der schwere, breite Zaun ging langsam auf. Der Lieutenant sauste nun durch die Staubwolken zum linken Tor und zog daran. Ein Sicherungspfahl hielt es im Sand fest. Briggs mußte sich mit seinem ganzen schmächtigen Körper dagegenwerfen, damit es sich bewegte.

»Klemmt«, konstatierte Ormack.

»Das wird der kürzeste Flug unseres Lebens«, orakelte McLanahan, »wenn er das verdammte Ding nicht aufkriegt.«

Das Tor rührte sich nicht. Briggs stemmte sich mit den Beinen dagegen. Seine zuvor spiegelblanken Stiefel scharrten im Sand. Aber nichts rührte sich.

Das Tor war immer noch nur halboffen, als Briggs ausrutschte, in den Sand fiel und sich nach rechts rollte, um wieder auf die Füße zu kommen.

Da sah er den *Old Dog* vor sich. Das Flugzeug kam wie ein überdimensionaler Dinosaurier auf ihn zu. Die Bleistiftspitze an der Nase, die für den Start abwärts geknickt war, zielte direkt auf sein Herz.

Briggs sprang auf, und mit schreckgeweitetem Blick auf das Monster, das auf ihn zuraste, warf er sich ein letztes Mal mit aller Kraft, die er noch hatte, gegen den Zaun. Und tatsächlich bewegte das Tor sich ein paar Zentimeter. Briggs drückte und schob, bis ihm der Luftdruck aus acht Turbotriebwerken die Füße unter dem Boden wegzog und ihn gegen den Zaun preßte.

»Er hat's geschafft«, sagte McLanahan.

»Aber wir noch nicht«, knurrte Ormack und drückte den Hebel auf Vollgas durch. Dann griff er nach unten und haute auf den Klappenschalter. »Nach dem Zaun haben wir noch etwa drei Meilen Beton. Bis die Klappen unten sind, dauert es eine Minute, und dann noch eine Minute, bis wir den Scheißkasten hier auf die richtige Geschwindigkeit kriegen. Und in weniger als einer Minute haben wir keinen harten Untergrund mehr.«

McLanahan fand endlich den Anzeiger für die Startklappen. »Rührt sich nicht.«

»Wahrscheinlich von einer der Explosionen verklemmt«,

sagte Ormack und packte sein Steuer noch fester. »Brauchen wahrscheinlich länger, bis sie unten sind. Oder die Klappenmotoren brennen durch. Eins von beiden.«

Der Zeiger bewegte sich. Auf zehn Prozent. Zwanzig Prozent. Dann war Pause. Sie wurde länger und länger. Endlich dreißig Prozent. Der Bomber begann zu schütteln.

»Vierzig Prozent«, sagte McLanahan an. Er überblickte alle Instrumente und warf dann einen Blick zum Fenster hinaus. Durch das dunstige Morgenlicht sah er am Horizont ein stählernes Glitzern. Er starrte noch intensiver hinaus. Direkt vor ihnen tauchte ein großes, klobiges Flugzeug auf. Darum herum standen Männer.

»Was, zum Teufel, ist das wieder?« brüllte Ormack, der ebenfalls hinausstarrte.

»Da steht auf der Betonbahn ein Flugzeug!« erwiderte McLanahan. »Die wollen uns den Weg blockieren!« Er warf wieder einen Blick auf den Klappenanzeiger. Immer noch vierzig Prozent. »Klappen rühren sich nicht mehr.«

»Wir schaffen es nicht. Wir brauchen jetzt den ganzen ausgetrockneten See.« Ormack faßte nach unten zum Klappenschalter und stellte ihn ab. Die Klappen blieben damit auf vierzig Prozent stehen.

»Können wir uns drehen, wenn die Klappen stehen?«

»Wir schaffen es nicht mehr, ehe wir auf dieses Flugzeug knallen. Wir müssen abstoppen . . .«

»Augenblick!« McLanahan suchte auf der Schalttafel zu seiner Linken, bis er endlich einen Schalter fand: ABWEHR. Er warf ihn von GESICHERT auf FREI.

»Angelina!« Er drehte sich nach hinten. »Angelina! Machen Sie die Raketen startfertig! Die Vorwärts-Raketen!«

»Was soll ich?«

»Die Scorpion! Zünden Sie sie!«

Angelina Pereira stürzte nach vorne und hielt sich an der Lehne des Pilotenschleudersitzes fest.

»Zünden? Geht doch nicht. Sie müssen auf ein Ziel programmiert –«

McLanahan sah aus dem Fenster. Angelina folgte seinem Blick und sah nun ebenfalls das vor ihnen auf der Startbahn stehende Flugzeug. Es war bereits zu erkennen, daß die Männer dort mit Bazookas auf sie zielten. »Tun Sie's, los!« befahl er.

Sie eilte zurück auf ihre Station. Für McLanahan dauerte es eine Ewigkeit. Er blickte sich ein paarmal nach ihr um, aber je näher sie dem Hindernis kamen, desto starrer blieb sein Blick auf die vermummten und getarnten Angreifer gerichtet. Es waren vier. Zwei feuerten mit Gewehren hinter dem Flugzeug hervor, die beiden anderen luden ihre Bazooka.

»Angelina . . . !«

»Fertig«, rief sie von hinten.

»*Feuer!*« Er warf dabei die Hände vor sein Gesicht und konnte daher nicht das Resultat sehen. Aber auch sonst hätte er nichts sehen können. Denn kein menschliches Auge vermag einer abgeschossenen Luft-Luft-Rakete zu folgen. Diese startete mit Mach 2 vom linken Pylonen. Sie schoß in einem Feuerstrom davon. Ihr vorwiegend mit Festtreibstoff gespeistes Triebwerk hatte noch kaum seine volle Geschwindigkeit erreicht, als sie sich keine achthundert Meter vor dem *Old Dog* in das Flugzeug bohrte.

Was McLanahan dann tatsächlich noch sah, war der blendende Feuerblitz und die dicke, riesige, schwarze Wolke von Rauch und Staub. Und den Bruchteil einer Sekunde danach stieß die Nase des *Old Dog* durch dieses Chaos.

Nichts passierte. Kein Metallknirschen, kein Zersplittern der Windschutzscheiben. Im nächsten Augenblick hatten sie wieder freie Sicht – aber nur auf eine noch unendlich größere Barriere als die des Flugzeugs, das sie eben aus dem Weg geräumt hatten.

Vor ihnen stand eine zweitausend Meter hohe Granitwand. Sie hieß Groom Mountain.

»Na los!« schrie McLanahan Ormack zu.

Weit hinter der Megafestung lag Hal Briggs am Zaun. Der Luftdruck der Düsentriebwerke hatte sein Gesicht in den Maschendraht hineingedrückt, als sei er angenagelt. Ein paar Augenblicke später hörte er eine Explosion und wartete auf den Donnerknall des in die Luft gehenden Treibstoffs und darauf, daß ihn gleich ein riesiger Feuerball einhüllen werde. Aber nichts geschah. Es war eine Ewigkeit, ehe er sich den stechenden Sand aus Gesicht und Augen wischen und zum Horizont blicken konnte.

Dort sah er den *Old Dog* aus einer dicken Wolke grauen und schwarzen Staubes über der morgendlichen Wüste von Nevada aufsteigen. Ganze Berge brennenden Metalls lagen neben der sandbedeckten Startbahn und rauchende Leichen lagen über Hunderte von Metern verstreut.

Die Maschine stieg etwa fünfundzwanzig Meter über den hohen Wüstengrund empor. Die Staubwolke verhüllte sie fast völlig. Kaum waren die großen Räder des Fahrwerks zu erkennen, die eben eingezogen wurden. Und dann stieg das Flugzeug wie eine Rakete mit Flügeln steil in die klare Morgenluft hinauf.

»Lieber Herrgott!« murmelte Briggs. »Sie haben es geschafft! Sie haben es tatsächlich geschafft!«

Ormack drückte einen Schalter unter dem Kabinenhöhenanzeiger auf der Tafel über sich. Die lange, schwarze Nadel am Bug bewegte sich langsam nach oben und rastete ein. Das halbe Vorderfenster war jetzt von der langen SST-Nase der Maschine verdunkelt.

»Passen Sie auf die Instrumente auf«, sagte Ormack wieder zum Pilotensitz hinüber. Trotz des beträchtlichen Lärms in der Kabine konnten sie sich beide noch immer ohne Bordmikrofon unterhalten. »Fahrwerk kommt. Ich hoffe, jemand paßt auf die Klappen auf.« Er griff zur Seite und zog den Fahrwerkhebel hoch. Rotlicht leuchtete auf.

»Instrumente okay«, meldete McLanahan. Er fand die Fahrwerkanzeiger auf der Schalttafel neben dem Fahrwerkhebel. Eines nach dem anderen liefen die kleinen Anzeigeräder auf das Wort UP – aufwärts – zu. Das Rumpeln und Quietschen der Reifen, die in den Fahrwerkschacht einfuhren, war deutlich zu vernehmen. »Rechtes Seitenfahrwerk drin... Hauptfahrwerk vorne drin... Haupt hinten drin... Links hinten Fehlanzeige...«

Ormack prüfte den Anzeiger mit der Lichtanzeige FAHRWERK LINKS HINTEN NICHT EINGEFAHREN. Die Anzeige UNSICHER leuchtete ebenfalls. »Hängt vielleicht noch immer unten oder ist auf halbem Weg stecken geblieben. Kann leicht sein, daß es uns die ganze linke Flügelspitze abrasiert hat.« Er probierte ein paar Schwenks nach rechts und links. »Steuer fühlt sich okay an. Die Spoiler scheinen einwandfrei zu arbeiten.« Er blickte nach unten und überprüfte, ob er die Treibstoffleitung zum linken Zusatztank abgedreht hatte. »Wir können ja später noch die Fahrwerk-Noteinfahrt versuchen.«

Er fuhr sich mit einer Hand über sein schweißbedecktes Gesicht und ließ kein Auge von seinen Instrumenten, während die Megafestung sich über den Gipfelgrat des Groom Mountain hochzog. »Wir scheinen die ganzen neun Tonnen im linken Außentank A verloren zu haben. Außen B haben wir noch, aber der fällt zu schnell ab, schneller als die rechten Außen. Wahrscheinlich pumpt es da den ganzen Sprit ins Freie.« Er drehte die Treibstoffleitung zum linken Außen-B-Tank ab. »Mit anderen Worten, es fehlen uns zwanzig Tonnen Sprit.«

Er sah zu McLanahan hinüber, der immer noch ungläubig auf die Berglinie hinuntersah, die unter der schlanken schwarzen Nase des *Old Dog* wegglitt.

»Pat! Hydraulik-Check!«

Er überprüfte die Hydraulikinstrumente auf der linken Konsole.

»Also, was ist?«

Jetzt erst sah es McLanahan. »Druck am linken Spoiler außenbords Fahrwerk hinten zu niedrig.«

Ormack schüttelte den Kopf. »Das Ding wird uns wohl bald wegbrechen. Sehen Sie zu, daß der Schalter für die Bereitschaftspumpe auf Aus steht.«

»Ist aus.«

»Das mit der Noteinfahrt lassen wir sein«, entschied Ormack. »Wahrscheinlich ist unsere ganze Flügelspitze im Eimer. Wir würden die Hydraulik umsonst strapazieren.« Er überprüfte Luftgeschwindigkeit und Höhe. »Alles okay. Wir sind oben. Klappen hoch.«

McLanahan beobachtete die Instrumente. Nach einer halben Minute zeigten sie auf *FULL UP.*

»Immerhin funktioniert wenigstens etwas einwandfrei«, knurrte Ormack.

»Saubere Arbeit«, sagte General Elliott über den Lärm im Cockpit. Ormack und McLanahan wandten sich überrascht zu ihm um. Der General stand zwischen ihren beiden Schleudersitzen und nickte anerkennend. McLanahan sah auf sein Bein. Es war dick bandagiert und eine Gummimanschette saß über Knöchel und Unterschenkel.

»Was macht das Bein, General?«

»Tut ganz schön weh, Patrick. Als hätte mir einer da ein Stück rausgebissen. Aber Wendy und Angelina haben mich prima versorgt. Zum Glück haben wir ganze Ladungen von Verbandskästen an Bord.«

»Was ist, verdammt noch mal, eigentlich passiert da unten? Wer hat uns da angegriffen?«

»Weiß ich auch nicht genau, Patrick. Der Nachrichtendienst hat uns bestimmte Gerüchte hinterbracht, aber ich hätte nie gedacht, daß ... Es muß da also doch irgendwo ein Leck gewesen sein. Ich möchte annehmen, daß, wer immer diesen Überfall in die Wege geleitet hat, glaubte, die beiden B-1 seien noch in ›Traumland‹.« Er räusperte sich. »Ich übernehme das jetzt, Patrick.«

»Sind Sie sicher, daß Sie es schaffen, General? Ihr Bein –«

»John darf das Ruderpedal für mich treten, wenn es nötig ist. Aber sonst kann ich diese Kiste hier durchaus fliegen. Sagen Sie durch, alle sollen Helm und Sauerstoffmaske aufsetzen. Bereitschaft für Steigungstest.« Er drehte sich etwas zur Seite, um McLanahan aus dem Pilotensitz klettern und an sich vorbei nach unten zu lassen. Mit Ormacks Hilfe zwängte er sich ächzend in den Sitz und schnallte die Fallschirmgurte fest.

»Gut«, sagte er, nachdem er auch noch sein Bordmikrofon mit Kopfhörer aufgesetzt und seine Hände um das Steuer gelegt hatte, »ich habe übernommen.«

»Roger, Sie haben übernommen«, bestätigte Ormack und vergewisserte sich ein letztes Mal der tatsächlichen Kontrollübernahme durch leichtes Bewegen des Kontrollsteuers.

»Erledigen wir die Nach-Start-Checkliste. Fahrwerk.«

»Fünf oben«, antwortete Ormack. »Links hinten zeigt schraffiert an. Hydraulik links außenbords niedrig, fällt vermutlich demnächst aus.«

Elliott ging mit den Crew-Mitgliedern die gesamte Check-Liste durch.

»Die Kiste steigt wie ein Engel«, stellte er danach mit Befriedigung fest. »Wir sind schon über zwölftausend. Hallo, Besatzung, Sauerstoff-Check.« Er sah sich um, konnte aber nirgends seinen Helm entdecken.

»Checken Sie erst mal durch, John«, sagte er. »Ich checke meinen nachher.« Ormack sah etwas verlegen drein. Er zog sich das Mikrofon näher an den Mund. »Abwehr?«

»Ähm – Abwehr nicht komplett.«

»Angriff ebenfalls nicht.«

Elliott sah verblüfft auf. »Soll das heißen –?«

»Niemand«, sagte Ormack.

»Niemand hat Sauerstoffmasken? Und Helme?« fragte Elliott über Bordmikrofon.

»Und für Lunchpakete hatten wir auch keine Zeit mehr, General«, sagte McLanahan.

»Vedammt!« knurrte der General. Er sah auf den Kabinenhöhenmesser auf der Anzeigetafel in Augenhöhe vor ihm. Er stand ruhig und gleichmäßig auf siebentausend Fuß. »Sind überhaupt irgendwelche Masken da? Notmasken? Irgend etwas?«

Ormack sah hinter seinen Sitz. »Die Feuerlösch-Maske ist da«, sagte er, zog sich den Beutel heran und besah sich die Maske. Es war eine Ganzgesichtsmaske mit einem Anschluß für das interne Sauerstoffsystem, für den Fall, daß ein Besatzungsmitglied sich eine tragbare Sauerstoffflasche umschnallen und ein Feuer in der Kabine bekämpfen mußte.

»*Eine* Sauerstoffmaske«, sagte Elliott. »Und nicht ein Helm.«

»Müssen wir eben knapp unter zehntausend Fuß bleiben«, sagte Ormack. »Höher rauf können wir so nicht riskieren. Beim kleinsten Druckabfall kriegt sonst die ganze Besatzung den Höhenrausch. Wir wären tot, ehe wir es bemerkten.«

»Geht nicht«, widersprach ihm Elliott. »Dieses Flugzeug ist höchste Geheimhaltungsstufe. Wir müssen höher hinauf und außer Sicht bleiben, bis mein Stab oder sonst irgendwer uns eine geeignete Air Base zur Landung anweist. Unter zehntausend Fuß werden wir von zu vielen Augen am Boden und in der Luft gesehen.«

»Dann werde ich einfach dieses Ding hier aufsetzen, bis wir landen, Sir«, sagte Ormack. »Das dauert allenfalls ein paar Stunden. Ich schaffe das.«

»Nein«, lehnte Elliott ab. »Diese Maske engt die Sicht zu stark ein, und Sie können damit nicht sprechen. Okay, meine Damen und Herren, mal alles herhören. Bis wir wieder landen können, sind wir alle in Gefahr. Keiner hat Sauerstoff, jedenfalls nicht ausreichend. Wir können und werden uns unseren Sauerstoffschlauch in den Mund stecken und auf NOTFALL schalten, dann bekommen wir immerhin einen Sauerstoffschuß, aber es bleibt ein Risiko. Wir werden jede Viertelstunde Gesamt- und Kabinen-Checks machen. Checken Sie individuell auch dazwischen. Achten Sie auf jedes Anzeichen von Höhenrausch. Der Kopilot und ich werden uns mit der Feuerlöschmaske abwechseln. Prüfen Sie jeder auf seiner eigenen Station, was sonst fehlt.«

»Ist das von Bedeutung, General?« fragte Wendy. »Landen wir denn nicht bald?«

»Nicht, ehe es dunkel ist und wir einen Flugplatz gefunden haben, auf dem wir sicher sind. Ganz klar, daß ›Traumland‹ ausscheidet. Tonopah oder Indian Springs wären Möglichkeiten. Angelina und Wendy, nehmen Sie doch Kontakt mit unserer Einsatzkontrolle auf und –«

»Geht nicht, General«, unterbrach ihn Angelina. »Keine Unterlagen.«

»Keine Kommunikationsdokumente? Keine Codiertafeln?«

»Leider.«

»Was haben wir überhaupt an Bord?«

»General«, schaltete Ormack sich ein, »in Nullkommanichts weiß doch die ganze Welt von uns. Der Überfall auf ›Traumland‹, dieses Flugzeug, die ganze Geschichte. Das läßt sich doch nicht alles geheimhalten. Wenn wir mit diesem Flugzeug landen, wird die ganze Welt da sein, um es zu sehen.«

Elliott drückte auf das Steuer, um die Höhe siebentausend Fuß zu verlassen, und starrte über die lange, schlanke Nase der Megafestung hinweg. »Vermutlich haben Sie recht«, erwiderte er. »Flughöhenänderungs-Check, John. Angelina, geben Sie eine Nachricht über UHF-Kanal durch, über Nellis an *Cobalt Control.* Das ist mein Verein in Washington. Sagen Sie ihnen, daß wir okay sind und baldmöglichst eine sichere Funkverbindung mit entsprechender Frequenz benötigen.«

»Roger.«

Im gleichen Augenblick unterbrach sie eine laute Stimme über alle UHF-Radios an Bord. »Hier ist *Los Angeles Center*, Wache. Flugzeug Richtung zwei-acht-fünf, Höhe siebentausend, identifizieren Sie sich, wenn Sie mich hören können.«

»Der meint uns«, sagte Ormack. Elliott ging auf IFF-Frequenz, schaltete den Sender ein und drückte auf den IDENT-Knopf.

»Radarkontakt«, bestätigte der Fluglotse. »Wechseln Sie auf Frequenz zwei-neun-sieben Komma acht.«

Elliott tat es. »Hallo, Los Angeles Center, hier ist Genesis auf zwei-neun-sieben Komma acht.«

»Genesis, identifizieren Sie sich und buchstabieren Sie Ihre volle Bezeichnung«, kam Los Angeles wieder.

Elliott buchstabierte den Namen.

»Genesis?« fragte Ormack. »Was ist das denn?«

»Das ist ein altes allgemeines Geheim-Kodewort für militärische Experimentierflüge von Edwards aus«, belehrte ihn Elliott. »Das haben wir seinerzeit eingeführt, als wir die Flüge in großen Höhen erprobten, aber nicht wollten, daß irgendwer, nicht einmal unsere eigenen militärischen Fluglotsen, wußte, wer wir waren. Von ›Traumland‹ hat es schon eine Menge Starts in diese Gegend gegeben, ohne daß sie in irgendeinem Flugplan registriert waren.«

»Hallo, Genesis...« Die Verwirrung in der Stimme des Fluglotsen war unüberhörbar. »...Genesis, hier liegt kein Flugplan für Sie vor. Melden Sie Ihren Standort.«

»Nicht möglich, Los Angeles.«

Es gab eine längere Pause. Dann meldete sich Los Angeles wieder: »Genesis, Sie sind nur sehr schwach zu orten. Melden Sie Typ, Zweck des Fluges und Zielort.«

»Dieser Kerl versucht mit allen Mitteln, etwas aus uns rauszuquetschen«, schimpfte Elliott. Er ging auf Radio. »Hallo, Los Angeles, kontaktieren Sie unsere Kommandostelle über Militär AUTOVON oder Pentagon DTS neun-acht-eins-eins-vier-zwei-vier wegen unseres Flugplans, falls dieser nicht innerhalb zwei Minuten bei Ihnen vorliegt.«

»Hallo, Genesis...« Der Fluglotse, der nicht gewöhnt war, daß Piloten *ihm* sagten, was er zu tun habe, war jetzt hörbar ungeduldig. »Gehen Sie auf Standard-Warteschleife, bis dies geklärt ist.«

»Genesis verfolgt vorläufig weiter VFR, Los Angeles«, sagte Elliott. »Bleiben auf sechzehntausendfünfhundert Fuß. Werden VFR-Flugplan bei *Coaldale Flight Service* melden.«

»Genesis, Sie haben Ihre Anweisungen«, schimpfte der Lotse zurück. »Gehen Sie auf übermittelte Kursanweisung.«

»Passieren Coaldale, General«, meldete Ormack.

»Die können mich mal«, brummte Elliott. »Hallo, Besatzung«, sagte er über Bordfunk, »steigen auf drei-neun-null.«

»Genesis, hier Los Angeles Center...«, der Lotse schien außer sich zu sein, »...jetzt ist es genug. Drehen Sie nach links Richtung –«

Elliott schaltete ab. »Ich lasse jetzt einfach die Notsignale und den Radio-Aus-Piepser an, bis wir auf See über Wasser sind. Der Kerl soll sich mal. Zumindest wird er uns den Luftweg freischaufeln.«

»Sehr geneigt dazu wird er wohl kaum sein«, sagte Luger unten zu McLanahan.

Der zuckte mit den Schultern. Er schlug seine Checkliste auf und begann das Radar anzustellen, dann das Satelliten-Navigationssystem und schließlich den Ringlaser-Gyro. Nach ein paar Minuten war das Radar warm und betriebsbereit.

Inzwischen hatte Luger auf einer Karte für große Höhen, die er in einer Fluginformationstasche hinter seinem Sitz gefunden hatte, einen Punkt zum Kreisen ausgemacht.

»Sind da auch irgendwelche Jetkarten drin? GNC-Karten? Irgend so etwas?« fragte ihn McLanahan.

»Nein. Es ist nur eine Standard-FLIP-Mappe«, antwortete Luger.

»Großartig. Einfach großartig. Aber wir haben ja immerhin einen Flugplan.« Er sah nach. Die Exaktflug-Kassette war im Gerät. Er legte den Lesehebel um. Nach zwanzig Sekunden brachte der Hauptcomputer den Flugplan, die Zielkoordinaten, die Abwurfpunkte, die Waffen-Koeffizienten und das Geländeprofil für den gesamten US-Südwesten auf den Schirm. Er überprüfte Gyro, Nav-Computer und die globalen Satelliten-Positionierungssysteme.

»Der Ringlaser-Gyro und die Satellitensysteme sind betriebsbereit«, sagte er. Er schaltete den Satelliten-Navigator auf SYNCHRO. »Wir brauchen die augenblickliche Position, von der aus der Gyro und der Nav-Computer starten können. Nach einer Minute können die dann selbständig navigieren.«

Während Luger Radar-Fixierungen anstellte und ein überschlägiges DR-Log auf der Kurskarte berechnete, wartete McLanahan darauf, daß sich der Satellit meldete. Aber nach zwei Minuten leuchtete die Anzeige SYNCHRO immer noch.

»Wir liegen ziemlich günstig für Schnittpunkt Talon. Wie sieht es bei dir aus?« fragte Luger.

»Schlecht bis ganz mies«, antwortete McLanahan. »Gerade sehe ich auch, warum. Der Satellit GPS braucht einen Synchro-Code.«

»Den wir selbstverständlich nicht hier haben.«

»Versteht sich.« McLanahan schaltete das Scorpion-Raketenradar auf SENDEN. Er betrachtete den Schirm und beobachtete, wie die Küstenlinie des Pazifik auf hundertfünfzig Kilometer Länge in Sicht kam. Dann schaltete er frustriert wieder auf BEREITSCHAFT.

»Ziemlich schwer, ein Radar-Fix zu machen, wenn du keine Radarkarte oder Beschreibung der Fixpunkte hast. Der Ringlaser-Gyro wird sich vermutlich an einen Überflug-Fix hängen oder an eine DR-Position. Aber wie exakt das werden wird – keine Ahnung.« McLanahan ging auf Interphon. »Wollen Sie wissen, wie es hier aussieht, General?«

»Soll ich raten? Wenn wir keinen Satelliten rankriegen und keinen IFF, dann haben wir wohl auch keinen GPS-Code, oder? Kein GPS, kein zuverlässiger Gyro. Weitere frohe Botschaften?«

»Wenn Ihnen mit ›keine Karten, keine Ziel-, keine Fixpunktbeschreibungen‹ gedient wäre?«

Im Bordfunk war es eine Weile still. Dann sagte der General sachlich: »Also, macht es, so gut ihr könnt.«

»Worauf Sie sich verlassen können. Wir sind hier unten zwar taub, blind, doof, aber wir machen es, so gut wir können.«

»Also gut. Machen Sie weiter«, sagte der Präsident müde.

General Curtis nickte. Er deutete auf die Landkarte, die auf die große Leinwand im Lageraum des Weißen Hauses projiziert war, und fuhr fort: »Ja, Sir.« Er zeigte auf das Areal von »Traumland«. »Wie Sie wissen, wurde auf die Projekt-Basis ein Überfall durchgeführt. Etwa ein Dutzend Personen waren daran beteiligt.«

»Herr im Himmel, die ganze Geschichte geht bereits drunter und drüber.« Der Präsident wandte sich an Jack Pledgeman. »Was ist mit der Presse?«

»Sie wissen es natürlich«, antwortete Pledgeman. »Die Air Force bringt zwar ihr altgewohntes *Kein Kommentar*, aber in Süd-Nevada ist es kein Geheimnis, daß ›Traumland‹ ein Forschungsgelände mit der Klassifizierung *Streng geheim* ist. Die Spekulationen überschlagen sich jetzt selbstverständlich. Tatsächlich aber hat die Presse nicht den leisesten Schimmer, was wir dort wirklich tun. Ich bin ganz sicher, daß sie nichts vom *Old Dog* wissen oder von der Startbahn am Groom Lake. Das größte Problem aber sind meiner Einschätzung nach die Verluste. Acht Militär- und drei Zivilpersonen.«

»Auch das muß unter Verschluß bleiben«, sagte der Präsident. »Ich werde einen Brief an die betroffenen Familien schreiben und darin auf die staatspolitisch delikate Natur der Sache hinweisen, und wie wichtig ihre Geheimhaltung ist. Man muß diesen Familien sagen, daß ihre Angehörigen an einem streng geheimen Projekt für die Regierung gearbeitet haben. Und daß sie zu gegebener Zeit erfahren werden, was wirklich passiert ist. Ist das auch in Ihrem Sinne, Wilbur?«

»Ja, Sir«, antwortete Curtis.

»Und es handelt sich nicht um ein geheim *gewesenes* Projekt«, betonte der Präsident. »Absolute Nachrichtensperre von jetzt an. Das ganze Projekt wird fortan von hier aus kontrolliert.« Er wandte sich wieder an Curtis: »General, wie steht es mit dem Test-Team des *Old Dog*?«

Alle Augen wandten sich wieder dem Chef der Vereinigten Stäbe zu. »Colonel Anderson, der den *Old Dog* im wesentlichen konzipiert hat, ist bei dem Überfall ums Leben gekommen . . .«

Die Schultern des Präsidenten sanken etwas nach vorn.

»Auch Lewis Campos ist tot. Er war der zivile Konstrukteur des Abwehrsystems *Scorpion* und der gesteuerten Luftminen.«

»Wer fliegt denn dann jetzt diese B-52?« fragte Verteidigungsminister Thomas Preston.

»Der Kommandant des Flugzeugs ist Lieutenant-General Bradley Elliott, der das ganze *Old-Dog*-Projekt leitet.«

»Elliott?« Der Präsident war überrascht. »Wie kommt der denn in das Flugzeug?«

»General Elliott war zum Zeitpunkt des Überfalls mit anwesend«, erklärte Curtis. »Als Colonel Anderson getötet wurde, begab er sich an Bord, und er und Lieutenant Colonel John Ormack, der Kopilot, rollten den Bomber aus dem Hangar und starteten mit ihm.«

Curtis sah in seinen Notizen nach. »General Elliotts Adjutant, Lieutenant Harold Briggs, wurde während des Überfalls am rechten Bein verwundet. Alle anderen Mitglieder des Test-Teams sind an Bord. Briggs hat berichtet, daß der Bomber beim Verlassen des Hangars beschädigt wurde. Ein Meter der linken Tragflächenspitze und ein Zusatztank wurden abgerissen.«

»Haben wir Verbindung zu dem Flugzeug?« fragte der Präsident.

»Ja, Sir«, antwortete Curtis. »Bis jetzt allerdings nur über ungesicherten UHF-Funk. Sie sind ohne alle Codierungs-Dokumente gestartet. Im Augenblick versuchen wir ihnen eine verschlüsselte Nachricht zukommen zu lassen, damit sie eine bestimmte dreistellige Code-Adresse in ihren Satelliten-Sender eingeben. Wenn wie sie dazu kriegen, können wir ihnen auch Anweisungen übermitteln.«

»Wo sind sie jetzt?«

»Sie kreisen etwa hundertachtzig Kilometer vor der Küste in Höhe von Big Sur, so weit weg von den Luftstraßen wie nur möglich. Elliott tut sichtlich alles, um das Flugzeug außer Sicht zu halten.«

»Warum sind sie überhaupt noch in der Luft?« fragte Verteidigungsminister Preston. »Es ist vollbepackt mit Waffen, verändert bis zum Nichtwiedererkennen. Es sollte unverzüglich herunterkommen.«

»Ich vermute, General Elliott hält das am hellen Tag für nicht tunlich. Wo sie auch landen würden, sie würden Aufmerksamkeit erregen. Die Start- und Landebahn in ›Traumland‹ wäre zwar benutzbar, aber der Hangar ist zerstört, und überall hängen dort jetzt Journalisten herum.«

»Und gibt es keinen Ausweichlandeplatz?« fragte der Präsident.

»Es sind mehrere Möglichkeiten denkbar«, erwiderte Curtis. »Sie haben aber auch noch für acht Stunden Treibstoff. Zwei Flugplätze in der gesperrten Zone sind die erste Wahl, obwohl sie nicht so sicher sind wie ›Traumland‹. Dann gibt es noch einige andere Möglichkeiten in Seattle/Washington und Alaska.«

Der Präsident lehnte sich in seinem Stuhl zurück. »Wir können ihnen keine Instruktionen schicken, ohne das Risiko einzugehen, daß etwas durchsickert und sie entdeckt werden. Und inzwischen sind zwei vollbewaffnete Bomber bereits auf dem Flug nach Rußland . . . Wenn Elliott nicht in akuter Gefahr ist, kann er auch bis zum Abend warten und dann irgendwo landen, wo man das Flugzeug verstecken kann. Am liebsten wäre mir, gleich auf seiner Basis in ›Traumland‹ oder sonstwo im Süden Nevadas.« Der Präsident schloß die Augen und sagte zu seinem Presse-Sekretär: »Jack, haben Sie irgendeine Idee, wie wir die Geschichte taufen sollen?«

»Wir taufen sie ›Terroristenüberfall auf eine stillgelegte Forschungsanlage der Air Force‹. Der Stützpunkt wurde gerade von Militär und Zivilarbeitern geräumt, aber eine obskure

Terroristengruppe, die offenbar Verbindungen zu Gaddhafi hat, griff ihn an, offenbar in dem Glauben, er sei noch immer in Betrieb.«

»Es mag sein, daß wir niemals die tatsächliche Wahrheit darüber herausfinden, wer diese Angreifer waren und wie es ihnen überhaupt gelang, in die stark abgeschirmte Anlage hineinzukommen«, meinte Curtis. »Bisher haben wir herausgebracht, daß sie ein Transportflugzeug amerikanischer Bauart benutzten. Was von ihm übriggeblieben ist, läßt allerdings kaum irgendwelche Schlüsse über Herkunft und Besitzer zu. Alle Leichen sind nach Washington in die DIA-Labors gebracht worden, um Dental- und Fingerabdruckanalysen anzufertigen und sämtliche persönlichen Gegenstände zu untersuchen. Aber wer diesen Überfall auch organisiert hat, er hat es verdammt clever getan und ganz besonders darauf geachtet, daß keine Spuren hinterlassen werden. Unter den Toten sind Europäer und Orientalen, und alle trugen sie Kleidung amerikanischen Ursprungs. Mit Ausnahme eines Metallsplitters, der von einer sowjetischen Panzerabwehrrakete zu stammen scheint, gibt es keinerlei Anhaltspunkte geschweige denn Beweise dafür, daß die Sowjets hinter der Geschichte stecken . . .«

»Aber wer sonst könnte denn ein Interesse an einem Angriff auf den Stützpunkt haben?« fragte Preston.

»Diese Frage, Herr Minister, habe ich mir selbst auch schon gestellt, aber leider ist bisher die Beweislage gegen die Russen so, daß außer Vermutungen kaum etwas vorhanden ist . . .«

Der Präsident unterbrach ihn. »Wir belassen es fürs erste einmal bei der Terroristen-Version. Wenn es nötig wird, können wir das immer noch revidieren.« Er wandte sich wieder an seinen Pressesprecher: »Vergessen Sie die Briefe an die Familien nicht, Jack. Ich will sie schnellstens auf meinem Schreibtisch haben, ja?«

»In einer halben Stunde, *Mr. President*«, sicherte Pledgeman ihm zu und verließ den Raum.

Der Präsident fragte mit geschlossenen Augen: »Gibt es sonst noch etwas, meine Herren?«

Niemand meldete sich.

»Irgendwelche Reaktionen der Sowjets?«

»Nichts, *Mr. President*«, erwiderte Marshall Brent. »Sie warten vermutlich darauf, daß wir sie beschuldigen. Ich habe jetzt gleich eine Verabredung mit Karmarow.«

Der Präsident wandte sich an General Curtis. »Wie sieht es mit den beiden B-1 aus, General?«

»Exakt nach Plan, Sir. Sie werden gerade über Kanada zum ersten Mal aufgetankt.«

Der Präsident schwieg einen Moment. Curtis war ziemlich sicher, daß der Präsident den Flug der beiden B-1 stoppen würde. Aber er sagte nur: »Ich bin oben in meinem Büro. Berichten Sie mir jede halbe Stunde über die Lage. Ich verfolge den Einsatz von oben aus.«

»Gewiß, *Mr. President*.«

»Und sehen Sie zu, daß Sie Elliott und seinen ... *Old Dog* runterbekommen. Er soll seinen Flieger so gut wie möglich versteckt halten; meinetwegen kann er auf eine Nachtlandung warten, aber nicht länger. Mir kutschieren ohnehin schon drei Flugzeuge zu viel in der Luft herum.«

»Wir schicken ihn hinauf nach Seattle, Sir«, schlug Curtis vor, während der Präsident schon auf dem Weg zur Tür war. »Dort oben sind genug Platz und die richtigen Leute, die das Flugzeug entwaffnen können –«

»Ent*waffnen*?« sagte der Präsident und blieb stehen. Alle Anwesenden erstarrten. »Was heißt entwaffnen? Womit, zum Teufel, sind sie *be*waffnet, General?«

»Sir, wenn Sie sich erinnern wollen, ist General Elliotts Flugzeug ein Experimentier- und Testflugzeug. Es hat wahrscheinlich alles an Bord, was die Excalibur haben; die Luft-Luft-Raketen, die –«

»General«, fragte Verteidigungsminister Tom Preston, »die haben doch wohl keine nuklearen Waffen an Bord, oder? Niemand hat die Genehmigung erteilt, daß –«

»Nein, Sir«, beeilte sich Curtis zu erwidern. Er wandte sich an den Präsidenten. »General Elliotts B-52 führte Tests mit der gelenkten Gleitbombe Striker durch. Vermutlich hat er eine solche an Bord.«

»Jedenfalls, kümmern Sie sich persönlich darum, daß das Flugzeug entwaffnet wird, sobald es nur gelandet ist«, ordnete der Präsident an. »Zusätzliches Theater ist das letzte, was wir gebrauchen können.«

Er wartete gar nicht erst auf das gemurmelte »Ja, Sir« von Curtis und eilte an den Wachen vorbei hinaus.

Curtis blieb, bis die anderen alle gegangen waren, und ging dann ins Nachrichtenzentrum des Lageraums, wo die Fachleute daran saßen, einen SATCOM-Code auszuarbeiten. Wenn Elliott diesen Code erst einmal hatte und ihn seinem SATCOM-Empfänger an Bord des *Old Dog* eingeben konnte, konnte Curtis auch Kontakt mit der Besatzung aufnehmen, ohne daß der Code von Fremden entschlüsselt werden konnte.

»Nun?« fragte er.

Der Leiter der Abteilung erhob sich. »Wir übermitteln gerade, General. Das SAC-Notfall-Netz wird es in einigen Minuten erfassen und übernehmen und so lange weiterleiten, bis ein gegenteiliger Befehl kommt.«

»Gut. Sie wissen, daß die Besatzung keinerlei Decodierungsmaterial und Geheimbefehle an Bord hat?«

»Ja, Sir. Das wird auch nicht nötig sein. Wir haben die Möglichkeit, mit direktem Sprechkontakt nachzuhelfen, wenn es nötig wird.«

Curtis nickte. »Neues von den Excalibur?«

»Vor drei Minuten lieferten beide Vögel normale Meldungen«, sagte der Abteilungsleiter. »Sie waren noch nicht mit dem Auftanken fertig.«

Curtis nahm den Computerausdruck mit den Meldungen der beiden Excalibur entgegen und steckte ihn in seinen Aktenkoffer. Er seufzte, lauter als er beabsichtigt hatte.

»Halten Sie mich auf dem laufenden.« Er fragte sich, was wohl als Nächstes schiefgehen würde.

AN BORD DES OLD DOG

»Hallo, Genesis! Hier Los Angeles Center.«

General Elliott stellte die Wasserdose ab, die Dave Luger unten in einem Container gefunden hatte, und rückte sich das Mikrofon zurecht. »Kommen, Los Angeles.«

»Ihr Notflugplan ist empfangen worden«, sagte der Fluglotse. »Ihr Kennruf ist jetzt *Dog-Zero-One-Fox*. Sie haben Erlaubnis, wie erbeten zu kreisen. Bestätigen Sie.«

Elliott sah Ormack mit fragendem Gesicht an. »Komischer Kennruf«, sagte er. Dann antwortete er über Radio: »*Dog-Zero-One-Fox* bestätigt, Center. Sonst noch Nachrichten, Los Angeles?«

»Negativ, *Zero-One*«, antwortete der Lotse. »Radarservice beendet, Sie haben Genehmigung für Ozeanflugroutine.«

»*Zero-One-Fox*, vielen Dank.« Elliott nahm die olivfarbene Wasserdose wieder aus dem Verbandskasten, in den er sie abgestellt hatte und trank einen Schluck daraus. Er starrte dabei aus dem Cockpitfenster.

»Na schön«, sagte er dann. »Wir dürfen also. Aber wohin dürfen wir? Und wie? Und wie lange?«

»Sie werden versuchen, Verbindung mit uns aufzunehmen«, meinte Ormack, »irgendwie. Wir hören sämtliche SAC-Kommandofrequenzen ab, SATCOM und alle Notfrequenzen – samt dem SAC-Alpha für regelmäßige Hilfe auf Hochfrequenzradio. Wahrscheinlich haben sie sich noch nicht entscheiden können, wie sie es machen sollen.«

»Ich jedenfalls habe mich entschieden«, sagte Elliott und rieb sein schmerzendes Bein. »Ich lande diese Kiste heute abend und basta. Tonopah vielleicht, oder Indian Springs – wo es am günstigsten ist.« Über Bordfunk gab er durch: »Hallo, Besatzung, wir sind eben verständigt worden, daß unser neuer

Kennruf von jetzt an *Dog-Zero-One-Fox* ist.«

»Gibt's was Neues, was wir tun sollen?« fragte McLanahan zurück.

»Noch nicht«, sagte Elliott. »Bleiben Sie fest in Ihren Frequenzen. Irgendwas muß jetzt bald kommen.«

»Kann jemand für eine Weile HF übernehmen?« fragte Luger. »Das Rauschen macht mich wahnsinnig.«

»Ja, ich übernehme es.« McLanahan griff nach der allgemeinen Flugkarte für große Höhen, die Luger benutzte, um darauf die Hochfrequenz-Botschaften einzutragen. Er sah auf die Uhr. »Noch drei Minuten bis Alpha-Monitor.« Er schaltete auf seinem Schaltpult auf HF und schnitt eine Grimasse. »Was habe ich mir da bloß aufgehalst! Du hattest drei-elf, ja? Das ist das Log, das ich gemacht habe.«

Luger blätterte durch den Berg von Radionachrichten von der UHF-Kommandofrequenz des SAC. »Nur das Übliche«, sagte er. »Wonach suchen wir denn?«

»Wird sich rausstellen«, antwortete McLanahan. »Ein Stichwort, ein Hinweis. Irgendwas, das nicht das Übliche ist.«

»Mein Gott«, sagte Luger, »warum können sie nicht einfach durchsagen, he, Leute, geht auf A-B-C im SATCOM?«

»Du bist gut. Damit jeder, der mithört, seinen Drucker einschaltet, was? Wo bleibt'n da die Sicherheit?«

»Oder: He, *Dog*, runter mit euch auf Tonopah? Ja, ja, ist schon gut. Genau das gleiche, ich weiß ja.«

»Kluger Junge«, grinste McLanahan. »Hier kommt Alpha-Monitor.« Er schaltete alle anderen Frequenzen ab, ließ nur den HF-Kanal offen und drückte sich die Kopfhörermuscheln eng an die Ohren, um die regelmäßigen Ausstrahlungen des Strategic Air Command für Notaktionen besser zu hören. Alpha-Monitor war die Hauptsendezeit für weltweite SAC-Durchsagen über das Hochfrequenzradio-Spektrum.

»Wie steht's mit dem Treibstoff, John?« fragte oben Elliott Ormack.

»Bei unserem jetzigen Verbrauch reicht es noch für sieben Stunden«, antwortete Ormack, während er seinen auf der

Rückseite eines Stücks Karton aufgekritzelten Eigenbau-Flugplan studierte. »Wenn es sein muß, schaffen wir es noch übers ganze Land und wieder zurück.«

»Nur mein Hintern hält es nicht mehr so lange aus«, meinte Elliott grimmig.

»Was macht das Bein?«

»Tut immer noch höllisch weh.« Elliott faßte sich vorsichtig an die Wade.

Ormack griff in einen Flugplan-Ordner hinter seinem Sitz und zog das Ergänzungsheft Nordamerika IRF heraus. »Ich habe hier die Frequenz von der globalen Kommandozentrale McClellan«, sagte er zu Elliott. »Ich rufe die mal und sage ihnen, daß wir die ADIZ verlassen.« Über Bordfunk fragte er: »Sitzt jemand auf der HF?«

»Pat empfängt auf ihr gerade etwas«, antwortete Luger. Er warf einen Blick hinüber zu McLanahan, der intensiv auf die von heftigem Rauschen überlagerten Durchsagen horchte und gelegentlich mit dem Bleistift auf die Zeichen klopfte, die er transkribierte.

»Sagen Sie Bescheid, wenn er fertig ist«, sagte Ormack. »Haben wir Probleme mit unserer Positionsfeststellung?«

»Nein, Sir.«

»Ich brauche demnächst ein paar mehr Zahlen. Wahrscheinlich benötige ich auch ein ETA, um irgendwo einen Fixpunkt zu setzen, wenn ich McClellan rufe.«

»Wer fragt, bekommt«, antwortete Luger und sah wieder zu McLanahan hinüber, der eben seine Knöpfe wieder auf Normalposition stellte.

»Sie können die HF haben, Colonel«, gab Luger durch. »Navigator hat auf Sextant gewechselt. He, Pat, ich muß die Sonne knipsen.«

»Die letzten drei Sextanten-Messungen habe ich schon vorgenommen, Mann«, sagte McLanahan. Während Luger aufstand, um zum Oberdeck hinaufzugehen, wo er die Sextanten-Positionen feststellen wollte, faßte ihn McLanahan am Arm. »Augenblick, Dave. War in den HF-Nachrichten, die du aufgenommen hast, irgend etwas Ungewöhnliches?« Er klopfte wieder mit dem Bleistift auf die lange Liste von Zahlen, Buchstaben und Übertragungszeiten sowie der Kennung der Kommandoposten, von welchen die Durchsagen gekommen waren.

»Nein. Nur die üblichen Zeichen, keine besonderen Kommandos oder sonst was. Wobei wir natürlich Codiertes nicht erkennen können.«

»Da ist aber irgendwas in diesen Nachrichten ... Moment mal. Dave, hieß das ›Fox‹ oder ›Foxtrott‹?«

»Was? Ach so, du meinst im Buchstabieralphabet – für F ...?« Er dachte einen Augenblick nach. »Klar, du hast recht. Fox, nicht Foxtrott! Aber das macht keinen Unterschied, oder?«

»Vielleicht nicht, vielleicht doch.«McLanahan zog sich sein Mikrofon heran. »Angelina? Tut sich bei Ihnen irgendwas?«

Angelina machte eine abschätzige Handbewegung über die Reihen der Schalter und Knöpfe ihres SAT-Druckers hin, mit denen die Code-Adressen in den Drucker-Empfänger eingegeben wurden. »Ich hab' schon einen ganz tauben Finger vom pausenlosen Code-Eingeben.«

»Ich habe da vielleicht was«, sagte McLanahan. »Wir haben eben den HF mitgekriegt. Sie verwenden in ihren Durchsagen für F Fox statt Foxtrott. Und das stimmt doch mit unserem neuen Kennruf überein.«

»Fox? Sicher, warum auch nicht?« Angelina schaltete ihren SATCOM-Drucker um. Dann stellte sie die Code-Adressen auf F-O-X um und schaltete zurück auf Übernahme. »Nichts«, sagte sie dann.

»Und wenn Sie's mal rückwärts versuchen?« schlug McLanahan vor. »Es muß der Code-Schlüssel sein.«

Angelina gab folgsam X-O-F ein. Augenblicklich ratterte der SATCOM-Drucker los. »He, es funktioniert!«

»Na, also«, rief Elliott. »Erzählen Sie, was kommt, sobald Sie etwas sehen.«

»Im Augenblick nichts als der Testlauf mit unserer Kennung. Ich werde gleich mal eine Bestätigung rausgeben.« Sie öffnete die SATCOM-Tastatur und begann ihre Bestätigungsmeldung einzutippen. Nach einer Viertelstunde meldete sie sich wieder über die Bordsprechanlage.

»Eine Nachricht, General.«

»Ja?«

»Sie lautet: ›Kreist auf Schnittpunkt SHARK zur Aufnahme in Boeing-Ausweich um Null-acht-hundert Uhr Zulu. Bereitstellung der Waffen für Übernahme. JCS.‹ Das ist alles. Ich habe auch den Code für das Satelliten-Navigationssystem bekommen. Ich gebe dem Nav gleich den GPS-Code runter.«

»Schön, das wär's dann ja wohl«, stellte Elliott fest. »In ein paar Stunden haben wir die Kiste unten auf einer Rollbahn.« Er beugte sich zu Ormack hinüber. »War ein Vergnügen, John, mal wieder die Beine vor diese Instrumente zu setzen. Wenn nur die Umstände angenehmer gewesen wären.«

Er starrte zum Cockpitfenster hinaus und betrachtete die Nase des *Old Dog*, wie sie sich der Sonne entgegenstreckte. Er dachte an die beiden Excalibur, die jetzt auf dem Weg nach Rußland waren.

ÜBER DEM EISMEER NÖRDLICH VON BARROW, ALASKA

»Kontakt-Ende, sieben-sieben!«

Der Tank-Operator drückte einen Hebel an seinem Steuerknüppel, und der Tankschlauch der KC-10-*Extender* ploppte aus dem Stutzen der B-1-Excalibur unter ihr, wobei eine kleine weiße Wolke zersprühenden restlichen JP-4-Jet-Treibstoffs, der dabei noch auslief, sich in deren Kondensstreifen mischte. Der Tank-Operator zog den Knüppel an, und das »Futterrohr« verschwand rasch von der schwarzen Silhouette, die er unter sich zu seinen Füßen durch die Panoramascheibe sah. Er drückte auf einen anderen Hebel, und das Tankrohr fuhr ein und verstaute sich automatisch selbst in einem Schacht unter der umgebauten DC-10.

Die B-1, die soeben das Auftanken beendet hatte, drosselte ihre Geschwindigkeit, tauchte mit der rechten Tragfläche weg und verschwand aus dem Blickfeld des Tank-Operators in der KC-10. Während sie wegkippte, erwischte dieser noch einen kurzen Blick auf das Trägersilo unter der Excalibur, das voll von Raketen hing.

»Auftanken beendet«, meldete er seinem Kopiloten über Bordfunk. Er drehte sein Kopfhörermikrofon von seinem Mund weg und wischte sich den Schweiß von Gesicht und Hals. Das Auftanken einer B-1 war immer harte Arbeit. Obwohl es fixierte Deckplatten gab, machte es ihre dunkle NATO-Tarnung schwierig, ihre offenen Tankstutzen zu finden, selbst am hellen Tag.

Und diese beiden B-1 waren außerdem anders. Ganz anders. Ihre übliche dunkelgraue Farbe war durch ein trübes Pechschwarz ersetzt. Selbst mit dem elektro-fluoreszierenden Zielgitter an der Schnauze der Excalibur hatte der Tank-Operator seine liebe Not gehabt, den Schlauch an diesem dunklen, schwarzen Nichts richtig anzuschließen. Er wußte, daß er maximal zwei Meter Spielraum hatte und andernfalls mit seinem Tankanschluß entweder in der Radarkuppel oder, noch schlimmer, mitten in der Windschutzscheibe des Cockpits landen würde. Er machte nun schon seit fünfzehn Jahren diesen Job, und zwei Meter waren schließlich auch eine Menge Spielraum, mit denen man arbeiten konnte. Aber die Möglichkeit eines Fehlers war eben doch nie auszuschließen. Zwei Flugzeuge, die in ganzen vier Metern Abstand nebeneinander fliegen, und das bei fünfhundert Kilometer pro Stunde – da konnte schnell etwas passieren.

Der Kopilot meldete den beiden Bombern das Ende der Aktion: »Kelly eins-zwei, Sie haben ein Total von einhundertsiebzigtausend Pfund erhalten, etwa zur Hälfte aufgeteilt. Frei für taktische Frequenz. Geben Sie uns Platz zum Abdrehen mit Steigkurve rechts.«

Der Kommandeur der Leit-B-1, Colonel Bruce Canady, sah zu seinem linken Fenster hinaus. »Sehen Sie eins-drei da draußen, Bill?«

Sein Kopilot blickte nach rechts hinaus. Genau in diesem Moment kam dort die zweite B-1 auf »Fingerspitzenposition«, das heißt auf sechs Meter Abstand von den Tragflügelenden, heran, und ihre Positionslichter und die Antikollisionswarnlichter gingen an.

»Ich hab' ihn. Er ist auf Fingerspitze.«

»*Gascap*-Flug, Sie können abdrehen, rechts mit Steigkurve. Danke für den Sprit.«

»*Gascap*-Flug verstanden. Viel Glück, Freunde.«

Canady sah zu, wie das riesige Auftankflugzeug nach rechts wegzog und dann über sie stieg, bis es außer Sicht war.

»Ed, haben Sie die Auftank-Meldung fertig?« fragte er den Verantwortlichen für die Offensiv-Systeme. Der Navigator hatte gerade die codierten Meldungen für die Übermittlung via SATCOM fertig, mit welchen die Vereinigten Stäbe davon verständigt wurden, daß sie soeben ihr letztes Auftankmanöver nach Plan beendet hatten, ehe sie sich auf den asiatischen Kontinent zubewegen würden.

»Alles bereit.«

»Dann senden Sie. Haben wir unsere stündliche Weiterflug-Bestätigung schon?«

»Die letzte kam vor fünf Minuten«, antwortete der Navigator. »Die erste *Fail-Safe*-Meldung muß jede Minute bei uns ankommen.«

Im gleichen Augenblick begann der Drucker des Nachrichtensatelliten der Air Force zu rattern. Der Navigator übertrug die codierte Nachricht in sein Code-Buch und reichte sie dann über den Mittelgang dem DSO, dem für die Defensiv-Waffen verantwortlichen Offizier hinüber.

Die beiden Männer begannen sorgfältig mit der Entschlüsselung und überprüften danach alles noch einmal.

»Das ist es«, sagte der Navigator durch. »Wir haben grünes Licht zum Weiterflug bis zum zweiten *Fail-Safe*-Punkt. Im Laufe der nächsten Stunde können wir jetzt den direkten Einsatzbefehl erwarten.«

»Bestätigt«, setzte der DSO hinzu.

Canady antwortete nicht. Er ging rasch alle seine Instrumente durch und blieb weiter stumm.

»Ich wette noch immer darauf, daß es bis zum Ende geht«, sagte der Kopilot.

»Das hoffe ich doch«, meinte Canady. Er ging auf Radiokontakt zum anderen Flugzeug. »Hallo, eins-zwei-Flug, frei für Kurs-Formation nach Beendigung der Nach-AR-Checks.«

»Nach-AR-Checks beendet, nehmen Kursformation.« Die zweite Excalibur zog etwas nach rechts weg bis auf etwa achthundert Meter Abstand zu ihrem Leitflugzeug.

»Bestätige Erhalt von Golf, Tango, Sierra, Oscar, Papa«, sagte der Navigator seinem Kollegen im Begleitflugzeug durch und vergewisserte sich durch Nachfrage, daß das andere Flugzeug ebenfalls dieselbe Nachricht für »grünes Licht« empfangen und decodiert hatte.

»Verstanden und bestätigt«, meldete der andere Navigator

Beide Bomber waren nun hundertprozentig einsatzbereit, ohne Pannen, ohne Abweichungen der Pläne oder Instrumente und ohne Treibstoffprobleme. Bei einer schwerwiegenden Panne auch nur an einem der beiden Flugzeuge würde der Einsatz sofort abgebrochen werden.

Während die beiden Piloten und der Navigator ihre System-Checks absolvierten, begann der DSO einen weiteren Check der elektronischen Abwehrausrüstung, gleichzeitig hörte er das Hochfrequenzradio ab. Er arbeitete sich durch Sender, Empfänger und laufende Selbsttests der vorwiegend automatischen Geräte. Oben über seinem computergesteuerten Bildschirm für Warnungen blinkte plötzlich ein »S« auf.

Das Blinksignal fiel ihm zwar ins Auge, aber er ignorierte es. Das Zeichen erschien nicht wieder, und es war auch nicht von einem Warnton begleitet. Vermutlich nur ein Durchrutscher oder ein verirrtes Signal von der anderen B-1. Er fuhr mit seinen Checks fort.

Aber ein paar Minuten später kam das »S« wieder – diesmal zusammen mit einem hohen und schnellen Warnzwitschern. Der DSO legte seine Checklisten beiseite und stoppte sämtliche automatischen Selbsttests, um voll auf BEREITSCHAFT gehen zu können.

»Hallo, Pilot«, sagte er durch, »wo ist der Flügelmann?«

»Hinter uns«, antwortete der Kopilot etwas gereizt. »Wir sind mitten in einem TFR-Check. Kann das nicht –«

Der DSO schaltete auf seiner Konsole zum Interphon für das andere Flugzeug. »Eins-drei, meldet Position.«

»Route«, kam es kurz und bündig zurück.

»Hinter uns?«

»Das bedeutet ›Route‹ ja wohl üblicherweise.«

»Habt ihr Sichtkontakt zu uns?« fragte der DSO, und seine Stimme war ruhig, als sei er vollkommen sorglos – was aber keineswegs der Fall war. Er zögerte und legte dann sämtliche Schalter von BEREITSCHAFT auf ÜBERMITTLUNG um.

»Bestätigt«, antwortete der Pilot der zweiten B-1.

»Ich sehe ihn auch, Jeff«, kam die Stimme des DSO der zweiten Excalibur plötzlich. »Da war was . . . hallo, Pilot, Abwehr hat Suchradar, zwölf Uhr, äußerster Rand, langsam nähernd.«

»Roger.« Canady war nicht übermäßig beunruhigt. Das zwölf Uhr nächste Land, von Packeis abgesehen, war neunhundert Kilometer entfernt. »Wahrscheinlich ein Durchrutscher, Jeff.«

»Signal wird stärker«, meldete der DSO. »Ich kann bereits ein Zwölf-Sekunden-Antennensignal erkennen. Bewegung Richtung links.«

»Bewegung? Stellen Sie mal Ihre Geräte neu ein, Jeff, und sehen Sie noch mal, ob –«

»Der DSO hinten sieht es auch, Colonel. Entweder haben wir beide denselben Durchrutscher, oder –«

In diesem Moment bestätigte auch der Computer das Signal.

Er veränderte das »S« auf dem Warnanzeigerschirm in ein fledermausflügelartiges Symbol mit einem Kreis darin.

»*Fliegendes Frühwarnfluggerät*«, meldete der DSO. »Direkt vor unserer Nase.«

»Ein was?«

»Radarflugzeug. Langstrecken-Luftüberwachung.«

»Was, zum Teufel, macht der denn da oben am Nordpol?« fragte der Kopilot. »Wir sind doch Tausende von Meilen von der nächsten Air Base entfernt?«

»Hat sich an uns gehängt«, kam die Meldung des DSO. »Er hat uns.«

»Vielleicht ist es einer von uns«, meinte der Kopilot. »Es kann doch nicht gut ein Russe sein. Wir sind doch nur hundertfünfzig Kilometer nördlich von Barrow. Vielleicht fliegen wir ihn einfach mal direkt an und besehen ihn uns, oder wir versuchen ihn –«

»Oder er uns.« Canady griff nach unten zur zentralen Kontrollskala und schaltete an den Leuchtanzeigen herum, um seinen Flügelmann, ohne den Funk zu benutzen, aufzufordern aufzuschließen. Der Kopilot blickte aus dem Cockpitfenster. Gleich darauf sah er den zweiten Excalibur-Bomber, wie er aus dem Halbdunkel auftauchte und sich »auf Fingerspitze« neben Canady setzte, so eng, daß sich, wie der Kopilot zu sehen glaubte, die Tragflächenenden sogar überlappten.

»Zwei ist da«, sagte er.

»Hallo, Jeff! Kann er uns alle beide gesehen haben?«

»Wahrscheinlich. Kommt darauf an, welche Reichweite er hat. Aber ich würde schon sagen, daß er uns beide gesehen hat.«

»Haben uns diese A . . . also doch erwischt. Hier draußen, Tausende Meilen im Niemandsland, rennen wir in ein Aufklärungsflugzeug. Jetzt müssen wir zusehen, daß er zu uns nicht auch noch Sichtkontakt bekommt und uns identifiziert.«

Canady drückte das Steuer nach rechts und erhöhte die Energiezufuhr. Der Kopilot sah, daß sich ihr Flügelmann ihnen anschloß und mit ihnen abdrehte.

»Der muß geahnt haben, daß Sie abdrehen, Colonel«, sagte der Kopilot. »Er ging ganz exakt mit.«

»Das Signal wandert von links auf uns zu.« Canady drehte die Motoren auf vollen Einsatzschub.

»Nähern uns Mach eins«, meldete der Kopilot. »Tragflächen schwingen stark.«

Canady zog den Hebel zur Stabilisierung der Tragflächen. Die langen, eleganten Tragflächen der Excalibur verschwanden wieder außer Sicht und stabilisierten sich, bis sie nahezu mit dem dunklen, glatten Rumpf des Flugzeugs eins zu werden schienen.

»Wird die Distanz zu ihm größer?« fragte Canady.

»Nein«, antwortete der DSO. »Er klebt uns am Hintern.«

»Mach eins«, meldete der Kopilot. Das Fluggefühl änderte sich überhaupt nicht. Lediglich an den Instrumenten sahen sie, daß sie schneller als der Schall flogen. Der Kopilot blickte nach draußen, wo ihr Flügelmann war.

»Eins-drei hat etwas Abstand genommen, um außerhalb der beeinträchtigenden Zone zu sein«, sagte er, »aber er ist nach wie vor da.«

»Signal wandert auf zehn Uhr«, meldete der DSO. »Wir gewinnen ein klein wenig Abstand, aber er verfolgt unseren Kurs. Er wird uns wunderbar sehen können.«

»Mach eins Komma fünf.«

»Falls er bis jetzt nicht gewußt hat, wer wir sind, hat er jetzt keine Zweifel mehr daran«, meinte Canady.

»Eins-drei nach wie vor bei uns.«

»Signal fast direkt auf uns.«

Canady blickte nach links zum Cockpitfenster hinaus. Etwa fünfzehn Kilometer entfernt flog links von ihnen ein großes weißes Flugzeug, das einem Transporter glich. Auf seinem Rumpf war eine große Radarscheibe montiert.

»Ich sehe es«, sagte Canady. »Sieht aus wie eine E-3-AWACS. Kann das eine von unseren sein?«

»Schauen Sie nach dem Leitwerk«, antwortete der DSO. »Ist es ein T-Leitwerk oder ein konventionelles?« Canady mußte seine Augen anstrengen, um das zu erkennen, während seine Excalibur vorüberzog.

»T-Leitwerk«, sagte er schließlich. »Und . . . Begleitschutz. Er hat Begleitschutz. Zwei Jäger direkt neben ihm.«

»Das ist ein russisches *Mainstay*-Aufklärungsflugzeug«, sagte der DSO und schluckte. »Sieht wie eine C-141 mit Radarscheibe aus, stimmt's? Das ist die russische Version unserer AWACS. Wird auch als Tankflugzeug verwendet.«

»Die werden uns jetzt gleich Feuer unterm Hintern machen«, sagte Canady. »Nav, schicken Sie eine Nachricht an SATCOM, Klartext. Melden Sie, daß uns eine russische AWACS und zwei Jäger auf den Fersen sind. Melden Sie unsere Position und Flugdaten und verlangen Sie Instruktionen.«

»Ist schon raus.«

»Lange können wir das nicht machen, Colonel«, gab der Kopilot zu bedenken. »Wir sind jetzt schon hinter der Treibstoffkurve, und wir haben noch keine Genehmigung, den zweiten *Fail-Safe*-Punkt zu überschreiten. Wenn wir ein zweites Mal kreisen müssen, kriegt uns diese *Mainstay* mit ihren Jägern sofort.«

Canady schnallte seine Sauerstoffmaske ab und hieb wütend auf seine Instrumententafel. »Hallo, DSO, können Sie diese Jäger hinter uns sehen?«

»Nein, ich sehe nur die AWACS. Aber was die Jäger angeht, die benötigen ihr Radar nicht, um uns zu finden. Wenn die AWACS uns sehen kann, kann sie die Jäger besser leiten, als deren Piloten es selbst könnten.«

»Können Sie der AWACS nicht das Radar stören?«

»Bei dieser Entfernung nicht besonders.«

»Könnte die uns folgen, wenn wir auf Niedrighöhe runtergingen?«

»Die *Mainstay* ist dafür bestens eingerichtet«, erwiderte der DSO. »Höchstens wenn wir zu stören versuchen und gleichzeitig im Sturzflug runtergehen, könnte es vielleicht klappen.«

»Und dann?« mischte sich der Kopilot ein. »Wir sind noch eine ganze Stunde vom Land entfernt und haben noch keine

Genehmigung, den zweiten *Fail-Safe*-Punkt zu überschreiten. Er aber hat zwei Jäger zur Verfügung, und die sind voll aufgetankt, während wir mittlerweile hinter unserer Treibstoffkurve sind.«

»Ach, zum Teufel mit dem Treibstoff und dem *Fail-Safe*-Punkt«, meinte Canady. »Ich werde nicht riskieren, mich von diesen Jägern abfangen oder gar abschießen zu lassen. Ich bleibe auf Mach eins-fünf, bis wir über Land sind. Dann können wir drosseln und uns im Geländeverfolgungsradar verstecken.«

»Oder wir nehmen es gleich mit ihnen auf«, schlug der Radar-Nav vor. Daraufhin schwiegen alle. Er hatte das Undenkbare ausgesprochen: sich auf einen Luftkampf mit russischen Jägern einlassen . . . Die Excalibur waren die ersten amerikanischen strategischen Bomber, die mit Luft-Luft-Raketen ausgerüstet waren. Ihre Attacke käme völlig unerwartet.

»Wenn es sein muß, werden wir es tun«, sagte Canady. »DSO, machen Sie die Scorpion-Raketen scharf. Wir wollen bereit sein.«

Er sah wieder zum linken Cockpitfenster hinaus. Direkt neben ihm flog im Widerschein der sinkenden Sonne ein russischer Jäger. Er hielt sich exakt auf gleicher Höhe mit ihnen und war so nahe, daß man von der Excalibur aus deutlich den russischen Piloten und seinen Waffenoffizier hinter ihm erkennen konnte. Ebenso war der rote Stern am Seitenruder der MiG-31-*Foxhound* zu erkennen und die vier Luft-Luft-Raketen unter den Tragflächen. Selbst bei ihrer Geschwindigkeit von über tausendsechshundert Kilometer pro Stunde hielt der schwere russische Jäger mühelos mit. Er flog in perfekter Seitenformation.

Der Kopilot wandte sich um und sah rechts zum Fenster hinaus. »Die andere fliegt rechts von unserer eins-drei.«

»Nav . . .«

»Ich geb's bereits raus«, antwortete der Radar-Navigator, während er seine uncodierte Notrufnachricht in den Terminal des Nachrichtensatelliten eintippte.

»Sie haben uns«, sagte Canady ruhig. Die Besatzung, die sich nackt und verwundbar fühlte, schwieg. Sie konnten sich nirgends verstecken, und es gab auch keine Möglichkeit abzuhauen. Ihre Schutztarnung, ihre Ausrüstung, ihre Fähigkeit zum geländeangepaßten Niedrigflug, selbst ihre Geschwindigkeit – alles nutzlos.

WASHINGTON, D. C.

»Vordringliche Nachricht von den B-1, Sir.«

Jeff Hampton eilte ins *Oval Office*. Hinter ihm her wehte eine lange Computer-Papierbahn. Ein strenger Blick von General Curtis veranlaßte ihn, sie ihm zu überreichen.

»Nun, General?« sagte der Präsident unwirsch und nippte an seinem Kaffee.

»Die erste Nachricht ist die kodierte Bestätigung nach dem Auftanken, Sir. Sie haben ihr letztes Auftanken problemlos abgeschlossen. Die nächste Nachricht bestätigt die erste *Fail-Safe*-Anweisung, die ihnen dann die Genehmigung zum Weiterflug –«

Dann sah der Präsident, wie das Blut aus dem Gesicht des Generals wich. »Was ist –?«

»Und vor sieben Minuten – oh, verdammt – da sind noch zwei Nachrichten, im Klartext, uncodiert. Die erste: Eine russische *Mainstay*, ein Aufklärungs- und Warnflugzeug, hat sie entdeckt, hundertfünfzig Kilometer Nordnordwest von Point Barrow in Alaska.«

»Entdeckt von *wem*?«

»Einem russischen Radarflugzeug.« Curtis ging zu einer

Karte der nördlichen Hemisphäre hinüber. »Hier. Nur ein paar Meilen vom Punkt des ersten Kreisens. Diese *Mainstay* ist eine genaue Kopie unseres Aufklärungsflugzeugs E-3-AWACS. Es kann Hunderte von Kilometern in seinem Umkreis erfassen und beobachten, Flugzeuge verfolgen, gleich, ob im Hoch- oder Niedrigflug, Jäger mit Funk- oder Radarstrahl leiten . . .«

»Haben die Russen die B-1 wirklich gesehen?«

»Sie . . . ja. Sichtkontakt hat stattgefunden.« Curtis begann die letzte Nachricht zu lesen und griff dann mit der Hand nach einer Stuhllehne.

»Aber das ist doch . . .«, sagte der Präsident. »General, Sie haben mir doch gesagt, da oben gäbe es dreitausend Kilometer im Umkreis dieses Punktes, über dem sie kreisen, kein einziges russisches Flugzeug?«

»*Mr. President* . . .«

»Was ist? Kommt noch mehr?«

»Ja, Sir. Die . . .« Curtis wußte nicht, ob er das wirklich so vorlesen konnte, wie es dastand. ». . . die beiden Excalibur sind von zwei russischen Jägern vom Typ MiG-31-Foxhound abgefangen worden.«

»Was??«

». . . kurz, nachdem sie ausgemacht worden sind.« Das Gesicht von Curtis war noch blasser geworden.

Der Präsident ließ sich in seinen Ledersessel zurückfallen.

»Und, haben die Jäger angegriffen?«

»Das nicht.« Curtis las die Nachricht noch einmal. »Diese letzte Meldung besagt, die beiden werden von den Jägern beschattet. Die B-1 versuchten, ihnen davonzufliegen, aber es gelang ihnen nicht. Die letzte gemeldete Geschwindigkeit war Mach eins Komma fünf, sechshundert Kilometer vom zweiten *Fail-Safe*-Punkt entfernt. Und die Jäger weichen ihnen nach wie vor nicht von der Seite.«

Der Präsident beugte sich über seinen Schreibtisch. »General, sagen Sie mir, wieso diese Jäger so weit entfernt von Asien dort auftauchen können?«

»Die *Mainstay* ist gleichzeitig ein Tankflugzeug«, erklärte

Curtis. »Sie kann zwei Jäger dieser Art siebentausendfünfhundert Kilometer lang versorgen.« Er schwieg, wandte sich dann um und ging zum Präsidenten zurück.

»Sir, irgendwo muß ein Leck sein. Zuerst dieser exakte Zeitpunkt für den Laser-Angriff auf die *Ice Fortress*. Dann der Überfall auf ›Traumland‹. Und jetzt die Entdeckung unserer B-1-Bomber. Das ist kein Zufall mehr –«

»Der Meinung bin ich allerdings auch. Aber das ist jetzt nicht das entscheidende Problem. Dieses besteht vielmehr darin, daß wir da oben zwei Bomber mit Kurs auf Rußland fliegen haben, die bereits zwischen zwei Jägern sitzen und somit jeden Augenblick vom Himmel geputzt werden können.«

»Sir, ich habe eine –«

»Wir müssen die Bomber zurückrufen. Sie sind vor diesen Jägern keine Minute mehr sicher.«

»Gewiß, Sir. Nur – wenn die einen solchen Auftrag hätten, hätten sie ihn zweifellos längst ausgeführt.«

»Vielleicht warten sie nur noch auf Befehle aus Moskau.«

»Natürlich, das ist möglich. Aber Canady und Komanski, die Komandanten dieser beiden Excalibur, sind die besten, die wir haben. Sie werden sich von den beiden Jägern nicht einfach kassieren lassen. Die Excalibur sind immerhin mit den neuen Scorpion-Luft-Luft-Raketen ausgerüstet, mit verbesserten Störgeräten und verbesserter Tarnung. Und außerdem sind sie in großer Höhe genauso schnell wie die Foxhound und in geringer Höhe sogar schneller als sie.«

»Curtis«, sagte der Präsident mit ungläubigem Kopfschütteln, »Sie wollen mir doch nicht wirklich vorschlagen, daß die beiden Excalibur sich auf einen Kampf mit den MiGs einlassen und sie abschießen sollen, um dann ihren Flug fortzusetzen, als sei nichts geschehen?«

»Nein, Sir, das nicht, aber . . . wir sollten sie auch nicht zurückrufen.«

»Und warum nicht, um Gottes willen?«

»Sir, das Ziel der Mission ist doch nach wie vor die Ausschaltung dieser Laser-Anlage . . . !«

»*Ohne* – woran ich Sie erinnern darf – einen Krieg damit auszulösen!«

»Ja, Sir. Darüber waren wir uns ja einig. Beschränkter Aufwand, präzise Bombardierung und kein Schaden über das unvermeidliche Maß hinaus. Im Augenblick werden die beiden B-1 in Schach gehalten. Sie könnten den *Foxhound* vermutlich entkommen, hätten danach aber nicht mehr genug Treibstoff, um ihren Auftrag ordnungsgemäß durchzuführen. Zudem ist natürlich mittlerweile die russische Luftabwehr alarmiert. Die Russen brauchen ja nur noch eine gerade Linie von der gegenwärtigen Position der Bomber bis nach Kawaschnija zu ziehen und auf dieser Linie zu suchen, um die beiden B-1 zu entdekken.«

»Also, was tun wir jetzt?«

»Sir«, Curtis beugte sich zum Präsidenten vor, »wir haben nur ein einziges Flugzeug, das ebenso bewaffnet ist wie die beiden Excalibur. Es ist sogar noch leistungsfähiger und besser vorbereitet, einen solchen Angriff zu fliegen. Den *Old Dog*.«

»Den *Old*... Sie meinen doch wohl nicht diese B-52 zu Testzwecken? Die in Nevada fast in die Luft gejagt worden wäre?«

»Sie hat mehr Defensivwaffen an Bord, mehr Schlagkraft, größere Reichweite und bessere Mittel für Gegenmaßnahmen als die beiden B-1 zusammen. Und die Besatzung besteht aus den Experten, die die gesamte in die Excalibur installierte Ausrüstung konzipiert haben. Und obendrein gehört der beste Bombenschütze des Strategic Air Command zu ihr.«

»Curtis, das kommt verdammt noch mal überhaupt nicht in Frage!« Der Präsident war aufgesprungen und lief erregt in seinem Büro auf und ab.

Dann blieb er abrupt stehen und sah Curtis an.

»Wie zum Teufel soll eine B-52 schaffen, was zwei B-1 nicht fertigbringen, die sich dazu noch schnappen lassen?«

Curtis holte tief Atem, um seine Erregung zu unterdrücken. Er durfte jetzt nichts verkehrt machen. »Der *Old Dog* würde nicht auf der gleichen Route fliegen.« Er ging wieder hinüber zu der großen Karte an der Wand und bemerkte mit Genugtuung, daß der Präsident ihm folgte. »Die russische Luftabwehr schwärmt jetzt wie Bienen über das ganze nördliche Gebiet aus, um auf nachfolgende Angreifer zu warten. Wahrscheinlich erwarten sie ganze Bombergeschwader. Und da könnte General Elliott sich nun hier vom Süden her anpirschen –«

»Woher soll er wissen, welche Route er fliegen muß, um nicht entdeckt zu werden?«

»Sir, General Elliott, der jetzt das Kommando an Bord des *Old Dog* hat, verbrachte Monate damit, die Verteidigungsanlagen Kawaschnijas und der Halbinsel Kamtschatka zu studieren. Er weiß darüber viel mehr als ich. Ich halte jede Wette, daß er eine Radarlücke findet, durch die er schlüpfen kann, ohne daß er entdeckt wird. Und wenn er erst einmal in dem bergigen Gelände der Halbinsel Kamtschatka ist, findet ihn eine ganze Jägerstaffel nicht mehr.«

Der Präsident schüttelte den Kopf und wandte Curtis den Rücken zu.

Aber der General ließ nicht locker. »Sir, wenn ich daran erinnern darf, sie sind bereits in der Luft. Sie haben keinen regulären Flugplan. Es ist ein glatter ›Nicht-Einsatz‹. Die Russen nehmen vielleicht sogar an, der *Old Dog* sei bei dem Überfall zerstört worden. Auf jeden Fall können wir dies als Gerücht ausstreuen. Das ist überhaupt kein Problem.«

»Und die Schäden am Flugzeug? Und die Verletzten an Bord?«

»Ich lasse mir einen Zustandsbericht geben«, sagte Curtis rasch. »General Elliott soll mitteilen, wie es steht, und er soll selbst entscheiden, ob er den Auftrag übernimmt oder nicht.«

»Der wird niemals ablehnen. Ich kenne ihn. Er ist einer von diesen ganz eifrigen Burschen –«

»Aber er würde nicht das Leben seiner Besatzung riskieren, wenn er nicht sicher wäre, daß er eine gute Erfolgschance hat. Das weiß *ich*.«

Zu seiner Überraschung und Erleichterung sagte der Präsident: »Also fragen Sie ihn.«

»Ja, Sir!« Curtis machte kehrt, um den Raum zu verlassen. An der Tür blieb er noch einmal stehen und sagte zum Präsidenten: »Der *Old Dog* ist auch nicht gegen das Informationsleck gefeit, das uns bisher schon zu schaffen machte. Unter den gegebenen Umständen wäre es vielleicht klug, gewisse Schritte zu unternehmen –«

»Zum Beispiel?«

»Zum Beispiel, Sir, diese Sache mit dem *Old Dog* strikt zwischen Ihnen und mir zu belassen.«

»Wie stellen Sie sich das vor?« sagte der Präsident abwehrend. »Ich bin doch auf meine Berater angewiesen. Außerdem habe ich nicht den geringsten Zweifel an ihrer Zuverlässigkeit. Wir können dies als eine kabinettsinterne Sache behandeln, gut. Aber mehr nicht. Das Kabinett *muß* darüber Bescheid wissen.«

»Einverstanden, Sir. Aber etwas möchte ich doch noch vorschlagen. Wenn der *Old Dog* da durchkommen soll, muß man der Besatzung freie Hand lassen. Wenn auf diverse Rückruf-Optionen bestanden wird, ist die Mission von vornherein gefährdet.«

»General, was muten Sie mir denn zu? Sie verlangen doch wohl nicht im Ernst von mir, daß ich jetzt bereits die volle Blanko-Angriffsorder erteile, wo noch Verhandlungen im Gange sind?« Der Präsident schüttelte den Kopf.

»Sir, die Sowjets haben doch von Anfang an überhaupt keinerlei wirklichen Verhandlungswillen gezeigt! Sie haben uns lediglich unter immer neuen falschen Vorspiegelungen am Verhandlungstisch gehalten, während sie unentwegt weiter nach ihrem geheimen Plan vorgingen! Sowohl die Midgetman-Rakete als auch *Ice Fortress* haben wir verloren, während diese sogenannten Verhandlungen liefen! Sie haben damit deutlich genug gezeigt, daß sie niemals eine andere Absicht hatten, als Zeit zu gewinnen. Die Verhandlungen liefen und laufen nur pro forma.«

Es entstand ein langes Schweigen, während der Präsident über diese Worte nachdachte.

»Es ist nicht unbedingt falsch, was Sie sagen. Und ich habe auch durchaus historische Beispiele vor Augen. Roosevelt war auch der Meinung, Außenminister Hull würde mit den Japanern zu einer Verhandlungslösung kommen. Und dann passierte Pearl Harbor. Er hat ihre Doppelzüngigkeit unterschätzt. Möglicherweise habe ich, aus den gleichen Gründen, denselben Fehler gemacht. Wir beide wollten so dringend Resultate, daß wir die Realität aus den Augen verloren . . .«

Für kurze Zeit waren nur das Ticken der schweren Messinguhr auf des Präsidenten Schreibtisch und das gedämpfte Rauschen der Bäume draußen vor dem Fenster zu hören.

»Also gut, General . . . holen Sie erst einmal Elliotts Antwort ein. Wenn er es machen will, gibt es kein Zurück mehr . . .«

AN BORD DES OLD DOG

McLanahan und Luger dösten in der unteren Kabine vor sich hin, als sich Elliott über Bordfunk meldete.

»Hallo, Leute, alles mal herhören. Wir haben Befehle von den Vereinigten Stäben erhalten. Das war der Grund, warum ich vor einigen Minuten die totale Überprüfung aller Funktionen und der Ausrüstung angeordnet habe. Ich werde jetzt noch eine weitere – nämlich die Personalüberprüfung – vornehmen. Sie erinnern sich alle an heute morgen, als ich Ihnen den Sinn und Zweck unseres ganzen Trainings erläuterte. Es sieht jetzt so aus, als seien diese beiden B-1 entdeckt und nördlich von Point Barrow abgefangen worden – vor etwa einer Viertelstunde.«

»Abgefangen?« fragte Ormack.

»Irgendwie wußten die Russen, woher die B-1 kommen würden. Sie erwarteten sie bereits mit einer *Mainstay*-Frühwarn- und -Radarmaschine und zwei MiG-31 Foxhound-Jägern. Sie hatten nicht den Hauch einer Chance zu entkommen.«

»Sind sie . . . abgeschossen worden?« fragte Wendy.

»Nein, aber die Jäger lassen sie nicht aus den Augen. Die B-1 haben Befehl erhalten, über der Tschuktschensee, gerade noch außerhalb des sowjetischen Lufthoheitraumes, an einem *Fail-Safe*-Punkt zu kreisen. Man nimmt an, daß ihnen die MiG auf Schritt und Tritt folgen werden.«

»Ja, aber warum fliegen sie denn dann überhaupt weiter?« fragte Luger.

Ein langes Schweigen folgte.

»Kapierst du's nicht?« sagte McLanahan endlich. »Wir sind dran! Sie wollen, daß wir es machen!«

»Und wie bitte sollen wir das schaffen, wenn es zwei B-1 nicht fertiggebracht haben?«

Elliott meldete sich wieder. »Es wäre zu riskant für sie, zu versuchen durch das Frühwarn-Radarnetz zu kommen, geschweige denn die Sowjetunion zu überfliegen. Der Meiung bin ich auch. Leute, ich brauche eure Ideen. Uns fehlt ein Stück der linken Tragfläche, aber unsere Defensiv- und Offensivwaffen sind alle in Ordnung. Wir haben keine ordentlichen Militärkarten, aber wir haben allgemeine Flugkarten und zum Glück auch eine Gelände-Kassette von der Anlage Kawaschnija. Wir bekommen außerdem Auftank-Unterstützung auf dem Weg hin und Jagdschutz, wenn wir zurückkommen.«

Elliott hoffte, daß seine Besatzung es ihm abkaufte . . . *Seine* Besatzung? Das war sie bis vor wenigen Stunden in keiner Weise. Bis zu diesem Zeitpunkt heute, als sie in jenem Hangar in der Nevada-Wüste alle zusammen dem Tode nahe gewesen waren.

»Ich mache es nicht, wenn ich nicht die Zustimmung von euch allen habe«, fuhr er fort. »Ich weiß, daß niemand von Ihnen dachte, jemals in einen tatsächlichen Einsatz verwickelt zu werden, ganz zu schweigen von einem wirklichen Angriff auf eine Anlage in der Sowjetunion. Wir sind alle nur ein paarmal tatsächlich miteinander geflogen. Und ich selbst war, verdammt noch mal, nicht einmal Mitglied der Besatzung. John und ich sind die einzigen, die jemals wirkliche Kampfeinsätze geflogen haben. Wenn wir nicht hundertprozentig einer Meinung sind, landen wir in Seattle, und alles hat sich damit. Aber bedenken Sie die Situation. Die Russen haben nicht aufgehört, ihren Laser in Kawaschnija einzusetzen – allen unseren diplomatischen Protesten zum Trotz. Sie haben unsere Möglichkeiten, Starts ballistischer Flugkörper über dem Pazifik und dem Polargebiet zu entdecken, zunichte gemacht. Wenn es ihnen einfallen sollte, uns anzugreifen, hätten wir höchstens ein paar Minuten Vorwarnzeit bis zum Aufschlag ihrer Sprengköpfe. Nach meiner Meinung ist der nächste Schritt, wenn die B-1-Mission fehlschlägt – und das tut sie ja wohl –, ein Angriff mit Langstrecken-Raketen, ein Gegenschlag durch unsere Flotte oder ein interkontinentaler ballistischer Raketenangriff auf Kawaschnija. Doch die Laser-Basis dort kann sich vermutlich gegen alle diese Angriffe selber schützen. Außerdem könnte der Anblick von Marschflugkörpern oder einer ICBM, die auf Asien zufliegen, irgend jemanden veranlassen, auf noch größere Knöpfe zu drücken und einen thermo-nuklearen Gegenschlag auszulösen . . .« Trug er nicht ein wenig zu dick auf? Nein, verdammt, er beschrieb doch nur die schrecklichen Möglichkeiten. »Ich bin wirklich der festen Überzeugung, daß wir hier, diese Besatzung und dieses Flugzeug, die einzige noch übriggebliebene Antwort sind. Ich glaube auch, daß wir eine wirklich gute Chance haben, vom russischen Radar nicht entdeckt zu werden, ihrer Luftabwehr auszuweichen und diese Laser-Anlage außer Gefecht zu setzen. Und – auch wieder zurückzukommen.«

Es war die längste Rede, die er jemals gehalten hatte. Das Brennen in seinem rechten Bein, das in der letzten Stunde aufgehört hatte, kehrte jetzt mit voller Wucht zurück.

»Wenn Ihnen die Chancen zu gering scheinen, sagen Sie es.

Wenn nicht, sagen Sie es ebenfalls. Denn wenn wir nicht alle ohne Ausnahme am gleichen Strang ziehen, hat es von vornherein keinen Sinn.«

Zehn Minuten später lehnte sich Elliott erschöpft in seinen Sitz zurück. In seiner rechten Ferse hatte er mittlerweile kein Gefühl mehr, und der brennende Schmerz hatte jetzt auch sein Knie erreicht. Er dachte wieder an das, was ihm Curtis gesagt hatte. Bis jetzt waren die Russen immer einen Schritt voraus gewesen. Curtis befürchtete offensichtlich, daß sie auch über den Einsatz des *Old Dog* einen Hinweis bekämen. Aber das würde mit Sicherheit nicht passieren. Da standen ihre Chancen denn doch zu gut. Seattle war genauso geeignet wie irgend sonst ein Ort, um seinen Taschenspielertrick in Szene zu setzen . . .

»Küste von Seattle in Sicht«, meldete McLanahan, der sein Radar auf zweihundert Meilen eingestellt hatte. »Ein Uhr, einhundert Meilen.«

Es waren die ersten Worte, die jemand von der Besatzung seit ihrer Entscheidung gesprochen hatte. Elliott wandte sich an Ormack.

»Holen Sie uns die Genehmigung für den Luftraum Seattle ein, John. Wendy, sehen Sie zu, ob Sie Boeing Airfield über HF hereinkriegen. Besorgen Sie uns die Landegenehmigung.«

FLUGKONTROLLE SEATTLE, WASHINGTON

»Hallo, Seattle Center, *Dog Zero One Fox* hier auf zweifünftausend.«

Der Lotse im Flugkontrollzentrum in Seattle überprüfte sein Radar. Er hatte bereits einen Anruf von der Air Base McClellan erhalten, daß *Dog Zero One Fox* in seinem Sektor auftauchen würde. Und da waren sie nun – exakt, wo McClellan sie angekündigt hatte.

»*Dog Zero One Fox*, guten Abend, Radarkontrolle auf zweifünftausend Fuß.«

Zuvor schon hatte der Lotse in Seattle einen »Squawk«-Zwitscher-Identifizierungskode an McClellan für dieses Flugzeug übermittelt, damit man es dort in das IFF aufnehmen konnte – in das Freund-Feind-Identifizierungssystem. Dieses IFF sendete einen vierstelligen Zifferncode in den Computer der Flugsicherung, worauf dieser einen Datenblock in der Nähe des Radarstützpunktes des Flugzeugs aufscheinen ließ – mit der Rufkennung des Flugzeugs, seiner Höhe, seiner Bodengeschwindigkeit und einer Computer-ID-Nummer. Der Lotse überprüfte das Gebiet, in dem nach der Auskunft aus McClellan das Flugzeug auftauchen würde.

Und wie angekündigt erschienen nun auch wirklich der Datenblock und die Warn- und Kennlichtersymbole am äußersten Rand seines hundertfünfzig Meilen im Umkreis erfassenden Radars. Es gab keine Anzeige für Vorrangziel – ein kleineres Symbol, das das größere Warn- und Kennungszeichen überlagerte –, aber das war bei extremen Reichweiten nichts Ungewöhnliches.

»*Dog Zero One Fox*, bestätigen Sie, daß Ihr Ziel Seattle Boeing Field ist.«

»Bestätigt, Seattle. Wir werden Genehmigung für Sichtlandung auf einer Behelfsrollbahn erbitten, wenn wir auf zehn Meilen Entfernung sind. Boeing ist verständigt.«

Das war nun zwar wohl sehr eigenartig, aber der Lotse hatte es trotzdem schon oft gehört. Es kam immer wieder vor, daß geheime oder Testflugzeuge eine der zahlreichen Behelfsrollbahnen der Boeing-Werke benutzten, wenn sie vermeiden wollten, irgendwelche Aufmerksamkeit zu erregen. In solchen Fällen teilten sie der Flugkontrolle immer erst dann mit, welche Bahn sie haben wollten, wenn sie bereits in unmittelbarer Nähe waren. Der Anfluglotse mußte dann den Luftraum freimachen und die Genehmigung zu einem Anflug über ein sehr großes Gebiet erteilen. Das komplizierte die Flugüberwachung in dem ohnehin schon überlasteten Gebiet zwischen Seattle, Vancouver und Portland erheblich, aber jetzt, zu dieser Tageszeit, herrschte nur wenig Betrieb. Diese Praxis war übrigens nicht nur auf Militärflugzeuge beschränkt. Die privaten Flugzeugfirmen hüteten ihre neuesten Entwicklungen mindestens ebenso eifersüchtig wie das Militär.

»Ich bin informiert, *Zero One Fox*«, antwortete der Fluglotse. »Ich leite es weiter an Seattle-Anflug in –«

Dann sah er etwas, das ihn erstarren ließ. Ein Warncode, der auf 7700 wechselte. Das war der Notfallcode. Um den Datenblock des Flugzeugs lief plötzlich ein auf- und abblinkender Rahmen, und darüber blinkten gleichzeitig die Buchstaben EMRG. *Emergency*, Notfall.

Es war dieser Neuankömmling – *Dog Zero One Fox*.

»*Mayday, Mayday!* Seattle Center, hier *Dog Zero One Fox*!«

»*Zero One Fox*, Ihr Notruf ist verstanden.« Der Lotse piepte seinen diensthabenden Vorgesetzten an, der herangeeilt kam und sich mit seinem Kopfhörer-Sprechgerät in den Kanal einschaltete. »Hier Leiter Flugkontrolle A. Watt auf Konsole sieben, ID-Nummer S-eins – eins-drei-eins, Zeit zwei-dreieins-sieben Ortszeit.« Dies war die erforderliche Prozedur, damit auf dem ständig mitlaufenden Band, das sämtliche Kommunikation aufnahm, für den Fall späterer Unfalluntersuchungen präzise Angaben enthalten waren.

»*Dog Zero One Fox* meldet Anflugsnotfall«, kam die hastige Durchsage. Die Stimme – vermutlich der Pilot, der auch die ursprünglichen Durchsagen nach Seattle gemacht hatte – wurde fast überdröhnt von einem donnernden Geräusch im Hintergrund.

»Das klingt wie ... Wasser? Ein Wasserfall?« murmelte der Lotse.

»Nein, er hat Druckverlust, Ed«, sagte sein Chef. »Das ist Wind von draußen. Und ein ziemlich starker obendrein. Wenn er Druckabfall hat, müßte es gleich aufhören. Und wenn es splitterndes Glas ist, müßte ...«

Er ging auf allgemeine Lotsendurchsage. »Hier Watt an alle. Machen Sie Luftraum frei von Radialen zwei-sechs-null bis drei-zwei-null von Hoquiam VORTAC für Notfall-Anflug in zehn Minuten. Benachrichtigen Sie Boeing, McChord, Bowerman und Portland von möglicherweise abdriftender Notlandemaschine, Typ unbekannt. Benachrichtigen Sie McChord und Küstenwache. Flugzeug befindet sich gegenwärtig auf der Zwei-acht-zwei-Radialen von Hoquiam auf hundertdreißig nautische Meilen, Fluglevel zwei-fünf-null, Bodengeschwindigkeit vier-zwanzig Knoten.«

Inzwischen starrte der Lotse unverwandt auf seinen Bildschirm, wo sich die Höhenangabe des in Not befindlichen Flugzeugs rasch verringerte. »*Zero One Fox*, haben Sie Probleme mit Höhenverlust?«

Durch das Gedröhn des Hintergrunds sagte der Pilot: »Hallo, Seattle, gehen herunter auf unter zehntausend Fuß ... haben Druckverlust ... Feuer an Bord ... Notfall. *Mayday, Mayday*!«

»Verstanden, *Zero One Fox*. Wir machen Luftraum frei für Sie. Drehen Sie nach links ab, wenn möglich, Richtung zwei-acht-null, Leitstrahlen für Notlandung auf Boeing Field, frei für Sinken und Bleiben auf zehntausend Fuß.«

Es kam keine Antwort. Die Höhenanzeige sank weiter, immer schneller.

»Zwanzigtausend ... achtzehntausend ... fünfzehntausend ... Andy, sie kommen immer schneller runter ... zehntausend Fuß unterschritten ...« Über Funk rief er: »*Dog Zero One Fox*, steigen Sie und bleiben Sie auf zehntausend Fuß! Bestätigen Sie!«

Außer dem Gedröhn des Windes war über die Frequenz nichts zu hören.

»Achttausend unterschritten ... Sinkgeschwindigkeit verlangsamt, sinkt aber weiter ... fünftausend unterschritten ... Mindesthöhenwarnung!« Der Lotse versuchte es noch einmal. »*Zero One Fox*, steigen Sie! Ziehen Sie hoch, Mann, ziehen Sie! Falls Sie trudeln, gehen Sie auf Kontrollen. Bestätigen Sie ...!«

»Kennung verloren«, sagte der Lotsenchef. »Hier A. Watts, Konsole sieben auf Mithören, Ortszeit zwei-drei-zwei-null, Seattle ARTCC. Wir haben *Dog Zero One Fox* auf Radar verloren. Letzte Meldung des Piloten besagte, er werde auf zehntausend Fuß sinken wegen Anflugnotfalls, Feuer und Druckverlust. Sinkgeschwindigkeit von Fluglevel zwei-fünf-null geschätzt auf fünfzehntausend Fuß pro Minute, verlangsamt auf etwa zehntausend Fuß pro Minute, aber Flugzeug hat keine Höhe mehr gewonnen, offenbar sich auch nicht abgefangen. Keine Primär- oder Sekundärsignale im Augenblick. Keine sichtbaren Flugdaten. Kein Flugzeug innerhalb sechzig Meilen sichtbar. Kein Notortungssignal bis zum Augenblick. Küstenwache und Air Force, Suche und Rettung verständigt.«

WASHINGTON, D. C.

Einige Minuten später bekam der Präsident, der sich immer noch zusammen mit General Wilbur Curtis im *Oval Office* befand, von Jeff Hampton die Meldung, daß die FAA die *Dog Zero One Fox* auf dem Radar verloren hatte, daß in dem Flugzeug ein ernster Notfall aufgetreten war und es in weniger als zwei Minuten aus fünfundzwanzigtausend Fuß Höhe ins Meer gestürzt war.

Der Präsident zwang sich, seine linke Hand ruhig zu halten, während er den Telefonhörer auflegte. Er sah Curtis an. »*Dog Zero One Fox* ist verschwunden, zweihundertdreißig Kilometer vor der Westküste. Kann wohl abgeschrieben werden.«

Curtis erwiderte nichts. Der Präsident, offensichtlich zu geschockt, kam zu einer Entscheidung.

»Wie lange können die Excalibur noch auf ihrer Kreisbahn bleiben, General?«

Curtis sah auf seine Uhr und rechnete. »Sie müssen spätestens in sechs Stunden heraus, wenn sie noch genug Treibstoff für die Rückkehr nach Eielsen haben wollen. Wir können ihnen noch einmal Tankflugzeuge entgegenschicken, um sie mit etwas Zusatztreibstoff zu versorgen, aber sechs Stunden ist das Äußerste.«

»Geben Sie ihnen Befehl, in fünf Stunden ihre Kreisbahn zu verlassen«, entschied der Präsident. »Ich weiß, daß es nicht viel Sinn hat, sie da draußen zu lassen. Sie wären die bequemsten Zielscheiben, wenn sie irgend etwas unternehmen würden. Aber sie können zumindest die Sowjets nervös machen, wenn die sehen, daß zwei B-1 Kurs auf ihren Hinterhof nehmen. Vielleicht können wir sie sogar bluffen und sie glauben machen, unsere Excalibur hätten mehr Treibstoff und Feuerkraft an Bord, als sie tatsächlich haben. Vielleicht kriegen wir sie damit sogar so weit, daß sie ernsthaft verhandeln . . .« Seine Stimme war tonlos. Er dachte noch immer an den *Old Dog*. Noch ein Plan, der schiefgegangen war. Noch eine Besatzung, die nicht zurückkehren würde.

Er drehte sich in seinem Stuhl herum und starrte, ohne wirklich etwas wahrzunehmen, hinaus in die Welt außerhalb seines *Oval Office*.

OLD DOG

Dave Luger rief auf dem Monitor die Uhrzeit des Hauptcomputers ab. Ist schon komisch, dachte er. Man sieht einer Maschine zu, wie sie für einen navigiert. Es war einfach, als spielte man ein großes Videospiel, hier im Bauch eines B-52-Bombers, irgendwo über dem Nordpazifik.

Nun ja, nicht gerade »irgendwo«. Der GPS war eingeschaltet und arbeitete, und dadurch wußte er bis auf eine Toleranz von zwanzig Metern zu jedem beliebigen Zeitpunkt, wo exakt sie sich befanden – und der GPS maß diese Zeitpunkte auch auf hundertstel Sekunden genau.

Luger hielt sich die Nase zu und blies zum Druckausgleich die Backen auf – ein altbewährtes Hausmittel. Er hatte es nötig, nach ihrem haarsträubenden »Absturz« zum Zwecke des Verschwindens vom Radar in Seattle. »General?«

»Ja, Dave?«

»Fünfzehn Minuten vor Entscheidungspunkt.« Luger rief schnell eine Treibstoffanzeige auf seinem Monitor ab. »Ich habe uns genau auf Ihrer neuberechneten Treibstoffkurve, Colonel.«

»Stimmt mit meinen Daten überein«, bestätigte Ormack.

»Wir verlieren also keinen Sprit?« fragte Wendy.

»Negativ«, antwortete Ormack. »Wenigstens mal eine gute Nachricht.«

»Ja, aber es ist trotzdem Zeit, daß wir über die schlechten reden«, sagte Elliott. »Also wie ist die Lage? Nach Patrick und Dave mit freundlicher Unterstützung jener zwölf Navigationssatelliten, die unsere Computer füttern, sind wir fünfzehn Minuten vor einem wichtigen Entscheidungspunkt.

Wir haben jetzt noch an die vierunddreißigtausend Pfund Treibstoff. Dank unserer Abschmier-Vorstellung, die ja wohl alle Fluglotsen von Seattle voll überzeugt haben wird, und unserer eine Stunde lang durchgezogenen Flucht in hundertfünfzig Metern über Wasser werden uns jetzt bald die Fußsohlen rauchen. Von unserem bevorstehenden Entscheidungspunkt aus können wir zur Air-Force-Base Elmendorf in Anchorage abbiegen und haben noch immer fünfzehntausend Pfund Sprit. Das ist das absolute Landungsminimum für eine normale B-52. Aber mit unserem Plastikmonster hier können wir Elmendorf auch auslassen. Bei günstigem Wind und einer guten Portion Glück kommen wir auch noch bis zur Air-Force Base Eielson in Fairbanks und haben dann noch dreitausend Pfund in den Tanks. Vielleicht sogar sechstausend –«

»Oder null«, sagte Angelina.

»Genau. Jedenfalls aber läßt uns dieser Plan die Wahl zwischen zwei Flugplätzen, auf welchen wir die Kiste erst mal runtersetzen können.«

»Gibt es denn keine andere Option?« fragte McLanahan.

»Doch, Patrick. Wir können einfach unseren geplanten Kurs fortsetzen. Der einzige Flugplatz, der zur Verfügung steht und eine halbwegs annehmbare Rollbahn besitzt, ist Shemya auf den Aleuten. Die Treibstoffreserve über Shemya wäre etwa fünftausend.«

»Fünftausend?« fragte Wendy. »Das wäre aber verdammt knapp. Gibt es irgendwelche –«

»Es gibt noch andere Flugplätze in der Nähe«, räumte Elliott ein, der das Ende ihrer Frage vorausahnte. »Aber alle mit kleineren und kürzeren Rollbahnen als Shemya. Wir müssen irgendwo j.w.d. landen, wenn unser Flieger und unsere Mission unentdeckt bleiben sollen. Es läuft also auf folgende Entscheidung hinaus: Entweder wir fliegen Elmendorf an. Das bedeutet Sicherheit für uns, aber gleichzeitig auch das Ende unserer Mission. Oder wir fliegen nach Shemya. Das Risiko ist ungleich größer, aber es bleibt uns die Chance weiterzumachen.«

»Ich sehe da keine große Wahl, General«, sagte Ormack. »Jetzt sind wir schon so weit . . .«

Elliott nickte ihm mit stummem Dank zu. »Ich glaube, ich erwähne das alles auch nur, um jedem von Ihnen noch einmal die Gelegenheit zu geben, sich zu entscheiden, ob wir diese Kiste nun runtersetzen oder weitermachen sollen.«

»Wir haben uns doch schon entschieden, General«, sagte Wendy.

»Weiß ich ja, und ich danke Ihnen auch dafür. Aber inzwischen hatten Sie noch einige Stunden Zeit, darüber nachzudenken. Ich stelle die Frage ausdrücklich noch einmal.«

»Ich habe eine ganz andere Frage«, sagte McLanahan. »Was macht Ihr Bein eigentlich? Wir können doch diesen Einsatz nur dann fliegen, wenn jeder einzelne von uns hundertprozentig fit ist. Haben Sie selbst gesagt. Sind Sie hundert Prozent okay, General?«

»Selbstverständlich.« Elliott blickte zur Seite und sah, daß Ormack ihn aufmerksam musterte.

»Ich schaffe das, John.«

»Er hat nicht so unrecht, General. Sie sorgen sich, daß wir nicht voll hinter der Sache stehen. Aber wie sieht es mit Ihnen aus?«

Elliott dachte einen Moment nach und sprach dann ins Bordmikrofon. »Hallo, Leute. Ich streite ja nicht ab, daß mein Bein ganz verflucht weh tut. Aber wenn ich nicht der festen Überzeugung wäre, daß ich die Kiste hier trotzdem ordentlich nach Kawaschnija und wieder zurück kriege, hätte ich das schon gesagt, als wir noch über Seattle waren.«

Schweigen.

Dann war McLanahan zu hören. »Also gut, General. In Ordnung. Mir genügt das.«

»Mir auch«, schloß sich Angelina an.

Auch der Rest der Besatzung bekundete seine Zustimmung.

»Gut also«, sagte Elliott. »Hat irgend jemand von Ihnen eine brillante Idee, wie wir an ausreichend Sprit kommen, um diesen Einsatz durchziehen zu können?«

In der unteren Kabine reckte McLanahan seinem Partner Luger den nach oben zeigenden Daumen entgegen und ging auf Bordfunk.

»Ich hätte eine, General«, sagte er. »Sie macht allerdings die Übertretung einiger Vorschriften erforderlich.«

»Patrick, wenn es je einen Grund dafür gab, Vorschriften zu übertreten, dann jetzt. Also rücken Sie raus damit.«

»Also gut. Hinterher werden wir Sie zwar General Jean Lafitte nennen müssen«, meinte McLanahan, »aber ich habe an folgendes gedacht ...«

Elliott schaltete sein Radio auf HF-Übermittlung und holte tief Atem.

»Hallo, *Skybird*, hallo, *Skybird*, hier Genesis auf Quebec. Notfall. Ende.«

Der diensthabende leitende Fluglotse in dem winzigen SAC-Kommandoposten auf der winzigen Insel Shemya nahezu am Ende des großen Inselbogens der Aleüten hatte Mühe, seinen Kaffee nicht zu verschütten, als dieser Notruf aus seinem Lautsprecher plärrte. Über HF kamen selten Anrufe, schon gar nicht Notrufe. Wie auch – hier oben in der alleräußersten nordwestlichsten Ecke der Vereinigten Staaten! Er holte sich eiligst einen Fettstift und schrieb sich die Zeit auf die Glasplatte auf seinem Pult.

Er ging auf HF und drehte sein Mikrofon auf. »Rufe *Skybird* auf HF. Hier ist *Icepack* auf Quebec. Buchstabieren Sie Ihre Kennung und teilen Sie Ihre Information mit.«

»Wir haben ihn«, sagte Elliott über Bordfunk. Er ging auf

Hochfrequenzradio und sagte: »Verstanden, *Icepack*. Ich buchstabiere. Golf, Echo, November, Echo, Sierra, Indien, Sierra. SAC-Spezial-Operation. Wir sind eins-acht-null Meilen Ost-Süd-Ost von Ihnen. Wir haben Notfall gemeldet, weil wir Feuer in zwei Triebwerken und in der Besatzungskabine haben. Starker Treibstoffverlust. Erbitten Not-Luftauftanken durch patrouillierenden Tanker in Shemya.«

Der zweite Lotse schrieb hastig die eben gehörten Durchsagen ins Logbuch und schlug dann das Buch mit den Geheimsignalen auf.

»Stimmt und paßt«, sagte er dann zu seinem Kollegen. »Spezialflug von Edwards aus.«

»Und was zum Teufel macht er dann hier oben?« fragte der diensthabende Lotse. »Rufen Sie mal den Kommandeur an.« Er blickte auf die ausgedruckte Wetterkarte auf seiner Konsole und ging dann zurück auf Funk.

»Bitte verstanden, Genesis«, sagte er. »Shemya meldet schwierige Bedingungen. Können Sie nicht nach Anchorage ausweichen? Wiederhole, können Sie nach Anchorage ausweichen?«

»Negativ, negativ«, antwortete Elliott. »Weniger als eins-fünf Minuten Treibstoff bei gegenwärtiger Rate Treibstoffverlust. Keine Navigationsausrüstung. Nur magnetische Instrumente. Wir schätzen unsere Position nur annähernd.«

»Verstanden, Genesis.« Der Lotse sah hinüber zu seinem Kollegen.

»Der Boß ist schon in der Leitung.«

Der Lotse griff zum Telefon. »Colonel Sands hier.«

»Major Falls im Kommandoposten, Sir. Anflug einer Maschine, Notfall, erbittet Auftanken in der Luft.«

»Wie weit ist er weg?« fragte Sands.

»Er schätzt zweihundertfünfzig Kilometer gegenwärtig, Sir. Er sagt, er hat weniger als fünfzehn Minuten Sprit.«

»Was? Dann schaffen wir es ja nicht mal, wenn wir in diesem Augenblick aufsteigen würden. Wer ist es?«

»Sie benützen eine eigenartige Kennung, Sir«, erwiderte

Falls. »Genesis. Das ist ein Code für Spezialunternehmen von Edwards aus.«

Sands ließ einen unterdrückten Fluch los. Spezialunternehmen. Testflug oder streng geheimer Sonderauftrag. Aber von Edwards aus? »Wie sieht die Rollbahn aus?«

»Glitschig wie Eulenkacke, Sir.«

»Und der Patrouillen-Vogel?«

»Ist startklar, Sir«, sagte Falls mit einem Blick zu seinem Kollegen.

Der legte die Hand über die Sprechmuschel seines Telefonhörers. »Die Besatzung ist bereits alarmiert«, meldete er.

»Sie soll sich sofort in ihrem Flugzeug einfinden«, sagte Falls. Dann sprach er wieder in sein Telefon. »Besatzung auf dem Weg zu der Maschine, Sir«, meldete er.

»Lassen Sie sich eine Bestätigung über diese Genesis geben«, sagte er. »Ich bin schon unterwegs.«

Falls öffnete sein Code-Buch, vergewisserte sich, daß Zeit und Datum stimmten, und ging auf Funk. »Hallo, Genesis, hier *Icepack-Control*. Bestätigen Sie Alpha-Echo.«

Elliott wandte sich an Ormack. »Sie wollen Bestätigung.«

»Aber wir haben doch keine Code-Dokumente.«

»Bestätigen nicht möglich«, antwortete Elliott rasch.

Falls zog eine Grimasse. Was war da los, verdammt noch mal?

»Hallo, Genesis, wir können ohne Bestätigung keine Unterstützung gewähren.«

»Hallo, *Icepack*«, sagte Elliott, »Kommunikationsinstallation schwer beschädigt. Halbe Besatzung tot oder verletzt. Wir haben keine Möglichkeit zur Bestätigung.«

Kurz danach schälte Colonel Sands seinen untersetzten, untrainierten Körper aus seinem Parka. »Wie steht es?«

»Er sagt, er kann nicht bestätigen, Sir«, berichtete Falls. »Feuer in der Besatzungskabine und in der Nachrichtenzentrale. Der leitende *Controller* scheint das Kommando übernommen zu haben.«

»Leitender *Controller*? Nachrichtenzentale? Das klingt nach AWACS oder RC-135. Aber Sie sagen, eine Edwards-Kennung?« Sands griff sich das Mikrofon.

»Hallo, Genesis, hier *Icepack*. *Over*.« Er beugte sich zum Lautsprecher hinunter.

»Wir hören, *Icepack*. Benötigen dringend fliegendes Auftanken.«

Sands suchte in seiner Erinnerung. »Die Stimme kenne ich. Woher, verdammt?« Er drückte auf die Sprechtaste. »Hallo, Genesis, melden Sie Flugzeugtyp und Seelen an Bord.«

»Nicht möglich, *Icepack*.«

»Scheißkerl«, knurrte Sands halblaut. »Was geht da vor? Verdammt noch mal, diese Stimme . . .« Er überlegte rasch . . . »Holen Sie Anchorage Center rein. Finden Sie raus, wo der Kerl herkommt.«

»Schon gemacht, Sir«, meldete der zweite Lotse. »Nichts. Nicht mal ein Radarkontakt. Er war bisher außerhalb ADIZ.«

»Dann kann er mich mal.« Sands war wütend. »Das hört sich doch alles sehr seltsam an. Hat man uns irgendeine Luftabwehrübung avisiert oder was?«

Falls schüttelte den Kopf. Sands schnitt eine Grimasse und nahm wieder das Mikrofon. »Hallo, Genesis, fliegende Hilfe darf nicht gewährt werden ohne ausreichende Autorisierung. Wenn Sie sich nicht identifizieren wollen, müssen Sie zurückschwimmen.«

Elliott sah etwas besorgt drein, als Ormack sagte: »Und was machen wir jetzt? Wir haben nur noch —«

»Sands!« stieß Elliott plötzlich hervor. »Eddie Sands! Klar, das ist er! Also in Shemya haben sie ihn aufs Eis gesetzt.« Er drückte auf seinen Mikrofonknopf. »Wir können nicht bestätigen . . . *Korinthenkacker*!«

Sands wurde bleich, als habe er ein Gespenst gesehen. Ganz langsam hob er das Mikrofon an seinen Mund.

Falls starrte seinen Geschwaderkommandanten mit einem leicht beunruhigten Ausdruck im Gesicht an. Sands drückte wütend die Sprechtaste. »Sagen Sie das noch mal, Genesis.«

»Du hast mich doch gehört, du Arsch mit Ohren«, rief Elliott aufgekratzt. »Bestätigung nicht möglich.«

Zu Falls' Überraschung zog der Anflug eines Lächelns über Sands' Gesicht.

»Genesis«, sagte Sands deutlich und langsam, während sich das Lächeln noch weiter über das pausbäckige Gesicht des Geschwaderkommandeurs von Shemya ausbreitete, »das möchte ich noch mal hören. Kann das wirklich sein?«

»Bestätigt . . . oller Doofkopp.«

An Bord der Megafestung sah nun auch Ormack einigermaßen verwirrt drein. »Was . . . ?«

»Der hat seinen Tanker in weniger als fünf Minuten in der Luft«, verkündete Elliott vergnügt und entspannte sich in seinem Sitz. »Hallo, Besatzung, bereiten Sie Luftauftanken vor.«

Sands warf das Mikrofon Falls in den Schoß.

»Ist die Besatzung an Bord?«

»Nein, Sir, aber ich erwarte sie jeden –«

»Rufen Sie den Vizekommandeur an.« Sands zog den Reißverschluß seines Parka hoch. »Sagen Sie ihm, daß er die Aufsicht hat. Setzen Sie mich auf Patrouillendienst. Verständigen Sie Reynolds, daß ich für das Notauftanken mit an Bord komme.«

Schneller, als irgend jemand seiner Leute je den pummeligen Kommandeur sich hatte bewegen sehen, war Sands zur Tür hinaus. Vollkommen verblüfft blickte Falls' Kollege dem Colonel nach, der den Korridor entlang in die arktische Eiseskälte hinauslief.

»Was, zum Teufel –?«

»Fragen Sie nicht mich, Bill!« wehrte Falls ab.

»Und was ist mit den guten alten Vorschriften?«

Falls dachte einen Augenblick nach. »Die befolgen wir sturheil, auch wenn es der Colonel nicht tut. Alarmieren Sie die Abfangjäger. Teilen Sie ihnen mit, die KC-10 startet zu einem Notauftanken, daß aber das Flugzeug, mit dem sie sich trifft, unidentifiziert ist. Das unidentifizierte Flugzeug wird nicht für feindlich gehalten, aber es hat sich geweigert oder ist sonstwie nicht imstande, irgendwelchen Kontakt zu irgendwelchen zivilen oder militärischen Behörden aufzunehmen.«

»Alles klar.« Der NCO langte nach dem Telefon und wählte, so rasch er konnte.

Über die neu zugewiesene UHF-Kommandofrequenz, die sie als Luftauftank-Frequenz benutzten, sagte McLanahan: »Hallo, *Icepack* eins-null-eins, Genesis hat Radarkontakt bei siebzig Meilen auf Ihrer zwei-Uhr-Position.«

Joe Reynolds, der Pilot des KC-10-Tankers von Shemya, blickte auf Colonel Sands, der im IP-Schleudersitz zwischen ihm und seinem Kopiloten saß.

»Eine neue Stimme«, bemerkte er. »Echter als der kann ein Navigator nicht klingen. Ich denke, es war nur ein Überlebender an Bord?«

»Radarkontakt bei siebzig Meilen?« wiederholte Sands. »Vielleicht sind die gar nicht so hilflos, wie sie tun.«

»Machen wir weiter?« fragte Reynolds.

»Das tun wir«, erwiderte Sands. »Eine Stimme an Bord kenne ich.«

»Was hoffen Sie da eigentlich vorzufinden, Sir?« fragte Reynolds seinen Geschwaderkommandeur.

»Weiß ich nicht. Aber um keinen Preis der Welt möchte ich es versäumen.«

»Was sind das für Kerle? Ich habe nicht den Eindruck, als wären sie mächtig in der Bredouille . . .«

Sands schüttelte den Kopf. »Klingt sehr wohl danach, daß sie in Schwierigkeiten sind, wenn auch nicht in solchen, wie sie sie uns erzählt haben. Wir mußten starten, aber wir müssen uns nicht unbedingt mit ihnen treffen.«

»Ja, aber wozu dann —«

»Um das herauszufinden, bin ich ja hier oben, Joe. Um Informationen zu bekommen. Ich würde ein Dutzend Vorschriften übertreten, wenn ich es zuließe, daß dieser Tanker sich mit einem unidentifizierten Flugzeug trifft. Hätten wir uns aber geweigert zu starten, wären sie auf Nimmerwiedersehen verschwunden. Nein, wir fliegen auf sie zu. Wir werden diesen Witzbolden auf die Pelle rücken.«

»Und dann?«

»Und dann lassen wir die Neunzehnte sie nach Shemya eskortieren.«

»Die Abfangjäger? Ja, sind die denn auch hier oben?«

»Wie ich Falls kenne, war dies das erste, was er veranlaßt hat, nachdem wir weg waren.«

»Und was ist mit dem Treibstoff? Ich dachte, sie hätten nur noch für fünfzehn Minuten?«

»Die fünfzehn Minuten sind jetzt gerade vorbei«, erwiderte Sands, indem er auf die Uhr sah. »Hören die sich vielleicht so an, als fielen sie schon ins Wasser? Irgendeiner will uns auf den Arm nehmen, Joe. Aber mit mir macht das keiner. Wir schleppen diese Burschen zu uns nach Hause ab, und dann werden wir sie schon ausquetschen und rausfinden, was zum Donnerwetter hier eigentlich gespielt wird.«

»Innerhalb sechzig Meilen«, meldete McLanahan, der sein Radargerät zurück auf den Such- und Ziel-Modus gestellt hatte.

»Okay«, sagte Elliott. »Bereit, Wendy? Angelina?«

»Fertig«, sagte Angelina.

»Alles bereit, General«, meldete Wendy, »aber ich sehe die anderen noch nicht.«

»Keine Angst, die kommen schon«, beruhigte sie Elliott. »Geben Sie für den Anfang nur ganz wenig. Wenn er dann rüberkommt, schmeißen Sie ihn raus.«

»Mach' ich.«

»Sechzig Meilen«, rief McLanahan ins Mikrofon. Ein Teil seiner Meldung ging in einem hohen Pfeifton unter.

Sands verzog das Gesicht und drehte hastig am Lautstärkeknopf.

»Hallo, Genesis, lautes Pfeifen auf Ihrer Verbindung!« rief Ashley, der Kopilot der KC-10.

»Verstanden.« McLanahans Antwort wurde wieder fast vollständig von dem Pfeifen überlagert. »Ich gehe auf anderen Kanal.« Er wartete eine Weile, dann sagte er: »Wie hören Sie mich jetzt, *Icepack*?«

Das Pfeifen war kaum noch zu ertragen. »Hallo, Genesis, hier *Icepack*. Ihre Radios scheinen nicht in Ordnung zu sein. Haben Sie FM- oder VHF-Möglichkeit?«

»Roger«, antwortete Elliott. »Gehen auf VHF.« Über Bordfunk sagte er: »Okay, Wendy. Schmeißen Sie ihn raus.«

Wendy lächelte und stellte einen Sender-Schalter auf MAX, wobei sie sorgfältig die Frequenzmodulation auf dem Kontrollbildschirm im Auge behielt.

»Hier *Icepack* auf VHF-Luft-Auftank-Frequenz«, sagte Ashley. »Wie kommt es an?«

»Zu hoch, General«, sagte Wendy, die die neue VHF-Frequenz beobachtete. »Niedriger. Mindestens auf eins-zwanzig Megahertz.«

»Hallo, *Icepack*, gehen Sie auf eins-eins-zwei Komma einsfünf«, rief Elliott.

Sands sah Ashley fragend an. Aber dieser war, wie Reynolds, nicht weniger verwirrt als er. Ashley wechselte die Frequenzen.

»Wie ist es jetzt, Genesis?«

»Laut und deutlich, *Icepack*«, sagte Elliott. Und wieder über Bordfunk: »Okay, Wendy, ich habe ihn. Geben Sie's ihm.«

»Aber gerne.«

»Entfernung, Patrick?«

»Noch fünfundfünfzig Meilen, General«, antwortete McLanahan.

»Außerdem habe ich auch Radarkontakt auf zwölf Uhr, achtzig Meilen, schnell nähernd. Sie hatten recht.«

»Na ja, schließlich befolgt er nur die Vorschriften«, sagte Ormack.

»Aber er ist noch immer eine tückische Schlange«, warnte Elliott. »Das war er schon auf der Akademie, und das ist er heute noch. Patrick, ich hab' es.«

»Geben Sie's ihm, General!«

»Hallo, *Icepack*, hier Genesis«, sagte Elliott über die neue VHF-Frequenz.

»Ja, Genesis. Kommen«.

»Der Name ist Elliott, Eddie«, begann der General, während er ins Zwielicht starrte. »Wir sind bei fünfundfünfzig Meilen. Du bist ohne ordentliche Bestätigung gestartet und hast mich in dem Glauben gelassen, daß du keine Absicht zu einem Rendezvousmanöver mit uns hättest. Du willst in die andere Richtung abhauen oder dich hinter uns hängen. Beides aber wäre ein Fehler.«

»Nanu, General Elliott«, sagte Sands grinsend. »Ich dachte mir doch, daß du das bist. Was macht ein großer SAC-Bonze wie du hier am Arsch der Welt?«

»Colonel, du wirst jetzt zu diesem Rendezvous kommen –«

»Oder was, wolltest du sagen, Herr General? Wir werden ziemlich böse auf unsere alten Tage, wie? Also, paß mal auf, *Sir* – wir fliegen jetzt schön gemeinsam zurück nach Shemya, und dort werden wir –«

»Paßt ihr mal schön auf, *Icepack*.«

»Also hör zu, Elliott –«

Aber während sich Sands im KC-10-Tanker in Positur setzte, ließ Wendy vier Ladungen Glasfaserstoppeln von den Tragflächen der Megafestung los. Angelina hängte ihr Luftminen-Radar an diese Wolke von Radarstörmaterial. Und als die Wolke etwa eine Meile hinter dem Bomber war, feuerte sie eine einzelne Luftminen-Rakete hinter ihr her.

Aus dem Cockpit des KC-10-*Extender*-Tankers sah es wie ein gigantisches Feuerwerksbukett aus, als Tausende kleiner Glasfaserstoppeln sich in die Explosion und das Feuer mischten, das die detonierende Rakete auslöste. Die Detonation entzündete die geballte Ladung und das Schrapnell der Rakete. Das Ergebnis war eine glühende Wolke, die sich rasch über den Abendhimmel ausbreitete.

»Abdrehkreis ist zweiundzwanzig, Eddie«, sagte Elliott über Kontaktradio. »Links weg. Andernfalls machen wir euch noch ein bißchen Feuer unterm Hintern.«

»Rufen Sie mit Radio zwei den Kommandoposten«, befahl Sands dem Kopiloten in scharfem Ton. »Die Jäger werden auf drei-elf sein. Die sollen ihre Ärsche hierherbewegen, und zwar ein bißchen plötzlich.« Er starrte auf die sich langsam auflösende Wolke vor ihnen und ballte die Fäuste. »Du kannst mich mal, General«, murmelte er vor sich hin, »das hier ist meine Show.«

Als Ashley die Frequenzen von VHF auf UHF wechselte und den Mikrofonknopf drückte, verschluckte ein ohrenbetäubendes Kreischen seinen Ruf.

»Er versucht auf drei-elf zu gehen«, berichtete Wendy, die ihren Frequenzbildschirm aufmerksam beobachtete.

»Wir blockieren euch auch UHF und VHF«, sagte Elliot zur KC-10 hinüber. »Also, laßt das sein und hört auf, eure Jäger herbeizurufen. Auch IFF zerhacken wir euch, und HF obendrein.«

»Fünfunddreißig Meilen, General«, sagte McLanahan.

»Und noch ein Argument, das dich überzeugen sollte, Eddie«, sagte Elliott. »Soviel ich weiß, habt ihr Burschen jetzt auch Warnsignal-Empfänger. Sieh ihn dir mal an.«

Über Bordfunk wandte er sich an McLanahan. »Hängen Sie sich an ihn ran, Patrick.«

»Ich hab' ihn«, meldete McLanahan nach kurzer Zeit. An Bord der KC-10 waren die Ergebnisse seiner Manipulation dramatisch. Auf dem Warnsignal-Bildschirm war Elliotts Flugzeug als »S« erschienen – für Suchradar. Das Freund-Symbol hatte sich plötzlich in das Feind-Symbol – in Fledermausflügel verwandelt. Wenige Augenblicke später leuchtete das rote Signal RAKETENALARM auf, da der interne Computer des Gefahren-Warngeräts das Dauersignal von dem unbekannten Flugzeug als Raketenverfolgungssignal deutete – als eine Rakete, die abschußbereit war.

»Wir sehen besser zu, daß wir hier wegkommen«, schlug Ashley vor.

»Langsam, Kopilot, langsam«, beschwichtigte ihn Reynolds. »Woher sollen wir denn wissen, wer er wirklich ist?«

»Der Mistkerl blufft nur«, erwiderte Reynolds. »Der ist einer von unseren gottverdammten Freunden und wird nicht schießen. Gehen Sie auf WACHE und rufen Sie unsere Jäger her.«

Sands wartete, bis Reynolds der Besatzung seine Anweisungen gegeben hatte. Die vermuteten Resultate kamen einige Augenblicke später.

»IFF gestört«, meldete Ashley. »Keine Abfrage-Anzeige.«

»Schwere Störungen auf allen Notfrequenzen«, meldete der Flugingenieur.

»Okay, okay«, sagte Sands. »Gehen Sie mit dem Autopiloten zurück in den Rendezvous-Computer. Drehen Sie ab.«

»Aber wir können doch nicht –«

»Wir können sehr wohl. Entweder erlaubt sich hier jemand einen gewaltigen Scherz . . . oder er meint es verdammt ernst. So oder so, wir sind dran«, sagte er und ging in den Sprechkanal.

»Okay, Genesis, ihr habt uns überzeugt – oder sollte ich lieber sagen, General Elliott? Keine Sorge mehr, wir drehen ab. Müssen wir uns diesen Raketenalarm-Brüller während des ganzen Auftankens anhören?«

Elliott lächelte. »Sie können aufhören, Patrick.«

McLanahan verfolgte die Radaranzeige aufmerksam einige Augenblicke lang, ehe er sagte: »Sieht gut aus, General. Normaler Abdrehkurs, korrekte Richtung. Dürfte auf zwei Meilen Abstand von uns gehen.«

»Gut. Gehen Sie zurück ins Weit-Radar und sehen Sie zu, wo diese Jäger stecken.«

McLanahan ging von dreißig auf achtzig Meilen und hatte sofort hell und deutlich eine Anzeige.

»Fünfunddreißig Meilen, General. Rasch nähernd.«

»Genesis hat Sichtkontakt«, sagte Ormack. Er deutete zu den Cockpitfenstern in die zunehmende Dunkelheit hinaus.

»Also, General«, meldete sich Sands wieder, »das letzte, was ich von dir gehört habe, war, daß du in der Fernglas-Einheit in Omaha warst. Da bist du hier aber eine ganze Ecke von

Nebraska weg, Mann, *Sir*!« Er schwieg einen Moment, dann fuhr er fort: »Diese Raketenalarm-Show war ein bißchen kindisch, finde ich, General. Du würdest doch nicht wirklich auf die eigenen Leute schießen, oder? Also, hören wir jetzt auf mit diesem Quatsch –«

»Nicht jetzt, Eddie«, unterbrach ihn Elliott. »Hör zu, ich weiß, daß du ein Codewort hast, mit dem du deine F-15 heimschicken kannst. Wir geben dir deine Jäger-Frequenz wieder, und du sagst ihnen, daß sie nicht gebraucht werden.«

»Du weißt aber auch, General, daß ich ein Codewort habe, auf das hin dich diese Jungs, denen ständig der Finger am Abzug juckt, in Atome zerbröseln.«

Elliott sah Ormack an. »Da hat er recht.«

»Also, genug gespielt. Wenn ich nichts sage – oder wenn du mir weiter die Frequenzen blockierst, ich also nichts sagen *kann* –, kommen diese Jungs jetzt gleich angebraust, nach Blut lechzend und mit Kribbeln im Zeigefinger an den Abzügen für ziemlich echte *Sidewinder*. Es kann vielleicht sogar schon zu spät sein, Sir, nachdem die Luftkommunikation die ganze Zeit über blockiert war. Falls das hier irgendeine Übung sein soll, dann ist sie bereits ganz schön weit gegangen. Aber ich bin nicht dafür verantwortlich. Das bist *du*, mein Lieber. Jetzt und hier. Also, worum geht es?«

»Ich werd' dir was sagen, Eddie –«

»Ja, General? Nur zu. Ich habe genug Sprit – und Feuerkraft.«

»Ich habe mehr als nur ein Codewort, Eddie. Ich habe eine ganze Geschichte. Eine Geschichte von einem gewissen Geschwaderkommandeur bei einer Konferenz in Omaha. Über die Ehefrau eines gewissen Air-Force-Divisionskommandeurs. Eine Geschichte von einem blonden Kind in einer italienischen Familie . . .«

»Hör auf mit diesem Quatsch, Elliott –«

»Mein Auftrag, Sands, ist kein Quatsch. Es mag schon sein, daß ich ihn nicht nach Gebrauchsanweisung ausführe. Ich habe nämlich einen Spezialauftrag. Wir werden jeweils unsere Geschichten erzählen, nachdem wir gelandet sind.« Elliott ging rasch auf Bordfunk. »Patrick, wie weit sind die Jäger noch weg?«

»Fünfundzwanzig Meilen.«

»Ich weiß übrigens auch eine Geschichte«, ließ sich Sands wieder vernehmen, »von einem gewissen jungen Lieutenants-Heißsporn auf den Philippinen. Die würde sicher jeder gerne hören.«

»Vor zwei Wochen, Eddie, aß ich zusammen mit dem Minister zu Abend. Und während du dir hier oben die Eiswürfel aus deinen Unterhosen zupftest, erzählte ich ihm diese Geschichte. Er hat mir dafür einen Martini spendiert. Also, hör jetzt zu, wir haben keine Zeit mehr. Ich will diese Jäger nicht mehr näher haben, als sie schon sind.« Er fragte über Bordfunk: »Frequenz klar?«

»Ja, Sir«, meldete Wendy. »Die Jäger fragen bei ihrem Kommandoposten nach, ob sie Eingreifgenehmigung haben.«

»Du bist dran, Eddie«, forderte Elliott Sands auf.

»Hallo, *Cutlass*-Flug, hier Alpha an Bord *Icepack* eins-null-eins auf Kanal neun.«

»Verstehe Sie laut und deutlich, *Icepack*«, sagte der Führer der aus zwei F-15-*Eagle*-Maschinen bestehenden Staffel. »Wir haben Sichtkontakt mit Ihnen, aber nicht auf unserem Empfänger. Auf allen Frequenzen schwere Störungen. Erlaubnis, auf Ihren Empfänger für ID zu gehen.«

»Negativ«, sagte Sands. »Positive ID bereits erfolgt. Status ist *Red Aurora*. *Red Aurora*. Alpha aus.«

»Patrick?«

»Jäger drehen ab«, meldete McLanahan. »Zurück Richtung Küste.«

»Machen Sie UHF wieder dicht, Wendy«, sagte Elliott. Seinem Befehl folgte unmittelbar ein lautes knackendes Rauschen auf der Welle, auf der er war.

»Das ist nicht nötig, Genesis«, sagte Sands über die VHF-Auftank-Frequenz. »Wir spielen schon mit, verdammt. Aber nicht nur die Jäger, sondern auch mein Kommandoposten wird ziemlich nervös werden, wenn er keinen Kontakt mit uns kriegt.«

»Ich verlasse mich auf dich, Eddie.«

»Ja, ja. Mach ein Fenster auf, und wir geben uns die Hand drauf, *General*.«

Sands legte seinen Kopfhörer ab und ging zum Auftank-schott nach hinten. Dort schnallte er sich auf der langen Bank des Tank-Operators an und starrte aus dem Fenster zu seinen Füßen nach unten.

»Wo ist er?« fragte er.

»Fast zwei Meilen entfernt. Ich kann ihn noch nicht sehen. Und dabei ist es doch noch gar nicht ganz dunkel«, antwortete der Tank-Operator.

»Hallo, Genesis, hier *Icepack*. Entweder seid ihr klein wie eine Fliege oder schwarz wie die Nacht – oder beides. Macht eure Lichter an, wenn ihr nicht wollt, daß wir uns bis morgen früh die Augen nach euch ausschauen.«

»Wer sitzt am Schott, Eddie?« fragte Elliott.

»Nur ich und der ›Tankwart‹.«

»Keine weiteren Zuschauer, Eddie. Hand drauf?«

»Okay, abgemacht«, murmelte Sands über VHF. »Und jetzt wüßte ich allmählich ganz gern, was für eine große dicke Sache das hier eigentlich ist.«

»Lichter nähern sich.«

Die Formationslichter ließen die Größe des unbekannten Treibstoffempfängers erkennen, aber sonst nichts.

»Wir brauchen auch die Rumpflichter, Genesis«, sagte der Tank-Operator. »Ich habe zwar Ihre Außenlichter, aber keine Azimut- oder Höhenreferenzen.«

»Geben Sie sie ihm, John«, sagte Elliott. Er war damit beschäftigt, seinen Sitz nach unten und vorne zu verstellen, um die beste Stellung für das Auftanken zu haben.

»Roger«, bestätigte Ormack. In diesem Moment glitt der *Old Dog* nach rechts weg. Ormack drückte hart aufs linke Ruder und sah Elliott fragend an.

»Sind Sie okay, General?«

»Natürlich. Ich hab's schon wieder im Griff.«

»Wir schmieren nach rechts weg. Stabilisieren Sie sie! Gehen Sie vom rechten Ruder runter!«

Die Maschine kam langsam wieder in Normalposition.

»Übernehmen Sie das Auftanken, John«, sagte Elliott und lockerte seinen harten Griff am Steuer wieder etwas. Sein Kopf lag an der Kopfstütze an der Rückenlehne seines Schleudersitzes, seine Brust hob und senkte sich schwer.

»Aber –«

»Ich hab' nur die Ruder getestet«, sagte Elliott zu ihm. »Ich drückte auf das rechte Ruder und fühlte nichts, und da drückte ich etwas kräftiger. Ich spüre immer noch nichts. Mein rechtes Bein scheint ausgefallen zu sein.«

»Oh, verdammt!« Ormack ergriff das Steuer und stellte die Füße auf die Ruderpedale. »Okay, ich habe übernommen.«

»Sie haben übernommen«, wiederholte Elliott mit einem kurzen Rütteln am Steuer. Ormack tat zur Bestätigung dasselbe. Der General fuhr mit einer Hand an seinem Bein hinunter. Noch vor ein paar Stunden hätte ihm diese Berührung unerträgliche Schmerzen bereitet. Jetzt spürte er überhaupt nichts. Er sah auf seine Finger, wie sie sich in die Muskeln unterhalb des Knies drückten, aber er spürte absolut nichts. Es war ein gespenstisches Gefühl. Als wenn man auf eine Salami drückt, dachte er . . .

Ormack sah angespannt auf die vor ihnen schemenhaft auftauchende KC-10. Ihr Tankschlauch war bereits ausgefahren und wartete.

»General«, sagte Ormack mit fester Stimme, »ich breche diesen Einsatz ab –«

»*Nein!*«

»McLanahan sah das völlig richtig, Sir. Es ist nicht Ihr Bein wert –«

»Tanken Sie dieses Flugzeug auf, Colonel«, sagte Elliott entschlossen im Befehlston. »Wir werden jetzt nicht mehr abbrechen.«

»General, ich habe aber –«

»Ich sagte, tanken Sie den Bomber auf. Zwei Mann haben bereits ihr Leben für diesen Einsatz gelassen.« Er griff nach dem Steuer, rüttelte zornig daran und legte seine behandschuhte Hand wieder auf den Gashebel. »Und wenn ich dieses Flugzeug ohne Ihre Hilfe auftanken muß. Aber es wird gemacht. Verstanden?«

Ormack nickte langsam. »Schön, in Ordnung, General. In Ordnung . . . Ich führe das Flugzeug . . . aber ich brauche einen Piloten, General. Einen hundertprozentig kampfeinsatzfähigen Piloten. Habe ich den?«

»Also gut, John, meine rechte Wade ist nur etwa zu fünfundzwanzig Prozent fit. Aber Ihr Pilot, der zufällig auch der Kommandant des *Old Dog* ist, ist es zu hundert Prozent. Tanken Sie dieses Flugzeug auf!«

Ormack nickte ergeben und kontrollierte seine Luft-Luft-TACAN-Entfernungsanzeige. »Hallo, *Icepack*, Genesis nähert sich auf eine halbe Meile.«

Der Tank-Operator griff nach der Digitalfernsteuerung für seinen Tankschlauch und starrte angestrengt nach unten in die Dunkelheit.

Die Positionslichter an den Flügelenden des mysteriösen Treibstoffempfängers waren nur schwach sichtbar. Auch die anderen Rumpf- und die oberen Positionslichter glommen lediglich schwach durch das Dunkel. Das Licht der Tankstutzen-Luke hüpfte spukhaft hin und her, und er hatte Mühe, daß ihm nicht schwindlig wurde angesichts dieses tanzenden Irrlichts ohne jeglichen Orts- und Horizontbezug. Unter und vor ihnen waren zwar Lichter, aber selbst bei der inzwischen auf eine halbe Meile geschrumpften Entfernung war nichts von einem Flugzeugrumpf auszumachen.

»Hallo, Genesis«, sagte er, »nur damit Sie es wissen, ich sehe zwar Ihre Lichter, aber so gut wie keine vertikalen, horizontalen und Tiefen-Bezugspunkte, um eine sichere Kontaktannäherung durchzuführen.«

»Dafür sehen wir Sie sehr gut«, antwortete ihm Ormack. »Geben Sie Annäherung frei, und wir geben Ihnen Entfernungs-Countdown für Kontakt. Wenn Sie uns dabei nicht sehen können...« Er blickte zu Elliott hinüber.

»Geben Sie frei zu Annäherung«, übernahm dieser. »Lassen Sie die Tankleitung raus. Wir setzen uns direkt unter Sie, und Sie kommen mit ihrer Leitung runter.«

»Roger, Genesis«, sagte der Tank-Operator voller Unbehagen. »Frei für Annäherung, aber vorsichtig.«

»Roger. Wir kommen.«

Sands und der Tank-Operator starrten gespannt nach unten, als das Positionslicht der Tankstutzen-Luke auf sie zukam.

»Einhundert Fuß«, meldete Ormack, als seine eigene Tiefenanzeige endlich einrastete. Zuvor hatte er die Nase des *Old Dog* einfach nach Sicht auf das Tankrohrlicht vor ihnen gerichtet. Jetzt konnte er die Entfernung präziser feststellen.

»Immer noch kein –« Der Tank-Operator brach ab. Einen Augenblick lang spürte er, wie irgend etwas direkt vor seinen Sichtfenstern vorbeischwebte.

»Annäherung stabilisiert«, meldete Ormack.

Operator Mason reagierte völlig ungläubig. »Was?«

Er bekam keine Antwort. Er sah unter sich nichts als ein einziges Positionslicht. Alles übrige war wie vom Luftraum um sie herum verschluckt. Die Annäherungsposition der meisten großen Flugzeuge war sechs Meter nach hinten und etwa drei Meter nach unten – von der Tankschlauchöffnung aus, und das bedeutete weniger als zwanzig Meter Abstand von den Sitzen, in denen er und Colonel Sands saßen. Sie konnten nach unten hinausblicken, direkt am Schein des eigenen schwachen unteren Positionslichts vorbei. Aber da war nichts. In der Tiefe des zunehmenden Zwielichts glaubte Mason Augenblicke lang die Umrisse eines großen Flugzeugs zu erkennen. Aber es konnte ebenso, fand er, nur seine Phantasie sein, die ihm einen Streich spielte.

»Hallo, Genesis, ich schalte jetzt unsere Bauchlichter ein.«

»Wer sitzt in der Tankstation?« fragte Elliott rasch.

»Colonel Sands und Tech-Sergeant Mason«, antwortete der Tank-Operator.

»Okay. Eddie, paß auf, daß keiner sonst reinkommt.«

»Ja, ja, ist schon recht. Ich weiß nicht mal, ob es mir großen Spaß macht, hier zu sitzen.«

»Bauchlichter an«, sagte Ormack und schloß seine Hände fester um das Steuer. Mason griff nach oben und legte einen Schalter um.

Und da war es auf einmal. Die lange, gestreckte Nase unter der Tankstation. In den Bodenfenstern waren gerade noch die Umrisse der Spitzen von elf Raketen auf ihren grauen Trägern sichtbar. Im direkten Schein der Lichter des Tankerflugzeugs war jetzt der vordere Teil des Rumpfes des Flugzeugs unter ihnen erkennbar, aber der Rest, vom Ansatz der Tragflächen nach hinten, blieb auch weiterhin unsichtbar. Durch die Cockpitfenster konnte man kaum die Gestalten von Pilot und Kopilot ausmachen; nur daß sie weder Helme noch Sauerstoffmasken trugen, war erkennbar.

»Was, zum –« Dem Tank-Operator blieben die Worte im Hals stecken.

»Habt ihr ihn, Tanker?« fragte Reynolds über Bordfunk aus dem Cockpit. »Was ist es?«

»Es ist . . . ich glaube, es ist eine . . . B-52«, stammelte Mason.

»Sie glauben? Vielleicht drücken Sie sich etwas präziser aus!«

»Es ist ein gottverdammtes Raumschiff, oder was . . .«

»Bestätigen Sie, *Icepack*«, kam Ormack wieder. »Stabilisierte Annäherung, alles bereit.«

»Elliott«, fragte Sands, »was zum Kuckuck fliegst du da?«

»Erst tanken, Eddie. Für Fragen ist später Zeit.«

»Also, los dann«, rief Sergeant Mason. »Fertig für Kontakt. *Icepack* ist bereit.«

Ormack schob die Megafestung mit Präzision noch ein Stückchen nach vorne. Seine Übung und Erfahrung garantierten eine gleichbleibende Position. Der Operator hatte also nur noch den Tankschlauch einige Fuß weiter auszulegen.

»Genesis zeigt Kontakt«, meldete Mason. Er stellte die Treibstoffpumpen an. »Betankung begonnen, alles einwandfrei.«

»Erhalten Treibstoff«, bestätigte Ormack.

»Also dann, Genesis«, sagte Sands. »Wie wär's jetzt mit ein paar Antworten?«

»Eddie«, erwiderte Elliott, »das willst du doch alles gar nicht wissen.« Er warf einen Blick zu Ormack hinüber und brachte ein Lächeln zustande. Die Megafestung lag derart ruhig und gleichmäßig stabilisiert in der Luft, daß Ormack keinerlei Mühe hatte, sie zentimetergenau am Auftank-Zapfhahn zu halten. Er schien kaum die Kontrollinstrumente berühren zu müssen. »Du willst doch gar nicht wissen, wo wir waren, wohin wir wollen oder was wir tun.«

»Aha. Also wo willst du hin? Da gibt's doch gar keine Frage, General. Du weißt doch sicher auch, daß ich dir nur so viel Sprit geben darf, daß du damit nach Shemya oder einem anderen passenden Flugplatz kommst. Volltanken kann ich dich nicht.«

»Das mußt du aber, Colonel. Wir müssen so viel in die Tanks kriegen, wie du nur schaffst.«

»Lieber General, ich habe in den letzten zwanzig Minuten mehr Vorschriften verletzt als in den letzten zwei Jahren zusammen. Und das ist viel, selbst für mich. Ich kann dir einfach nicht so viel –«

»Jetzt hör mal zu, Eddie. Dies hier ist kein Auftanken im Rahmen einer Alarmflugübung. Dies hier ist ein außerplanmäßiges taktisches Auftanken. Wir sollten von Eielson und Fairchild aufgetankt werden, aber die konnten nicht aufsteigen. Und jetzt trifft es eben dich.«

»Du hattest *zwei* bestellte Tanker?« Sands war verblüfft. »Wozu in aller Welt brauchtest du gleich zwei –?« Dann brach er ab. Auch Reynolds und Ashley im Cockpit sahen sich ungläubig an. Sie gelangten alle gleichzeitig zur selben Antwort. Raketen an den Tragflächen dieser seltsamen B-52 . . .

»Elliott«, fragte Sands schließlich, »was, zum Teufel, ist los?«

Keine Antwort.

»Jesus Maria!« Sands rieb sich seine Nasenwurzel und starrte auf den Bomber unter sich.

»Ashley?«

»Anzeige maximaler Fluß, Colonel«, meldete der Kopilot.

»Lassen Sie uns noch genug, daß wir in Anchorage mit zehntausend über Reserveobergrenze landen können«, forderte Sands den Kopiloten auf. »Kann leicht sein, daß wir das benötigen, wenn die Landebedingungen in Sheyma zu schlecht sind. Verdammte Scheiße.«

Während Mason an Bord der KC-10 und Elliott an Bord des *Old Dog* konzentriert bei ihrer Arbeit waren, nickte etwa eine Stunde später Ashley dem Flugingenieur zu, der sich über Bordfunk mit der Tankkabine in Verbindung setzte.

Elliott blickte auf die Anzeigetafeln und kontrollierte die Treibstoff-Instrumente. Ormack hatte die Automatik abgestellt, damit nicht der linke Außentank gefüllt wurde. Es war möglich, daß er etwas abbekommen hatte, als beim Start in »Traumland« der linke Zusatztank abgerissen worden war. Sie mußten deshalb sehr sorgfältig vorgehen.

»Die Instrumente zeigen nichts mehr an«, meldete er zum Tanker hinauf.

»Das war's dann wohl, Genesis«, gab Ashley zurück. »Wir haben selbst noch gerade genügend für den Rückflug nach Shemya.«

Elliott schaute auf die Gesamtanzeige. Es mußte reichen.

»Ich bereite Trennung vor, *Icepack*«, meldete Ormack. Sergeant Mason in der Tankkabine über ihm machte einen kurzen Countdown und zog dann den Tankschlauch aus dem Einfüllstutzen des *Old Dog*. Ormack schloß die Tankstutzen-Luke.

»Sinken auf zwei-sieben-null«, meldete er dann.

»Eddie, ich möchte dir für deine Kooperation danken«, sagte Elliott, während der *Old Dog* unter dem KC-10-Tankflugzeug wegzusinken begann. »Ich versichere dir, ich übernehme die volle Verantwortung für alle Probleme, die du bekommen solltest.«

»Ich nehme dich beim Wort, General«, erwiderte Sands. »Da sind wir doch jetzt so ungefähr quitt, oder?«

»Waren wir doch immer.«

»Na . . . ! Du weißt, daß ich einen Bericht schreiben muß. Das Auftanken, das Frequenzüberlagern, die verschossene Munition. Alles.«

»Selbstverständlich, Eddie. Ich weiß, daß du diesen Bericht auf deine übliche zuverlässige, angemessene und detaillierte Art schreiben wirst.«

»Ist sonst noch etwas, General?« preßte Sands mühsam beherrscht hervor.

»Ja, ein paar Namen, Eddie«, sagte Elliott. »Ein Tanker, ein Jäger, ein großes Flugzeug aus Anchorage, das hier in den letzten zwölf Stunden vorbeigekommen ist.«

»Sicher, warum nicht?« Sands ging auf Bordfunk und fragte den Piloten nach der Kommunikationsliste. Dann ging er zurück auf Radio. »Jetzt ist es auch schon egal. Jetzt kann ich auch gleich den Rekord an Vorschriftenverletzung für einen einzigen ruhmreichen Tag aufstellen.«

»*Bag* war ein KC-10-Jagdflugzeug von Elmendorf nach Nellis«, sagte Ashley, der die Liste mit geheimen Kennungen vor sich hatte. *Crown* – eine AWACS von Eielson nach Sapporo. Und *Lantern* – eine KC-10 von Elmendorf nach Kadena.«

»Ich frage gar nicht erst, wozu du das brauchst«, knurrte Sands. »Können wir jetzt endlich abdrehen? Wie lange ins ferne Niemandsland sollen wir dir eigentlich noch folgen?«

»Frei für Abdrehen, Eddie. Und nochmals vielen Dank.«

»Bis dann . . .« Sands sah, wie der Bomber mit der Dunkelheit verschmolz.

»Genesis klar«, meldete ihm Elliott noch. Dann war Stille. Die Lichter des riesigen Flugzeugs gingen aus, und es war völlig verschwunden.

Der Tank-Operator sah Colonel Sands etwas ratlos an.

»Reynolds, sind wir mit den Frequenzen wieder klar?«

»Negativ«, antwortete der Pilot dem Colonel. »Nach wie vor völlig blockiert und überlagert.«

»Verflucht noch mal, er kann doch nicht SATCOM blockieren!« schimpfte Sands wütend. »Geben Sie einen Bericht direkt an SAC. DRINGEND. Melden Sie die Kennung des Empfängers, Flugrichtung, Tankmenge, alles. Und sobald wir aus seiner Blockierungsreichweite heraus sind, weisen Sie den Kommandoposten an, eine Aufzeichnung des Sprechverkehrs anzufertigen.« Sands starrte zum Fenster der Tankkabine in die tintenschwarze Dunkelheit hinaus. »Und ich werde einen Bericht schreiben, auf meine ›übliche angemessene, zuverlässige Art‹, das schwör' ich dir, du Bastard«, murmelte er. »Und wenn sie dich dann am Spieß rösten, werde ich zuschauen.«

»Na, wie steht's?« fragte Elliott Ormack. Der Kopilot hatte soeben mit McLanahan gesprochen. Sie hatten die Entfernungen koordiniert, die Höhe und die Treibstoffversorgung. Elliott war gerade fünf Minuten unter der Feuerwehr-Sauerstoffmaske gewesen und hatte sich in dieser Zeit die Instrumente im Cockpit angesehen, die die Treibstoffverteilung links und rechts anzeigten.

»Wollen Sie zuerst die gute oder die schlechte Nachricht?« fragte Ormack.

»Lieber die schlechte zuerst.«

»Es fehlen uns an die sechzigtausend Pfund Treibstoff«, sagte Ormack.

Elliott schwieg. Das war eine gewaltige Menge . . .

»Das beinhaltet natürlich die achtzehntausend, die der Tank faßt, der uns abgebrochen ist«, ergänzte Ormack. »Ich habe etwas Sprit in den linken Innentank und die linken Tragflächenaußentanks fließen lassen, als wir beim Auftanken waren. Aber sie haben beide ziemliche Lecks. Fast alles ist raus – an die fünfzehntausend Pfund. Den Rest habe ich in die Haupttanks geschickt, damit wir ihn nicht auch noch verlieren. Am rechten Außentank ist wahrscheinlich ebenfalls ein kleines Leck. Unser automatisches Treibstoff-Überwachungssystem ist solange funktionsfähig, bis der rechte Zusatztank und die Außentanks trocken sind. Deswegen verzieht es uns auch das rechte Ruder so stark. Unser rechter Tragflügel ist einundzwanzig Tonnen schwerer als der linke.«

»Sechzigtausend Pfund zu wenig«, murmelte Elliott. »Treibstoff für zwei Stunden. Schön, und was ist mit der guten Nachricht?« Er blickte Ormack an, der McLanahan zunickte.

»Ich habe mir die aeronautischen Karten angesehen, die wir an Bord haben«, begann McLanahan. »Da gibt es ein paar zivile Luftstraßen von Alaska nach Japan, die ziemlich nahe an der Halbinsel Kamtschatka vorbeiführen.«

»Ja, ja«, sagte Elliott, während Ormack sein Exemplar der Navigationskarte für große Höhen auseinanderfaltete. »Die Russen können ihren Luftraum nicht völlig zumachen, auch nicht in ihrer Luftabwehr-Identifizierungszone. Aber um da reinzugehen, brauchen wir einen offiziellen Flugplan. Wenn wir einfach von irgendwoher auftauchen, haben wir unter Garantie im Nu die Abfangjäger am Hals.«

»Sie werden uns aber nicht sehen«, meinte Wendy Tork.

»Wie sollen sie uns denn übersehen?« fragte Ormack. »Diese Luftstraße ist ganze . . .« er maß mit Hilfe eines Bleistifts nach, ». . . ungefähr hundertzwanzig Meilen von ihrem Radar entfernt.«

»Na und? Hat uns Seattle Center vielleicht gesehen? Das war die gleiche Entfernung. Und ich möchte doch unterstellen, daß das Radar von Seattle ein bißchen besser ist als das sibirische. Unsere Fiberstahlhaut hat ihre Bewährungsprobe bereits bestanden. Los Angeles Center konnte uns ebenfalls nicht sehen, als wir in ›Traumland‹ starteten! Und dabei waren wir dort mitten in deren Luftraum!«

»Schon, aber hier müssen wir schließlich irgendwie über ihre Küste eindringen«, beharrte Ormack. »Wie sollen wir das anstellen?«

»Dave und ich«, meldete sich McLanahan, »haben hier unten ein bißchen am Computer herumgespielt. Wollt ihr wissen, was dabei herauskam? Also, da ist eine Insel vor der Küste von Kamtschatka, ungefähr auf halbem Weg zwischen Kawaschnija im Norden und den Vorbuchten bei Petropawlowsk im Süden.

Sie ist ziemlich groß und hat einen Flugplatz. Wenn ich mich nicht irre, haben sie dort auch eine Horchstation.«

»Beringa«, sagte Dave Luger zur Erläuterung. »Da haben sie einen Kreis herum, der sieht aus wie einfaches Überwachungsradar.« Er widmete sich wieder seiner Arbeit am Computerterminal.

»Diese Insel Beringa«, fuhr McLanahan fort, »liegt genau in einer Radarlücke zwischen dem Flugplatz Ossora bei Kawaschnija und dem von Petropawlowsk. Außerdem ist sie nur ein paar Meilen von der Luftstraße für große Höhen zwischen Anchorage und Japan entfernt. Genau in diese Lücke könnten wir hineinfliegen. Wir könnten uns am Beringa-Radar entlang bewegen – wobei wir immer auf unterer Höhe bleiben. Wenn wir dann in das *High-Altitude*-Radar geraten, sind wir gerade noch siebzehn Minuten von der Küste entfernt. Wir schlüpfen unter dem HA-Radar durch und verstecken uns in den Bergen, in der langen Bergkette, die sich durch ganz Kamtschatka von oben nach unten zieht. Wenn wir dem Beringa-Radar ausweichen, müssen wir nicht weiter herunter als auf fünftausend Fuß, bis wir ins *Low-Altitude*-Radar von Kawaschnija kommen.«

»Und haben Sie auch ausgerechnet, was so ein Plan an Sprit kostet?« fragte Elliott.

»Ja«, antwortete Luger, »es wird knapp. Wir schaffen es niemals zurück bis Eielson, das steht fest. Wir könnten gerade noch über die Beringstraße kommen. Dazu würde es reichen.« Hoffe ich jedenfalls, fügte er im stillen hinzu.

Ormack schaute zu Elliott, der die Schultern hochzog. »Sieht also aus, als müßten wir mit einer von diesen sogenannten ›Alternativen‹ im Eis vorliebnehmen«, sagte er.

»Wir haben aber ein noch größeres Problem«, fuhr Luger fort, der wieder den Computerschirm beobachtete. »Der Computer hat für ganz Kamtschatka keinerlei Höhendaten, außer etwa hundert Meilen rings um Kawaschnija. Mit anderen Worten, fast den ganzen Schleichflug dort hinauf müßten wir entweder in sicherer Höhe machen oder aber mit Sicht-Geländeflug. Und sogar für alte Hasen wie uns wäre das eine ziemlich verwegene Angelegenheit. Wir sind gut, das wissen wir. Aber sind wir so gut, daß wir zwei Stunden lang Sicht-Geländeflug in niedriger Höhe schaffen? Wir müssen schließlich berücksichtigen, daß wir keine genauen Karten haben, kein Geländeprofil, nichts. Wir müßten uns auf dem ganzen Weg auf das Radar verlassen, bis der Computer so weit wäre, daß er übernehmen könnte.«

»Jetzt weiß ich wenigstens«, sagte Elliott, »wozu ich mir gleich zwei Navigatoren halte. Glauben Sie, John, daß Ihnen das alles so schnell eingefallen wäre?«

Ormack schüttelte den Kopf. »Nicht mal mit allen Computern in Japan, General.«

»Eben. Also Leute, wir haben den Sprit, und einen Plan haben wir jetzt auch. Patrick, Dave, wie lange werdet ihr brauchen, euren neuen Flugplan in den Computer zu füttern?«

Als Antwort fuhr der Leitpunkt auf dem Kurs-Bildschirm herum, bis er auf etwa zwanzig Grad links vom gegenwärtigen Kurs zeigte. »Steuerung klar für Schneiden der Luftstraße«, sagte Luger. »Der neue Flugplan ist eingegeben und aktiviert.«

»Sind wir aus dem Luftraum Attu heraus?« fragte Elliott.

McLanahan bestätigte es, nachdem er seine Karte und die augenblickliche Positionsangabe des Navigationssatelliten abgelesen hatte. »Attu liegt etwa hundert Meilen hinter uns. Wir befinden uns in internationalem Luftraum.«

Elliott übergab den Autopiloten an die Navigationscomputer, und der *Old Dog* zog, den neuen Befehlen folgend, nach links weg.

»In etwa einer Stunde werden wir den Höhenradarbereich des Flugplatzes Ossora erreichen«, meldete Luger.

»Gut«, sagte Elliott. Er zwang sich, sich etwas zu entspannen, nur um festzustellen, daß sein Griff um das Steuer noch fester geworden war. »Falls es noch irgendwelche Checks in letzter Minute zu machen gibt, dann dürfte jetzt die beste Gelegenheit dafür sein, Leute. Wenn nicht, versucht etwas zu schlafen.«

Ormack sah zum General hinüber, und die beiden lächelten sich an.

»Na, jedenfalls«, korrigierte sich Elliott, »versucht euch ein wenig zu entspannen.«

Luger kontrollierte Position und Kursanzeigen. »Entspannen, sagt er. Der hat leicht reden. Kaum noch eine Stunde vor dem Niedrigflug, knappe zwei Stunden vor dem Ziel – und zwar ein Ziel irgendwo im gottverdammten Rußland – und er redet von –«

Er warf einen Blick zu McLanahan hinüber. Sein Kollege hatte sich die Arme um seinen Körper geschlungen, sein Kopf lag etwas zur Seite gedreht auf der Kopflehne seines Schleudersitzes. Sein Schnarchen übertönte sogar die acht Turbotriebwerke des *Old Dog*.

»Das gibt es nicht«, sagte Luger, ungläubig den Kopf schüttelnd. »Das gibt's einfach nicht.«

»Zehn Minuten vor Horizontkreuzung.«

McLanahan hatte Lugers letzte Durchsage noch mitgekriegt, bevor er sich wieder in den Bordfunk einschaltete. Er reichte Wendy und Angelina je zwei Dosen Wasser und ein grünes Paket gefriergetrockneter Nahrung. »Steckt euch eine Dose und das Paket in die Innentaschen eurer Jacken.« Er beobachtete, wie beide Frauen ihre Fallschirmgurte öffneten. Sie trugen inzwischen die Schwimmwesten, die aus kleinen grünen Luftkissen auf einem Taillengürtel bestanden. Diesen mußten sie aufschnallen, ehe sie die Reißverschlüsse ihrer Jacken öffnen und Wasser und Nahrung in den Innentaschen verstauen konnten. McLanahan half Angelina, den Fallschirm wieder anzugurten und zog ihr die silbrigen Feuerwehrhandschuhe wieder über, die sie als Flughandschuhe benutzte. Wendy hatte ihr bereits das Oberteil ihrer wärmeisolierten Unterwäsche überlassen, aber Angelina zitterte nach wie vor in der Kälte der oberen Kabine.

»Na, alles bequem?« fragte McLanahan.

Angelina drehte sich zu ihm um. »Sagen Sie mal, was ist

eigentlich los? Bereiten Sie uns etwa schonend darauf vor, daß wir demnächst dieses Zeug in einem schaukelnden Schlauchboot auf dem Nordpazifik essen müssen? Oder was?«

Wendy sah McLanahan an. Ihr war eine solche Idee bisher nicht gekommen.

Er räusperte sich und sagte schnell: »Nein, nein. Aber wenn wir im Niedrigflug sind, schaukelt und ruckelt die Mühle ziemlich stark, und das Zeugs hat die Neigung, in der Gegend herumzurollen.« Das war zwar eine sehr lahme Ausrede, aber Angelina, die Wendys dünn zusammengepreßte Lippen sah, nickte und wandte sich wieder ihrer Ausrüstung zu.

Wendy starrte geistesabwesend auf ihren Warnsignal-Empfänger. »Ich weiß nicht... machen wir uns da nicht was vor... über das, was wir hier vorhaben...?«

»Der Gedanke ist mir auch schon gekommen«, gab McLanahan zu. »Aber bei solchen Dingen gibt es nie eine absolute Sicherheit. Ich glaube... na ja, Sie müssen sich einfach hineinwerfen... denken Sie an Hal Briggs, wie er versucht hat, dort in ›Traumland‹ in letzter Sekunde das Tor für uns zu öffnen. Ich möchte wissen, ob er okay ist...«

General Elliott meldete sich über Bordfunk. »Patrick, schnallen Sie sich an. Wie liegen wir zeitlich, Dave?«

»Zwei Minuten vor Horizontkreuzung«, antwortete Luger.

McLanahan drückte Wendy ermutigend – wie er hoffte – den Arm und wandte sich dann ab, um wieder hinunter an seinen Platz zu klettern.

»Horizontkreuzung«, gab Luger durch und markierte wieder einen Fixpunkt in seiner Höhenkarte. »Zweihundertsiebzig Meilen bis Kawaschnija.«

»Schirm frei«, sagte Wendy leise. Sie mußte noch an McLanahans Worte denken. Ihre Stimme fand erst wieder ihre Festigkeit, als sie sich auf ihre gegenwärtigen Aufgaben konzentrierte. »Wir sind nach wie vor extrem nahe daran, entdeckt zu werden. Aber mit unserer Fiberstahlhaut und unseren Anti-Radargeräten kann es durchaus möglich sein, daß sie uns nicht auf ihren Schirm kriegen, bevor wir uns auf hundert Meilen genähert haben. Vielleicht entdecken sie uns auch überhaupt nicht.«

»Können Sie feststellen, ob und wann sie uns sehen werden?« fragte Elliott.

»Ich werde ihre Signale sehen, wenn sie kommen«, antwortete sie. »Beim Radar von Seattle Center und von dem des Lufttankers und der Jäger, die Colonel Sands uns auf den Hals schickte, habe ich gemerkt, wie stark die Signale tatsächlich sein müssen, damit man ein einigermaßen erkennbares Bild von uns auf den Schirm kriegt. Ich kann Ihnen also sagen, wann sich dieser Punkt nähert. Ich kann außerdem erkennen, ob sie uns gezielt suchen oder sich mit irgendeinem Höhen- oder Raketensuchradar an uns zu hängen versuchen.«

»Und bis jetzt ist nichts dergleichen feststellbar?«

»Gar nichts. Nicht einmal Suchradar. Aber so nahe am Horizont benehmen sich elektrische Schwingungen manchmal recht eigenartig. Sie könnten uns auch schon entdeckt haben, ehe wir überhaupt ihren Horizont erreicht hatten, ohne daß ich es bemerkt habe. Sie können uns eventuell auch erst sehen, wenn wir schon ziemlich hoch über ihrem Horizont sind. Das ist schwer vorherzusagen. Radar wird von der Ionosphäre zuweilen recht merkwürdig reflektiert. Wie ich schon sagte, es kann durchaus sein, daß sie uns längst gesehen haben.«

Elliott überprüfte die IFF-Kontrollen, um sicher zu sein, daß sie alle abgeschaltet waren. »Hallo, Besatzung, überprüfen Sie alle noch einmal sämtliche Stationen. Es muß sichergestellt sein, daß wir keine Signale aussenden. Radar, Funk, Störfrequenzen, nichts. Gehen Sie alle auf Bordfunk, damit auch nicht versehentlich jemand über Funk spricht.«

McLanahan prüfte seine Bordfunktaste genau, kontrollierte auch, daß die Schalter für die Lichter der Bombenschächte auf AUS standen. Wenn Sie gezwungen wären, die Bombenschächte zu öffnen, könnten die Bombenschachtlichter das Flugzeug leicht verraten.

»Offensiv-Kontrollen«, meldete er.

»Wie weit sind wir von –«

»Suchradar auf zwei Uhr«, rief Wendy plötzlich. McLanahan und Luger waren sofort hellwach.

»Jetzt geht's los«, sagte Luger. Er saß in voller Ausrüstung da, den Reißverschluß der Jacke bis zum Kinn zugezogen, Kragen hochgeschlagen. Schon vor geraumer Zeit hatte er seinen hochklappbaren Arbeitstisch leergeräumt. Nur die High-Altitude-Karte lag noch darauf.

»Ziemlich komisches Gefühl«, meinte McLanahan. »Sie sehen uns jetzt, und da empfindet man doch einen gewaltigen Unterschied.«

»Das kannst du laut sagen«, bestätigte Luger. »Die große Vergnügungsreise ist aus.«

»Zwei Uhr?« erkundigte sich Elliott. »Was ist auf zwei Uhr? Der Fliegerhorst Korf? Oder Anadyr? Oder was? Ossora oder Kawaschnija können es ja wohl noch nicht sein. Es sei denn, wir wären vom Kurs abgekommen. Die müßten doch auf zwölf Uhr sein.«

Wendy beobachtete ihr Frequenzvideo. »Es ist eine andere Frequenz als die von bodenstationiertem Radar. Ist auch stärker als übliches Radar in solcher Entfernung.«

»Könnte es das Laser-Suchradar sein?«

»Nein, nein, das hat eine sehr niedrige Frequenz. Das hier scheint Suchradar aus der Luft zu sein.«

»Aus der Luft?« fragte Ormack überrascht. »Maritime Aufklärung oder irgendeine Patrouille –«

»Oder purer Zufall«, sagte Elliott. »Warten wir ab, was weiter –«

»Er hat uns«, meldete Wendy, die die Augen nicht von den Frequenzkurven ließ und das *Real-Audio* des Radars abhörte. »Wechselt von niedrigem Suchton auf Anhängen. Keine Höhenpeilung oder Umschaltung. Nur einfach ein schneller Erfassungsstrahl.«

»Können Sie eine Frequenz bekommen?« fragte Elliott.

»Nur eine sehr breite. Hoch-UHF. Ich kann nicht feststellen, ob er sie aufnimmt.«

»Ich will mal versuchen, ob ich ihn auf Angriffsradar kriege«, schlug McLanahan vor. »Oder ob ich zumindest verifizieren kann, daß er wirklich aus der Luft kommt.«

»Tun Sie das«, sagte Elliott. »Aber nur ein paar Sekunden lang!«

McLanahan stellte seine Antennenkontrollen so ein, daß sein großes Angriffsradar auf zwei Uhr gerichtet war und auf hundert Meilen Reichweite. Dann ging er auf ÜBERMITTLUNG. Nach drei vollen Umläufen stellte er sein Radar zurück auf BEREITSCHAFT. »Scheint in der Tat in der Luft zu sein. Zwei Uhr, sechzig Meilen. Mit meiner Antennenabweichung von zwei Grad unter Level würde ich seine Höhe auf – dreiunddreißigtausend Fuß schätzen.«

Und dann kam es.

»Unbekanntes Flugzeug, zweihundertundvierzig Kilometer Nordost Ostrov Kommandorskij, antworten Sie.« Es folgte noch eine weitere Aufforderung, die dasselbe auf russisch zu sein schien.

»Der meint uns«, bestätigte Luger. »Etwa hundertvierzig Meilen Nordost Beringa.«

»Klang, als ob er auf unserem Überwachungs-Kanal gewesen ist«, meinte Ormack, der konzentriert den UHF-Notkanal beobachtete. »Antworten wir ihm?«

»Sind Sie wirklich sicher, daß er uns hat, Wendy?« fragte Elliott.

»Er sieht uns, ganz zweifellos, aber ob er an uns dran hängt ... Glaub' ich nicht. Ich habe jedenfalls kein leitstrahlähnliches Suchsignal.«

»Wie weit weg sind wir von der Alaska-Japan-Luftstraße?«

Luger verglich seine Karte mit der Positionsanzeige des Computers. »Nur ein paar Minuten vor –«

»Unbekanntes Flugzeug, antworten Sie bitte. *Pascholsta.*«

General Elliott lächelte. »Bitte! Hört sich wie ein sehr junger Bursche an. Ein sehr höflicher junger Bursche.«

Ormack sah überrascht zu seinem Piloten hinüber. »Ich hatte keine Ahnung, daß Sie Russisch können.«

»Nur ein paar Brocken«, erwiderte Elliott. Er dachte einen

Augenblick nach. »Wenn wir versuchen würden, jetzt auf Niedrighöhe abzutauchen –«

»Es könnte klappen, daß wir ihm entwischen«, meinte Ormack. »Wenn wir's schnell genug anfangen. Dann verliert er uns vielleicht.«

»Mit Radar könnte er uns sicher nicht folgen«, bekräftigte Wendy. »Sein System scheint nicht das allerneueste zu sein. Aber er würde natürlich melden, daß er uns verloren hat. Er ist auch noch mit irgend jemand anderem in Kontakt. Könnte Ossora sein.«

»Oder ein Flügelmann«, gab McLanahan zu bedenken. »Vielleicht sein Geleitschutz.«

»Können Sie ihn stören, Wendy?« fragte Elliott.

»Schon, aber dann könnten wir auch gleich ›hier!‹ schreien.«

»Also gut, dann gehen wir jetzt in die Luftstraße rein und warten ab, was er dann macht, dieser Knabe.« Er drehte das Steuer. Der Bomber zog steil nach links. »Aber wenn er uns auf den Pelz rückt, müssen wir versuchen, ihn – abzuschießen. Keine andere Wahl. Verstanden, Angelina?«

»Ich bin bereit, General«, sagte sie, den Blick auf die Anzeigen für die Waffenbereitschaft gerichtet.

»Bei dem jetzigen Kurs bleiben wir knapp außerhalb des Beringa-Radars«, meldete Luger, während der *Old Dog* sein scharfes Abdrehen beendete.

»Erbitte Erlaubnis für Heck-Radar, um ihn zu finden, General.«

»Noch nicht, Angelina.« Elliott holte tief Atem, zog sich das Mikrofon heran und schaltete auf ÜBERWACHUNG.

»Rufen unbekanntes Flugzeug. Hier *Lantern vier-fünf Fox* auf ÜBERWACHUNGS-Kanal. Geben Sie Ihre Kennung. Ende.«

»*Lantern vier-fünf Fox*, hier ist Besarina zwei-zwei-eins. Ich höre Sie laut und klar.« Danach sagte der sowjetische Pilot wieder etwas auf russisch.

»Besarina zwei-zwei-eins, ich verstehe Sie, aber ich kann nicht Russisch.« Elliott wartete etwas, dann fügte er hinzu:

»*Jia ni gavarju na waschim jizikije karascho*. Wiederholen Sie.«

»*Prastiti*. Tut mir leid, Vier-fünf Fox. Sind Sie amerikanisches Flugzeug?«

»*Da*.«

»*Amerikanskij*«, rief der sowjetische Pilot aufgeregt. Dann meldete er, wieder mehr dienstlich: »Vier-fünf Fox, Sie sind auf Position zwölf Uhr, sieben-sechs Kilometer.« Er machte eine kurze Pause. »Ich ... ich habe noch nie Kontakt mit US-Flugzeug behabt.«

Ormack stieß einen Seufzer der Erleichterung aus. »Da scheinen Sie sich einen Freund gemacht zu haben, General.«

Elliott fragte: »Zwei-zwei-eins, sind Sie sowjetisches Flugzeug?«

»Ja!« kam die begeisterte Antwort. »*Pi Vi Oh Stranji*. Kommando Fernost.«

Elliott übersetzte seiner Besatzung auch dies, wie alles andere Russische. »*PVO Stranji*«, erläuterte er über Bordfunk. »Luftabwehreinheit. Könnte ein ›Bär‹ sein oder eine *Backfire*-Aufklärungsmaschine.«

»Oder ein Abfangjäger«, bemerkte Angelina.

»*Gijda, vi schivjoti* – Entschuldigung, *pascholsta*. Woher kommen Sie, vier-fünf Fox?« fragte der sowjetische Pilot. »New York? Los Angeles? Ich kenne San Francisco.«

»Butte, Montana«, sagte Elliott. Daran sollte er erst mal kauen.

»Mon-tanija? Mein Englisch ist nicht sehr gut. Wir lernen es, aber wir benutzen es wenig. Schwierig.«

Nach einer kurzen Pause kam eine Stimme: »Vier-fünf Fox, nehmen Sie Kontakt auf mit Kommandorskij-Kontrolle auf zwei-sechs-fünf dezimal fünf. Sofort.« Diese neue Stimme war knapp, militärisch und im Befehlston.

»*Da, towarisch*«, sagte Elliott.

»Ich melde ... ich melde Sie auf Kurs, okay, Commander«, sagte der junge russische Pilot leise und fast vertraulich. »Sie korrigieren Kurs zurück. Näherkommen nicht okay. Okay, Commander?«

»*Bolschoja spassiba, towarisch*«, antwortete Elliott. »Vielen Dank.«

»*Pascholsta*. War nett, mit Ihnen englisch zu reden, Montanja.«

»Zwei-sechs-fünf dezimal fünf, Roger«, wiederholte Elliott. Kurz bevor er auf den anderen Kanal ging, fragte er noch: »*Atkudawai?* Woher sind Sie, zwei-zwei-eins?«

»*Jia isch* – äh, von Kevitz«, antwortete der sowjetische Pilot mit hörbarem Lokalpatriotismus. »Nett, mit Ihnen zu sprechen, Montanja. *Dosvidanja, mnjabileotschin prijatna!*«

Ormack schüttelte seinen Kopf, während er auf die andere Radiofrequenz ging. »Ein netter Kerl, oder?«

»Kevitz«, sagte Elliott. »So hieß Kawaschnija früher, ehe sie die Laser-Anlage gebaut haben.«

»Er hat uns eine Pause verschafft«, sagte Luger. »Ich wette, er hat inzwischen unseren Standort berechnet. Er muß uns bemerkt haben, weil wir so weit außerhalb des internationalen Luftkorridors sind.«

»Er verfolgt uns nicht mehr auf Radar«, meldete Wendy.

Elliott ging auf die alte Frequenz zurück.

»Sie melden sich doch nicht wirklich in Kommandorskij, General, oder?« fragte Ormack.

»Wir haben doch keine andere Wahl, John. Wenn ich mich nicht melde, kommt unser freundlicher Bolschewik da draußen zurück und pustet Montanja samt seinen Freunden ein bißchen weg.«

Elliott drückte die Mikrofontaste. »Hallo Kommandorskij-Kontrolle, hier ist Lantern vier-fünf Fox auf Flughöhe vier-fünf-null.«

»Hallo, Lantern vier-fünf Fox, auf Flughöhe vier-fünf-null«, wiederholte der russische Fluglotse in zögerndem Englisch, »nennen Sie Ihren Zielort, bitte.«

»*Sto schisfisjat*, Kurs ist eins-sechs-null, Kontrolle.«

»Roger, vier-fünf Fox. *Spassiba*.« Es trat eine kleine Pause ein, dann kam er wieder: »Ich habe hier keinen Flugplan für Sie, Lantern vier-fünf Fox.«

»Na so was«, flachste Ormack über Bordfunk.

»Wir sind auf einem militärischen Flug von Alaska nach Japan«, sagte Elliott.

»Ich habe keinen Flugplan vorliegen«, wiederholte der Lotse. »Bitte, teilen Sie mit Typ des Fugzeugs, Abflugort, Zielort, bisherige Flugzeit, Treibstoffvorrat in Stunden und Zahl der Personen an Bord, bitte.«

»Nichts da«, sagte Ormack. »Ich habe zwar schon seit Jahren keinen internationalen Flugplan mehr gesehen, aber so viel weiß ich, daß wir einem Sowjet-Lotsen keine Auskünfte dieser Art geben.«

»Ganz richtig«, bestätigte Elliott. »Der Bursche will uns nur Informationen entlocken.« Über Funk gab er durch: »Hallo, Kommandorskij, wir werden Kadena-Überwasserflugkontrolle bitten, Ihnen unseren Flugplan zu übermitteln.«

»Es wird mir eine Freude sein, Sir, diese Information entgegenzunehmen«, sagte der Lotse, ». . . damit wir uns leichter tun.«

Gar nicht so übel, Iwan, dachte Elliott. Laut sagte er: »Vielen Dank, Kommandorskij. Wir benachrichtigen Kaden. Bleiben Sie dran.«

»Bitte sehr«, antwortete der Lotse kühl. »Lantern vier-fünf Fox, geben Sie drei-sieben-sieben-eins durch und identifizieren Sie sich.«

»Scheiße«, sagte Ormack, »jetzt will er uns tatsächlich festlegen.«

»Sieht so aus, als fielen wir in die selbst gegrabene Grube«, sagte Elliott. Er ging auf den vierstelligen IFF-Identifizierungs- und Suchcode, ließ aber den Code für die Flughöhe und die Modi eins, zwei und vier weg. Dann schaltete er IFF ein und drückte den IDENT-Knopf.

»Radar identifiziert, Lantern vier-fünf Fox«, bestätigte der sowjetische Flug-*Controller*. »Aber ich sehe Ihre Höhe nicht. Geben Sie bitte noch einmal Modus C.«

»Erfolgt«, sagte Elliott. Er schaltete den Höhen-Encoder ein.

»Ich lese Ihre Höhe –«

Elliott schaltete ab.

»Höhenanzeige wieder verloren, vier-fünf Fox! Bitte noch einmal.«

Elliott spielte die ganze Vorstellung samt Unterbrechung noch einmal.

»In Ihrem Modus scheint ein Fehler zu sein, vier-fünf Fox«, sagte der *Controller* in Beringa schließlich.

»Roger, wir merken uns das vor, Sir.«

»Ich kann Ihnen die Überquerung des Luftraums Petropawlowsk leider nicht gestatten, solange nicht Ihr voller Code samt Identifizierung vorliegt, vier-fünf Fox. Bitte drehen Sie zwanzig Grad nach links ab, bis Ihre Radarleitstrahlen sowjetischen Luftraum nicht mehr berühren. Bleiben Sie eins-fünf Minuten auf Kurs und nehmen Sie dann eigene Navigation wieder auf. *Otschin zal.* Tut mir leid.«

»Wie weit kommen wir damit von der Luftstraße ab?« fragte Elliott Luger.

»Wir sind schon fast drin. Am Ende wären wir dann an die siebzig, achtzig Meilen westlich davon.«

Elliott drehte den *Old Dog* auf den neuen Kurs.

»Wie lange sind wir noch im Radarbereich von Beringa?«

»Im Augenblick sind wir nur an seinem Rand«, meldete Luger.

»Ihr Radarsignal ist sehr schwach«, sagte Wendy. »Ich kann es nicht garantieren, aber ich glaube nicht, daß sie uns auf einem Hauptstrahl haben.«

»Was bedeutet . . .« begann Ormack.

». . . daß wir bei ihnen verschwinden, wenn wir IFF abschalten«, vollendete Elliott. »Genau wie in Seattle. Patrick, wie weit weg sind wir von unserem nächsten Wendepunkt landeinwärts nach Plan?«

»Auf dem augenblicklichen Kurs kommen wir nie hin.«

Elliott ging mit dem *Old Dog* auf Sichtflug. Der Kurs auf dem Computer wanderte fast fünfzig Grad nach rechts.

»Etwa zwanzig Minuten«, schätzte Elliott, »dann sitzen wir genau zwischen den Radars von Beringa und Petropawlowsk.«

»Und so nahe an der Küste, wie wir an dieser Stelle überhaupt kommen können«, ergänzte McLanahan.

»Ja, aber so lange brauchen die in Beringa sicher nicht, um festzustellen, daß wir keinen Flugplan haben«, meinte Elliott. »Das wird jetzt ziemlich rasch haarig werden. Wendy, sind Sie sicher, daß die uns nicht mehr sehen können?«

»So sicher, wie man sein kann.«

»Können Sie ihr Radar stören, falls man uns entdeckt?«

»Das auf jeden Fall.«

Elliott prüfte seine Fallschirmgurte. »Mit anderen Worten, Leute, wir sind kurz vor dem Anflugspunkt. Wendy, bereiten Sie die Überlagerung des Center-Radar vor. Wir gehen jetzt gleich mit abgestellten Motoren runter. Wenn alle bereit sind, beginnen wir mit dem allmählichen Anflug auf die Lücke im Radarnetz. Sobald Beringa merkt, daß wir vom Kurs abgegangen sind, stellen wir unsere Computer auf Bodenabstandsflug, gehen rasch auf fünftausend Fuß herunter und schwenken mit einer scharfen Kurve in die Lücke ein. Wenn wir dann Kurs landwärts haben, bleiben wir auf fünftausend, bis die Navigatoren uns etwas anderes sagen. Wir stützen uns auf das Kartenradar mit kürzerer Reichweite, um gerade so lange im Überbodenflug unten zu bleiben, bis der Computer in dem Gebiet mit der vorprogrammierten großen Höhe ist. Dann setzen wir ihn ein – genau zu dem Zeitpunkt, wo wir in den Bereich des Radars von Kawaschnija gelangen – wenn wir verfolgt werden, auch schon früher. Noch Fragen? Okay, wieviel Zeit ist noch bis zur Lücke, Luger?«

»Etwa fünfzehn Minuten, General.«

»Hat uns irgendwer auf dem Schirm, Wendy?«

Wendy beobachtete ihren Schirm und kontrollierte die erscheinenden Signale mit der Frequenzübersicht ihrer Checkliste. »Beringa sucht nach uns, soviel ich sehe. Aber zweifellos bekommen sie keinen Hauptstrahl auf uns. Das Signal ist sehr schwach. Luftradar ist keines oben. Aber da ist . . .«

»Was ist da?«

»Da ist wieder ein Suchradar. Kommt nur alle paar Minuten

oder so herauf«, sagte sie verwirrt. »Das ist kein Sowjetradar, auf jeden Fall keines, das ich kenne. Es ist extrem schwach und mit ständigen Unterbrechungen. So als würde es dauernd wahllos an- und ausgeschaltet.«

»Kann es uns sehen?« fragte Elliott. »Oder könnte es uns erfassen, wenn wir auf Niedrigflughöhe wären?«

»Glaube ich nicht. Es kommt nicht lange genug, um es analysieren zu können, aber es ist so unregelmäßig, daß sie uns sicher nicht festnageln könnten, selbst wenn sie uns sähen. Kann sein, daß es nur ein Fischtrawler ist oder ein Frachtschiff mit einem Wetterradar.«

Elliott ließ das Steuer, das er krampfhaft umklammert hielt, etwas locker und versuchte sich zu entspannen. »Tja, wie das aussieht, müssen wir über eine Menge nachdenken.«

Er drückte das Steuer sanft nach rechts und zog die glatte Nase des *Old Dog* genau auf die Küstenlinie der Sowjetunion zu.

»Na, dann los . . .«

U.S.S. LAWRENCE

Der Nachrichtenchef an Bord der *U.S.S. Lawrence* lief zum Radioraum, wo eine kleine Versammlung von Offizieren, Mannschaften und zivilen Technikern sich um eine Reihe Radarschirme drängte.

»Was, zum Teufel, ist los?« fragte Markham, während er seine orangefarbene, pelzgefütterte Jacke auszog.

»Ein amerikanisches Flugzeug, Commander Markham«, meldete Lieutenant J. G. Beech, der leitende *Controller*, aufgeregt. Er schob eine der Hörmuscheln seines Kopfhörers zur Seite, aber nur so weit, daß er trotzdem mitbekam, was auf den Kanälen, die er überwachte, gesprochen wurde. Ein Matrose reichte ihm eine kurze Nachricht. Er las sie rasch und fluchte leise vor sich hin.

»Also, was ist es, verdammt noch mal, Beech?«

»Ein amerikanisches Flugzeug, Commander«, wiederholte Beech. »Wir haben es vor ein paar Minuten auf dem ÜBERWA-CHUNGS-Kanal über UHF eingefangen.« Er schüttelte den Kopf. »Es ist in sowjetischem Luftraum und hat zu einem sowjetischen *Controller* Kontakt.«

»Ein amerikanisches Flugzeug?« Markham nahm Beech den Meldezettel aus der Hand. »*Lantern vier-fünf Fox*«, las er. »*Lantern* ... Das kommt mir bekannt wor.«

»Sollte es auch«, meinte Beech. »Gestern haben wir doch vier Lantern beobachtet, die aus Elmendorf kamen und einige F-4 nach Japan geleiteten. Es waren KC-10 mit internationalem Flugplan. Schon vor Tagen angekündigt. *Lantern* zwei-eins bis zwei-vier.«

»Haben Sie den Flugplan von diesem Burschen?«

»Es gibt keine Lantern vier-fünf Fox, hat nie eine gegeben. Und sie kommt auch nicht aus Elmendorf.«

»Woher denn?«

»Das prüfen wir gerade. Jedenfalls hat der Kerl hier keinen Flugplan. Wir versuchen eine Bestätigung aus Elmendorf zu erhalten, aber bis jetzt haben wir noch nichts.«

»Haben Sie selbst irgendwas rausgekriegt?« fragte Markham. »Was für ein Typ? Irgend etwas?«

»Nichts. Ein sowjetischer *Controller* auf der Insel Beringa hat ihn auch schon auszuquetschen versucht, aber der Bursche hat nichts verraten ... Als erster hat ihn ein PVO-Stranji-Jet aus Petropawlowsk entdeckt und ihn angefunkt. Genau zu dem Zeitpunkt gingen wir auf Radar und suchten ihn ebenfalls. Den PVO-Jet hatten wir die ganze Zeit. Aber den anderen Burschen fanden wir nicht – bis der PVO-Jet seine Reichweite und ein paar andere Daten herausbekommen hatte. Dann konnten wir ihn auch peilen. Er war vierzig Meilen östlich der Luftstraße. Da haben wir uns dann an ihn angehängt. Dieses komische vier-fünf Fox-Flugzeug sah aus, als sei es auf direktem Weg nach Rußland –«

»Wohin?« Markham drehte sich in seinem marineblauen Sitz herum. »Und von wo? Und wir haben ihn vorher nicht gesehen?«

»Der kam von irgendwoher und war plötzlich da. Wir waren zwar nicht eigentlich auf der Suche nach Flugzeugen, aber wir hätten ihn mit Leichtigkeit vor diesem PVO-Stranji-Aufklärer aufspüren können. Ich habe keine Ahnung, wie wir –«

»Wo ist er jetzt?«

»Wir haben den Kontakt zu ihm verloren, und zwar direkt, nachdem er zurück in die Luftstraße ging«, erwiderte Beech. »Offensichtlich geschah das südlich der Kommandorskij-Inseln. Genau da, wo unsere Reichweite endet.

Als wir ihn auf unser Radar bekamen, gab er keinen Laut von sich. Als er dann Kontakt mit Beringa aufnahm, wollten sie sein Piepen über Modus drei haben, doch seine Höhenanzeige in Modus C funktionierte nicht. Daraufhin warfen ihn die in Beringa aus ihrem Luftraum raus und setzten ihn auf einen Leitstrahl in der Umgebung des Luftraums Petropawlowsk.«

»O Gott!« sagte Markham und fuhr sich über die Stirn. »Da scheint jemand etwas ganz Übles vorzuhaben.« Er dachte einen Moment nach. »Kein Modus-Ton? Modus zwei? Vier?« Das waren rein militärische amerikanische Identifizierungscodes.

»Nichts. Nicht mal, nachdem Beringa mit ihm gesprochen hatte.«

»Ein Flugzeug mit militärischer Kennung«, überlegte Markham, »aber nur mit Modus drei – und das abgerufen von einem sowjetischen *Controller* . . .«

»Und er sprach mit ihm auch auf russisch, Sir«, meldete einer der Techniker an einer anderen Instrumententafel.

»Russisch?« wunderte sich Markham. »Was, zum Teufel, hatte er denn zu quasseln?«

»Nur das übliche Blabla. Bitte, vielen Dank – diese Art Sachen. Er fragte den Aufklärerpiloten in der PVO-Stranji, wo er herkäme.«

»Klang der Lantern-Pilot so, als sei er Russe?«

»Nein, klang so, als hätte er früher mal Russisch gesprochen, war aber eindeutig Amerikaner. Sagte sogar, er sei aus Butte, Montana.«

»Und wir haben keinen Kontakt mehr mit dem Burschen?«

»Nur Funkkontakt. Aber er hat schon eine ganze Weile nicht mehr mit Beringa gesprochen, wir konnten also keine verbesserte DF-Peilung mehr vornehmen.« Er deutete hinüber zu einer großen Glastafel, und sie gingen zusammen hinüber.

»Wir sind hier«, erläuterte Beech seinem Boß, indem er auf ein kleines Schiffssymbol deutete, das dort haftete, »hundertfünfzig Meilen West-Nordost der Kommandorskij-Inseln. Die internationale Luftstraße verläuft hier. Wir sitzen fast genau darunter. Hier haben wir das unidentifizierte Flugzeug zuerst ausgemacht, nordwestlich von uns, vierzig Meilen östlich des Luftkorridors, mit Richtung Südost. An dieser Stelle hier kreuzte es die Luftstraße, flog ein paar Minuten weiter, bis Beringa es aus dem Luftraum Petropawlowsk scheuchte, den es nach zwanzig oder dreißig Minuten erreicht hätte. Unsere letzte DF-Peilung erfaßte es südlich der Kommandorskij-Inseln, westlich des Luftkorridors. Aber die Flugkontrolle von Beringa hatte es schon auf einen Leitstrahl auf eins-vier-null gesetzt, der es weit genug aus dem Luftraum Petropawlowsk geführt hätte. Selbst wenn es nach Sapporo oder Tokio gewollt hätte, wäre es darauf keinem so nahe gekommen, daß sich irgend jemand hätte Sorgen machen müssen.«

»Besteht irgendeine Möglichkeit, daß das ein sowjetisches Flugzeug sein könnte?« fragte Markham. »Woher wissen wir denn, daß es ein amerikanisches ist?«

Beech sah verständnislos drein. »Tja, Sir . . . eigentlich nur durch die Kennung.«

»Sie haben doch selbst gesagt, eine Lantern vier-fünf Fox existiert überhaupt nicht!«

»Es ist noch keine Bestätigung aus Elmendorf da«, sagte Beech. »Sie werden natürlich nicht über offenen Funk Informationen über ihre Flugzeuge abgeben. Wir wissen lediglich, daß es für eine Lantern vier-fünf Fox keinen Flugplan gibt. Kann natürlich gestrichen oder zu spät eingereicht worden sein . . . Ist zwar ungewöhnlich, kann aber mal passieren. Und dann . . . nun, er klang einfach echt amerikanisch. Und militärisch obendrein.«

»Das wäre dann das Ende Ihrer aufgeklärten Spekulationen, Beech«, sagte Markham. Er versuchte zu lächeln, aber es gelang ihm nicht ganz. »Und wie paßt das hier in die ganze Geschichte?« Er zeigte auf die projizierte Kursspur des unbekannten Flugzeuges. »Was, zum Teufel, macht er dann da drüben?«

Beech war ein einziges Achselzucken. »Vielleicht hat er sich einfach nur verflogen. Wirklich verflogen. Vielleicht macht er einen Besichtigungsrundflug. Oder fliegt einfach nur spazieren. Was weiß ich. Vielleicht irgendein übergeschnappter Jet-Jockey, der mit einer falschen Kennung in der Gegend herumbolzt und Fangen mit den Russen spielt?«

»Ich glaube, wir überlassen das der CIA oder der Air Force«, sagte Markham. »Sollen die es herausknobeln, dafür sind sie schließlich da.« Er stand auf und streckte sich. »Senden Sie dem Hauptquartier einen Bericht über den Knaben. Schlagen Sie vor, sie sollen ihm eindeutige Identifizierung abverlangen, ehe er in japanischen Luftraum einfliegen darf. Regen Sie an, daß die Marine oder DIA eine Untersuchung einleiten, sobald er gelandet ist.« Er fuhr sich mit den Händen über seinen hervortretenden Bauch. »Ich geh' mal nachsehen, ob die in der Küche sich endlich eine neue Variation von Hamburgern haben einfallen lassen.«

»Lieutenant Beech«, rief plötzlich einer der Funker, »Kanal siebzehn, Sir!«

Beech setzte sich seinen Kopfhörer wieder auf. Nach einer Weile sagte er hastig: »He, Jonesy, schalten Sie's auf die Lautsprecher. Hören Sie sich das an, Sir!«

Der Funker drehte an ein paar Knöpfen, und der Raum wurde von einem häßlichen Rauschen erfüllt. Nach ein paar Sekunden erklang eine Stimme mit russischem Akzent: »Lantern vier-fünf Fox, melden Sie sich.«

»Das ist Beringa«, erklärte Beech.

»Lantern vier-fünf Fox, hier ist Kommandorskij-Anflugkontrolle. Dringend. Sie verletzen sowjetischen Luftraum. Lantern vier-fünf Fox, drehen Sie sofort dreißig Grad nach links ab und identifizieren Sie sich. Wiederholung. Sie sind eins-null-null Kilometer von Kurs ab und verletzen sowjetischen Luftraum. Drehen Sie dreißig Grad links ab, unverzüglich, und identifizieren Sie sich.« Die Warnung wurde anschließend auch auf russisch und in unbeholfenem Chinesisch wiederholt.

»Hundert Kilometer«, sagte Beech. »Was hat der verdammt noch mal vor?«

»Egal was«, meinte Markham, »knietief in der Scheiße sitzt er auf jeden Fall.«

»Lantern vier-fünf Fox, hier ist Kommandorskij-Anflugkontrolle. Ich habe Ihren Kennstrahl verloren. Überprüfen Sie, ob Ihr IFF sich auf NORMAL befindet, und senden Sie Kennungston unverzüglich. Sie verletzen sowjetischen Luftraum. Identifizieren Sie sich unverzüglich.«

»Das wird kritisch«, sagte Markham. »Machen Sie den Bericht ans Hauptquartier der Pazifikflotte mit Vordringlichkeitsstufe eins. Teilen Sie mit, unidentifiziertes Flugzeug, vermutlich amerikanisch, Militär, hat sowjetischen Luftraum verletzt. Geben Sie unsere Position und die letzte gemeldete beziehungsweise geschätzte Position des Flugzeugs durch. Sowjetische Absichten unbekannt. Wir vermuten aber, sie werden eine Suchaktion starten, abfangen und zerstören. Wir haben keinerlei Grund zu der Annahme, daß das unbekannte Flugzeug sich in einer Notlage befindet, aber fügen Sie hinzu, daß es möglicherweise Navigationsprobleme hat. Weitere Einzelheiten folgen. Ich werde den Kapitän sofort unterrichten.«

OLD DOG

»Rufen Sie den nächsten Punkt auf«, sagte Elliott. Seine Arme standen fast waagerecht von seinem Körper ab, so krampfhaft hielt er das Steuer umklammert, um die Kontrolle darüber nicht zu verlieren, während er den *Old Dog* nach unten drückte, direkt auf das Wasser des Nordpazifik zu. Die Nase der Maschine zeigte zwanzig Grad nach rechts. Während der *Old Dog* diese Kurve flog, um sich auf den vom Computer neu berechneten nächsten Fixpunkt einzusteuern, drehte Elliott das große Trimmrad neben seinem rechten Knie nach vorne, um das Hinunterdrücken der Bombernase zu erleichtern; bei der Sinkrate und der damit verbundenen hohen Luftgeschwindigkeit hatte die Megafestung die kaum unterdrückbare Neigung, diesen Sturzflug zu beenden und himmelwärts hinaufzuziehen.

Bei dem Griff nach dem Trimmrad berührte Elliott sein Knie. Vor Stunden hatte er in ihm noch eine Art Kribbeln gespürt – so als sei das Bein eingeschlafen. Jetzt war da überhaupt nichts mehr. Keinerlei Gefühl. Nur im Oberschenkel pochte ein wilder Schmerz. Ein Muskel seiner rechten Gesäßbacke zuckte, ohne daß er Kontrolle darüber hatte. Er sah nach rechts hinüber. Ormack musterte ihn besorgt.

»Schlimm?«

»Passen Sie nur auf Ihre verdammten Instrumente auf, John.«

Ormack nickte wenig überzeugt.

»Halten wir uns aus dem Beringa-Radar heraus, David?«

»Dürfte wohl so sein«, meinte Luger. »Wir fliegen einen Bogen von hundertzwanzig Meilen.« Er kontrollierte den Höhenmesser auf seiner vorderen Instrumententafel. Er rotierte schneller nach unten, als er das Ding sich jemals hatte drehen sehen. Der Navigator fühlte sich in seinem Sitz leicht wie ein Ballon. Karten und Bleistift hatte er in der Luft auffangen und festhalten müssen, damit sie nicht wie in der Schwerelosigkeit des Raums davonschwebten. »Unterschreiten fünfundzwanzigtausend Fuß«, gab er laut durch. Er erinnerte sich an Major Whites Ausstiegstrainer in Ford; wie White sein großes mechanisches Spielzeug auf seinen drei Meter hohen hydraulischen Beinen hatte tanzen lassen. Das hier war kein Spiel mehr. Das war jetzt echt. Und es war eine Menge mehr, als was sich White jemals hätte ausdenken können.

»Unterschreiten zwanzigtausend.«

»Ich wundere mich immer noch«, sagte er, »daß sie so lange brauchten, bis sie uns entdeckt haben. Immerhin waren wir doch schon fast siebzig Meilen vom Kurs, ehe sie uns überhaupt anzurufen begannen.«

»Nähern uns fünfzehntausend«, meldete McLanahan.

»Okay, Leute, alles herhören«, sagte Elliott. »Sie haben von jetzt an die unbeschränkte Erlaubnis für sämtliche Abwehrmaßnahmen. Angelina, Sie haben Genehmigung für den Einsatz der Scorpion-Raketen. Die Scorpion-Schachtklappen unterliegen Ihrer Kompetenz. Halten Sie die Radarausstrahlungen auf ein absolutes Minimum. Wendy, Sie haben unbeschränkte Vollmacht für Frequenz-Überlagerungen. Blockieren Sie jedes Such- oder Verfolgungssignal, das kommt und das Sie für kräftig genug halten, uns sichtbar zu machen. Patrick, Sie übernehmen ab sofort die Jagdflugzeug-Wache. Überlassen Sie die gesamte Navigation Dave, bis er später in den Bergen Unterstützung benötigt. Wenn irgendwelche Jäger ausgemacht werden, die so aussehen, als seien sie auf uns angesetzt, haben Sie die Genehmigung, sich ihrer mit allen Mitteln anzunehmen.«

»Unterschreiten zehntausend, General«, meldete Luger. »Noch fünftausend.«

Elliott begann sachte den Steuerknüppel zurückzuziehen und die Gashebel aus dem Leerlauf in normale Flugleistung zu drücken. Ihr Achterbahn-Absturz begann sich zu verlangsamen. Während Luger die Höhen ansagte, nahm Elliott die Sturzgeschwindigkeit immer weiter zurück, bis der *Old Dog* wieder abgefangen war.

»Radarhöhenmesser steht«, meldete Ormack. Er legte einen Schalter um und überprüfte die Anzeigen noch einmal. »Beide Radarhöhenmesser-Kanäle sind klar.«

Elliot schaltete den Autopiloten ein. Der *Old Dog* blieb wie angenagelt auf exakt fünftausend Fuß Höhe liegen. Ab jetzt arbeitete ein auf die Signale der Radarhöhenmesser reagierender Computer pausenlos daran, daß der *Old Dog* gleichmäßig und exakt auf diesen fünftausend Fuß über Wasser blieb.

»Autopilot in Aktion«, bestätigte Elliot. »Gehen auf viertausend für System-Check.« Er drehte den Stabilisierungsknopf eine Einheit herunter. Der *Old Dog* setzte zu einer sanften Neigung nach unten an und fing sich wieder auf exakt viertausend Fuß über Wasser.

»Gehen zurück auf fünftausend.« Er drehte den Knopf in Uhrzeigerrichtung wieder hinauf. Der riesige Bomber folgte sanft wie ein Lamm und stieg wieder auf fünftausend Fuß.

»Irgendwer auf der Suche nach uns, Wendy?« fragte Elliott.

»Sehr schwache Radarsignale. Viel zu schwach, uns zu entdecken. Nichts vom Radar Petropawlowsk. Allerdings eine Menge UHF- und VHF-Funkverkehr.«

»Aber nichts mehr auf ÜBERWACHUNGS-Frequenz, wetten?« sagte Ormack. »Sie wissen, daß wir das abhören können.«

»Mit anderen Worten, an Hilfe und Rettung denken sie jetzt nicht mehr«, sagte Elliott. »Das Spielchen vom netten höflichen Mann ist vorbei.« Er dachte einen Augenblick nach. »Zeit bis zur Küste, Dave?«

»Zwölf Minuten«, antwortete Luger mit einem Blick auf seine Computeranzeigen.

»Hier unten fühle ich mich wie auf dem Präsentierteller«, sagte Elliott. »Ich habe das Gefühl, jeder sieht uns. Hoffentlich sind wir bald in den Bergen.«

»Lange davor werden wir sicher noch Besuch bekommen«,

meinte Ormack. »Demnächst wird uns von irgendwoher ein Jäger über den Weg brausen, und ein zweiter dürfte drüben auf der Landseite auftauchen.«

»Was meinen Sie, aus welcher Höhe sie kommen werden?« fragte Elliott.

»Wenn Sie die Möglichkeit dazu haben – und daran zweifle ich nicht –, dann werden sie uns von unten und oben in die Zange nehmen. Die niedrige Flughöhe dürfte bei unseren fünftausend Fuß liegen. Vielleicht werden sie auch acht- bis zehntausend Fuß hoch fliegen. Und die von oben werden wohl so in dreißigtausend Fuß herumkurven.«

»Wie sieht es mit unserem Saft aus?«

»Schlechter, als ich dachte«, antwortete Ormack. »Ich habe den Treibstoffverteiler eben zurück auf Automatik gestellt. Das Zeug, das wir mit uns schleppen, frißt den Sprit wie wahnsinnig. Nach meinen Zahlen sind wir fünftausend Pfund unter der korrigierten Treibstoffkurve.«

»Und jedes einzelne ist entscheidend«, sagte Elliott. »Patrick, können wir irgendwelche Fixpunkte von unserer Flugroute streichen und die Ecken ein wenig abrunden?«

»Das ist riskant«, antwortete McLanahan, während er seine Karte studierte. »Wir können natürlich gleich den nächsten Punkt unseres Flugplans ansteuern. Das spart uns fünf Minuten oder so, aber dann müssen wir näher an einer kleinen Stadt an der Küste vorbei, und die wollte ich eigentlich auf mindestens zehn Meilen Abstand passieren. Wenn wir abkürzen, fliegen wir fast über sie hinweg.«

»In großer Höhe wären zehn Minuten Sprit ein Tropfen auf den heißen Stein. Aber hier unten –«, meinte Ormack.

»Gibt es in dieser Stadt Luftabwehr?« fragte Elliott. »Flugplätze in der Umgebung? Marinedocks?«

»Ich weiß nicht.« McLanahan blickte auf seine Karten. »Auf meinen Unterlagen ist nichts dergleichen angegeben.«

»Wir müssen es riskieren«, entschied Elliott. »Je schneller wir über Land sind, um so besser werde ich mich fühlen. Rufen Sie den nächsten Punkt auf, Patrick.«

McLanahan gab in seine Tastatur eine neue Zielnummer ein, verifizierte die Koordinaten an Hand seiner Notizen am Rand seiner Kurskarte und gab sie ebenfalls ein. Der Kursanzeiger wanderte dreißig Grad nach rechts. Die Maschine folgte brav dem neuen Kurs und zog nach rechts weg.

»Land in sechs Minuten«, meldete Luger.

»Alarmbereitschaft für alle«, sagte Elliott. »Alarmbereitschaft . . .«

U.S.S. LAWRENCE

»Die hetzen doch tatsächlich das gesamte russische Luft-Abwehr-Kommando Ost da hinauf«, staunte Beech. Er saß am Kommandopult der Nachrichtenabteilung.

Markham und Captain Jacobs waren auf der Brücke. »Der Idiot hätte sich auch keinen dümmeren Platz diesseits des Kaspischen Meeres aussuchen können, um vom russischen Radar zu verschwinden. Genau und ausgerechnet zwischen Petropawlowsk mit den sieben Atom-U-Booten in den Bunkern im Süden und Kawaschnija im Norden«, sagte Markham.

»Wie hat er das überhaupt geschafft, von ihrem Radar zu verschwinden?« fragte Jacobs. Er besah sich die Grafiken, die Markhams Leute angefertigt hatten. »Ich dachte immer, es heißt, durch die Radarüberwachung der Russen kommt nicht einmal eine Fliege unbemerkt.«

»Wir wissen es auch nicht genau, Captain. Höchstwahrscheinlich ist er abgestürzt oder auf dem Wasser notgelandet. Es sah von Anfang an so aus, als habe er Navigationsprobleme.«

»Wegen Navigationsproblemen wassert doch keiner«, meinte Jacobs. »Und wenn er irgendeinen Notfall hatte, der ihm Navigationsprobleme bereitete oder ihm keine Flugkontrolle mehr ermöglichte, warum hat er dann keinen Hilferuf losgelassen? Die Russen hätten ihm geholfen. Das haben sie schon öfter gemacht, hab' ich selbst gesehen.«

»Ich weiß nicht. Vielleicht ist er in Panik geraten.« Markham stand auf und deutete auf die Karte. »Die Radarüberwachung in dieser Gegend hier«, sagte er, mehr zu sich selbst als zum Kapitän, »ist außerdem tatsächlich recht dünn. Das Radar von Petropawlowsk reicht nicht ganz bis dort nach Norden hinauf. Dafür schließt das Beringa-Radar diese ganze Lücke hier.«

Jacobs setzte zu einer Bemerkung an, wurde aber unterbrochen, weil sich Beech meldete.

»Hallo, Captain, Nachricht von PVO-Stranji, Fernostkommando, Hauptquartier, an alle Einheiten. Klartext, unverschlüsselt.«

»Warum geben sie es nicht gleich auch auf englisch durch?« meinte Jacobs sarkastisch. »Was erzählen sie denn?«

»Sie haben Luftabwehralarm gegeben, für die ganze Zone. Einsatzbefehl für alle Such- und Abfangjäger. Vollständige Schließung des sowjetischen Luftraums.«

»Geben Sie das weiter«, ordnete Markham an. »Vordringlichkeitsstufe eins.«

»Ja, Sir.«

Jacobs besah sich die Karte genauer. Schließlich nahm er sich einen Zirkel, der in einem Regal lag. »Wir benutzen zweihundertfünfzig nautische Meilen für Center-Radar, nicht wahr?«

»Ja«, erwiderte Markham. »Das ist die Standard-Entfernungs-Einstellung. Je nach Höhe ist es auch ein bißchen mehr.«

»Aber um Beringa herum haben Sie keinen großen Kreis liegen«, bemerkte Jacobs, während er die Linien um die Inseln nachmaß, die den russischen Teil der Kette der Aleuten bilden.

»Weil sie dort kein Center-Radar haben.« Markhams Neugier erwachte. »Sie haben Radar von kürzerer Reichweite und für niedrigere Höhen – eben für die Anflugkontrolle.«

Jacobs maß den zweihundertfünfzig Meilen großen Kreis um Petropawlowsk nach. Er berührte den um Beringa kaum.

»Sie überschneiden sich . . .«

»Aber hier ist eine Lücke.« Markham zeigte auf die Karte. »Sie überlappen sich, ja, aber trotzdem ist die Radarüberwachung an dieser Stelle sehr lückenhaft. Wenn man diesem Kreis ausweicht –«

»– ist man außer Reichweite.« Jacobs stach aufgeregt mit der Zirkelspitze in die Karte und blickte Markham an. »Und Petropawlowsk kann einen auch nicht sehen, wenn –«

»– er sehr niedrig fliegt. Unter fünf- oder sechstausend Fuß geht er auf dem Radarschirm im Hintergrund-Wirrwarr unter, selbst über Wasser.«

»Augenblick mal.« Jacobs hielt eine Hand hoch. »Sie sagten, der Bursche war ein Auftanker?«

»Er hatte eine entsprechende Kennung«, erwiderte Markham, wobei er seine Notizen überflog. »Lantern vier-fünf Fox. Stationiert in Elmendorf. Aber er hatte keinen Flugplan, und in Elmendorf gibt es nach Auskunft von dort überhaupt keine vier-fünf Fox.«

»Also ist er auch kein Tanker. Was ist er dann?«

»Vielleicht ein . . . Bomber?« murmelte Markham.

»Das sieht verteufelt so aus, als wußte er genau, wohin er wollte. Ganz genau. Wie wäre ihm sonst bekannt, daß gerade hier diese Lücke im Radar ist?«

Markham nickte. »Aber . . . er hat diesen Aufklärer überrascht.« Jetzt schüttelte er den Kopf. »Ein Aufklärungsflugzeug stöbert ihn auf, er dreht brav ab – und gleich wieder um, ehe die merken, daß er landwärts fliegt –«

»Auf Kawaschnija zu«, ergänzte Jacobs.

»Und ist wieder verschwunden, auf irgendwelchen Schleichwegen.«

»O verdammt«, murmelte Jacobs. »Warum trifft das gerade mich? Und warum gerade jetzt?«

»Keines unserer Kommunikationsmittel auf diesem Schiff ist völlig abhörsicher«, erinnerte Markham den Kapitän, weil er bereits ahnte, was dieser im Sinn hatte. »Wenn wir jetzt Laut geben –«

»Verflucht und zugenäht, warum sagt uns denn kein Mensch, was hier vorgeht? Andererseits ist es ohnehin zu spät. Das ganze Kommando Fernost ist hinter ihm her. Weit kommt er nicht.«

»Also, was machen wir?«

Jacobs schüttelte den Kopf. »Wir tun gar nichts. Wir können überhaupt nichts tun. Wer immer der Bursche ist, das ist ganz allein sein Bier.«

OLD DOG

»Vier Minuten vor Küstenlinie«, gab Dave Luger durch.

Elliott riß sich aus seinen Träumereien los. Er hatte nicht eigentlich geschlafen – er konnte sich nicht einmal daran erinnern, wann er es zuletzt getan hatte. Aber er hatte, seit sie auf Niedrigflughöhe waren, einer Art Tagträumerei nachgehangen. Seine Augen blickten jetzt unverwandt auf die schwachen Lichter der russischen Stadt unter ihnen, auf die sie zuflogen.

Es war nur ein kleines Städtchen; so winzig, daß es nicht einmal einen Namen auf Lugers General-Navigationskarte hatte. Es war nicht mehr als der Schein verstreuter Lichter in der Ferne – nur ganz weniger Lichter. Mit einem kleinen, davon wegführenden Kettchen weiterer Lichter. Vermutlich der Pfad von Häusern der Fischer hinunter zu den Anlegeplätzen der Fischerboote. Oder die Hauptstraße der Stadt, aus ihr hinaus und in sie hinein.

Es war nicht die erste russische Stadt, die er sah. Diese sah anders aus. Unschuldig. Friedlich. Moskau wirkte immer irgendwie bedrohlich. Er war dort zuletzt in den siebziger Jahren gewesen, in der Botschaft, als Berater. Selbst damals, in den ersten Jahren der sogenannten Entspannung, hatte er stets die würgende, erstickende Gegenwart der Hauptstadt verspürt. Aber hier, über dem kalten, rauhen Pionierland Ostsibiriens, schien alles anders zu sein. Schien . . .

Elliott schloß ganz unwillkürlich die Finger fester um den Steuerknüppel. Der Anblick der langen Nase des *Old Dog* erinnerte ihn daran, wo er war und was sie hier taten. Er rückte sich das Mikrofon zurecht.

»Wendy?«

»Nichts, General«, antwortete Wendy, die seine Frage schon nervös vorausgeahnt hatte. »Nur allgemeines, schwaches VHF, ohne gezielte Suche.« Ihre Stimme war knapp und monoton.

»Entfernung zu den Küstenbergen, Dave?«

»Kann ich leider nicht genau sagen, General. Meine allgemeine Karte hier enthält keine Details der Halbinsel Kamtschatka. Ich brauche ein paar Radarrunden, um Berechnungen anstellen zu können.«

Elliott dachte darüber nach. Er konnte nicht warten, bis sie in den sicheren Bergen waren; obwohl . . . »Also gut, meinetwegen«, sagte er schließlich. »Aber höchstens ein paar Sekunden lang, ja?«

»Ich glaube, es ist besser, wenn ich das erledige«, sagte McLanahan und rückte sich sein Angriffsradar zurecht. »Ich kriege achtzig Meilen voll rein.«

»Gut.« Elliott war einverstanden. »Dave, können Sie eine Geländeerkundung machen? So eine kleine topographische Karte?«

Luger faltete sich einen kleinen Sektor seiner Höhenkarte heraus und maß zirka achtzig Meilen im Umkreis als Reichweitendiagramm des Radars aus. Dann lockerte er die Gurte seines

Fallschirms und auch seines Schleudersitzes, damit er sich weiter vorlehnen konnte, um näher an McLanahans Zehn-Inch-Radarschirm heranzukommen.

»Fertig.«

»Also los.« McLanahan beendete die Einstellung seines Geräts und drückte auf einen Knopf. Das Radarbild der Ostküste der Halbinsel Kamtschatka erschien. Das erste Radarbild in einem amerikanischen Bomber, dachte er, der einen Angriff auf eine Einrichtung in der Sowjetunion fliegt. Nicht darüber nachgrübeln, befahl er sich selbst . . . »Sanft ansteigendes Gelände auf den nächsten vierzig Meilen.«

Luger schraffierte hektisch das Geländeprofil, das das Radargerät zeigte, auf seiner Karte. »Navigation einwandfrei – wir sind ungefähr dreißig Meilen vor der Küste, unser Kurs für den Überflug dieser Stadt da sieht gut aus. Werden an die zwei Meilen links daran vorbeiziehen. Hohes Gelände beginnt nach etwa siebenunddreißig Meilen, aber bis jetzt ist niemand über uns. Irgendwas Hohes auf sechzig Meilen, aber nach wie vor keine großen Schatten.«

»Mit anderen Worten«, sagte Ormack, »fünftausend Fuß sind eine sichere Höhe für uns.«

»Hast du alles, was du brauchst, Dave?« fragte McLanahan.

Luger schüttelte den Kopf, während er einige Einzeldaten in seine bruchstückhafte Karte eintrug. »Noch ein paar Sekunden . . .«, murmelte er.

McLanahan nickte und widmete seine Aufmerksamkeit weiter seinem Bildschirm. »Diese Stadt sieht ziemlich groß aus«, sagte er über Bordfunk, nachdem er die Radarprojektion betrachtet hatte. Er stellte die Video- und Empfängerkontrollen nach, um die Überlagerungen von der Bodenabtastung zu beseitigen, und wandte sich dann wieder an seinen Kollegen. »Bist du mit der großen Reichweite fertig, Dave?« Luger nickte. »Ich sehe mir diese Stadt mal in der Dreißig-Meilen-Reichweite an.« Die Stadt war nun in gut erkennbaren Details vergrößert sichtbar. »Sieht komisch aus.«

»Beeilen Sie sich«, mahnte Elliott.

»Komisch?« fragte Ormack. »Wie komisch?«

»So komisch wie in schlechten Nachrichten, wirklich schlechten Nachrichten«, antwortere McLanahan. Er starrte noch einige weitere Radarstrahlrunden lang auf die vergrößerte Projektion und schaltete dann schnell ab.

»General, wir müssen abdrehen. Mindestens zwanzig Grad rechts.«

»Warum denn?«

»Schiffe«, erklärte McLanahan. »Ein ganzes Dock voller Mutterschiffe . . .«

»Suchradar auf zwölf Uhr«, rief Wendy plötzlich durch.

Elliott schob die acht Gashebel nach vorne und zog die Megafestung hart nach rechts.

»Geben Sie mir COLA auf dem *Clearance*-Plan«, befahl er.

Ormack griff zur Seite hinüber und drehte den Knopf für *Clearance* bis zum Anschlag. Von jetzt an errechnete der Computer für die Vermeidung von Bodenkontakt die geringstmögliche Höhe für die Megafestung.

Der riesige Bomber tauchte seine Nase in die tintenschwarze Dunkelheit über dem russischen Pazifik, um dann rasch in die normale Lage zurückzukehren, als die programmierte Höhe erreicht war. Nahezu zweihundert Tonnen Gerät und Ladung, Maschinen und Menschen, huschten nun lediglich auf einem einzigen dünnen Radarstrahl aus dem eigenen Bauch des Bombers gerade noch ein paar Dutzend Meter über dem Wasser hin – bei über sechshundert Kilometern Geschwindigkeit pro Stunde.

»Immer noch Suchradar«, meldete Wendy, die sich zu ihrem Monitor vorbeugte. »Starker Sender, aber nur Streu-Modus. Da kommen –« McLanahan kroch ein Schauer die Wirbelsäule empor, noch ehe Wendy ihre Meldung über die neuen Signale beenden konnte.

»– neue Signale«, rief sie. »Enger Suchstrahl . . . Höhensucher . . . Sie haben uns, General. Sie haben uns entdeckt. Signale von Boden-Luft-Raketen . . .!«

Wendy konnte sich nur auf ihren Monitor konzentrieren. Millionen Watt Energie auf spezifizierten Frequenzen und Reichweiten standen ihr zur Verfügung, aber sie starrte ausschließlich auf zwei suchende Wellen entlang einer Linie auf ihrem Warnbildschirm. Ihre Hände lagen flach auf ihren Schenkeln, Handflächen nach unten, obwohl die steilen Neigungswinkel des *Old Dog* in den Kurven sie sonst immer nach den Armlehnen ihres Schleudersitzes greifen ließen.

Die Radiosignale der beiden Radars hypnotisierten sie. Das erste Radar sandte einen kratzigen, piependen Ton aus, fast wie das Jiepen eines Seehundes. Es hatte als Signal mit Pausen begonnen, aber mittlerweile kam es bereits doppelt so rasch – Indien-Band-Suchradar auf engem Sektor, direkt auf sie gerichtet. Das zweite Radar piepte in einer höheren Tonlage. Es verriet einen Golf-Band-Höhenpeiler, der Höhenwerte an einen Leitcomputer für Boden-Luft-Raketen übermittelte.

Das computerkontrollierte Warn-Analyse-Gerät konnte sich offensichtlich nicht entscheiden, was es war. Es wechselte pausenlos zwischen den Anzeigesymbolen »2« und »3«, was strategische Raketen vom Typ SA-2 bzw. SA-3 bedeutete, die üblicherweise für Eindringlinge in großer Höhe bestimmt waren. Einige SA-2-Systeme auf Schiffen oder in entlegenen Stationierungsgegenden waren mit nuklearen Sprengköpfen bestückt. Diese Raketen waren aber kaum gegen Eindringlinge in Niedrighöhe geeignet. Trotzdem war der *Old Dog* mitten in ihrer tödlichen Reichweite.

»Alle Radars auf Bereitschaft«, meldete Luger, der sowohl seine wie McLanahans Geräte noch einmal kontrollierte. Er blinzelte überrascht angesichts des Druckhöhenmessers – der minus sechs Fuß anzeigte. Er verglich das mit dem Radarhöhenmeter auf McLanahans Monitor. Dieser stand unverrückbar auf hundert Fuß. Hundert Fuß! Wenn der COLA-Computer sich nicht selbst korrigierte, würden sie schon bei einer Kurvenneigung von nur zwanzig Grad mit der Flügelspitze ins Wasser eintauchen!

Mit etwas zittriger Hand korrigierte er seinen Druckhöhenmesser, bis dieser hundert Fuß anzeigte. Er konnte fast das Wasser unter sich aufschäumen sehen, über das sie mit sechshundert Fuß in der Sekunde hinwegbrausten. Aber was konnte er schon machen? Er konnte seine Instrumente überwachen und warten, mehr nicht.

»Wendy?«

»Ja?«

»Wendy«, schrie McLanahan über den Bordfunk, »Wendy. Antworten Sie mir . . .«

»Patrick, ich . . .« Sie schloß die Augen und konzentrierte sich auf seine Stimme. Dann öffnete sie die Augen wieder, holte tief Luft und sah voll konzentriert auf ihren Monitor.

»Ständige Verfolgung und Überwachungssignale«, meldete sie. Ihre Stimme war wieder fester geworden. »Wir werden überwacht, aber keine Anzeichen von Beschuß oder Zielanflug.«

Elliott beobachtete die winzige Ansammlung von Lichtern in der Ferne. Plötzlich sah er einen schmalen, scharfen und hellen Lichtstrahl, der aus einem Randbezirk der Stadt aufleuchtete.

»Raketenstart! SA-2!« rief Wendy.

»Ich sehe es!« antwortete Elliott.

»Ich habe den Leitstrahl abgeschaltet.« Wendy stellte sorgfältig die Störfrequenzen ein, so als reguliere sie die Schärfe eines Mikrofons. Dann warf sie einen schnellen Blick nach oben auf die Anzeigeskala ihres Radarhöhenmessers. »Wie sieht es aus?«

»Kommt direkt auf uns zu«, sagte Ormack.

»Drehen Sie hart in seine Bahn, General!« rief Wendy.

»Hinein?? Das wird –«

»Los, tun Sie, was ich sage!« forderte Wendy den General über Bordfunk auf. Der *Old Dog* rollte in eine steile Kurve nach links.

»Ich seh' sie noch . . . warten Sie!« Elliotts Stimme war plötzlich sehr viel entspannter. »Es ist der Schwanz der Rakete. Sie ist weg. Sie ist hinter uns vorbei . . .«

»Ziehen Sie wieder nach rechts. Maximalneigung, voller Einsatzschub.«

Elliott folgte Wendys Anweisung ohne Zögern.

»SA-2-Signal«, meldete sie gleich darauf. Ihre Hände flogen über die Kontrolltafel. »Anti-Radar-Rakete eins programmiert und startbereit.«

Angelina überprüfte ihre Schalter und beobachtete ihre Anzeigetafeln, während eine HARM-Rakete sich im Bombenschacht in die untere Abschußposition drehte. »Fertig.«

Wendy drückte auf den FEUER-Knopf. Die Fiberstahlklappen des Bombenschachts gingen auf, und die erste HARM-Rakete zischte hinaus in den Fahrtwind. Die Abschußtrommel rotierte automatisch die nächste HARM in die Abschußposition.

»HARM sicher auf Zielkurs«, meldete Wendy. »SA-2-Raketenalarm ... HARM immer noch auf Kurs ... Akuter SA-2-Raketenalarm.« Und dann begannen die beiden Warnsignale RAKETENALARM und das der HARM-Zielkursanzeige zu blinken.

»SA-2-Raketenalarm aus«, meldete Wendy, die ihren Atem zurückgewann.

Angelina setzte sich zurück und entspannte ihre verkrampften Muskeln etwas. »Sie sind wieder auf großräumige Suche gegangen«, sagte Wendy mit unverwandtem Blick auf ihren Monitor. »Keine weiteren Raketenverfolgungssignale. Sie haben uns verloren.«

Die Stadt unten verschwand aus dem Blickfeld. Elliott sah die sich entfernenden Lichter, die jetzt fast schon hinter dem so nahe unter ihnen liegenden Horizont verschwanden.

»Guter Schuß, Leute.« Er vermied es, meine Damen zu sagen. An Bord gab es keine Damen. »Rufen Sie den nächsten Punkt auf«, befahl er den Navigatoren. »Ich möchte nicht gern am gleichen Punkt wieder herauskommen. Wenn sie uns suchen, dann holen sie sich unseren Strahl und peilen sich an ihm zu uns entlang.« McLanahan gab Instruktionen in seinen Computer ein, der Bomber führte eine leichte Kurve zurück nach links aus. Nach einigen Minuten meldete Luger das Überfliegen der Küste.

»He, Tork«, rief Ormack, »was, zum Teufel, haben Sie da hinten gemacht?«

Wendy hatte schon darauf gewartet.

»Colonel Ormack«, erwiderte sie, »wenn ich das nächstemal ein Ausweichkommando erteile, dann möchte ich darüber keine Diskussionen mehr führen. Eine SA-2 zischt dreimal schneller heran, als dieses Flugzeug jemals sein könnte. Und bei unserer Nähe bleiben uns da höchstens einige Sekunden, um zu reagieren. Unsere beste Verteidigung ist das visuelle Erkennen. Wenn wir sie erst mal gesehen haben, steigen unsere Chancen, ihr zu entgehen. Wenn Sie sich nicht ganz im klaren über die richtigen Verteidigungsmanöver sind, wäre es besser, sie würden einfach den Mund halten und tun, was man ihnen sagt.«

Ormack verkniff sich eine Erwiderung. Sie hatte ja recht.

»Hallo, Leute, das war nur der erste Test«, sagte Elliott. »Es wird noch eine Menge weiterer geben, bis wir alles hinter uns haben. Dave, wie weit ist es noch bis Kawaschnija?«

Luger sah auf seine Karte. »Ich würde sagen, wir erreichen es in vierzig Minuten, General.«

Vierzig Minuten. Der Gedanke war, als ströme ein feuchter Eishauch durch das unter Überdruck stehende Innere des *Old Dog.*

LAGERAUM DES
WEISSEN HAUSES

»Keine Einleitungen, die Tatsachen!« sagte der Präsident.

»Ja, Sir.« General Curtis war enthusiastisch. Außer ihnen waren nur noch der Stabschef des Präsidenten, Jeff Hampton, und einige Wachtposten der Marines sowie die militärischen Kommunikationstechniker anwesend. Curtis sah so geschniegelt und gebügelt wie immer aus, selbst jetzt zu dieser frühen Morgenstunde und trotz des kurzfristig angesetzten Termins. Der Präsident bildete einen scharfen Kontrast zu ihm. Er hatte nur einen Trainingsanzug übergezogen, nachdem er benachrichtigt worden war, und war so in den Lageraum hinuntergelaufen.

Curtis ging rasch zur rückwärtigen Wand.

Endlich will dieser Präsident mal *action* sehen, dachte er. Endlich mal ein Unterschied zu dem Politiker, den er sonst immer kannte. Er ging zu einer Kartenprojektion an der Wand. Sie zeigte Alaska und den größten Teil Asiens. Der Komplex der Laser-Anlage Kawaschnija war durch ein großes Dreieck – das Ziel-Symbol – hervorgehoben. Außerdem gab es verschiedene eingezeichnete Kreise: große um Radarzentren, die sich die gesamte russische Küste und in der Nähe von Städten entlangzogen, kleinere zur Kennzeichnung von Raketenbasen für Boden-Luft-Abwehrraketen.

Ein sehr großer Kreis befand sich über dem Nordpazifik zwischen Hawaii und den Aleuten – die Todeszone des neuen lenkbaren Spiegel-Satelliten der Sowjets im All. Dieser Kreis umfaßte den gesamten Nordpazifik, den Staat Alaska und erhebliche Teile Kanadas.

Die Karte durchzog eine schwarze Linie: die Angriffsflugroute der beiden B-1 Excalibur, die nach wie vor ihre Runden über der Tschuktschensee drehten, neunhundert Kilometer westlich von Alaska. »Der Alarm wurde ausgelöst, weil ein unbekanntes Flugzeug vom sowjetischen Radar verschwunden ist – hier, zweiundzwanzig Kilometer südlich der Kommandorskij-Inseln.«

Der Präsident sah Curtis an. »Elliott? Ist das General Elliotts Flugzeug?«

»Wir wissen nur die Kennung dieses Flugzeugs. Lantern. Lantern vier-fünf Fox –«

»Fox. Das ist doch Elliotts –«

»Ich bin davon überzeugt, Sir. Es sieht tatsächlich so aus, als sei er durchgekommen.«

»Der verdammte Hund«, sagte der Präsident, der nicht so recht wußte, ob er jubeln oder eher besorgt sein sollte. Er war froh, daß der *Old Dog* geschafft hatte, was die B-1 nicht fertiggebracht hatten. Aber immerhin hatte man ihn jetzt auch entdeckt. »Was hat es mit dem Lantern auf sich?«

»Lantern war der gestrige Code des Sechsten Strategischen Geschwaders auf der Air Base Elmendorf in Anchorage«, erläuterte Curtis. »Die Sechste hat mehrere KC-135 und KC-10-Tanker, außerdem RC-135-Aufklärungsflugzeuge.«

»Also doch nicht Elliott?«

»Nun, Sir«, Curtis zögerte, und sein schleppender Kansas-Akzent kam durch, »wir haben die Sechste angerufen. Sie hatten den ganzen Tag über keine Lantern vier-fünf Fox. Kurz zuvor hatten sie einen Jäger-Konvoi, einige Tanker, die F-15 begleiteten. Er flog ziemlich nahe am sowjetischen Luftraum entlang nach Kadena. Aber darunter war keine Maschine mit vier-fünf-Kennung. Wir überprüfen im Augenblick noch einige andere Möglichkeiten. Kommandorskij-Center hatte offenbar keinen Flugplan für Lantern vier-fünf Fox vorliegen. Und es bekam die Auskunft von Lantern, die Global Command Control Kadena werde auf ihre Veranlassung hin ihren militärischen Flugplan übermitteln. Inzwischen hatte Kommandorskij Lantern einen Kennungscode zugeteilt und ihr erlaubt, ihren Flug südwärts fortzusetzen. Aber ein paar Minuten später warf Kommandorskij Lantern aus seinem Luftraum hinaus, weil die Kennung nicht klar durchkam. Lantern erhielt die Aufforderung, auf einen Kurs zu gehen, der direkt aus dem sowjetischen Luftraum hinausführte. Eine halbe Stunde später rief Kommandorskij Lantern wieder und sagte ihr, sie befände sich siebzig Meilen *innerhalb* sowjetischen Luftraums.«

»*Innerhalb* ihres Luftraums? Wie ging das denn zu?«

»Wir wissen es nicht genau, aber ich beurteile das alles unter der Voraussetzung, daß es sich tatsächlich um Elliott und seine Leute handelt. Ich weiß noch nicht, wie er an den nötigen Treibstoff gekommen ist. Er hatte ja nicht annähernd genug Sprit, um über den ganzen Nordpazifik zu fliegen. Ich müßte jeden Augenblick weitere Einzelheiten erfahren . . . .«

»Jedenfalls ist unser Spiel im Gange – in voller Realität.« Der Präsident blickte Curtis an. »Ihr Plan scheint funktioniert zu haben, General.«

»Ja, Sir. Als der Alarm für die russische Luftabwehr gegeben wurde, banden die beiden B-1 drei Viertel aller sowjetischen Jäger in der dortigen Gegend. Das Nachrichten-Schiff *Lawrence* hat keinerlei zusätzliche Jäger-Aktivität weiter südlich gemeldet. Wenn es Elliott ist – und darauf gehe ich jede Wette ein –, dann hat er ziemlich gute Erfolgschancen.«

Der Präsident überlegte. Dann sagte er: »General, rufen Sie diese B-1 unverzüglich zurück. Wenn die Russen Elliott über Kamtschatka entdecken, schießen sie mit Sicherheit die beiden Excalibur ab.«

»Ja, Sir. So wie ich die Besatzungen kenne, werden sie mit Volldampf zurückfliegen.«

»Dieser verdammte Haudegen hat es also tatsächlich geschafft!« Der Präsident schüttelte den Kopf. Er konnte immer noch nicht recht glauben, was da passiert war. Er wandte sich an Hampton. »Jeff, ich will um acht Uhr den Nationalen Sicherheitsrat hier haben, dazu die Vereinigten Stäbe, den Parlamentspräsidenten, die Mehrheits- und Minderheitsführer beider Häuser des Kongresses und die Vorsitzenden der Militärausschüsse beider Häuser. Sorgen Sie für eine abhörsichere Videophon-Verbindung zu den Regierungschefs aller NATO-

Länder und auch für die Anwesenheit aller verfügbaren NATO-Botschafter. Wer im *Oval Office* keinen Platz mehr findet, soll über abhörsicheres Videophon angeschlossen werden. Er nickte entschlossen. »Ich werde unseren Schlag gegen die Laser-Anlage in Kawaschnija bekanntgeben.« Dann wandte er sich wieder Curtis zu. »General, ich möchte, daß Sie selbst sofort losfliegen und Elliotts Rückkehr leiten.«

Curtis nickte, grüßte seinen Oberbefehlshaber stramm, machte kehrt und verließ mit forschem Schritt den Lagerraum des Weißen Hauses. Seine Augen leuchteten heller als seit Monaten.

OLD DOG

Während der *Old Dog* über die Halbinsel Kamtschatka im äußersten Osten der Sowjetunion hinbrauste, leitete ein elektronisches, nach vorn blickendes Auge seinen Kurs und garantierte, daß die sechs Leute der Besatzung nicht an irgendeinem der zerklüfteten Berge Kamtschatkas zerschellten. Andere Elektronenaugen forschten am Himmel nach elektromagnetischen Signalen, die das Flugzeug aufzuspüren trachteten, und hielten Ausschau nach dem Feind, der seinerseits Ausschau nach ihnen hielt.

Dave Luger kontrollierte das erste Auge – einen Radarstrahl in einem 45-Grad-Kegel zu beiden Seiten der glatten Nase des *Old Dog*. Jedes Hindernis, auf das die Radarenergie traf, erschien sofort auf Lugers Kontrollschirm.

Die anderen Augen – die Sensoren und Antennen des elektronischen Systems der Abwehrmaßnahmen – waren fast alle computergesteuert. Die Computer analysierten sekunden-schnell jedes Signal, identifizierten es, bestimmten seinen Ge-fahrengrad und störten oder blockierten es je nach Notwendig-keit.

Luger mußte die Radarstellung konstant nachregeln, den Schirm nach kleinen Berggipfeln oder -kämmen absuchen, jederzeit imstande sein, ihre Umgebung zu beurteilen.

Er unterdrückte ein Gähnen und drehte sich eine Luftdüse ins Gesicht. Die letzten dreißig Minuten war er pausenlos vorgebeugt dagesessen, mit starrem Blick auf seinen Radar-schirm. Der Fallschirm, den er umgeschnallt hatte, drückte, als trete ihm jemand mit den Stiefeln in die Nieren, aber er wollte es nicht riskieren, den Blick vom Schirm zu lassen, um ihn zurechtzurücken. Er wußte, daß die Piloten oben blind waren. Mehr als einige schroffgezackte Gipfel in der Ferne am grauen sternenhellen Horizont konnten sie nicht erkennen – was sie nur um so nervöser machen mußte.

Ohne den Bodenabstandscomputer hatten sie nur sein Radar für die Berge. War der Schirm frei, konnte er vorsichtiges Absinken dirigieren, bis Geländekonturen erschienen. Dann wies er wieder an hochzusteigen, bis die Konturen verschwun-den waren. Es war wie die Bodenabstandskontrolle in den G- und H-Modellen der B-52 – mit Ausnahme der Tatsache, daß es hier keinen Monitor für die Piloten gab, auf welchem die alles mitverfolgen konnten. Luger war praktisch ihr Auge.

Gerade beobachtete er eine besondere Reflektion auf seinem Schirm. Dieser hatte eine Reichweite von dreißig Meilen, aber irgendwie hatte er diese hohe Gratlinie nicht gesehen, ehe sie bereits ziemlich groß war. Er trat schnell auf den Bordfunkkon-takt unter seinem linken Stiefel.

»Hohes Terrain, dreizehn Meilen, zwölf Uhr.«

Elliott und Ormack richteten sich beide auf. Ormack erhöhte instinktiv die Energiezufuhr, um jeden Moment bereit zu sein, die Nase des *Old Dog* nach oben zu ziehen. »Dreizehn Meilen!« sagte er. »Wieso haben Sie das nicht früher gesehen?«

»Erst steigen, später fragen, Colonel!«

Ormack fletschte die Zähne und zog das Steuer zurück, sobald er einen merklichen Anstieg der Luftgeschwindigkeit verspürte. Er zog den *Old Dog* fünfhundert Fuß höher und ging dann wieder auf Horizontalkurs.

»Gelände klar für dreißig Meilen«, meldete Luger. Ormack schaltete wieder zurück auf den Niedrigflug-Autopiloten, und Elliott überprüfte die Positionen.

»Wiederholung, warum, zum Teufel, haben Sie dieses Gelände nicht früher gesehen, Luger?« fragte Ormack. »Wir sind in der bisher kritischsten Phase dieses Einsatzes, und Sie sitzen da unten und pennen!«

»Das ist doch Unsinn, Colonel!« mischte sich McLanahan ein. »Es gibt ein Dutzend Gründe, warum man Geländeerhebungen nicht erkennen kann, bis sie verhältnismäßig nahe sind, vom Schnee über Nebel bis zu Bäumen. Aber ganz bestimmt liegt es nicht daran, weil hier unten einer pennt. Vielleicht möchten Sie mal ein Weilchen hier runterkommen, Colonel, und selbst diesen Haufen Eisen hier aus dem Dreck raushalten . . . .«

»Schluß jetzt!« befahl Elliott. Er war schweigsam gewesen, seit sie der SA-2-Rakete ausgewichen waren, aber jetzt war er verärgert. Er schoß Ormack einen Blick hinüber. »Verdammt noch mal, jetzt ist doch keine Zeit zum Rumstreiten.« Zu Ormack sagte er: »Was ist los, John? Die Jungs da unten schlafen nicht, das wissen Sie doch ganz genau.«

Ormack rieb sich die Augen. Er starrte hinaus in die tintenschwarze Dunkelheit, in der sie sich befanden. »Tut mir leid. Ich bin einfach auch nur nervös.« Er atmete tief ein und versuchte sich seine steife Schulter zu massieren. »Ich bin jetzt schon am Rande des Durchdrehens seit –«

Er blickte zu Elliott hinüber. Der General war in seinem Sitz nach vorne gesunken, seine Hände hingen schlaff über dem Steuer, sein Kopf baumelte zur Seite.

»General!« Er griff hinüber und schüttelte Elliott an der rechten Schulter. Der General reagierte nicht.

»Pereira! Kommen Sie schnell her!«

Angelina blickte nach vorn und sah Elliott schlaff in seinem Sitz hängen. Sie schnallte hastig ihre Brust- und Beingurte auf.

»Was ist los?« wollte McLanahan wissen.

»Der General. Er ist zusammengeklappt, Pat.« Ormack schaltete den Niedrigflug-Autopiloten ab und zog die Maschine langsam auf fünftausend Fuß hoch. Dann ging er wieder auf Autopilot, löste seine Gurte und beugte sich hinüber, um Elliott zu helfen.

Aber erst, als er ihm so nahe war, daß er dessen Gurte aufschnallen konnte, roch er es – den ekligen Gestank von geronnenem Blut. Dieser atemnehmende Geruch zwang seine Augen nach unten auf Elliotts Bein. Die Uniformhose des Generals war vom Knie abwärts eine einzige Blutverkrustung. Die Stiefel blieben am Boden buchstäblich kleben, als Ormack das Bein anzuheben versuchte. Das Gesicht des Generals war von einer Farbe, die einen, der blaß war, im Vergleich dazu gesund hätte aussehen lassen.

Ormack rief den Namen des Generals und begann erst wieder ruhiger zu atmen, als er Elliotts Augenlider flattern sah.

Angelina kam mit einigen Streifen nach vorne gekrochen, die sie aus den Gurten ihres tragbaren Sauerstoffgeräts geschnitten hatte. »Legen Sie sich zurück«, sagte sie und wandte sich an Ormack. »Wir müssen ihm das Bein abbinden.«

Ormack nickte. »Liegen Sie still, General. Wir heben jetzt ihr Bein an, damit wir das Ding hier um Ihr Knie binden können.«

»Wird kein bißchen weh tun, Angelina«, sagte Elliott und versuchte ein schwaches Lächeln. »Ich spüre schon seit drei Stunden nichts mehr in dem verdammten Bein.«

Ormack und Angelina Pereira hoben vorsichtig das Bein hoch. Angelina schlang die Streifen unterhalb des Knies um das Bein und zog, so fest sie konnte, zu. Als sie mit ihrer Arbeit fertig war, sah Elliotts Bein nur noch halb so dick aus.

»Ich hätte wohl etwas realistischer sein müssen –«

»Sie brauchen sich nicht zu entschuldigen«, tröstete ihn Angelina. »Manchmal ist der Schmerz eben einfach stärker, so sehr man sich auch gegen ihn zu wehren versucht.«

»Sie reden, als hätten Sie darin Erfahrung.«

»Ich bin schließlich kein Teenager mehr, General. Ich weiß, daß es Dinge gibt, gegen die man überhaupt nichts machen kann.«

Sie sahen einander einen Augenblick lang an. Dann kämpfte sich Elliott in seinen Sitz zurück. Als er sich endlich wieder angeschnallt hatte, war er mit seinen Kräften so gut wie am Ende.

Ormack scheuchte Angelina auf ihren Platz zurück und umfaßte mit festem Griff den Steuerknüppel, um den *Old Dog* wieder nach unten zu drücken.

»Dalli, los. Wir werden angegriffen.«

Angelina kroch so rasch sie konnte den schmalen Gang zu ihrem Sitz zurück und schnallte sich an. Wendy beobachtete konzentriert den Monitor. Alle paar Augenblicke warf sie auch einen Blick auf den Empfänger von Angelina, um festzustellen, ob der Computer bereits die neuen Signale eindeutig identifiziert und ihre Position geortet hatte.

Während sich Angelina mit ihrem Kopfhörer-Mikrofon wieder einschaltete, hörte sie Wendys Meldung: »Nur Golf-Band-Suche.«

»Position?«

»Noch keine Uhrenposition.«

»Hohes Gelände, fünfzehn Meilen«, kam Luger dazwischen. »Leicht ansteigen.«

»Gehen Sie fünfzehn Grad rechts«, gab McLanahan Anweisung und beugte sich in seinem Sitz zu Luger hinüber, um auf dessen Bildschirm schauen zu können. »Richtung und Höhe sehen gut aus.«

Ormack zog das Kontrollsteuer in einer Zehn-Grad-Neigung nach rechts.

»Gelände klar auf zwanzig Meilen«, meldete Luger. »Wir können in fünf Meilen auf diese Höhe zurückgehen.«

»Tork?«

»Signalstärke leicht zunehmend, aber langsamer, als ich dachte. Erste Vermutung könnte auf MiG-25 hindeuten oder auf MiG-31 vom Flugplatz Ossora. Sammeln sich wahrscheinlich hinter uns in großer Höhe.«

»Das werden die *Foxbat-E* sein«, meinte Angelina. »Die 31er sind ihre direkten Angriffsjäger. Sie werden die 25er mit den Außenzusatztanks schicken, um uns zu finden – oder uns aus dem Bau zu ziehen –, und dann melden sie unsere Position, und die *Foxhounds* kommen, um uns abzumurksen –«

»Wendy«, unterbrach McLanahan, »können Sie sagen, ob sie uns finden werden?«

»Ich müßte es sehen, wenn sich etwas ändert –« Sie unterbrach sich abrupt und starrte auf ihren großen Monitor. Die Signale begannen sich rasch zu verändern. »*Raketenalarm!* Eines der Signale hat sich eben in den Verfolgungsmodus verändert.«

»Ich dachte, Sie –«

»Sie sind zu weit weg«, sagte Wendy. »Sie können sich noch gar nicht angehängt haben. Ihr Signal ist nicht stark genug.« Sie war etwas verwirrt über die plötzlichen Warnsignale und den Geschwindigkeitsschub nach Ormacks automatischem Griff zum Gashebel. Eilends überprüfte sie noch einmal ihre Empfänger und Anzeigeinstrumente. Aber sämtliche Selbsttestläufe waren normal.

»Ich verstehe das nicht . . .« Eine rote RAKETENSTART-Anzeige blinkte auf ihrer Schaltkonsole auf. Gleichzeitig ging im Cockpit das damit verbundene dortige Warnlicht an.

»Raketenstart«, gab Ormack durch. »Alles klar für Ausweichmanöver?«

»Links und rechts je zehn Meilen klar«, rief Luger aus.

»Nun komm schon, Mädchen!« rief Ormack. »Wohin?«

»Das kann nicht sein, sie . . . die bluffen! Warten Sie!«

»Pereira«, schrie Ormack, der die Ruhe verlor, »suchen Sie diese beschissenen Jäger!«

Ehe Wendy antworten konnte, hatte Angelina Pereira ihr Heck-Scorpion-Peilsystem eingeschaltet. Da es keine Azimut-Information aus Wendys Empfänger gab, ließ Angelina den gesamten Halbkreis hinter der Megafestung vom Radarstrahl abtasten.

»Nichts«, meldete sie dann nach mehrmaligem Kreisen des Strahls auf dem Schirm. »Keinerlei Ziel innerhalb dreißig Meilen.«

»Sie bluffen eindeutig«, wiederholte Wendy, die wieder etwas sicherer geworden war. Angelina suchte noch immer ihren viereckigen Radarschirm nach den Jägern ab.

»Die wollten, daß wir unsere Radars einschalten«, sagte Wendy. »Sie konnten uns hier unten nicht finden, also haben sie einen Zielraketenschuß getürkt. Halt!«

»Schalten Sie ab«, forderte McLanahan Angelina auf. »Wenn Sie sie bis jetzt nicht gefunden haben, schalten Sie ab.«

Angelina gehorchte.

»O verdammt . . .« flüsterte Wendy, während sie den Warnmonitor beobachtete. »Zurück auf Suchradar! Signalstärke anwachsend –«

Ein umgedrehtes V als Flugzeugsymbol erschien am unteren Rand ihres Abwehrmaßnahmen-Kontrollschirms, dann ein weiteres. »Zwei Jäger, beide auf sechs Uhr!«

Ormack hatte bereits die Hebel auf vollen Einsatzschub gedrückt. Das Aufröhren der acht Turbotriebwerke war ohrenbetäubend, und es wurde noch durch die Tatsache verstärkt, daß es von den Bergen, die kaum hundert Fuß unter ihnen waren, zurückgeworfen wurde.

»Sie sind noch auf extremer Findungsreichweite«, meldete Wendy. »Können gar nicht auf uns herunterschießen.«

»Scorpion bereit«, meldete Angelina.

»Wann kann der Computer den Autopiloten übernehmen?« fragte Ormack.

»Erst in hundert Meilen«, antwortete McLanahan.

»So weit kommen wir vielleicht gar nicht mehr –«

»VHF-Ausstrahlung«, rief Wendy.

»Gehen Sie dazwischen«, befahl Ormack. »Sie verraten sonst unsere Position.« Aber Wendy war ohnehin längst dabei, ihre Störsender einzupegeln, indem sie deren Frequenz genau auf die Oszillogrammkurven der Radiosignale ausrichtete.

»Engbereichs-Verfolgungssignale«, sagte sie. »Wandern um

uns herum. Sein Computer kann uns nicht finden, da sucht er offenbar manuell herum . . .«

»Hohes Gelände, zwölf Uhr, sieben Meilen«, rief Luger dazwischen.

»Ziemlich tiefe Schluchten auf allen Seiten«, ergänzte McLanahan. »Langsames Steigen genügt.«

Ormack zog das Steuer langsam zurück und brachte die Maschine in einen sanften Aufstieg von zweihundert Fuß pro Minute.

»Gelände bleibt zurück«, meldete Luger. »Fünf Grad links.«

Ormack drückte die Nase leicht nach links.

»Sieht so aus, als hätten wir hinter diesem Bergkamm für die nächsten vierzig Meilen keine Geländeprobleme mehr. Steigen beenden. Wir sind auf einer guten Höhe. Bergüberquerung in zehn Sekunden«, fuhr Luger fort. »Überflug Bergkamm jetzt . . .«

In dem nur schwach erleuchteten Cockpit konnte Ormack gerade die schneebedeckte Gratlinie ausmachen, die sie überflogen. Die Berge fielen schroff in ein wie mit weißem Leinen überzogenes Tal nach unten ab. »Nanu«, sagte er, »das sieht von hier aber ziemlich flach aus.«

Das Echo einer donnernden Explosion drang von draußen in die Maschine. Ormack sah zwei dunkle Streifen vor den glitzernden Sternen. Die Druckwelle traf die Nase des *Old Dog* wie der Schlag einer gewaltigen Riesenfaust.

»Das war ein Beinahe-Rendezvous«, stieß Ormack hervor und drückte die Nase des *Old Dog* in Richtung der schneebedeckten Ebene unter ihnen, wobei er sorgfältig den Radarhöhenmesser und die Cockpitfenster im Auge behielt. Auf zweihundert Fuß über Grund brachte er das Flugzeug wieder in die Horizontale. »Bodenabstands-Autopilot wieder in Betrieb, gekoppelt an Radar-Höhenmesser. Einstellung auf zweihundert Fuß.«

»Freies Gelände auf dreißig Meilen.«

»Die beiden Jäger wenden. Infrarotsucher hat einen von ihnen . . . steigt . . . stabilisiert . . .«

Ein großes rotes MLD-Licht – *Missile Launch Detection*, Raketenstartsichtung – blinkte hektisch unter Ormacks Warnanzeigen auf.

»Raketenstartsicherung, Infrarot-Raketenstart«, kam Wendys hastige Meldung. »Abdrehen rechts . . .«

Ormack drückte den *Old Dog* in eine steile Rechtskurve mit einer Neigung, die weit über das zulässige Maximum von dreißig Grad hinausging.

Gleichzeitig mit dem Kommando »Abdrehen« jagte Wendy zwei Hochintensivraketen aus den linken Abschußrohren der Megafestung. Sie wurden hundert Fuß weit aus dem Bomber geschleudert. Langsam sanken sie auf das schneebedeckte Land hinunter und zogen schmale Streifen hinter sich her, während die Megafestung scharf in die andere Richtung abbog.

Die abrupte Heftigkeit dieser Wendung riß Elliott wieder aus seiner Lethargie, doch er hatte genug Geistesgegenwart, auf den Höhenmesser zu blicken, ehe er nach dem Schleudersitzabzug in den beiden Armlehnen griff.

Er las die Triebwerksinstrumente ab und vergewisserte sich, daß das Röhren, das in seinem schmerzenden Kopf dröhnte, von den acht Turbotriebwerken kam. Draußen vor den Cockpitfenstern erblickte er die zwei grellen Licht- und Feuerstreifen, die an den Scheiben vorbeiflogen und unten im Tal explodierten.

»Triebwerk-Instrumente okay, John«, meldete er Ormack, der ihn verblüfft anblickte: Der Mann war kaum noch fähig, den Kopf gerade zu halten, aber er kontrollierte einwandfrei die acht Reihen Instrumente, die auf der vorderen Instrumententafel zusammengedrängt waren.

»Jäger über uns«, meldete Wendy, und ihre Worte wurden von dem Gedonner der Nachbrenner von Turbojets bestätigt, die über dem pechschwarzen Bomber hinwegrauschten. »Sie kehren um und kommen zurück.«

»Und wie«, sagte McLanahan, drückte den Knopf seines Angriffsradars und speiste die Azimuthöhenkontrollen in Wendys Warngerät ein. Die Antenne des Angriffsradars drehte sofort auf den Azimuten des Jägers und begann eine Höhenpeilung über den ganzen Himmel hin.

Die Radarechos des angreifenden Jägers, der nur ein paar Meilen entfernt war, waren so klar und deutlich auf McLanahans Radar wie ein hoher Berg. Er gab »SPUR 1« auf seiner Tastatur ein, und beim Return zentrierte sich ein kleiner kreisförmiger Cursor. Die LED-Azimut- und Höhenanzeigen flackerten, als die Antennen wie wild rotierten, um an dem sich zurückziehenden Jäger zu bleiben.

»Angehängt, Angelina«, rief McLanahan. »Übernehmen Sie.«

Angelina war bereit; sie drückte den Knopf ÜBERGABE auf den Vorwärts-Pylonen der Scorpion-Raketen. In einer fünfundzwanzigstel Sekunde wählte der Schußkontrollcomputer eine Rakete auf dem rechten Pylonen aus, gab ihr Anfangshöhe sowie Azimut- und Entfernungsberechnungen vom Angriffsradar ein und stieß den Luft-Luft-Flugkörper hinaus in den Fahrtluftstrom des Flugzeugs.

Die verbesserten Gyros der Luft-Luft-Rakete mittlerer Reichweite stabilisierten den drei Meter langen Flugkörper im Flugluftstrom, als wäre er ein Sprinter, der sich in den Startblöcken zurechttastet. In den folgenden drei Hundertstelsekunden erfühlte der Sensor an den Rumpföffnungen der Rakete den Flugluftstrom, auf dem sie glitt, und zündete den hundertpfündigen Sprengkopf der Scorpion. Derselbe Sensor stellte an der großen hinteren 30-G-Flosse den richtigen Winkel ein, unternahm einen letzten Rundum-Selbsttest und startete seinen stabilen Propellermotor.

Elliott und Ormack sahen einen blendenden Feuerstrahl ein paar hundert Meter vor dem Old Dog herfliegen und dann plötzlich seine Richtung nach oben über ihre Köpfe hinweg ändern. Einen Augenblick später explodierte direkt hinter Elliotts Fenster ein riesiger Feuerball, der die obere Besatzungskanzel des Old Dog mit rotgelbem Schein erleuchtete.

»Treffer«, sagte Elliott und hielt sich schützend eine Hand über die Augen.

»Ich habe den zweiten niedrig fliegenden Jäger«, sagte Angelina und bestätigte die Anzeige des Schußkontrollcomputers, der sein Ziel schon anvisiert hatte. Sie drückte die Sicherheitshebel der Stinger-Luftminenraketen nach unten und schoß zweimal.

»Zweiter Jäger verlangsamt«, meldete sie gleich darauf. »Bleibt in Höhe unserer linken Schwanzflosse . . . wird langsamer . . . wir haben ihn. Ich glaube, wir haben ihn.«

»Was haben wir ihn?« fragte Wendy.

»Er hat eine Ladung Metallschrott eingesogen.« Angelina beobachtete, wie die Entfernung zwischen ihnen und dem Jagdflugzeug schnell größer wurde.

Der sowjetische Pilot des Abfangjägers *Mikojan-Gurewitsch*-E-266 *»Foxbat-E«* bereitete sich darauf vor, aus seiner Maschine auszusteigen. Er beobachtete die beiden hydraulischen Systeme mit den Warnblinkern für Ausfälle und die zwei Warnleuchten für Triebwerküberdrehungen und war sich im klaren darüber, daß er, obwohl der Lichtblitz schon weit hinter ihm war, durch *irgend etwas* geflogen war . . . er konnte die Einschläge in die Triebwerke hören, wie sie durch die hydraulischen Leitungen stießen und die Kompressorplatten auseinanderrissen. Aber wer es auch immer war, der Eindringling blieb hinter dem hellen Blinken sämtlicher Warnleuchten in seiner Kabine unsichtbar.

Er sah auch noch eine andere Leuchtanzeige – die Zielerfassung seiner beiden K-13-A-Raketen, die sich auf den Eindringling eingepeilt hatten. Sekunden, ehe die Triebwerke seiner Maschine erlahmten, drückte der Pilot mit einer Hand die Startknöpfe seiner sämtlichen noch verbliebenen Raketen, während die andere Hand schon an dem Auslöser seines Schleudersitzes lag.

Ormack prüfte seine Schalter und erkundigte sich bei General Elliott auf der anderen Seite des Cockpits, wie es ihm ging. McLanahan hatte eben sein Angriffsradar wieder auf BEREITSCHAFT umgeschaltet und beugte sich zu Luger hinüber, um ihm bei der Geländeüberwachung zu helfen. Angelina hatte eine schnelle Kontrolle des Halbkreises hinter dem *Old Dog* vorgenommen, ehe auch sie ihr Radar wieder auf BEREIT-SCHAFT schaltete. Wendy richtete sich den verdrehten Fallschirmgurt zurecht und versuchte sich von ihrem ersten wirklichen Flug-Kampfeinsatz geistig ein wenig abzusetzen und zu verschnaufen.

Nur das supergekühlte Auge des Infrarotsuchers auf dem kurzen, gekurvten V-förmigen Heckleitwerk des *Old Dog* hatte keine Zeit, sich zu entspannen. Es verfolgte noch immer die dünner und dünner werdende Wärmefährte des Jägers, der weit hinter ihnen entschwand – als es mit einem Schlag einen sprunghaften Anstieg der Wärmesignale seines Ziels wahrnahm. Die Ursache waren zwei wärmesuchende Raketen, die auf die acht Triebwerke des *Old Dog* von Pratt & Whitney, Typ TF 33, zurasten. Der Hitzeanstieg kletterte rasch über die Wärmesperre Delta-pK hinaus, die vor Monaten von Wendy persönlich einprogrammiert worden war. Bei ihr und bei Ormack blinkten augenblicklich die MLD-Anzeiger auf. Gleichzeitig mit dem Aufleuchten dieser Warnblinker schoß das Täuschungssystem eine Ladung Radarstör-Glasfaserstoppeln einen Phosphorstrahl aus den linken und rechten Ejektoren ab.

Diese automatische Antwort auf einen Angriff mit Infrarot-Raketen wäre erfolgreich gewesen – wenn irgend jemand wirklich die MLD-Warnanzeigen wahrgenommen und eine Ausweichaktion eingeleitet hätte. Der Warnton erklang in allen Kopfhörern im gleichen Augenblick, als die Lichter angingen, aber sowohl Ormack wie Wendy Tork mußten das Ziel auf dem Warnbildschirm im Auge behalten und auf den Angriff warten, um dann den wärmesuchenden Raketen auszuweichen. Als Wendy das blinkende rote Licht der Raketenstartsichtung erblickte, hatten die Atoll-Raketen bereits auf nahezu Mach-2 beschleunigt und die knappe Entfernung zwischen ihnen in der Zeit eines Lidschlags überbrückt.

Dennoch hatte das automatische System noch einen rettenden Effekt. Der Hitzestrom der Abgase, der sich zweihundert

Meter unterhalb des Rumpfes des Bombers hinzog, lenkte die Sensoren der Atoll-Raketen kurzfristig etwas ab. Dann aber, etwas über einen Kilometer entfernt, konnten die Raketen die gewaltigen Hitzebälle hinter den Triebwerken des großen *Old Dog* doch nicht mehr ignorieren.

Eine Rakete folgte zunächst dem unteren Wärmestreifen, wurde dann aber wieder von dem stärkeren der Triebwerke angezogen. Das plötzliche Hin und Her der IR-Detektoren von einem buchstäblich heißen Ziel zum anderen – ein Zeichen dafür, daß der Sucher eine Täuschung erkannt hatte – aktivierte ein Detonationssignal in den Sechzig-Pfund-Sprengköpfen. Die Rakete explodierte – keine zwanzig Meter hinter dem vertikalen Leitwerk-Stabilisator des *Old Dog*. Sie riß die oberen drei Meter des rechten Stabilisator-Leitwerks weg und ließ nur noch einen kurzen Metallstummel an der Stelle übrig, wo eigentlich der Stabilisator sein sollte.

Die zweite Rakete ließ sich ebenfalls von der täuschenden Ablenkungsspur einige kostbare Zentimeter nach links ziehen, wenn es auch nicht genug war, sie direkt vom Kurs abzubringen. Der Antrieb ihres kräftigen Propellermotors, der eben jetzt seine volle Leistung erreicht hatte, genügte, sie noch die Auspuffkammer des Triebwerks eins links außen finden zu lassen, wo sie explodierte. Triebwerk eins war auf der Stelle nur noch ein Haufen zerschmolzenen Metalls. Was von der ohnehin schon beschädigten linken Tragflächenspitze übrig gewesen war, verglühte nun in einem Feuerschauer.

Der *Old Dog*, von einer explodierenden Rakete auf der einen Seite geschüttelt und auf der anderen von einem verglühten Triebwerk weggezogen, schlingerte heftig nach links. Ormack gelang es nur deshalb, den Bomber einige Knoten über dem Absturz-Punkt zu halten, weil alle acht Triebwerke auf Maximum liefen. Er stampfte auf das rechte Ruder und drehte das Kontrollsteuer voll nach rechts. In den Kabinen begann das Licht zu flackern, und die Bordfunkanlage jaulte auf.

»Wir sind getroffen«, meldete Ormack, während er das rechte Ruder niederdrückte, so weit es irgend möglich war.

Langsam, unendlich langsam begann sich der *Old Dog* aus seinem Abrutschen nach links zu fangen. Währenddessen beobachtete Ormack die Warnlichter und Triebwerkinstrumente unablässig. Und doch war es Elliott, der, während Ormack alle Anstrengungen unternahm, die Kontrolle über das Flugzeug wiederzugewinnen, die Veränderung bemerkte.

»Feuer auf Nummer eins«, rief er. Ormack warf einen schnellen Blick auf die Instrumente des Triebwerks, um sich zu vergewissern und drosselte Triebwerk eins.

»Schalten Sie alle unnötigen Leitungen ab, damit wir keinen weiteren Generator verlieren«, forderte Ormack die Besatzung auf. Er kontrollierte die Generatorenschalttafel und bestätigte den Totalverlust von Generator eins. »Alle anderen unter Höchstbelastung, arbeiten aber bis jetzt einwandfrei.«

Elliott richtete sich mühsam und unter Schmerzen auf und beugte sich nach vorne, um aus dem Cockpitfenster blicken zu können.

»Ich kann den Rumpf nicht sehen, auch kein Feuer . . .«

»Das Feuerwarnlicht ist auch ausgegangen«, erklärte Ormack, der nun die Treibstoffsysteme zu prüfen begann. »Ich glaube, wir haben ein Leck im Tank Nummer eins, aber es scheint nicht besonders schlimm zu sein.« Er griff nach einem großen Knopf unten an der mittleren Kontrollkonsole und drehte an ihm. »General, prüfen Sie die Ruderhydraulik. Könnte sein, daß wir damit von jetzt an Probleme haben.«

Elliott kontrollierte die Warnlichter auf seiner linken Instrumententafel. »Alle Lichter aus.«

»Wir haben also auch Ruderprobleme«, stellte Ormack fest. »Ich nehme Triebwerk sieben und acht etwas zurück, um die Stabilisierung zu erleichtern. Nummer zwei muß auf vollem Schub bleiben.«

Er stieg langsam bis auf viertausend Fuß und nahm vorsichtig den Niedrigflug-Autopiloten in Betrieb. Er wartete einige Augenblicke, bis er sicher war, daß der Autopilot die Megafestung auch wirklich gerade und auf Kurs und Höhe hielt, ehe er durchsagte: »Wir haben die Kiste wieder unter Kontrolle.

Pereira, McLanahan, kontrollieren Sie, ob wir mit weiteren Jägern rechnen müssen, bevor wir uns mit der Feststellung der Schäden beschäftigen.«

Angelina und McLanahan suchten mit ihren Radars sorgfältig, aber schnell den ganzen Himmel ab. Beide zusammen konnten nahezu dreitausend Kubikkilometer Luftraum erfassen – und das in nur einigen Sekunden.

»Alles klar«, meldete McLanahan.

»Keine Verfolger«, bestätigte Angelina.

Und auch Wendy meldete: »Schirm ohne Anzeigen. Bis auf einige extrem schwache Signale. Die Energiefluktuation hat einige meiner Blockierer auf BEREITSCHAFT geschaltet, aber in ein paar Minuten werden sie wohl wieder normal arbeiten.«

»Gelände klar auf dreißig Meilen«, meldete Luger.

»In Ordnung.« Ormack lockerte seinen Griff um das Steuer etwas. »Wir sind in Normalflug auf viertausend Fuß. Wir haben Triebwerk eins verloren und einen Generator. Wir können es zwar nicht sehen, aber ich glaube, wir haben auch den Rest der linken Flügelspitze verloren. Tragflächentank eins, der Triebwerk zwei versorgt, weist ein leichtes Leck auf, aber das dürfte nicht weiter dramatisch sein. Irgend etwas ist auch mit dem Ruder passiert. Es ist schwierig, die Kiste gerade zu halten . . .«

Angelina meldete: »Meine Luftminenkontrollen sind ziemlich wackelig. Die Abschußgerätelenkung muß überprüft werden.« Sie aktivierte ihre Stinger-Kontrollen für die Luftminenkanonen und ließ den Selbsttest ihres Systems laufen.

»Das Navigationssystem ging ein paar Sekunden lang auf BEREITSCHAFT«, gab Luger durch, »aber die Batterie verhinderte, daß das Programm abstürzte. Wir laden die Einsatzdaten neu aus der ›Spiel‹-Kassette.«

Nach ein paar Sekunden kam Angelina erneut über Bordfunk: »Colonel Ormack, ich glaube, es hat uns das ganze Leitwerk abgerissen. Mein Infrarotsucher ist tot. Alles ist durcheinander. Von hinten jedenfalls haben wir von jetzt an keinerlei automatische IR-Aufspürung mehr.«

»Kann nicht vielleicht der Warnungsempfänger –?« sagte Luger.

»Der kann Jäger nur aufspüren, wenn sie selbst Radar benutzen«, belehrte ihn Angelina. »Wenn sie sich visuell oder mit Infrarot an uns hängen, können sie uns jederzeit nach Belieben beharken, und wir sehen sie nicht einmal kommen. Sie können uns so nahe auf den Pelz rücken, daß sie uns mit geschlossenen Augen wegpusten können, ohne dabei zielen zu müssen.«

»Und die *Scorpions*?« fragte Ormack. »Was ist mit denen?«

»Flackernde Niedrigdruck-Warnlichter für die Abschußtrommel«, erwiderte Angelina, die eine Reihe von Meßgeräten auf ihrer rechten Instrumentenkonsole überprüfte. »Die Raketen scheinen von diesem letzten Angriff doch etwas abbekommen zu haben.«

»Hohes Terrain, dreißig Meilen«, kam Luger dazwischen.

»Können wir ausweichen?« fragte Ormack.

»Keine Chance. Es ist eine durchgehend querlaufende Bergkette.«

Ormack fluchte vor sich hin und zog den *Old Dog* neuerlich etwas himmelwärts. Sie waren fast schon wieder auf ihrer vorprogrammierten Sicherheitshöhe von fünftausend Fuß, ehe Luger endlich Geländefreiheit meldete.

»Verflucht und zugenäht«, schimpfte Ormack. »Mehr als viertausend Fuß über Grund!«

»Ja, und dieser Berggrat könnte uns immer noch am Bauch kratzen, wenn wir ihn überfliegen«, ermahnte ihn McLanahan. »Doch jede Sekunde müßte der Bodenabstandscomputer wieder funktionieren –«

»Abfangjäger auf zwölf Uhr«, unterbrach Wendy. »Noch extreme Aufspürentfernung, aber sehr rasch nähernd. Mehrfache Anzeigen.«

»Und wir sitzen hier oben fest«, sagte Ormack. »Kein Ausweg. Pereira, McLanahan, gehen Sie auf große Reichweite. Wir werden uns den Weg hierheraus freiballern müssen.«

Niemand wußte eine Alternative. McLanahan reaktivierte sein Scorpion-Angriffsradar und stellte es sogleich auf fünfzig

Meilen Reichweite ein. Nachdem es an Wendy Torks Warngerät angekoppelt war, zeigte es die sich nähernden Angreifer auch sofort auf dem Schirm.

»Fixiert auf eins«, meldete McLanahan. Gerade als er das erste Ziel ausmachte, hörte er auch schon das *Wusch* einer aus dem Pylon rauschenden Scorpion.

»Fixiert auf einen zweiten –«

»Jäger auf sechs Uhr oben!« rief Angelina, die sofort ihr eigenes Radar anschaltete und den Jäger anpeilte. Einen Moment blickte sie überrascht hoch und griff nach den Abzügen für die Luftminen. »Entfernung sehr schnell abnehmend«, gab sie durch. »Kommt im Sturzflug auf uns runter . . .«

»Radar ausgefallen«, meldete Wendy. »Wir haben auch kein Infrarot mehr, um –«

»Es ist ein IR-Angriff!« rief Angelina. »Hallo, Pilot, rechts weg!!«

Ormack warf den *Old Dog* buchstäblich nach rechts. Der Bomber, dem ohnehin bereits der Schub von Triebwerk eins fehlte, schüttelte sich vor Protest, und das so heftig, daß er gerade noch am Abschmieren vorbeischlitterte. Wendy jagte zwei Raketen aus dem linken Abschußrohr, während Angelina den Angreifer auf ihrem Radar zu lokalisieren versuchte.

»Ich habe ihn, ich habe ihn auf meinem Radar«, rief sie dann, drückte auf den grünen VERFOLGUNG-Knopf und preßte den Abzug der Stinger-Luftminen nach unten.

Aber der angreifende Jäger war im Vorteil. Er flog auf einem Leitstrahl, den ihm seine Kollegen auf der Niedrighöhe – zu welchen er allerdings kurz danach den Kontakt verloren hatte – zu dem Eindringling gelegt hatten, und entdeckte den Bomber dann auch auf seinem Radar früh genug, um ihn mit dem Infrarot-Such- und Verfolgungsradar seiner MiG-25 fixieren zu können. Seine AA-7-Raketen pegelten sich sogleich auf die beiden linken inneren Triebwerke des *Old Dog* ein, und er drückte im selben Augenblick auf den Abschußknopf, in dem er eine kurze Flamme unter sich aufblitzen sah.

Angelinas rechter Abschuß war perfekt und im richtigen

Zeitpunkt gekommen. Der IR-Sucher der AA-7-Rakete verfehlte die Triebwerke und ließ sich von den Stichflammen beeinflussen. Die Änderung geschah zu rasch und ließ die Sicherung für Nähe und Täuschung durchbrennen. Die Rakete explodierte.

Nun war der *Old Dog* zwar noch einmal der Zerstörung entgangen, aber er war dennoch so gut wie nackt ... Die Detonation der hochexplosiven Inhalte der Rakete ließ das Flugzeug vor dem schneebedeckten Boden klar und mit scharfen Umrissen sichtbar werden.

Der MiG-Pilot, der die Megafestung von hinten oben angriff, hatte die Flugbahn seiner Rakete bis ins Ziel verfolgt. Dann erblickte er plötzlich eine dunkle Silhouette von enormer Größe. Er sah zweimal hin und konnte es kaum glauben, als sich die Umrisse unter ihm mit einem Mal zu einem großen Flugzeug materialisierten. In seinem Helm summte ein Niedrighöhen-Warnsignal auf, und es gelang ihm gerade noch, seinen Sturzflug einige hundert Fuß über Grund abzufangen und die Maschine wieder hochzuziehen.

Obwohl ihn die lange, glatte Nase irritierte, gab es überhaupt keinen Zweifel, was das Flugzeug betraf: ein amerikanischer B-52-Bomber! Stets war er in dem Glauben gewesen, wenn er je zur Verteidigung von Kawaschnija anzutreten hätte, würde er es mit einer FB-111 zu tun haben. Vielleicht auch mit einer F-18 oder F-14 der amerikanischen Marine. Aber doch niemals mit einem Dinosaurier wie der B-52!

Er bemühte sich, den vorsintflutlichen Bomber nicht aus den Augen zu verlieren, während er den Steuerknüppel anzog und Höhe zu gewinnen versuchte. Dann drückte er hektisch auf seine Mikrofontaste.

»*Aspana!* Gefahr! Amerikanischer B-52-Bomber. *Paftariti.* Amerikanische B-52 nach Sicht identifiziert.«

In seinem Helm ertönte ein weiteres Warnsignal. Er erkannte den Summer, der die Gefahr des Abschmierens anzeigte, zündete den Nachbrenner auf Maximum und ging in die Horizontale, um seine Luftgeschwindigkeit erst einmal zu erhöhen. Er wiederholte seinen Alarmruf über Funk einschließlich der Angabe der Flugrichtung und der geschätzten Geschwindigkeit des Bombers.

Konnte diese B-52 wirklich die anderen Jäger abgeschossen haben? Der MiG-Pilot hatte das Leitwerk gesehen und gedacht, es handle sich um Treffer der mickrigen 50-Kaliber-Bordkanonen. Aber keiner der Piloten aus Ossora würde doch so hirnverbrannt sein, so nahe an den Eindringling heranzufliegen . . .

Angelina mußte sich an den Armlehnen ihres Sitzes kräftig hochdrücken, um die Balance wiederzugewinnen. Das unvermittelte heftige Abdrehen und Wegsacken ließen sie fast schwindlig werden, und sie hatte Mühe, ihren Blick wieder auf ihren Radarschirm zu fixieren. Als ihr das endlich gelungen war, sah sie überrascht, daß das Ziel noch immer in ihrem Cursor-Kreis stand. Sie tastete nach dem Abschußknopf und feuerte noch zweimal auf den fast unbeweglich aussehenden Jäger.

Das letzte, was der MiG-Pilot sah, war das um ihn herum wie Zellophan schmelzende Glas. Es löste sich in Nichts auf, als zwanzig Pfund Metallsplitter von zwei Stinger-Raketen durch die Plastikhülle seiner Kanzel regneten und alles auf ihrem Weg zerhäckselten. Seine Maschine flog noch einige Minuten weiter, während er selbst blind und blutend in ihr hing. Dann raste das Flugzeug gegen die niedrigen Berge.

»Angelina! Zwölf Uhr oben! Ein neuer MiG-Jäger, rasch nähernd . . .!«

Umhüllt von dem sonnenhellen Schein der niedergehenden Raketen, hatte die MiG-25, die von vorne angriff, einen guten Sichtkontakt auf den Eindringling. Der *Old Dog* flog direkt auf eine hohe Bergkette zu, knapp über der Grathöhe, aber ziemlich hoch über dem dahinterliegenden schneebedeckten Tal. Die angreifende MiG war hoch über dem Bomber, dessen Umrisse sie sehr deutlich erkennen konnte. Der russische Pilot mußte sich zwar anstrengen, aber obwohl nach dem Feuerschein der Raketen der Himmel wieder in Dunkelheit versunken war, blieb der Bomber sichtbar.

Der Pilot richtete seinen Blick wieder einige Sekunden lang auf seinen Schirm vor sich und kontrollierte rasch die Instrumente, um sicherzugehen, daß er einen erfolgreichen Schuß auf den Bomber abgeben konnte. Der Infrarotsucher hatte nicht angesprochen – was auch schwierig war, solange er sich nicht hinter der B-52 befand. Das Verfolgungsradar zeigte Hunderte von Zielen an, die über den ganzen Schirm verstreut waren. Nicht zu gebrauchen. Eine B-52, wußte er, hatte mehr Störkapazität an Bord als zehn MiG-25 zusammen. Er schaltete das Radar aus, ließ sich hart nach links abfallen und begann auf den Bomber hinabzustürzen, bemüht, ihn bei der Annäherung an den Bergkamm nicht außer Sicht zu verlieren ...

»Er kommt sehr schnell auf uns zu«, rief McLanahan. »Zehn Meilen.«

Angelina brauchte einige wertvolle Sekunden, um eine *Scorpion*-Rakete in Schußposition zu bringen und sie auf McLanahans Steuersignale zu fixieren. Dann startete sie den Mach-3-Flugkörper innerhalb sechs Sekunden nach McLanahans zweiter Warnung. In dieser Zeit hatte die MiG die Entfernung zwischen ihnen immerhin schon halbiert.

Die Warngeräte der MiG entdeckten die abgeschossene Rakete sofort. Der Pilot wechselte rasch die Hand an seinem Steuerknüppel, schaltete mit der rechten die Vorwärts-Ablenkungs-Störgeräte ein, wechselte dann wieder die Hand und drückte auf den Abwurfknopf für die Störfolie.

Eine B-52, die eine Luft-Luft-Rakete abschoß! Das überstieg seine Vorstellungskraft. Er konnte die feurige Rauchfahne hinter der Rakete unter ihm deutlich sehen und lenkte seine Maschine direkt gegen die Rakete, um ihr so das schmalste Radarprofil zu bieten.

Der Feuerschein der Rakete beeinträchtigte seine Nachtsicht etwas, aber er hatte den Bomber nach wie vor im Blickfeld . . . Der MiG-Pilot sah eine leichte Veränderung in der Form der Rauchfahne der Rakete – statt eines runden Punktes bildete sie eher ein Rechteck. Er lächelte und lockerte den Griff an seinem Steuerknüppel etwas. Die amerikanische Rakete hatte sich von den falschen Zielen, die er durch seine Störmanöver geschaffen hatte, ablenken lassen. Sofort warf er noch einmal Radarstörmaterial ab und zog seinen Steuerknüppel nach rechts oben. Der eiförmige Feuerball der Rakete wurde zu einer langen, orangefarbenen Linie, als diese harmlos unter seiner MiG vorbeiflog.

Der Pilot, der die Augen vor der befürchteten Explosion nach dem Vorbeizischen der Rakete zu einem Schlitz zusammengepreßt hatte, öffnete sie jetzt wieder und hatte die riesige B-52 mitten in seinem Schußkreis.

Es war ihm klar, daß er trotzdem einen Herzschlag zu spät daran war – er hätte schießen müssen, ehe die B-52 voll vor ihm in Sicht war. Er drückte den Knüppel nach unten, um besseres Ziel zu haben, aber die schneebedeckte Gratlinie der Berge versperrte ihm nun den Blick auf den Bomber. Es blieb ihm nur noch ein Augenblick Zeit. Sein Finger lag auf dem Abzug, bis oben auf dem Bergrücken die Bäume sichtbar wurden. Er ließ los und riß danach mit aller Macht am Steuerknüppel . . .

»Die Rakete hat nicht getroffen«, gab Ormack durch, als er die Scorpion in der Dunkelheit der Nacht verschwinden sah.

»Rechts ab!« befahl McLanahan, der das Radarziel zu erschreckender Größe anwachsen sah.

Der Sekundenbruchteil, den der sowjetische Pilot hatte verstreichen lassen, weil er erkannte, daß es für einen Volltrefferabschuß zu spät war, rettete dem *Old Dog* das Leben. Zwanzig Millimeter große Metallsplitter fuhren in die vordere Rumpfkante der linken Tragfläche, wo noch einen Augenblick zuvor Elliotts Kabinenfenster gewesen waren. Die Splitter rissen auch den linken *Scorpion*-Trägerpylon auf und zerstörten die Hälfte der noch übrigen Raketen. Normalerweise hätten die Explosionen die ganze Tragfläche abgerissen, aber ein Querschlägersplitter zündete eine Rakete, die den gesamten brennenden Pylon mitriß, der dann in der Luft explodierte. Er flog zum Glück an den restlichen Fragmenten des V-Leitwerks und an den Abschußrohren der *Stinger*-Luftminen vorbei.

Die »Schrot«-Splitterspur der MiG ging durch die ganze Tragfläche und den Rumpf und beharkte auch den Nummerzwei-Mittelflügel und die vorderen Haupttanks, aber sie bewirkten keine tödlichen Funken, und das meiste ihrer Hitzeentwicklung absorbierte die Fiberstahlhaut der Megafestung.

Elliott sah, wie ein Feuerwerk von Funken von der Stelle flog, wo der *Scorpion*-Pylon gewesen war. »Angelina, Treffer im linken Raketenpylon.«

McLanahan blickte auf die Instrumentenkontrolltafel für die Waffen. »Der ganze verdammte Pylon ist weg«, rief er und schaltete den entsprechenden Stromkreis ab.

Angelina griff sofort an ihrer Hauptschaltertafel nach oben und legte eine Reihe Schalter um. »Pylon deaktiviert.«

McLanahan versuchte sich mit etwas grimmigem Galgenhumor: »Der linke Flügel muß inzwischen hübsch leicht sein.«

Wendy hatte keine Zeit, darüber zu lachen. »Jäger auf sechs Uhr!«

»Der kommt tatsächlich noch mal!«

»Ich sehe ihn«, sagte Angelina, die den Kreis-Cursor auf dem Radar nachstellte, den Knopf VERFOLGUNG drückte und dann eine Scorpion aus dem Bombenschacht zum Abschuß bereitmachte.

Der sowjetische Pilot sah die Raketen-Zieleinstellung auf seinem Warngerät und aktivierte sofort eigene elektronische Gegenmaßnahmen.

Angelina drückte noch einmal auf den Knopf VERFOLGUNG. Das grüne Licht blieb, aber der Kreis-Cursor wanderte weiter

weg. »Er blockt mich ab«, rief sie. »Gehe auf manuelle Spur.«
Sie ergriff die Steuerhandgriffe und versuchte vorsichtig den
Kreis-Cursor von Hand auf den Jäger zu ziehen.

Obwohl er die Radarzielsuche mit seinen Geräten abblockte,
meldete sich beim sowjetischen Piloten hartnäckig das Raketen-
alarm-Signal. Er begann sofort eine Reihe wilder S-Kurven zu
fliegen und verringerte so schnell er konnte die Entfernung
zwischen den beiden Maschinen. Er versuchte dabei, seine
MiG-25 näher an die Höhe des Bombers zu bringen.

Der *Old Dog* huschte mit knapp fünfzehn Metern Abstand
über den Grat des Bergkammes. Die Luftwirbel der Tragflächenenden knickten beim Überfliegen des Gipfelgrates Bäume
wie Strohhalme.
    Unvermittelt blinkten auf McLanahans Computermonitor
die Anzeigen GELÄNDEDATEN-VERARBEITUNG und GE-
LÄNDEDATEN GUT auf. »Bodenabstandscomputer arbeitet
wieder«, meldete er. »Übernahmebereit.«
    Elliott und Ormack übernahmen den Bodenabstands-Autopi-
loten sofort in die Navigationscomputer. Diese konnten, zumal
sie die Höhenstrukturen des ganzen Geländes auf Tausende
von Quadratmetern ringsum bereits kannten und sich auch
der Exaktheit des Satelliten-Navigators bedienen konnten, den
Old Dog nun wieder auf der niedrigstmöglichen Flughöhe
halten – unter automatischer Einbeziehung aller nötigen Stei-
gungen vor Hügeln oder Bergen.

Durch die Kanzelfenster der MiG-25 war die B-52 klar und
deutlich zu erkennen, wie sie scharf auf die Felsen zuflog und
zwischen ihnen verschwand. Nicht nur visuell, sondern auch
vom Radar, von den Infrarotinstrumenten – komplett. Der
Pilot suchte. Nichts. Der riesige Bomber war einfach verschwunden. Weg. Der Pilot fluchte in seine Sauerstoffmaske
hinein und erhöhte die Kraftstoffzufuhr, um hochzusteigen
und mit der Suche zu beginnen.

»Ich kann ihn nicht finden«, sagte Angelina, »ich kriege ihn nicht. Seine Blockierung ist zu stark, ich komme einfach nicht durch. Wir könnten versuchen, ihn mit Hilfe eines gezielten Raketenstarts zu finden, aber wir haben keine Raketen zum Verschwenden.«

»Der lauert da hinten irgendwo und wartet darauf, daß wir mitten in ihn hineinfliegen«, mutmaßte Luger. Er starrte unverwandt auf seine Höhenmesseranzeigen auf dem Computerschirm. »Der wird sich hüten, uns direkt vor die Rohre zu laufen.« Er atmete hörbar ein, als die Anzeige auf dreißig Fuß über Grund fiel, ehe die Maschine hart anzog und rasch wieder auf hundert Fuß über Grund stieg.

»Einsaugen müssen wir ihn«, sagte McLanahan. »Herziehen und ihm den Saft abdrehen.«

»Ja, aber zuvor schießt er uns in Fetzen«, sagte Ormack. »Nein, nein, wir bleiben schön hier unten.«

»Er holt sich seine Kameraden ran«, meinte McLanahan. »Wenn er uns in den nächsten paar Minuten nicht allein kriegt, bekommt er jede Menge Assistenz.«

»Ein Dutzend Raketen haben wir ja noch«, tröstete Ormack.

»Na großartig. Aber alle werden wir auch damit nicht kriegen.« McLanahan schüttelte den Kopf.

Ormack wollte gerade antworten, als ihm Elliott die Hand auf sein Handgelenk legte. »Wir haben keine andere Wahl, John.«

»Wenn wir ihn nicht finden, General«, überschrie Ormack das Gebrüll der Triebwerkturbinen, »wenn wir ihn verlieren . . . wenn er zuerst schießt . . .«

»Wir müssen die Jäger sein, nicht die Gejagten«, widersprach ihm Elliott. Die beiden Piloten sahen einander an. Dann umfaßte Elliott das Steuer mit festem Griff und rüttelte es. »Ich habe übernommen.«

Ormack sah den erschöpften General an, während eine Turbulenz den Bomber durchrüttelte. »Das ist jetzt aber schon ein ziemlich riskantes Spiel, General.«

»Genau jetzt ist es auch Zeit dafür, John.«

Ormack nickte. »Sie haben übernommen, General.«

»Danke, John. Klar für Bremsklappen und Schaltung.«

Ormack legte seine Hand auf den Getriebehebel.

»Wendy? Angelina?«

Angelina nickte Wendy zu, die Meldung machte. »Fertig, General.«

»Landungs- und Roll-Lichter aus. Flughöhe auf zweitausend Fuß.« Elliott drehte den Bodenabstandsknopf von COLA auf 2000, und die Nase des *Old Dog* hob sich himmelwärts.

Der sowjetische Pilot war vollauf mit Fluchen und seinem Schwachstrom-Radar beschäftigt, als die amerikanische B-52 plötzlich aus dem Nichts rechts von seiner MiG auftauchte. Die Radarreichweitenkontrolle sprach sofort an, Azimut klickte ein, und seine letzte AA-8-Radar-Rakete glitt in Abschußposition und signalisierte Schußbereitschaft.

»Er ist direkt hinter uns!« rief Angelina.

»Raketenalarm!« ergänzte Wendy und hieb auf den rechten Störfolien-Ejektor.

Elliott zog den *Old Dog* mit einem Ruck hart nach links, gerade als die Anzeige RAKETENALARM auf RAKETEN-START wechselte.

Wendy schoß acht Ladungen Glasfaserstoppeln ab, während Elliott den Bomber von seiner Zwanzig-Grad-Neigung bis auf fünfundvierzig Grad nach links drückte.

Der MiG-Pilot sah völlig frustriert, als auf seinem Radarschirm ein weiteres großes Radarziel erschien. Der Zielstrahl wanderte hinüber zu dem noch größeren, noch helleren, aber unbeweglichen Punkt, als der Russe auf den Knopf ABSCHUSS drückte. Wütend sah er, wie seine letzte Rakete irgendwo im leeren Raum verschwand.

Er schaltete seine doppelten Turmansky-Triebwerke auf Maximum-Nachbrenner und zog eine steile Linkskurve, um in Geschützgefechtsposition zu kommen . . .

»Abstand rasch verringernd«, sagte Angelina. »Noch immer keine automatische Spuraufnahme. Ich werde die Detonationsreichweite für die Luftminen manuell einstellen.«

»Abstand verringernd«, meldete auch Wendy. »Klar zum Abdrehen nach rechts.«

»Falls uns die Getriebe und die Bremsklappen hinten raushängen«, sagte Ormack, »und wir abdrehen, um einer Rakete auszuweichen, schmieren wir bildschön ab. Und dann haben wir wahrscheinlich nicht genug Höhe, um uns wieder zu fangen.«

»Drei Meilen, rasch näherkommend«, rief Angelina.

»Wenn er eine Rakete abschießen wollte, dann würde er es jetzt tun«, sagte Wendy. »Zwei Meilen.« Sie starrte angestrengt auf den Monitor. Der Abfangjäger mit seinem Fledermausflügel-Emblem klebte ihnen an den Fersen und kam zentimeterweise näher. »Eine Meile . . . *jetzt*. Schieß!«

»Schalten. Bremsklappen sechs«, kommandierte Elliott. Ormack ließ den Landungsschalthebel los und zog den Bremsklappenhebel voll hoch. Der *Old Dog* fiel nach unten durch. Die Besatzung riß es förmlich nach oben, nur die Gurte, die heftig in ihre Schultern schnitten, hielten sie fest. Elliott holte den Schub wieder auf achtzig Prozent und ging dann rasch auf vollen Einsatzschub zurück, während die rabiate Prozedur noch den ganzen Bomber durchschüttelte. Er war tausend Fuß durchgesackt, ehe der General den *Old Dog* wieder stabilisiert und unter Kontrolle hatte.

Für den russischen Piloten kam es nicht ganz unerwartet. Er hatte gerade die Schubkraft gedrosselt, um seine Annäherung an die B-52 zu stoppen, als er bemerkte, daß die Radarentfernungsanzeige rapide zurückging. Er kümmerte sich nicht weiter darum, weil er ohnehin keine radargelenkten Raketen mehr hatte, die er noch hätte abschießen können, und die Störsignale von der B-52 hatten seine Radarspur vermutlich sowieso kaputtgemacht. Er sah immer wieder auf die gewaltigen Umrisse des Bombers vor dem schneeigen Untergrund, blieb auf Minimum-Nachbrenner-Stärke und behielt den Finger sorgfältig auf dem Bordkanonenknopf. Dann trat er auf das rechte Ruder, um sich vollends in Position zu bringen, und holte tief Luft.

Er sah mehrere helle Lichtblitze am Heck des Bombers und rollte seinen Jäger sofort instinktiv nach links in eine S-Kurve. Ohne zuverlässige Radarführung konnten seine 50-Kaliber-Bordkanonen den Jäger niemals treffen, überlegte er. Sein Zwanzig-Millimeter-»Schrot« war nicht nur von größerer Reichweite, sondern auch von größerer Zuverlässigkeit. Er ging in eine Rechtsrolle und drückte ab.

Die Lichtblitze wurden mit einem Schlag zu gewaltigen, pulsierenden Farbsperren. Augenblicklich warf der Russe seine Maschine in eine Neunzig-Grad-Drehung nach rechts und riß den Steuerknüppel hoch, so daß er seitlich davonschoß. Ein flüchtiger Blick auf seinen Luftgeschwindigkeitsmesser machte ihm klar, daß sein Versuch, mit dem Eindringling auf gleichem Abstand zu bleiben, zur Folge gehabt hatte, daß seine Luftgeschwindigkeit drastisch abgesunken war.

Er rollte, bis die Absturz-Warnhupe ertönte. Sein Steuerknüppel reagierte nicht mehr. Er sank schnell, trudelte weg. Seine MiG-25 war nicht für Niedrigflug-Verfolgungen gebaut, sondern für harten Luftkampf in großen Höhen. Mit großer Erleichterung stellte er fest, daß die Luftgeschwindigkeit wieder anstieg. *Otschin.* Und jetzt, dachte er, werde ich diesem *Amerikanski* endgültig den Garaus machen.

Er sah links zu seiner Kanzel hinaus – gerade noch rechtzeitig, um ein farbenprächtiges Feuerwerk keine fünfzig Meter vor seiner Kanzel explodieren zu sehen. Die Lichtblumen erinnerten ihn an ein prächtiges Brillantfeuerwerk, das er einmal gesehen hatte. Es war groß und strahlend gewesen und hatte aus Tausenden winziger Sterne bestanden, die aus einem roten Kern in alle Richtungen schwirrten.

Aber einen Augenblick später durchlöcherten *diese* Sterne die ganze linke Seite seiner MiG-25. Die Kanzel wurde zu einer einzigen Masse von Löchern und gezackten Rissen, hielt aber trotzdem irgendwie zusammen. Dafür stand im nächsten Augenblick das linke Triebwerk in Flammen, während das Öl aus hundert Einschlaglöchern im Triebwerkgehäuse lief.

Das Radarsignal der MiG vergrößerte sich kurzfristig, als der sowjetische Pilot mit dem Schleudersitz ausstieg. Aber weder Wendy noch Angelina nahmen Notiz davon. Angelina gratulierte ihrer Kollegin, die weiter aufmerksam ihre Frequenzvideos im Auge behielt. Ein Transmitter-Band begann Hochenergie-Aktivität zu zeigen.

Sie sah es, beobachtete es – und der kalte Schweiß brach ihr aus.

»Aktivitäten, Wendy?« fragte Ormack über den stillen Jubel der *Old Dog*-Besatzung hinweg.

»Suchradar . . . zwölf Uhr.«

»Identifizierung?«

Wendy antwortete, aber ihre Worte waren so leise, daß niemand sie verstand.

»Wiederholen Sie!«

»Kawaschnija.« Wendys Stimme war ausdruckslos. »Kawaschnija. Der Laser. Er sucht uns.«

FÜNFZIG MEILEN
VOR KAWASCHNIJA

Die Gashebel standen auf Maximum; nur der rechte Außenmotor war auf neunzig Prozent zurückgenommen worden, um einen Ausgleich zur zerstörten Turbine eins zu schaffen; aber alle anderen waren auf voller Einsatzleistung.

General Elliott hatte beschlossen, keinen dieser Hebel zu

verändern, solange er nicht ein weiteres Triebwerk abschalten mußte. Das Triebwerk zwei war für den Zielanflug wieder gestartet worden, aber es lief unregelmäßig, und seine Vibrationen drohten vom Rumpf zu reißen, was von der linken Tragfläche noch übrig war.

»Bombenwurf-Checkliste«, sagte Dave Luger an.

McLanahan nickte und warf seinem Kollegen einen schnellen Blick zu. Der Navigator hatte einen Finger auf der Checkliste und war bereit, jede einzelne Position durchzugeben, aber seine Hände waren etwas unsicher.

»Geht's dir gut, Partner? Du siehst ein bißchen nervös aus.«

»Ich? Nervös? Wie kommst du denn darauf? Bloß weil wir jetzt gleich den Russen eine kleine Bonbonpackung voller TNT schicken? Das ist doch kein Grund, nervös zu werden.«

»Wie heißt das gleich? Denk positiv!«

»Na ja, ich hab' eben versucht –«

McLanahan unterbrach ihn. »Paß auf, Partner! Wir würgen ihnen so schnell wie möglich eins rein, und dann hauen wir ab, was das Zeug hält. Okay?«

»Genau. Was das Zeug hält.«

McLanahan wandte sich wieder seinen Instrumenten zu.

»Waffenmonitor Wahlschalter«, las Luger vor.

»Mitte vorn.«

»Low-Attitude-Modus-Selektor.«

»Automatik.«

»Zielkoordinaten, Höhe, Ballistik.«

»Eingeschaltet, leuchtet auf, geprüft, eingegeben.« McLanahan überprüfte rasch seine Koordinaten. »Ballistik auf Gleitmodus«, bestätigte er dann.

In den Kopfhörern der Besatzung ertönte ein Warnsignal, und der *Old Dog* stieg ruckartig so steil aufwärts, daß seine spitze Nase in einem unnatürlich hohen Winkel stand.

Ormack hieb auf den Knopf AUTOPILOT AUS und drückte die Bomber-Nase wieder nach unten. »Navigator, haben wir freies Gelände, damit ich wieder runter kann? Radar, was ist passiert?«

McLanahan suchte bereits. »Der Bodenabstandscomputer hat gesponnen.« Er sah zu Luger hinüber. »Dave, kontrolliere du das Gelände. Ich kümmere mich um den Computer und lade ihn neu.«

»Hohes Terrain, drei Meilen voraus«, meldete Luger. »Ich werd's mal abmalen. Noch nicht runtergehen.«

McLanahans behandschuhter Finger flog über die Schalter. »Computer läuft wieder. Nur noch ein paar Sekunden.«

»Das Kawaschnija-Radar wird immer stärker«, meldete Wendy.

»Terrain frei auf zwanzig Meilen«, sagte Luger. »Leichtes Absinken kann beginnen. Möglicherweise hohes Gelände zehn Meilen voraus.«

»Alle Jäger-Radars sind weg«, wunderte sich Wendy. »Das Kawaschnija-Radar hat sie alle zugedeckt – oder die Jäger bekommen ihre Leitstrahlen jetzt von diesem großen Radar . . .«

McLanahan warf einen Blick auf die Anzeige des Radarhöhenmessers, während auf dem Bildschirm DATEN WERDEN GESPEICHERT erschien. Das gespeicherte *Fail-Safe*-Programm des *Old Dog* war dazu da, das Flugzeug automatisch vor den Folgen eines etwaigen Ausfalls irgendeiner Komponente des Bodenabstandscomputers zu bewahren; es hatte den riesigen Bomber jetzt bis auf zweitausend Fuß über Grund emporgezogen. Die Motoren liefen auf vollem Einsatzschub und hielten den Bomber sicher am Himmel.

»Höhe steigt noch immer«, warnte McLanahan.

»Ja, verdammt, ich seh's«, erwiderte Ormack. Er beugte sich über sein Steuer und half Elliott, die SST-Nase des *Old Dog* in die schützenden rauhen Berge Kamtschatkas hinunterzudrücken. Aber ihr Vogel stieg noch bis auf dreiundzwanzigtausend Fuß hoch, ehe sie ihn gemeinsam stabilisiert und wieder auf Sinkkurs gezwungen hatten.

»Jäger auf sieben Uhr«, rief Angelina aus. Sie steuerte den Kreis-Cursor ihres Luftminen-Suchers über einen der Angreifer, aber ein elektronisches Zittern auf dem Schirm jagte einen ganzen Schauer von Interferenzen durch das Bild und verscheuchte den Such-Cursor. »Da funkt einer in mein Radar rein.«

»Bodenabstandscomputer arbeitet wieder«, meldete McLanahan in diesem Augenblick, und Ormack ging sofort wieder mit dem Autopiloten in den Computer. Der *Old Dog* zeigte mit der Nase gehorsam nach unten.

»Erste HARM-Rakete programmiert und abschußbereit«, teilte Wendy Angelina mit. »Schachtklappen werden geöffnet.«

Sie drückte auf den Abschuß-Knopf. Die hinteren Bombenschachtklappen öffneten sich, und die hydraulische Abschußtrommel rotierte auf Position eins der Hochgeschwindigkeits-Anti-Radar-Raketen in der unteren Abschußposition. Wendy hatte bereits die Frequenzreichweiten in den Sensor der Rakete eingegeben. Starke Ejektoren schoben den Flugkörper hinaus in den Luftstrom des Fahrtwindes, wo der Raketenmotor zündete, während die Abschußtrommel sogleich weiterrotierte und ein weiteres HARM-Projektil in Abschußposition brachte.

Wendy verfolgte den Weg der Rakete auf der Raketen-Status-Anzeige, die bestätigte, daß die erste HARM die Quelle ihrer vorprogrammierten Frequenzsignale gefunden hatte und direkt auf sie zuflog. Plötzlich aber begannen sämtliche Anzeigen zu flackern. Das SPUR-Licht der HARM ging noch einmal kurz an und verschwand dann.

»Das ist das Kawaschnija-Radar. Es verursacht die Interferenzen auf meinen Anzeigen. Die HARM-Rakete hat keine Spurverfolgung mehr . . .«

Luger hielt den Atem an, als eine ganze Menge Höhenlinien auf sie zukamen, deren Schatten bis an den Rand seines keilförmigen Radarschirms liefen. Als der *Old Dog* über sie wegkletterte, starrte er wie gebannt –

»Dave! Was ist denn? Wir fliegen doch längst wieder mit dem Computer!« sagte McLanahan, der das Reprogrammieren eben abschloß. »Komm, bringen wir die Checkliste zu Ende.«

Er griff hinüber zu seiner linken Instrumententafel und drückte einen roten Schalter nach oben. »Radarfreigabe.«

Luger mußte seinen Blick vom Radarschirm losreißen, um die Checkliste vorzulesen. »Strom für Waffen und Attrappen.«

»An und gecheckt«, sagte McLanahan und stellte einen Hebel nach vorn, um zu prüfen, daß der Sucherkopf der Striker noch aktiviert war.

»Abwurf-Lampen.«

Elliott beugte sich vor und drückte testweise auf seine Anzeigelampe. »An und gecheckt.«

»An und gecheckt auch hier unten«, meldete McLanahan.

»Check Bombenabwurfplan«, las Luger vor. »Spezialwaffenbereitschaft.«

Plötzlich zog der *Old Dog* wieder steil nach oben. Ormack fluchte und schaltete den Autopiloten erneut ab. Lugers Aufmerksamkeit wurde auf eine schmale keilförmige Radaranzeige auf seinem Schirm gelenkt. »Hohes Terrain, fünf Meilen.«

»Computer korrigieren«, befahl Ormack. McLanahan war schon dabei. Für ein paar Sekunden konnte er den Fehler korrigieren, dann widersetzte sich der Computer. McLanahan versuchte es noch einige Male mit schnellen Schaltungen. »Da ist irgendwie der Wurm drin. Ich muß ihn neu starten. Bleiben Sie auf Kurs ... o verdammt, der Trägheitsnavigationscomputer ist auch zusammengebrochen. Wir haben keine Navigationsinformation mehr. Ich versuch' ihn wieder hinzukriegen ...«

»Reden Sie nicht so viel, *tun* Sie's, Nav ...«

»Frei für Sinken«, meldete Luger. »Aber langsam! Kleine Erhebung drei Meilen voraus, sollten aber problemlos drüberkommen ...«

»Jäger kommen näher«, rief Angelina. »Sie lassen sich sehr schwer verfolgen. Mein Radar spuckt und stottert.«

»Das ist Kawaschnija«, sagte ihr Wendy. »Dieses Radar beeinflußt alle Instrumente.«

»Und wir werden das Ding direkt überfliegen!« knurrte Elliott.

»Hallo, Pilot, drehen Sie rechts ab! Jäger dreht nach acht Uhr für Angriffe links hinten –«

»McLanahan, kann ich abdrehen?«

»Wenn Sie's nicht tun, sind wir in einer Minute abgeschossen. Also los, Mann!«

Der *Old Dog* kippte nach rechts weg, und einige Augenblicke darauf war der Abschußlärm von drei Luftminen im Bomber zu vernehmen.

»Keine Ahnung, ob ich sie erwischt habe . . .« sagte Angelina.

»Ich habe nichts, womit ich blockieren könnte.« Wendy schlug frustriert auf ihre Armlehnen. Ihr Warnvideo bestand jetzt nur noch aus einer leeren weißen Fläche. Jedes denkbare Frequenzband war mit schier endlosen Energiewellen zugedeckt. Ein Versuch, mit einem Energiepaket gegen die geballte Kraft des nuklearbetriebenen Radars von Kawaschnija anzukommen, war erfolglos gewesen.

»Gelände frei auf dreißig Meilen.« Luger überprüfte sein Radar noch einmal. Sie hatten inzwischen die letzten der hohen Bergketten, die Kawaschnija umgaben, überwunden. Am Rande seines Schirms war es dunkel – die Beringsee, wie ihm schlagartig klar wurde. Nur ein paar hundert Kilometer weiter drüben war die Heimat, eigenes Territorium. Aber jetzt, in diesem Augenblick, schien es Lichtjahre entfernt zu sein.

Direkt an der Küste gab es einen gewaltigen, kompakten Radarpunkt. Luger bekam gerade noch zwei Strahlkreise vom Kawaschnija-Komplex selbst, dann fiel das Geländeschirmbild zusammen.

»Mein Radar ist zum Teufel, Kawaschnija-Radar auf zwölf Uhr, dreißig Meilen.«

McLanahan hörte die Warnung und sah kurz hinüber auf Lugers leeres Fünf-Inch-Radar, aber er mußte sich darauf konzentrieren, die Navigations- und Bodenabstandscomputer wieder in Gang zu bringen. Der erste Anlauf klappte nicht, und er begann einen zweiten.

»Versuch, dein Radar wieder in Gang zu bringen, Dave«, forderte er Luger auf. Der fummelte wütend an den Kontrollschaltern herum, bestenfalls schien sekundenlang ein Bild auf, das sofort wieder in sich zusammenfiel.

»Das Radar funktioniert nicht. Wir sind völlig blind hier unten.«

»Du hast freies Gelände gemeldet. Die Piloten müßten eigentlich genug sehen, um uns davor zu bewahren, daß wir runterfallen. Wir werden das Radar, so gut es eben geht, später wieder benutzen. Vergiß es, bis wir nachher zum Abhauen abdrehen.«

»Zwei Jäger auf sechs Uhr!« rief Angelina und fügte gleich darauf hinzu: »Und mein Radar ist weg, ich kann sie nicht mehr sehen . . .«

McLanahan schüttelte den Kopf und schlug aufgeregt die Hände zusammen, als ein grünes NAV-Licht auf dem Computer-Monitor seiner Arbeitsstation aufleuchtete. »Nav-Computer ist wieder da! Hallo, Pilot, pegeln Sie sich auf Ziel ein und versuchen Sie mit allen Mitteln, die Luftgeschwindigkeit gleich zu halten. Dave, rechne mal Grundgeschwindigkeit und Entfernung bis Ziel und starte Beobachtung. Kann sein, wir müssen die Gleitbombe und die Attrappen aus Blindberechnungsposition werfen.«

Luger schrieb die Entfernung bis Kawaschnija und die Grundgeschwindigkeit auf und startete die Stoppuhr auf seiner Armbanduhr. Aber als er kurz danach kontrollieren wollte, stellte er fest, daß seine elektronische LCD-Uhr genauso ausgefallen war wie die drei Radarschirme des *Old Dog*. Er setzte die kleine, dreißig Jahre alte Aufziehuhr an seiner vorderen Instrumententafel in Gang und merkte sich die zwanzig verlorenen Sekunden zur Ergänzung der tatsächlichen Zeit.

»Bodendaten werden neu geladen«, sagte McLanahan, aber ehe er noch den Schalter von AUS auf LADEN drücken konnte, brach der Navigationscomputer erneut zusammen.

»Noch vier Minuten«, verkündete Luger.

»Ich krieg' ihn nicht mehr in Gang«, seufzte McLanahan.

»Die Interferenz von dem Kawaschnija-Radar ist einfach zu stark.«

Ormack und Elliott war es inzwischen gelungen, die Nase des *Old Dog* nach dem Aufstieg wieder nach unten zu bekommen, aber nachdem sie so lange mit dem Bodenabstandscomputer geflogen waren, konnten sie jetzt nicht von Hand in derselben geringen Höhe fliegen. Ormack trimmte den Bomber auf Level-Flug in etwa tausend Fuß Höhe und überprüfte noch einmal seine Instrumente vor der tatsächlichen Waffenfreigabe. Unglücklicherweise setzte die Notwendigkeit, höher zu gehen, den *Old Dog* buchstäblich auf den Präsentierteller für die sowjetischen Jäger, die ihm auf den Fersen waren.

Die Piloten der sowjetischen Abfangjäger vom Typ MiG-29 *Fulcrum* bedienten sich der Leitstrahlen der Abfang-Radar-Ingenieure auf dem Flugplatz Ossora in der Nähe der Laser-Anlage und brauchten ihre eigene hochentwickelte Sicht-Abschuß-Ausrüstung für den Abschuß ihrer Raketen gar nicht zu benutzen. Die *Controller* gaben ihnen ihre Reichweiten- und Azimutinformationen für die idealen Schußpositionen. Sobald sie den riesigen Bomber auch in Sichtkontakt hatten, manövrierten sie sich so in Position, daß ihnen von dessen tödlichem Heck keine Gefahr drohen konnte und die Sucherköpfe ihrer Raketen der Wärmeausstrahlung der Stadt unter ihnen abgewandt blieben.

»Wir können nicht so blindlings mitten ins Ziel hineinfliegen«, sagte Wendy. »Colonel, ich brauche Ihre Unterstützung für den restlichen Weg bis –«

»Wir müssen die Waffen auf DR-Position programmieren«, unterbrach Luger. »Wir können nicht –«

»Sie hat aber recht, Dave«, meldete sich McLanahan. »Fliegen wir direkt geradeaus hinein, durchlöchern sie uns tatsächlich wie ein Sieb. Klar zum Manövrieren.«

»Kurven Sie so wild wie möglich herum«, sagte Wendy. »Nicht nur links-rechts, sondern zweimal links, einmal rechts, und so zu, die ganze Zeit. Ich schmeiße vor jeder Wende Störstoppeln raus.«

Ormack nickte und begann den ersten Ruck nach links. »Jetzt hören wir uns an wie ein kämpfender –«

In diesem Moment leuchtete ein blendender Blitz direkt neben Ormacks Cockpitfenster auf. Die Cockpitbeleuchtung war ausgeschaltet, damit die Piloten visuell navigieren und das Terrain unten besser sehen konnten, und Ormack bekam so die volle Intensität des Lichtscheins ab.

»Verdammt, ich seh' nichts mehr . . .«

»Ruhig, John, ruhig.« Elliott packte den Steuerknüppel fester und trimmte die Maschine auf Horizontalkurs fünfhundert Fuß über Grund.

»Rechts neben der Tragfläche ist eben eine Rakete explodiert«, gab er durch. »Der Kopilot ist geblendet und sieht momentan nichts. Die Motoren scheinen okay zu sein . . .«

»Noch drei Minuten«, sagte Luger, schaltete kurz sein Radar ein und bekam einen Azimut-, Reichweiten- und Geländecheck, ehe das Bild wieder zusammenbrach. »Vier Grad rechts. Gelände frei, General. Sie können runtergehen. Aber langsam.«

»Der Radarhöhenmesser sollte für den Bodenabstand ausreichen, jetzt, wo wir die Berge hinter uns haben«, meinte McLanahan.

»Wieso können die noch immer nach uns schießen?« fragte Luger verständnislos. »Wenn dieses Kawaschnija-Radar uns die ganze Elektronik zusammenhauen kann, dann muß es ihren eigenen Jägern doch ebenso ergehen!«

»Es ist Infrarot«, klärte ihn Wendy auf. »Sie haben einen IR-Sucher für die Höhendaten und das Kawaschnija-Radar für die Reichweiten. Auf diese Weise können sie die ganze Nacht auf uns schießen.«

»Wie auch immer, die Zeit läuft aus, Dave!« McLanahan tastete Reichweiten-, Höhen- und Azimut-Daten in die Leitstrahlprogramme der Striker-Gleitbombe. »Wir zünden sie in Maximum-Reichweite – zwölf Meilen, neunzig Sekunden. Gib mir einen Countdown auf zwei Minuten.«

»Roger«, sagte Luger.

»Amplitudenwechsel des Kawaschnija-Radar-Signals«, rief

Wendy plötzlich. »Sieht aus wie . . . sieht aus wie Zielsuchmodus. Das ist der Laser! Und er hat uns . . . !«

McLanahan reagierte, als habe er dies alles hundertmal geprobt, was natürlich nicht der Fall war. In einer einzigen Bewegung nahm er den Hebel »Waffen-Monitor« und »-Abschuß« so zurück, daß die Vorwärts-Mitte-Position der Striker nach vorne links verlagert wurde – in die Lagerposition der Ablenkungsbomben; er stellte die Bombenschachtklappen-Schaltung auf MANUELL um, drückte den Schalter KLAPPENÖFFNUNG und griff nach unten neben sein linkes Knie, um dort den schwarzen Knopf für die Auslösung der »Gurke« zu bedienen.

»Schachtklappen sind offen«, gab Elliott durch, als das entsprechende Anzeigeschild vor ihm aufleuchtete. Dann leuchtete auch das Schild FREIGABE WAFFEN auf, um gleich darauf wieder zu verlöschen.

»Was, zum Teufel –?«

»Die Ablenkungsbomben«, erklärte ihm McLanahan. »Wir können das Radar des Lasers nicht blockieren, aber die Attrappen müßten es so lange ablenken, bis wir in Reichweite sind.«

Im nächsten Augenblick zuckte Elliott zusammen, als etwas, das einem riesigen, blauorangefarbenen Meteor glich, vor ihm auseinanderbarst und diagonal vom Flugzeug wegflog. Der massive Feuerball spie zahllose winzige blendende Lichtkugeln aus, aus welchen glitzernde Glasfaserstoppeln zur Radarstörung quollen. Das Glitzern blendete zwar, aber Elliott verfolgte mit blinzelnden Augen, wie die Bombenattrappe zur Erde trudelte und verglühte.

Mittlerweile hatte McLanahan auch den Schalter für die Waffen vorne rechts gedrückt und schickte die zweite Ablenkungsbombe hinaus. Elliott bemerkte, daß die Anzeige FREIGABE WAFFEN wieder aufleuchtete, doch dann wurde sein Blick zum rechten Cockpitfenster gelenkt.

Der Abschuß der zweiten Ablenkungsbombe und Elliotts Versuch, sie zu sehen, rettete ihm das Augenlicht – und der Besatzung das Leben.

Denn obwohl die kleine *Quail*-Ablenkungsbombe viele Male kleiner war als ihr Träger, der B-52-Bomber, erschien sie auf Radar-, Infrarot- und Strahlungsgeräten über zehnmal größer als der ganze *Old Dog*. Sie war kaum größer als ein Kühlschrank, aber die Oberfläche bestand aus radarempfindlichen Noppen, und selbst die Gestaltung der Tragflügel und der Leitwerkflossen sowie die fünfzig Pfund Glasfaserstoppeln, die sie in regelmäßigen Abständen ausspie, hatten auf Radarschirmen einen vergrößernden Effekt. Ihre Umrisse allein ließen sie jeder Elektronik als ein lohnenderes Ziel erscheinen als der eigentliche Zweihundert-Tonnen-Bomber.

Es war allerdings noch mehr in das kleine Gerät hineingepackt. Automatisch sendete es ein breites Spektrum von Funksignalen aus, um so Antistrahlungs- und Zielanflugsraketen auf sich zu ziehen. Phosphorleuchtkugeln und brennende Glasur auf seiner Oberfläche ließen es Zielraketen und Infrarotsuchern so heiß erscheinen wie ein Atomreaktor.

Selbst das Kawaschnija-Radar mit seiner kräftigen, nuklearbetriebenen Zielsuchung wurde auf diese Weise abgelenkt. Die erste *Quail* breitete sich wie ein elektromagnetischer Fleck über den ganzen Zielsuch-Radarschirm der russischen Laserwaffen-Offiziere aus. Der Zielsuch-Computer hängte sich augenblicklich an dieses größere und stärkere Signal. Was immer das größte Objekt in der Nähe der Anlage war, es mußte die B-52 sein. Der Ziel-Offizier signalisierte FEUER FREI für den Laser. Als Elliotts Aufmerksamkeit eben vom rechten Cockpitfenster abgelenkt war, durch das er den Start der zweiten *Quail* beobachtete, spaltete ein dicker Strahl rotorangefarbenen Lichts die Dunkelheit und erhellte das Innere des *Old Dog*, als wären tausend Spotlights eingeschaltet worden. Die ganze Atmosphäre rund um die gewaltige B-52-Megafestung schien fast tropisch feucht geworden zu sein.

Die verdampfte Luft in der unmittelbaren Umgebung des Laserstrahls erzeugte ein Vakuum um sich selbst herum, das Tausende Kubikmeter Luft in den Lichtstab einsog. Die Turbulenz und der Unterdruck der überhitzten Luft bewirkten, daß der *Old Dog* wie durch ein Luftloch fiel. Nur Elliotts rasche Reaktion und das Aufbrüllen der verbliebenen sieben Triebwerke, die er auf maximale Leistung hochjagte, verhinderten, daß das Flugzeug wie ein Stein auf die rauhe Küste von Kamtschatka hinunterfiel.

Die kleine Täuschungsrakete wurde von dem Laser-Schuß nicht einfach nur zerstört, sondern buchstäblich in ihre Atome verdampft. Nicht einmal das kleinste Rauchwölkchen kam zustande. Der kleine Flugkörper hörte einfach von einem Sekundenbruchteil zum nächsten zu existieren auf.

Elliott fühlte sich, als habe er plötzlich einen heftigen Sonnenbrand erlitten. Er riß am Steuerknüppel, um das abrupte Durchfallen des Flugzeugs nach unten zu stoppen und es in den orkanartigen Luftturbulenzen unter Kontrolle zu halten. Das ACHTUNG-WARNUNG-Leuchtschild ging an und mit ihm andere Warnlampen. Elliott aber hielt das widerstrebende Gebirge von Metall, in dem er saß, fest im Griff seiner Hände.

Dave Luger prallte hart gegen seine Instrumentenwand, als das Flugzeug in dem entstehenden Vakuum so abrupt weggerissen wurde. Sein eigener Schmerzensschrei ging unter in dem unter der Belastung metallischen Aufstöhnen der Megafestung und dem protestierenden Aufbrüllen der Triebwerke. Doch er und der *Old Dog* hielten sich noch gut. Einer MiG-29 war es schlechter ergangen. Sie war genau mitten in die ideale IR-Schußposition geflogen und hatte die Durchsage zum Verlassen des Gebietes überhört, als der Laser sich wie ein scharfes Messer durch die eisige Kälte der sibirischen Luft schnitt.

Der orkanartige Sturmwind, den die Mini-Nuklearexplosion im Innern des Krypton-Fluor-Laserstrahls erzeugte und der schon den B-52-Bomber mit seinen fast zweihundert Tonnen wie einen aus Papier gefalteten Gleiter durcheinandergeschüttelt hatte, erfaßte den kaum fünfzehn Tonnen schweren *Fulcrum*-Jäger wie mit einer überdimensionalen Riesenfaust und schleuderte ihn wie eine Insekt auf die Erde. Der Pilot eines zweiten russischen Jägers war zu beschäftigt, seine eigene Maschine unter Kontrolle zu behalten, um es wahrzunehmen.

»Was, zum Teufel, war das?« fragte Angelina. Ihre sämtlichen Instrumente versagten mit einem Schlag. Sie warf einen Blick hinüber zu Wendy, die ihre Instrumente auf BEREIT-SCHAFT zu schalten versuchte, um sie wieder in Gang zu kriegen.

»Der Laser«, erklärte Elliott. »Sie haben den Laser auf uns abgeschossen. Zwei Generatoren sind hinüber.« Er überprüfte rasch seine Instrumente. »Triebwerke scheinen in Ordnung zu sein. John, können Sie versuchen, die Generatoren zwei und drei wieder in Gang zu bringen?«

»*Versuchen* kann ich es«, entgegnete Ormack. Er wischte sich über die Augen und griff vorsichtig an die Schalter seiner rechten Instrumententafel für die Generatoren. Die abrupte Energieunterbrechung hatte in der Navigatorenkabine ebenfalls Kurzschluß in sämtlichen Geräten verursacht. Ormack schaffte es mit seinen erfahrenen Händen jedoch, die Generatoren wieder in Gang zu setzen und wieder zum Funktionieren zu bringen. Problematisch war allerdings, daß nach Wiederherstellung der Stromzufuhr nur die Beleuchtung in der unteren Kabine funktionierte.

»Dave, wieviel Zeit ist noch?« fragte McLanahan.

Luger leuchtete an seinem Platz mit einer kleinen Taschenlampe herum und suchte mit deren schwachen Lichtstrahl die Instrumente zu seiner Rechten ab.

»Wir müssen hier raus«, sagte er schließlich, »wir müssen zurück . . .«

»Ruhe, Junge, Ruhe«, mahnte ihn McLanahan und schüttelte ihn an den Schultern. Luger hielt in seinen nervösen Bewegungen inne und starrte McLanahan an. »Es ist aus, Pat.«

»Nein, das ist es nicht! Und jetzt gib mir die Zeit auf den Zwölfmeilen-Punkt, verdammt noch mal!« McLanahan war bereits dabei, Luger beiseite zu schieben und es selbst zu machen, als Luger sich wieder faßte und sich an die Feststellung der Zeit machte.

»Zwei Minuten und zehn Sekunden.«

»Gut. Geh mit allem, was du hast, auf BEREITSCHAFT. Bis zur Abwurfzeit wird alles wieder funktionieren. Wenn nicht, polieren wir die Bombe, fliegen über den Laser und werfen das Ding einfach wie die nächstbeste normale Bombe runter.« Er kontrollierte noch einmal seine Instrumente für die DCU-239-Waffenaktivierung. »Allerdings könnte es ein anderes Problem geben.«

»Nämlich?«

»Der Generator-Ausfall hat auch in der Waffenaktivierung Kurzschluß verursacht. Nicht eine Waffenanzeige funktioniert.«

»Die sollten aber noch gut —«

»Ich weiß nicht, ob die Bombe funktionieren wird«, sagte McLanahan ruhig. Alle an Bord hörten es, obwohl er es nur halblaut gesagt hatte.

»Sie meinen, sie wird vielleicht nicht losgehen?« fragte Wendy. »Wir haben uns bis hierher durchgeschmuggelt, und dann funktioniert das Ding nicht?«

»Ich meine, daß ich keine Ahnung habe. Die Bombe kann scharf sein oder nicht, sie kann auch scharf sein und als Blindgänger krepieren – ich kann es nicht feststellen.«

»Den ganzen Weg ... die ganzen Opfer ... und am Ende für nichts ...?«

»Noch eine Minute bis Abwurfpunkt«, sagte Luger an.

»Ich versuche sie noch einmal scharf zu machen.« McLanahan begann noch einmal seine Checkliste für Waffenaktivierung durchzugeben. »Nichts«, murmelte er schließlich. »Keine Batterieladung, keine Recycling-, keine Sensorenanzeigen. Ich habe zwar noch immer Reservestrom, so daß ich das Ding immerhin zum Fliegen kriegen kann. Aber was sie dann tatsächlich macht – wie gesagt: keine Ahnung.«

Die Besatzung war sehr still.

»Meine Warninstrumente funktionieren wieder«, meldete Wendy plötzlich. »Signal aus Kawaschnija ... verlagert sich wieder.«

»Alle unsere ›falschen Hasen‹ sind weg«, sagte McLanahan. »Ich habe sie in dem Moment rausgeschossen, als der Laser anfing –«

»Strom für die Anti-Strahlungs-Raketen wird erst in zwei Minuten wieder verfügbar sein«, meldete Angelina. »Und das war unsere letzte Hoffnung.«

»Angelina ... bereiten Sie die Abschuß-Checkliste vor«, befahl Elliott mit steinernem Gesicht.

Luger sah McLanahan an, der vor sich hinstarrte und immer wieder die Fäuste ballte.

»Wendy, versuchen Sie, ob Sie uns rechtzeitig warnen können, wenn der Laser wieder kommen sollte«, fuhr Elliott fort.

Wendy drückte als Antwort auf ihre Mikrofontaste, schwieg aber. Sie konnte die schwachen Frequenzkurven durch die Interferenzen auf ihrem Schirm kaum erkennen. Und selbst wenn sie in dem Wirrwarr das Radarsignal hätte erkennen können – genützt hätte es wenig. Sie würden nicht zum Schießen kommen; zuvor hätte sie dieser gigantische Laserstrahl bereits in Atome aufgelöst.

»Ich trimme sie ein wenig nach oben«, erklärte Elliott. »Vielleicht schmiert sie uns genau über den Köpfen dieser Mistbande da unten ab. Hallo, Leute, unser Auftrag war die Zerstörung dieser Laser-Anlage. Ich werde den Befehl zum Aussteigen geben. Dann warte ich, bis alle raus sind, und setze die ganze Kiste direkt in die Anlage hinein. Halten Sie sich bereit zum –«

»Was?« rief McLanahan. »Aber das können Sie doch nicht machen! Nein, nein, wir werden wie geplant diese Scheißbombe runterschmeißen –«

»– von der Sie selbst gesagt haben, daß sie nicht zünden wird!«

»Habe ich nicht! Ich sagte nur, ich weiß nicht, was sie machen wird! Mein Job ist, sie auf das Ziel runterzuwerfen. Ihr Job, *Sir*, ist, uns hier wieder wegzuschaffen!«

»Wir können das Risiko nicht eingehen. Wenn die Bombe nicht losgeht, haben wir unseren Auftrag nicht ausgeführt, und man wird uns obendrein wie die Karnickel jagen – und das dann für nichts und wieder nichts . . .«

»Aber wir können doch nicht einfach aufgeben!«

»McLanahan, dies ist ein Befehl. Bereithalten zum Aussteigen!«

Luger begann seine Fallschirmgurte straffzuziehen. Er zog alle Reißverschlüsse an seiner Jacke hoch und blickte zu seinem Freund und Kollegen hinüber. »Pat, du solltest auch lieber . . .«

»Wieviel Zeit ist noch, Dave?«

»Pat . . . !«

»Wieviel Zeit, Dave?«

»Dreißig Sekunden. Aber –«

»Das reicht.« McLanahan drückte den AUTOFIX-Knopf auf seiner Kontrolltastatur, wodurch die augenblicklichen Positionsdaten in den Computer der Striker-Gleitbombe eingespeist wurden. Dann öffnete er die Bombenschachtklappen mit den mechanischen Hebeln und zog zugleich den benachbarten gelben Griff SPEZIALWAFFEN, ALTERNATIVAUSLÖSUNG.

»Bombe geworfen, General, und bitte, schaffen Sie uns jetzt hier weg!«

Elliott war gerade dabei, seine Gurte straffzuziehen, als er die Anzeigen BOMBENKLAPPEN OFFEN und ABWURF aufleuchten sah. »Wir sind doch noch zu weit weg, wir haben niemals Zeit, zu –«

»Wir werden jedenfalls den Laser nicht mit diesem *Flugzeug* bombardieren«, sagte McLanahan entschieden. »Drehen Sie links ab, schaffen Sie uns hier weg . . . !«

Danach schien alles wie in Zeitlupe abzulaufen. Es war, als sähe man sich eine Dia-Schau an, bei der ein Bild nach dem anderen projiziert wird, stumm, ohne Ton.

Elliott stellte den *Old Dog* in einem abenteuerlichen fünfundvierzig-Grad-Winkel auf die linke Tragflügelspitze. Sofort plärrte die Absturz-Warnhupe los, aber niemand achtete darauf, falls sie überhaupt jemand bewußt hörte. Der General konnte es buchstäblich fühlen, wie der *Old Dog*, während er seitlich nach unten wegsackte, beim ruderlosen Trudeln den

Kurs änderte. Erstaunlicherweise schlug die Maschine nicht auf dem gefrorenen sibirischen Boden auf ...

Wendy ließ den Ausstiegsknopf auf ihrem Schleudersitz los und drückte dafür auf den Knopf STÖRMATERIAL-SALVE. Sie schickte damit fünfzig Bündel Glasfaserstoppeln in einer gewaltigen Wolke auf die Reise, als sich der *Old Dog* gerade wieder abfing. Sie hätte noch weitergemacht, hätte ihr der gewaltige Druck in der Abfangkurve nicht buchstäblich den Finger vom Knopf gerissen ...

Ormack preßte sich in seinen Sitz und versuchte, am Steuerknüppel zu ziehen, um die Abfangkurve durchzustehen, ohne daß die Megafestung wie ein Stein über die Flügelspitze wegsackte. Zu seiner Überraschung bemerkte er, daß er und Elliott in fast millimetergenauer Koordination automatisch dasselbe taten.

Trotz des extremen Abdrehmanövers gelang es McLanahan, die Flugbahn der *Striker*-Gleitbomben-Luftmine im Auge zu behalten. Ihre Spur war auf dem *Striker*-Monitor vor ihm sichtbar geworden, sobald sie den Bombenschacht verlassen hatte.

Sein Abwurf »von Hand« war fast perfekt gezielt. Das Zentrum der Kawaschnija-Laser-Anlage lag haargenau auf dem Zentrum des schwachbeleuchteten Fernseh-Monitorschirms. Als der Ausdruckanzeiger auf dem Monitor mitteilte, daß visuelle Zielfixierung mit Schwachlicht-Sensor möglich sei, drückte er den Knopf FIX, um sicherzustellen, daß die Bombe nun auch wirklich ins Ziel traf. Selbst wenn der *Old Dog* nun nicht davonkäme, flog die Bombe von nun an allein sicher ins Ziel ...

»Radar wechselt auf Zielverfolgungs-Modus«, meldete Wendy.

»Hallo, Besatzung, bereithalten zum Aussteigen«, verkündete Elliott erneut. Er griff nach unten auf die Mittelkonsole und schaltete das Ausstiegs-Warnlicht an. Die große rote Lampe zwischen den beiden Navigatoren begann in raschem Rhythmus zu blinken.

»Wenn das Licht stehenbleibt, heißt es –«

»Nein! Halten Sie die Abdrehkurve durch! Geben Sie jetzt nicht auf –!«

»Wenn die da unten erst ihren Laser loslassen, ist keine Zeit mehr zum Aussteigen –«

»Wenn Sie Befehl zum Aussteigen geben, ist das glatter Mord an dieser Besatzung!« schrie McLanahan.

»Aber die Bombe . . .«

McLanahan handelte nun eigenmächtig und allein. Er ging auf Infrarot. Er konnte die »warme« Stadt oberhalb der »heißen« Laser-Anlage ausmachen und die »kalte« Beringsee dahinter. Er drückte den Steuergriff leicht nach links und ging mit der Zielkimme genau auf den heißesten infraroten Punkt der Anlage. Das Nachsteuerungssystem der Striker arbeitete präzise. Das eingebaute Mini-Raketentriebwerk hatte noch nicht gezündet. Die Bombe flog über tausend Fuß höher als programmiert war, aber diese zusätzliche Höhe bedeutete eine verlängerte natürliche Gleitbahn.

Die orangefarbig dargestellte Laser-Anlage begann größer zu werden, je näher die Bombe kam. Die Striker hatte Zielkurs auf ein riesiges Zulieferkraftwerk. McLanahan war eben dabei, auf den vergrößerten Zielgebietsausschnitt umzuschalten und die Feinlenkung einzustellen, als er ein anderes »heißes« Objekt in der linken oberen Ecke des Infrarot-Monitors entdeckte, weit über dem Hauptreaktorkomplex im Tal.

Er hatte nur einige Augenblicke lang Zeit, es sich anzusehen, ehe es wieder aus dem Blickfeld verschwand, aber er konnte doch einen gewaltigen Komplex ausmachen, dessen Mitte »heiß«, die restlichen vier Fünftel »kalt« waren. McLanahan schaltete wieder auf Gesamtpanorama um.

In diesem visuellen Modus gab es keinen Irrtum mehr. Die Kuppel, groß wie ein Stadion, war deutlich sichtbar. Ein großer, langer, rechteckiger Schlitz in ihr zeigte genau auf die Megafestung. McLanahan erinnerte sich, wie Elliott ihnen die erste Information über Kawaschnija gegeben und erste Aufklärer-Luftaufnahmen der Anlage herumgereicht hatte.

Das Spiegel-Gebäude.

McLanahan reagierte auf der Stelle. Er zog den Steuergriff nach links und nach hinten über sämtliche Stopps hinweg, um die Kuppel wieder auf den vor ihm liegenden Monitorschirm zu bekommen.

Luger beobachtete seinen eigenen Monitor voller Panik. »Pat – was machst du da ...«

»Der Spiegel!« sagte McLanahan. »Es ist das Gebäude für den Spiegel!«

»Aber das Kraftwerk –«

McLanahan antwortete nicht. Er beobachtete seinen Bildschirm, auf dem jetzt gelb die Anzeige SRB ZÜNDUNG erschien – als Bestätigung dafür, daß das Raketentriebwerk der Gleitbomben-Luftmine die neuen Steuerkommandos befolgt und gezündet hatte. Das Kraftwerk verschwand langsam vom Schirm.

»Das Kraftwerk –« wiederholte Luger.

»Ich stanze ein Loch in dieses Spiegel-Haus! Selbst wenn die Bombe nicht explodiert, richtet sie doch solchen Schaden an, daß sie das ganze Ding außer Betrieb setzt!«

Das Monitorbild begann dunkler zu werden, als die schroffen Berge über der Anlage von Kawaschnija und die Stadt selbst aus dem Bereich des Sichtschirms wanderten. McLanahan mußte den Steuergriff voll zurückziehen, als die felsige Gratlinie näher und näher kam.

Luger schrie: »Wir rasen da hinein!«

Aber im nächsten Augenblick entschwand der letzte der rauhen, gezackten Berggrate außer Sicht, und die große Kuppel des gewaltigen Gebäudes für den Spiegel füllte den ganzen Monitorbildschirm. McLanahan drückte den Steuerhebel nach unten und zentrierte die Zielkimme auf die Basis der Kuppel an ihrem Sockel. Beide Navigatoren starrten fasziniert auf ihre Monitoren, während die Kuppel immer näher kam.

Das 24 Millimeter dicke Glasauge der *Striker* blieb irgendwie intakt, als es durch die Fiberglaswand der Kuppel stieß. Und so erhaschten die beiden Navigatoren für den Moment eines

Lidschlags einen Blick auf den genauen Einschlagpunkt der *Striker*: auf Stahlträger und Gegengewichte, die den schweren, riesigen Spiegel in der Balance hielten.

Das Roboterauge flog genau zwischen zwei Stützträgern hindurch, und die Bombe landete direkt auf der Tragekonstruktion des Spiegels. Im gleichen Augenblick waren russische Techniker und Wächter zu sehen, die wie aufgestörte Insekten herumrannten.

»Sie ist nicht losgegangen«, sagte Luger. »Ein Blindgänger. Sie ging nicht los.«

»Radar hat uns erfaßt«, kam Wendy dazwischen. »Hängt fest wie Kletten. Sie haben uns . . .«

McLanahan hatte geistig völlig abgeschaltet, sah und hörte nichts mehr von Lärm und Aufregung in der Maschine, starrte nur abwesend und wie gebannt auf seinen *Striker*-Monitor. Da kamen immer noch Soldaten herbeigelaufen und starrten auf die *Striker*-Bombe, wie sie da plötzlich im Innern des Spiegel-Gebäudes lag.

»Hallo, Besatzung, Ausstieg-Warnlicht kommt . . . haltet euch bereit . . .«

Ormack saß steif aufgerichtet in seinem Sitz, seine Schleudersitzhebel ausgefahren, bereit zum Auslösen des Schleudermechanismus. Elliott hatte eben nach unten zur Mittelkonsole gegriffen und wollte das Signal zum Aussteigen von WARNUNG auf AUSSTIEG umlegen, als direkt unterhalb der rechten Tragfläche etwas explodierte, woraufhin eine Feuersäule, dreißig Meter im Durchmesser, in den Himmel stieg. Sie erleuchtete die ganze Küste. Ihr Explosionsknall übertönte um ein Mehrfaches das Gedröhn der Triebwerke.

»Was war das?« rief Ormack, der sich an seinem Sitz festklammerte, während die Druckwelle über die Megafestung hinwegrollte. »Der Reaktor?«

»Wir haben das Haus mit dem Spiegel! Patrick hat den Spiegel getroffen! Sie ging los! Sie war doch kein Blindgänger!« rief Luger, seine Stimme war vor Aufregung immer lauter geworden.

»Das Radar ist weg«, meldete Wendy, »kein Verfolgungssignal mehr von Kawaschnija.«

Elliott konzentrierte sich auf den Bergkamm vor sich und zog die Nase des *Old Dog* langsam über ihn hinweg. Er versuchte verzweifelt, etwas der sich langsam wieder aufbauenden Luftgeschwindigkeit gegen etwas lebensrettende Höhe einzutauschen. Er bemerkte, daß die meisten Lichter der Stadt über der Laser-Anlage ausgegangen waren . . . »Die Explosion hat anscheinend einen Stromausfall in der ganzen Gegend verursacht. Instrumente und Geräte überprüfen!«

McLanahan prüfte rasch seine Instrumente. »Computer arbeiten wieder.« Er synchronisierte eilends die Navigationssatelliten auf seine Computer. Das grüne NAV-Licht ging an. Gleich darauf gab die »Spiel«-Kassette auch die Geländedaten weiter. »Bodenabstandscomputer arbeitet wieder«, meldete er Elliott, der sofort den Autopiloten einschaltete, COLA auf dem Sektor wählte und beobachtete, wie sich daraufhin die lange spitze Nase des Flugzeugs gehorsam erdwärts neigte.

»Lieber Gott«, rief Ormack. »Wir haben es geschafft.«

»Warn- und Störgeräte arbeiten wieder«, sagte Wendy.

»Mein Radar ist wieder da«, meldete auch Angelina mit Wiederauferstehungsstimme.

»Ganze Besatzung Station-Checks«, kommandierte Elliott, schaltete die Ausstiegswarnung ab, zog sich seine Feuerbekämpfungs-Sauerstoffmaske vor das Gesicht und atmete tief. »Noch sind wir nicht zu Hause«, ermahnte er sie alle, nachdem er seine Portion Sauerstoff getankt hatte. »Jede Minute werden wir wieder Jagdflugzeuge auf dem Hals haben.«

McLanahan hing quer in seinem Sitz, gerade noch von seinen Fallschirmgurten gehalten, die straffzuziehen er keine Zeit und Gelegenheit gefunden hatte. »Schon richtig, General«, sagte er, »aber Sie müssen zugeben, jetzt ist Zeit für kleine Buben.«

»Sie dürfen aufs Töpfchen, Radar.« Elliott grinste müde und half Ormack, die Sauerstoffmaske anzulegen. »Danach gehen Sie sofort wieder auf Wachstation. Wir kommen gleich nach

Ossora. Kawaschnija mag vielleicht außer Gefecht sein, aber ich wiederhole, vier Staffeln MiGs werden uns jeden Augenblick an den Hintern langen.«

McLanahan betrachtete die feuchten Flecken in seinen Hosen. »Sieht so aus, als brauchte ich das Töpfchen nicht mehr.«

Dave Luger brachte ein kullerndes Kichern zuwege. »Tut mir leid, Freund, daß ich vorhin beinahe die Nerven verloren habe. Von jetzt ab kannst du auf mich zählen –«

»Suchradar auf zwei Uhr. Das ist der Flugplatz Ossora«, gab Wendy plötzlich durch.

Die beiden Navigatoren tauschten Blicke aus. »Zurück an die Arbeit!« sagte McLanahan und schaltete sein Angriffsradar auf Zielsuchmodus.

ÜBER DEM HIMMEL VON KAWASCHNIJA

»Radarkontakt verloren, Element sieben«, hörte Juri Papendrejow den sowjetischen Radar-*Controller* über Kommandofunk sagen. »Melden Sie unverzüglich Ihre Position.« Wie als Antwort leuchtete das große rote Warnzeichen NIEDRIGHÖHENWARNUNG auf der Instrumentenkonsole von Papendrejows verbesserter MiG-29, dem *Fulcrum*-Jäger, auf.

Er murmelte etwas Ärgerliches, das niemandem im besonderen galt, und begann eine flache Steigkurve aus der tintenschwarzen Dunkelheit, die ihn umgab. Plötzlich war die Erde sein Feind, genauso wie das amerikanische Kriegsflugzeug, hinter dem er her war. Er hielt Kurs und schaltete sein Puls-Doppler-Angriffsradar und den Infrarotsensor vorne an der Flugzeugnase ein.

Er hatte Steuersignale von der Radaranlage in Kawaschnija auf den angreifenden amerikanischen B-52-Bomber aufgefangen. Diese Signale hatten einen ganzen Schwarm Raketenabschußdaten an sein Kontrollsystem enthalten und ihm auch die Entfernung und den Kurs zum Abfangen der B-52 übermittelt. Das in Betrieb befindliche Radar von Kawaschnija erübrigte den Einsatz seines eigenen für die Jagd, was einen großen Vorteil dieses verbesserten russischen Abfangjägers darstellte. Das Kawaschnija-Radar war stärker als jede Störung, und wenn das eigene Bordradar der Fulcrum nicht gebraucht wurde und damit auch nicht gleichzeitig ein ansteuerbares Ziel war, konnte er sich ohne die Befürchtung, entdeckt zu werden, hinter der B-52 heranpirschen.

Aber das war jetzt alles nicht mehr gültig. Aus irgendeinem Grund war das Kawaschnija-Radar nicht mehr in Betrieb. Er mußte also sein eigenes engstrahliges Radar benutzen, um Tausende Quadratkilometer Luftraum nach diesem Bomber abzusuchen, was ihn obendrein von der nötigen Konzentration ablenkte, die das Fliegen seiner Fulcrum und das Aufpassen auf die wilden Berggrate Kamtschatkas erforderte.

Der junge Abfangjäger-Pilot in seiner PVO-Stranji schaltete sein Kommandofunkgerät an und meldete mit angespannter Stimme: »Element sieben hat Leitstrahl auf Eindringling verloren – Augenblick, nein! Bin noch dran!«

Ein mächtiges Radarsignal tauchte am linken Rand seines Bordkontrollschirms auf. Dann verschwand es wieder. Er begann eine Schleife nach links und suchte rasch, aber vergeblich das Terrain zu seiner Linken ab.

»Element sieben hat möglicherweise Radarkontakt«, meldete er über Funk, war aber zu beschäftigt, um seine Position durchzugeben.

»Element sieben, Wiederholung. Element sieben, melden Sie Ihre Position.«

In diesem Augenblick sah er es aus den Augenwinkeln. Der Feuerball war so mächtig und hell, daß der junge Pilot trotz seiner Ausbildung und Disziplin erst einmal mehrere wertvolle Sekunden lang darauf verwendete, das Schauspiel zu beobachten. Die Trümmer des gewaltigen Gebäudes mit dem Riesenspiegel in der massiven Kuppel flogen mindestens einen Kilometer weit in alle Richtungen auseinander, und in der Mitte starrten, grotesk verbogen, Berge von Metall aus den Ruinen dessen, was eben noch das große Kawaschnija-Radar gewesen war. Die Explosion, dachte er, mußte auch Nebenschäden angerichtet haben, denn überall war das Licht ausgegangen . . .

Papendrejow nahm die Kraft der kreischenden Triebwerke vom Typ Turmansky R 33 D auf fünfundneunzig Prozent zurück und teilte seine Aufmerksamkeit zwischen dem Radar und dem Infrarotdetektor, während er seinen flachen Kurvenflug fortsetzte. Er versuchte sich rasch zu vergewissern, wo sein Flügelmann sei, aber er konnte ihn nicht entdecken. Sie hatten sich aus den Augen verloren, als der Laser abgeschossen wurde und die daraufhin entstandenen unglaublichen Turbulenzen ihn fast hatten abstürzen lassen. Deshalb nahm er jetzt auch das Schlimmste an – nämlich, daß entweder der Laser oder die Amerikaner seinen Kameraden getroffen hatten, unabsichtlich der eine, mit voller Absicht die anderen.

Diese Nachtflüge waren der schiere Selbstmord, dachte der Pilot. Üblicherweise war das sowjetische Bodenradar für schlichtweg alles zuständig – für den Bodenabstand, für den Leitstrahl zum Eindringling, für die Annäherung und für die Schußposition. Nur noch auf den Abzug mußte der Pilot selbst drücken. Papendrejow war deshalb jetzt völlig blind. Alles, was er hatte, war ein leicht zu störendes Radar am Bug der Maschine und ein reichweitenbegrenztes Infrarot, das nichts wert war.

In der rechten unteren Ecke seines Bildschirms für die Vorausorientierung schien ein Rautensymbol auf. Der Infrarotdetektor hatte die B-52 gefunden. Sonderbarerweise zeigte das Radar nichts an. Er versuchte mit ihm eine Entfernungspeilung vorzunehmen, aber es sprach nach wie vor nicht an. Er drehte nach rechts, zentrierte das Rautensymbol in Azimutstellung auf seinem Schirm und wartete, daß das Radar endlich reagierte. Immer noch nichts. Der Infrarotsucher sagte ihm nur Höhe und Azimut, aber nicht die Entfernung. Eine seiner beiden AA-8-Raketen mit Wärme-Zielsucher konnte sich an diesen amerikanischen Scheißkerl anhängen, aber sie waren nur Kurzstreckenraketen und funktionierten nur bis zu acht Kilometern Entfernung einwandfrei.

Er zögerte, seine Flugzeugnase unter die Horizontlinie zu drücken, solange er nicht wußte, wo er genau war. Nachdem er seine Höhe über Grund überprüft hatte, ging er mit den Turbos auf neunzig Prozent zurück und wartete. Es hatte keinen Sinn, blind herumzukurven, nur um plötzlich der B-52 direkt vor die Mündungen der Bordkanonen zu fliegen, dachte er. Dann kam dem siebenundzwanzigjährigen Piloten der sowjetischen PVO-Stranji-Luftverteidigung zum Bewußtsein, daß er mit niemandem gesprochen hatte, keinerlei Autorisation besaß, irgend etwas zu unternehmen, und ihm auch von niemandem konkrete Anweisungen erteilt worden waren. Noch fehlten ihm zwei Jahre Ausbildung und Dienstzeit, bevor er qualifiziert war, selbständige Abfangaktionen zu unternehmen, also loszufliegen und feindliche Flugzeuge nach eigenem Ermessen ohne ständige Anweisungen von der Bodenkontrolle zu jagen. Aber genau das tat er hier. Es war alles sehr einfach. Schmerzlich einfach. Selbstmörderisch, aber einfach. Einfach, sich selbst umzubringen.

Er kontrollierte die Instrumente für den Treibstoff. Wenn er keine Nachbrenner zündete, konnte er noch eine halbe Stunde lang hier oben bleiben und auf den Eindringling warten. Er hatte auch immer noch vier Raketen, zwei radargelenkte und zwei wärmesuchende. Würde das ausreichen, die Aufgabe durchzuführen?

»Luft-Radar-Kontakt!« meldete Wendy Tork über Bordfunk. »Auf sieben Uhr. Sieht aus wie . . . wie . . . eine Fulcrum.«

»Bodenabstandscomputer arbeitet wieder, General«, sagte McLanahan.

Elliott hatte bereits auf COLA geschaltet, auf die computergesteuerte Niedrigstflughöhe, was einen waghalsigen Ritt knapp dreißig Meter über das inzwischen rasch ansteigende Terrain bedeutete. Seine Lippen waren trocken. »Ist die Angriffsmeldung draußen, Angelina?« fragte er, während er seine Instrumente überflog.

»Hab' sie zweimal wiederholt«, erwiderte Angelina. Sie stellte ihr Schußkontrollradar neu ein, um die durch die Interferenzen und das starke Kawaschnija-Radar entstandenen Fehler zu beheben, schaltete dann um auf SUCHE, und fast augenblicklich fand das Radar den hinter ihnen fliegenden Jäger.

»Meine Geräte arbeiten wieder. Radarkontakt, sieben Uhr oben, zwölf Meilen«, meldete sie. Sie beobachtete die Anzeige eine Weile. »Bleibt unverändert . . .«

Sie drückte die Sicherungssperren herunter, legte einen Finger auf den Abschußknopf der Stinger-Luftminen und verfolgte den Entfernungscountdown. Als dieser bei fünf Meilen angelangt war, drückte sie sanft und feuerte . . .

Der Fulcrum-Pilot hörte den trillernden ALARM-Ton in seinem Kopfhörer, drückte eilig die Hebel auf Maximum-Nachbrennen und zog seinen Jäger in einem riskanten Neunzig-Grad-Steigmanöver nach oben, um einem eventuellen Raketenangriff auszuweichen. Er ging erst tausend Fuß höher wieder auf normale Flugposition und suchte den Horizont zum linken Cockpitfenster hinaus nach der Ursache des Raketenalarms ab.

Was kann das sein, überlegte Juri Papendrejow. Ein Jäger, der Raketen auf mich abschießt? Seine Augen suchten in der Dunkelheit. Ein gegnerischer Jäger über sowjetischem Territorium?

Der junge Pilot hatte Glück gehabt mit seinem gewagten Ausweichmanöver. Die kleine *Stinger*-Rakete mit ihren winzigen Stabilisierungsflossen kam dem flinken sowjetischen Jäger und seinem halb verschreckten, halb genialen Piloten nicht mehr nach. Sie drehte sich einmal träge und versuchte noch einmal den Steuerimpulsen aus Angelinas Radar zu folgen, aber sie hatte einen doppelt so großen Drehradius wie die Fulcrum. Die Festtreibstoffrakete hatte keine Chance mehr, ihr Ziel zu erreichen. Sie schnürte hinter der Fulcrum in deren Kielluftstrom her, ihre Schubkraft war nahezu erschöpft. Nachdem sie auch kein Detonationssignal erhielt und ihr Treibstoff zur Neige ging, gab sie planmäßig ihr eigenes Sprengsignal.

Papendrejow sah, wie in dem gleichförmigen Dunkel um ihn herum plötzlich eine Feuerwerksblume aufblühte. Er konnte die herumwirbelnden Funken, die Myriaden von Metallsplittern, die durch die Luft in seine Richtung sirrten und ihn suchten, fast körperlich spüren. Instinktiv griff er nach den Hebeln für die Maximalnachbrenner, aber sogleich wurde ihm bewußt, daß sie längst gezündet waren. Er stieg noch etwas höher, während die Feuerwerksblume am Himmel hinter ihm blieb und schließlich verschwand.

Sein Atem ging heftig, rasch und flach. In seiner schweren gläsernen Gesichtsmaske liefen Schweißtropfen herunter. Er dankte den Sternen und den Schatten der Genossen Mikojan und Gurewitsch, die seinen wunderschönen Jet konstruiert hatten, und zog nach links weg, um sein Jagdopfer wieder aufzuspüren.

Angelina schüttelte enttäuscht den Kopf. »Der Bursche ist gut. Er ist genau rechtzeitig ausgewichen.«

»Und da ist er schon wieder«, sagte Wendy.

Luger beobachtete sein Bodenradar, das normal und ungestört arbeitete, seit ihre Dreitausend-Pfund-Striker-Gleitbombe in das Spiegel-Gebäude von Kawaschnija gefahren war und zumindest teilweise auch die Radaranlage mit sich genommen hatte. »Wieder Berge in zwölf Meilen.«

»Er bleibt oben«, sagte Angelina mit einem Blick auf die Höhen- und Azimutanzeigen auf ihrer Konsole.

»Kann er uns noch immer mit IR orten?« fragte Ormack.

»Er kann sich anhängen, aber solange er uns nicht bis auf einige hundert Fuß auf die Pelle rückt, haben wir eine Chance.«

In diesem Augenblick begannen die Höhenanzeigen kontinuierlich zu fallen.

Angelina schluckte schwer. »Achtung, an alle, er kommt runter. Haltet euch bereit.«

Juri Papendrejow hatte endlich einen zuverlässigen Navigations-Zielstrahl. Er nickte sich selbst zu. Bei der jetzigen Geschwindigkeit – über achthundert Stundenkilometer – konnte er noch weitere tausend Meter nach unten gehen und fast zwei wertvolle Minuten lang nach dem B-52-Bomber suchen, ehe die für ihn unsichtbaren eisbedeckten Gipfel der Korakskij Khrebet ihm dies nicht mehr erlauben würden. Er drückte seine Fulcrum weiter nach unten, stellte die Höhenmesserkontrolle auf dreitausendzweihundert Meter und manövrierte seinen Jäger so, daß die IR-SPUR-Raute auf seinem Kontrollschirm genau zentriert stand.

Diese paar hundert Meter Höhe waren die entscheidende Tatsache. Das Puls-Doppler-Angriffsradar pegelte sich ein, und die Abschußinformation wurde sofort in die radargelenkte Rakete AA-7 eingespeist.

Papendrejow lächelte. Was wollte er mehr. Eine solide Infrarot- und Radar-Einpegelung und vier verfügbare Raketen. Der Entfernungs-Countdown lief weiter. Die Erinnerung an die feurige Raketenexplosion kam ihm wieder in den Sinn. Seine Entscheidung war getroffen. Er hielt die Entfernung auf vierzehn Kilometer, brachte zwei radargelenkte AA-7 in Stellung und feuerte sie ab.

RAKETENALARM leuchtete es auf. Das Puls-Doppler-Angriffsradar, das auf den niedrig fliegenden *Old Dog* gepeilt war, hatte die Warnung ausgelöst. Sie versetzte die Besatzung in angespannte Bereitschaft. Die kontinuierlichen Radarsignalwellen, die die AA-7-Raketen führten und lenkten, aktivierten auch die Anzeige RAKETENSTART an Wendy Torks Instrumententafel. Wendy schoß sofort acht Bündel Störstoppeln ab und kommandierte Abdrehen nach rechts. Elliott und Ormack, die bereits auf Höchstgeschwindigkeit beschleunigt hatten, zwangen den *Old Dog* in eine harte Rechtskurve. Im gleichen Augenblick entdeckte Wendy das Steuersignal des russischen Jägers und begann mit Stör- und Blockiermaßnahmen.

Die rechte der beiden AA-7-Raketen wurde von der Störstoppeln abgelenkt. Allerdings machte diese Ablenkung kaum mehr als sechs Meter aus. Die Rakete flog direkt über die Mitte des Rumpfes des *Old Dog* hinweg und genau vor die Rumpfkante der rechten Tragfläche. Als ihr Sucher umsprang, um dem Leitsignal zu folgen, detonierte der neunundachtzig Pfund schwere Sprengkopf.

Dave Luger spürte gar nichts. Es war einfach nur, als hätten sich seine gesamte Computertastatur und Teile seines Radars selbständig gemacht, sich aus ihren Befestigungen befreit und seien im nächsten Augenblick in seinem Schoß und zum Teil auch in seinem Gesicht gelandet. Eigentlich hätte ihn der Zusammenprall glatt aus seinem Sitz werfen und quer durch ihre kleine Kabine schleudern müssen, wenn ihn nicht die Sicherheitsgurte um Schultern und Leib sicher festgehalten hätten – allerdings auch mit dem Resultat, daß sein Oberkörper den ungeheuren Druck aushalten mußte, den die Explosion durch die Fiberstahlhaut des *Old Dog* schickte und der ihn wegzureißen versuchte.

Er spürte Hände auf seinen Schultern und auf seiner Brust, aber noch immer keine Schmerzen. Er bemühte sich, die Augen aufzubekommen und wieder zu sehen, aber das gab er schließlich auf. Aus seiner Brust entwich Luft, von überall her flogen ihm irgendwelche Trümmer um den Kopf.

»Dave!« McLanahan griff über den Mittelgang zwischen ihren beiden Schleudersitzen hinüber und zog Luger nach oben, wobei er selbst gegen den Druck ankämpfen mußte, den Elliott und Ormack im Innern des Flugzeugs mit ihrem Kurvenflug erzeugten. »He, Dave ist verwundet!«

»Quatsch«, murmelte Luger, aber als ihn McLanahan hochzog, fiel sein Kopf kraftlos gegen die Kopfstützen seines Sitzes und baumelte unkontrolliert hin und her, während die Piloten verzweifelt versuchten, den nun erneut angeschlagenen Bomber wieder unter Kontrolle zu bekommen.

Luger merkte, wie sein Kopf von einer Seite zur anderen rollte, aber er war nicht imstande, seinen Genickmuskeln zu kommandieren, etwas dagegen zu tun. »Ich bin in Ordnung, ich bin in Ordnung«, sagte er ein übers andere Mal. »He, mein Radarschirm funktioniert nicht mehr.«

»Funktioniert nicht mehr«, war eine kräftige Untertreibung. Es war eher, als hätte ein metallfressendes Monster die Hälfte der millionenteuren Kathodenstrahlröhre abgebissen. McLanahan griff nach unten und rastete Lugers Verzögerungsrad an seinem Schleudersitz ein, was seinem Freund half, einigermaßen aufrecht zu sitzen. »Wie geht's den Computern, Patrick?«

»Vergiß die Scheiß-Dinger«, antwortete McLanahan und öffnete seine eigenen Gurte.

»Bleib angeschnallt, Pat –«

»Dave, halt jetzt für eine Weile die Schnauze, ja?« sagte McLanahan ruhig und bestimmt. Er griff sich den Verbandskasten, der in eine Mulde hinter seinem Sitz eingepaßt war, und warf, während er ihn öffnete, einen Blick auf die Computeranzeigen. Sie funktionierten noch. Es gab keine Fehler oder Unterbrechungen. Er drückte sich gegen den Tisch des schon wieder wegrutschenden Dave Luger und untersuchte diesen. »O Gott . . .«

»Ich bin okay, habe ich dir doch gesagt«, murmelte Luger. McLanahan nahm ein großes Stück Gaze aus dem Verbandskasten und hielt es hoch, war sich aber nicht sicher, was er zuerst tun sollte. Er hatte nie zuvor bloßgelegte Knochen gesehen, saubere, weiße Knochen. Es sei denn in einem T-Bone-Steak . . . Der Gedanke daran ließ ihn beinahe kichern, und er verscheuchte ihn auch sofort.

»Leg einen Verband drauf, wo immer einer hin muß, Pat«, sagte Luger, »und dann machen wir weiter, los.« Er hob einen Finger, um sich etwas Nasses aus seinem rechten Auge zu wischen. Als er es sich besah, war seine ganze Hand voll rotglitzernden Blutes.

»Ohhh . . .«

»Sitz still!« war alles, was McLanahan sagen konnte, während er Lugers rechte Gesichtshälfte mit einer dicken Lage Gaze abdeckte und diese mit Leukoplast befestigte. Luger ließ es über sich ergehen, als säße er beim Friseur.

McLanahan untersuchte Lugers Hals und Brust und wischte Glas- und Fiberstahlsplitter weg. Die Fliegerjacke und die Fliegermontur hatten seinen Oberkörper anscheinend doch im wesentlichen geschützt.

»Ich bin in Ordnung«, sagte Luger noch einmal. Seine Stimme war durch die Gaze auf dem Gesicht jetzt ein wenig gedämpft. »Ich habe mir das Bein etwas verstaucht, das ist alles. Du kannst es vergessen . . . aber dreh die Heizung ein wenig auf . . . es wird ziemlich kalt hier drin . . .«

»Komm, ich seh' mal nach –«

»Ich hab' doch gesagt, vergiß es . . .«

Doch McLanahan war bereits unter den Tisch gekrochen. Er blieb einige Augenblicke außer Sicht, kam dann wieder hoch, um sich den Verbandkasten zu greifen, und verschwand wieder unter der Tischplatte.

Luger hatte außer ein paar Schlägen nichts an seinem Bein gespürt. »Na, was hab' ich gesagt, Mami?«

McLanahan kam wieder hervor und setzte sich. Er wurde hin- und hergeworfen, als der *Old Dog* mit einigen Turbulenzen im Gefolge über eine weitere Bergkette der Gebirge von Kamtschatka gezogen wurde. Er starrte schweigend auf seine eigene Tischplatte.

»Fertig mit dem Florence-Nightingale-Spiel?« fragte Luger, während er nach unten an sein rechtes Bein griff, wo er aber nichts fühlte. Als er seine Hand wieder hochhob, war sie jedoch mit klebrigem, dunkelwerdendem Blut bedeckt.

Seine Augen begegneten endlich McLanahans Blick. »Stark wie'n Stier.« Er rückte sich seinen Kopfhörer mit dem Mikrofon zurecht. »Navigator wieder voll da.«

»David – ?« begann General Elliott.

»Mein Radar ist weg, Sir«, unterbrach ihn Luger und bemühte sich, seine Stimme wieder fest und klar klingen zu lassen. Er versuchte, auf seinem Terminal eine System-Diagnostik einzugeben, aber es waren nur noch einige Tasten übrig. Er strengte sich an, zu McLanahan hinüberzugreifen und dessen Tastatur zu benutzen. »Sieht so aus, als wären wir noch mit unseren Kontrollen an den Scorpion-Raketen dran, aber ich habe kein Suchvideo. Alle Bodensuchcomputer sehen okay aus, doch die Waffenkontrollen sind alle im Eimer. Ist jetzt aber nicht so wichtig.«

»Gut«, sagte Elliott, der seine Stimme in die Gewalt zu bringen versuchte. »Achtung, Besatzung, wir haben keinen Kabinendruck mehr. Wendy, Angelina, könnt ihr den Knaben da draußen sehen?«

»Ich habe nur registriert, daß er sein Suchradar abgeschaltet hat«, antwortete Wendy. »Ich habe ihn gleich, nachdem er schoß, verloren. Mein Schirm ist leer. Aber wir kriegen ihn schon.«

»Na klar doch . . . die haben uns ihren besten Schützen geschickt, und nicht mal der hat uns runterholen können.«

Juri Papendrejow wechselte ärgerlich die Frequenzen auf seinem Angriffsradar. Die massiven Störüberlagerungen der Angreifer in der amerikanischen B-52 hatten präzise in dem Augenblick begonnen, als er den Raketenabschußknopf gedrückt hatte. Die AA-7 zog auch in stetiger Bahn genau auf der SPUR-Linie davon, aber dann hatte er sie kurz danach aus der Kontrolle verloren. Er sah keine primäre oder sekundäre Explosion, keine Trefferanzeigen, und die Störüberlagerungen waren noch stärker als zuvor. Er mußte also annehmen, daß die AA-7 nicht getroffen hatte und er noch einmal ganz von vorne anfangen mußte – diesmal aber noch näher an den Bergen und mindestens dreihundert Meter über dem Bomber, ohne Radar, mit dreitausend Kilogramm weniger Treibstoff.

Er drosselte die Schubkraft auf neunzig Prozent und begann eine langsame Schleife nach links, um die B-52 wiederzufinden. Der Auto-Wechselmodus seines Angriffsradars, der laufend willkürlich die Frequenzen wechselte, um den Störüberlagerungen der B-52 so weit wie möglich zu entgehen, war praktisch nutzlos. Die Wechsel waren zu schwach und kamen zu spät, und ständig schien sich der Auto-Modus genau in eine bereits blockierte Frequenz hineinzuverändern. Juri Papendrejow wechselte pausenlos Frequenzen, bis hinunter ins niedrige Skalenende, und suchte jedes Eckchen des Himmels nach dem Bomber ab.

Wer glaubt einem das schon, dachte er. Da fliegt mitten im gesperrten sowjetischen Luftraum eine B-52 spazieren. Eine einzige, wohlgemerkt. Ohne Begleitschutz, ohne eine ganze Welle von Marschflugkörpern als Vorhut, ohne besondere Sicherung, keine B-1, kein FB-111-Luftangriff wie vor ein paar Jahren in Libyen und Syrien. *Eine* B-52!

Tja, und warum auch nicht, sagte er zu sich selbst, während er einen neuen 20-Grad-Quadranten abzusuchen begann. Der Plan funktionierte bisher verdammt gut. Diese B-52 war offensichtlich einige tausend Kilometer hergekommen, flog schnurgerade ganz Kamtschatka hinauf und warf zu alledem auch noch eine Bombe. Und zwar mitten hinein in das wichtigste Stück Land der Sowjetunion – nach dem Roten Platz ...

Da ... am untersten Ende seines Radars ... Einen Augenblick, ehe ihm eine neue Welle von Interferenzen das Schirmbild wieder vergrießte, war ein Kreuz mit einem Kreis darum herum erschienen und gleich wieder verschwunden.

Feindliche Radaremissionen. Das Radar der B-52. Eben dasselbe, das ganz offensichtlich dazu benutzt wurde, jeden Angriff, der bisher gegen sie unternommen wurde, abzulenken und unschädlich zu machen.

Er zog noch weiter nach links, um auf einen Abfangkurs zu kommen. Sein Angriffsradar stellte er auf BEREITSCHAFT, damit sie ihn nicht wieder gleich kommen sahen. Außerdem war es angesichts der massiven Störfrequenzen sowieso nutzlos. Er manövrierte sich auf einen Parallelkurs zu der B-52. Die Radaremission aus ihr war nur sporadisch. Natürlich suchten sie ihn, das war klar, aber mit Vorsicht und darauf bedacht, nicht zu lange zu senden. Und doch nicht vorsichtig genug. Ihre Signale dauerten lange genug, daß er von seinem Bordcomputer ihren Kurs errechnen lassen konnte.

Er stellte den Infrarotsucher auf maximale Depression und wartete darauf, daß dessen nun supergekühltes Auge die B-52 fand. Es gab, das wußte er, bei diesem niedrigen Suchwinkel zwar die Möglichkeit, daß der Sucher an einem warmen Gebäude hängenblieb. Aber acht Düsentriebwerke müßten eine größere Wärmeausstrahlung haben als irgend etwas anderes, was sich hier und jetzt am Himmel oder auf der Erde befand. Er flog bereits in der minimalen Sicherheitshöhe des Sektors, in dem er sich aufhielt, und ohne zuverlässigen Sichtkontakt auf das Gelände unter ihm. Noch tiefer zu gehen, wäre glatter Selbstmord. Er beschleunigte etwas und wartete. Er war sich sicher, daß die Entfernung sich schon bald bis auf den Punkt verringern würde, an dem der Sucher die Spur einpegeln konnte. Und dann würde er oben bleiben und sich die Eindringlinge vorknöpfen . . .

Als sein Infrarotsucher sich nach einigen Minuten an ein Ziel hängte, gab es über Größe und Intensität keinen Zweifel. Der Infrarotsucher hatte eine größere Reichweite als die AA-6-Rakete. Also, schloß er, mußte er der B-52 noch ein wenig dichter auf den Pelz rücken.

Er dachte daran, doch noch einmal das Angriffsradar zu benutzen, um damit auch eine Entfernungsschätzung zur B-52 anzustellen. Aber das würde ihn automatisch verraten. Wenn er in Reichweite einer Radarüberwachungs-Anlage wäre, könnten sie ihm von unten eine Entfernung zur B-52 geben, aber seltsamerweise konnte er weder die Bodenstation von Korf noch von Ossora hören. Vermutlich waren sie zu schwach und zu nahe an den Bergen. Und wenn er sie nicht über Radio hören konnte, konnten sie ihn ihrerseits ganz zweifellos auch nicht auf ihrem Radar sehen.

Seine Zielpeilung war seit einiger Zeit recht konstant gewesen. Das bedeutete, daß die B-52 derzeit keinerlei Ausweichmanöver flog. Er lockerte seinen Griff um den Steuerknüppel etwas. Vielleicht wußten sie gar nicht, daß er ihnen im Genick saß . . . Das Heck-Radar der B-52 war schon seit Minuten nicht mehr benutzt worden. Er mußte zum Abschuß kommen, ehe sie ihn mit diesem Heck-Radar ausmachten . . .

Plötzlich spürte er es. Es war ein leichter Schauer, der den Titan-Rumpf seines *Fulcrum*-Jägers durchlief. Er kontrollierte seine Geräte auf einwandfreies Funktionieren, aber er ahnte den wahren Grund bereits: Luftstromturbulenzen von den Triebwerken der B-52. Er starrte, so intensiv er konnte, aus der Kanzel seiner Fulcrum. Aber er sah nichts.

Doch auch dies war ja eigentlich gar nicht nötig. Denn schon im nächsten Augenblick leuchtete eine grüne Anzeige auf seiner Waffen-Instrumententafel auf. Seine abschußfertigen wärmezielsuchenden AA-6 waren auf das Ziel eingepegelt.

Er löste die Entsicherung des Abschußknopfes und –

Eine krächzende, weit entfernt klingende und immer wieder schwindende Stimme kam aus seinen beiden Kommandoradios. »Für alle Einheiten von Ossora und Korf gilt der gelbe Code. Wiederholung. Gelber Code. Bestätigen Sie sofort und folgen Sie der Anweisung.«

Er nahm seinen Finger nicht von dem Abschußknopf, drückte ihn aber auch nicht. Ein allgemeiner Rückruf der Streitkräfte . . .

»Alle Ossora-Einheiten, gelber Code! Bestätigen Sie und folgen Sie der Anweisung!«

Er versuchte sich zu einer Entscheidung zu zwingen. Er saß der B-52 direkt im Nacken, hatte sie im Visier. Wenn er jetzt eine Nachricht durchgab, so nahe an der B-52, konnte sie dort gehört werden. Sie konnten seinen Funkkontakt entdecken und sich davonmachen. Oder neu angreifen. Die Abfangjäger aus Korf hatten sich alle sofort auf ihren Rückruf hin gemeldet. Und vermutlich hatten auch alle Einheiten aus Ossora sich ebenso verhalten. Alle bis auf ihn. Seine Karriere war vermutlich bereits stark gefährdet. Ein junger Pilot eines Langstreckenjägers, der sogar Japan und Alaska erreichen könnte und der nicht unverzüglich auf einen Rückruf antwortet und reagiert, konnte sich sehr leicht beim Angriff auf Gemüse in einem Lagerhaus in irgendeiner abgeschiedenen Garnison in Sibirien wiederfinden. Wenn nicht bei noch Schlimmerem.

»Wal.« Papendrejow fluchte laut, blieb auf seiner Zielfixierung, schaltete dann endlich doch sein Kommandoradio ein und sagte: »Element sieben bestätigt. Bleiben Sie dran. Näherung an Eindringling.«

»Element sieben, befolgen Sie Instruktionen unverzüglich«, kam die Antwort sofort zurück. Diesmal war konkret seine Nummer genannt worden. Er war in der Tat der letzte, der sich noch nicht gemeldet hatte. Seine Fahrkarte nach Ust-Melechenskij fünfhundert Kilometer nördlich des Polarkreises war womöglich schon ausgeschrieben . . .

Blöde Affen, schimpfte er vor sich hin. Voller Wut drückte er auf den Raketenabschußknopf und begann in einer Linkskurve in Richtung Ossora hochzusteigen. Dann erst wurde ihm klar, daß sein grünes IR-SPUR-Licht schon längst erloschen war. Die beiden Raketen, jede im Wert von Hunderttausenden Rubeln, verschwanden irgendwo in der Dunkelheit.

Er fuhr fort, seine sämtlichen Vorgesetzten der Reihe nach wüst zu beschimpfen. Den Flugkommandeur. Die Boden-*Controller*. Die Kommandoposten-Offiziere. Und überhaupt alle, die ihm auf seinem Weg zurück nur einfielen. Er machte sich nicht einmal so sehr Sorgen um diese eisige Garnison in Sibirien. Viel stärker beschäftigte ihn, wie er wohl am besten dem ersten Unglücklichen, der ihm nach seiner Landung über den Weg laufen würde, den Hals umdrehen konnte.

General Elliott und Lieutenant Colonel Ormack zwangen in gemeinsamer Anstrengung den *Old Dog* tiefer und tiefer in die Berge. Der Bodenabstandscomputer war bereits auf die niedrigstmögliche Flughöhe des Automatikmodus eingestellt, doch mit der Bedrohung, ständig russische Jäger im Genick sitzen zu haben, waren selbst hundert Fuß über Grund noch wie zehntausend. Die Sonarwarnungen piepten praktisch unaufhörlich, wenn die beiden Piloten die automatischen Steig-kommandos von Hand wieder nach unten korrigierten, und der Radarhöhenmesser, der ständig den tatsächlichen Abstand zwischen dem Rumpf des Bombers und dem Grund darunter maß, stieg zuweilen in die zweistelligen roten Gefahrenzahlen.

Dave Lugers verbliebenes unbeschädigtes Auge und die bei-den Augen Patrick McLanahans hingen aufmerksam an der Bodendarstellung auf McLanahans Zehn-Inch-Schirm. Die bei-den Navigatoren riefen sorgfältig selbst die kleinsten Hügel-chen und Grate aus, die möglicherweise gefährlich werden konnten. Elliott und Ormack reagierten darauf in immer syn-chroner werdender Aktion. Der eine drückte den Bomber stän-dig wieder nach unten, der andere behielt unablässig die Instru-mente im Auge und zog entsprechend den Warnungen des Bodenabstandscomputers und dem, was er über Bordfunk von der Navigation hörte, leicht an.

»Er war verdammt nahe dran«, sagte Wendy. »Sein Funksi-gnal war so stark, daß ich schwören könnte, ich hab' ihn über unseren Bordfunk gehört.« Sie schluckte und beobachtete wei-ter ihren Bildschirm. »Sein Signal wird schwächer . . . sieht so aus, als entfernte er sich . . .«

»Mein Schirm ist leer«, meldete Angelina, die ein leichter Schauer überlief. »Ich habe ihn einen Augenblick lang drauf gehabt. Aber jetzt ist er weg.«

Elliott lockerte den Griff um das Steuer etwas und ließ den Bodenabstandscomputer wieder allein fliegen. »Das war ja wohl ziemlich knapp. Ich habe die Raketen schon hier einschla-gen sehen . . . Sie waren so verdammt nahe, und wir wußten nicht einmal, daß der Bursche da war. Wir wußten das nicht mal . . .«

FLUGPLATZ OSSORA

Juri Papendrejow stand stramm vor dem Schreibtisch seines Geschwaderkommandeurs im Bereitschaftsraum der Abfangjägerstaffel der PVO-Stranji auf dem Flugplatz Ossora. Der Kommandeur, ein hagerer, älterer Mann namens Wascholtow, der schon in den Zeiten des Großen Vaterländischen Krieges aktiv war, ging hinter dem Schreibtisch auf und ab. Noch kein Wort war bisher gesprochen worden, obwohl Papendrejow nun schon geschlagene zwei Minuten in Habachtstellung dastand.

Er mußte diesem jungen Springinsfeld Papendrejow noch einige Minuten lang die Hölle heiß machen, dachte der Staffelkapitän; auch wenn dies nicht unbedingt bedeuten mußte, ihn anzubrüllen. Die Staffel – und seine eigenen Vorgesetzten – erwarteten, daß derartige Rapportmeldungen mindestens fünf bis zehn Minuten hinter verschlossenen Türen dauerten, einschließlich vielleicht einer zugeschmetterten Tür, einem oder zwei herzhaften Flüchen und einem dienstlichen Verweis zum Schluß – der freilich kaum jemals weiter ging als bis in die Akten der Staffel selbst. Gute Piloten, die zudem im Dienst nicht tranken, waren hier im fernen, kalten Kamtschatka schwer zu bekommen. Die Verweise pflegten deshalb in aller Regel auch nach einem oder zwei Monaten wieder aus den Akten zu verschwinden. Er haßte diese Art Rapports. Aber sie mußten eben sein, um die Disziplin und die Moral der Truppe aufrechtzuerhalten.

»Sie haben das Vertrauen Ihrer ganzen Staffel enttäuscht, Papendrejow«, sagte er endlich mit einem Blick auf den jungen Piloten. »Die Tatsache, einen Rückrufbefehl nicht unverzüglich zu befolgen, ist fast so schwerwiegend wie Verrat. Oder Desertation.«

Der junge Mann blinzelte nicht einmal mit den Augen und

bewegte nicht einen einzigen Muskel. Und dabei wären die meisten Piloten allein bei der Erwähnung des Wortes »Verrat« schon in die Knie gegangen.

Wascholtow musterte ihn einen Augenblick. Papendrejow hätte auch aus Berlin stammen können oder von noch weiter westlich. Kopenhagen. Oder England. Er war von durchschnittlicher Größe, aber sehr breitschultrig, mit kurzgeschorenem blondem Kraushaar und engstehenden blauen Augen, die offen und listig zugleich waren. Seine Stiefel waren auf Hochglanz poliert, jeder Reißverschluß war ordentlich zugezogen und jedes Abzeichen seiner Fliegermontur perfekt an seinem vorgeschriebenen Platz. In fünf Jahren war dieser junge Pilot vermutlich Kommandeur... Die neue Generation, dachte Wascholtow... Aber im Augenblick jedenfalls war diese neue Generation noch Empfänger eines ordentlichen Rüffels...

Wascholtow wußte selbst gut genug, wie schnell Tatendrang und Unruhe, Langeweile, Disziplinlosigkeit und Insubordination sich in einer Einheit ausbreiteten, in der die Männer, besonders die ganz jungen, glaubten, der Kommandeur sei zu lasch. Er mußte es also so oder so hinter sich bringen...

»Vermutlich werden Sie mir jetzt erzählen, daß Ihr Funkgerät nicht funktionierte.«

»Meinem Funkgerät fehlte absolut nichts, *Towarisch* Geschwaderkommandeur.«

»Schweigen Sie, Papendrejow! Schweigen Sie, oder Sie sind hier und jetzt Ihre Schwingen los!« Er umkreiste den Piloten einige Male wie ein Hai sein Beuteopfer. Papendrejow stand unbeweglich stramm.

»Achtundvierzig Stunden Eis- und Schneeräumdienst für diese Disziplinlosigkeit, Flugkapitän Papendrejow! Vielleicht kühlen Ihnen ein paar sibirische Nächte Ihr Mütchen und Ihren Hitzkopf! Seien Sie froh, wenn ich Sie nicht auf Dauer dazu abkommandiere!«

Papendrejow konnte sich nun doch nicht mehr beherrschen. »*Towarisch* Geschwaderkommandeur, ich hatte den Eindringling doch! Ich sah die amerikanische B-52 vor mir! Ich habe sogar eine Rakete auf sie abgeschossen!«

»Sie haben was . . . ?«

Papendrejow stand nach wie vor unbeweglich stramm. »Ich entdeckte den Bomber auf dreihundert Meter über Grund. Ich verfolgte ihn bis auf siebzig Meter Höhe –«

»*Siebzig* Meter? Sie haben einen Abfangjäger auf siebzig Meter hinuntergeflogen? Ohne Genehmigung? Ohne –«

»Ich habe ihn dort entdeckt! Ich hatte ihn auf dem Radar, aber seine Frequenzüberlagerung war zu stark. Also hängte ich mich mit dem Infrarot-Suchsystem an ihn. Ich konnte mich bis auf drei Kilometer an ihn heranpirschen!«

Wascholtow unterdrückte seine Ungehaltenheit über die Eigenmächtigkeit des jungen Piloten, ihn wieder zu unterbrechen. »Weiter.«

»Dann kam der Befehl, zum Stützpunkt zurückzukehren. Ich wartete, solange ich konnte. Ich feuerte noch, ehe ich gleich darauf der Anordnung zur Rückkehr Folge leistete, aber inzwischen hatte ich schon die Spur verloren. Sie mußten meinen Funkverkehr geortet haben –«

»Sie feuerten auf die B-52?« In vierzig Jahren Dienst war Wascholtow noch kein Fall vorgekommen, daß irgend jemand unter seinem Kommando auf irgend etwas oder irgend jemanden wirklich geschossen hatte – mit Ausnahme von Zielattrappen natürlich. »Und haben Sie . . . getroffen?«

»Ja, ich glaube, ich habe ihn getroffen«, antwortete Papendrejow und wünschte sich, seine Aussage klänge etwas sicherer und nicht so zögerlich. Jetzt hörte sie sich so an, als lüge er.

»Sie hätten selbst getötet werden können!« fuhr Wascholtow ihn an. »Sie hätten zu jeder Zeit abstürzen können! Bei einer Flughöhe von siebzig Metern! Bei Nacht, in den Bergen, ohne Radarführung . . . ! Sie sind ein zu großes Risiko eingegangen! Es ist Ihnen doch klar, daß darüber ein Rapport angefertigt werden –«

»Lassen Sie ihn mich noch einmal jagen!« unterbrach ihn Papendrejow zum dritten Mal. »Ich weiß, ich kann ihn wiederfinden. Er hat ein Heck-Radar, das sich auf vierzig Kilometer anpeilen läßt. Er fliegt mit lediglich fünfhundert, höchstens sechshundert Stundenkilometern ... Ich kann ihn kriegen! Ich kann lange genug oben bleiben, bis ich ihn an das Infrarot-System bekomme. Wenn man sich als Jäger an ihn hängt, ohne Radar zu benutzen, kann er einen nicht entdecken.«

»Ohne Radar ...?« Wascholtow war so verblüfft, daß ihm fast die Sprache wegblieb. Dieser Papendrejow hatte sich mitten in den Kamtschatka-Bergen herumgetrieben, und das nachts – und er hatte die Nachtfluggenehmigung ohnehin erst seit kurzer Zeit – und in siebzig Meter Höhe, gut tausend Meter niedriger als er sollte, und das alles auch noch ohne Radar ...? Er hatte damit in einer Stunde gegen mehr Vorschriften verstoßen als die ganze Staffel in Monaten. Wenn der Befehlshaber der Verteidigungsstreitkräfte diesen Bericht zu Gesicht bekam, würde er ihn, Wascholtow, auf der Stelle in Pension schicken!

»Sie haben mehr Glück als Verstand, daß Sie noch am Leben sind«, sagte er endlich. »Ganz verdammtes Glück sogar. Die Einsatzvorschriften existieren zu dem Zweck, unbedachte junge Hitzköpfe wie Sie zu beschützen. Sie haben mindestens vier davon übertreten – das Vergehen der Nichtbefolgung einer Rückruforder gar nicht mitgezählt. Flugkapitän, ich weiß nicht, ob Sie sich im klaren darüber sind, wie nahe Sie dem Militärgericht sind! Wie verdammt nahe!«

»Dann bestrafen Sie mich eben«, sagte Papendrejow starrköpfig. »Schicken Sie mich nach Ust-Merjina oder nach Gorki. Nehmen Sie mir die Schwingen ab. Aber lassen Sie mich noch einmal nach diesen Amerikanern suchen –«

»Genug jetzt!« Wascholtows tabakrauhe Stimme war heiser, so sehr brüllte er. »Sie melden sich beim Geheimdienst und erstatten dort einen detaillierten Rapport über Ihren angeblichen Kontakt mit der amerikanischen B-52. Anschließend begeben Sie sich unverzüglich in Ihr Quartier, bis ich entschieden habe, was mit Ihnen zu geschehen hat – ob Sie vor ein Militärgericht oder vor ein normales Strafgericht gestellt werden müssen.«

»*Towarisch*, bitte!« sagte Papendrejow, dessen scharfe blaue Augen jetzt weich und sanft waren. »Ich verdiene Bestrafung, strenge Bestrafung, ich weiß. Aber ich verdiene auch die Chance, diesen Eindringling abzuschießen. Ich weiß, wo ich ihn finden und wie ich ihn kriegen kann. Bitte . . .!«

»Raus!« befahl Wascholtow, der sich in seinen roten Ledersessel fallen ließ, ehe er von selbst in ihn gesunken wäre. »Schauen Sie, daß Sie rauskommen, oder ich lasse Sie einbuchten, bis Sie schwarz werden, Sie aufsässiger Bursche, Sie!«

Papendrejows runde Augen wurden wieder hart und eng. Er nahm ungebrochen Haltung an, salutierte, machte militärisch kehrt und ging hinaus.

Papendrejow kehrte befehlsgemäß sofort in sein Quartier zurück – allerdings ohne beim Geheimdienst der Luftwaffe Meldung zu erstatten. Er schaltete das Licht an seinem Schreibtisch ein und suchte nach Federhalter und Papier. Während er noch schrieb, nahm er bereits den Telefonhörer auf und wählte.

»Alarmwache, diensthabender Unteroffizier.«

»*Starschij Serschant Blojaki*, hier ist Flugkapitän Papendrejow. Ich bin im Bereitschaftsraum. Ist eins-sieben-eins kampfeinsatzbereit?«

»Eins-sieben-eins, *towarisch* Flugkapitän? Ihr Flugzeug? Mit dem Sie gerade erst zurückgekommen –?«

»Natürlich mein Flugzeug, Sergeant. Ist es startbereit?«

»*Towarisch* Flugkapitän . . . wir . . . es ist in die Wartungszone B gerollt worden, aber es ist noch nicht . . .«

»*Starschij Serschant Blojaki*, das sieht Ihnen aber gar nicht ähnlich«, sagte Papendrejow in tadelndem Ton. »Jetzt ist nicht die Zeit, Befehle lax auszuführen. Ich hatte doch angeordnet, daß mein Flugzeug sofort mit einem Vierhundert-Liter-Zusatztank und vier Infrarot-Raketen auszurüsten ist und binnen einer Stunde wieder einsatzbereit sein muß.« Er wartete einen Moment und fuhr dann ruhig fort: »Ich muß Geschwaderkommandeur Wascholtow Meldung erstatten, daß mein Einsatz sich verzögern wird –«

»Das ist nicht nötig«, sagte Blojaki schnell. »Ein Zusatztank und vier Infrarot-Raketen . . . das ist in fünfzehn Minuten klar, *towarisch* Flugkapitän.«

Papendrejow blickte auf seine Uhr. »Es ist in zehn Minuten klar, Blojaki! Oder wir haben beide ein ernstes Gespräch mit Kommandeur Wascholtow. Ich muß nur meinen Flugplan noch einmal durchgehen«, fügte er hinzu, während er gleichzeitig sein hastiges Gekritzel beendete, »dann bin ich da.«

Er legte den Hörer auf, ging zu seiner Kommode, warf noch einen letzten liebevollen Blick auf das darauf stehende Foto seiner Frau und seiner kleinen Tochter und zog dann die oberste Schublade auf. Während er auf das kastanienbraune dunkle Haar seiner Frau und die blonden Locken seines Töchterchens schaute, begann er sich die Taschen mit gefriergetrockneter Überlebensnahrung und Dörrfleisch vollzustopfen. Er öffnete den Reißverschluß seiner Montur und zog sich ein zweites wärmeisolierendes Hemd über seine feuerfeste Unterwäsche. Seine leichten Standardfliegerstiefel wechselte er gegen wärmeisolierte aus. Er berührte noch einmal kurz das Foto seiner Frau, schlüpfte dann in seine Fliegerjacke, nahm auch Handschuhe und Pelzmütze mit und eilte zum Rollfeld.

Er hatte die rasch gekritzelte Nachricht sowie seinen letzten Willen ohne Unterschrift hinterlassen. Nicht einmal dazu war jetzt noch Zeit. Es spielte auch keine Rolle mehr. Seine Karriere war so und so zu Ende – im gleichen Augenblick, da er die Rollbahn betreten würde. Mehr noch, sein ganzes Leben würde zu Ende sein, sobald er auf die Hauptstartbahn zurollen würde – es sei denn, die Lotsen der Flugkontrolle ließen ihn in Anbetracht des Alarmzustandes, der über die gesamte Luftverteidigungsregion Ost verhängt worden war, ohne einen vollverifizierten Flugplan gar nicht erst starten. Andererseits galt bei Notstandsalarm auch die Devise: Laßt die Jäger erst mal in die Luft, für die Formalitäten ist hinterher immer noch Zeit. Das wußte Papendrejow und kalkulierte es ein, und es ermöglichte ihm tatsächlich, dreißig Minuten nach seiner Landung vom ersten Einsatzflug wieder in der Luft zu sein.

Seit dem Abbruch seines Angriffs auf die amerikanische B-52 waren nicht mehr als einhalb Stunden vergangen. Der Bomber, der offensichtlich angeschlagen war, flog langsam. Seit er seine letzte Rakete auf sie abgeschossen hatte, konnten die Amerikaner, rechnete er sich aus, höchstens siebenhundertfünfzig Kilometer vom Flugplatz Ossora weggekommen sein. Er konnte sie mit seinem Fulcrum-Jäger MiG-29 leicht einholen. Er war dreimal so schnell wie sie. Der Treibstoff aus dem Zusatztank würde bis dahin reichen, und dann konnte er noch gut zwei oder sogar drei Stunden auf der Suche nach ihnen oben bleiben.

Papendrejow gab der Abfangkontrolle in Ossora seine Kennung durch. Er wurde kurz wegen seines nicht vorliegenden Flugeinsatz-Codes befragt, bekam aber ohne Umschweife Leitstrahlen zur letzten bekannten Position des Bombers in fünfhundert Kilometer Entfernung. Er hielt die Gashebel durchgehend auf Maximum-Nachbrenner und begann einen Zehn-Grad-Steigflug mit siebenhundert Stundenkilometern. Binnen Minuten war er auf zwanzigtausend Meter und donnerte mit der fast doppelten Schallgeschwindigkeit von eintausendsiebenhundert Kilometern pro Stunde nach Norden.

Rasch wurde er an die Abfangkontrolle Korf weitergereicht, die nur wenige Daten über die Position des Bombers hatte. Aber Papendrejow berechnete sich den vermutlichen Standort der amerikanischen B-52 selbst. Als der Treibstoff in seinem mittleren Zusatztank schon nach kaum zehn Minuten verbraucht war, stellte er eine neue Berechnung an und warf den leeren Tank ab, ohne dabei nachzudenken, wem er möglicherweise unten auf den Kopf fiel – oder was dort unten überhaupt war... Er war hoch über den Bergen, die immerhin, wenn auch spärlich, besiedelt waren. Er flog weitere fünf Minuten mit Maximum-Nachbrennern, dann drosselte er auf Normalflug und setzte den Autopiloten in Betrieb.

Jetzt hatte er noch fünfzehntausend Liter Treibstoff übrig, um die Amerikaner zu finden, und er verschwendete zweitausend pro Stunde nur in der Hoffnung, sie einzuholen. Doch dies waren Papendrejows geringste Sorgen. Dank seiner laufenden vorsichtigen Kurskorrekturen wußte er genau, daß die Nase seiner Fulcrum exakt und direkt auf das Herz des amerikanischen Bombers zielte.

OLD DOG

»Wir schaffen es nicht«, meinte Ormack. »Unser Sprit reicht gerade noch dreißig Minuten.«

General Bradley Elliott überprüfte erneut den Autopiloten und die Flugkontrollanzeigen, während Ormack weiter über seinen Treibstoffberechnungen brütete. Sie waren die letzte gute Stunde in zehntausend Fuß Höhe geflogen. Mehr war angesichts des nicht mehr funktionierenden Druckausgleichs in der Besatzungskabine nicht möglich.

»Treibstoffzufuhr?«

»Normal«, sagte Ormack. »Aber es wird weniger und weniger. Wahrscheinlich haben wir größere Lecks in den Tragflächen- und Rumpftanks. Aus den Rumpftanks habe ich schon sämtlichen Sprit abgepumpt, aber mit den Haupttanks kann ich natürlich nichts machen . . . in ihnen habe ich das nötige Minimum gelassen, damit die Motoren überhaupt noch laufen. Die Niedrigdruckanzeigen leuchten schon die ganze Zeit –«

»Schaffen wir es wenigstens bis aufs Meer hinaus?« fragte Elliott, ohne den Blick von den Instrumenten zu lassen, die er durch kurzes Drücken der Gashebel immer wieder auf ihre Funktion überprüfte. »Damit wir die Kiste auf eine Eisscholle setzen oder uns wenigstens irgendwo in Küstennähe rauskatapultieren können?«

»Um an die Küste zu kommen«, sagte Dave Luger, der sich die Hände an einer Warmluftdüse wärmte, »müßten wir über die hohen Berge rüber. Und das dürfte knapp werden.«

»Richtig. Deshalb müssen wir hier und jetzt entscheiden«, sagte Elliott. »Patrick, errechnen Sie mir einen Kurs auf das Meer zu, weg von den russischen Jäger-Stützpunkten. Besatzung, halten Sie sich bereit für –«

»Momentchen, Augenblick«, unterbrach ihn McLanahan. »General, was bedeutet WXO in der Nähe eines Flugplatzes?«

»WXO? Warmwetterbetrieb. Das heißt, im Winter wird der Betrieb dort eingestellt, weil es zu schwierig und zu teuer wäre, ihn aufrechtzuhalten. Warum fragen Sie?«

»So einen habe ich gefunden«, erwiderte McLanahan. Er legte einen Finger auf seine Navigationskarte für große Höhen und verglich die Angabe des Navigations-Satelliten über die augenblickliche Situation. »Direkt geradeaus, fünfzehn Minuten.«

»Fünfzehn Minuten?« fragte Ormack. »Sie haben sie wohl nicht alle. Das ist in Rußland!«

»Zumindest haben sie dort eine lange Rollbahn«, meinte McLanahan. »Vielleicht haben Sie sogar Sprit und Öl für unser Zweier-Triebwerk eingelagert. Falls der Flugplatz unbesetzt ist oder jedenfalls außer Betrieb, könnten wir –«

»Unbesetzt sind die nicht«, sagte Elliott. »Jedenfalls ist das bei unseren Warmwetter-Stützpunkten in Alaska so. Da sitzen üblicherweise ein paar Leute, meistens aus der Gegend, die sich um alles kümmern und aufpassen. Wahrscheinlich ist auch eine Mindest-Sicherheitsbesatzung da, Nationalgarde oder Reservatspolizei, oder so etwas.«

Ormack starrte Elliott an. »General, Sie denken doch nicht etwa ernsthaft . . . ihr seid ja alle beide übergeschnappt! Vielleicht sollten Sie sich wieder mal einen Schluck Sauerstoff reinziehen!« Er hielt Elliotts Blick streng und wild entschlossen aus, in der Erwartung, daß dieser am Ende mit den Schultern zucken und McLanahans Idee wegwischen werde. So was von Galgenhumor . . .

»General . . . !«

»Bewaffnet sind wir schließlich . . .«

»Bewaffnet? Ihre Automatik haben wir – und zwei lausige Achtundreißiger-Revolver in der Überlebensausrüstung«, erwiderte Ormack.

»Wir könnten da auftanken . . .« sinnierte Elliott unbeeindruckt weiter. Er sprach mehr zu sich selbst.

»Ich habe das schon oft gemacht«, nahm McLanahan den Faden auf. In seiner Stimme begann ebenfalls steigende Erregung durchzuklingen. Luger starrte ihn ungläubig an. »*Global-Shield*-Einsätze! Erinnerst du dich nicht, Dave? Simulation von Maßnahmen zur Wiederherstellung der Aktionsfähigkeit nach einem Angriff. Auf Flugplätzen, die für Notfälle ausgerüstet sind. Bei weiterlaufendem Triebwerk zwei tankt man rechts voll, rechts außen oder Zusatztank rechts, und pumpt von da direkt in die anderen Tanks. Einmal habe ich zehntausend Pfund –«

»Prima«, sagte Luger. »Du vergißt nur eines. Ich glaube nicht, daß uns die Russen ihren Sprit tanken lassen. Du spinnst doch!«

»Sie würden uns doch festnehmen«, meinte auch Angelina. »Da würde ich dann schon lieber die Chance in den Bergen versuchen, als mich gefangennehmen zu lassen. Besonders nach diesem Einsatz.«

»Nein, Sie würden eben nicht lieber in die Berge gehen«, widersprach Elliott. »Selbst wenn Sie mit dem Schleudersitz unverletzt runterkämen, wären Ihre Chancen bestenfalls fifty-fifty. Auch mit dem ›Überlebens-Päckchen‹, das wir haben. Und mit dem *Old Dog* selbst können wir zu keiner Bauchlandung ansetzen. Das würde er nicht aushalten.«

»Mir scheinen diese Chancen aber immer noch besser als eine Landung auf einem russischen Flugplatz –«

»Ihnen auch, John?« fragte Elliott. »Was schätzen Sie: Wie lange könnten wir da unten in den Bergen überleben?«

»Wenn wir es bis zur Küste schaffen würden, hätten wir eine Chance.«

Elliott ging darauf überhaupt nicht ein. Er fragte seine Navigatoren nach der Entfernung bis zur Küste.

»Die kürzeste Entfernung ist hundert Meilen«, gab Luger Auskunft. »Aber über zwei Gebirgszüge, jeder neun- oder zehntausend Fuß hoch. Und außerdem wären wir da auf dem ganzen Weg im Bereich des Radars des Flugplatzes Trebleski. Hinter den Bergen könnten wir dann von Trebleski weg nach Nordosten abhauen.«

»Wir könnten in der Nähe der Berge bleiben«, schlug Wendy vor. »Mit so viel Abstand wie möglich von Trebleski. Und uns im Bodenprofil verstecken.«

»Ja, aber kommen wir um Trebleski überhaupt herum?«

»Auf der Küstenseite der Berge nicht«, antwortete Luger. Er rieb sich sein nicht verbundenes Auge. »Es sei denn, wir kehren um.«

»Mit anderen Worten, es ist unwahrscheinlich, daß wir es zur Küste schaffen«, sagte Elliott. »Und das wiederum bedeutet, wir fliegen hier über die Berge und mitten hinein in den eisigsten Winter. Wo auf Hunderte von Meilen im Umkreis keine freundliche Seele ist und keine Hilfe. Wir könnten versuchen, ob wir durchkommen, aber es würde uns ohnehin wenig bringen, denn wir würden ja nicht einmal bis zur Küste kommen, geschweige denn bis nach Alaska hinüber.«

»General, verstehe ich Sie tatsächlich richtig? Sie meinen, das beste, was wir tun können, ist die Landung auf einem russischen Militärflugplatz, unbesetzt oder nicht, zu wagen?« fragte Ormack. »Das hieße doch, wir ergeben uns. Wir würden ihnen dieses Flugzeug und uns selbst übergeben. Und für diesen Fall würde ich jede beliebige Wette eingehen, daß wir nicht mehr lebend aus einem sowjetischen Gefängnis herauskämen.«

Elliott blieb einen Augenblick stumm. Dann sagte er: »Entfernung zu diesem Flugplatz, Patrick?«

McLanahan hatte die geographischen Koordinaten des Flugplatzes bereits in seinen Navigations-Computer getippt. »Anadyr liegt auf achtzig Meilen, fünf Grad links.«

»Liegen Radarkreise darum herum?«

»Ja«, sagte McLanahan nach einem Blick auf seine Zivilluft-fahrtskarte. »Ich weiß nicht was, aber irgend etwas ist dort.«

»Wendy, irgendwelche Aktivitäten?«

Wendy Tork hatte schon seit McLanahans erster Erwähnung dieser verrückten Idee sorgfältig ihre Warnprojektionen beobachtet. »Seit Flugplatz Ossora keine neuen Angaben.«

»Ich habe auf meinem Schirm keine Geländeerhebungen auf hundert Meilen«, sagte McLanahan, der seinen Zehn-Inch-Radarschirm auf eine Reichweite von hundert nautischen Meilen eingestellt hatte. »Wenn es irgendwelche Warnsignale gäbe, wären sie jedenfalls nicht durch Geländeerhebungen abgeblockt. Ich kann allerdings den Flugplatz selbst nicht orten.«

»Okay«, sagte Elliott. »Ihr habt jetzt alle Argumente gehört. Es gibt keine Garantie dafür, daß wir, wenn wir in Anadyr landen, Sprit und Öl kriegen oder sonst etwas. Oder auch den Arsch voll. Aber auf der anderen Seite haben wir die Chance, daß wir die Kiste heil zu Boden kriegen und unverletzt aus ihr herauskommen. Vielleicht können wir uns einen LKW schnappen. Damit hätten wir eine bessere Chance als Null, uns in Richtung Beringstraße davonzumachen. Und wenn wir erst einmal dort sind, steigen die Chancen, daß wir von den Unseren aufgelesen werden, ganz beträchtlich. Wer ein wilder Träumer ist wie Patrick, darf sogar glauben, daß eine winzige Chance besteht, unser Flugzeug voll Sprit zu pumpen, die Triebwerke wieder in Gang zu kriegen und wenigstens so auf Touren zu bekommen, daß wir damit noch einmal starten können. Und, *vielleicht*, bis nach Alaska zu kommen.«

»Der reine Wahnsinn«, murmelte Ormack. »Wenn der Flugplatz besetzt ist, haben wir nicht die mindeste Chance, wieder starten zu können. Noch ehe wir drei Fuß in der Luft wären, gingen wir in Flammen auf. Und wenn dort kein Sprit ist, an den wir kommen können, sitzen wir dreihundert Meilen von unserem eigenen Gebiet entfernt fest – auf einem sowjetischen Militärflugplatz – pikanterweise. Dann haben wir den Russen unseren *Old Dog* gleich noch auf dem Präsentierteller überreicht.«

»Alles schön und gut«, sagte Elliott. »Aber ich kann auch nicht die Verantwortung dafür übernehmen, die Besatzung hier über den Bergen aussteigen zu lassen. Die Überlebenschancen beim Aussteigen allein sind schon gering. Und falls wir es überleben, stünde uns ein Treck über dreihundert Meilen durch Sibirien bevor, bei dem uns obendrein die Rote Armee wie die Hasen jagen würde. Ich sage also, wir versuchen unser Glück auf festem Grund, mit unserer Kiste. Zumindest bleiben wir heil, um dann zu kämpfen oder davonzulaufen.«

»Ich bin dafür«, sagte Luger. »Dieser Flugplatz, denke ich, wird der letzte Platz der Welt sein, wo sie erwarten, daß wir auftauchen. Den Roten Platz mitten in Moskau mal ausgenommen.«

»Also gut, General«, sagte Wendy und schloß ihre Augen zu einem stillen Gebet, »dann versuchen wir in Gottes Namen zu landen.«

Angelina zuckte mit den Schultern. »Meinetwegen. Ich weiß sowieso nicht, ob ich mich hier mit dem Schleudersitz aus der verdammten Kiste rausschießen könnte.«

»Ich gebe euch für alle Fälle ein Mini-Absturz-Seminar«, grinste McLanahan. »Kann ja sein, daß wir's doch tun müssen. General, ich höre hier auf und komme nach oben. Dave, paß mit auf meinen Bildschirm auf.«

Ormack stimmte zu, daß sie in der Tat keine große Auswahl an Möglichkeiten hatten, und zog seine Checkliste für Notlandungen heraus, während McLanahan nach oben kam und sich zwischen Wendy und Angelina kniete. Er stöpselte seinen Kopfhörer in die Station des Abwehrinstrukteurs ein und bedeutete den beiden Frauen, ihrerseits auf die »Privat«-Leitung zu gehen, über die sie miteinander sprechen konnten, ohne daß die übrige Besatzung mithörte.

»Na, wie geht's den tapferen Kriegern?«

Angelina nickte, aber sie sah fast so schlecht aus wie Dave Luger. Wegen des Schadens in der unteren Kabine war McLanahan gezwungen gewesen, die meiste der verfügbaren Warmluft nach unten zu leiten, um zu verhindern, daß Dave Luger in seinem Zustand einen Kälteschock erlitt. Aber Angelina war selbst mit Wendys geborgter Jacke und der wärmeisolierenden Mütze ohne den Kälteschutz, über den die übrige Besatzung verfügte, schlimm dran. Sie fror entsetzlich, ihre Lippen waren blau, ihre Augenlider hingen herab, als habe sie unaufhörlich gegen den Schlaf zu kämpfen. Ihre Hände, die in steifen Feuerwehrhandschuhen steckten, waren tief unter ihre Jacke geschoben, um sie warm zu halten.

Bomberabwehr stand so gut wie außer Diskussion, dachte McLanahan. Es würde schwierig, wenn nicht völlig unmöglich für Angelina sein, unter diesen Umständen auch nur den Versuch zu machen, an ihren Geräten zu operieren. Die Landung war tatsächlich die einzig sinnvolle Möglichkeit.

»Durchhalten, Angie«, munterte er die völlig durchgefrorene Frau auf.

»Keine Sorge . . .«

McLanahan wandte sich an Wendy. »Und wie geht's Ihnen?«

»Ich versuche die Ohren steif zu halten. Was zu trinken wäre nicht schlecht.«

»Wenn wir zu Hause sind, gibt es eimerweise Champagner . . . Okay, Mädchen, das alles habt ihr monatelang gelernt, aber wir wollen es noch einmal durchgehen. Wenn wir beim Landeanflug angegriffen werden oder wenn der Pilot die Kiste nicht runterkriegt, bleibt uns nichts anderes als auszusteigen. Hört gut zu: Paßt auf das Warnlicht auf und verfallt nicht in Panik. Aber zögert auch nicht. Das Schleudersitzsystem ist ganz einfach und besteht aus drei Stufen: fertig, zielen, schießen.

Bei ›fertig‹ zieht man den Sicherungsstift aus dem Griff in der Armlehne, bringt den Entsicherungshebel nach vorne und dreht den Griff nach oben. Langsam und sanft. Die Ausrüstung hier ist sensibel und muß mit etwas Vorsicht behandelt werden. Das Zielen ist wie das sonstige Anvisieren. Man preßt sich fest in den Sitz und drückt den Kopf an die Kopflehne. Denkt die ganze Zeit an ein schönes gerades Rückgrat. Die Füße werden platt auf den Boden gestellt, die Knie zusammengepreßt. Die Ellbogen drückt man innen in die Armlehnen und preßt die verschränkten Arme nach hinten. Danach packt man nur noch die beiden Abzüge im Schleuderabzugsgriff und zieht. Das Nächste, was ihr wahrnehmt, ist, daß ihr unten seid.«

»Und was passiert, wenn er nicht feuert?« fragte Angelina zwischen kalten Schauern, die sie überliefen.

»Darum brauchen Sie sich nicht zu kümmern. Falls nötig, ziehe ich den manuellen Katapultstarter für Sie heraus.«

»Sie?« sagte Wendy und blickte überrascht zu ihm hoch. »Wie denn?«

»Die Chancen für Navigatoren, einen Schleuderausstieg nach unten zu überleben, sind bei weniger als zweitausend Fuß ungefähr halbe-halbe. Unter tausend Fuß sind die Chancen — was immer auch in den Büchern stehen mag — praktisch null.«

»Aber —«

»Dave hat überhaupt keinen Schleudersitz«, erklärte McLanahan den beiden Frauen. »Nachdem beschlossen worden war, doch einen zweiten Navigator mit in die Besatzung zu nehmen, habe ich beantragt, daß auch ein zweiter Schleudersitz eingebaut wird. Aber da war so eine Menge anderer Dinge für all die Tests zu tun, daß das wohl irgendwie übersehen worden ist.« Er versuchte ein Lächeln zustandezubringen. »Ich werde mich jetzt mal darum kümmern, daß die Fadenkreuze auch richtig auf die Rollbahn zeigen, damit die Bordcomputer den Piloten ein wenig bei der Landung helfen. Ich schnalle Dave an und komme dann wieder zu euch. Ich werde aufpassen, daß ihr beide hier ordentlich rauskommt. Wenn es überhaupt nötig ist, daß ausgestiegen wird —«

»Patrick, Sie können doch nicht —«

»Klar kann ich. Und ich werde. Ende der Debatte.«

»Pat«, meldete sich Dave Luger, »wir sind fünfzig Meilen vor Anadyr.« Er wartete einen Moment. »Pat?«

Wendy schüttelte den Kopf. McLanahan wollte eigentlich noch etwas anderes sagen, aber ihm fielen nicht die richtigen

Worte ein. Statt dessen griff er zum Bordfunkschalter. »Was ist?«

»Fünfzig Meilen!« wiederholte Luger. »Bist du okay?«

»Mir geht's großartig.«

»Anschnallen«, rief Elliott dazwischen. »Alles wieder auf Beobachtungsposten.«

McLanahan stieg langsam die Leiter hinunter und beugte sich über Lugers Schulter, der jetzt in dem linken Schleudersitz saß und den Zehn-Inch-Radarschirm beobachtete.

»Schon etwas zu sehen?« fragte McLanahan. Luger hatte das Radar auf fünfzig Meilen Reichweite eingestellt und regelte seine Video- und Empfangsgeräte neben seinem linken Knie nach. Er schaltete ständig hin und her, um die Rollbahn auf den Schirm zu bekommen.

»Nichts«, sagte er und beugte sich mit seinem unverbundenen Auge noch näher an den Schirm. »Da ist nichts in den Fadenkreuzen. Sobald ich auf Gelände gehe, habe ich weißen Grieß auf dem Schirm.«

»Die Computer arbeiten vermutlich nicht mehr richtig. Man muß doch innerhalb dreißig Meilen eine Rollbahn sehen können. Such mal weiter.« Er beugte sich hinunter und überprüfte Lugers Gurte und Fallschirm. »Bequem so?«

»Ich bin nach wie vor gegen Aussteigen«, sagte Luger erschöpft.

»Ich weiß. Ich bin schuld daran, daß du überhaupt hier an Bord bist, daß du was abgekriegt hast. Deshalb will ich, daß du wenigstens eine Chance hast, überhaupt davonzukommen, wenn uns was passieren sollte.«

»Vielen Dank, Freund, vielen Dank. Aber ich denke doch, wir wollen es dabei belassen, daß es mein sogenannter Professionalismus war, der mir letztlich das Ticket für dieses Flugzeug verschafft hat. Um nichts in der Welt hätte ich das versäumen mögen. Na ja, gut, um fast nichts.«

»Alles klar. Wenn wir zu Hause sind, spendiere ich dir eine Sechserpackung Bier«, sagte McLanahan. »Oder einen Wodka, wie wäre denn das? Irgendwie passender, oder?« Er klopfte seinem alten Kameraden auf die Schulter, griff sich dessen taktische Karte und kletterte wieder nach oben, wo er sich einen Reservefallschirm umschnallte und sich in einem Sitz angurtete.

»Vierzig Meilen«, gab Luger durch. »Gelände frei auf fünfzig Meilen.«

»Wir haben noch genug Sprit für einen Niedriganflug«, meldete Ormack. »Alle vier Haupttanks zeigen Niedrigdruck an.«

»Achtung, Besatzung, alles herhören«, sagte Elliott. »Falls sie uns mit einem Feuerwerk empfangen, lassen wir den Plan fallen und gehen so schnell wir können wieder nach oben. Dann bleiben wir auf fünfzehntausend und fliegen geradeaus, bis der letzte Tropfen Sprit verbraucht ist. Danach wird auf mein Kommando ausgestiegen. Wenn aber die roten Lichter aufleuchten, wartet nicht mehr erst auf mein Kommando. Benutzen Sie nach der Landung das Überlebens-Radio auf dem geheimen Kanal, damit wir uns alle finden und wieder zusammenkommen.«

»Dreißig Meilen«, meldete Luger. »Hohes Gelände auf zwei Uhr. Braucht uns nicht zu interessieren. Sieht alles ordentlich für den Linkskurs aus.«

»Wir werden auf einer abgelegenen Rollbahn dieses Flugplatzes aufsetzen, Luger«, erklärte Ormack. »Der Platz selbst wird an Ihrer linken Seite vorüberziehen.«

»Roger.«

»Sink- und Anflug-Check, Besatzung«, rief Ormack durch. »Wir haben noch zwanzigtausend Pfund Sprit, Nav. Anfluggeschwindigkeit? Notlandungsdaten?«

Luger rief die Daten am Computerterminal der unteren Kabine auf.

»Kann sein, daß es nicht reicht«, meinte Ormack mit Blick auf die Treibstoffanzeigen. Er ging weiter die endlosen Checks durch, die er sich einen nach dem anderen vom Bordcomputer auf seinen Cockpit-Schirm geben ließ. Als er endlich damit fertig war, meldete Luger, daß sie weniger als zwanzig Meilen vom Abfangjäger-Militärflugplatz Anadyr des Luftverteidigungskommandos Fernost entfernt seien.

Elliott und Ormack begannen einen langsamen Landeanflug auf fünfzehnhundert Fuß über Grund des Flugplatzes.

»Gelände frei auf dreißig Meilen«, sagte Luger. »Noch immer nichts auf Radar.«

McLanahan hatte noch einmal überprüft, ob Wendy und Angelina sicher in ihren Schleudersitzen angeschnallt waren. Jetzt ging er nach vorne ins Cockpit und zwängte sich dort in den metallenen Sprungsitz des Piloten-Instrukteurs. »Braucht ihr ein paar Zusatzaugen?« fragte er Elliott.

»Was, zum Teufel, haben Sie hier oben verloren?«

»Dave braucht den linken Sitz unten. Ich werde Ihnen hier helfen, nach der Landebahn Ausschau zu halten, und dann gehe ich wieder nach hinten, um Wendy und Angelina mit ihren Sitzen zu helfen, falls –«

»Patrick, das ist glatter Selbstmord. Bewegen Sie Ihren Hintern, los! Zurück in Ihren eigenen Sitz!«

»Dave hat keinen Schleudersitz, Sir«, sagte McLanahan ruhig. »Das ist eines von den Details, zu denen wir nie gekommen sind.«

»Das wußte ich nicht . . .«

»Vergessen Sie's. Dave ist am Radar ebensogut wie ich. Falls irgend etwas schiefgeht, versuche ich, Wendy und Angelina sicher hinauszukriegen. Und bis dahin helfe ich jetzt eben hier, die Landebahn zu finden.«

»Ich halte die ganze Geschichte immer noch für total verrückt«, grummelte Ormack in seinen Bart.

»Denken Sie nur an den Überrumplungseffekt«, sagte McLanahan. »Wir haben uns die ganze russische Luftwaffe vom Leib gehalten, nur weil wir sie völlig verwirrt haben. Und das hier ist einfach nur der nächste Schritt.« Er ging in den Bordfunk und fragte: »Dave? Wie sieht's aus?«

»Genau wie vorhin«, antwortete Luger hörbar frustierter.

»Such weiter, du findest sie schon. Denk daran, wir wollen auf einer Seitenbahn runter, nicht direkt auf der Hauptstraße.

Verlaß dich nicht nur auf die Nav-Computer. Probier es mal mit größeren Ausschnitten.«

»Roger.« Luger schaltete seinen Radarschirm noch einmal um.

»Wir bleiben bei zweihundertfünfzig Knoten, bis wir das Rollfeld direkt sehen«, sagte Elliott. »Dann erst drehen wir bei und sehen uns Landebahn und Flugplatz noch einmal an, bevor wir uns entschließen, runterzugehen oder nicht. Dann gehen wir in den Abwind und –«

»Ich hab' sie!« rief Luger plötzlich durch. »Sechs Meilen, elf Uhr.«

»Sechs Meilen?« fragte Ormack verwundert zurück.

»Der Navigationscomputer muß ungenau sein«, sagte McLanahan. Alle drei Köpfe flogen gleichzeitig nach links.

Elliott sah es sofort. »Ich hab' sie auch«, sagte er. »Wir sind genau drüber ... Wir kommen nicht schnell genug in die richtige Position. Wir fliegen einfach geradeaus weiter, kontrollieren den Platz vom Ende der Rollbahn her und drehen dann nach rechts in einen Abwind für die Landung.«

»Roger«, sagte Ormack. »Ich habe das Flugzeug. Sie überprüfen den Platz.« Er drehte die Cockpitlichter auf das absolute Minimum herunter, um die Sicht auf die Landebahn zu erleichtern.

Elliott brummte unzufrieden, als die Landebahn neben seinem linken Fenster vorbeizog. »Diese Rollbahn sieht wie die Fortsetzung der Tundra aus. Da sind Schneewehen, die scheinen bis zehn Fuß hoch zu sein.«

»Keine Signale«, meldete Wendy. »Warnschirme nach wie vor leer. Nicht mal irgendwelche Funksignale.«

Es war ein kleiner, fast verschwindend kleiner Flugplatz in einem engen Bergtal. McLanahan erinnerte er mit seinen ringsherum emporragenden schneebedeckten Bergen an die Air Force Base Hill in Utah. Das Bemerkenswerteste war die »Christbaum«-Alarmparkzone am Ende der Rollbahn. Zwei Reihen mit je sechs Bereitschaftsplätzen für Jagdflugzeuge, die gestaffelt stehen und alle zur gleichen Zeit zum Start rollen konnten. Zum Glück war der ganze Platz jetzt leer; mehr noch, es sah sogar so aus, als sei hier schon ziemlich lange kein Flugzeug mehr gewesen. Einige der Nissenhütten, die als Hangars für die Jäger dienten, waren leicht baufällig, und überall häuften sich hohe Schneewehen.

Ein großes Problem war das kleine Dorf in der nahen Umgebung. McLanahan konnte es rechts durch Ormacks Cockpitfenster sehen. Es war zwar etwa fünfzehn Kilometer vom Flugplatz entfernt, aber eine B-52 machte immerhin eine Menge Lärm und würde also Aufmerksamkeit erregen. Wie die Dorfbewohner auf den Krach reagieren würden, war natürlich wieder eine andere Frage. Beschwerten sich die Leute in Rußland über militärische Flüge, die ihnen die Nachtruhe raubten? McLanahan betete im stillen, daß sie nichts dergleichen täten.

»Ganz verlassen ist der Flugplatz nicht«, meinte Elliott, als die Rollbahn hinter ihnen außer Sicht glitt. »Ich habe einige geparkte Lastwagen gesehen, vor einem Gebäude an der Hauptrollbahn. Sie sahen aus wie Militärfahrzeuge.«

Die Besatzung war mit einem Schlag still. Ormack ging in eine langsame, weite Anflugschleife nach rechts parallel zur Landebahn.

Wendy sagte: »Wenn er nicht verlassen ist, können sie dort unten Truppen stationiert haben . . .«

»Noch fünfzehn Minuten Sprit«, stellte Ormack fest. »Wir schaffen es höchstens noch zurück auf zehntausend Fuß, würde ich sagen, um dann auszusteigen. Aber damit hat es sich.«

»Wenn da Truppen stationiert wären«, meinte McLanahan, »stünden nicht nur ein paar LKW herum.« Seine Logik gefiel ihm, aber so richtig glaubte er sie selbst nicht.

»Denke ich auch«, sagte Elliott rasch. »Außerdem sah die Rollbahn wirklich geschlossen aus. Und alle Gebäude leer. Und außerdem haben wir so und so keine andere Wahl mehr.« Er wandte sich an Ormack. »Also los, jetzt packen wir es. Ich übernehme das Flugzeug. Gehen Sie die Landungscheckliste durch.«

McLanahan klopfte Elliott auf die Schulter. »Alsdann, viel

Glück, auf Wiedersehen in Rußland«, sagte er und begab sich zurück zum Sitz des Abwehr-Instrukteurs, in dem er sich anschnallte. »Verehrte Damen, nächster Halt im wunderbaren Anadyr, Stadtmitte.«

»Können die denn das Flugzeug in all dem Schnee überhaupt landen?« fragte ihn Angelina.

»Normalerweise würde man abraten. Aber dies hier ist ein zäher Vogel, und die beiden Burschen da vorne sind zähe Piloten.« Schöne Durchhaltesprüche, dachte er im stillen.

»Luftbremsen null«, sagte Elliott, als Ormack die Checkliste vom Computerbildschirm vorlas. »Fertig für Fahrwerk und Klappen, kommen.« Er drückte den Gashebel nach unten, und Ormack öffnete die Bremsklappen in der ersten Position. Elliott ging in eine langsame Rechtskurve, um sie lotrecht zur schnee-verwehten Landebahn zu bekommen.

»Fahrwerk links unsicher«, sagte Ormack mit prüfendem Blick auf die Fahrwerkkontrollen. »Alle anderen Räder unten. Klappen fünfundzwanzig Prozent.«

Elliott drückte den Gashebel vorwärts, um wieder etwas Fahrt zu gewinnen, während sich die gewaltigen Bremsklappen, die groß waren wie Scheunentore, in den Fahrtluftstrom senkten, was den Bomber dazu brachte, beim Landeanflug zunehmend langsamer zu werden.

»Warnlichter Treibstoff an allen vier Haupttanks«, sagte Ormack an.

»Okay, Leute, das ist es.« Elliott zwang sich zu einer festeren Stimme, als ihm selbst zumute war. »Der Saft ist zu Ende. Entweder landen wir jetzt oder steigen aus. Dave, ich sorge dafür, daß Sie ein paar hundert Fuß Höhe haben, aber ziehen Sie nicht zu spät am Abzug.«

»Verstanden ...« Luger gelang es nicht so gut wie Elliott, seine Stimme unter Kontrolle zu halten. Sein Schultergurt war befestigt, Rücken und Hals waren steif angespannt und gerade aufgerichtet, seine Hände lagen leicht auf dem Abzugring zwischen seinen Beinen.

»Patrick ...« flüsterte er und versuchte den Schmerz in

seinem Bein zu ignorieren. McLanahan hatte keinerlei Chance. Er benötigte mindestens einige tausend Fuß Höhe, um auch nur den Versuch machen zu können, sich manuell hinauszuschleudern. Von einer heilen Landung gar nicht zu reden.

Elliott ging langsam in eine Rechtskurve, um den *Old Dog* in Landeposition zu bringen.

»Klappen fünfzig«, meldete Ormack. »Starter an. Sprit aus . . .«

»Nehmen Sie die Nase runter«, befahl Elliott. Ormack legte einen Schalter um, und die lange, zugespitzte SST-Nase glitt unter der Windschutzscheibe weg.

»Landelichter«, rief Elliott. Die Viertausend-Watt-Lampen an den Fahrwerksstreben gingen an und tauchten die Landebahn in gleißendes Licht. Eine mindestens zehn Meter hohe Schneewehe blockierte die Einflugschneise am Anfang der Rollbahn. Elliott gab noch einmal Gas. Das Aufheulen der Triebwerke übertönte jedes andere Geräusch.

Luger hielt den Blick unverwandt auf die Warnlichter an der Konsole vor sich und wartete auf das Kommando zum Aussteigen. Seine Finger schlossen sich um den Abzugring. Wendy und Angelina spannten alle Muskeln an.

Das Fahrwerkrad rechts vorne krachte in den kleinen Schneeberg. Der *Old Dog* wurde scharf herumgerissen und sackte nach unten wie ein Stein. Elliott trat mit aller Kraft auf das linke Ruder, erst dann wurde ihm wieder bewußt, daß dies sinnlos war, weil es schon lange nicht mehr da war. Er riß den Steuerknüppel zurück und drückte ihn nach links, um dem Aufprall auf voller Länge entgegenzuwirken.

McLanahan schloß die Augen und wartete darauf, daß alles schwarz um ihn würde – und still . . .

Zum ersten Mal, seit er seine Verfolgung wieder aufgenommen hatte, beschlich Juri Papendrejow das Gefühl, daß er einen Fehler begangen habe.

Obwohl er seine MiG-29 Fulcrum eindeutig gestohlen hatte, hatte er volle Boden- und Luftunterstützung für das Ausfindigmachen des eingedrungenen B-52-Bombers erhalten. Nur – bis jetzt hatte er ihn nicht ausfindig gemacht. Sein Aufstieg auf sechsundzwanzigtausend Meter war nötig, um die Meldungen der Luftabwehrstreitkräfte Fernost, die nach der B-52 suchten, zu empfangen. In geringerer Höhe hätten die Berge die Meldungen von den Küsten- oder den teilweise geländeabgeschirmten Stationen abgeblockt. Und sie hatten alle KONTAKT NEGATIV gemeldet . . .

Juri Papendrejow war mittlerweile neunhundert Kilometer weit die Korakskoje-Berge entlanggeflogen, in Richtung Trebleski und Beringowskij, den wichtigsten Luftabwehr-Stützpunkten und Radarstationen nördlich von Ossora. Er hatte keinen Zweifel daran, daß sich die B-52 ebenfalls am Korakskoje-Gebirge befand, um sich dort in den rauhen, unzugänglichen Bergen verborgen zu halten, das Beringowskij-Radar zu zerstören oder zumindest zu überlagern, um dann über den Golf von Anadyr nach Alaska zu entkommen. Wenn das starke Beringowskij-Radar erst einmal ausgefallen war, konnten die weniger gut ausgerüsteten MiG-23 der Reserve-Streitkräfte von Trebleski, obwohl sie schwer bewaffnet waren, nichts mehr gegen die niedrigfliegende B-52 unternehmen, sie weder ausmachen noch angreifen.

Papendrejow kontrollierte seinen Treibstoff. Er wäre inzwischen schon auf Reservetank gewesen, hätte er sich nicht den größten Zusatztank, der überhaupt verfügbar war, mitgeben lassen. Trotzdem war er jetzt auch schon wieder auf Niedrigstand. Lediglich der lange Gleitflug im Leerlauf aus seiner großen Höhe nach unten ließ ihm Zeit, sich einige Entscheidungen zu überlegen. Trebleski war die logische und nächstliegende Wahl, um schnell aufzutanken, aber Anadyr, ein kleiner Flugplatz mit eingeschränktem Betrieb, stand ebenfalls zur Verfügung und war mit Gleitflug direkt erreichbar. Natürlich kannte er die Anweisung, Anadyr oder andere vergleichbare Warmwetter-Flugplätze höchstens in Notfällen anzufliegen.

Das ließ also nur Trebleski übrig. Er rief über Funk den Kommandoposten Trebleski und erbat Landegenehmigung für

Eil-Auftanken. Dabei handelte es sich um eine Auftanktechnik unter Gefechtsbedingungen. Ein Tankwagen pumpte mit Hochdruck Treibstoff in die Tanks der Maschine, während deren Motoren weiterliefen.

»Hallo, Ossora eins-sieben-eins. Trebleski bestätigt Ihre Bitte. Bleiben Sie auf Empfang.«

»Auf Empfang«, antwortete Papendrejow und fügte nach einer kurzen Pause hinzu: »Hallo Trebleski, übermitteln Sie letzte Meldungen über eingedrungenes Flugzeug.«

»Eins-sieben-eins, Eindringling zuletzt von Ossora-Radar auf zwei-acht-zwei erfaßt, Entfernung einundzwanzig Kilometer, Kurs drei-vier-eins.«

»Hallo, Kontrolle, diese Meldung ist Stunden alt. Gibt es keine neueren? Hat Beringowskij Kontakt gemeldet?«

»Keine Meldungen von Beringowskij-Radar, eins-sieben-eins. Sie haben Genehmigung zum Anflug auf Flugplatz Trebleski. Sinken Sie und gehen Sie auf Warteposition zweitausend Meter. Ihre Bitte auf Eil-Auftanken ist zurückgestellt worden. Sie erhalten Standard-Auftankhilfe in Bunker siebzehn nach Landung.«

»Hallo, Kontrolle, ich bin Luftabwehrflugzeug mit Vorrang. Erbitte noch einmal Vorrang und Eil-Auftanken.«

»Anfrage verstanden, eins-sieben-eins«, antwortete der Fluglotse von Trebleski. »Ihre Bitte auf Vorrang ist von Ihrem Hauptquartier zurückgestellt worden. Bleiben Sie auf Empfang für weitere Instruktionen. Gehen Sie mit Transponder auf eins-eins-eins-sieben für positive Identifizierung. Bleiben Sie auf dieser Frequenz in Bereitschaft.«

Papendrejow fluchte in seine Gesichtsmaske hinein. Also deshalb die Verzögerung . . . seine Bitte um vorrangiges Auftanken hatte Trebleski veranlaßt, seinen Flugeinsatz zu überprüfen, der natürlich nicht vorlag. Hätte er sich mit einem normalen Auftanken zufriedengegeben, wäre alles problemlos und ruckzuck gegangen, weil schließlich Luftabwehralarm bestand, und Trebleski hätte keinen Anlaß gehabt, ihn erst noch einmal zu überprüfen. Jetzt dagegen wußte Ossora natürlich genau, woher er seinen Jäger für seine unautorisierte Verfolgungsjagd hatte. Selbstverständlich würde von dort alsbald der Befehl hinausgehen, ihn sofort nach der Landung zu verhaften . . .

Er kontrollierte seine Karte und sah, daß er inzwischen ohnehin näher an Anadyr als an Trebleski war. In Anadyr gab es sicherlich Treibstoff. Vielleicht waren sie dort sogar für Eil-Auftanken ausgerüstet. In Anadyr konnte er dann warten und die Abfang-Frequenzen beobachten, bis die B-52 irgendwo auftauchte. Sie dann abzufangen und abzuschießen, war kein Problem mehr. Und wenn sie doch nicht auftauchte – was aber ganz ausgeschlossen war –, konnte er immer noch in Ruhe auftanken, nach Ossora zurückkehren und versuchen, sich aus einer Kriegsgerichtsverhandlung herauszureden.

Er ignorierte die Aufforderung, eine neue Kennung zu geben, und nahm statt dessen mit seiner MiG-29 Kurs auf Anadyr. Er ging auf Radio-Frequenz Kommandoposten Anadyr. In einer halben Stunde würde er in Funkreichweite des Flugplatzes sein, und wenn er schließlich dort war, hatte er immer noch für fast eine Stunde Treibstoff . . .

ANADYR, SOWJETUNION, MILITÄRFLUGPLATZ FÜR ABFANGJÄGER, LUFTABWEHR FERNOST

Sergej Serbjentlow widmete sich einer seiner wenigen Leidenschaften – dem chinesischen Essen. Das war hier in dieser entlegenen Ecke der Sowjetunion nicht gerade die verbreitetste Mode, aber möglicherweise war eben dies der Grund, warum es ihm so viel Spaß machte, chinesisch zu kochen und zu essen.

Es war etwas Besonderes, nicht Alltägliches. Unglücklicherweise war es eben diese Art unsowjetischen Denkens (und Essens!), die ihn überhaupt hierher nach Anadyr verschlagen hatte. Aber schließlich mußte jeder irgendwo landen.

Außerdem, so schlimm war es auch wieder nicht. Man war hier nicht eigentlich in der Verbannung, in dieser nordöstlichsten Ecke des ganzen Landes. Nein, es war mehr eine unvorhergesehene, unfreiwillige Versetzung. Er hatte Kost und Logis, Fahrzeuge zu seiner Verfügung und jeden Monat ein paar hundert Rubel extra, die er seiner Familie in Irkutsk schicken konnte.

Und obendrein hatte er auch Verantwortung und viel Selbständigkeit. In den vergangenen zwei Monaten und auch noch in den beiden kommenden war er der verantwortliche Verwalter eines Abfangjäger-Flugplatzes des Luftabwehrkommandos Fernost. Was spielte es für eine Rolle, daß gar keine Jagdflugzeuge da waren. Er war jedenfalls der Verantwortliche auf dem Flugplatz. Er war der oberste Polizist, Feuerwehrmann, Zahlmeister, Richter, Hausmeister und Bürgermeister von Millionenwerten an Geräten und Bauten. Während der langen und dunklen Wintermonate war er der vermögendste und mächtigste Mann in dieser Gegend von Fischern, Fallenstellern und Holzfällern.

Sergej Serbjentlow hantierte mit einem Paar Eßstäbchen, um sich Nudeln und Fisch einzuverleiben. Die Gewürze und Kräuter seiner Küche stammten aus seinem eigenen Gewächshaus. Das Mehl für die Nudeln und den Fisch handelte er regelmäßig von den Fischern und den Dorfbewohnern der Umgebung ein. Es gab hier so gut wie alles. Serbjentlow war überzeugt, daß die Fischer mit ihren Booten weit hinaus in die wilde *Anadirskij Zaljiv* fuhren, wahrscheinlich bis zur Saint-Lawrence-Insel, wenn nicht gar bis nach Nome in Alaska, um dort mit den Amerikanern Handel zu treiben.

Er roch mit der Nase nahe an den Nudeln und dem Fisch. Es war vielleicht eine etwas ungewöhnliche Zusammenstellung für ein Frühstück, aber schließlich wäre seine Alternative nur ein paar vier Monate alte *rijepa* – weiße Rüben – gewesen, die er von einem alten Gemüseweiblein im Dorf erstanden hatte – nein, danke.

Er führte die kräftig duftenden, scharf gewürzten Nudeln zum Mund und wollte sie sich eben hineinschieben, als die Doppeltür, die in den äußeren Korridor hinausführte, aufgestoßen wurde und zwei Gestalten in sein winziges Büro hereingepoltert kamen. Halb stolperten, halb stürmten sie auf die brusthohe Theke zu, die den Raum der Länge nach teilte.

Der größere der beiden zog sein rechtes Bein nach, das in voller Länge von der Hüfte bis zum Fuß mit geronnenem Blut bedeckt war. Er hatte den Arm um die Schulter seines Begleiters gelegt, der in eine grobe olivgrüne Decke eingewickelt war.

»*Gdje punkt skorej pomaschki!*« rief der verletzte Mann mit hartem modulationslosem Akzent auf russisch. »Mein Bein! Wo ist das Lazarett?«

Serbjentlow fielen seine Nudeln fast in den Schoß. »Was?«

»Wo das Lazarett ist? Mein Bein –«

»Hier gibt es kein Lazarett. Was ist mit Ihrem Bein passiert?« Sergej Serbjentlow ging rasch zu der Schaltertheke. Dort erst entdeckte er, daß der eine der beiden gar kein Mann war, sondern eine Frau. Sie hatte langes, salz- und pfeffer-graues Haar und tiefe, dunkle Augen – sie hätte durchaus eine Asiatin sein können, fand Serbjentlow. Ihre Zähne klapperten vor Kälte, während sie ihn kurz ansah, um sich dann wieder ihrem verletzten Gefährten zuzuwenden.

Dieser schleppte sich zur Bank an der Wand vor dem Büroschalter und ließ sich darauf niedersinken. Er war groß, kräftig gebaut und konnte dem Aussehen nach ein alter Soldat sein. Auch er sah recht verfroren aus. Seine Haut war grau und eingesunken. Wahrscheinlich der Blutverlust, schätzte Serbjentlow.

»*Gdje polizi?*« sagte der Mann. Sein Akzent und sein Russisch waren sehr merkwürdig. Ganz offensichtlich stammte er nicht aus der Gegend. Freilich waren auch nur wenige Leute in dieser Gegend am Ende der Welt wirklich echte Einheimische, was das betraf.

»Wozu brauchen Sie die Polizei?« fragte er. Er beugte sich hinunter, um das verletzte Bein des Mannes zu inspizieren. Die Wunde selbst war nicht zu sehen, aber es war klar, daß der Blutverlust ziemlich groß war. »Hier gibt es keine Polizei. Die Polizisten aus dem Dorf sind für den Flugplatz hier nicht zuständig. Ich will Ihnen aber gerne helfen, wenn Sie mir nur sagen wollen –«

»*Njet. Spassiba.*« Sergej Serbjentlow sah sich unvermittelt der Mündung einer sehr großen, sehr häßlichen, blauschwarzen Automatikpistole gegenüber. Er fühlte sie genau auf seiner Nasenspitze. Er richtete sich auf und wich zurück.

Die Frau warf ihre Decke ab und half dem verletzten Mann hoch. Ihre Kleidung ließ Serbjentlow die Pistole völlig vergessen. Sie trug eine kurze, blaue Jacke – Jeans-Stoff! Sie trug eine Jeansjacke! Und dann sah er auch ihre Bluejeans und die Lederstiefel im Cowboylook.

». . . Bluejeans?« stammelte er. Es war eines der wenigen ausländischen Wörter, die er überhaupt kannte. »*Gdje moschna kupid bluejeans?*«

Die Frau wandte sich an ihren Begleiter. »Was hat er gesagt, General?«

»Alles habe ich nicht mitgekriegt, aber offensichtlich gefallen ihm Ihre Bluejeans«, erwiderte Elliott. Er wandte sich zur Doppeltür. »Patrick!«

McLanahan kam geduckt und mit einer 38er-Pistole in der Hand hereingesprungen. Er rannte auf den Russen zu und setzte ihm seine Waffe an die Schläfe. Serbjentlow schloß die Augen.

»Durchsuchen Sie ihn!« befahl Elliott. McLanahan tastete Serbjentlow hastig ab, ohne seinen Revolver von dessen Schläfe zu nehmen. Dann drehte Elliott den Russen herum, schob ihn zur Bank und bedeutete ihm, sich zu setzen. Während sowohl er als auch McLanahan weiter mit ihren Pistolen auf ihn zielten, nahm er die Hände des Russen und legte sie ihm auf den Kopf. Serbjentlow saß widerstandslos und mit fest geschlossenen Augen auf der Bank.

»*Wi gawaritje pahanglijski?*« Elliott fragte ihn, ob er Englisch spreche. Serbjentlow öffnete die Augen und zwang sich, die Fremden anzusehen. »*Njet*. Bitte, töten Sie mich nicht ...«

»*Pascholsta, gawaritje mjedlinje*« sagte Elliott, er solle langsam reden.

Serbjentlows Panik verflog etwas, aber er war noch immer ziemlich verwirrt.

»*Kagda polizi virnjutsa?*« fragte Elliott. Wann die Polizei zurückkomme.

»Keine Polizei«, antwortete Serbjentlow. Er hielt seine Hände sorgsam oben, aber seine Schultern hatten sich doch merklich entspannt. Er gab sich Mühe, langsam und sorgfältig zu sprechen. »Es kommt ... keine Polizei ... hierher auf den Flugplatz.«

»Das *Nein* habe ich mitgekriegt«, sagte McLanahan, der seine Pistole nun mit beiden Händen hielt.

»Ich glaube, er versucht uns klarzumachen, daß es hier keine Polizei gibt«, sagte Elliott. »Das wird kompliziert werden; ich verstehe gerade ungefähr jedes fünfte Wort, das er sagt.« Er beugte sich vor und zielte immer noch mit seiner Pistole auf Serbjentlows Stirn. »*Binzah, binzah!* Benzin! *Binzahkalanka?*«

Der Russe begriff und war erleichtert. »*Pascholsta!*« sagte er. »Machen Sie sich keine Sorgen, *towarisch!* Nehmen Sie Ihre Pistole herunter. Ich verrate Sie nicht. Ich weiß Bescheid, wie das gemacht wird ...«

»Was Sie ihm auch erzählt haben, General«, sagte Angelina, »jetzt sieht der Mann wesentlich erleichtert aus. Was meint er?«

»Wenn ich ihn nur verstehen würde! Ich habe ihn nach Treibstoff gefragt. Und er betrachtet mich jetzt als Freund, soviel habe ich mitbekommen.«

Sie sprechen Englisch miteinander, dachte Sergej Serbjentlow. Offensichtlich kann von den dreien nur der Alte etwas Russisch. Die anderen beiden sehen total verständnislos drein.

Sergej Serbjentlow versuchte aufzustehen. McLanahan stieß ihn wieder zurück. Serbjentlow sah die Fremden mit einer Mischung aus Überraschung und Amüsiertheit an.

»*Jest li u vas riba?*« fragte er. »*Kurritsa?* Gut, ich mit Ihnen schon einig werden. Kein Problem.«

»Fisch? Käse? Hühnchen?« sagte Elliott. »Er fragt, ob wir Fisch haben. Ich verstehe nicht –« Aber dann verstand er doch. Er nickte dem Russen zu, der zurücknickte. Elliott zog ihn von der Bank hoch und erlaubte ihm, seine Hände herunterzunehmen.

McLanahan hielt seinen Revolver weiterhin im Anschlag. »Was ist los, General?«

»Schwarzmarkt!« sagte Elliott lächelnd. Der Russe lächelte zurück. »Dieser Gentleman hier scheint so eine Art Schwarzmarkt hier draußen zu betreiben. Wenn meine Vermutung stimmt, tauscht er Benzin gegen Fisch, Fleisch, Käse und anderes.«

Serbjentlow stieß einen erleichterten Seufzer aus, als der junge Mann nun endlich seine Waffe sinken ließ. Dessen Augen waren ziemlich ängstlich gewesen, allerdings hatte seine Hand kein bißchen gezittert. Der Russe hatte keinen Zweifel, daß der Fremde, falls er es nötig gefunden hätte, ohne Zögern abgedrückt hätte.

Er ging, ohne daß ihm allerdings der jüngere Mann von der Seite wich, zu einem Schrank in der Ecke und holte Mütze, Handschuhe und Mantel heraus. Während er sie anzog, hatte er Gelegenheit, den Mantel seines Bewachers zu studieren. Er war dick gefüttert, dunkelgrau und sah überhaupt nicht wie Baumwolle oder Leder aus.

Er griff vorsichtig und langsam an des Mannes Kragen und berührte ihn. Sah aus wie Stoff, fühlte sich aber an wie Plastik. Ein Mantel aus Kunststoff? Die Taschen vorne und die Ärmel hatten seltsame feste Verschlüsse ohne jeden Reißverschluß. Was waren das für Leute? Und warum trugen sie warme Kunststoff-Kleidung, während die Frau teure und seltene Jeanskleidung anhatte, in der sie freilich zu Tode fror?

Elliott schien das gleiche zu denken. Er sah des Russen pelzgefütterten Mantel und blickte die zähneklappernde Angelina an. *»Mnje nuschna adjeschda«*, sagte er und deutete auf den Pelz. *»Baranina.«*

Sergej Serbjentlow nickte, griff in seinen Schrank und holte seinen Schlechtwettermantel heraus, einen langen, schweren Seehundmantel mit wolfsfellgefütterter Kapuze. Er ging damit hinüber zu Angelina und bot ihn ihr an. Sie bemerkte sein offensichtliches Interesse an ihrer Jeansjacke, zog sie aus und reichte sie ihm hin.

Der Russe reagierte darauf, als habe er die Kronjuwelen bekommen. Er examinierte sie bis ins letzte Detail, prüfte jede Naht und jeden Stich und murmelte die fremden englischen Worte vor sich hin, die er auf den Metallknöpfen entdeckte. Dann faltete er sie sorgsam zusammen, um sie ganz hinten im obersten Fach seines Schrankes zu verstauen.

»Hier könnte man ein Vermögen machen«, meinte Angelina, während sie sich den Mantel über die zitternden Schultern zog. »Ich habe einen ganzen Schrank voll von diesen alten Klamotten zu Hause.« Ihr Gesicht begann sich zu entspannen, als sie zum ersten Mal seit Stunden etwas Wärme in sich zurückkehren fühlte.

»Kommt«, sagte Sergej Serbjentlow auf russisch, »zurück zum Geschäft.« Er führte sie hinaus. Sie kletterten in einen geparkten *Zadjiv*-Lieferwagen und fuhren die Rollbahn hinunter.

Über das Geklapper der alten Heizung des Autos, die sich hartnäckig weigerte, auch nur ein wenig Wärme zu spenden, sagte Elliott: »Haltet die Augen offen, ob irgendwo ein Tankwagen herumsteht oder wo Treibstoffpumpen sind.«

»Was steht auf denen drauf?« fragte McLanahan, der nach wie vor seine *Smith & Wesson* in der Tasche nicht losließ.

»Keine Ahnung«, erwiderte Elliott und hauchte das Fenster des Autos auf seiner Seite an, das sofort wieder zufror. Mühsam malte er fünf kyrillische Buchstaben an die Scheibe. *»Binzah«*, sagte er. »Benzin.«

Sergej Serbjentlow nickte und lächelte. Der alte Mann gab den beiden Jungen offensichtlich Russischunterricht. »*Da*«, sagte Sergej auf russisch, »wir holen euch jetzt Benzin.«

»Dort!« Angelina deutete nach rechts.

Hinter einem hohen Stacheldrahtzaun stand ein etwa sechs Meter hoher weißer Stahlzylinder von ungefähr zehn Metern Durchmesser. Ein einsamer weißer Tankwagen stand verlassen daneben.

»*Binzah?*« fragte Elliott und deutete auf den Tank. Der Russe warf einen Blick hinüber, fuhr aber weiter.

»*Njet*«, sagte er und deutete nach vorne. »Das ist kein Benzin. Das ist Kerosin.«

Elliott sah ihn fragend an, er verstand Serbjentlow, der unbeirrt weiterfuhr, nicht.

»*Pavirnitje naprava*«, befahl Elliott. »Fahren Sie rechts ran.« Er deutete wieder zu dem Tank hinüber. Aber Sergej Serbjentlow schüttelte den Kopf.

Da zog McLanahan seine Pistole heraus und hielt sie dem sturen Russen wieder an die Schläfe. »Nun tu schon, was dir der alte Herr sagt, *towarisch*.«

Serbjentlows Ausdruck spannte sich wieder an, zumal Elliott zu McLanahans Worten nickte und unbeirrt auf den Tank zeigte. Er wandte sich dem General mit echt verwirrtem Gesicht zu. Was wollten die denn?

»Braucht Ihr Boot denn Kerosin?« fragte er. »Das nützt Ihnen doch nichts.«

»Boot?« sagte Elliott, der sich vergeblich bemühte zu verstehen, was der Russe sagte. »Ich habe nur Boot verstanden, sonst nichts.«

Sergej Serbjentlow wies auf eine Straße in der Nähe, die nach Osten führte. »Diesel«, sagte er und deutete in die Richtung. »Dorthin müssen wir. Keine Sorge, ich betrüge euch nicht.«

McLanahan drückte ihm energisch die Mündung an die Schläfe.

»*Pascholsta.*« Serbjentlow hob ergeben die Hände hoch.

»Bitte. Wenn Sie meinen.« Er zuckte mit den Achseln und fuhr mit seiner alten Klapperkiste rechts herum auf den Tank zu. Nach ein paar Minuten – McLanahan hatte seine Waffe immer noch in der Hand, zielte allerdings nicht mehr direkt auf ihn – hatte er das Tor zum Areal geöffnet und ließ sie hinein.

Er öffnete einen Hahn am Tankwagen, der neben dem Tank stand. Einige Liter Treibstoff flossen in den Schnee.

Angelina beugte sich hinunter und schnupperte.

»Riecht wie Kerosin«, sagte sie. »Kein Jet-Treibstoff und auch kein Benzin. Was machen wir jetzt?«

»Womöglich haben wir unser Quantum Glück schon gehabt, und jetzt ist Schluß damit«, sagte Elliott. Er griff in seine Innentasche und holte ein gelbes Not-Radio heraus. Er drückte die schwarze Taste in der Mitte, drehte am Kanalwähler auf und drückte den Sendeknopf.

»Hallo, John, können Sie mich hören?« sagte er.

An Bord des *Old Dog* zog sich John Ormack sein Kopfhörermikrofon näher an den Mund und hob seine Stimme, damit sie die im Leerlauf rotierenden Triebwerke im Hintergrund übertönte. »Laut und deutlich, General. Wo sind Sie? Was gefunden?«

»Wir sind okay. Wir haben vielleicht, was wir suchen. Aber sehen Sie mal nach, welche Ersatztreibstoffe benutzt werden können. Sieht so aus, als hätten wir hier ausreichend Kerosin . . .«

»Augenblick.« Ormack griff hinter seinen Sitz und holte die technische Betriebsanleitung hervor, in der alle Einzelheiten für das Flugzeug standen. Er fand den gesuchten Abschnitt und sprach wieder ins Mikrofon.

»Ich habe es hier, General. Kerosin ist als Ersatztreibstoff möglich. Wir könnten höchstens Probleme mit ihm bekommen, wenn kein Frostschutzmittel drin ist. Aber an sich können wir damit fliegen. Wieviel haben Sie?«

»Hier steht ein Tankwagen, der sieht nach etwa fünfzigtausend Litern aus. Das wären sechzigtausend Pfund.«

»Das müßte reichen«, sagte Ormack. »Dave hat ausgerechnet, daß wir mindestens fünfzigtausend brauchen, um bis Nome zu kommen.«

»Wir sagen Ihnen Bescheid, wenn wir auf dem Weg zu euch sind.«

»Eine B-52 kann mit Kerosin fliegen?« fragte Angelina zweifelnd.

»Die Gebrauchsanleitung sagt ja«, bestätigte ihr Elliott und wandte sich dann an den Russen. Der lächelte längst nicht mehr und war überhaupt nicht mehr jovial.

»Wer sind Sie? Wo kommen Sie her? Sie sind keine Fischer!« fragte er erregt.

»*Sputniks*«, sagte Elliott, der nur den wesentlichen Sinn der Fragen verstand. »Reisende.«

Sergej Serbjentlow sah jetzt sehr mißtrauisch aus. Und dann griff er sich plötzlich das gelbe Not-Radio, und ehe es ihm Elliott wieder wegnehmen konnte, hatte er gelesen, was auf der Rückseite auf einer Plakette stand: *US-AIR FORCE*.

McLanahan erfaßte die Situation im gleichen Augenblick. Schon hatte der Russe die Pistolenmündung wieder an der Schläfe.

»Sieht so aus, als sei die kurze Freundschaft schon wieder zu Ende, Leute!« sagte Elliott. Er deutete auf den weißen Tankwagen. »Patrick, sehen Sie sich den mal an, wieviel da reingeht.«

McLanahan gab seine Pistole Angelina, die sie nun ihrerseits nicht ohne Übung auf den Russen richtete. McLanahan fand einen Meßstab in der Fahrerkabine des Tankwagens, kletterte auf den Tank und öffnete einen der Deckel, um die Füllmenge zu prüfen. »Ungefähr ein Viertel voll«, rief er.

»Das reicht nicht«, sagte Elliott. »Okay, *towarisch*, ich will Benzin in den Wagen, klar? *Mnje nuschna binzah...*« Und er klopfte dabei auf den Tankwagen. Serbjentlow war unsicher und reagierte nicht.

»Ich werde mal ein wenig nachhelfen«, sagte Angelina. Sie dirigierte den Russen um den Tankwagen herum zu der Seite, wo sich McLanahan bemühte, einen Hochdruckschlauch anzuschließen. Dazu schraubte er das eine Ende des Schlauches an den Tankwagen, das andere an einen der Zapfenstutzen, die aus der Erde ragten.

Angelina deutete mit dem Revolver auf den Tankwagen. »Los, helfen Sie ihm.«

Der Russe sah auf McLanahan, der sich mit dem schweren Schlauch abplagte, dann auf Angelina, die ihm den Revolver an die Stirn drückte.

Sergej Serbjentlow nahm die Hände hoch, nickte, ging hinüber zu McLanahan und bedeutete ihm mit Gesten, den Schlauch an einem anderen Zapfstutzen anzuschließen. Dann entfernte er das andere Ende und schloß es neu am Tankwagen an.

Als das getan war, drehte er die Hähne auf, und das Kerosin wurde mit starkem Druck in den Tankwagen gepumpt, der bereits nach einigen Minuten gefüllt war.

»Patrick, Sie nehmen den Lieferwagen«, befahl Elliott. »Angelina, Sie begleiten ihn. Ich fahre mit unserem Freund hier im Tankwagen.«

McLanahan rannte hinüber zu dem *Zadjiv,* ließ den Motor an und wartete, bis Elliott und der Russe in den Tankwagen geklettert waren.

»*Pascholsta*«, sagte Elliott, als sie in der Eisschrankkälte des Tankwagens saßen. Er deutete auf den Lieferwagen und dann mit seiner Pistole auf den Russen. »Wenn ich bitten darf. Ihm nach.«

Sergej Serbjentlow blickte auf die Pistolenmündung. Als Elliott damit etwas zu hoch herumfuchtelte, fuhr er mit seiner Hand hoch und versuchte sie ihm zu entreißen. Er war hier nun lange genug der Clown gewesen ...

Ein Schuß knallte, und die Windschutzscheibe zersplitterte. Ein Glasscherbenregen ging auf sie nieder. Serbjentlow sprang aus dem Wagen und rannte zum Zaun zurück. Ein Held wollte er nun auch nicht sein ...

McLanahan und Angelina sahen gerade noch, wie er hinter

einigen Bäumen verschwand, die neben der Rollbahn standen. Angelina schoß hinter ihm her, aber die Kugel prallte nur harmlos von einem der Bäume ab.

McLanahan rannte zum Tankwagen und sprang ins Fahrerhaus. »Sind Sie okay, General?«

»Ja, verflucht, aber jetzt werden wir bald ziemliche Unannehmlichkeiten bekommen.« Er wandte sich Angelina zu, die ebenfalls herangerannt kam. »Fahren Sie mit dem Lieferwagen zum Flugzeug. Patrick und ich kommen mit dem Tankwagen nach. Viel Zeit haben wir nicht mehr, der Kerl rennt jetzt natürlich Hilfe holen . . .«

McLanahan brauchte einige Augenblicke, um herauszufinden, wie man den Tankwagen startete, aber dann rollten beide Wagen hintereinander auf die Stelle zu, wo sie den *Old Dog* auf einem großen Parkfeld zwischen zwei Hangars halb versteckt hatten. Ormack kam ihnen mit dem zweiten Revolver aus dem Überlebensset in der Hand entgegengerannt. Er sah die zerschossene Windschutzscheibe und blickte Elliott fragend an. »Was –«

»Wir hatten einen Freund und Genossen. Aber der ist uns jetzt ausgerückt. Wir müssen uns verdammt beeilen, er wird bald mit ihren *Marines* wiederkommen. Gehen Sie ins Cockpit zurück, John, und kontrollieren Sie die Treibstoffanzeigen, während wir auftanken. Ich werde das schon hinkriegen. Ich bleibe also hier draußen.« Zu Angelina im Lieferwagen rief er hinüber: »Fahren Sie den Tankwagen zur rechten Flügelspitze hinüber. Patrick, Sie klettern auf die Tragfläche und öffnen dort einen der Tankstutzen, und von dort aus füllen wir alle Tanks. Angelina hilft Ihnen mit dem Schlauch. Wo sind Wendy und Dave?«

»Dave sitzt im Cockpit und kontrolliert die Motoren«, erwiderte Ormack. »Und Wendy versucht über Funk Hilfe herzukriegen.«

»Schon was erreicht?«

»Noch nicht. Ich wüßte auch nicht, was irgendwer für uns tun könnte, solange wir hier nicht wieder weg sind.«

Er begann den Schlauch vom Tankwagen abzurollen, während McLanahan bereits mit einem Schraubenzieher zwischen den Zähnen auf die rechte Tragfläche kletterte.

»In den Haupttanks sind Dutzende von Löchern«, sagte Ormack zu Elliott, der damit beschäftigt war, die Aufschriften auf den Pumpen des Tankwagens zu entziffern und diese zum Funktionieren zu bringen. »Auch der vordere Rumpftank hat ein paar Lecks. McLanahan soll in den großen Mitteltank pumpen. Ich möchte den ganzen Treibstoff dort und in den mittleren und hinteren Rumpftanks haben. Wenn wir die Triebwerke auf Touren bringen und starten, müssen wir dann sowieso wohl oder übel Sprit in die Haupttanks leiten. Und da wird uns dann der ganze Saft rauslaufen wie aus einer Gießkanne . . .«

»Wir können nichts daran ändern«, meinte Elliott, »es muß eben gehen. Es sei denn, Sie haben genug Kaugummi dabei, um damit die Löcher zu verkleben.« Er schaltete die Pumpen des Tankwagens ein und gab McLanahan ein Winkzeichen, der bereits einen Tankstutzendeckel des mittleren Flügeltanks geöffnet hatte und den Schlauch über die Tragfläche zerrte. »Sagen Sie, wenn's losgehen kann, Patrick!«

McLanahan, der den Kopf eingezogen hatte, um sich gegen den beißenden Wind zu schützen, steckte den Schlauch in den Tankstutzen. »Los!« schrie er. Unter ihm rannte Ormack in die Maschine zurück und übernahm von Luger wieder die Kontrollen im Cockpit.

Luger humpelte mit seinem bandagierten rechten Bein nach unten und hinaus zum Tankwagen. Er trug mehrere Blechkanister hinaus, die mit Klebeband zusammengebunden waren. »Reserveöl. Ich habe es unten bei den Notvorräten entdeckt. Ich werde die Nummer zwei damit füllen. Dann läuft sie vielleicht wenigstens beim Start, ehe sie den Geist endgültig aufgibt, aber das kann sie dann meinetwegen auch.«

»In Ordnung, Dave. Wie geht's denn?«

»Na bestens«, erwiderte Luger. »Ich habe Kopfschmerzen, daß es mich zerreißt. Ich bin halb erfroren. Und mein rechtes

Bein sieht wie ein Schweizer Käse aus. Und wie geht's Ihnen so, Sir?«

»Dank der Nachfrage, Dave. Aber wenn ich zuviel rede, falle ich vielleicht um.«

»Lassen Sie mich an die Pumpe, General. Gehen Sie rein.«

»Nein, nein. Kümmern Sie sich mal um das Öl, und dann sehen Sie nach, ob Sie was von dem abgefetzten Metall an den Tragflächen abreißen können. Das ist alles nur Ballast und Widerstand. Wir kommen auch ohne das Zeug aus. Speziell bei einem Start mit nur sieben Triebwerken.«

»Sie sagen es, Sir. Wissen Sie, ich kann das noch immer nicht recht glauben, was wir hier eigentlich machen. Ich meine, wir stehen hier und klauen uns Sprit von einer Russki-Air-Base . . .«

»Warten Sie 's erst mal ab. Am Ende pumpen wir hier nichts als Wasser in unsere Tanks. Kein Mensch hatte Zeit, nachzusehen, was wir da in die Tankwagen reinließen . . .«

Während er das sagte, schien Elliott im Stehen wegzutreten, einfach einzuschlafen, jetzt, nachdem sein Adrenalinstoß verpufft war . . .

Polizeichef Wjarelski, der Milizkommandeur der Region, schnitt eine Grimasse, als er einen Schluck von dem Getränk nahm, das sich *kofje* schimpfte: ein dickes Gebräu aus Malz und Kaffee. Er aß einen Bissen *chlep* dazu, um den staubigen Nachgeschmack zu vertreiben. Und dabei starrte er die ganze Zeit Sergej Serbjentlow an, der vor seinem Schreibtisch stand und die Mütze in seinen Händen drehte.

»Was für eine Räuberpistole, Serbjentlow!« sagte er. »Sie erzählen da Sachen von bewaffneten Angreifern auf dem Flugplatz . . . zwei Männer und eine Frau . . . Was haben sie denn gestohlen? Ihre kostbaren chinesischen Eßstäbchen? Haben Sie das am Ende vielleicht alles nur geträumt, Sergej Serbjentlow?«

»Das ist kein Scherz, *towarisch*«, stieß Serbjentlow hervor. »Und wenn wir uns nicht beeilen, sind sie wieder weg.«

»Weg, womit? Mit einem Schneepflug? Oder mit Ihren Nudeln?«

»Sie kaperten sich einen Tankwagen, und . . . und sie hatten Sprengstoff. Sie drohten, alles in die Luft zu jagen. Den ganzen Flugplatz. Sie müssen etwas unternehmen –«

»Ihre Luftblase wird mit jedem Satz größer, Serbjentlow!« Der Milizchef lehnte sich in seinem Stuhl zurück und fixierte Sergej Serbjentlow mit eisigem Blick. »Sind Sie ganz sicher, daß das alles nicht . . . sagen wir mal: ein Zwist unter Dieben ist?«

Sergej Serbjentlow wand sich verlegen, aber es gelang ihm, gekränkt auszusehen. »Diebe? *Towarisch!* Wollen Sie mich etwa beschuldigen? Die einzigen Diebe, die es hier gibt, sind die, die jetzt dort –«

»Genug jetzt, Serbjentlow! Es ist allgemein bekannt, daß Sie sich dort auf dem Flugplatz Ihr eigenes kleines Imperium gebastelt haben – jedenfalls bei den Einwohnern hier in der Gegend. Sie verbrauchen in vier Monaten mehr Diesel als die gesamte Sowjetflotte in einem Jahr, angeblich für Ihre ›Flotte‹ von Schneepflügen. Aber trotzdem sind alle Straßen und die Rollbahnen ständig unter hohem Schnee begraben. Und Sie füttern Ihren fetten Wanst inzwischen mit chinesischen Nudeln und echtem Bohnenkaffee!«

Wjarelski schüttete den Rest seines Malzkaffees angewidert in den Abfalleimer. »Und jetzt habe ich zu tun. Wenn Sie also –«

»*Towarisch*, ich verlange, daß Sie ein Kommando hinausschikken, um sich zu überzeugen, was dort vorgeht. Das gehört zu Ihren Pflichten! Sie haben es fertiggebracht, das Luftabwehrkommando Fernost davon zu überzeugen, daß Sie imstande seien, während des Winters jedes Sicherheitsproblem auf dem Flugplatz in den Griff zu bekommen! Oder glauben Sie, man würde dort sehr erfreut sein zu erfahren, daß fünfzigtausend Liter Treibstoff, die zu bewachen Sie da sind, einfach verschwunden sind . . . ?«

Der Milizchef stand auf und packte Serbjentlow am Kragen.

»Sie Wurm, Sie! Sie wagen es, mir zu drohen? Mir? Ich werde Sie Fettwanst hochkant in die nächste Schneewehe werfen, wo man Sie bis zum Sommer nicht mehr findet ...!«

Aber während er den Flugplatzverwalter unter seiner Tirade zurückweichen sah, wurde ihm klar, daß der alte Mann, wenn er denn seine Karriere längst zerstört hatte, durchaus auch seine eigene mit ruinieren konnte ... »Also gut, ich schicke eine Patrouille –«

»Ein Kampfkommando!« verbesserte ihn Serbjentlow hartnäckig. »Und ich will –«

»Was Sie wollen, ist völlig irrelevant! Ich denke gar nicht daran, meine Leute in ein Gefecht mit Ihrem Piratengesindel zu schicken! Und jetzt gehen Sie mir aus den Augen!« Er schob Serbjentlow zur Tür hinaus, sah ihn davonstolpern und schaltete seine Sprechanlage ein. »Sergeant, nehmen Sie eine Patrouille – nein, warten Sie, nehmen Sie sich ein Kommando mit einem Schützenpanzer und fahren Sie mit Serbjentlow hinaus zum Flugplatz. Lassen Sie sich von ihm zeigen, wo er seine sogenannten Diebe gesehen haben will. Wenn Sie irgend jemanden finden, schaffen Sie ihn her. Und wenn Sie keine Anzeichen oder Beweise für einen Raubüberfall finden, dann schaffen Sie mir diesen Serbjentlow her. In Handschellen!«

»Du liebe Zeit, ist das kalt da oben!« fluchte McLanahan, als er zu Elliott rannte, der neben dem Tankwagen stand. Er hatte mit Angelina den Platz auf dem *Old Dog* tauschen müssen. Es war nicht mehr anders gegangen. Nach fast einer Stunde Pumpen in der eisigen sibirischen Kälte hatte er keinerlei Gefühl mehr in Händen und Füßen gehabt. »Fünfzigtausend Liter Sprit, Kerosin oder nicht Kerosin, müßten eigentlich reichen.«

»Ja, aber ich hätte ein besseres Gefühl, wenn wir –« Elliotts Stimme war nur noch ein schwaches, heiseres Röcheln, das kaum noch hörbar und verständlich war. Sofort vergaß McLanahan seinen eigenen Zustand, griff in Elliotts Tasche und holte das Not-Radio heraus. »Ormack, hier ist McLanahan. General Elliott ist hier unten schon fast bewußtlos.«

»Verstanden. Wir haben ohnehin genug. Alle Tanks sind voll. Ich habe bereits Sprit in die durchlöcherten Tanks geleitet. Schaffen Sie den General herein und fangen Sie an, da unten abzubauen.«

»Roger.« McLanahan schob das Funkgerät in seine eigene Tasche und packte dann Elliott an seiner Jacke. »Kommen Sie, General.« Halb führte, halb trug er ihn zum unteren Flugzeugeinstieg.

Wendy kam herunter, um Elliott die Leiter hinaufklettern zu helfen und ihn dann zu seinem Sitz zu geleiten.

»Wendy, hauen Sie alle Lüftungskontrollschalter auf der linken Station nach unten«, forderte McLanahan sie dann auf. »Das pumpt die ganze Warmluft nach oben. Inzwischen hole ich Angelina und Dave.«

Er rannte wieder nach draußen. »Wir packen zusammen!« schrie er über das Singen des leerlaufenden Triebwerks vier zurück. »Ich helfe Ihnen gleich.« Er suchte und fand Luger am linken Tragflächenende, der dort gerade ein großes Stück herabhängenden Fiberstahlblechs weggerissen hatte.

»He, Dave, komm rein. Wir sind fertig mit dem Auftanken. Wir hauen ab, los!«

Zwei Milizsoldaten in langen, grauen Übermänteln und mit schwarzen Pelzmützen betraten das Büro des Flugplatzverwalters. Ihre Gewehre waren vierzig Jahre alte Bolzenkarabiner. Sie sahen sich kurz in dem kleinen Flugabfertigungsgebäude um und eilten wieder hinaus.

Sergeant Gascheti winkte sie wieder hinein und wandte sich an Serbjentlow. »Da ist niemand, Verwalter. In Ihrer Haut möchte ich nicht stecken, wenn der Genosse Milizchef Sie in die Finger kriegt . . .«

Serbjentlow brach der kalte Schweiß aus, trotz der bitteren Kälte dieses frühen Morgens. »Aber sie waren hier, ich schwöre es Ihnen . . .«

»Sehen wir uns mal diesen Sprit-Tank und den Tankwagen an, Verwalter«, sagte Gascheti.

Der Schützenpanzerwagen rasselte die Straße hinunter, die parallel zu der verlassenen und völlig verschneiten Rollbahn verlief. Nach einigen Minuten kamen sie vor dem Stacheldrahtzaun zum Stehen, der den weißen Tank umgab.

»Ist das der Tank?« fragte der Sergeant und zwängte sich mühsam aus dem stählernen Inneren des gepanzerten Raupenfahrzeugs nach draußen. »Ein Tank mit Heizöl? Was sollten denn Ihre Terroristen mit einem Tank voller Heizöl anfangen wollen?«

»Weiß ich doch nicht«, gab Serbjentlow verärgert zurück. »Jedenfalls haben sie mich mit vorgehaltener Waffe gezwungen, den Tankwagen damit zu füllen. Ich bin eben noch mit dem Leben davongekommen. Sie bewachten mich mit drei Mann und . . . mit Maschinengewehren . . . aber es gelang mir zu entkommen . . .«

»Genosse Sergeant.« Einer der Milizleute deutete auf Spuren im tiefen Schnee. Gascheti prüfte sie.

»Hm. Wirklich ziemlich frisch . . .« Und dann hörte er es auf einmal. Das diffuse Röhren von Jet-Triebwerken. Er wandte sich an Serbjentlow. »Ist das ein Flugzeug? Ich wußte nicht, daß zu dieser Jahreszeit hier Flugzeuge sind.«

Serbjentlow lauschte und wurde blaß. »Nein, nein, es ist nicht ein einziges Flugzeug hier. Das müssen die Terroristen sein . . . die englischen Terroristen.«

Angelina war vom rechten Tragflächenende auf das Dach des *Zadjiv*-Lieferwagens hinuntergestiegen. McLanahan stand oben auf dem Rumpf direkt hinter den Ausstiegsluken für die Schleudersitze, um Schnee und Eis von dem Stutzen des mittleren Tanks zu kratzen und den Deckel wieder aufzuschrauben. Luger, der sein rechtes Bein mehr nachzog, als daß er mit ihm ging, zerrte den Tankschlauch zurück zum Tankwagen.

Wendy war aus der unteren Luke des *Old Dog* gesprungen, um nach den anderen Besatzungsmitgliedern zu sehen, als sie das große, gedrungene Fahrzeug heranrollen und an einem der Hangars, die um ihren Standplatz herum standen, zum Stehen kommen sah. Ihr Herzschlag setzte kurz aus. Das war ein russisches Panzerfahrzeug. Und oben hinter dem Schild der Bordkanone saß ein russischer Soldat.

»Patrick«, schrie sie atemlos und deutete mit dem Finger in die Richtung des Fahrzeugs. »Da drüben . . .«

»*Janimnogah simja*«, fluchte Gascheti, als der Fahrer seines Panzerwagens auf die Bremse trat. »*Schto esta?*« Was er und seine Leute in dem dämmrigen, drei Monate dauernden Zwielicht sahen, war ein riesiges, schwarzes Ungetüm mit Schwingen, mit einer langen, zugespitzten Nase und ganz unverhältnismäßig großen Tragflächen.

»*Etaht samoljot?*« fragte einer der Milizsoldaten. »So ein Flugzeug habe ich in meinem ganzen Leben noch nicht gesehen.«

»Ohne Kennzeichen, ohne Embleme«, meinte ein anderer. »Das muß irgendein Erprobungsflugzeug sein . . .«

»Das ist es«, rief Serbjentlow. »Das ist ihr Flugzeug. Das ist das Flugzeug, das . . . in das mich die Terroristen beinahe zwangen. Ihr müßt sie aufhalten. Zerstört es –«

»Nun nehmen Sie sich mal zusammen, Serbjentlow!« Gascheti sprang aus dem Panzerwagen. »Wer sagt denn, daß das nicht ein Erprobungsflugzeug von uns ist? Wir haben auch welche, verstehen Sie! Korporal, verständigen Sie den Milizchef Wjarelski. Sagen Sie ihm, hier auf dem zentralen Parkplatz des Flugplatzes steht ein unidentifiziertes Flugzeug. Ich werde jetzt mit der Besatzung Kontakt aufnehmen. Alle anderen bleiben hier.«

Luger warf den Schlauch so weit er konnte vom Fahrwerk des *Old Dog* weg. »Pat, Angelina! Wir bekommen Besuch!«

Angelina hatte Wendys Warnung gehört und den Panzerwagen gesehen. Sie kletterte von dem *Zadjiv* und rannte zur unteren Einstiegsluke. McLanahan schraubte den Tankdeckel vollends zu und rutschte dann vom Rumpf herunter auf die rechte Tragfläche. Als er aus dem Panzerwagen einen russischen Soldaten aussteigen sah, ließ er sich zwischen den beiden Triebwerken hinunter in den Schnee gleiten.

Ormack, der gerade dabei war, den halb bewußtlosen General in einem der Notlandesitze im Oberdeck anzugurten, hatte ebenfalls Wendys Ruf gehört. Er ließ den General los, sprang in den linken Sitz und sah aus dem Fenster. Tatsächlich, da stand der Panzerwagen!

»O verdammte Scheiße!« schrie er. »Wendy, scheuchen Sie alle sofort an Bord!« Er drückte die Tragflächenklappen voll auf UNTEN und sah ungeduldig auf seine Treibstoffanzeigen, während er die Leitungshähne vom Rumpfhaupttank zu den Triebwerken öffnete. Dann schob er den Gashebel von Triebwerk vier auf neunzig Prozent, beugte sich hinüber zum Kopilotensitz und zog dort den Starter des Triebwerks fünf, wobei er die Auspuffluft des laufenden Triebwerks vier zum Anlaufen der Turbine des Triebwerks fünf benutzte. Als dessen Drehzahl fünfzehn Prozent erreicht hatte, erhöhte er auf fünfundachtzig Prozent, damit Treibstoff in die Zündkammer des Motors kam.

Ein donnernder Explosionsknall ließ das Riesenflugzeug erbeben. Ormack kletterte hinüber zum rechten Cockpitfenster. Triebwerk fünf war in eine dicke schwarze Rauchwolke gehüllt. Er blickte auf die Instrumente. Die Drehzahl dieses Triebwerkes stieg langsam an, aber wunderbarerweise waren keine Anzeichen von Feuer zu erkennen. Noch einmal knallte es laut, dann blieb die Drehzahl auf vierzig Prozent stehen.

Das Licht LUKE NICHT GE- UND VERSCHLOSSEN auf der vorderen Instrumentenkonsole ging aus und Wendy meldete, daß alle an Bord seien.

»Patrick, kommen Sie herauf!« rief Ormack, und McLanahan zwängte sich nach oben ins Cockpit. General Elliott, dessen Gesicht schweißgebadet war, hing kraftlos in seinem Notsitz.

»Er kann nicht mehr«, erklärte Ormack, »kommen Sie her.

Ich fliege die Maschine vom linken Sitz aus. Sie gehen in den Kopilotensitz und passen auf die Instrumente auf.«

Patrick zögerte.

»McLanahan!«

Der Navigator schüttelte sich wie erwachend und ging vorsichtig um Elliott herum. Ehe er sich in den Kopilotensitz zwängte, zog er dem General die .45er-Automatik aus dem Halfter. »Können wir die übrigen Triebwerke starten?« fragte er mit Blick auf die Meßgeräte.

»Noch nicht. Wenn Nummer fünf fünfundvierzig Prozent erreicht hat, schließen Sie seinen Starter und lassen drei, sechs, sieben und acht an. Und achten Sie auf die Feuerwarnzeichen. Dieses Kerosin hat uns schon ausreichend harte Zündungen verursacht.«

McLanahan nickte und kontrollierte die Drehzahl von Nummer fünf mit dem Finger auf dem Startschalter.

Ormack öffnete das linke Cockpitfenster. Der russische Soldat war mittlerweile dem *Old Dog* ziemlich nahe gekommen, wurde aber jetzt, da alle Triebwerke angelassen wurden, etwas vorsichtiger. Er bemerkte nicht, daß Ormack das Schiebefenster öffnete.

»Er kommt immer näher«, sagte Ormack. McLanahan zog die Automatik aus seiner Jackentasche und klopfte Ormack mit ihr auf die Schulter. Ormack wandte sich um und sah die Waffe. »Wenn wir hier eine Schießerei anfangen –«

»Sie werden uns kaum die Wahl lassen.«

Ormack nickte, nahm die Waffe und legte sie sich griffbereit zurecht.

McLanahan deutete auf den Drehzahl-Anzeiger von Triebwerk fünf. »Drehzahl auf fünfundvierzig. Starter Nummer fünf zu. Starte drei, sechs, sieben und acht.«

Der russische Milizsoldat kam bis auf fünfzehn Meter an das linke Cockpitfenster heran. Sein Pistolenhalfter an der Hüfte war deutlich sichtbar, aber noch hatte er die Waffe nicht gezogen. Als er das Triebwerk drei aufheulen hörte, fuhr er sich mit dem rechten Zeigefinger quer über die Kehle.

»Wir sollen abstellen, meint er«, sagte Ormack. Er sah den Russen an und schüttelte demonstrativ den Kopf. Der Milizsoldat wiederholte seine Geste trotzdem wieder.

»Patrick, wir haben keine Zeit mehr . . .«

Mehrere Auspuffexplosionen ertönten auf beiden Seiten, und der *Old Dog* begann zu vibrieren und sich zu schütteln, als habe er einen Hustenanfall. Vor der schwarzblauen, dicken Rauchwolke aus dem Triebwerk drei wich auch der russische Soldat zurück.

»Weiter mit dem Start, weiter!« schrie Ormack. Durch das geöffnete Fenster drangen die Rauchwolken jetzt auch ins Cockpit herein. Als er draußen wieder etwas erkennen konnte, stellte er fest, daß der Russe inzwischen zu seinem Schützenpanzer zurückgelaufen war und Kommandos zu brüllen begonnen hatte. Ein weiterer Soldat tauchte aus dem Inneren des Fahrzeugs auf und brachte ein großes Maschinengewehr in Stellung.

Ormack sah es und stieß einen Warnruf aus.

»Nummer drei startet nicht«, meldete McLanahan. »Nummer sechs läuft.«

»Rollen können wir damit«, antwortete Ormack. »Machen Sie weiter, versuchen Sie's immer wieder.«

Er trat auf das Fußpedal, um die Standbremse zu lösen, und drückte dann die Hebel für die Triebwerke vier, fünf und sechs auf fast vollen Einsatzschub.

Der *Old Dog* schüttelte sich, wollte sich aber nicht von der Stelle rühren.

»Bewegt sich nicht«, fluchte Ormack. »Wir brauchen alle verfügbaren Triebwerke.«

McLanahan hatte die Hand am Hebel für Triebwerk sieben und ging damit auf LEERLAUF. »Sieben gestartet, drei kommt.«

Drei Motoren liefen jetzt immerhin fast mit voller Kraft, drei weitere stotterten und spuckten noch.

»Los, los, verdammte Mühle!«

Ormack sah zu dem russischen Schützenpanzerwagen hinüber. Er konnte erkennen, wie der Russe sich eine Hand ans linke Ohr preßte, mit der anderen aber unermüdlich weiter Zeichen gab, daß die Motoren abgestellt werden sollten. Schließlich legte er auch sie über das noch ungeschützte rechte Ohr.

»Drei gestartet«, rief McLanahan. »Acht kommt.«

»Halten Sie die Generatoren für die laufenden Maschinen bereit!« forderte ihn Ormack auf. »Enteisungsanlage einschalten. Sammelschalter aus. Hydraulik ein. Stabilisierung fertig—« Ormack sah gerade noch rechtzeitig von seiner Checkliste hoch, um den Schützen auf dem russischen Panzerwagen sein MG auf den Rumpf des *Old Dog* zielen und das Feuer eröffnen zu sehen. Er duckte sich instinktiv und zog McLanahan mit nach unten. Der Lärm der Triebwerke übertönte jedoch das Geknatter der schwerkalibrigen MG und der nur einige Fuß unter ihnen einschlagenden Kugeln. McLanahan und Ormack blickten über die Instrumententafeln hinweg nach draußen. Der Russe drüben hatte wieder mit seinen gestikulierenden Aufforderungen zum Stoppen der Maschinen begonnen, der Schütze hatte den MG-Lauf jetzt direkt auf das Cockpit gerichtet.

Ormack drückte an seinem Kopfhörer-Mikrofon. »Alle auf Bordfunk?« fragte er. »Meldung abteilungsweise!« Er stellte sämtliche Triebwerke auf Leerlauf. »Hallo, Leute, da draußen, etwa hundert Meter von der linken Tragfläche, steht ein russischer Schützenpanzerwagen mit einem MG. Sie haben uns aufgefordert, die Triebwerke abzustellen.«

Das Schild LUKE NICHT GE- UND VERSCHLOSSEN leuchtete auf, erlosch wieder.

»Was war das?«

»Ich weiß nicht – Dave, haben Sie die Luke geöffnet?«

Keine Antwort.

»Hallo, Luger! Melden Sie sich!«

McLanahan war schon dabei, seine Gurte zu öffnen und nach unten zu eilen, als Ormack schrie: »Luger! Nein!«

Er fuhr herum und blickte hinaus auf den Flugplatz. Dort

humpelte Luger zu dem Tankwagen auf der linken Seite. Er hatte einen der beiden 38er Revolver in der Hand.

Niemand war fähig, ein Wort zu sagen. Sie starrten nur hinaus, voller Entsetzen, sahen wie Luger stolperte, hinfiel. Sein rechtes Bein stieß in die Luft, dann rollte er rasch wieder auf die Füße und kroch mehr oder weniger zum Tankwagen hin, während der russische Schütze das MG herumschwenkte und direkt auf ihn zielte.

Ormack riß sich aus seiner Erstarrung, zog seine eigene 45er-Automatik, streckte sie zum linken Cockpitfenster hinaus und feuerte. Die Kugel schlug blaue Funken, als sie auf die Stahlplatte vor dem MG auftraf und von dort als Querschläger abprallte. Der Schütze schwenkte sofort wieder zum Cockpit, und war deshalb von der rechten Seite ungedeckt. Luger hatte den Tankwagen erreicht, stützte sich mit dem Arm auf die Motorhaube und schoß sein Magazin leer. Eine Kugel traf ihr Ziel.

»Luger! Kommen Sie zurück!«

Dave Luger hörte Ormack und machte sich auf den Weg zurück zum Flugzeug. Aber hinter dem Schützenpanzerwagen kam jetzt ein weiterer russischer Milizsoldat hervor, ging mit einem Schnellfeuergewehr in Anschlag und schoß. Luger griff sich an die Hüfte und machte einen Satz nach vorne.

Ormack konnte nichts weiter tun, als erneut mit seiner Pistole zu schießen und den Russen dadurch zum Rückzug hinter den Panzerwagen zu zwingen, aber dabei entging ihm, daß inzwischen ein anderer Schütze hinter das schwere MG kroch, den *Old Dog* anvisierte und loszufeuern begann.

Die Zwanzig-Millimeter-Geschosse durchschlugen die linke Seite des Flugzeugs und übersäten das Cockpit mit Glassplittern. Ormack wurde auf die Mittelkonsole gedrückt. Während er versuchte, sein Gesicht vor den Splittern zu schützen, spürte er einen schmerzhaften Schlag gegen die Schulter.

»Runter!« brüllte McLanahan nach hinten zu Wendy und Angelina.

Eine neue Geschoßsalve fand ihren Weg in den *Old Dog*. Der linke Hauptschalter wurde getroffen und sprühte Funken.

Lampen flackerten und barsten. Eines der Triebwerke begann zu stottern. Wendy schnallte den Fallschirm ab und warf sich zu Boden, während Kugeln in ihre Warn- und Störgeräte prasselten.

Dann war es plötzlich still. McLanahan sah, wie die beiden Frauen zum Oberdeck krochen, wo Elliott bewußtlos lag.

»Lebt ihr beiden noch?«

»Ja«, antwortete Wendy. »O Gott! Colonel Ormack!« McLanahan wandte sich um und sah Ormack über der Mittelkonsole und dem Gasquadranten hängen. Er blutete heftig. Seine Hände waren voll Blut. McLanahan richtete ihn in seinem Sitz auf und blickte dann nach draußen, um zu sehen, wo sein Freund geblieben war. Nun wußte er auch, warum die Russen zu schießen aufgehört hatten. Luger lag nicht mehr im Schnee. Irgendwie hatte er es geschafft, zum Tankwagen zurückzukriechen, war mit ihm losgefahren und donnerte jetzt direkt auf den Schützenpanzer der Russen zu, dessen MG-Schütze neuerlich herumschwenkte und direkt auf das Fahrerhaus des Tankwagens zielte.

»Dave! Nein!!«

Der MG-Schütze hatte eine halbe Sekunde zuvor abgedrückt, und McLanahan sah den Rest der ohnehin schon zerschossenen Windschutzscheibe des Tankwagens auseinandersplittern. Im nächsten Augenblick rammte der Tankwagen den Schützenpanzer.

»Dave!!«

Aber da hatten sich schon die restlichen zweihundert Liter des unbrauchbaren Treibstoffs und die Kerosindämpfe entzündet und rissen den Tankwagen in tausend Stücke – wie einen zu stark aufgeblasenen Ballon. Der Schützenpanzer wurde von dem Explosionsdruck hochgehoben und überschlug sich einige Male, ehe er in achtzig Meter Entfernung mit dem Kettenfahrwerk nach oben landete und liegenblieb. Metallfetzen und Menschen wirbelten über die Rollbahn.

Das Röhren der sechs laufenden Triebwerke erschien nach dem ohrenbetäubenden Explosionsknall wie Katzenschnurren.

Als McLanahan zu der Stelle blickte, wo eben noch der Tankwagen gewesen war, erblickte er nur noch ein schwarzes Kraterloch, rauchende Metalltrümmer und verschmorte Leichenteile im Schnee.

Von Luger keine Spur mehr.

McLanahan konnte und wollte es nicht glauben. »Er kann doch nicht tot sein . . . das kann er doch nicht . . .«

»Wir müssen hier raus!« Ormack richtete sich mühsam im Pilotensitz auf. »Patrick, Sie müssen starten, ich kann nicht –«

»Aber Dave! Wir können doch nicht ohne –«

»Patrick! Dave hat uns – die Chance verschafft. Nun müssen wir sie auch nützen!«

McLanahan schüttelte den Kopf. »Ich . . . ich kann nicht starten . . . ich habe das noch nie gemacht . . . !«

Ormack kletterte aus dem linken Sitz. »Los, rein da! Sie sind dran, Freund! Los!«

»Hallo, Anadyr-Kontrolle, hier ist Ossora eins-sieben-eins, Element sieben. Erbitte Landeerlaubnis. Ende.«

Keine Antwort. Juri Papendrejow prüfte seine Instrumente. Kein Zweifel, er war nur fünfzig Kilometer vom Abfangjäger-Flugplatz Anadyr entfernt. Auch wenn der Flugplatz nicht in Betrieb war, mußte irgend jemand dort sein.

Papendrejow ging auf die Radiofrequenz des Flottenkommandos, die die Basisfrequenz für sämtliche sowjetischen Luftverteidigungsstreitkräfte war. »Hier ist Ossora eins-sieben-eins auf Flotten-Allgemein Alpha. Eins-sieben-eins beabsichtigt Notanflug und Landung auf Flugplatz Anadyr. Ende.«

Aber auch diesmal bekam er keine Antwort. Er stellte den Transponder auf den Notfall-Code. Irgendwer von der Luftabwehr, hoffte er, mußte doch seine Warnkennungen sehen, ehe sie auf ihn losschossen. Angesichts der Tatsache, daß nach wie vor Luftabwehralarm für die ganze Region herrschte, mußte er Glück haben, wenn ihn bei der Annäherung an den Flugplatz nicht die eigenen Leute unter Beschuß nahmen.

Er legte sich seine Checklist-Karten über die Anflugs- und

Landungsanzeigen und begann sich auf die Landung vorzubereiten. Noch ein Bergkamm war zu überfliegen, dahinter mußte dann Anadyr in Sicht kommen.

Er hatte nur noch für eine knappe halbe Stunde Treibstoff und beschloß, sich dem Flugplatz bis auf wenige Kilometer zu nähern, ehe er das Fahrwerk ausfuhr und seine Landemanöver begann. Er wollte die Rollbahn einmal überfliegen, um zu sehen, wie sie aussah, und dabei nach Möglichkeit auch irgend jemanden auf sich aufmerksam zu machen, dann zurück kommen, auf Sichtflug gehen und landen. Eine kleine Treibstoff-Reserve mußte er sich für den Fall bewahren, daß er einige Zeit kreisen mußte, bis etwa die Rollbahn geräumt und einigermaßen für eine Landung brauchbar war.

Zum Teufel mit dem Glück! Er war ganz sicher – immer noch –, daß der amerikanische Eindringling nach wie vor in der Nähe war, also immer noch eine Bedrohung darstellte. Er sah auf seinen Chronometer. Es war erst eine Stunde und vierzig Minuten her, seit er die B-52 zuletzt gesehen hatte. Bei Ossora. Wenn sie mit ihrem Maximum von sechshundert Stundenkilometern die Bergkette der Korakskoje Nagorje entlanggeflogen war, dann konnte die B-52 inzwischen noch nicht weiter als höchstens bis Uel-Kal gekommen sein, oder in Egvekinot – keine zweihundert Kilometer von Anadyr entfernt. Allerdings hatte nicht eine einzige Küstenstation die B-52 auf ihr Radar bekommen. Sie mußte sich folglich noch immer hier irgendwo in den Bergen rings um Anadyr versteckt halten, um zu versuchen, den richtigen Augenblick zum Entwischen aus der Überwachung der Luftabwehr zu finden.

Hätten die Amerikaner versucht, in nördlicher und westlicher Richtung von der Halbinsel Kamtschatka zu entkommen, statt es hinüber nach Alaska zu versuchen, wären sie den dort wartenden beiden MiG-29-Staffeln vom regionalen Abwehrbereich Magadan in die Arme geflogen. Aber auch von dort gab es keine Meldung, daß der amerikanische Bomber gesichtet worden sei. Nein, nein, er war noch hier. Hier ganz in der Nähe. Es war gar nicht anders möglich.

Er war entschlossen, die B-52 nach dem Auftanken zu finden. Ihr Heck-Radar würde sie am Ende verraten. Und die Hitzeausstrahlung ihrer Triebwerke. Wenn erst die Dämmerung eingesetzt hätte, überlegte sich Juri Papendrejow, würde er auch das Puls-Doppler-Radar nicht mehr benötigen, um das amerikanische Flugzeug aufzuspüren. Mit dem Infrarot-Suchgerät und den passiven elektronischen Abtastern konnte er sich nach Belieben heranpirschen – er war selbst so gut wie unentdeckbar – bis sich die B-52 selbst verriet oder vom Beringowskij-Radar ausgemacht wurde.

Einmal dachte er ganz kurz an seine Frau und seine Familie, die sicher und warm in ihrer Wohnung in Kiew saßen, während er hier Tausende von Kilometern des Himmels über Sibirien absuchte, um einen Eindringling zu suchen, der genausogut auch schon längst abgestürzt sein konnte. Auch über die Konsequenzen seines Verhaltens dachte er kurz nach . . . Seine Erfahrenheit und sein Einsatzeifer könnten ihm vielleicht durch die Untersuchung helfen, die seiner ungenehmigten Jagd auf diese B-52 unausweichlich folgen würde. Sein alter Geschwaderkommandeur würde vielleicht dafür sorgen, daß er ein Jahr lang zum Schneeräumdienst abkommandiert wurde. Vielleicht auch für eine Degradierung. Ein Luftabwehralarm, ermunterte er sich selbst, war immerhin eine Situation, in der vieles entschuldbar war. Jedenfalls, das Erschießungspeloton oder die Verbannung würde es schon nicht gleich geben.

Allerdings konnte ihm nur eines eine ehrenhafte Rückkehr zu seiner Familie ermöglichen – eine Auszeichnung und eine volle Rehabilitierung. Als der Flugplatz Anadyr in Sicht kam – wenn auch noch sechsunddreißig Kilometer entfernt –, war ihm klar, daß das einzige, was ihm zu beidem verhelfen konnte, der Film der Bordkanonen-Kamera über den Absturz der B-52 war, die in Flammen aufging, nachdem seine zweiläufige GSh-23 sie getroffen hatte. Oder eine seiner neueren AA-8 Raketen mit Wärmezielsuche.

Ganz klar. Die B-52 mußte vom Himmel.

Der *Old Dog* glich eher einem Lazarettschiff als einem strategischen Bomber, als er die schmale, schneebedeckte Startbahn des Flugplatzes von Anadyr entlangrollte.

Am Steuer saß Patrick McLanahan. Als das erfahrenste und gegenwärtig auch physisch am wenigsten beeinträchtigte Besatzungsmitglied hatte es unvermeidlich ihn getroffen, den linken Pilotensitz einzunehmen. Ein eisiger Wind fuhr ihm durch die durchlöcherten Scheiben der Cockpitkanzel wie Nadelstiche ins Gesicht. Und zudem waren auch die Scheiben direkt hinter dem Schleudersitz schon lange völlig zerstört. Er versuchte, zuviel auf einmal zu tun. Das Wichtigste blieb freilich, das Flugzeug wenigstens einigermaßen in der Mitte der Rollbahn zu halten.

Ormack, dessen Schulter blutüberströmt war und der kaum noch die Kraft für das Umlegen von Schaltern hatte, saß wieder im Kopilotensitz. Er las die Checkliste für den Start vor und gab McLanahan letzte Instruktionen, wie man ein Flugzeug startete.

Angelina war auf ihrem Bordschützen-Platz und prüfte und kontrollierte noch einmal die Geräte. Sie hatte noch zwei Scorpion-Raketen auf dem rechten äußeren Trägerpylonen, drei weitere in der Abschußtrommel des Bombenschachtes, zwei HARM-Anti-Radar-Raketen, ebenfalls im inneren Abschußkatapult, sowie zwanzig Stinger-Luftminen in der Heck-Kanone – und nicht die kleinste verbliebene Möglichkeit, sie zu steuern . . . Das Zielsuch-Radar war bei dem Angriff der Russen auf dem Flugplatz zerschossen worden. Nichtsdestoweniger blieb der *Old Dog* immer noch ein Gegner, mit dem zu rechnen war, weil die Scorpion und die HARM sich auch selbst in ihre Ziele dirigieren konnten, wenn dadurch auch ihre Effektivität erheblich reduziert war.

Wendy saß als EW-Offizier hinten neben Angelina in ihrem gewohnten Sitz. Mit Hilfe von computergespeisten Hilfsbefehlen hatte sie den Ringlaser-Gyro wieder in Betrieb gesetzt. Auch das Satelliten-Navigationssystem in der eiskalten Navigatoren-Station unten funktionierte wieder. Sonst allerdings war dort unten nicht mehr viel übrig. McLanahans Zehn-Inch-Radarschirm war ein Opfer der russischen MG-Salven geworden. Das gleiche Schicksal hatten auch Wendys meiste EW-Geräte erlitten.

Als sie in der unteren Kabine gewesen war, hatte sie sich Dave Lugers Notizen und Kritzeleien angesehen und sogar seinen Kopfhörer aufgehoben. Sie wollte ihm alles übergeben, wenn er lächelnd und mit seinem unmöglichen texanischen Akzent daherbrabbelnd zur hinteren Einstiegluke hereinkäme . . . sie stellte sich vor, wie sie ihn heftig an der Luke klopfen hörte und er dann hereinkäme . . . aber, das würde nun nicht mehr geschehen . . . Er würde nie wieder kommen.

Sie hatte seinen Mantel dem General umgelegt, der noch immer in dem Notsitz oben zwischen Cockpit und Abwehr-Station angeschnallt war – er hatte starkes Fieber und stand unter schwerem Schock.

Ormack ging weiter die Checklisten durch, wie sie der Reihe nach auf dem Computermonitor aufschienen. »Fluginstrumente gecheckt, Pilot und Kopilot.«

»Meine sind nicht mehr da«, sagte McLanahan. »Stellen Sie Ihr ADI ein. Ich kann es kaum sehen, aber es ist das einzige Zuverlässige, das wir überhaupt noch haben.« Er beobachtete, wie Ormack den künstlichen Horizont einstellte. »So ist es gut. Bereitschaftshöhenmesser sind in Ordnung. Bereitschaftsmesser für Wendemanöver sind in Ordnung.«

»Die elektrischen Anzeiger.« Ormack hatte Mühe, die winzigen Instrumente abzulesen. »Eins und zwei im Eimer. Der Rest ist okay.« Er ging weiter in der computerisierten Checkliste. »Tragflächenwinden.«

McLanahan benötigte eine Weile, während der er damit zu tun hatte, das rollende Flugzeug auf der Piste zu halten, um den entsprechenden Schalter zu finden. »Auf Null. Weiter.«

»Stabilisierungshilfesystem.«

»Eingeschaltet.«

»Stabilisierungstrimmer.«

»Das ist das große Rad hier, nicht?« fragte McLanahan. »Es ist keine Zeit, die richtige Stellung vom Computer berechnen zu lassen. Ich stelle es von Hand auf halbe Einheit. Erledigt. Weiter.«

»Bremsenhebel.«

»Aus.«

»Klappen.«

»Hundert Prozent unten.«

»Treibstoffkontrolle. Die habe ich, glaube ich, richtig eingestellt«, preßte Ormack unter einem Schmerzanfall, der ihm durch Hals und Schultern schoß, hervor. »Kontrollieren Sie das noch mal nach. Wir haben in den Haupttanks wegen der Lecks nur die Minimalfüllung. Die Pumpen rechts müßten also ... sie müßten an sein, und die ... die anderen sollen auf OFFEN stehen.«

»Erledigt. Weiter.«

»Startschalter.«

»Okay, wir sind so gut wie startbereit.« McLanahan lenkte den *Old Dog* vorsichtig an das Ende der Startbahn.

»Angelina, Wendy, seid ihr da hinten bereit?«

»Fertig«, bestätigte Angelina über Bordfunk.

»Fertig«, rief auch Wendy. »Viel Glück.«

»Kann's brauchen«, erwiderte McLanahan.

»Gut«, sagte Ormack, »wir starten mit der Nummer zwei.«

McLanahan schob den auf fünfundvierzig Prozent stehenden Hebel auf neunzig Prozent.

»Los!« Ormack schaltete auf START. Langsam stiegen die Drehzahlen auf den Instrumenten des Triebwerks zwei. McLanahan deutete auf ein gelbes Licht auf der vorderen Instrumententafel.

»Worum geht's?« fragte Ormack über Bordfunk. »Ich kann's nicht sehen ...«

»Die Niedrigdruckanzeige fürs Öl«, brüllte McLanahan gegen das Dröhnen der Maschinen an. »Ich kann nur hoffen, daß es noch für den Start reicht ...«

Wieder gab es einen gewaltigen Fehlzündungsknall im linken Triebwerk, und der *Old Dog* schüttelte und bockte, so daß es unmöglich war, irgendwelche Instrumente abzulesen.

»Das ist der miese Sprit«, knurrte McLanahan, »brauchbar müßte er aber sein . . .« Nach einigen Augenblicken gespannten Wartens pendelten sich die Drehzahlen des Triebwerks zwei auf Leerlauf ein, und er ging mit dem Schub auf Triebwerk vier. »Alle herhören«, rief McLanahan in die Bordsprechanlage. »Wenn wir jetzt Glück haben, fliegen wir. Wenn nicht, steigen wir aus. Macht also eure Schleudersitze startklar. Und zögert keine Sekunde, wenn das Warnlicht zum Aussteigen angeht. Nichts wie raus, heißt das. Sofort!«

»Diesen Startcheck hätte ich selbst nicht besser machen können«, versuchte Ormack zu scherzen. »Startcheckliste. Steuerungshilfenhebel.«

McLanahan holte tief Atem und versuchte, nicht an Luger zu denken. Konzentrier dich, Junge, befahl er sich selbst. Erledige deinen Job hier. Alle zählten schließlich auf ihn . . . auch er selbst.

»Jetzt geht's los!« Er griff nach den sieben funktionierenden Gashebeln und drückte sie bis auf vollen Einsatzschub nach vorne. Wegen des ausgefallenen Triebwerks eins zog der *Old Dog* ziemlich nach links auf der schneebedeckten Startbahn. McLanahan trat mit Macht auf das rechte Stabilisatorpedal, um zu korrigieren, bis er merkte, daß das nichts nützte, weil die beiden Dualruder nicht mehr vorhanden waren. Vorsichtig nahm er den Schub von Nummer acht zurück, bis er die Maschine einigermaßen wieder gerade hatte. Dann drückte er erneut auf volle Kraft.

»Gut«, sagte Ormack und strengte sich an, über den Lärm hinweg gehört zu werden. »Stabilisatoren sind keine mehr da . . . Versuchen Sie die Kiste einfach nach Gefühl auf der Bahn zu halten.« Er legte seine Hand an seinen Steuerknüppel, konnte aber nicht helfen. »Passen Sie mit einem Auge auf die Entfernungsmarkierungen auf, wenn Sie können. Sie stehen im Abstand von hundert Metern. Heben Sie ab, wenn noch etwa tausend Meter übrig sind –«

»Ich sehe keine«, schrie McLanahan. »Die sausen so verdammt schnell vorbei. Wart mal . . . sechzehn, fünfzehn, vierzehn . . .« Das wilde Rütteln des Flugzeugs und die Vibrationen machten es schwierig, die Augen wieder auf die Instrumente zu richten.

Als McLanahan das Steuer nach rechts drückte, um den heftigen Linksdrift auszugleichen, schien es, als schlittere das Flugzeug quer zur Startbahn vorwärts. Er blickte auf die Instrumente. Ein Warnlicht war an, aber er konnte nicht erkennen, welches.

»Ruhig halten, Patrick – !«

»Wie denn, Mann, sie wackelt zu wild herum –«

»Ruhig – ganz ruhig – Sie schaffen das. Ganz ruhig . . .«

McLanahan nahm in einem Anflug von Furcht wahr, daß gerade die Tausendmeter-Marke vorbeigesaust war. Bei der Marke neunhundert Meter zog er den Steuerknüppel hoch, rang buchstäblich mit ihm, bis er ihn an der Brust hatte. Aber die Nase des Flugzeugs wollte nicht vom Boden abheben.

»Komm schon, Baby, heb ab, verdammt noch mal!«

»Trimmen Sie die Nase etwas höher«, schrie Ormack. »Das große Rad an Ihrem Knie! Sanft! Halten Sie den hinteren Druck, aber verringern Sie ihn, sobald die Nase hochgeht!«

»Er will nicht hoch . . .!« Das heftige Rütteln und die Turbulenzen machten es ihm kaum noch möglich, das Rad zu halten . . . Und da vorne tauchte schon das Ende der Startbahn auf, ein hoher Wall von Eis und Schnee . . .

»Vier . . . drei . . . zwei . . . o Gott, da vorn ist eine Schneebarriere, wir kommen nie –«

Obwohl die Nase immer noch nach unten zeigte, hob der *Old Dog* vom Boden ab – einen knappen Meter zog er über den Hügel aus Schnee und Eis am Ende der Startbahn hinweg. Emporgedrückt vom Luftwirbelstrom, der sich zwischen Tragflächen und Boden gebildet hatte, hob sich das Flugzeug knappe sechs Meter über den schneebedeckten Boden. Die Luftwirbel, die von unten gegen die riesigen Tragflächen drückten und an ihnen rissen, verursachten wilde Turbulenzen.

Aber wie durch ein Wunder nahmen diese Schläge allmählich ab, und die Luftgeschwindigkeit stieg langsam an. Die Nase des *Old Dog* hob sich wirklich. McLanahan riß den Steuerknüppel in alle Richtungen, um die Schwingungen auszugleichen. Und allmählich stieg der schwere Bomber tatsächlich in den sibirischen Himmel.

Ganz vorsichtig griff McLanahan schließlich zum Fahrwerkshebel und zog ihn hoch. Er behielt gleichzeitig die Anzeigeleuchten für das Hauptfahrwerk im Auge. »Fahrwerk drin, Colonel, halten Sie ein Auge auf –«

Er wurde durch eine huschende Bewegung draußen vor dem Cockpitfenster mitten im Satz unterbrochen. Ormack hatte es noch vor ihm gesehen, war aber zu verblüfft, um etwas sagen zu können. Er konnte lediglich wortlos mit dem Finger auf den hellgrauen Jäger MiG-29-Fulcrum zeigen, der auf einmal über und vor ihnen war, dann ziellos nach links wegsackte und verschwunden war, während seine Zwillingsnachbrenner den Himmel erleuchtete.

Das gab es doch nicht!

Juri Papendrejow war mit seinen Checklisten beschäftigt gewesen und mit den Vorbereitungen für die Landung auf dem Flugplatz Anadyr. Er folgte den Navigationsleitstrahlen und seinem Leitstrahl für Instrumentenanflug. In seiner Ausbildungszeit war immer wieder darauf hingewiesen worden, niemals visuelle Landehilfen zu benutzen, außer in unmittelbarer Nähe der Landebahn; ganz besonders unter den Bedingungen des langen Winterzwielichts.

Der junge Jagdflieger war knappe vier Kilometer von Anadyr entfernt, als er seine Fulcrum endlich durchgecheckt und landebereit hatte. Nachdem er das Flugfeld erst einmal zur Sichtkontrolle überfliegen wollte, war er doppelt so schnell wie bei einem normalen Landeanflug. Das Fahrwerk war noch nicht ausgefahren, aber die Klappen waren bereits aufgestellt, ebenso die Leitschienen, um den immerhin relativ langsamen Niedrighöhen-Anflug sicherer zu machen.

In dem noch herrschenden Dämmerlicht hatte er die massiven Rauchwolken über dem Flugplatz und den großen schwarzen Umriß auf dem schneebedeckten Rollfeld nicht erkennen können. Papendrejow machte seinen Kontroll-Überflug und achtete besonders auf Tower, Hauptgebäude und Flugzeug-Abstellfeld. Alles war leer. Er überlegte gerade, daß er sich seinen Treibstoff wohl selbst werde pumpen müssen, als seine Aufmerksamkeit nach vorne gelenkt wurde. Seine Kanzelscheiben waren plötzlich in eine dicke, dunkle Rauchwolke gehüllt. Instinktiv drückte er den Gashebel nach vorne und zündete damit die Turmansky-Nachbrenner, während eine Turbulenzenwelle sein Flugzeug schüttelte.

Und dann sah er sie. Er war so nahe daran, daß er sie fast berührte. So nahe, daß er erkennen konnte, wie der Pilot sich mühte, die Maschine in die Höhe zu bekommen.

Die amerikanische B-52! Beim Start vom Flugplatz Anadyr! Ganz unbewußt und instinktiv drückte er den Knopf seiner Zwillings-Bordkanone in die Flugzeugnase – die GSh-23 mit ihrem 23-Millimeter-Kaliber – und feuerte los.

Die Schüsse verwehten irgendwohin, weil eine neue Turbulenz, verursacht von der B-52, seinen Jäger wie im Sturm schüttelte. Er mußte hart abdrehen, um nicht direkt in das Leitwerk des Bombers zu rasen. Als er an der linken Seite vorbeifegte, nahm er mit Genugtuung wahr, daß die mächtige Bordkanone im Heck des Bombers ihm nicht folgte . . .

Er gratulierte sich zu seinem unwahrscheinlichen Glück, zog eine weite Linksschleife, fuhr Klappen und Leitschienen wieder ein und lud zwei AA-8-Raketen mit Wärmezielsuche. Die anfängliche ungläubige Überraschung, in den langgesuchten amerikanischen Bomber hier, ausgerechnet hier, fast hineinzufliegen, machte schnell wieder der entschlossenen Konzentration auf die Jagd Platz. Hier und jetzt, das war es!

Elftausend Quadratkilometer hatte er abgesucht und war diesem Flugzeug hinterhergeflogen, hatte buchstäblich alles riskiert, um es zur Strecke zu bringen – und jetzt hatte er es vor sich. Er hatte es gefunden.

Der Radarhöhenmesser zeigte nur einige hundert Fuß über Grund, aber McLanahan konnte nicht länger warten. Er begann die Klappen hochzunehmen.

»Klappen hoch, Colonel. SST-Nase sinkt. Ich kann es zwar nicht fassen, aber da ist eben ein russischer Jäger an uns vorbeigeflitzt. Sehen Sie ihn noch?«

Ormack blickte nach rechts hinaus. »Nein.«

»Schauen Sie nach ihm aus.« McLanahan behielt die Klappen-Anzeiger im Auge, während die großen Tragflächenbremsen sich aus dem Fahrtluftstrom hoben. Mit dem Anheben der Klappen schwand der Auftrieb des *Old Dog*, und er sackte etwas durch. McLanahan griff nach dem Hebel des Triebwerks acht und drückte ihn auf vollen Einsatzschub durch. Er hatte Mühe, das wie ein bockendes Pferd herumhüpfende Steuer fest unter Kontrolle zu bekommen, als der mächtige Schub des Differentials den Bomber fast einen Purzelbaum schlagen lassen wollte. Und das hätte nur mit einem Sturz auf die Berge unter ihnen enden können. Er holte aus der Steuerung, was an Seitentrimmkapazität überhaupt noch vorhanden war, um den Bomber einigermaßen auf Kurs und im Gleichgewicht zu halten ...

»Klappen oben«, rief er durch. Und dann wurde seine Aufmerksamkeit von einem plötzlich aufleuchtenden gelben Licht auf der oberen Instrumententafel in Anspruch genommen: Triebwerk zwei. Sein Öldruck war unter das Minimum gefallen. Mit einem raschen Griff setzte er das Triebwerk außer Betrieb, ehe der Ölmangel es explodieren ließ. Da jetzt zwei Triebwerke auf der linken Seite ausgefallen waren, hatte er keine andere Wahl, als Schub vom Triebwerk acht wegzunehmen. Ohne einwandfreies Ruder war es angesichts eines derart ungleichmäßigen Schubs unmöglich, die Nase des Flugzeugs gerade zu halten.

»Triebwerk zwei abgestellt«, gab er über Bordfunk durch. »Nummer acht zum Ausgleich zurückgenommen. Angelina, was tut sich bei Ihnen?«

»Der Pylon, der Bombenschacht und die *Stinger*-Luftminen

funktionieren, aber ich habe keinerlei Radarführung. Abschießen kann ich die Dinger, aber wohin sie dann fliegen, kann ich nicht garantieren.«

McLanahan ging bei tausend Fuß auf Kurs. »An alle, wir gehen in den Bodenabstand-Autopiloten. Wendy, wenn Sie mal runtergehen und versuchen, die Geländedaten in die Radarnavigation einzufüttern.«

Wendy löste die Gurte ihres Fallschirms, erhob sich vorsichtig aus ihrem Schleudersitz und kletterte nach unten.

»Hallo, Patrick, ich bin unten«, meldete sie ins Cockpit hinauf. »Was jetzt?«

»Okay, gut . . . Drücken Sie auf den Knopf für die Checkliste und geben Sie auf der Tastatur BA ein. Sie erhalten dann die Checkliste für Bodenabstand. Gehen Sie sie durch bis zum Abschnitt DATEN NEU LADEN. Da stehen alle einzelnen Schritte drin.«

Jetzt erwies sich die Nützlichkeit der computerisierten Checkliste und der seinerzeit so unbeliebten Hartnäckigkeit Colonel Andersons, der immer darauf bestanden hatte, daß jeder auch jedes anderen Aufgaben an Bord des *Old Dog* genau kennen müsse.

»Geländedaten werden geladen, Patrick.«

McLanahan überflog die Bodenabstand-Checkliste rasch. Er aktivierte den Autopiloten, und die Computergraphik des Geländes unter ihnen baute sich auf dem Monitor auf. Er fixierte das Programm zur Vermeidung von Bodenkontakt durch Umlegen des entsprechenden Schalters und setzte die geringste Bodenhöhe auf zweihundert Fuß über Grund fest.

Und der schwer angeschlagene, in allen Fugen ächzende *Old Dog* begann wirklich zu reagieren.

Als sich Juri Papendrejows Fulcrum-Jäger hinter der B-52 in seine Ausweichkurve legte, fegte der Riesenbomber über ihn hinweg. Papendrejow war ganz sicher, daß die Amerikaner im nächsten Moment abstürzen würden. Im letzten Augenblick fing sich jedoch dieses seltsame Ding von Flugzeug doch wieder. Es rutschte freilich so knapp über die Felsen und zackigen Bergspitzen unter ihnen hinweg, daß man meinen konnte, diese schabten an der Unterseite des Rumpfes des Bombers.

McLanahan hatte die Triebwerke auf FULL POWER. Da er auch die Nummer acht voll aufgedreht hatte, konnte er eine scharfe Linkskurve drehen, die er mit Blick aus dem Cockpitfenster kontrollierte.

Ormack hielt sich am Blendschutz fest, um in der steilen Kurve nicht weggedrückt zu werden, und brüllte McLanahan zu: »Wir müssen nach Osten fliegen, wir haben die falsche Richtung –«

»Wir müssen in die Berge zurück«, erwiderte McLanahan. Er zog die Tragflächen in einen Südwestkurs Richtung Korakskoje-Berge und richtete die Nase des *Old Dog* dann auf einen langen Kamm rauher, gezackter und schneebedeckter Berggipfel aus. »Wenn wir mit diesem Jäger im Schlepptau über das große Wasser zu hüpfen versuchen, erledigt er uns dort.«

»Aber unser Treibstoff – !«

»Dafür reicht er. Und wenn es nicht der Fall wäre, wir haben keine andere Wahl. Angelina, können Sie den Abschußrotor überhaupt bewegen?«

Angelina probierte die beiden Steuerungshandgriffe der *Stinger*-Luftminen aus. »Das Radar arbeitet. Ich kann die Kontrollen bewegen. Aber ich kann nicht feststellen, ob sich auch die Abschußtrommel selbst bewegt. Ich habe keinen Positionsanzeiger mehr.«

»Detonieren Ihre Dinger wenigstens noch?«

»Das ja. Ich kann die Zünder manuell einstellen. Sie explodieren auch von alleine, kurz bevor ihre Schubschrauben zu laufen aufhören.«

»Dann wollen wir es doch versuchen. Sobald wir den Jäger sehen, bestimmen wir seine Position. Stellen Sie die Luftminen auf verschiedene Reichweiten ein und –«

»Ich sehe ihn! Er ist direkt hinter uns!«

Aber da erschütterte bereits eine Explosion den Bomber. Es

war, als sei eine Eisenkugel, wie sie für einen Hausabbruch benutzt wird, krachend in die Rumpfmitte des Flugzeugs gefahren. McLanahan fühlte sich wie in einem Fahrstuhl, der mit einem Schlag und in Sekundenschnelle zwanzig Stockwerke nach unten durchfiel. Das Flugzeug schien hin und her zu hüpfen und seine sechs laufenden Triebwerke kämpften mit Macht gegen den Einschlag einer sowjetischen AA-8-Rakete in den Rumpf an.

Juri Papendrejow, der etwas seitlich über seinem Gegner flog, ballte die Faust und lächelte. Eine seiner wärmezielsuchenden Raketen hatte ihr Ziel verfehlt, aber die zweite war ein glatter Treffer, direkt in die Mitte des amerikanischen Bombers, genau vor den Tragflächenansatz. Rauchwolken quollen aus dem Loch hervor, das sie gerissen hatte. Das Leitwerk des Bombers sackte nach unten weg, die Bugnase ging steil nach oben.

Aber irgendwie flog dieses seltsame Ding trotzdem einfach weiter. Schön, mochte ja sein, daß diese Amerikaner das gute und angenehme Leben für sich gepachtet hatten, aber hier jedenfalls war es jetzt mit ihrem Glück zu Ende, soviel stand fest. Er hatte noch zwei AA-8 übrig, von den fünfhundert Runden Munition gar nicht zu reden. Außerdem war der Bomber schon schwer angeschlagen . . .

Bei seiner nächsten Rechtskurve zum neuen Anflug überprüfte er die Navigationsinstrumente. Er war gerade vierzig Kilometer von Anadyr entfernt . . .

Es gab jetzt, sagte er sich selbst, keinen größeren Preis als diese B-52, und keinen größeren Sieg . . . Er zog seine Schleife noch etwas größer und lächelte befriedigt. Er sah seinen Stern schon aufgehen.

Wendy würgte und hustete in der dicken Wolke schwarzen Rauches und richtete einen Feuerlöscher auf die offene Tür des hinteren Schotts des Laufstegs zum Bombenschacht. Sie drückte los. An der Stirn hatte sie eine blutende Schramme. Der Raketeneinschlag hatte sie gegen ihre Instrumentenwand geschleudert. Einen Augenblick später war mit Feuerschutz-Maske und einem zweiten Feuerlöscher auch Angelina bei ihr. Während sich Wendy die Maske überstülpte und sie in die Sauerstoffleitung an der Navigationsstation einstöpselte, rückte Angelina auf dem Laufsteg, so weit sie konnte, gegen den Brandherd vor und begann zu löschen.

Die Flammen waren in dem Augenblick hoch emporgeschossen, als Wendy das Schott geöffnet hatte. Der Luftstrom drückte Flammen und Rauch jedoch nach hinten und ermöglichte ihr ein sicheres und gezieltes Löschen der Transformatoren der elektronischen Abwehr und der Kontrollgeräte.

Wendy ließ sich in den Navigatorensitz sinken. Von ihrer Stirn tropfte Blut, ihre Arme und Beine zitterten. Sie zog sich die Feuerschutz-Maske vom Gesicht und keuchte noch atemlos über den Bordfunk: »Feuer gelöscht, Patrick. Riesenloch im Rumpf, aber das Fahrwerk scheint noch da zu sein.«

»Wir sind völlig blind hier oben«, sagte Ormack. »Wir sehen absolut nichts, auch nicht, wenn er feuert . . .«

McLanahan hatte die computerkontrollierte Flughöhe bereits auf COLA eingestellt, damit sich der *Old Dog* seine Minimalflughöhe selbst suchen konnte. Aber wegen der Verringerung des Schubs und der schweren Schäden war die Steigfähigkeit des *Old Dog* reduziert. Und als das Gelände gebirgiger wurde, stieg die Flughöhe auch langsam weiter, was den Bomber für den sowjetischen Jäger immer verwundbarer machte.

»Okay, Leute, jeder überprüft jetzt seinen Bereich auf Schäden«, rief McLanahan. Sein Griff um den Steuerknüppel war so fest, daß seine Hände sich zu verkrampfen begannen.

»Wir haben ein Leck im hinteren Treibstofftank«, stellte Ormack fest, während er in seine Hände blies und die Treibstoffanzeiger ablas. »Ich öffne Leitung achtundzwanzig und schließe neunundzwanzig. Ich werde auch den hinteren Tank leerpumpen, ehe uns da aller Sprit rausläuft –«

Eine plötzliche Bewegung links neben dem Cockpit zog seine Aufmerksamkeit auf sich. »Patrick, da – !«

McLanahan drehte sich um, und der Anblick ließ ihn fast

erstarren. Direkt neben dem Flugzeug flog der graue Fulcrum-Jäger – keine hundert Fuß entfernt. McLanahan erkannte deutlich des Piloten Kopf und Schulter in seiner Kanzel, und ebenso die schlanke, glatte Luft-Luft-Rakete unter der Tragfläche.

Die MiG war verblüffend klein und kompakt. Sie ähnelte dem amerikanischen Jagdflugzeug F-16 mit seinen beiden Leitwerken. Der russische Pilot hatte offensichtlich keinerlei Mühe, neben der B-52 herzufliegen, selbst bei dieser geringen Höhe. Er vollzog exakt jede der computergesteuerten Flughöhenänderungen des *Old Dog* nach.

»Angelina, er sitzt an unserer linken Seite, etwa hundert Fuß entfernt. Können wir ihn mit einer *Scorpion* aus dem rechten Pylonen kriegen?«

»Er ist zu nahe. Die Rakete kann ihn so nicht anvisieren.«

Der MiG-Pilot warf einen Blick zu McLanahan herüber und wackelte dreimal mit seiner Tragfläche. Dann wartete er etwas und wackelte noch einmal.

»Was macht er denn da . . .?«

Ormack preßte die Kiefer zusammen. »Das ist das Abfangsignal. Er fordert uns auf, ihm zu folgen.«

»Ihm folgen?« McLanahans Magen zog sich zusammen. »Kommt ja gar nicht in Frage, wir können doch nicht –«

»Patrick, es gibt keine Rettung mehr. Er kann uns jederzeit abschießen.«

Die MiG wackelte noch einmal, diesmal mit dem linken Flügel, und es sah sehr nachdrücklich aus. Als wollte der Russe Ormacks Worte ganz besonders unterstreichen. Und um sich ganz unmißverständlich auszudrücken, feuerte er eine MG-Garbe ab, deren leuchtende Phosphorspuren wie Sternschnuppen über den Himmel stoben.

»Das heißt«, sagte Ormack, »er will Ernst machen, wenn wir ihm jetzt nicht folgen. Und wir haben keine Chance.«

»Wieso?« sagte McLanahan. »Wir können es immer noch auf einen Kampf mit ihm ankommen lassen. Solange wir noch eine Rakete haben, können wir nicht einfach aufgeben.«

Ormack packte ihn am Arm. »Ist Ihnen denn nicht klar? Wenn wir abzuhauen versuchen, braucht er doch nur hinter uns herzukommen und uns abzuschießen!« Er senkte die Stimme. »Sie haben bisher alles tadellos gemacht, Patrick. Aber jetzt ist es aus. Es ist –«

McLanahan schüttelte ihn ab. Die MiG hatte sich inzwischen einige Meter zurückfallen lassen, ihre Pilotenkanzel war nun genau auf gleicher Höhe mit dem engen, geschrägten Cockpit des *Old Dog*. Der Russe deutete dreimal nach unten zur Erde.

McLanahan drehte sich zur Seite und blickte den russischen Jagdflieger voll an. Sie flogen wie synchronisiert im Abstand von fünfzehn Meter nebeneinander her. Zu Ormacks Überraschung nickte McLanahan dem Russen zu, der seinerseits nach rechts deutete, um ihm zu bedeuten, er solle nach dort abdrehen.

Ormack schaute weg. Der Schmerz, den er empfand, rührte nicht nur von seiner blutdurchtränkten Schulter her.

McLanahan nickte dem MiG-Piloten noch einmal zu. »Fertig zum Abdrehen, Besatzung«, sagte er und umklammerte den Steuerknüppel heftig.

Juri Papendrejow war stolz auf sich. Er hatte es geschafft. Der Amerikaner ergab sich. Natürlich blieb ihm nicht viel anderes übrig. Mit seiner angeschlagenen linken Tragfläche und dem nicht mehr vorhandenen äußeren linken Triebwerk wurde der Bomber ja auch langsamer und langsamer und folgte nicht mehr jeder Geländeunebenheit mit ständigem Steigen oder tiefem Absinken, wie er es vorher an ihm beobachtet hatte. Außerdem waren da die vielen Kugeleinschläge in seinem Rumpf – von vorne an der Nase bis zu den Tragflächen. Und die AA-8-Rakete, die er zuletzt abgeschossen hatte, hatte dem *Amerikanski*, so glaubte er, sicher den Rest gegeben.

Die B-52 begann ihre sehr langsame Schleife nach rechts, und Papendrejow hatte eben auf seinen Steuerknüppel gedrückt, um ihr nachzufolgen – plötzlich war die ganze rechte Seite seiner Kanzel wie zugedeckt von dem massiven, bedrohlichen Rumpf des amerikanischen Bombers. Statt nach rechts in Richtung Anadyr abzudrehen war dieser Idiot von Pilot nach links gegangen . . . kam direkt auf seine MiG-29 zu!

Papendrejow riß seinen Steuerknüppel hart nach links und fiel mit neunzig und hundert Grad Seitenwinkel ab. Aber im nächsten Augenblick explodierte seine ganze Welt in einer Ansammlung von Metall, als die beiden Flugzeuge bei einer Geschwindigkeit von zwölf Kilometern pro Sekunde kollidierten. Der Rücken der B-52 hatte die Unterseite des Jagdflugzeugs gerammt.

Irgendwie gelang es Juri Papendrejow, seine scharfe Schleife weiterzufliegen. Seine MiG stand buchstäblich auf der linken Flügelspitze. Er zog mit aller Kraft am Steuerknüppel, um schneller in die andere Richtung zu kommen. Aber die B-52 schien mit ihm mitzukommen, schien ihn zu schieben, ihn zur Erde hinabzudrücken. Das furchtbare Geräusch von Metall, das zusammengedrückt wird, nahm kein Ende. Er sah Felsen und Bäume über dem Dach seiner Pilotenkanzel. Seine Steuerbewegungen bewirkten nichts mehr . . . Er zündete die Zwillingsnachbrenner. Wie ein zurückschnellendes Gummiband wurde seine MiG von der B-52 weggeschleudert. Aber er fand sich wirbelnd, drehend und trudelnd wieder, und das Gedröhn der B-52 war überall. Er erwartete den nächsten Rammstoß jeden Moment . . .

Doch dann verlangsamte sich das Trudeln, und es gelang ihm, seine Maschine abzufangen. Überall um ihn herum erblickte er Felsen und Bäume. Als er nach *oben* starrte, sah er dort einen schneebedeckten Bergkamm. Dann spürte er erleichtert, wie die Maschine wieder Schub bekam und wie der Erdboden wieder unter ihm wegwich.

Als er sich abgefangen hatte, hielt er sofort wieder nach der B-52 Ausschau. Aber da war nichts. Sie war weg. Er schüttelte ungläubig den Kopf und ging in eine langsame Schleife nach rechts, um zu sehen, ob sie vielleicht dort sei . . .

Halb betäubt von der Kollision, die er herbeigeführt hatte,

starrte McLanahan wie gelähmt auf die nach unten davontru-
delnde graue MiG. Sie raste direkt auf die Felsen der Berge zu
und hatte einen Punkt erreicht, der nach seiner Meinung keine
Rettung mehr für den Piloten zuließ. Der Russe mußte den
Felsen schon so nahe sein, daß ihm Steinchen in die Schuhe
flogen, doch da fing er die Maschine wieder ab, und die MiG
raste im Bogen wieder himmelwärts, von der Erde weg, gewann
binnen Sekunden atemraubende Fahrt – und nun hatte McLanahan alle Hände voll zu tun, sein Flugzeug unter Kontrolle
zu behalten. Das akustische Warnsignal ertönte, und mit einem
Mal schien der *Old Dog* seinerseits wie ein Stein senkrecht
nach unten zu fallen, statt vorwärts zu fliegen.

»Drück die Nase runter, Mensch, wir schmieren ab!« schrie
Ormack ihm zu. McLanahan versuchte verzweifelt, den freien
Fall zu stoppen, der den Bomber mit seinen zweihundert Ton-
nen total durchrüttelte.

Das Signal verstummte. McLanahan merkte, daß er die
Maschine wieder unter Kontrolle hatte. Er durfte nur nicht
nach unten sehen, wo die zackigen Bergspitzen so nahe unter
den knirschenden und knackenden Tragflächen des *Old Dog*
vorbeirasten, als kratzten sie sie.

»Da ist er, er kommt wieder . . .« schrie Ormack und deutete
geradeaus.

Und von dort kam er tatsächlich. Genau auf sie zu. »Angie!«
schrie McLanahan über den Bordfunk. »*Scorpion* . . . Feuer!!«

Die MiG war genau in der Höhe der Nase des *Old Dog* in
einer dreißig-Grad-Neigung, vielleicht drei oder vier Meilen
entfernt, als die Rakete aus der Abschußtrommel fuhr. Sie
zündete in einem kurzen Feuerschweif und raste dann schnurgerade auf die Pilotenkanzel der MiG zu.

Aber diese *Scorpion*-Rakete war nur ein ungelenktes Ge-
schoß, keine zielgeführte Luft-Luft-Rakete. Ohne Radarführung und Nachkorrektur durch die Instrumente des *Old Dog*
folgte sie nur einem Infrarotsignal oder einer Anti-Radar-Fre-
quenzüberlagerung. Keines von beiden bot sich ihr an. Die
MiG flog mit abgeschaltetem Radar und ohne Infrarot, so daß

sie, jedenfalls solange sie in ihrer Rechtskurve lag, überhaupt kein Wärmesignal abgab.

Die Scorpion zog ihre Flugbahn und flog dreißig Meter an der Nase der MiG vorbei. Zehn Sekunden nach dem Start prüfte der Computer der Scorpion, ob die Rakete ein Ziel im Visier hatte. Nachdem die Antwort negativ war, zündete sie ihren Sprengkopf automatisch – fast vier Kilometer hinter der MiG-29.

Papendrejow sah den amerikanischen Bomber und die Rakete zur gleichen Zeit. Zum Abdrehen war keine Zeit mehr, auch nicht zum Wegtauchen oder zum Beschleunigen. Es war nicht einmal Zeit, die Augen zu schließen und auf den Einschlag zu warten.

Und dann war die Rakete ebenso schnell weg. Juri Papendrejow hielt nach einer zweiten Ausschau – wobei er sich ohnehin wunderte: eine B-52, die Raketen verschoß? –, aber es kam keine.

Er setzte seine weite Rechtsschleife nach oben fort, ohne die B-52 auch nur einen Moment aus den Augen zu lassen. Sie war jetzt, das war ihm klar, ein ernsthafter Gegner, keineswegs nur ein hilfloser Wal, der in sein Schicksal ergeben war.

Er beobachtete sie weit unter sich, wie sie nach links zog und Kurs nach Osten nahm. Da er seine volle Geschwindigkeit zurückgewonnen hatte, sah es für ihn aus, als hinge die B-52 dort unten bewegungslos in der Luft – ein einladendes Ziel.

Er manövrierte sich hinter die Amerikaner, pirschte sich an, schob sich langsam näher für den Todesstoß. Als er bemerkte, daß die Heck-Bordkanone hin und her rollte, stieg er etwas höher und ging nach rechts. Aber die Bordkanone bewegte sich weiter wie planlos hin und her. Es sah aus, als sei sie völlig außer Kontrolle und unbrauchbar ... Ja! Genau das war es! Sie konnte zwar Raketen abschießen, aber sie nicht lenken!

Juri lud seine GSh-23-Bordkanone und manövrierte sich erneut hinter und etwas über die B-52, vorsichtig und nur langsam die Entfernung verringernd. Er hatte die Absicht, sie zur Landung zu zwingen, längst aufgegeben. Die Kameras seiner Bordgeschütze würden zur Genüge seinen Sieg über den Eindringling nachweisen.

Er schob sich noch näher an den Bomber heran. Und dann jagte er los . . .

»Er ist weg«, sagte Ormack und suchte den Himmel an seiner Seite des Cockpits ab.

»Nein, nein, er ist da«, widersprach ihm McLanahan und aktivierte wieder den Bodenabstand-Autopiloten. »Er kann uns leicht finden. Wir müssen ihn zuerst entdecken. Ehe er Gelegenheit hat zu schießen . . .«

Angelina beobachtete die Indikatoren der Raketenabschußgeräte. Sie oszillierten in wilden, unregelmäßigen, zufälligen Kurven und Sprüngen. Das Radar hängte sich an »Geister«, arbeitete und fiel aus, fand etwas und verlor es wieder. Sie schaltete frustriert auf BEREITSCHAFT um, wartete ein paar Augenblicke und ging zurück auf SENDEN . . .

Und da war in der oberen Ecke des Schirms auf einmal ein heller, großer Fleck. Sie wartete darauf, daß er wieder verschwinde wie alle anderen elektronischen »Geister« bisher. Aber er blieb.

Sie stampfte mit dem Fuß auf den Kontaktschalter für den Bordfunk. »Der Gangster ist auf fünf Uhr oben, abdrehen rechts!«

McLanahan riß das Steuer herum. Ormacks Kopf wurde gegen das Cockpitfenster geschleudert, aber er richtete sich sofort wieder auf und suchte mit seinem Radar den Luftraum hinter dem Bomber ab.

»Pereira! Fünf Uhr, eineinhalb Meilen, zwanzig Grad oben, herabkommend. Verpassen Sie ihm eine!«

Juri Papendrejow hatte sein Ziel wie aus dem Lehrbuch vor sich. Er hatte hundert kostbare Runden Munition verschossen, als ihm klar wurde, daß die B-52 verschwunden war. Er versuchte es mit einer schnellen und scharfen Rechtsschleife, aber das genügte nicht, und er mußte verlangsamen, einen ganzen Kreis fliegen, bis er sie wieder sah.

Er war fast wieder neben ihr, als ein Blitz etwa hundert Meter links von ihm aufleuchtete. Sofort riß er seine MiG nach rechts weg, aber nun explodierte ein zweiter Blitz in einer Wolke glitzender Metallsplitter über ihm. Die B-52 schoß auf ihn . . .! Und das waren nicht etwa nur Maschinengewehrsalven – sie hatten Heck-Raketen!

Papendrejow setzte sich ab, um aus der Reichweite dieser seltsamen Flakraketen zu kommen.

Ein blinkendes Warnlicht forderte seine Aufmerksamkeit. Er war mittlerweile auf Reservetreibstoff. Keine zehn Minuten mehr, und er hatte überhaupt keinen Saft mehr. Es blieb ihm nicht einmal mehr die Zeit, noch eine Salve aus seiner Bordkanone zu jagen.

Er machte seine letzten beiden AA-8-Raketen scharf, überprüfte das Infrarot-Suchgerät und stellte die Position des Bombers fest.

Es blieb nur noch Zeit für einen letzten Angriff, und dieser mußte perfekt sein. Zumindest hatten seine AA-8 eine größere Reichweite als diese winzigen Raketchen der anderen. Er würde sich direkt hinter die B-52 setzen und auf Maximalabstand feuern, sobald seine AA-8 sich an des Bombers Abluftwärme zielorientiert hatten.

Er tauchte nach links weg und blieb etwa zwölf Kilometer hinter dem Bomber. Das Infrarot-Suchgerät mit seinem großen supergekühlten Auge hatte die B-52 sofort als Ziel ausgemacht und schickte Zielinformationen an die AA-8-Raketen. Die B-52 unternahm keinerlei Ausweichmanöver. Langsam verringerte sich die Geschwindigkeit.

Der amerikanische Bomber, stellte Juri Papendrejow fest, befand sich jetzt über einem flachen Plateau oberhalb des Flugplatzes von Anadyr und nahm Kurs auf die Beringstraße. Hier gab es keinerlei Versteck- und keine Fluchtmöglichkeit. Hoffentlich, dachte Papendrejow, stürzt er dann nicht direkt auf den Flugplatz hinunter. Andererseits: Welcher Ort konnte passender sein, den Beweis seines Sieges vorzuführen, seine Rechtfertigung?

Die Entfernung verringerte sich weiter. Er konnte bereits das Heck des Bombers sehen, und die Abschußkanone für die Raketen. Er legte seinen Finger auf den Abschußknopf – er war bereit . . .

Ein hoher Piep-Ton in seinem Helm war das Signal, daß die AA-8-Suchköpfe zielorientiert waren. Er kontrollierte noch einmal die Positionen, wartete noch ein paar Sekunden, um noch etwas die Entfernung zu verringern, und feuerte. Das grüne ZIEL-Licht blieb auf KURS, während die beiden Mach-2-Raketen aus ihren Halterungen davonzischten . . .

Ormack suchte durch das Cockpitfenster den Himmel ab. »Ich sehe ihn nicht, ich habe ihn aus den Augen verloren.«

»Angie, sehen Sie ihn?«

»Nein. Mein Radar ist blockiert. Ich sehe überhaupt nichts.«

Das Plateau unten dehnte sich zu einer großen gefrorenen Ebene aus. Der Flugplatz Anadyr lag mitten in einem schneebedeckten Tal. McLanahan wartete nicht auf das Bodenabstandssystem, um tiefer zu gehen. Er drückte die Nase des *Old Dog* nach unten und danach die Hebel aller sechs funktionierenden Triebwerke auf vollen Schub.

Sie waren kaum hundert Fuß tiefer gesunken, als McLanahan mit einem Schlag die verhängnisvollen Konsequenzen dessen, was er da tat, klar wurden und er seine letzten verbliebenen Kräfte mobilisierte, um den Steuerknüppel wieder anzuziehen.

»Verdammt noch mal!« schrie Ormack, »was machen Sie denn da?«

»Er ist hinter uns!« antwortete McLanahan. »Er muß hinter uns sein. Wenn wir in dieses Tal hineintauchen, sind wir geliefert!«

Der schon genug strapazierte Fiberstahlrumpf des *Old Dog* ächzte und stöhnte unter der neuerlichen Überbelastung, aber irgendwie hielt doch noch alles zusammen. Das akustische

Warnsignal plärrte wieder los, doch McLanahan hielt verbissen den Steuerknüppel, ohne nachzulassen, und zwang das Flugzeug in einem abenteuerlichen Steigwinkel nach oben.

Die AA-8-Raketen, die nur noch wenige hundert Meter vor dem Zieleinschlag waren, wurden infolge des plötzlichen Hochziehens des *Old Dog*, durch das dessen heißer Auspuffluftstrom verschwand, von ihrer Zielfixierung abgelenkt, fanden aber sofort eine neue Zielorientierung, auf die sie sich fixierten und die sie übernahmen: das Verwaltungsgebäude des Flugplatzes Anadyr mit den davor geparkten Fahrzeugen und den inzwischen angerückten weiteren Milizeinheiten. Inmitten einer meterhoch mit Schnee bedeckten Ebene nach allen Richtungen bildeten die Schützenpanzerwagen und Geländeautos im Umkreis von Kilometern das buchstäblich heißeste Zielobjekt.

Milizchef Wjarelski, der von den Hangars zum Rollfeld gerannt war, um den sich anbahnenden Luftkampf über Anadyr zu beobachten, sah nun mit Entsetzen die beiden Raketen direkt auf sich zurasen. Ehe er noch einen Warnschrei über die Lippen bekam, schlugen die beiden Raketen ein – die eine in das hölzerne Verwaltungsgebäude, die andere in einen unbesetzten Lastwagen, dessen Motorhaube geöffnet war, weil sich sein Motor überhitzt hatte. Die Doppelexplosion schleuderte Menschenleiber in alle Richtungen davon.

In blindwütigem Zorn riß Wjarelski seine Dienstpistole heraus und hob sie hinauf in Richtung der B-52, bis ihm bewußt wurde, wie absurd das aussehen mußte, was er da tat.

Juri Papendrejow hatte erwartet, daß der amerikanische Bomber in das Tal hineintauchen werde. Viel helfen würde es ihm allerdings nicht. Im Gegenteil, seine Wärmesignatur würde dadurch nur noch intensiver sein.

Niemals aber hätte er gedacht, daß die B-52 plötzlich hochziehen würde. Wie aus dem Nichts war sie plötzlich wieder dagewesen, hinter dem Bergkamm, und sie zog hoch in einem Winkel . . . es sah aus, als stiege sie senkrecht empor.

Einem solchen abrupten Steigkurs konnte keine Rakete folgen, auch die neuen AA-8 nicht. Er gab eine kurze Salve aus seiner Bordkanone ab, seine Geschwindigkeit war jedoch zu hoch. Er mußte über die B-52 hinweg hochziehen.

Der riesige Bomber war wieder unter ihm verschwunden. Papendrejow konnte nur seine Nachbrenner auf Maximum halten, um einen Looping zu drehen und sich noch einmal hinter ihn zu setzen. Und ihn endlich mit seiner Bordkanone zu erledigen, ehe ihm der Treibstoff ganz ausging.

McLanahan kämpfte verbissen mit dem Steuerknüppel und mußte alle Kraft aufwenden, um den taumelnden *Old Dog* in der Gewalt zu behalten. Die Luftgeschwindigkeit war rapide bis unter zweihundert Knoten gefallen. Ormack überbrüllte das Gelärme des Warnsignals: Sie seien am Abschmieren, er solle gefälligst die Nase runterdrücken . . .

Und irgendwie schaffte es McLanahan tatsächlich. Er hatte die Maschine wieder einigermaßen auf Kurs und ihre Nase am Horizont, als der sowjetische Jäger mit glühenden Nachbrennern vorbeiraste. So nahe, daß McLanahan durch die zerborstenen Scheiben und die Einschußlöcher die Hitzewelle der Triebwerke spürte. Dann begann der Russe sanft emporzusteigen, um danach einen eleganten Bogen nach links zu ziehen.

Da die Triebwerke des *Old Dog* mit vollem Schub arbeiteten, zog es das ganze Flugzeug wieder nach links.

»Patrick! Lassen Sie los, sofort . . . !«

Aber McLanahan ignorierte dieses Kommando Ormacks, wartete, hundemüde, im Kampf mit zweihundert Tonnen widerspenstigen und kaum noch kontrollierbaren Metalls . . . Und dann kommandierte er, Sekunden, bevor die MiG aus seinem Blickfeld verschwand: »Angie, Rakete rechts – FEUER!«

Es dauerte einige Sekunden, aber dann kreischte die *Scorpion* mit langem Feuerschweif davon . . . davon in das kalte Halbdunkel der langen sibirischen Winternacht. Und weil da vorne nichts weiter war als zwei Nachbrenner in voller Glut, gab es auch nur ein einziges mögliches Ziel für sie.

Die Rakete bohrte sich in das Jagdflugzeug und detonierte. Der hintere Teil der beiden Leitwerke der MiG brach weg, die fast leeren Treibstofftanks wurden zu Schrott zusammengepreßt, und die darin enthaltenen restlichen Treibstoffdämpfe vergrößerten die Wucht der Explosion.

McLanahan starrte auf den Feuerball, der in einem riesigen Bogen zur Erde stürzte. Dann drückte er das Flugzeug zu den schneebedeckten Gipfeln der Korakskoje-Berge hinunter.

In der Maschine herrschte Schweigen. Es gab kein Siegesgebrüll, keinen billigen Triumph.

Der *Old Dog* drehte ab nach Osten. Auf die Beringstraße zu. Heimwärts.

SEWARD – LUFTSTÜTZPUNKT DER NATIONALGARDE, NOME, ALASKA

Die Lazarettzimmer waren klein und kalt, die Betten hart und schmal, und das Essen war gerade noch genießbar – aber seit einer Woche hatte die Besatzung des *Old Dog* das Gefühl, gestorben und im Himmel angekommen zu sein.

Das erste Mal, seit sie zurück waren, und auch jetzt ganz zufällig, waren sie alle wieder zusammen. Als ihr eine Krankenschwester berichtet hatte, General Elliott könne wieder Besucher empfangen, war Angelina Pereira, die einzige der ganzen Besatzung, die ohne ernsthafte Verwundung davongekommen war, über die gefrorenen Wege des Flugplatzes Nome zum Lazarett der Nationalgarde und zum dortigen strengbewachten Zimmer General Elliotts gewandert.

Und dort war bereits die ganze übrige Besatzung versammelt.

»Nanu, hallo, hallo«, sagte sie überrascht, aber erfreut. Alle waren da. Neben Elliotts Bett saß John Ormack, Kopf und Schultern dick bandagiert. Patrick McLanahan hatte Frostbeulen an den Ohren, an den Händen und im Gesicht. Wendy Torks Stirn war verbunden. Und dann natürlich der General selbst. Angelina ging zu seinem Bett.

»Na, Angie, wie geht's Ihnen so?«

»Ganz gut, Sir . . . ganz gut . . . ich . . . tut mir leid wegen Ihres Beins. Ich bin wirklich –«

»Schon gut, Angie.« Elliott blickte auf die Stelle zu seinem Bett, an der eigentlich sein rechtes Bein hätte sein sollen. »Da ist so ein Ärzteteam in Bethesda, die wollen mir was neues Mechanisches verpassen. Sie werden sehen, ich bin wieder auf und mache Ärger, ehe Sie recht wissen, was los ist. Nein, ich versuche nicht, ein besonderer Held zu sein. Ich bin ja schon verdammt froh, daß ich überhaupt noch am Leben bin. Und außerdem bin ich es, der sich entschuldigen muß.« Und er dachte dabei speziell an Dave Luger.

»Ich bin stolz, mit Ihnen auf diesem Einsatz gewesen zu sein, Sir, und stolz auf unser Unternehmen. Und ich glaube, ich darf da für alle sprechen.« Angelina schaute die anderen an.

»Ich danke euch, ihr dürft mir glauben, daß ich euch wirklich allen sehr dankbar bin.« Der General räusperte sich. »Es wird Sie bestimmt freuen zu hören, daß ich heute morgen mit dem Präsidenten gesprochen habe. Er gratuliert jedem einzelnen von Ihnen. Er teilte mir auch mit, daß eine neue Vereinbarung zustande gekommen ist . . . die Sowjets haben sich bereiterklärt, Kawaschnija nicht wieder aufzubauen, und wir haben uns als Gegenleistung verpflichtet, kein neues Ice Fortress zu starten.

Und er sagte mir noch etwas, was Sie zu hören interessieren wird. Unsere Vermutungen über ein Sicherheitsleck waren begründet. Ein bestimmter Mann aus der Umgebung von CIA-Direktor Kenneth Mitchell hat den Sowjets lange Zeit Informationen geliefert. Ich weiß nicht, ob es so eine Art weltanschaulicher Überzeugung war oder nur Geld oder beides, was ihn dazu bewogen hat. Jedenfalls bin ich ziemlich sicher, daß uns die Sowjets mit jedem nur verfügbaren Jäger erwartet hätten, wenn wir nicht diesen Absturz über Seattle simuliert hätten. Aber wir haben ja schließlich auch so alle Hände voll zu tun gehabt . . .«

Niemand widersprach ihm.

Elliott deutete auf Wendy, die eine hereingeschmuggelte Flasche Wein aus dem Schrank des Generals geholt hatte und zusammen mit Angelina für alle einschenkte, während er weitersprach.

»Die Tatsache, daß wir Kawaschnija zerbombt haben, und auch die neuen Vereinbarungen bedeuten natürlich nicht das Ende der neuen Laser-Technologie. Es ist vermutlich nur eine Frage der Zeit, bis wir ebenfalls ein Laser-System haben, das dem der Sowjets ebenbürtig ist. Wir können nur hoffen, daß die beiden sich dann gegenseitig neutralisieren . . .«

Er hob sein Glas. »Also dann, Leute. Auf die Besatzung des Old Dog! Ihr habt die Dinge in Bewegung gebracht.«

Angelina hob ihr Glas. »Und auf Lewis Campos.«

McLanahan hatte Mühe, daß seine Stimme fest blieb: »Und auf Dave Luger . . .«

»Auf Dave Luger«, wiederholte Wendy. »Den, der uns eigentlich wirklich nach Hause zurückgebracht hat.«

»Was wird aus dem Old Dog, General?«

»Nun, es sieht so aus, als bliebe er weiter in Aktion – obwohl ich der Meinung bin, John hat einen kleinen Dachschaden abbekommen, von dem er uns nur nichts sagen will.«

Ormack zuckte mit den Schultern. »Ich meine einfach nur, es ist nicht fair, das Ding, nach allem, was es durchgemacht hat, einfach in Stücke zu schneiden und zu verschrotten. Ich habe beschlossen, mich darum zu kümmern, daß die Kiste repariert wird. Und dann fliege ich sie höchstpersönlich zurück nach ›Traumland‹.«

»Wahrscheinlich spinne ich auch, aber ich habe mich für diesen Flug bereits freiwillig gemeldet«, gestand nun auch McLanahan.

Elliott lächelte. »Na, immerhin scheint Patrick die Idee zu gefallen, sich mit einem alten Trauerkloß wie mir herumzuärgern. Er hat sich nämlich entschlossen, künftig weiter mit mir in ›Traumland‹ zu arbeiten. «

Dann nickte er Ormack zu, der in einen Militärsack griff. »Ich habe Ihnen das hier mitgebracht, McLanahan«, sagte er und reichte ihm das Pilotensteuer des *Old Dog.* »Ich habe es einfach aus der Steuersäule vor dem linken Sitz herausgezogen. Ich mußte es weder abschneiden lassen noch sonstwas. Es ging freiwillig mit. Ich glaube, die alte Kiste wollte, daß Sie es bekommen. «

Wendy legte den Telefonhörer in der Schwesternstation auf und wandte sich wieder Patrick McLanahan zu, der neben ihr saß.

»Zu Hause alles in Ordnung?« fragte McLanahan.

»Ja, alles bestens. Sie waren natürlich erleichtert, als sie endlich Nachricht von mir bekamen. Die ganzen letzten beiden Monate hatten sie kein Sterbenswörtchen über mich von irgendwem in der Air Force herausbekommen. «

»Meine Mutter war auch beunruhigt«, sagte McLanahan. »Aber ich hatte ja eine gute Entschuldigung. Ich habe ihr erklärt, daß ich mit dem Bombardieren von Rußland beschäftigt war. «

»Sie haben doch nicht wirklich – ?«

»Na klar, warum nicht? Sie hat mir sowieso nicht ein Wort geglaubt. «

Wendy lächelte, wurde dann aber ernst. »Pat . . . dieses Mädchen, von dem Sie mir erzählt haben, Catherine. Haben Sie die auch angerufen?«

»Ja, hab’ ich. Wir hatten ein langes Gespräch. Ziemlich lang. Ich habe ihr die Wahrheit gesagt. Ich habe ihr gesagt, daß ich mir zuvor immer Gedanken darüber gemacht hätte, warum ich eigentlich gar nicht unglücklich war, in der Air Force zu sein, obwohl ich da keine großartige Karriere machen konnte. Und ich sagte ihr, daß ich jetzt nicht mehr so darüber denke und daß ich dabeibliebe. Und ich glaube, sie hat es verstanden. Sie hat mir Glück gewünscht.«

»Aha . . . na, das ist ja schön . . . nehme ich an . . . Und Sie sind also ab nächsten Monat wieder in ›Traumland‹.« Sie rang nervös die Hände. »Ich bin überzeugt, Sie . . . ich meine, ich freue mich, daß sich alles so für Sie entwickelt hat . . .«

Er stand auf und sah auf sie herab, in ihre Augen, die sich zu ihm emporhoben. »Wissen Sie, Wendy«, sagte er, »da fällt mir gerade ganz zufällig ein . . . also, Elliott hat erwähnt, daß er dort in ›Traumland‹ gut einen ordentlichen EW-Offizier gebrauchen könnte. Und ich glaube, ich hätte gar nichts dagegen, wenn . . . ach, verdammt noch mal, was soll der Quatsch!« Er nahm sie in die Arme und zog sie an sich. »Tatsache ist, ich will, daß du mit mir kommst. Daß wir zusammenbleiben. Was hältst du davon, he?«

Ihre Arme schlossen sich um ihn, und der folgende Kuß gab ihm die unmißverständliche Antwort.

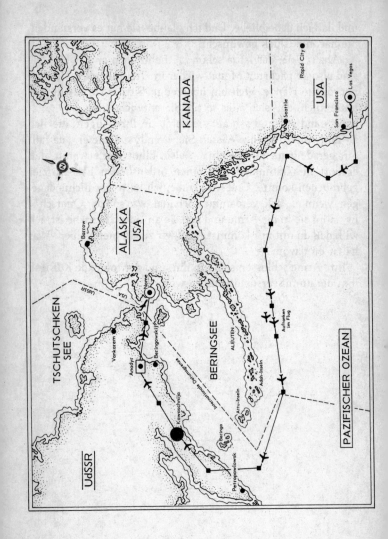